Celia Friedman
Die Seelenkriegerin

PIPER

Zu diesem Buch

Der Kampf gegen die Seelenfresser erreicht seinen spannenden Höhepunkt: Die Hexenkönigin Siderea Aminestas ist entschlossen, sich mithilfe der Ungeheuer an der ganzen Menschheit, vor allem aber an den Magistern zu rächen. Während sich der Büßermönch Salvator von den Magistern und ihrer parasitären Zauberei abwendet, um seinem eigenen Glauben zu folgen, bereitet sich Kamala auf die letzte Schlacht vor. Als einzige Frau unter den Magistern ist sie ehrgeizig genug, um den Seelenfressern entgegen zu treten. Doch dazu muss sie sich mit Colivar verbünden, der selbst dunkle Geheimnisse hütet und als Einziger die Wahrheit über den Tod des Raben kennt. Werden die Seelenfresser über die Menschheit herfallen, oder kann Kamala mit ihren Verbündeten in dieser letzten Schlacht doch noch den Sieg erringen?

Celia Friedman arbeitete zwanzig Jahre lang als Kostümdesignerin, bevor sie den Beruf an den Nagel hängte, um nur noch zu schreiben. Ihre Dark-Fantasy-Romane wurden mit zahlreichen Publikumspreisen ausgezeichnet. Celia Friedman lebt mit mehreren Katzen im nördlichen Virginia. Weiteres zur Autorin: www.csfriedman.com

Celia Friedman

Die Seelenkriegerin

Roman

Aus dem Amerikanischen
von Irene Holicki

Piper München Zürich

Entdecke die Welt der Piper Fantasy:

Piper-Fantasy.de

Von Celia Friedman liegen bei Piper vor:
Die Seelenjägerin
Die Seelenzauberin
Die Seelenkriegerin

MIX
Papier aus verantwortungsvollen Quellen
FSC® C014496
FSC
www.fsc.org

Ungekürzte Taschenbuchausgabe
März 2014

Titel der amerikanischen Ausgabe:
»Legacy of Kings«, Daw Books, Penguin Group (USA) Inc., New York 2011

Umschlaggestaltung: Guter Punkt, München/www.guter-punkt.de
Umschlagabbildung: Viktor Titov
Satz: psb, Berlin
Gesetzt aus der Aldus
Papier: Pamo Super von Arctic Paper Mochenwangen GmbH, Deutschland
Druck und Bindung: GGP Media GmbH, Pößneck
Printed in Germany ISBN 978-3-492-26954-4

Dieses Buch ist Jen Kuiper gewidmet:
großartiger Rollenspieler –
teurer Freund –
Mensch

Dieses Buch ist Jen Kuiper gewidmet:
großartiger Rollenspieler –
teurer Freund –
Mensch

Was werden die Spielleute in späteren Zeiten singen von den letzten Tagen vor der entscheidenden Schlacht?

Von den Seelenfressern mit ihren bunt schillernden Schwingen werden sie singen, die sich von der Lebensenergie der Menschen nährten und das Erste Königtum zu Fall brachten. Und von den Märtyrern, die sich unter Führung der letzten noch lebenden Hexen und Hexer zu einem Heer versammelten, um die Plage dieser Welt zu bekämpfen. Diese Helden trieben die Riesenbestien mit Feuer und mit ihrem Glauben in ein Gefängnis aus Eis und hofften, der lange Winter mit seiner Kälte und Dunkelheit würde nicht bloß an ihren Kräften zehren, sondern sie letztlich töten. Und die Götter schleuderten, so glaubte man, in ihrem Zorn mächtige Speere auf die Erde und errichteten daraus eine Barriere, die bis ans Ende der Zeiten alle dennoch überlebenden Seelenfresser aufhalten sollte. Dieser »Heilige Zorn« überdauerte vierzig Generationen und ließ das Zweite Königtum aufblühen und gedeihen. Doch in Wirklichkeit war er nicht von den Göttern geschaffen, sondern lediglich ein Werk der Hexen und Hexer, und als er endlich seine Kraft verlor, drangen die Seelenfresser abermals in die Reiche der Menschen ein …

Von den Magistern werden sie singen, jenen unsterblichen Zauberern, deren Macht grenzenlos schien, und davon, wie das Magistergesetz ihr Los an das Schicksal der sterblichen Menschen band. Doch kein Spielmann wird von dem Geheimnis im Herzen dieser dunklen Bruderschaft singen, denn kein Sterblicher, der diese Wahrheit entdeckte, durfte weiterleben. Die Magister speisten ihre Zauberkräfte nämlich mit der Lebensenergie menschlicher Konjunkten, das heißt, sie erkauften sich die eigene Unsterblichkeit mit dem Leben ihrer unschuldigen Opfer. Vielleicht wurden sie dadurch innerlich so verdorben, dass sie auch für ihresgleichen nichts anderes als Feindschaft empfinden konnten – vielleicht gab es dafür auch einen anderen Grund. Colivar war offenbar der Einzige, der die Wahrheit kannte, doch selbst seinem ältesten und entschlossensten Rivalen Ramirus war es nicht gelungen, ihm sein Wissen zu entlocken.

Von Kamala werden sie singen, dem rothaarigen Mädchen, das dazu bestimmt schien, in Armut und von Männern missbraucht in Gansang in der Gosse zu leben, das sich jedoch gegen dieses Schicksal auflehnte und als erste Frau die wahre Zauberei erlernte. Doch dann tötete sie versehentlich den Magister mit Namen »der Rabe« und brach damit das heiligste Gesetz der Bruderschaft; nun wagte selbst ihr Mentor Aethanus, der einsam in den Wäldern lebte, nicht länger, ihr Unterschlupf zu gewähren. Sie war gezwungen, sich als Hexe auszugeben und die ganze Welt zu bereisen, um ein Geheimnis oder ein Pfand zu finden, mit dem sie sich von der Strafe freikaufen konnte, um danach den Titel eines Magisters offen zu tragen und ihren Platz in der Bruderschaft der Zauberer einzunehmen.

Von Danton Aurelius werden sie singen, der mit eiserner Faust über das Großkönigreich herrschte, bis ihn der Verräter Kostas ins Verderben stürzte. Sie werden Klagelieder um die beiden jungen Prinzen zum Vortrag bringen, die mit ihrem Vater ums Leben kamen, und zugleich werden sie die Königin Gwynofar preisen, die mit großem Mut den Tod ihres Gemahls rächte. Leider war dies nicht das Ende ihrer Drangsal. Denn als Weissagungen sie nach Alkal und zum Thron der Tränen riefen, einem uralten magischen Artefakt, das die mystischen Fähigkeiten der Lyr-Geschlechter wecken und zu voller Blüte bringen sollte, da forderten die Götter als Opfer ihr ungeborenes Kind und später ihren geliebten Halbbruder Rhys …

Von der Hexenkönigin Siderea Aminestas werden sie singen, der Geliebten von Magistern und Gemahlin von Königen, die von den Zauberern verlassen wurde, als sie ihnen nicht mehr nützlich sein konnte. Und von dem Seelenfresser-Weibchen, das ihr das Leben rettete, aber die menschliche Seele raubte. Hell loderte die Rache in ihrem Herzen, als sie auf dem Rücken ihrer Konjunkta mit den bunt schillernden Flügeln aus Sankara floh und nach einem Land suchte, wo sie die Saat für ein neues und schreckliches Reich legen konnte.

Auch von Salvator werden sie singen, dem dritten Sohn des Danton Aurelius, dem Büßermönch, der seinem Gelübde entsagte, um seinem Vater auf dem Thron zu folgen, jedoch wegen seines Glaubens auf die Macht und den Schutz der Magister verzichtete. In vielen Liedern werden sie schildern, wie er von Dämonen und Zweifeln gequält und von der Hexenkönigin selbst auf die Probe gestellt wurde, während zugleich die Führer seiner eigenen Kirche darüber debattierten, wie er sich am besten für ihre politischen Ziele einspannen ließe.

Und ganz zuletzt werden sie von der großen Schlacht singen, die noch bevorstand und die über das Schicksal des Zweiten Königtums – und der ganzen Menschheit – entscheiden sollte. Und jeder, der ihre Lieder hört, wird sich fragen, wie ein Prinz, der zuerst zum Mönch und dann zum König wurde, die Welt retten sollte, wenn ausgerechnet der Gott, den er anbetete, womöglich bereits von allem Anbeginn nach deren Zerstörung getrachtet hatte.

Prolog

Auf dem Schlachtfeld herrschte Stille.

Leichen bedeckten den blutdurchtränkten Boden, Leichen von Feinden, wie Liebende ineinander verschlungen. Tausende und Abertausende von Männern, die einst der Stolz ihres Landes gewesen waren – starke, treu ergebene Soldaten –, waren nur noch Aas. Der Tod hatte ihnen die Würde und ihrem Dasein den Sinn geraubt. Für wen sie gekämpft oder wie fest sie an ihre Sache geglaubt hatten – all das zählte nicht mehr. Die Raben, die sich über dem Schlachtfeld sammelten, kümmerten sich nicht um solche Feinheiten, die den Menschen so wichtig waren.

Colivar wanderte schweigend zwischen den Leichen dahin. Die Schlacht hatte ihm viel zu wenig Vergnügen bereitet. Damals, als das Spiel noch neu für ihn gewesen war, hatte es ihn in einen wahren Rausch versetzt, Menschen gegeneinander zu hetzen, doch inzwischen war er infolge der Gewohnheit längst abgestumpft.

Alle diese Männer waren seinetwegen oder wegen eines anderen Magisters gestorben. Natürlich hatten sie geglaubt, sie gäben ihr Leben für ihren König hin – oder für eine Sache, die ein solches Opfer wert war –, doch die Zauberer wussten es besser. Die Anführer, die zu diesem Kampf aufgerufen hatten, waren inzwischen längst tot und alle ihre Ratgeber ebenso. Vielleicht auch ihre Erben. Und es musste nicht unbedingt Colivars Gegner gewesen sein, der sie alle getötet hatte. Bei menschlichen Auseinandersetzungen dieser Größenordnung sammelten sich die Magister wie die Fliegen. Wie konnte man seine Macht eindrucksvoller unter Beweis stellen, als wenn man eine ganze Nation ins Chaos stürzte? Kaum ein Zauberer konnte dieser Versuchung widerstehen.

Der Gedanke an ein solches Kräftemessen brachte immer noch sein Blut in Wallung – dieser perverse Funke in seinem Innern würde wohl nie mehr erlöschen –, ließ aber seine menschliche Seele, dieses unerreichbare, tief verletzte Ding kalt. Ereignisse, die ihn einst in Ekstase versetzt hatten, vermochten dies nun nicht mehr. Bedeutete das, dass die alten Wunden endlich doch verheilten? War es ein Zeichen dafür, dass sein Menschsein, das der Wahnsinn vor so vielen Jahren in Stücke gerissen hatte, sich langsam wieder zusammenfügte? Oder waren die letzten Reste seiner geschundenen Seele lediglich im Begriff, an schierer Erschöpfung zugrunde zu gehen, zu verhungern in der gefühllosen Kälte seiner Existenz? Wenn ja, was würde aus ihm werden, wenn sie endgültig verschwänden? Wahrhaft unerfreuliche Fragen.

»Das muss ein Ende haben.« Die Stimme kam von hinten und riss ihn jäh aus seinen Tagträumen. »Und du weißt es.«

Die plötzliche Erkenntnis, dass ein anderer ihm so nahe war, weckte bei Colivar urtümliche Revierinstinkte. Während er sich blitzartig umdrehte, beschwor er genügend Seelenfeuer, um jeden Angriff abwehren – oder selbst angreifen zu können. So war er auf alles gefasst und konnte den Besucher in Ruhe taxieren. Dass es sich um einen Magister handelte, erkannte er auf den ersten Blick, wenn nicht an seiner Kleidung, so doch an seinem Auftreten. In Colivars Kopf johlte der Hass, primitive Gefühle schossen mit unwiderstehlicher Kraft durch seine Adern. *Ein Feind! Schlag ihn in die Flucht! Und wenn er nicht fliehen will, dann reiß ihn in Stücke!* Ein schwächerer Magister als Colivar hätte die Verbindung zu seinem menschlichen Ich in diesem Moment womöglich vollends verloren und sich wie ein Tier auf den Störenfried gestürzt. Es war noch nicht so lange her, seit er das letzte Mal einem Feind mit messerscharfen Zähnen die Kehle aufgerissen hatte, dass er vergessen hätte, wie sich das anfühlte. Er bemühte sich, die Flut tierischer Instinkte niederzukämpfen, hätte ihr aber zu gerne nachgegeben.

Doch endlich bekam er sich mit großer Anstrengung so weit in den Griff, dass er imstande war, wie ein Mensch zu sprechen. »Warum bist du gekommen?«, fragte er. Seine Stimme klang heiser und stockend, er erkannte sie kaum wieder. Nun, er führte zurzeit nicht viele Gespräche. »Was willst du?«

»Mit dir sprechen«, antwortete der Fremde ungerührt. Wenn diese Angriffslust auch in seinen Adern tobte, so merkte man es ihm nicht an. »Nichts sonst.«

Magister pflegten kaum persönliche Kontakte untereinander. Wenn sie dem Schülerdasein entwachsen waren und sich zu eigenständigen Persönlichkeiten entwickelt hatten, wurden die Revierinstinkte dafür zu stark. Jeder Zauberer ging seinen eigenen Weg, und wenn sich zwei solcher Wege kreuzten, begann ein heftiger Machtkampf, der manchmal Tausende von Morati das Leben kostete. Solche Rivalitäten hatten ganze Königreiche vernichtet, wenn Ritter und Fürsten Kriege um eine Sache führten, die sie für ihre eigene hielten, während sie in Wirklichkeit von den Zauberern gesteuert wurden und lediglich deren Revierkoller auslebten. Was die Morati glaubten, spielte ohnehin keine Rolle. Selbst wenn sie die Wahrheit gekannt hätten – sie hätten sich nicht wehren können.

Aber ... jetzt war ein fremder Magister hier, in seinem Herrschaftsgebiet, und Colivar hatte tatsächlich dem Drang widerstanden, ihn auf der Stelle zu vernichten. Vielleicht hatte der jüngste Kampf dem Tier in ihm so viel von seiner Kraft geraubt, dass ein zivilisierter Umgang möglich wurde. Eine interessante Überlegung. Es mochte sich lohnen, ihr weiter nachzugehen.

Er resorbierte die Macht, die er beschworen hatte. Der Fremde wusste sicherlich, wie schnell er sie wieder verfügbar machen konnte, wenn es nötig werden sollte. »Sprich«, krächzte er.

Der andere war hochgewachsen, kräftig gebaut, mit feinen Fältchen um die Augen und einer Spur von Grau an den Schläfen. Das konnte bedeuten, dass er mit dreißig oder vierzig Jahren durch die Erste Translatio gegangen und von diesem Zeitpunkt an körperlich nicht weiter gealtert war. Es konnte allerdings auch heißen, dass er ein schlaksiger Junge oder auch ein verkrüppelter Greis gewesen war, der nun seine Macht dazu verwendete, sein

Aussehen anziehender zu gestalten. Es gab keine Möglichkeit, sich Gewissheit zu verschaffen. Mithilfe von Zauberei das wahre Aussehen eines Magisters – sein wahres Alter oder andere Tatsachen – herausfinden zu wollen, galt als tödliche Beleidigung.

»Du hast gehört, was ich sagte.« Die ruhige, aber bezwingende Stimme eines Menschen, der weiß, dass er nicht laut zu werden braucht, um sich Gehör zu verschaffen. »Es muss ein Ende haben.« Eine scharfe, weit ausholende Geste, die das Schlachtfeld, Colivar und die ganze Welt jenseits davon einschloss. »Das alles.«

»Du meinst ... der Krieg?«

»Ich meine das, was wir dazu beitragen. Unsere Exzesse. Die mörderische Gewalt. Den Preis, den die Morati-Welt für unseren maßlosen Egoismus bezahlt.«

Es zuckte um Colivars Mundwinkel. »Wir sollten also ... rücksichtsvoller sein?«

»Nein. Lediglich pragmatischer.«

»Der Morati wegen?«

Die Augen des Fremden wurden schmal. »Einst gab es überall auf der Erde mächtige Königreiche. Was ist davon geblieben? Chaos und Barbarei. Kaum eine Erinnerung an die einstige Größe und keine Energie, um sie wiederherzustellen. Ist das die Welt, in der wir leben wollen?«

»Nicht wir waren es, die die Reiche des Ersten Königtums zu Fall brachten«, gab Colivar zu bedenken.

»Nein, aber wir verhindern ihren Wiederaufbau.« Die Augen des Fremden waren klar und glänzend, blassblau wie das arktische Eis. In Colivar erwachten schwache Erinnerungen an Dinge, die er lieber vergessen wollte. »Hast du nicht den Wunsch, die mächtigen Türme abermals aufragen zu sehen? Würdest du nicht gerne in einer Welt leben wie einst die Ersten Könige? Wir selbst, die wir uns vom Tod nähren, werden solche Wunder niemals schaffen, denn wir sind zu besessen von Zerstörungswut, zu geblendet von unserem triebhaften Hass aufeinander. Und in unserem Wahn reißen wir die Morati mit in die Tiefe. Bald wird in ihnen nichts mehr übrig sein, was zu wahrer Größe fähig wäre. Und das ist ein Verlust für uns alle.«

Wie anmaßend, dachte Colivar, *einen anderen Magister wie ein Schulkind zu belehren!* An einem anderen Ort und zu einer anderen Zeit hätte ihn diese Überheblichkeit wütend gemacht. So wütend vielleicht, dass er seine Selbstbeherrschung vergessen hätte, und dann hätte dieses Gespräch in dem Blutbad geendet, nach dem das Tier in seinem Inneren so lauthals schrie. Doch nun regten sich andere Gefühle in ihm, Gefühle von beunruhigender Fremdartigkeit, die seine menschlichere Seite ansprachen. Und so ließ er nicht zu, dass das Tier die Oberhand gewann. Jedenfalls noch nicht gleich.

Was die Zukunft der Zivilisation anging, so hatte der Fremde natürlich recht. Kein Magister wusste das besser als Colivar. Er allein übersah das volle Ausmaß dessen, was die Menschheit verloren hatte. In einer Weise, die keiner der anderen vollends begreifen konnte, sehnte er sich nach jener alten Welt. Und er kannte das wahre Wesen der Magister gut genug, um sich darüber im Klaren zu sein, dass die Menschen solche Höhen nie mehr erreichen würden. Die Seelenfresser hatten einfach zu viel zerstört. Und danach waren die Magister gekommen. Von der ersten Heimsuchung mochte sich die Menschheit noch erholen, doch die zweite war weitaus schlimmer.

»Wir sind die Raubtiere«, sagte er schroff. »Nicht die Wärter.«

»Und was nützt uns diese Unterscheidung, wenn die Welt im Chaos versinkt? Denn sie ist auf dem besten Wege dazu, und das weißt du genau. Vielleicht verblutet sie nur langsam an den Wunden, die wir ihr bisher geschlagen haben, aber sie verblutet daran. Wir müssen die Blutung stillen, solange Heilung noch möglich ist. Sonst rinnt uns die ganze Welt durch die Finger, und wir werden sie mit allen unseren Zauberkräften nicht wiederherstellen können.«

»Du sorgst dich um die Morati«, provozierte Colivar sein Gegenüber. Nicht, weil er das dem Fremden wirklich unterstellte, sondern um das Tier in ihm zu reizen und ihn abzulenken. Einem Magister menschliches Mitgefühl vorzuwerfen, das galt als schwere Beleidigung. Er war neugierig, wie sein Gegenüber darauf reagieren würde.

Doch der andere verzog keine Miene. »Und du warst einmal bereit, für sie zu sterben, Colivar. Jedenfalls lässt sich das den

Mythen entnehmen. Ist es wahr? Hat dir das Wohl der gewöhnlichen Sterblichen tatsächlich so viel bedeutet?«

Erinnerungen – echte Erinnerungen! – stiegen aus der Dunkelheit empor, in der er sie vor langer Zeit vergraben hatte. Sie waren vom Wahnsinn in Fetzen gerissen und jahrelang im Vergessen erstickt worden, aber trotz ihres elenden Zustandes gelang es ihnen, ihn bis in die Tiefen seiner Seele zu erschüttern.

Er wandte sich ab, um dem Fremden nicht in die Augen sehen zu müssen, und schaute über das Schlachtfeld. Die Raben hatten sich niedergelassen und begonnen, sich am Fleisch der Gefallenen gütlich zu tun. Einige der Soldaten waren noch gar nicht tot, jedoch so schwer verwundet, dass sie sich gegen die Vögel nicht wehren konnten. Colivar war sich bewusst, dass er diesen Raben näherstand als den Morati. Damit konnte er sich abfinden; das Tier in ihm ließ nichts anderes zu. Vor langer Zeit hatte er noch versucht, es zu verleugnen und sich vorzugaukeln, er wäre noch immer ein Mensch. Doch inzwischen war das Tier ein Teil seiner Seele geworden, er hatte sich ihm freiwillig unterworfen, und nun ließ es sich nicht mehr so leicht unterdrücken.

Wenn du wüsstest, wo die wahre Quelle deiner Macht liegt, dachte er, *würdest du mir solche Fragen nicht stellen.*

»Es mag einmal einen Moratus namens Colivar gegeben haben, dem diese Welt am Herzen lag.« Er bemühte sich, seine Stimme von allen Gefühlen frei zu halten, um den Fremden nicht merken zu lassen, welchen Sturm er mit seiner Frage entfacht hatte. »Vielleicht wäre er sogar bereit gewesen, sein Leben für sie zu geben. Aber dieser Mann ist tot.« Er wandte sich wieder dem lästigen Besucher zu. »Wir sind, was wir sind. Und alle Zauberei der Welt kann daran nichts ändern.«

»Nein.« Der andere nickte nachdrücklich, mit einer Ruhe, die Colivar rasend machte. War das innere Tier dieses Mannes schwächer als sein eigenes oder lediglich besser gezähmt? Er hatte sich immer gefragt, was die anderen Mitglieder seiner Bruderschaft empfanden. Waren ihre Kämpfe mit sich selbst weniger heftig, weil sie weiter von der Quelle entfernt waren als er? Oder konnten sie sie lediglich besser verbergen? »Zauberei kann nichts ändern.«

»Was dann?«

»Etwas, das mächtiger ist als Zauberei. Etwas, dessen Wert die Morati ironischerweise kennen ... während wir ihn vergessen haben.« Er ließ Colivar kurz darüber nachdenken, und schließlich sagte er sehr leise: »Ein Gesetz.«

Colivar holte zischend Atem. »Was ... meinst du damit? Kampfregeln?«

»Nein. Die gelten bloß für Kriegszeiten. Wir brauchen etwas Allgemeineres. Etwas Grundlegenderes. Etwas, das uns helfen kann, unsere niederen Instinkte zu zügeln, wenn sie übermächtig werden, sodass offene Kämpfe nicht mehr stattzufinden brauchen. Oder zumindest ...« Ein spöttisches Lächeln umspielte seine Lippen. »... nicht mehr ganz so oft.«

»Wir sind keine Morati«, blaffte Colivar.

»Nein ... aber das heißt doch nicht, dass wir nichts von ihnen lernen können. Durch ihre Rechtsnormen unterscheiden sich die Morati von den Tieren. Vielleicht könnten solche Normen das auch für uns leisten.«

Aber das Tier in einem Magister ist Teil seiner Seele, grübelte Colivar. Das konnte der Fremde natürlich nicht begreifen. Keiner von den anderen Magistern konnte das. Und er hatte nicht vor, es ihnen zu erklären. »Wie willst du diese Normen durchsetzen?«, wollte er wissen. Und bemühte sich, mehr auf die Worte des Fremden zu hören als auf die Erinnerungen, die sie heraufbeschworen. »Welche Autorität werden Magister deiner Meinung nach anerkennen?«

»Es wäre ein einvernehmlicher Beschluss erforderlich.«

Colivar war zunächst sprachlos. Dann stieß er hervor: »Ein Beschluss ... dem wir *alle* zustimmen?«

Der Fremde nickte.

»So viel Einmütigkeit gäbe es nicht einmal bei den Morati.«

»Sind wir den Morati denn nicht überlegen?«

Colivar schüttelte fassungslos den Kopf. »Manch einer würde dich allein wegen eines solchen Vorschlags für verrückt erklären.«

»Während ich mich eher als pragmatisch bezeichnen würde.«

Wir sind nicht einmal fähig, mit unseresgleichen ein Gespräch von Angesicht zu Angesicht zu führen, ohne dass die tierischen

Instinkte die Herrschaft übernehmen. Was für ein Gesetz stellst du dir für unsere Bruderschaft vor? Und wie willst du die bestrafen, die es brechen?

Doch die Worte kamen ihm nicht über die Lippen. Denn der Vorschlag, so verrückt er war, schlug tief in seinem Inneren eine Saite an. Eine *menschliche* Saite. Und für einen Moment – einen Moment nur – schwieg das Tier in ihm, und er konnte plötzlich klar denken.

»War das deine Idee?«, stieß er endlich hervor.

Der Fremde schüttelte den Kopf. »Nicht allein. Doch nur wenige sind in so hohem Maße wie ich für Botendienste geeignet, deshalb habe ich diese Aufgabe übernommen. Sie erfordert …« Ein schwaches Lächeln spielte erneut um seine Lippen. »… ungewöhnlich viel Selbstbeherrschung.«

Angenommen, alle anderen würden sich zu diesem Projekt zusammenschließen, schoss es Colivar durch den Kopf, *und ich wäre als Einziger dazu nicht fähig?* Mit einem Mal wurde ihm schmerzlich bewusst, dass ihn eine tiefe Kluft von seinen Standesgenossen trennte. Wäre dieser Fremde mit seinem Angebot auch zu ihm gekommen, wenn er die Wahrheit über ihn wüsste? Würde er überhaupt wollen, dass Colivar sich an seinem Projekt beteiligte?

»Es wird sehr lange dauern«, wandte er ein.

»Mag sein. Aber Zeit haben wir schließlich mehr als genug, nicht wahr?«

»Und das letzte Ziel ist … was? Eine große Versammlung einzuberufen, damit wir in trauter Gemeinsamkeit ein Gesetzeswerk entwickeln können?« Er lachte rau. »Wir würden einander in Stücke reißen, bevor noch das erste Wort auf dem Papier stünde.«

»Aha.« Ein Lächeln – kalt und freudlos – huschte über das Gesicht des Fremden. »Hierin liegt nämlich der Unterschied zwischen dir und mir. Ich glaube, dass Magister ihre instinktive Blutgier überwinden können, wenn es gelingt, sie von der Notwendigkeit zu überzeugen. Und wenn der Wille stark genug ist, könnte es einigen von uns eines Tages sogar gelingen, sich wie zivilisierte Menschen zusammenzusetzen und Themen von gemeinsamem Interesse zu erörtern, ohne dass uns unsere niederen Triebe ins

Handwerk pfuschen. Wäre das nicht ein erstaunlicher Fortschritt?«

»Und du glaubst wirklich, dass all das durch die Aufstellung von Regeln möglich wird?«

Der Fremde wurde ernst. »Die Macht dazu liegt nicht in dem Gesetz an sich, Colivar. Sondern darin, wie wir uns verändern müssen, um es einzuführen.«

In der Ferne krächzten die Raben. Irgendwo zwischen den Leichen stöhnte ein Sterbender. Colivar schloss die Augen und konzentrierte sich auf die Geräusche, um etwas Ruhe in den Sturm von Gefühlen zu bringen, der in seiner Seele tobte. Es war, als stünde er an einem Scheideweg und spähte ins Dunkel, um wenigstens in Umrissen zu erkennen, was vor ihm lag, und sich für einen Weg zu entscheiden. Doch beide Pfade waren in einen dichten Nebel gehüllt, der nichts preisgab. Man musste in blindem Glauben vorwärtsschreiten oder auf jeden weiteren Schritt verzichten.

Alles, was er über seine Kräfte – ja, über seine eigene Seele – zu wissen geglaubt hatte, wurde von diesem Mann infrage gestellt. Aber nur einmal angenommen, er wäre von falschen Voraussetzungen ausgegangen? Angenommen, die anderen Zauberer, in einer ruhigeren Zeit geboren, hätten eine klarere Vorstellung von ihren wahren Fähigkeiten? Angenommen, sie wären tatsächlich imstande, Veränderungen herbeizuführen?

Und er, die große Ausnahme unter allen Magistern, könnte an diesen Veränderungen nicht teilhaben? Ein erschreckender Gedanke, bei dem sich die empfindlicheren Teile seiner Anatomie in blankem Entsetzen ins Körperinnere verkriechen wollten.

Sollte dieser Wahnsinnsplan allerdings gelingen … dann eröffneten sich unglaubliche Möglichkeiten! Nicht bloß für ihre Gemeinschaft im Allgemeinen – falls man die Magister als Gemeinschaft bezeichnen konnte –, sondern auch, was seine eigenen inneren Kämpfe betraf.

Ich könnte wieder ein Mensch werden, dachte er staunend. Er hatte diesen Traum vor langer Zeit aufgeben müssen. Nun sah er sich aufgerufen, zu ihm zurückzukehren. Es war fast mehr, als er zu fassen vermochte.

Wieder hörte er einen Raben krächzen. Er schüttelte verwirrt den Kopf.

»Was willst du von mir?«, fragte er endlich.

Der Fremde hatte bislang keinerlei Gefühle gezeigt, doch jetzt entspannten sich seine Züge, und Colivar sah deutlich, dass er keineswegs sicher gewesen war, wie dieses Gespräch enden oder wer überleben würde, falls es in eine weniger zivilisierte Form des Umgangs münden sollte. »Nicht mehr als dein Eingeständnis, dass es den Versuch wert ist. Dass du nicht ablehnst, dich aktiv zu beteiligen, wenn die Zeit kommt, in die nächste Phase einzutreten. Natürlich kann niemand vorhersagen, wie viel wir erreichen ... aber wir sind bereit, unser Bestes zu tun, und deine Unterstützung wäre uns sehr wichtig.«

Colivar zog eine Augenbraue hoch. »Komm mir nicht mit Schmeicheleien«, warnte er. »Das sind Morati-Tricks.«

Der Fremde zuckte mit den Schultern. »Dein Wort hat großes Gewicht bei unseresgleichen. Das ist keine Schmeichelei, sondern die reine Wahrheit.«

»Weil ich gefährlicher bin als die meisten anderen?«

»Weil du über mehr Wissen verfügst als die meisten andern.« Die Saphiraugen glitzerten. »Auch wenn du dieses Wissen fest in deiner Brust verschließt.«

Colivar holte tief Atem. In seiner Brust war lediglich die Seele eines Tieres eingeschlossen, und diese war ständig auf dem Sprung. Ob sich andere Magister wohl auch in diesem ewigen Kräftemessen zwischen ihrer menschlichen Hälfte und einem finsteren animalischen Herrn gefangen fühlten? Oder hielten sie ihre heftigen Revierinstinkte lediglich für entartete menschliche Emotionen? Fragen konnte er nicht; über solche Dinge wurde unter Magistern nicht gesprochen.

Er hatte ihre Unwissenheit immer als Schwäche angesehen. Aber vielleicht konnte sie ihnen Türen öffnen, die ihm durch sein eigenes Wissen um die Vergangenheit verschlossen blieben.

»Nun gut.« Colivar nickte steif. »Wenn die Zeit kommt und alle Magister diesem Kurs zugestimmt haben – wenn sie sich versammeln, um zu beschließen, was für ein Gesetz sie aufstellen wollen –, dann finde auch ich mich ein.« Ein schwaches Lächeln huschte über sein Gesicht. »Und ich werde mir gewissenhaft Mühe geben, sie nicht alle umzubringen.«

Der Fremde verneigte sich respektvoll. »Mehr können wir nicht verlangen.«

Damit wandte er sich zum Gehen. Das war auf seine Weise der größte Vertrauensbeweis, den ein Magister zu geben hatte. Er konnte nicht wissen, ob ihn Colivar von hinten niederschlagen würde, sobald er ihm den Rücken zukehrte. Dennoch ging er das Risiko bereitwillig ein. War es Optimismus, was ihn dazu trieb, oder Torheit? Oder beides?

»Warte«, sagte Colivar.

Der Fremde drehte sich um.

»Du kennst meinen Namen, aber deinen hast du mir nicht genannt.« Er zog eine Augenbraue hoch. »Willst du die *Zusammenarbeit* so beginnen?«

Die blauen Augen ruhten kalt auf ihm. Ein Name hatte Macht, auch wenn er nur in der Öffentlichkeit verwendet wurde. Und er wurde noch mächtiger, wenn man ihn unmittelbar von seinem Besitzer erfuhr. Nur wenige Magister würden sich zu einer solchen Geste bereitfinden.

Beweise mir, wie wichtig dir dieses Projekt ist, dachte Colivar. *Beweise mir, wie weit du zu gehen bereit bist, um es zur Verwirklichung zu bringen.*

»Ramirus«, sagte der Fremde. »Ich heiße Ramirus.«

Er wandte sich abermals zum Gehen. In der Ferne krächzten noch immer die Raben. Diesmal hielt Colivar ihn nicht zurück.

Der Anfang

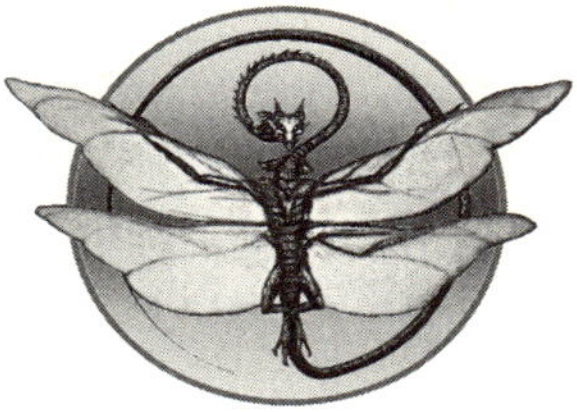

Kapitel 1

Der Angriff begann im Morgengrauen.

Die meisten Bewohner von Jezalya schliefen noch und verließen sich darauf, dass ihre Wachposten bei einem Überfall Alarm schlagen würden. Doch im Grunde rechnete niemand damit. Die Wüstenstadt war von einer hohen, dicken Mauer umgeben, die über Jahrhunderte mit Hexenkräften verstärkt worden war; nur ein Narr würde versuchen, sie zu durchbrechen. Schon gar nicht bei Nacht, wenn sogar die wildesten Krieger ihre Waffen beiseitelegten und die Herrschaft über den Sand den Eidechsen und den Dämonen überließen.

Das war ein Irrtum.

Vor der Stadt wartete Nasaan und beobachtete die gewaltige Mauer durch ein Fernglas. Er befehligte ein kleines, aber loyales Heer von Stammeskriegern aus den mächtigsten Wüstensippen. Sie waren vielleicht nicht alle so gut bewaffnet wie Jezalyas Soldaten, doch dafür waren sie zehn Mal so tapfer und sowohl durch Blutsbande wie durch Treueeide an ihn gefesselt. Auch seine Hexen und Hexer waren mit ihm verwandt, was bedeutete, dass sie bereitwillig ihr Leben hingeben würden, um ihm den Sieg zu sichern. Sie waren aus ganz anderem Holz geschnitzt als die Hexen und Hexer von Jezalya, die dem Fürsten der Stadt ihre Kräfte nur in genau bemessenen Dosen und gegen ein ebenso genau berechnetes Entgelt zur Verfügung stellten. Gewiss würden diese Hexen und Hexer in kleineren Dingen behilflich sein und sogar hin und wieder die Kristallkugel befragen, aber ihre Hilfsbereitschaft hatte

Grenzen. Sobald sie zu der Überzeugung gelangten, dass Jezalya verloren war, würden sie wie die Ratten aus der Stadt flüchten, ohne den kleinsten Bruchteil ihrer kostbaren Lebenszeit auf deren Rettung zu verschwenden.

Jedenfalls hatten das Nasaans Spitzel beteuert, nachdem sie monatelang Erkundungen angestellt hatten.

Im Osten kroch allmählich ein blassblauer Schein über den Horizont und kündigte die Dämmerung an. Die Stadt erwachte, dachte Nasaan. Der große Markt im Herzen Jezalyas würde öffnen, sobald es vollends Tag wurde, deshalb waren die eifrigsten Händler bereits dabei, ihre Waren ordentlich auszulegen, um mit den Reihen von jungem Gemüse und Fleisch von frisch geschlachtetem Vieh die Kunden anzulocken. Schon holperten die ersten Wagen durch die schmalen Gassen und beförderten vor Beginn des neuen Handelstages die Waren an den gewünschten Ort. Kaufleute, die in Jezalya übernachtet hatten, stellten ihre Karawanen zusammen und bereiteten sich auf die Weiterreise vor. Und oben auf der großen Mauer beobachteten die Wachposten unsäglich gelangweilt den heller werdenden Himmel. Abermals war eine Nacht ohne Zwischenfälle vergangen. Sie waren nicht überrascht. Der Krieg war ein Geschöpf des Tages, und wenn das Unheil nun käme, hätten sie ihre Wache bereits hinter sich.

Der zweite Irrtum.

Noch war es nicht hell genug, um alles sehen zu können, doch Nasaans Fernglas verstärkte dank eines Hexenzaubers das wenige Tageslicht und erleichterte ihm die Beobachtung. Oben auf der Mauer gingen die Posten auf und ab und ließen den Blick über die kahle Ebene rings um Jezalya schweifen. Nasaan erschrak, als ein Mann in seine Richtung schaute, aber seine Hexer hatten dafür gesorgt, dass der Feind ihn und seine Leute nicht sehen konnte, und ihre Bannsprüche waren offenbar wirksamer als alle Zauber, die Jezalya vor nahendem Umheil warnen sollten.

Seine Männer fieberten dem Angriff sichtlich entgegen. Aber ein verfrühter Sturm auf die Stadtmauer wäre sinnlos. Erst wenn die von ihm angeordneten Vorbereitungen im Inneren der Stadt abgeschlossen waren, konnten er und seine Leute in Aktion treten. Sonst würden sie von der dicken Mauer aufgehalten, an der schon größere Heere gescheitert waren. Eine solche Barriere war von außen nicht einzunehmen.

Er mahnte seine Soldaten leise zur Ruhe und wartete.

Oben auf der Mauer erlosch unvermittelt eine der Laternen. Nasaan erstarrte. Ein paar Sekunden vergingen, dann ging das Licht wieder an, und die Laterne wurde auf- und abbewegt: einmal, zweimal, dreimal.

Das vereinbarte Zeichen.

Noch war kein Alarm zu hören. Der trockene Wind trug ihnen aus der Stadt keinen Kampflärm zu. Nasaan hielt den Atem an, seine Hand schloss sich fester um die Zügel. Je mehr seine Vertreter in Jezalya mit List und Tücke erreichen konnten, bevor es tatsächlich zum Kampf kam, desto besser wäre es für alle Beteiligten.

Die Mauern meiner Stadt durchbricht niemand, hatte Jezalyas Herrscher geprahlt. Er hatte abschrecken wollen, doch Nasaan hatte die Worte als persönliche Herausforderung verstanden. An jenem Tag hatte er erkannt, dass er auserwählt war, die reiche Handelsstadt zu erobern. Nicht mit Brachialgewalt, nicht, indem man wie so viele Heere in der Vergangenheit gegen die große Mauer anrannte und sich mühsam über Leitern und an Seilen emporkämpfte, während man von den Verteidigern der Stadt mit heißem Öl überschüttet und mit Brandpfeilen beschossen wurde. Nein. Ein solches Vorgehen wäre von vornherein zum Scheitern verurteilt. Aber wenn die Wüstengötter dem Unternehmen hold waren, konnten ein paar Dutzend Mann im Inneren von Jezalya mehr bewirken als tausend Krieger draußen.

Und Nasaan stand mit seinen Göttern auf gutem Fuß.

Wie hieß der Herrscher der Stadt gleich noch einmal? Dervach? Dervastis? Der Sohn eines Häuptlings, dessen kleiner Stamm wenig geachtet war. Erstaunlich, dass die Stadt einen Mann von so unbedeutender Herkunft als Herrscher anerkannte. Nasaan hatte dagegen das Blut uralter Königsgeschlechter in den Adern und mit ihm einen Funken ihrer einstigen Größe.

Ein Herrscher, wie ihn Jezalya verdiente.

Die massiven Tore schwangen quälend langsam auf. Nasaan sah eine Welle der Vorfreude durch die Reihen seiner Männer fegen, sie richteten sich im Sattel auf und wollten losreiten. *Noch nicht,* dachte er. Er hob die Hand zum Zeichen, dass sie warten und sich noch ein paar Atemzüge lang gedulden sollten. *Noch nicht!* Sein kleines Heer stand viel näher an Jezalya, als es bei Tag möglich gewesen wäre; seine Hexen und Hexer hatten die nächtliche Dunkelheit zur Verstärkung ihrer Schutzzauber zu Hilfe genommen. Aber der gefährlichste Teil dieses Unternehmens waren die ersten Minuten des Angriffs, der rasende Ritt über die offene Ebene zu den Stadttoren. Den konnten nicht einmal alle seine Hexen und Hexer gemeinsam tarnen. Sie mussten warten, bis Nasaans Männer im Inneren der Stadt ihren Auftrag ausgeführt und Jezalyas Haupttor unter ihre Kontrolle gebracht hatten. Wenn seine Soldaten dieses Tor vorher zu stürmen versuchten … nun, dann würde es ein gewaltiges Blutbad geben, so viel stand fest.

Die Beute ist einen Blutzoll wert, dachte er. Und er flüsterte unhörbar ein letztes Stoßgebet an den Kriegsgott, versprach, ihm im Herzen Jezalyas einen prächtigen neuen Tempel zu errichten, falls die Schlacht ein gutes Ende fände.

Endlich waren die Stadttore weit offen. Die schweren gepanzerten Flügel ließen sich weder schnell noch leicht wieder schließen. Nasaan hatte sein erstes Ziel erreicht, ohne dass in der Stadt Alarm geschlagen worden war. So weit, so gut.

In der nächsten Phase der Invasion war es allerdings nicht zu vermeiden, dass die Opfer gewarnt wurden. Man konnte ein Heer vor allen Blicken verbergen, wenn es in tiefer Nacht marschierte und Deckung suchte, wo immer es möglich war, aber eine wilde Horde unsichtbar zu machen, die donnernd und mit lautem Geschrei über offenes Gelände sprengte, war unmöglich. Da verzichtete man besser auf alle Hexenkünste und suchte sich mit Schnelligkeit und wildem Kampfgeist einen Vorteil zu verschaffen.

Gespannte Ruhe lag über den Bewaffneten, nur unterbrochen vom ungeduldigen Schnauben einiger Pferde. Auch die Tiere spürten das Knistern in der Luft. Dennoch würde sich niemand von der Stelle rühren, bevor Nasaan den Befehl dazu gab.

Er ließ die Hand fallen. Und mit einem gellenden Kriegsschrei, der die Herzen der Feinde einfach mit Angst erfüllen *musste*, traten seine Männer den Pferden in die Flanken. Die Hufe trommelten auf die trockene Erde und wirbelten dichte Staubwolken auf – als raste, gesichtslos und verheerend, ein Sandsturm auf die Stadt zu. Als fiele nicht bloß ein menschliches Heer über Jezalya her, sondern der fleischgewordene Zorn der Wüste selbst.

Ihr sollt euch fürchten!, dachte Nasaan mit Inbrunst. Er fasste die Zügel mit einer Hand und hielt mit dem anderen Arm seinen zerschrammten Schild über sich, um sich vor feindlichem Beschuss zu schützen. *Ihr sollt euch so sehr fürchten, dass ihr euch kampflos ergebt, um nicht von uns abgeschlachtet zu werden. Ihr sollt das Leben wählen und nicht den Tod.*

Seine Mittelsmänner hinter den Mauern würden den Führern der Stadt klarmachen, dass ihnen nur diese zwei Möglichkeiten blieben. Entweder ergäben sie sich dem Stammesheer und schlössen Frieden mit ihm, oder sie bekämen die volle Wucht seines Zorns zu spüren. Nasaan hoffte, dass sie sich für die erste Möglichkeit entscheiden würden – dann bliebe mehr von der Stadt erhalten –, aber von seinen Männern dachten viele vermutlich anders. Die Folgen einer militärischen Eroberung waren für sie nicht weniger verlockend als die eigentliche Schlacht, die Aussicht auf das ungehemmte Plündern und Brandschatzen nach einer langen Belagerung versetzte sie schon jetzt in wilde Vorfreude. Falls die Stadt kapitulierte, stünde Nasaan vor der schwierigen Aufgabe, seine eigenen Männer davon abzuhalten, sie zu zerstören.

Sollten sich Jezalyas Führer allerdings nicht ergeben ... dann würde er eben über das herrschen, was nach der Plünderung durch seine Männer noch übrig war.

Plötzlich prallte von oben etwas gegen seinen Schild. Ein zweiter Schlag folgte. Von der Mauerkrone wurden Pfeile abgeschossen. Es waren nicht so viele, wie man hätte erwarten können – Nasaans Mittelsmänner hatten offenbar die Mauerabschnitte an den Toren in ihre Gewalt gebracht und Jezalyas Bogenschützen den Zugang verwehrt –, aber der dünne Stahlregen, der nun vom Himmel fiel, war dennoch von tödlicher Wucht. Ein Pfeil bohrte sich neben Nasaans Arm durch den hoch gehaltenen Schild und schlug ein Loch in seinen Armschutz. Ein zweiter traf mit einem Donnerschlag eine Niete und prallte ab. Er hörte mehrere seiner Krieger fluchen, als sie getroffen wurden, aber kein Mann fiel oder blieb zurück. Alle wussten, wie wichtig es war, durch die Stadttore zu gelangen, bevor Jezalya mobil machen konnte.

Inzwischen wurde sicherlich in allen Kasernen Alarm geschlagen. Der Hauptmann der Nachtwache verwünschte sich wahrscheinlich wegen seiner Unaufmerksamkeit, während die Soldaten der Tagwache nackt aus den Betten stolperten, nach ihren Harnischen suchten und lauthals zu wissen verlangten, was eigentlich los sei. Zweifellos würde auch der Befehl zur Schließung des großen Stadttors ergehen, weil noch niemand ahnte, dass Nasaans Männer hier bereits die Kontrolle übernommen hatten.

Nasaan kam diesem Tor jetzt immer näher, sein Wüstenblut dröhnte ihm in den Ohren. Die ersten von seinen Männern hatten es bereits passiert und ritten mit lautem Triumphgeheul in die Stadt ein. Nasaans Helfer im Inneren von Jezalya hatten ganze Arbeit geleistet. Er warf einen Blick über die Schulter, um sich zu vergewissern, dass hinter ihm alles in Ordnung war …

Und sah den Tod auf sich zurasen.

Hinter seinen Männern kam ein riesiger Reitertrupp in Sicht, und er hatte offenbar keine freundlichen Absichten. Woher die Reiter so plötzlich gekommen waren, wusste er nicht, aber ihre Hexen und Hexer mussten von den Göttern gesegnet sein, sonst hätten sie nicht so viele Männer vor ihm verbergen können. Der Staubwolke nach zu urteilen, die dieses neue Heer aufwirbelte, war es um ein Mehrfaches größer als sein eigenes, und es verfolgte sie mit der Geschwindigkeit einer Sandhose. In kürzester Zeit würde der größte Teil von Nasaans Streitmacht zwischen der großen Mauer und dieser wütenden Horde gefangen sein. Inzwischen war auch aus dem Inneren der Stadt Kampflärm zu hören; wenn Nasaans Helfer hinter den Mauern nicht rasch Verstärkung bekamen, wären sie verloren.

Nasaan rief seinen Männern eine Warnung zu, doch da kamen bereits die ersten Pfeile von hinten angeflogen. Wer überhaupt einen Schild hatte, hielt ihn nicht so, dass er gegen einen rückwärtigen Angriff schützte; die Pfeile bohrten sich bei Männern und Pferden ins Fleisch. Ein Pferd wurde von zwei Pfeilen in die Flanke getroffen, bäumte sich auf und hätte fast seinen Reiter abgeworfen; ein zweites stürzte samt seinem Reiter, und beide wurden niedergetrampelt. Eine von Nasaans Hexen wirkte rasch einen Schutzzauber, aber sie konnte nicht mehr tun, als einen Pfeil nach dem anderen abzulenken. Es gab keine natürlichen Hindernisse, die man sich hätte zunutze machen können, kein Sonnenlicht, um es in die Augen des Feindes zu lenken, nicht einmal eine Wolkendecke, aus der sich ein Blitz herabziehen ließ ... ringsum war alles öd und leer, die Landschaft hatte nichts zu bieten, um eine Hexe in ihren Bemühungen zu unterstützen.

Als der menschliche Wirbelwind noch näher heran war, wendeten Nasaans hinterste Reihen ihre Pferde und stellten sich ihm in den Weg. Nasaan schickte ein verzweifeltes Stoßgebet an den Kriegsgott Alwat, er möge ihm und seinen Kriegern gnädig sein, und ritt geradewegs auf die Feinde zu. Es hieß, Alwat sei auf der Seite der Mutigen, die auch aussichtslose Kämpfe nicht scheuten. Wenn dem so war, dann müsste er an Nasaans jetziger Lage Gefallen finden.

Plötzlich fiel genau über der vordersten feindlichen Linie ein großer schwarzer Schatten vom Himmel, und Nasaans Gegner gerieten ohne ersichtlichen Grund ins Stocken. Es war ein seltsamer Anblick, als ginge eine Welle des Zauderns durch die feindlichen Reihen und erfasste einen Mann um den anderen. Selbst die Pferde wurden von der Verwirrung angesteckt, einige stolperten und wurden für die Folgenden zum gefährlichen Hindernis. Nasaan hatte so etwas noch nie erlebt. Aber ein Geschenk der Götter hinterfragte man nicht. Er stieß einen Kriegsruf aus, der weithin über die große Ebene schallte, und gab seinen Männern das Zeichen zum Angriff.

Das seltsame schwarze Geschöpf schwebte auf der Stelle, als die beiden Gegner aufeinandertrafen. Seine riesigen Schwingen waren vor dem dunklen Himmel kaum zu erkennen. Nasaan hatte keine Zeit, um hinaufzuschauen, aber er spürte es über sich, während er sich für die Feindberührung wappnete. Es beobachtete das

Geschehen. Und wartete ab. Das spürte er ebenso deutlich, wie ihm sein Gefühl sagte, dass dies kein gewöhnliches Tier war und dass auch seine Wirkung auf den Feind nicht natürlich zu erklären war.

Dann klirrte Stahl auf Stahl, und von der kahlen Ebene stiegen riesige Staubwolken auf. Doch die Feinde waren bis ins Mark geschwächt und konnten Nasaans Leuten nicht standhalten. Der erste Gegner, auf den Nasaan traf, bewegte sich träge und schaffte es weder, sein Schwert beiseitezuschlagen, noch genügend Kraft in seine eigenen Hiebe zu legen. Nach allem, was Nasaan aus dem Augenwinkel sah, während er den Mann erledigte, erging es den anderen ähnlich. Die feindlichen Pferde stolperten herum wie Fohlen, die noch nie eine Schlacht gesehen hatten. Einige bäumten sich auf, wollten in Panik die Flucht ergreifen und stießen dabei mit anderen zusammen, sodass ein heilloses Chaos entstand. Auf der gegnerischen Seite gab es keine Schlachtordnung mehr. Nasaan stieß dem dritten feindlichen Krieger sein Schwert in die Seite und fragte sich, was für eine schreckliche Macht wohl diese Wirkung hatte erzielen können.

Und dann hatte er eine Vision. Vielleicht war es auch gar keine Vision. Vielleicht stand tatsächlich eine Frau mitten auf dem Schlachtfeld in einer Zone vollkommener Ruhe. Vielleicht stand sie tatsächlich wie ein Fels im reißenden Wasser, und der Strom der Gewalt teilte sich vor ihr, ohne dass irgendjemand dies bewusst wahrgenommen hätte.

Auf den ersten Blick schien die Frau aus der Wüste zu kommen, sie hatte die goldene Haut und die feinen Züge einer Stammesprinzessin, aber ihre Haltung verriet, dass das nicht alles war. Ihr Körper war von vielen feinen Seidenschleiern verhüllt, lange Ärmel umflatterten ihn wie rastlose Flügel, während sich die Männer ringsum auf Leben und Tod bekämpften. Und ihre Augen! Schwarze Facettenaugen, die wie Edelsteine glänzten, unmenschlich und wunderschön zugleich.

Sie sahen ihn unverwandt an.

Nasaan wusste, dass es Wüstendämonen gab, die *Djiri* genannt wurden, wilde Geister, die manchmal den Stammeskriegern im Kampf beistanden. Er wusste auch, dass sie für ihre Hilfe einen hohen Preis verlangten. An den Lagerfeuern wurde von Kriegern erzählt, die von solchen Geschöpfen vor dem Tod gerettet worden waren, nur um hinterher zu erfahren, dass als Gegenleistung ihr erstgeborenes Kind, eine Lieblingsfrau … oder gar die eigene Männlichkeit gefordert wurden. Die *Djiri* waren als launisch, grausam und völlig unberechenbar verschrien. Einer von Nasaans eigenen Vorfahren war angeblich von einem solchen Dämon unterstützt worden, als er seinen Stamm in den Kampf gegen die Tawara führte, und die alten Lieder deuteten an, der Preis dafür sei so grauenvoll gewesen, dass er gemütskrank wurde und sich letztlich selbst das Leben nahm.

Keiner von Nasaans Männern schien die *Djira* wahrzunehmen, auch das Pferd konnte sie offenbar nicht sehen. Dennoch teilte sich vor ihr der Strom der Kämpfenden wie Wasser vor einer Insel. Um sie herum kämpften, bluteten und starben die Männer, aber selbst im größten Chaos drang niemand in ihren Bannkreis ein. Nicht weit vor ihren Füßen spritzte das Blut über den Boden, Pferdehufe rissen die Erde auf und schleuderten Lehmklumpen auf sie zu … doch Männer wie Pferde bogen vor ihr ab und setzten ihr blutiges Werk anderswo fort. Kein lebendes Wesen wagte sich in ihre Nähe.

All das erfasste Nasaan in jenem flüchtigen Moment, bevor ihn ein feindlicher Krieger angriff und er einmal mehr um sein Leben kämpfen musste. Erst als er den Mann erledigt hatte – ein Kinderspiel, da der Feind völlig verwirrt war –, konnte er sich wieder der Frau zuwenden.

Sie war immer noch da. Unberührt vom Kampfgeschehen.

Ihre Augen waren so schwarz wie die Wüstennacht und voller Verheißung.

Ein verletztes Pferd taumelte an Nasaan vorbei. Sein Reiter, ein junger Mann in blank poliertem Schuppenpanzer, zielte mit dem Schwert auf seinen Kopf. Nasaan fing den Hieb mit dem Schildrand ab und schlug die Klinge mühelos beiseite; der Mann war schwach wie ein Kind.

Das ist ihr Werk, dachte er, während er seinem Gegner mit einem schnellen Schnitt den Bauch aufschlitzte und zusah, wie er zu Boden sank. Über ihm schlug das Riesentier gleichmäßig mit den Schwingen und wehte Nasaan den Staub in die Augen. Er blinzelte, sah gerade noch, wie er erneut angegriffen wurde, und enthauptete den Mann mit einem einzigen wuchtigen Streich. Dabei brach dessen Pferd so schnell in die Knie, als hätte man ihm die Sehnen durchschnitten.

Magie.

Er brauchte sie nicht anzusehen, um zu wissen, dass sie lächelte. Er spürte ihre Gegenwart am ganzen Körper, ihre Verheißung strich ihm wie mit kalten Fingern über den Rücken. *Du willst Jezalya.* Die Worte waren wie Eis auf seiner Haut. *Ich kann es dir verschaffen.* Hatte sein Vorfahre etwas Ähnliches erlebt? War das Angebot seiner *Djira* ebenso verführerisch und zugleich beängstigend gewesen und hatte seine Seele in solche Verwirrung gestürzt, dass er kaum noch klar denken konnte? Die Berührung eines Wüstengeistes dürfte sich nicht kalt anfühlen, das wusste Nasaan. Aber es war eine eher abstrakte Überlegung, und im Zentrum seines Interesses stand das, was er vor sich sah. Er wehrte die Klinge eines weiteren Angreifers ab, während er sich mit ihrem Angebot beschäftigte.

Ich kann dir zum Sieg verhelfen, flüsterte sie in seinem Gehirn.

Würde der Feind schlagartig wieder zu sich kommen, wenn er ablehnte? Vielleicht sogar seinerseits magische Unterstützung erhalten? Die Vorstellung, dass seine eigenen Krieger von dieser seltsamen Geisteskrankheit befallen werden könnten, war bestürzend. Mut allein konnte ein Heer vor einer solchen Macht nicht schützen. Keine menschliche Eigenschaft konnte das.

Er nützte eine Atempause, um einen Blick über das Schlachtfeld zu werfen. Seine Männer hielten sich wacker und hatten sich die unheimliche Schwäche des Feindes zunutze gemacht, um trotz ihrer zahlenmäßigen Unterlegenheit dessen Reihen zu lichten. Womöglich könnten sie sich sogar behaupten, wenn sich die *Djira* jetzt gegen sie stellte. Aber in Jezalya drängte die Zeit, und mit jeder Minute, die sie hier vergeudeten, vergrößerte sich die Gefahr für seine Leute hinter diesen Mauern. Die großen Tore konnten jeden Moment geschlossen werden, und dann wären seine Männer in der Stadt isoliert. Dazu durfte er es nicht kommen lassen.

Er biss die Zähne zusammen und wandte sich abermals der *Djira* zu. Sie war von einem Ring aus toten Männern und Pferden umgeben wie von einem grausigen Belagerungswall. Zu ihren Füßen war der Boden mit frischem Blut getränkt und glänzte im matten Licht des frühen Morgens.

Er wartete, bis sie ihm in die Augen sah, dann nickte er.

Nun geh. Die Worte schallten so deutlich durch sein Gehirn, als hätte sie laut gesprochen. *Reite nach Jezalya. Nimm die Stadt ein.*

Er zögerte ... aber nur einen Atemzug lang. Dann wendete er sein Pferd, richtete es erneut auf die Stadt, rief seine Männer zu sich und befahl ihnen, ihm zu folgen. Einige sahen ihn an, als zweifelten sie an seinem Verstand, doch etwas an seinem Verhalten überzeugte sie wohl, dass er nicht verrückt geworden war. Vielleicht waren sie auch nur bereit, ihm blind zu gehorchen. Einer nach dem anderen suchte sich einen Weg aus dem Getümmel der Schlacht und kam zu ihm. Die verwirrten Feinde stolperten ihnen nicht nach. Etwas hatte ihren Gliedern alle Kraft und ihren Herzen allen Lebensmut ausgesogen. Die Macht, mit der die *Djira* sie lähmte, war wahrhaft furchterregend, und Nasaan war froh, dass er ihr keinen Anlass gegeben hatte, sie gegen ihn einzusetzen.

Mit donnernden Hufen sprengte seine kleine Streitmacht auf die Stadt zu. Unterwegs formierte sie sich neu. Diesmal flogen ihnen weniger Pfeile entgegen; Nasaans Helfer im Inneren von Jezalya hatten die Wachen wohl aus dem Verkehr gezogen. Das Tor stand noch offen, und dahinter war Kampflärm zu hören – Schreie von Menschen, einstürzende Verteidigungswälle und das Klirren von Stahl auf Stahl. Endlich stieg nun auch im Osten die Sonne über den Horizont, schickte goldene Lichtlanzen über die Ebene und krönte seine Reiter mit Feuer.

Er passierte das Stadttor mit erhobenem Schwert, die Namen seiner Vorfahren auf den Lippen wie ein Gebet. Und Alwats Namen – zum Dank für diesen unverhofften Sieg.

So ritt er in das Feuer der Hölle.

Und in das Feuer des Ruhmes.

Jezalyas Kapitulation wurde im Haus der Götter besiegelt. Nasaan hatte Dervastis prächtigen Palast ebenso verschmäht wie den großen Vorplatz, auf dem sein Vorgänger offizielle Zeremonien abgehalten hatte. Beide Orte empfand er bei allem Prunk als leer und unecht, sie hatten keine Ausstrahlung. Jezalyas wahre Macht befand sich hier, in diesem fensterlosen Tempel am Rand der Stadt, bei den Göttern der Region. Und Nasaan wollte ganz deutlich machen, wer diese Macht jetzt in seinen Händen hielt.

Inmitten von etlichen hundert Götterstatuen empfing der Eroberer von Jezalya in seinem blutbespritzten Panzer nacheinander die führenden Persönlichkeiten der Stadt. Die uralten Götter sahen schweigend zu. Neben Statuen aus gehämmertem Gold standen primitive Stammestotems, heilige Felsen und sogar einige Gegenstände, von denen längst niemand mehr wusste, was es damit auf sich hatte. Jeder Stamm in der Region hatte irgendwann einmal ein Abbild seiner Gottheit hier aufgestellt, jeder Händler seinen Schutzpatron, jeder Pilger seinen Schutzgeist. Jezalya ehrte alle Götter dieser Welt, und dafür, so hieß es, wurde Jezalya von allen Göttern dieser Welt behütet.

Schon waren die Priester eifrig darum bemüht, Nasaans Einmarsch in diesen Zusammenhang zu stellen. Einige munkelten, die Götter hätten den Fall der Stadt von vornherein gewollt; Fürst Dervasti hätte die alten Gottheiten erzürnt, und deshalb hätten sie ihn vom Thron gestürzt. Vielleicht, weil er die heiligen Zeremonien aus dem Haus der Götter in seinen prächtigen, aber seelenlosen Palast verlegt hatte. Oder weil er die Wüstengottheiten ohne Wissen seiner Untertanen auf weniger offenkundige Weise beleidigt hatte. In einem Punkt waren sich alle Gerüchte einig: Gegen den Willen der Götter wäre die Stadt nicht gefallen. Hätten die Götter nicht gewollt, dass Nasaan Jezalya eroberte, dann wäre er dazu nicht imstande gewesen.

Nasaan hatte für diese Gerüchte gut bezahlt.

Als nun ein Würdenträger nach dem anderen vor ihn trat, um ihn seiner Ergebenheit zu versichern, spürte er, dass die Augen der alten Götter auf ihm ruhten. Durch die Entscheidung, diese Zeremonie in ihrer Gegenwart abzuhalten, wollte er sich vor der einheimischen Bevölkerung als rechtmäßiger Herrscher präsentieren, auch wenn kein Orakel sich eindeutig für ihn ausgesprochen hatte. Und er wollte sich das Wohlwollen der Priester sichern, indem er sich hier huldigen ließ und nicht in dem pompösen Palast, den Dervasti sich in seiner Vermessenheit hatte bauen lassen. Das war in einer Stadt, die für Hunderte von Stämmen die zentrale Kultstätte war, keine Kleinigkeit. Kein anderer Rahmen hätte sich besser geeignet.

Die Zwangsuntertanen betraten nacheinander den fensterlosen Raum, verneigten sich – mehr oder weniger respektvoll – vor ihm und traten dann näher. Natürlich würde sich niemand offen auflehnen. Die Reihe von aufgespießten Köpfen gleich vor dem Haupttor der Stadt machte jedem, dem der Stand der Dinge etwa missfiel, überdeutlich klar, dass seine Meinung nicht gefragt war. Diese Männer würden ihre wie auch immer gearteten Befürchtungen für sich behalten. Aber in Gegenwart so vieler Götter fiel es schwer, sich zu verstellen, und denen, die am meisten vor Nasaan zu verbergen hatten, war die Anspannung deutlich anzumerken. Er notierte sich im Geiste ihre Namen, während er die förmlichen Ergebenheitsbekundungen entgegennahm. So kurz nach der Eroberung konnte eine Stadt leicht außer Kontrolle geraten, und er wollte nichts übersehen.

Du bist jetzt der Fürst, erinnerte er sich. Der Titel fühlte sich ungewohnt an wie eine schlecht sitzende Rüstung. Vielleicht würde er sich wohler damit fühlen, wenn er sich erst das Blut aus dem Haar gewaschen und die schwarzen Ränder unter den Fingernägeln entfernt hatte.

Die Herren der Stadt, die seine erste Säuberungsaktion überlebt hatten, beteuerten ihm ihre Loyalität nicht bloß mit Worten, sondern offerierten auch großzügige Geschenke. Einige überreichten kostbare Erbstücke, die von den Stämmen über Generationen in Ehren gehalten worden waren. Andere brachten seltene Essenzen, kostbaren Weihrauch und aromatische Gewürze. Wieder andere legten Nasaan mit Münzen prall gefüllte Hanfsäcke zu Füßen, eine schlichte, aber beredte Gabe. Natürlich suchten sie ihn alle zu bestechen. Wer ein hohes Amt bekleidete und die Eroberung mit heiler Haut überstanden hatte, war darauf bedacht, den Kopf auf den Schultern zu behalten. Wer weniger gefährdet war, suchte die Gunst des neuen Stadtoberhaupts zu gewinnen. Aber auch Stadtfremde entrichteten ihren Obolus: Kaufleute etwa, die regelmäßig in die Stadt kamen, Reisende, die auf ihre Gastfreundschaft angewiesen waren, oder Abgesandte von Stämmen, die zu verhindern suchten, dass Nasaan ihre Stammesgebiete auf seine Eroberungsliste setzte. Der neue Fürst würde die Hälfte aller Schätze für sich behalten und den Rest unter seine Männer verteilen, zum Lohn dafür, dass sie so tapfer gekämpft hatten. Und besonders dafür, dass sie sich hinterher zurückgehalten hatten. Die meisten Gebäude standen noch, und die meisten Frauen waren nicht geschändet worden. Dergleichen hatte seinen Preis.

Dann trat einer von Nasaans Kriegern in den heiligen Raum und sah sich nervös um. Viele von den Stammesleuten fühlten sich in Gegenwart so vieler Götter unwohl und bewunderten ihren Anführer unverhohlen für seinen unerschütterlichen Gleichmut.

»Ja?«, fragte Nasaan. »Was gibt es?«

»Eine Frau möchte Euch sprechen.« Der Mann zögerte. »Sie ist allein.«

Nasaan zog eine Augenbraue hoch. Die wenigen Frauen, die bisher zu ihm gekommen waren, hatten alle ein umfangreiches Gefolge mitgebracht. Wenn man sie zwang, das Haus der Götter ohne ihre Diener im Schlepptau zu betreten, hatten sie ihre Angst so gut wie möglich verborgen, aber Nasaan hatte sie riechen können. Würde dieser neue Fürst ihre Stellung respektieren, ihre Bündnisse, ihre Familien ... oder würde er sie als Kriegsbeute betrachten? In Jezalya hatte so lange Frieden geherrscht, dass keine von ihnen eine solche Prozedur jemals erlebt hatte. Sie wussten nicht, was sie erwartete.

Doch diese Frau kam allein.

»Wer ist die große Unbekannte?«, fragte er.

»Sie wollte keinen Namen nennen.« Der Mann hielt inne. »Sie meinte, Ihr würdet sie erwarten.«

Nasaan lief es kalt den Rücken hinunter. Nur *eine* Frau hätte gute Gründe, sich auf diese Weise einzuführen ... oder vielmehr ein Wesen, das keine Frau war. Würden die Götter zürnen, wenn eine *Djira* ihren heiligen Bezirk betrat? Oder wäre das bloß dann eine Kränkung, wenn sie sich anmaßte, selbst ein Gott zu sein?

Er holte tief Luft, um seinen flatternden Magen zu beruhigen, wartete, bis er sicher sein konnte, dass seine Stimme nicht verraten würde, wie unbehaglich er sich plötzlich fühlte, und befahl: »Schick sie herein.«

Sie sah jetzt mehr wie eine Frau aus als kürzlich auf dem Schlachtfeld, doch das konnte ihn nicht täuschen. Ihre Augen hatten die Farbe und die Form von Menschenaugen, und die Seidentücher lagen so reglos wie gewöhnliche Frauengewänder um ihren Leib, aber sie strahlte eine Macht aus, die den Raum wie kostbarer Weihrauch erfüllte. Ein süßlicher, berauschender Moschusduft. Er leckte sich den Geschmack von den Lippen und spürte seine Wirkung. Die Mischung aus Begehren und Angst stieg ihm zu Kopf.

»Du weißt, wer ich bin?«, fragte sie.

Djiri hatten, zumindest in ihrer natürlichen Gestalt, keinen Namen. Das waren Spielereien, mit denen sie sich nur abgaben, wenn sie für längere Zeit in einen menschlichen Körper schlüpften. Wollte sie ihn auf die Probe stellen, um zu sehen, wie gut er über ihresgleichen Bescheid wusste? Selbst aus den – nicht sehr zahlreichen – Legenden über diese Kreaturen konnte man kaum Rückschlüsse auf ihre wahren Motive ziehen. Jeder *Djir* war einmalig und vom Wesen her so wandelbar wie Wanderdünen in der Wüste. Nicht zuletzt das machte sie so gefährlich.

»Ich weiß, wie die Menschen dich nennen«, antwortete er.

Sie ging auf ihn zu und nahm dabei die Berge von Gold zur Kenntnis, von denen er umgeben war. Der Anflug eines Lächelns umspielte ihre Lippen. Die vielen Götterstatuen schienen sie nicht zu stören; sie streifte sie nur kurz und heftete dann den Blick ihrer schwarzen Augen auf die Schätze zu seinen Füßen. »Verlangst du auch von mir ein Opfer?«, fragte sie. »Oder reichen dir meine bisherigen Dienste?«

Er begriff, dass sie ihn tatsächlich auf die Probe stellte. Dass sie sehen wollte, ob er es wagte, mit ihr um den Preis für ihre Hilfe zu feilschen. Aber er kannte die Mythen gut genug, um zu wissen, wohin das führte. Die *Djiri* sahen es nicht gerne, wenn man sich aus einmal geschlossenen Verträgen herauszuwinden suchte. Und er hatte erlebt, was diese *Djira* mit Sterblichen anstellen konnte, wenn sie wollte; er hatte kein Verlangen danach, mit ihren Kräften Bekanntschaft zu machen.

»Deine Dienste sind mir teurer als das Gold der Kaufleute«, antwortete er verbindlich.

»Du verdankst mir deinen Sieg«, erklärte sie unverblümt.

Das konnte er nicht abstreiten. Er presste die Lippen zusammen und nickte.

»Dein ganzer Stamm steht ebenfalls in meiner Schuld.« Der Blick aus den schwarzen Augen war gnadenlos lähmend. »Hätte ich in der Schlacht nicht das Blatt gewendet, deine Männer wären vor Jezalyas Toren umgekommen. Danach hätte es keine Krieger mehr gegeben, um eure Frauen zu beschützen, wenn ihnen benachbarte Stämme ihr Land, ihr Vermögen oder ihre Angehörigen rauben wollten. Euer Stamm wäre innerhalb eines Jahres ausgerottet worden, und eine Generation später wäre auch seine stolze Geschichte vergessen gewesen. Stimmst du mir zu?«

Er erstarrte. »Ich allein habe mit dir ein Geschäft abgeschlossen. Deshalb habe auch ich den Preis zu bezahlen. Mein Volk hat nichts damit zu tun.«

»Aha!« Ihre Augen wurden schmal. »Der neue Fürst ist also ein Ehrenmann. Kein Wunder, dass seine Männer bereit sind, für ihn zu sterben.«

Seine Züge verhärteten sich, aber er erwiderte nichts darauf.

»Ein solcher Fürst gibt sich doch sicherlich nicht mit einer Eroberung zufrieden. Eine einzige Stadt, und sei sie noch so wohlhabend, wird ihm wohl kaum genügen.«

Nasaan stellte plötzlich fest, dass er nach einem langen Tag voller blutiger Kämpfe auf Ratespiele keine Lust mehr hatte. Nicht einmal, wenn ein Dämon die Rätselaufgaben stellte. »Falls du gekommen bist, um mir deinen Preis zu nennen, dann tu es. Falls nicht …« Trotz flammte in seiner Seele auf. »Ich habe auch noch anderes zu tun.«

War das Ärger in ihren Augen? Er glaubte für einen Moment die übernatürliche Macht zu spüren, die in ihrem Inneren lauerte und alles vernichten wollte, was sich ihr in den Weg stellte. *Sie will etwas von mir,* dachte er. *Sonst würde sie mir nicht immer wieder vorhalten, wie sehr ich in ihrer Schuld stehe.* Dennoch war er ein Risiko eingegangen, als er sich ihr widersetzte. Nur die Götter wussten, wohin das führen würde.

»Im Norden«, sagte sie, »gibt es Städte, die noch reicher sind als diese hier. Straßen, die direkt nach Anchasa führen und darüber hinaus. Gewässer, die so riesig sind, dass man selbst an einem klaren Tag das andere Ufer nicht sehen kann.« Ihre Stimme senkte sich zu einem Flüstern, leise, verführerisch, und ihre Macht umfing ihn; seine Muskeln spannten sich, als strichen warme Finger über sein Geschlecht. »Spürst du keine Sehnsucht nach Macht und Größe, mein Fürst? Träumst du nicht davon, ein Reich zu besitzen? Ich kann dir helfen, ein Imperium zu errichten, wie es sich die meisten Menschen nur erträumen können.«

Er zog scharf den Atem ein. »Ich nehme an, für solche Dienste müsste ein Mann mit seiner Seele bezahlen.«

»Schon möglich«, räumte sie ein. »Manchmal. Aber ich bin ein schlichtes Wesen mit schlichten Bedürfnissen. Ich begnüge mich damit, ein Bündnis mit einem mächtigen Mann zu schließen und mich in seinem Ruhm zu sonnen.« Die Ironie flackerte wie schwarzes Feuer in ihren Augen. »Ist das ein zu hoher Preis?«

Ein kalter Schauer lief ihm den Rücken hinunter, als ihm der Sinn ihrer Worte aufging. »Du willst an meiner Seite herrschen.«

»Jeder König braucht eine Königin. Auch wenn sie nicht öffentlich als solche anerkannt wird.«

»Und was werden meine Untertanen sagen, wenn ich einem Wesen, das nicht einmal ein Mensch ist, Macht über sie einräume?«

»Deine Untertanen brauchen nicht mehr zu wissen, als dass du eine Frau gefunden und zu deiner Ratgeberin bestellt hast, die dir gefällt. Ob ich nach außen hin als deine Gemahlin, deine Konkubine oder deine Fürstin auftrete, ist für mich nicht von Belang. Außer dir und mir wird niemand die Wahrheit erfahren. Und was die Macht angeht ...« Ein kaltes, spöttisches Lächeln huschte über ihr Gesicht. »Ich biete dir meinen Rat an. Nichts sonst. Nimmst du ihn an, dann unterstütze ich deinen Ehrgeiz. Lehnst du ab, dann führst du deine Kämpfe allein. Das ist mein Angebot.« *Und meine Drohung,* fügte ihre Miene hinzu.

Für einen Wüstengeist war es ein seltsamer Vorschlag. Sie

hätte leicht mehr fordern können. Er war überrascht, dass sie ihn nicht offen unter Druck setzte ... allerdings war die unausgesprochene Kampfansage hinter ihren Worten nicht weniger wirkungsvoll.

»Damit gibst du dich zufrieden?«, fragte er. »Auch ohne öffentliche Anerkennung? Ist damit meine Schuld an dich abgegolten?«

»Die Saat für ein Imperium zu legen und ihr zum Wachsen zu verhelfen? Ja, damit bin ich zufrieden.« Mit einem Lächeln ging sie auf ihn zu, bis sie dicht vor ihm stand. Als sie die Hand ausstreckte und seine Brust berührte, stieg ihm ihr eigentümlicher Duft in die Nase. Ihre schlanken Finger zeichneten einen dünnen Blutstreifen nach, der über seinen Brustpanzer geflossen war. »Außerdem finde ich einen mächtigen Mann ... verführerisch.«

Jäh schoss ihm die Hitze in die Lenden und raubte ihm den Atem. War es ein *Djir*-Zauber, der sein Blut in Wallung brachte, oder nur ihre weibliche Ausstrahlung? Er hatte oft genug in Schlachten gekämpft, um zu wissen, dass ein Mann in den Stunden danach leicht zu entflammen war. *Angenommen, sie entscheidet sich für die Rolle einer Fürstenkonkubine? Wird sie die auch privat spielen, mit allem, was dazugehört?* Es fiel ihm schwer, einen klaren Gedanken zu fassen. Er hob ganz langsam die Hand, legte sie auf die ihre und zog sie von seiner Brust weg, um den Abstand zwischen ihnen wiederherzustellen.

»Dein Preis wird bezahlt werden«, sagte er ruhig. Dabei dröhnte ihm das Blut in den Ohren, und er konnte nicht feststellen, was stärker war – sein Verlangen oder sein Ehrgeiz. Er hatte soeben seine Seele an einen Wüstengeist verkauft, dessen wahres Wesen und dessen Motive er nicht kannte – aber das war ihm egal. Sie hatte ein Verlangen in ihm geweckt, das mächtiger war als schlichte Wollust. Und hatte damit bewiesen, wie gut sie ihn kannte.

Nein, dachte er. *Jezalya genügt mir nicht.*

Mit einem triumphierenden Lächeln trat sie zurück. »Dann will ich dich nicht länger von deinen anderen Beschäftigungen abhalten. Genug für heute.« Ihre Augen glitzerten unheimlich, und er musste an seine Vision auf dem Schlachtfeld denken. Facettenaugen, schwarz wie Pech. Und voll tiefer Geheimnisse! Er konnte nur hoffen, ihnen auf den Grund zu kommen, bevor sie ihn verschlangen.

Als sie zur Tür ging, fiel ihm ein, dass er sich nach dem Flugwesen hätte erkundigen sollen, das er auf dem Schlachtfeld gesehen hatte. Zu spät. Er musste sich die Frage für später aufheben.

»Ach ja, da ist noch etwas.« Sie drehte sich noch einmal um und sah ihn an. »Alle Stämme, die innerhalb deines Herrschaftsgebiets siedeln und dich als rechtmäßigen Herrscher anerkennen, werde ich beschützen wie meine eigene Sippe. Doch mit denen, die außerhalb deiner Grenzen wohnen … kann ich verfahren, wie es mir beliebt.« Sie lächelte breit, und wieder überlief es Nasaan eiskalt. »Ich nehme an, du hast dagegen nichts einzuwenden.«

Diesmal wartete sie keine Antwort ab, sondern ließ ihn mit den Göttern der Stadt allein, damit er sich mit dem Preis für seinen Sieg aussöhnen konnte.

Kapitel 2

Es regnete, als Salvator das Kloster erreichte. Sein Gefolge war davon nicht sehr angetan; die Diener hatten einen Reisebaldachin aus dem Gepäck geholt, als der Regen einsetzte, den hielten nun vier von ihnen hoch über Salvators Kopf, sodass er und sein Pferd trocken blieben, aber andere Reiter hatten keinen solchen Schutz. Die Gardisten ertrugen es noch mit Anstand – sie erwarteten ohnehin nicht, verhätschelt zu werden –, doch die verschiedenen Höflinge, die mitgekommen waren, weil sie hofften, sich dadurch bei Salvator lieb Kind zu machen, waren missmutig. Aus dem Augenwinkel sah der Großkönig, wie einer von ihnen an seinem Umhang zerrte, damit nur ja kein Zoll seiner kostbaren Seidenrobe unbedeckt bliebe und kein Wassertropfen die Farbe verdürbe. Ja, dachte er, Gott allein wusste, wie das Reich zu leiden hätte, wenn ein Ratgeber des Großkönigs nasse Kleider bekäme!

Der junge Monarch war in Versuchung, sein Pferd anzutreiben und allen anderen voran in den Regen zu reiten, aber damit hätte er die Diener mit dem Baldachin gedemütigt. Außerdem war er nicht darauf erpicht, von Cresel später vorgehalten zu bekommen, dass sich ein König unter allen Umständen würdevoll zu benehmen habe. Oder von seiner Mutter. Es zählte nicht, dass der Regen die beklemmende Förmlichkeit des königlichen Hofes wegspülen und ihm Körper und Geist erquicken würde. Manche Dinge konnte man einfach nicht zulassen.

Während die Reisegesellschaft sich quälend langsam den Klosterpforten näherte, bekam Salvator Heimweh nach dem Leben, das er einst in diesen Mauern geführt hatte, nach seiner Schlichtheit und Strenge. Seine Seele sehnte sich nach dem vertrauten Rhythmus der klösterlichen Pflichten, der moralischen Klarheit eines Daseins, das geistlichen Idealen geweiht war. Es schien eine Ewigkeit her zu sein, seit er dies alles hinter sich gelassen hatte. Wie lange würde er wohl brauchen, bis er sich mit der Veränderung seiner Umstände endgültig abgefunden hatte, wann würde er nicht mehr das Gefühl haben, als Großkönig eine Rolle in einem skurrilen Drama zu spielen, dem alle Welt pflichtschuldig applaudierte?

Die Mönche hatten sein Gefolge offenbar kommen sehen, denn die schweren Holztore wurden bereits geöffnet, bevor der erste Reiter sie erreichte. Ein Bruder in Mönchskutte trat an Salvator heran, als er in den Hof einritt, hielt ihm das Pferd, bis er abgesessen hatte, und führte das Tier anschließend weg. Kein Wort war nötig, kein Wort wurde gesprochen. Andere Mönche kümmerten sich ebenso stumm und routiniert um sein Gefolge. Salvators Höflinge fanden ihr Schweigen sichtlich verwirrend, denn sie waren an unablässiges Geplauder gewöhnt. Einige versuchten sogar, die Brüder mit sinnlosen Fragen zum Sprechen zu bringen – vergeblich. Sie erhielten nur ein Nicken zur Antwort, allenfalls ein einzelnes Wort. Endlich gaben die seidenen Elstern auf und schwatzten bloß noch mit ihresgleichen, wobei sie ausführliche Überlegungen anstellten, wann sich das Wetter wohl bessern würde, immer wieder feststellten, wie grässlich es doch sei, an einem solchen Tag unterwegs zu sein, und Besorgnis darüber äußerten, dass der Regen dieses oder jenes Gewand ruinieren könnte. Das schlechte Wetter lieferte ihnen also wenigstens genügend Gesprächsstoff.

Der Unterschied zwischen diesen Schnattergänsen und den Mönchen des Klosters war gewaltig! Ein Außenstehender hätte meinen können, sie gehörten völlig verschiedenen Gattungen an. Die Brüder beschränkten sich außerdem auf das protokollarisch vorgeschriebene Minimum an Ehrenbezeugungen. Danton, der darauf bestanden hatte, dass alle Menschen in seiner Gegenwart das Knie beugten, wäre über ihr Verhalten wahrscheinlich erbost gewesen. Salvator fand es erfrischend. Die Büßermönche achteten sterbliche Könige und leisteten ihnen Gehorsam, weigerten sich aber, sie zu verklären; Ehrfurcht war allein dem Schöpfer vorbehalten. Nicht alle Herrscher konnten sich mit dieser Philosophie anfreunden, doch Salvators Neigungen kam sie entgegen.

»Ich möchte den Abt sprechen«, erklärte er einem der Mönche. Der Bruder nickte und bedeutete ihm mit einer Geste, er möge ihm ins Herz der Klosteranlage folgen. Eine Handvoll königlicher Gardisten wollte sich anschließen, doch Salvator winkte ab. An diesem Ort hatte er nichts zu befürchten.

Beim Verlassen des Hofes sah er noch, wie einer der Brüder seine Höflinge zu einem Wandelgang führte, wo sie weitgehend vor dem Regen geschützt waren. *Das Kloster war mit so vielen Besuchern sicherlich überfordert*, überlegte er. *Gewöhnlich hielten sich hier allenfalls eine Handvoll Pilger auf einmal auf. Nun, damit hätten seine höfischen Pfauen in seiner Abwesenheit wenigstens etwas, worüber sie sich beklagen konnten.*

Er wurde an den nur allzu vertrauten Kräutergärten vorbeigeführt. Der frische Duft nach Rosmarin und Salbei war durch den Regen abgeschwächt, aber immer noch spürbar. Ein ganzer Strauß von Erinnerungen! Salvator ließ die Gerüche in seine Haut eindringen und genoss den Regen, der auf ihn niederging, wie ein rituelles Reinigungsbad. Er spürte die Macht dieses Ortes – vielleicht nicht die Art von Macht, wie sie andere Fürsten begehrten, sondern eine unaufdringliche, ruhige Transzendenz – und er wollte sie in sich einströmen lassen, solange er konnte. Gott wusste, dass seine gewohnte Umgebung der Meditation nicht förderlich war.

Der Abt wartete im Großen Wandelgang auf ihn. Er war bereits in fortgeschrittenem Alter, sein Gesicht mit den feinen Runzeln erinnerte an zerknittertes Pergament, und der weiße Haarkranz zog sich wie nachträglich aufgeklebt um den Schädel. Obwohl er die Leitung des Klosters innehatte und für das geistliche Wohl der Gemeinschaft verantwortlich war, hatte er es stets abgelehnt, sich in irgendeiner Weise von seinen Schützlingen abzuheben, und war in Kleidung und Verhalten von den anderen Mönchen nicht zu unterscheiden. *In den Augen des Schöpfers sind wir alle Brüder*, hatte er dem Primus des Ortes einmal erklärt und die angebotene

Amtstracht verschmäht. *Demut sei für ihn die wichtigste Lektion, die es zu lehren gelte,* erklärte er, *und wie könne er das tun, wenn er sich diese Tugend nicht selbst von ganzem Herzen zu eigen mache?*

»Großkönig Salvator.« Der Abt neigte förmlich den Kopf zum Gruß. »Ihr erweist uns mit Eurem Besuch eine große Ehre.«

»Eine Ehre, die Ihr mit Eurer Gastfreundschaft erwidert«, antwortete Salvator ebenso feierlich. Mit einem Mal fehlten ihm die richtigen Worte für diesen Mann, mit dem er vier Jahre seines Lebens in Arbeit und Gebet verbracht hatte. Seit seinem jüngsten Standeswechsel lebten sie in zwei verschiedenen Welten, und er wusste nicht so recht, wie er die Kluft überbrücken sollte.

»Eure Leute wurden gut aufgenommen?«, fragte der Abt.

»Durchaus.«

Der Abt hustete hinter vorgehaltener Hand. »Und seid Ihr auch sicher, dass Euer Gefolge zahlreich genug ist? Ich möchte wahrhaftig nicht, dass es dem Großkönig an Dienerschaft mangelt.«

Der Knoten in Salvators Magen löste sich. Er lachte leise. »Inzwischen kann ich nicht einmal mehr pissen, ohne dass hundert Leute dabei zusehen.«

»Ein Brauch, der sicherlich zum Wohle der Nation beiträgt. Auch wenn ein einfacher Mönch nicht begreifen kann, wie das zugehen soll.« Ein Lächeln breitete sich über sein Gesicht, erfrischend durch seine natürliche Herzlichkeit. »Es ist schön, dich zu sehen, mein Sohn – Verzeihung, Majestät –, obwohl ich mich besorgt frage, welches Anliegen Euch wohl zu uns führt. Ich nehme an, es handelt sich nicht um einen Freundschaftsbesuch.«

»Nein.« Salvators Lächeln erlosch rasch. »Kein Freundschaftsbesuch. Aber Ihr braucht mich nicht mit meinem Titel anzusprechen, wenn wir unter uns sind, Vater. Der Priester, der den wilden jungen Prinzen zähmte und ihn lehrte, Gott zu erkennen und zu lieben, hat Besseres verdient.«

Der Abt nickte ernst. »Damit erweist du mir abermals eine große Ehre.«

»Können wir irgendwo alleine miteinander sprechen?«

Der Abt sah sich erstaunt um. Weder im Wandelgang noch in

den Innenhöfen hielt sich außer ihnen jemand auf. »Hier sind wir doch allein, oder etwa nicht?«

»Nein. Ich meine … einen Ort, wo uns niemand stören kann.«

Der Abt schaute ihm tief in die Augen und suchte dort nach weiteren Anhaltspunkten. Ahnte er die Last, die Salvator hierher getrieben hatte, konnte er ihren Namen erraten? Wenn ja, dann zeigte er es nicht, sondern nickte nur. »Komm mit mir.«

Er verließ den Hof, und Salvator folgte ihm so selbstverständlich wie früher, als er noch hier gelebt hatte. Es würde eine Weile dauern, bis die Gewohnheiten jener Jahre allmählich verblassten, überlegte er, vorerst empfand er es als seltsam tröstlich, wenigstens für dieses kurze Stück einen anderen vorausgehen zu lassen.

Im Kloster waren sehr wenige Räume mit Türen versehen. Der Abt führte ihn zu einem solchen, ließ ihn eintreten und schloss die schwere Eichentür hinter ihnen. An der Wand standen zu beiden Seiten eines schmalen Fensters ordentlich aufgereiht einige Stühle, aber Salvator zog es vor, stehen zu bleiben. Hätte nicht diese Aura heiterer Gelassenheit über dem ganzen Kloster gelegen, er wäre vielleicht auf und ab marschiert; so ballte er bloß immer wieder die Hände zu Fäusten, während er überlegte, wie er sein Anliegen vorbringen sollte. Der Abt wartete geduldig. Er hatte die Hände unter den weiten Ärmeln gefaltet und stand vor ihm wie die Verkörperung beschaulicher Stille.

»Ich brauche Euren Rat«, sagte Salvator endlich.

»Ein König hat viele Ratgeber«, erwiderte der Abt ruhig. »Ich bin sicher, sie verstehen mehr von der Regierung eines Landes als ich. Haben sie dich alle im Stich gelassen?«

»Es geht hier nicht um Regierungsgeschäfte. Es geht um … geistliche Fragen.«

Der Abt zog eine Augenbraue hoch.

»Meine höfischen Ratgeber sind keine Büßer«, fuhr Salvator fort. »Sie können auf die Nöte meiner Seele nicht eingehen.«

»Die Vertreter der Kirche stehen dir jederzeit gerne zu Diensten«, erklärte der Abt. »Ich könnte mir vorstellen, dass ein Büßerkönig nur mit den Fingern zu schnippen bräuchte, damit der ansässige Primus alles liegen und stehen ließe, um ihm behilflich zu sein.«

»Ganz recht, der Primus hat mich aufgesucht«, entgegnete Salvator trocken. »Und eine Reihe seiner Standesgenossen ebenfalls. Ehrlich gesagt wusste ich gar nicht, dass es so viele Primi gibt, denen mein Reich am Herzen liegt.«

»Dein Aufstieg, wohin auch immer, ist ein bedeutsames Ereignis für unseren Glauben«, sagte der Abt. »Sie wollen ihn gebührend feiern.«

Salvator nickte knapp.

»Wo könntest du also besseren Rat finden, als ihn ein Führer unserer Kirche zu geben vermag?«

Ein schwaches Lächeln umspielte die Lippen des Großkönigs. »Zweifelt Ihr an Euren eigenen Fähigkeiten, Vater?«

Fast hätte der Abt den Köder angenommen – aber nur fast. Stattdessen holte er tief Atem und erwiderte: »Ich bin, was ich bin, ein einfacher Mönch, der seit Jahrzehnten in diesem Kloster lebt und dessen Erfahrungen beschränkt sind. Wenn du mit mir über den Schöpfer und die Pflichten sprechen willst, die der Mensch ihm gegenüber hat, bin ich dazu gerne bereit. Aber ein Großkönig braucht jemanden, der die vielfältigen Verflechtungen seines Amtes durchschaut und seine irdische Verantwortung zu würdigen weiß. Und ich fürchte, dafür bin ich nicht allzu gut geeignet.«

Salvator schloss kurz die Augen, dann wandte er sich ab, trat an das schmale Fenster und schaute hinaus auf die regennassen Gärten. Erst nach einer Weile begann er zu sprechen.

»Die Primi sind … entzückt, endlich einen Büßerkönig zu bekommen. Sie sind wie berauscht und träumen vom künftigen Ruhm ihrer Kirche. Ich soll ihnen helfen, diese einmalige Gelegenheit so gut wie möglich zu nützen. Das ist nämlich das Einzige, worum es ihnen geht – herauszufinden, auf welchem Wege meine Herrschaft den Interessen der Kirche am besten dienen kann, und zu gewährleisten, dass ich von diesem Weg auch keinen einzigen Schritt abweiche.«

»Du meinst, sie wären bei ihren Ratschlägen nicht ganz uneigennützig?«

Salvator seufzte. »Ich glaube, Uneigennützigkeit zu verlangen widerspräche ihrer Berufung.« Salvator drehte sich wieder um. »Ihr mögt nicht so welterfahren sein wie sie, Vater, aber ich weiß, dass Ihr aus ehrlichem Herzen zu mir sprechen werdet. Und das ist es, was ich jetzt brauche.«

Der Mönch schwieg lange. Sein Gesicht verriet nichts von seinen Gedanken. Endlich nickte er sehr langsam. »Nun gut. Ich werde mein Bestes tun.«

Das war der Moment, auf den Salvator gewartet hatte, doch plötzlich wusste er nicht mehr, wo er beginnen sollte. Er hatte die Worte mindestens hundert Mal geprobt, musste aber jetzt feststellen, dass alle Vorbereitung umsonst gewesen war.

Mit einem tiefen Atemzug versuchte er, seine Gedanken zu ordnen. »Was hat man Euch über die *Lyr* erzählt?«

»Du meinst, die jüngst erfolgte Berichtigung der kirchlichen Lehre? Dass man sie nun als uraltes Geschlecht von Hexen und Hexern anerkennt, das bis zu einem gewissen Grad gegen die Macht der Seelenfresser gefeit ist und im Gesamtplan des Schöpfers für die Menschheit eine Aufgabe hat, anstatt sie als unnatürliche Rasse zu betrachten, die abseits davon steht. Dass die Barriere mit dem Namen ›Der Heilige Zorn der Götter‹ kein Fluch ist und auch nichts mit falschen Göttern zu tun hat, sondern in ferner Vergangenheit durch einen Zauber geschaffen wurde und von der Energie menschlicher Selbstopferungen gespeist wird?« Der Abt blinzelte. »Ich muss gestehen, ich war ... überrascht ... bis ich hörte, dass du an der Aufdeckung dieses Rätsels mitgewirkt hattest.« Er lächelte schwach. »Du warst schon immer für eine Überraschung gut.«

»Ich war nur Zuschauer«, gab Salvator mit aufrichtiger Bescheidenheit zurück. »Meine Mutter hat unter Einsatz ihres Lebens Zutritt zu einem uralten magischen Gegenstand erlangt und so die Wahrheit erfahren. Sie selbst hat darüber ihren Glauben verloren, wie ich hinzufügen möchte.«

Der Abt nickte. »Das ist leider die Gefahr, wenn man die falschen Götter verehrt. Ein einziger wahrer Ton, und das ganze Lügengebäude stürzt ein.« Er seufzte. »Es freut mich zu erfahren, dass das Erbe, dessen du dich so sehr schämtest, nun reingewaschen wurde. Deine Scham war zwar noch nie begründet, aber ich weiß, dass sie dir schwer auf der Seele lag.«

»Der Schöpfer gibt uns bisweilen Rätsel auf«, antwortete Salvator. »Um uns zu prüfen. Wenn wir sie falsch verstehen, kann unser eigener Irrtum seinerseits zur Prüfung werden. Ich begreife nicht, wozu Er meiner Mutter und ihrer Familie das alles angetan hat oder warum Er ihre Seelen so lange im Dunkeln ließ, aber ich begreife, dass sie jetzt geprüft werden. Wie das Spiel am Ende ausgeht ... weiß niemand außer Gott allein.«

»Sehen sie denn inzwischen ihre früheren Fehler ein? Oder halten sie immer noch an ihren alten Göttern fest?«

»Schwer zu sagen. Nur eine Handvoll *Lyr* konnte die Offenbarungen meiner Mutter halbwegs klar empfangen; für andere waren es lediglich nebelhafte Visionen, die leicht zu missdeuten waren. Der Erzprotektor von Keirdwyn und seine Gemahlin – meine Großeltern – gehörten zu denen, die die klarsten Bilder empfingen, aber ich weiß nicht genau, wie viel davon sie an ihr Volk weitergaben. Sie suchen derzeit mühsam nach einem Weg, diese neuen Entdeckungen so mit ihrem alten Glauben zu vereinbaren, dass ihr Volk die Wahrheit akzeptieren kann, wenn sie öffentlich gemacht wird. Ob das möglich sein wird oder nicht, kann ich nicht sagen. Es muss schrecklich sein, mit einem Schlag zu entdecken, dass hinter den Mythen, denen man sein ganzes Leben geweiht hat, nicht mehr steckt als hinter einem Spielmannslied, dass die ehrwürdigsten Heiligtümer von schlichten Steinmetzen errichtet wurden und dass das größte Wunder des eigenen Glaubens nicht mehr war als ein profaner Hexenfluch.« Er hielt inne. »Trotzdem hat sich an ihrer Lebensaufgabe nicht viel geändert, nicht wahr? Die *Lyr* bereiten sich seit tausend Jahren auf die Rückkehr der Seelenfresser vor. Sie glauben, es sei ihr Schicksal, den Kampf mit ihnen aufzunehmen, damit das Zweite Königtum nicht ebenso in Trümmer falle wie das Erste. Spielt es da wirklich eine Rolle, wer ihnen ursprünglich den Befehl dazu erteilte? Die Dämonen kehren tatsächlich zurück. Die *Lyr* werden bald auf die Probe gestellt werden. Daran ist wohl nicht zu rütteln.«

Die Augen des Abtes wurden schmal. »Steht es denn fest, dass die Seelenfresser wiedergekommen sind? Wir haben Gerüchte gehört, dass hoch im Norden einer gesichtet wurde, aber das ist auch alles. Der Rat der Primi hat in dieser Angelegenheit noch keine offizielle Stellungnahme abgegeben.«

Salvator antwortete nicht gleich. Auf seiner Seele lag ein schwarzer Schatten, und wenn er mit einem anderen darüber sprach, bekäme der Schatten womöglich Substanz.

»Es ist wahr«, sagte er endlich. Es klang ruhig und feierlich wie an einem Grab. »Sie sind zurückgekehrt. So viel ist sicher. Und ich glaube, einer – mindestens einer – hält sich sogar im Großkönigreich auf – ich weiß allerdings nicht genau, wo.«

Der Abt zog scharf die Luft ein. »Von einer solchen Kreatur in unserem Land habe ich noch nichts gehört.«

Salvator nickte. »Ich bin möglicherweise der Einzige, der davon weiß.«

Der Abt zog fragend eine Augenbraue hoch.

Salvator fuhr sich mit der Hand durch das kurze schwarze Haar – eine Geste, die seine Nervosität verriet. »Ich kann ... seine Gegenwart spüren. Wie man etwas wahrnimmt, was sich knapp außerhalb des Gesichtsfelds befindet. Manchmal wache ich nachts auf und habe einen seltsamen Geruch in der Nase, als wäre das Wesen tatsächlich in meinem Zimmer gewesen – ein erstickend süßlicher Geruch, gegen den sich meine ganze Seele auflehnt –, und obwohl ich mir sage, dass es nur ein Traum war, weiß ich tief in meinem Inneren, dass es mehr ist. Der gleiche sichere Instinkt, der meiner Mutter eingab, dass ihre Visionen auf dem Thron der Tränen wahr seien, bestätigt mir auch die meinen.« Er ließ die Hand sinken. »Versteht Ihr jetzt, warum ich zu Euch komme?«

»Weiß deine Mutter davon?«, fragte der Abt leise.

Salvator schüttelte den Kopf.

»Wie lange geht das schon so?«

»Zuerst spürte ich die Kreatur in der Nacht nach meiner Krönung. Damals wusste ich nicht, was es war. Und ich hielt das Ereignis auch nicht weiter für bedeutsam; ich dachte, ich hätte eben schlecht geträumt.« Er lachte kurz auf. »Ich hatte in diesen Tagen viele Albträume.

Doch das Gefühl kam Nacht für Nacht wieder. Am häufigsten suchte es mich in der Spanne zwischen Wachen und Schlafen heim, wenn die Seele für übernatürliche Kräfte am empfänglichsten ist. Im Großkönigreich befand sich etwas, das nicht dorthin gehörte, dessen war ich sicher, und es verursachte mir eine Gänsehaut. Doch wieso hatte ich es so plötzlich wahrgenommen? Ich hatte doch nicht von einem Tag auf den anderen besondere Fähigkeiten entwickelt. Ich hatte nur eine Erklärung: Es musste daran liegen, dass das Großkönigreich an diesem Tag auf mich übergegangen war. Es war nicht mehr das Land meines Vaters oder meiner Mutter, es gehörte jetzt mir. Was ich spürte, mochte schon länger darin sein Unwesen treiben, doch in dieser Nacht war es für mich zu einer persönlichen Bedrohung geworden. Und deshalb konnte ich es wahrnehmen. Ohne eine Ahnung zu haben, worum es sich wirklich handelte oder was seine Anwesenheit zu bedeuten hatte.« Er hielt inne. »Ich hatte Angst, für wahnsinnig gehalten zu werden, wenn ich anderen solche Überlegungen offenbarte. Ich hatte Angst, ich *wäre* wahnsinnig. Ich wagte mich niemandem anzuvertrauen.

Dann kam der Alkal-Feldzug. Ich reiste nach Norden und traf mich mit den Heiligen Hütern. Sie zeigten mir die Überreste, die Rhys geborgen hatte. Teile eines echten Seelenfressers.« Er erschauerte in der Erinnerung an jenen Tag. »Als ich sie berührte, als ich sie unter meinen Fingerspitzen spürte, stieg mir mit einem Mal der süßlich faulige Geruch in die Nase, den ich so oft in der Nacht gespürt hatte. Und es war, als zöge dieser Geruch einen Schleier beiseite, der mir die Sicht genommen hatte. Mit einem Mal war ich mir absolut sicher, dass das, was ich seit so vielen Nächten gespürt hatte, einer dieser uralten Dämonen war.

Daher steht für mich fest: In meinem Land befindet sich ein Seelenfresser. Es scheint, als könnte ich ihn ebenso deutlich wittern, wie ein Raubtier einen Rivalen wittert, der in sein Revier eindringt. Ein ganz und gar animalischer Instinkt.« Wieder hielt er inne. »Ich habe bisher mit niemandem darüber gesprochen, versteht Ihr, Vater? Bis zum heutigen Tag.«

Der Abt nickte ernst. Sein Gesichtsausdruck verriet deutlich, dass er Salvator nicht für wahnsinnig hielt, und das war zumindest ein Schritt in die richtige Richtung. »Wenn die *Lyr* Hexen und Hexer sind«, begann er nachdenklich, »dann trägst du eine Spur ihrer Hexenkräfte in dir. Nach allem, was wir über ihre Geschichte wissen, braucht man sich über eine solche Manifestation nicht zu wundern.«

»Im Blut meiner Mutter sind diese Kräfte besonders stark«, ergänzte Salvator. »Ich weiß nicht, wie das genau zu erklären ist, jedenfalls ist es der Grund, warum sie für die Alkal-Mission ausgewählt wurde. Offenbar besitzt sie eine besondere Fähigkeit, die den anderen *Lyr* fehlt, eine Gabe, die es ihr gestattet, mit jedem Abkömmling der Sieben Geschlechter in Verbindung zu treten. Deshalb war sie in der Lage, die Visionen vom Thron der Tränen an alle anderen *Lyr* weiterzuleiten.«

»Und du hast ihr Blut geerbt. Eventuell auch ihre *besondere Gabe.*« Der Abt zögerte. »Vielleicht ist es an der Zeit, dass du mit ihr über deine Visionen sprichst. Sie könnte dir vieles besser erklären als ich.«

Salvator schloss kurz die Augen. Dann sagte er sehr leise: »Das ist nicht so einfach.«

»Wieso nicht?«

Salvator seufzte tief. »Nach meiner Rückkehr von Alkal bat ich meine Hexen und Hexer, das gesamte Großkönigreich nach Seelenfressern zu durchkämmen. Sie kamen mit leeren Händen zurück. Ich weiß, dass auch die Magister nach den Kreaturen suchen. Einer von ihnen hat einen Kontrakt mit meiner Mutter geschlossen – sie glaubt übrigens, ich hätte das nicht bemerkt –, und ich bin sicher, dass sie ihn um Hilfe gebeten hat. Aber sie weiß nichts von einem Seelenfresser in meinem Reich, und das bedeutet, dass auch Ramirus keinen gefunden hat. Seine Bannkräfte schützen den Dämon vor Entdeckung.«

»Doch *du* kannst seine Gegenwart spüren.«

Salvator nickte knapp.

»Woraus folgt ...«

»Dass ich gegen seine Kräfte gefeit bin«, sagte er mit tiefem Ernst.

»Das ist doch gut, oder etwa nicht?«

Salvator faltete die Hände vor der Brust und schaute schweigend darauf nieder. »Ich kam vor vier Jahren in dieses Kloster, weil ich aus tiefstem Herzen überzeugt war, dass die Seelenfresser nicht wiederkehren würden, wenn sich genügend Menschen bereitfänden, für die Sünden der Menschheit Buße zu tun. Unser Opfer würde den Zerstörer beschwichtigen und die Welt vor seinem Zorn beschützen. Aber wir sind gescheitert.« Seine Stimme war nur noch ein heiseres Flüstern. »Wir *sind gescheitert,* Vater. Und nun werden die uralten Dämonen abermals auf uns gehetzt, um das Zweite Königtum ebenso zu Fall zu bringen wie einst das Erste.

Was ist nun also unsere Pflicht als Büßer? Beiseitezutreten, wenn die Welt zerstört wird, und nichts weiter zu tun, als laut klagend am Rand des Schlachtfelds zu stehen? Dürfen wir den Inhalt unserer Bibliotheken verstecken, damit unser Wissen für künftige Generationen bewahrt bleibt, wenn die menschliche Zivilisation endgültig zusammenbricht? Oder gälte das als Frevel, als ein Versuch, die Wucht der göttlichen Gerechtigkeit zu mildern? Dürfen wir diese Ungeheuer auf irgendeine Weise bekämpfen? Oder sind wir im Namen des Zerstörers verpflichtet, tatenlos zuzusehen, wie sich die schlimmsten Prophezeiungen unseres Glaubens erfüllen?

Diese Fragen werden in unseren Schriften nicht angesprochen. Und die Primi kann ich nicht um Antworten bitten. Zu viel Macht ist in solchen Fragen enthalten, als dass ich sie einem Mann anvertrauen dürfte, der Macht begehrt.« Er spreizte die Hände. »Deshalb bin ich damit hierhergekommen. Zu Euch, Vater. Um zu hören, wie Ihr über diese Dinge denkt.«

Der Abt schwieg lange. Endlich sagte er sehr ruhig: »Dein Vertrauen beschämt mich. Aber ich kann dir keine Antworten geben, und das weißt du auch. Du musst sie schon selbst finden.«

»Ich bin nicht zu Euch gekommen, damit Ihr mir meine Fragen beantwortet«, sagte Salvator. »Ich bitte Euch nur, sie mit Eurer Weisheit zu beleuchten.« Als der Abt schwieg, drängte er: »Der Schöpfer führte mich einst in dieses Kloster, damit ich ein Mann des Friedens würde. Nun hat Er mir ein Schwert in die Hand gegeben, wie es kein anderer Mensch führen kann. Wenn ich es einsetze, verrate ich dann meinen Glauben? Ich weiß nur, dass ich vielleicht mein Reich verrate, wenn ich mich weigere, es zu tun.«

Der Abt wandte sich von ihm ab. Schweigend stand er da, reglos wie eine Statue, und ein später Sonnenstrahl fiel auf seine bloßen Füße in den Sandalen. Er sprach nicht laut, aber Salvator wusste, dass er betete, und wartete.

»Die Kirche hat erklärt, dass die *Lyr* dem Schöpfer kein Gräuel sind«, sagte der Abt endlich. »Die Macht in ihren Adern ist eine Naturgewalt, ein Werk des Schöpfers. Jedenfalls sagt man uns das jetzt. Hätte Gott die Menschheit mit einer solchen Macht beschenkt, wenn er nicht wollte, dass sie auch eingesetzt wird?«

»Auch die Magister besitzen Macht«, gab Salvator zu bedenken.

»Die Macht der Magister ist unrein, sie wurde aus dem Herzen der Schöpfung gerissen und in eine abscheuliche Form gegossen, die Gott und der Natur zuwider ist. Nur die schwärzesten Seelen befassen sich mit wahrer Zauberei, und jeder Mensch, der damit in Berührung kommt, wird mit in den Schmutz gezogen.«

Er drehte sich wieder um und sah Salvator an. »Ich habe die alten Schriften gelesen. Nicht nur das Buch der Zerstörung, das du kennst, sondern auch andere Dokumente. Vergessene Texte auf Pergamentfetzen, die so brüchig sind, dass der leiseste Windstoß sie zu Staub zerfallen ließe, oder eingeritzt in Lehmtäfelchen, die in tausend Scherben zerbrochen waren und von Generationen von Mönchen mühsam wieder zusammengesetzt wurden. In all diesen Dokumenten – in allen Gebeten unserer Vorfahren – findet sich kein Wort der Verdammung gegen jene, die im Großen Krieg gegen die Seelenfresser kämpften. Ich habe sogar Bruchstücke eines alten Psalms gesehen, in dem ihr Opfer gepriesen wurde. Ihre Mission war zum Scheitern verurteilt, doch ihr Mut wurde rückhaltlos gefeiert. Daraus folgt … dass solche Handlungen von unserem Glauben mit Sicherheit nicht verurteilt werden.«

Salvator nickte knapp.

»Ob das die gleiche Antwort ist, die dir dein Primus geben würde, weiß ich nicht. Wie du bereits erwähntest, könnte er die Sache … aus verschiedenen Blickwinkeln betrachten. Doch soweit ein einfacher Bruder eine persönliche Meinung äußern darf … ist dies die meine.«

»Das heißt, jetzt liegen zwei Wege vor mir«, stellte Salvator fest. »Wenn meine oberste Pflicht Gott gilt, welcher Pfad ist dann der richtige?«

Ein schwaches Lächeln huschte über das Gesicht des alten Mönchs. »Salvator. Mein Sohn. Warum hast du die Priestergewänder abgelegt, als du den Thron deines Vaters bestiegen hast? Frische mein Gedächtnis auf.«

Salvator stutzte. »Weil ein Mönch nicht Großkönig sein kann«, antwortete er. »Das lässt sein Gelübde nicht zu.«

»Das war nicht meine Frage. Du hättest zwar kein Mönch bleiben können, aber dennoch ein Priester unseres Glaubens. Priesterkönige hat es schon früher gegeben. Warum hast du auch darauf verzichtet?«

»Die Großkönigin hat es verlangt, es war ihre Bedingung für meine Ernennung.«

»Und du hättest über diesen Punkt mit ihr verhandeln können. Vielleicht hättest du sie mit der Zeit überzeugt, und sie hätte ihre Meinung geändert. Aber du hast es nicht einmal versucht. Warum nicht?«

Erinnerungen an diese turbulenten Zeiten stiegen in Salvator auf. So viel Ungewissheit. So viele Zweifel. »Ein Mann kann nicht mit gleichem Eifer zwei Herren dienen«, sagte er endlich.

Der Abt beugte sich vor und legte ihm eine Hand auf den Arm. »Dann bist du nicht hierhergekommen, um zwischen zwei Wegen zu wählen, Salvator Aurelius. Du bist gekommen, um deinen Frieden mit einer bereits getroffenen Entscheidung zu machen.«

Salvator schloss kurz die Augen, dann nickte er.

»Den Rat, den du jetzt brauchst, kann ich dir nicht geben, das kann allein dein Gott«, fuhr der Abt fort. »Warum kommst du nicht mit mir in die Kapelle und erzählst Ihm, was dir auf der Seele liegt? Er kann sicherlich mehr Licht auf die Fragen werfen, die jetzt noch verblieben sind. Und vielleicht wird Er auch deine Seelenqualen lindern ... zumindest so lange, bis die nächste Prüfung beginnt.«

Salvator holte tief Luft und nickte.

Der Abt ging zu der schweren Tür und zog sie auf. Dann gingen die beiden schweigend, nur begleitet vom beständigen Plätschern des Regens, Seite an Seite auf die Kapelle zu.

Kapitel 3

Es war kühl, als Hedda sich auf den Weg zum Fluss machte, und darüber war sie froh. Bisher war der Sommer glühend heiß gewesen, und nicht einmal der dichte Kiefernwald um das Herrenhaus hatte die Hitze zu lindern vermocht. Der Herr und die Herrin von Valza hatten natürlich Dutzende von Dienern, die ihnen jederzeit Kühlung verschafften – ihnen mit armlangen Federn Luft zufächelten, mit seidenen Tüchern den Schweiß von der edlen Stirn wischten und ihre Getränke mit Eisschnipseln aus dem unterirdischen Speicher versetzten –, aber für alle anderen ging die Arbeit wie gewohnt weiter.

Sie tastete sich langsam und vorsichtig den gewundenen Pfad entlang, um nur ja ihren Korb nicht fallen zu lassen. Nicht weil es der Gnädigen viel ausgemacht hätte, wenn ihre feinen Seidengewänder auf die Erde fielen – nun ja, wenn sie es wüsste, würde es ihr schon etwas ausmachen, aber Hedda brauchte es ihr ja nicht zu erzählen –, sondern weil oben auf der Wäsche, tief in den Stoff eingekuschelt wie ein Kaninchen in seinen Bau etwas viel Kostbareres lag.

Ein Säugling.

Das winzige Körperchen war fest mit weißen Leinenbändern umwickelt, sodass nur das Köpfchen zu sehen war, und in den Äuglein, die neugierig, aber mit verschwommenem Blick umherschauten und zu begreifen suchten, was vorging, spiegelten sich abwechselnd Licht und Schatten. Es war Heddas erstes Kind, und die ersten Wochen nach der Geburt waren schwierig gewesen –

besonders weil die Gnädige streng darauf bestand, dass junge Mütter ihre Pflichten nicht vernachlässigten –, doch inzwischen hatte Hedda die Phase überwunden, in der jeden Morgen eine neue Welle der Panik über sie hinwegschwappte, und genoss das beglückende Gefühl der Zusammengehörigkeit. Sie hätte es als unnatürlich empfunden, ihr Kind nicht überallhin mitzunehmen oder bei Nacht nicht zu spüren, wie es sich an sie schmiegte. Der Kleine war ein Teil von ihr, sie waren so unzertrennlich, als wäre die blutgefüllte Nabelschnur, die sie einst aneinander gefesselt hatte, nie durchschnitten worden. Wenn er schrie, spürte sie es in jeder Faser, und seine Nöte wurden geradewegs in ihr Herz geleitet, als lebten sie beide in einem einzigen Körper.

Eine so starke Liebe hatte sie noch nie erlebt, seit sie denken konnte.

Sie summte ein Kinderlied vor sich hin. Dann hatte sie endlich ihr Ziel erreicht, die Stelle am Flussufer, wo eine flache Felsplatte ein Becken mit ruhigem, klarem Wasser überragte. Natürlich mussten die besten Gewänder der Gnädigen im Fluss gewaschen werden. Man durfte sie nicht etwa mit der übrigen Haushaltswäsche in einem Waschzuber schrubben, denn die Brühe könnte ja Schmutzreste von einem Kleidungsstück enthalten, das mit dem Körper einer anderen Person in Berührung gekommen war. Womöglich gar – welch grauenvolle Vorstellung! – Schmutz von *gewöhnlichen* Leuten. Dergleichen durfte sich auf keinen Fall mit dem Schweiß der Gnädigen mischen, nicht einmal in der Waschlauge! Nur das reine Flusswasser, das von den fernen Bergen herabstürzte, war für ihre Sachen gut genug.

Es ging das Gerücht, dass selbst der gnädige Herr die Marotten seiner Gemahlin etwas übertrieben fand, aber sie hatte eine großzügige Mitgift mit in die Ehe gebracht und war so ansehnlich, dass er von anderen Männern seines Standes beneidet wurde, er würde sich also nicht beklagen.

Hedda setzte den Korb ab und zog ein paar Wäschestücke unter dem Säugling hervor. Dann drückte sie dem Kleinen einen Kuss auf die Stirn und ging mit ihrem Waschbrett zum Wasser. Wenn die Gnädige wüsste, dass ihre feinen Kleider als Decken für ein Bauernkind missbraucht wurden, bekäme sie ohne Zweifel einen Anfall. Noch etwas, was man ihr nicht erzählen würde.

Hedda war seit einigen Minuten bei der Arbeit und nahm sich soeben das zweite Kleidungsstück vor, als sie plötzlich spürte, dass noch jemand in der Nähe war.

Sie drehte sich um und warf einen argwöhnischen Blick über die Landschaft. Die Gegend war natürlich sicher – der gnädige Herr achtete in seinem Herrschaftsgebiet streng auf die Einhaltung der Gesetze –, aber man wusste nie, wann irgendein dummer Einheimischer ausprobieren wollte, wo die Grenzen seiner Autorität lagen. Ihre Hand wanderte unwillkürlich zu dem kleinen Messer an ihrem Ledergürtel, während sie sich näher an den Wäschekorb heranschob. Sie war bereit, ihren Sohn wie eine Wölfin zu verteidigen.

Ein Kind trat aus dem Wald. Nein. Kein Kind, obwohl die schmächtige Figur Hedda zunächst zu diesem Irrtum verleitet hatte. Eher ein junges Mädchen von dreizehn oder vierzehn Jahren, schmutzig und hohläugig. Wer immer sie war, sie hatte offenbar schon längere Zeit keine ordentliche Mahlzeit mehr bekommen, denn ihr Gesicht war abgezehrt, und an ihren knochigen Armen und Beinen standen die Gelenke wie Astknorren hervor. Das lange schwarze Haar war zu verfilzten Zöpfen geflochten, in denen sich Reste von Laub und Nadeln verfangen hatten. Ein wildes Kind vielleicht, das in jungen Jahren im Wald verloren gegangen war und sich dann irgendwie durchgeschlagen hatte. Das würde vieles erklären, sogar das einzige Kleidungsstück, das sie am Leibe trug. Der halbwegs saubere Kittel war eindeutig für eine kräftigere Person geschnitten und sicherlich aus irgendeinem Wäschekorb gestohlen worden. Sie hatte den Saum auf Kniehöhe abgerissen, sodass die schmutzigen Füße und die nackten Beine zu sehen waren.

Die ganze Erscheinung war mehr als ungewöhnlich, doch am meisten fesselten Hedda die exotischen mandelförmigen Augen unter den herabhängenden Lidern. Diese Augen starrten die junge Wäscherin mit einer Eindringlichkeit an, die sie verstörte. Es waren keine jungen Augen. In ihrem Blick lag viel Kraft, aber auch eine schreckliche Leere. Eine Mischung, die faszinierend und abstoßend zugleich war. Hedda fühlte sich davon angezogen wie von einem rätselhaften Tier am Straßenrand, bei dem man nicht wusste, ob es noch lebte oder schon tot war.

»Wer bist du?«, fragte sie und bemühte sich, ihr Unbehagen nicht zu zeigen.

Das Mädchen antwortete nicht. Und sie regte sich auch nicht. Sogar der Wind schien an ihr vorbeizustreichen, ohne sie zu berühren, und ihr Körper wirkte so wenig lebendig, als wäre er aus Stein gehauen.

»Möchtest du etwas essen?«, bot Hedda an. Sie wollte die Fremde dazu bringen, dass sie sprach, sich bewegte ... irgendwie reagierte. Ohne die linke Hand vom Messer zu nehmen, wies sie auf das kleine Bündel mit Proviant, das sie neben ihren Sohn in den Korb gelegt hatte. Den Göttern sei Dank, der Kleine schlief fest und hatte sich so tief in die Wäscheteile hineingewühlt, dass ihn das fremde Mädchen wohl kaum sehen konnte. »Ich habe genug, um dir etwas abzugeben.«

Die Besucherin verstand offenbar die Worte nicht, sah aber gebannt zu, als Hedda sich niederkauerte und einen dicken Kanten Brot und ein Stück harten Käse aus einem fadenscheinigen Leintuch wickelte. Hedda brach von beidem ein Stück ab, ging ein paar Schritte auf das Mädchen zu und streckte ihr die Hand entgegen.

Die Augen des Mädchens blitzten gierig auf – jedenfalls schien es Hedda so –, aber sie regte sich immer noch nicht.

»Keine Sorge, ich habe genug. Bitte nimm doch.«

Langsam, vorsichtig, die andere Hand immer noch am Messer, näherte sie sich noch weiter. Jetzt stieg ihr der Geruch der Fremden in die Nase, eine ungewöhnliche Mischung aus altem Schweiß und süßlichem Moschus. Faszinierend und abstoßend zugleich wie alles an ihr. »Hier.« Hedda ging langsam in die Knie, ohne in ihrer Wachsamkeit nachzulassen, und legte Brot und Käse auf einen flachen Stein. »Das ist für dich.«

Sie entfernte sich rückwärts gehend.

Zunächst schien sich das Mädchen immer noch nicht rühren zu wollen. Dann hoben sich die dünnen Beine im Wechsel, und sie ging langsam auf den Stein zu, ohne den Blick von Hedda zu wenden. Ihre Bewegungen waren eckig und ohne Anmut, aber das war wohl mehr Angewohnheit als Schwäche; sie stakste über das unebene Gelände wie ein Vogel und ruckte bei jedem Schritt mit dem Kopf. Als sie den Stein erreichte, blickte sie nur so lange nach unten, bis sie die beiden Stücke aufgehoben hatte, dann richtete sie den Blick abermals auf Hedda. Sie biss gierig in das Brot hinein, riss einen Fetzen los und schluckte ihn unzerkaut hinunter wie ein Tier, das einen Brocken Fleisch verschlingt.

Hedda sah ihr mit wild klopfendem Herzen zu. Sie hatte Hunger, so viel stand fest. Und sie war nicht einfach nur ein junges Mädchen, das sich in den Wäldern verirrt hatte, auch das zeigte sich immer deutlicher. War sie am Ende eine überirdische Erscheinung? Hedda hatte Geschichten von Geistern gehört, die menschliche Gestalt annahmen, um Unheil zu stiften. Könnte ein solcher Geist nicht genau so auftreten? Unwillkürlich schloss sich ihre Hand fester um den Griff ihres Messers, während das Mädchen die geschenkten Speisen vertilgte. Sollte sie ihr auch den Rest geben? Wenn man sich freigebig zeigte, ließen die Geister manchmal von einem ab. Das hatte ihr zumindest ihre Großmutter erzählt. Hedda wünschte, sie hätte der alten Frau als Kind genauer zugehört, dann wüsste sie vielleicht, um welche Art von Geist es sich hier handelte und wie sie ihn dazu bringen könnte, wieder zu verschwinden.

Endlich war das Mädchen mit dem Essen fertig. Sie sah Hedda kurz an, dann kam sie den Abhang herunter auf sie zu.

Hedda holte scharf Luft. Von dem Mädchen ging keine offenkundige Bedrohung aus, aber ihr Mutterherz schrie ihr förmlich zu, diese seltsame Fremde von ihrem Kind fernzuhalten. Aber hatte das Mädchen den Kleinen überhaupt bemerkt? Wenn Hedda den Korb jetzt wegzog, lenkte sie dann die Aufmerksamkeit nicht erst recht auf den kostbaren Inhalt? Sie war wie erstarrt und beschloss, sich so vor dem Korb aufzubauen, dass die Fremde durch sie hindurchgehen müsste, um an ihr Kind zu kommen. Gleich einer Wölfin, die sich über ihr Junges beugte, während der Schatten eines Habichts über sie hinwegzog.

Die Fremde kam noch näher.

Bleib stehen, dachte Hedda und fasste das Messer fester.

Und dann stand das Mädchen dicht vor ihr. Die seltsamen Augen mit den schweren Lidern richteten sich auf sie, als wollten sie sie durchbohren. Welche Finsternis in diesen Augen, welche Gier! In Form und Farbe waren sie menschlich, doch ihrem Wesen nach muteten sie völlig anders an. Ein fremder Wahnsinn, namenlos und schrecklich, flackerte in ihren Tiefen.

»Bleib zurück«, flüsterte Hedda. Plötzlich hatte sie große Angst.

Die Welt begann sich um sie zu drehen. Sie wollte das Messer aus der Scheide ziehen, doch es fiel ihr aus der Hand und landete klirrend neben dem Korb. Sie hörte es wie aus weiter Ferne. Zu spät fiel ihr ein, dass sie wohl verhext worden war. Sie hätte den Korb nehmen und weglaufen sollen, solange sie noch konnte.

Jetzt war es zu spät.

Sie wollte schreien, doch ihre Stimme wollte nicht kommen. Sie wollte rennen, doch ihr Körper wollte ihr nicht gehorchen. Sie wollte beten, doch die Götter wollten ihr nicht antworten.

Bleib stehen!

Die Welt verblasste. Die Landschaft blutete aus wie ein nasses Kleidungsstück. Hedda wurde von einem Schwindel erfasst, sie konnte die Übelkeit kaum zurückhalten. Und mit einem Mal …

… war der Himmel klar und blau.

Und das Mädchen war verschwunden.

Hedda blinzelte, schluckte den sauren Geschmack runter und musste sich erst wieder zurechtfinden. Ein Windstoß fuhr ihr ins Gesicht und kühlte den Schweißfilm auf ihrer Haut. Jeder Muskel in ihrem Körper schmerzte, als wäre sie eine weite Strecke gelaufen.

Kraftlos stützte sie sich auf einen Ellbogen. Sie war wohl ohnmächtig geworden und gestürzt. Ein paar Schritte vor ihr lag die Wäsche, die sie gewaschen hatte. Fast trocken! Sie musste stundenlang ohne Bewusstsein hier gelegen haben.

Der Korb stand nur ein kurzes Stück von ihr entfernt. Den Göttern sei Dank, dass sie nicht darauf gefallen war und das Kind erdrückt hatte! Sie stemmte sich zum Sitzen hoch, streckte die Hand aus und zog den Korb zu sich heran. Ihre Hände zitterten, und sie entschuldigte sich flüsternd bei ihrem armen Sohn dafür, dass sie ihn so lange allein gelassen hatte. Er musste doch hungrig sein!

Doch als sie in den Korb schaute, wollte ihr das Herz schier stehen bleiben.

Ihr Sohn war verschwunden.

Sie sah noch die Mulde, wo er zuletzt gelegen hatte. Wenn sie den Kopf weit hinabbeugte, konnte sie, vermischt mit dem Schweiß der Gnädigen, seinen Duft riechen. Aber da war noch ein anderer Geruch, ein fremder Verwesungsgeruch, bei dem sich ihr der Magen umdrehte.

Gerade noch rechtzeitig hielt sie den Kopf zur Seite. Wellen der Übelkeit schüttelten sie, und sie übergab sich neben den Korb. Wieder und wieder würgte sie ihr Entsetzen und ihre Trauer in einem Schwall bitterer Galle aus, bis ihr Körper – und ihre Seele – endlich leer waren. Dann sank sie auf den harten, kalten Granit und schlang die Arme um sich. Sie zitterte so heftig, als wäre es unversehens Winter geworden. In ihrer Niedergeschlagenheit wusste sie nicht mehr, wo sie war oder was genau geschehen sein mochte … sie wusste nur, dass man ihr einen Teil ihrer Seele geraubt hatte und dass sie keine Ahnung hatte, wie sie ohne ihn weiterleben sollte.

Erst viel später, als ihr Verstand wieder einsetzte, kam sie auf die Idee, der Spur des Mädchens zu folgen. Und noch später musste erst ihr Mann sie daran erinnern, dass ein erfahrener Waldläufer wüsste, wonach er zu suchen hätte, und wenn ein gewöhnlicher Mensch keine Spuren fände, so doch gewiss eine Hexe oder ein Hexer. Sie würden das nötige Geld dafür aufbringen. Das versprach er ihr.

Vorerst konnte sie nur weinen.

Kapitel 4

Das Land erstreckt sich nach allen Richtungen, so weit das Auge reicht. Trockene Erde, grau und rissig, zerkrümelt unter Colivars Füßen zu Staub. Hier und dort hat ein winziger Schössling seine Wurzeln in den Boden geschlagen, aber er findet keinen sicheren Stand; die schmalen Blätter sind dünn und trocken und rollen sich ein, um sich vor der sengenden Sonne zu schützen.

Colivar kniet sich zu den Schösslingen in den Staub. Hin und wieder begießt er einen mit Wasser aus dem Holzeimer, der neben ihm steht, aber es ist nie genug. Der Boden saugt das kostbare Nass in Sekundenschnelle auf und sammelt es so weit in der Tiefe, dass das flache Wurzelgeflecht des Schösslings es nicht erreichen kann. Und es sind so viele! Selbst wenn das Wasser ihnen helfen könnte, er hat nicht genug, um sie alle zu versorgen. Einige werden auf jeden Fall sterben müssen, damit die anderen leben können.

Über ihm zieht ein Schatten vorbei. Er wischt sich mit einem schmutzigen Ärmel den Schweiß von der Stirn und schaut zum Himmel empor. Die Sonne des Südens ist grausam, ihre Hitze entzieht dem menschlichen Körper auf eine Art und Weise die Kraft, an die er sich nie gewöhnen wird. Seine Augen brauchen etwas Zeit, um sich auf das grelle Licht einzustellen und sehen zu können, was sich da oben vor der Sonne abzeichnet.

Es sind Schwingen.

Bunte Flächen aus lebendigem Glas filtern das Sonnenlicht und werfen blaue, grüne und violette Schatten über die aus-

gedörrte Erde. Wenn sie auf die Schösslinge fallen, geht ein Zittern durch die schmächtigen Pflanzen, und sie welken sogleich dahin. Eine um die andere verdorrt und schrumpft zusammen, und die vertrockneten Skelette zerfallen im heißen Wind.

Colivar sieht es, tiefe Enttäuschung überfällt ihn, treibt ihm den Schweiß aus den Poren. Er ist nicht bloß körperlich, sondern auch seelisch erschöpft. Denn er war derjenige, der diese Schösslinge vor langer Zeit pflanzte, und mit jedem, der jetzt stirbt, stirbt auch ein Teil von ihm selbst.

Du hast schon damals gewusst, dass sie wahrscheinlich nicht überleben werden, *sagt er zu sich.* Du hast dir fest vorgenommen, dein Herz nicht an sie zu hängen. Weißt du es nicht mehr?

Einer der violetten Schatten kommt auf ihn zu. Er wirft sich über den nächsten Schössling und schützt ihn mit seinem Körper. Doch als der Schatten weitergezogen ist und er sich wieder erhebt, sieht er, dass er die Pflanze zerdrückt hat. Er hat sie getötet.

Wie töricht zu glauben, jemand wie er könnte fähig sein, Leben zu fördern!

Ein Seelenfresser ist vor ihm auf dem Boden gelandet. Sein langer Hals bewegt sich wie eine Schlange, und der Kopf schießt auf die verbliebenen Schösslinge zu und fängt an, sie aus der Erde zu reißen. Das ist zu viel der Schmach! Der Zorn verleiht Colivars schmerzenden Gliedern neue Kräfte, er rafft sich auf und tritt der Kreatur gegenüber, um sie zu vertreiben. Und koste es ihn das Leben!

Doch die Gestalt verschwimmt. Die Farben flimmern im Sonnenlicht, die blauschwarze Haut, die bunt schillernden Schwingen zerfließen und verwandeln sich in … etwas anderes.

Eine Frau.

Siderea.

»Vergiss diesen Ort«, flüstert seine ehemalige Geliebte. »Vergiss, wozu du geworden bist, seit du einst den Tod betrogen hast. Verabschiede dich von deiner menschlichen Hälfte, und du bekommst einen Platz an meiner Seite. Du weißt doch, was du wirklich willst. Es ist immer noch das Gleiche, was du von jeher gewollt hast. Ich kann es dir geben.«

Der menschliche Teil seines Gehirns erkennt die Falle, aber die andere, die vergessene Hälfte kümmert das nicht. Ihre Worte, ihr Duft bringen sein Blut in Wallung. Plötzlich sind die Schösslinge nicht mehr von Bedeutung. Erinnerungen übernehmen die Macht, Erinnerungen an ein Leben, das er seit Jahrhunderten zu vergessen sucht. Das Auf und Ab bunt schillernder Schwingen – von schmerzhafter Schönheit. Der eisige Wind, der ihm in die Haut schneidet. Die Todesangst seiner Rivalen, wenn sie in die Schwärze hinabtrudeln, um tief unten auf den Felsen zu zerschellen.

Nein! *Sein menschliches Ich schreit warnend auf, aber er versteht seine Sprache nicht mehr.*

Langsam stolpert er auf sie zu.

Und ihr Körper beginnt wieder zu flimmern.

Und verwandelt sich.

Er erkennt nicht gleich, welche Gestalt sie jetzt annimmt. Doch dann erstarrt er vor Schreck und bleibt wie angewurzelt stehen.

Die rothaarige Hexe lächelt ihn an. »Hallo, Colivar.« Als die Seelenfresser am Himmel ihre Stimme vernehmen, machen sie kehrt und steuern auf sie zu. »Ich habe gehört, du suchst nach mir …«

Colivar schreckte aus dem Schlaf.

Zunächst lag er ganz still in seinem Bett und lauschte dem Pochen seines Herzens. Dann entzündete er mit einer raschen Beschwörungsgeste die Lampen an der Wand gegenüber. Warmes bernsteingelbes Licht breitete sich aus, weich und beruhigend. Er nahm einen tiefen Atemzug und beschwor eine kleine Menge Athra, um seinen Herzschlag zu beruhigen. Aber seine Gedanken konnte er mit Zauberei allein nicht zum Schweigen bringen.

Es war ein Traum, versicherte er sich selbst. *Nicht mehr als das.*

Allerdings waren ihm selbst seine Träume inzwischen verdächtig. Wenn Siderea eine neue Quelle der Macht entdeckt hatte, konnte es durchaus sein, dass sie mit dem Geist ihrer ehemaligen Liebhaber ihre Spielchen trieb. Früher hatte sie sich aus Höflichkeit zurückgehalten – vielleicht auch aus Angst vor Vergeltung, falls die Magister sie dabei ertappten, wie sie ihre Hexenkünste gegen sie einsetzte – doch jetzt gab es für sie keine Grenzen mehr. Nun, Colivar hatte die emotionalen Spuren untersucht, die sie in Sankara zurückgelassen hatte, und wusste, wie sehr sie die Magister hasste. Gewiss, sein Traum hatte auf manches verwiesen, wovon Siderea unmöglich wissen konnte, folglich konnten nicht sämtliche Inhalte von ihr geschickt worden sein, aber dies bedeutete keineswegs, dass nicht ein Teil von ihr kam und sein eigenes Bewusstsein diesen Teil mit weiteren Einzelheiten ergänzt hatte.

Und dann war da noch die rothaarige Hexe.

Er erinnerte sich, wie selbstverständlich Kamala in Keirdwyn ihre Macht eingesetzt hatte. Als ob es sie nichts kostete. Und er erinnerte sich an den eisigen Hauch wahrer Zauberei in ihrem verlassenen Zimmer in Gansang. Damals hatten sie diese Spuren einem unbekannten Magister zugeschrieben, der sie unter seine Fittiche genommen hatte, doch seit er sie genauer hatte beobachten können, war er überzeugt, dass sie allein auf der Welt stand – und auch allein arbeitete. Das ließ nur einen Schluss zu.

Wagst du es, sie Magister zu nennen?, fragte er sich.

Mit dem Titel war so viel Macht verbunden! Und natürlich offenbarte sich darin, wie man ihn verwendete, die eigene Persönlichkeit. Wenn Ramirus Kamala als Magister bezeichnete, stellte er lediglich fest, dass sie die Zauberei erlernt hatte und nun wie ein Parasit den Morati ihre Lebenskräfte raubte, um sich selbst am Leben zu erhalten. Doch Colivar wusste mehr über das wahre Wesen der Zauberer als Ramirus. Für ihn schwangen in dem Titel unzählige vergessene Geheimnisse und Ängste, Fehlschläge und Vertrauensbrüche mit, von denen seine Standesgenossen nichts ahnten. Wenn er eine Hexe mit diesem verbotenen Namen anspräche, würde er damit erklären, sie sei Bestandteil eines komplizierten Netzwerks, von dem die anderen nicht einmal vermuteten, dass es existierte … und trüge die Saat von Colivars ganz persönlicher Seelenqual auch in ihren Adern.

Seltsam, wie sehr ihn dieser Gedanke erregte. Er brachte sein Blut in Wallung wie seit Langem nichts mehr. Und er warf alle möglichen Fragen nach seinem eigenen Wesen auf, Fragen, von denen er geglaubt hatte, sie seien längst beantwortet. Eine Mischung, die jeden Magister berauschen musste.

Doch vor allem lieferte ihm die Vorstellung genügend Stoff, um an etwas anderes zu denken als an Sidereas Palast und die Präsenz, die er dort entdeckt hatte. Beides hatte ihm schon so manche schlaflose Nacht bereitet und würde das zweifellos auch weiterhin tun.

Denn ein Heilmittel gegen Albträume musste die Zauberkunst erst noch finden.

Als Colivar zu dem Treffen kam, waren die anderen bereits versammelt. Er spürte ihre Anwesenheit, bevor er den Raum betrat, und zögerte kurz. Wollte er wirklich zu ihnen stoßen? Die Gesellschaft anderer Zauberer war selbst an guten Tagen belastend genug, und die Tatsache, dass er in Sidereas Palast die Witterung einer Seelenfresser-Königin aufgenommen hatte, machte die Sache nicht einfacher. Ein Nest voller Eier zu finden und Vermutungen darüber anzustellen, dass eine Königin irgendwann durch die Gegend gezogen sein könnte, war nicht das Gleiche, wie mit jedem Atemzug diesen betäubenden Duft einzusaugen, die magischen Spuren der Präsenz einer Königin bis in die Fingerspitzen zu spüren und zu wissen, dass eine frühere Geliebte jetzt mit ihr verbunden sein und diese letzte Intimität mit ihr teilen könnte.

Alles in allem wäre er viel lieber auf der Stelle nach Hause gegangen und hätte sich mit seinen Gedanken ins stille Kämmerlein zurückgezogen, als seinen Standesgenossen zu begegnen. Aber er brauchte das Wissen, das bei diesem Treffen ausgetauscht würde, daran führte kein Weg vorbei. Und so stieß er mit einem tiefen Atemzug die Tür auf und betrat, äußerlich gelassener, als ihm zumute war, den Raum.

Lazaroth, Ramirus und Sula erhoben sich respektvoll. Sie hatten sich an drei Seiten eines schweren Tisches platziert, sodass das Möbelstück sie wie ein Schutzschild voneinander trennte. Früher hätte Colivar dies mit Belustigung registriert, doch heutzutage erschienen ihm selbst die harmlosesten Gesten verhängnisvoll. Das Tier, das im Herzen jedes Magisters lauerte, kannte seine Beziehung zu seinesgleichen – selbst wenn sein Wirt sich dessen nicht bewusst war – und war ständig auf einen Kampf gefasst.

»Magister.« Colivar nickte Lazaroth in seiner Rolle als Gastgeber anerkennend zu, bevor er den für ihn frei gehaltenen Platz an der vierten Tischseite einnahm. Magische Energien versetzten die warme Keirdwyn-Luft zwischen den Magistern in Schwingungen – Fühler wurden ausgestreckt, um Absichten zu prüfen, Stimmungen zu erkunden, dem Gegner zuvorzukommen. Früher einmal wäre es unmöglich gewesen, dass sich so viele Magister gleichzeitig in einem Raum aufhielten, geschweige denn eine halbwegs zivilisierte Unterhaltung führten. Colivar warf einen Blick auf Ramirus und sah an seiner gefurchten Stirn, dass auch er sich an diese Zeiten erinnerte. Manchmal kam es ihm vor, als wäre es gestern gewesen. Hätten sie ihren Schülern mehr über diesen Teil ihrer Vergangenheit erzählen sollen? Für Colivars Geschmack hätte das zu viele Erklärungen erfordert, er hätte sein Innerstes zu sehr entblößen müssen. Es gab Geheimnisse, die man besser im Vergessen begrub. Ramirus hatte sicherlich eine ähnliche Wahl getroffen. Folglich waren die jüngeren Magister ebenso stark durch ihre Unwissenheit geprägt wie die älteren von ihren Erinnerungen. Colivar glaubte zu wissen, zu welcher Gruppe Lazaroth gehörte, aber bei Zauberern konnte man nie sicher sein; ein Mann konnte nur deshalb seine Gestalt verändern und in die Rolle des Anfängers schlüpfen, weil das ein neues Spiel für ihn war. Lediglich bei einem Kandidaten, den man selbst durch die Erste Translatio geführt hatte, wusste man mit Sicherheit, wie alt er war.

»Ramirus, Colivar, Sula … ich danke euch, dass ihr gekommen seid.« Lazaroth nickte jedem einzeln zu. »Nachdem ihr alle den Alkal-Feldzug unterstützt hattet, versprach ich, euch über unsere Entdeckungen dort auf dem Laufenden zu halten. Heute will ich dieses Versprechen einlösen. Ihr könnt gerne so viele Fragen stellen, wie ihr wollt, und wenn ihr als Gegenleistung Erkenntnisse anzubieten habt, wären diese sicherlich willkommen.« Ein Mundwinkel zuckte: eine flüchtige Andeutung eines kalten Lächelns. »Zugegeben, wir neigen im Allgemeinen eher dazu, unser Wissen zu horten, als es mit anderen zu teilen. Aber ihr werdet mir zweifellos zustimmen, dass die Rückkehr eines alten Feindes neue Strategien erforderlich macht.

Keirdwyns Seher haben die Bresche im Heiligen Zorn untersucht. Außerdem wurden unabhängige Hexen und Hexer von Alkal hinzugezogen, um ihren Befund zu bestätigen. Ich hätte den Alkaliern in dieser Sache nicht vertraut, wenn die Entscheidung bei mir gelegen hätte, aber der Durchbruch erfolgte innerhalb ihres Protektorats, und deshalb hielt es der Erzprotektor von Keirdwyn nicht für gerechtfertigt, sie auszuschließen.«

Die empfindlichen Seher wären sicherlich lieber in die Hölle marschiert, als sich in Reichweite des Heiligen Zorns zu begeben, dachte Colivar. Die große Bereitschaft der Heiligen Hüter, sich selbst zu opfern, versetzte ihn immer wieder in Erstaunen. Allerdings waren sie ja Nachfahren derselben Hexen, Hexer und Krieger, die vor Jahrhunderten ihr Leben hingegeben hatten, um die Welt vor dem Untergang zu retten. Der Opferwille lag ihnen im Blut. Sie sogen ihn mit der Muttermilch ein.

Doch auch ein solches Erbe kann entarten, überlegte er nüchtern. *Auch ein Held kann schreckliche Dinge tun, wenn ihn die Umstände dazu treiben.*

»Offenbar haben bereits eine Reihe von Ikati die Grenze nach Süden überschritten«, fuhr Lazaroth fort. »Wie wir es befürchtet hatten.«

»Wie viele?«, fragte Sula.

Lazaroth schüttelte den Kopf. »Schwer zu sagen. Spuren sind aus naheliegenden Gründen schwer zu finden. Nur sehr wenige von den Kreaturen haben tatsächlich den Boden berührt – jedenfalls an den Stellen, die wir abgesucht haben –, demzufolge gibt es kaum Anker für einen Suchzauber. Die meisten vorhandenen Spuren wurden offenbar von einem einzigen Seelenfresser hinterlassen, der allem Anschein nach mit einem gewissen Nyuku verbunden ist.«

»Nyuku?« Die Farbe wich so schnell aus Colivars Gesicht, dass er es nicht verhindern konnte. Von allen Seiten kratzten magische Fühler wie tausend winzige Speere an seinem mentalen Panzer und begehrten Einblick in seine Reaktion; er musste seine ganze Erfahrung – und emotionale Widerstandskraft – aufbieten, um sie abzuwehren. Nein, er durfte diesen Magistern auf keinen Fall zeigen, wie sehr der Name sein Blut in Wallung brachte, denn sie könnten den Grund dafür erraten.

Nyuku ist hier. In meiner Welt. Der Name ließ Gefühle durch seine Adern rauschen, die er längst besiegt geglaubt hatte. Tief drinnen, wohin keiner der anderen Magister sehen konnte, zitterte er.

Wenn Lazaroth das Unbehagen seines Gastes bemerkte, so zeigte er es nicht. »Ganz recht. Der Name wurde in Anukyats Unterlagen mehrfach erwähnt, so hieß der Kannoket, der mit ihm verhandelte. Er könnte eine führende Rolle bei der Invasion gespielt haben, oder er blieb einfach als Flankenschutz zurück. Auf jeden Fall hat er überall im Gelände seine Spuren hinterlassen und ein bestimmter Seelenfresser ebenfalls. Die Spuren traten stets miteinander auf, und daraus darf man wohl schließen, dass zwischen den beiden eine feste Beziehung bestand, die wir allerdings noch nicht genauer bestimmen konnten. Als Nyuku nach Anukyats Tod Alkal verließ, verschwand der Seelenfresser mit ihm.« Er hielt inne. »Nach Einschätzung meiner Hexen und Hexer haben insgesamt etwa drei Dutzend Seelenfresser die Bresche passiert. Man hat inzwischen eine Wache aufgestellt, die Ausschau nach Neuankömmlingen halten soll, aber ich fürchte, das ist ...« Er seufzte. »Ich glaube, die passende Redewendung wäre ›den Brunnen zudecken, nachdem das Kind ertrunken ist.‹«

Der größte Teil der Kolonie muss nach Süden gezogen sein, dachte Colivar. Lazaroths Bericht machte ihn sprachlos. Wie konnten sie alle die Überquerung geschafft haben? Auch wenn einer der Speere beschädigt war, blieb der Heilige Zorn eine Barriere, die nur die stärksten Individuen hätten überwinden dürfen.

Oder die schwächsten.

Kalt. Die Erinnerungen waren so kalt. Colivar hätte am liebsten die Arme um sich geschlungen, als könnte er sie damit fernhalten. Stattdessen befahl er seinem Körper mit einem stummen Fluch, sich zu entspannen. Doch es war bereits zu spät. Ramirus war seine kurze Unruhe aufgefallen, und sein Blick ruhte fest auf Colivar, während er nach der Ursache dafür suchte. Mit einer direkten magischen Erkundung würde er zwar nicht weit kommen, aber auch Menschenkenntnis allein war ein leistungsfähiges Werkzeug. Colivar hätte sich lieber hundert Zauberern auf dem Schlachtfeld gestellt als zu versuchen, vor diesem Mann ein Geheimnis zu bewahren.

»Du kennst diesen Nyuku?«, fragte Ramirus leise.

Colivar wusste, dass er seine Lügen mit Sorgfalt wählen musste; vor so vielen Magistern durfte er sich keinen Fehler erlauben. »Wie ihr alle wisst, lebte ich … vor langer Zeit … im Norden. Damals ging das Gerücht, jemand habe den Heiligen Zorn überquert und das Abenteuer überlebt. In diesem Zusammenhang fiel auch der Name Nyuku. Ob es sich um denselben Mann handelte, weiß ich nicht.«

»Was hast du sonst noch über ihn gehört?«, wollte Lazaroth wissen.

Du meinst wohl, was ich sonst noch preisgeben will? Colivar holte tief Luft und bemühte sich fieberhaft, zu einer Entscheidung zu gelangen, wie viel von seinem Wissen er mit den anderen teilen sollte. Sagte er zu wenig, dann nährte er den Verdacht, dass er etwas Wichtiges zu verbergen hatte. Sagte er zu viel, dann würde man ihm Fragen stellen, die er nicht beantworten konnte. »Es hieß, dass sich nördlich des Heiligen Zorns Männer befänden, die so etwas wie eine Partnerschaft mit den Seelenfressern eingegangen seien. Jeder Mann sei mit einem bestimmten Ikata verbündet, in einer Art … Seelengemeinschaft. Die Kreaturen seien bereit, die Männer auf ihrem Rücken zu tragen. Offenbar werden sie zu diesem Zweck verstümmelt – einige der Rückenstacheln müssen entfernt werden –, aber das finden die Ikati offenbar nicht unerträglich. So wurde es jedenfalls in den Mythen dargestellt.« Er warf einen Blick auf Ramirus. »Die Bestie, die Rhys tötete, wies eine solche Deformation auf. Deshalb machte ich jene Bemerkung über ihre Herkunft.«

»Ganz recht«, sagte Ramirus nachdenklich. »Daran erinnere ich mich.«

Sula kniff misstrauisch die Augen zusammen. »Die Überlieferung sagt, dass die Seelenfresser jedem Menschen, der ihnen zu nahe kommt, das Leben aussaugen. Aber wie kann das sein, wenn Menschen sie als Reittiere verwenden?«

Colivar wehrte mit einem Achselzucken ab. »Ich gebe nur die Märchen wieder, die ich vor vielen Jahrhunderten hörte.« Klang das aufrichtig genug? Er bewegte sich auf gefährlichem Terrain. »Ich kann mich nicht einmal für ihre Quelle verbürgen, geschweige denn für ihren Wahrheitsgehalt.«

»Es wäre also möglich, dass dieser Nyuku und sein Seelenfresser ein solches Paar waren«, überlegte Lazaroth laut. »Das wäre eine Erklärung für die Spuren, die wir gefunden haben.«

»Und ich denke, wir kennen noch ein solches Paar«, sagte Ramirus.

»Du meinst Kostas?«, fragte Sula. »Er war doch Dantons Königlicher Magister?«

»Vielleicht«, antwortete Ramirus. »Vielleicht war er auch etwas ganz anderes und gab sich nur als Magister aus. Versteht mich nicht falsch, er hatte wirklich übernatürliche Kräfte. Jedenfalls reichte sein Können aus, um Danton zu überzeugen, dass er einer von uns war. Doch nach meinen Ermittlungen begnügte er sich mit kleineren Zaubereien. Gelegentlich eindrucksvoll, aber stets von begrenzter Wirkung. Er könnte also anstelle von echter Zauberkunst eine Form von Hexerei verwendet haben.« Er hielt inne. »Vielleicht verfügten diese Eindringlinge auch über eine dritte Art von magischer Begabung, die wir noch nicht kennen. Auf jeden Fall lässt das Auftauchen eines Seelenfressers innerhalb von wenigen Minuten nach Kostas' Tod darauf schließen, dass sie miteinander verbunden waren. Und wenn die Geschichten, die Colivar hörte, der Wahrheit entsprechen ... dann könnten die fehlenden Rückenstacheln darauf hinweisen, dass die beiden von nördlich des Heiligen Zorns kamen.«

»Wenn Kostas und Nyuku gemeinsame Sache machten«, schaltete sich Lazaroth ein, »können wir ihre Absichten vielleicht erraten. Nyuku benützte Anukyat, um die Heiligen Hüter von Alkal und durch sie das ganze Protektorat zu manipulieren. Kostas suchte sich eine Stellung als Ratgeber bei einem der mächtigsten Männer des Kontinents. Sie wollen die Morati-Gesellschaft unter ihre Kontrolle bringen.«

»Raubtiere mit politischen Ambitionen«, grübelte Ramirus. »Interessant.«

»Wie viele mögen an diesem Spiel beteiligt sein?«, fragte Sula. »Sie tarnen sich als Einheimische – oder als Magister – und manövrieren sich unbemerkt in einflussreiche Positionen.«

Ramirus schüttelte energisch den Kopf. »Das wird nicht allzu vielen gelingen. Vergesst nicht, dieser Nyuku blieb im Dunkeln, solange er konnte. Er hat seine Tarnung nie bei Hof auf die Probe gestellt. Und Kostas, der die Öffentlichkeit weniger scheute, benahm sich so sonderbar, dass es sogar Dantons Dienern auffiel. Solche Männer sind leicht zu finden, wenn sie erst voll im Licht des Tages stehen.«

»Ganz recht«, sagte Lazaroth und nickte. »Ich erinnere mich an Gerüchte, wonach Dantons neuer Magister kein Mensch, sondern irgendein böser Geist gewesen sein soll. Oder gar ein Dämon.« Er zuckte die Achseln. »Magister ziehen Gerüchte an wie eine Hure die Männer, ich habe mir also nicht die Mühe gemacht, der Sache genauer nachzugehen. Aber vielleicht spielen diese Eindringlinge die Menschenrolle nicht so gut, wie sie glauben. Wenn ja, wäre das ein Umstand, den wir uns zunutze machen können.«

»Wann hat die Invasion in Alkal begonnen?«, fragte Colivar. »Lässt sich das feststellen?«

»Alle Spuren, die wir finden konnten, sind offenbar neueren Datums«, antwortete Lazaroth. »Die erste Überquerung fand schätzungsweise Anfang dieses Jahres statt. Meister Favias sagt, die Heiligen Hüter von Alkal hätten vor einigen Monaten ihre Besuche bei den anderen Protektoraten eingestellt, und auch die Unregelmäßigkeiten im Heiligen Zorn wurden etwa zu dieser Zeit erstmals bemerkt. Dieser Zeitpunkt erscheint uns daher am plausibelsten.«

Colivar nickte. »Das bedeutet, dass Kostas noch nicht lange in unserer Welt war, als er zum ersten Mal an Dantons Hof erschien. Sein Volk hatte seit Jahrhunderten in Abgeschiedenheit gelebt, gefangen in einer der unwirtlichsten Regionen der Erde, mit Tieren als engsten Gefährten. Unsere Welt war ihm ganz und gar fremd. Mit Zauberei hätte er sich die Grundlagen beschaffen können, die er brauchte, um sich unter uns zu bewegen, unsere Sprache zu sprechen und gröbere Verstöße gegen die gängigen Anstandsregeln zu vermeiden, aber die Aneignung von so viel

Wissen hätte Zeit und Übung erfordert. Vielleicht hatte er vor seinem ersten Auftritt in der Öffentlichkeit eine längere Übungsphase eingeplant, aber als Ramirus so plötzlich aus Dantons Diensten ausschied, brachte er ihn in Zugzwang. Eine solche Gelegenheit durfte er sich nicht entgehen lassen. Unter diesen Umständen ist es zu bewundern, dass es ihm überhaupt gelang, für einen Menschen gehalten zu werden.

Aber wer nach ihm kommt, hat nicht unbedingt die gleichen Schwierigkeiten zu überwinden. Je länger diese Eindringlinge sich in unserer Welt aufhalten, desto mehr Zeit haben sie, um ihre Maskerade zu vervollkommnen. Und selbst wenn sich die Betreffenden noch mit gewissen Unstimmigkeiten verraten, wie wollt ihr sie finden? Unter Magistern kann man leicht sagen: ›Jedes neue Gesicht ist verdächtig!‹ und jeden ausspionieren, der in den letzten paar Monaten erstmals bei uns auftauchte, aber es gibt viel zu viele Morati in der Welt, um dieses Verfahren auf sie zu übertragen. Stellt euch vor, was für ein Chaos ausbrechen würde, wenn diese Horden erführen, dass jeder Fremde in ihrer Mitte die Vorhut eines Invasionsheeres sein könnte? Das Blut würde in Strömen durch die Straßen fließen.«

Ramirus richtete seine tiefliegenden Augen auf ihn. »Glaubst du wirklich, jemand aus einer derart fremden Welt könnte sich so vollkommen anpassen, dass er von … sagen wir … dir oder mir nicht zu unterscheiden wäre?«

Colivar zog scharf den Atem ein. War die Frage wirklich so zweideutig gemeint, wie sie sich anhörte? Oder hatte Ramirus sie nur zufällig so formuliert? Er achtete darauf, seine Stimme von Gefühlen freizuhalten: »Menschliche Wesen sind außerordentlich anpassungsfähig. Mit der Zeit … mithilfe von Zauberei und mit ausreichend Übung … ja, ich glaube, so jemand könnte als Mensch durchgehen. Ich meine, als *normaler* Mensch.« Er sah Ramirus an und fügte hinzu: »Er könnte sogar dich täuschen.«

»Und eine solche Maskerade mag nicht für alle erforderlich sein«, stellte Lazaroth fest. »Wenn sie nämlich in den südlichen Reichen Verbündete haben.«

Stille trat ein. Der Name Siderea Aminestas hing in der Luft, unausgesprochen, aber durchaus erkannt.

»Ramirus. Sula.« Lazaroth beugte sich vor und stützte die Fingerspitzen auf die Tischplatte. »Ihr beide hattet niemals Umgang mit dieser berühmten Hure, ebenso wenig wie ich. Colivar … ich habe gehört, dass sie von all ihren Liebhabern ein Unterpfand sammelte, um sie als Anker für ihre Hexenkünste zu verwenden. Aber das deine hätte sie nicht mehr. Ist das wahr?«

»Sie hat mich damit zu sich gerufen, als die Seelenfresser in Corialanus auftauchten«, antwortete Colivar. »Und es wurde nicht ersetzt. So weit liegst du also richtig.«

»Kennst du noch jemanden, auf den das zutrifft?«

Colivar zögerte. »Fadir wurde am gleichen Tag gerufen wie ich, sein Unterpfand wurde also ebenfalls zerstört. Ich weiß nicht, ob es jemals ersetzt wurde. Ich kann dir auch nicht sagen, ob sie an diesem Tag noch andere Magister zu sich beordert hat, die aber ihrem Ruf nicht folgten. Danach ging es mit Siderea sehr schnell bergab; es würde mich wundern, wenn irgendein Magister bereit gewesen wäre, ihr ein neues Liebespfand zu überlassen, nachdem er gesehen hatte, was mit ihr geschah.«

Lazaroth nickte. »Fünf von uns wissen also mit Sicherheit, dass sie nicht unter ihrem Einfluss stehen. Vielleicht gibt es noch ein paar mehr, die nie ihre Liebhaber waren. Viele sind es gewiss nicht.«

Colivars Augen wurden schmal. »Die Pfänder, von denen du sprichst, werden schon durch die kleinste Fahrlässigkeit zerstört. Was ihnen anhaftet, sind bestenfalls schwache Spuren des Besitzers, nicht stark genug für einen Zauber, der diesen Namen verdient. Wenn solche Dinge wirklich Macht besäßen, hätte man sie niemals einer Morata überlassen.«

»Ich will dir zugutehalten, dass du selbst daran glaubst«, gab Lazaroth kalt zurück, »obwohl du mir andernfalls sicherlich die gleiche Geschichte erzählen würdest. Abgesehen davon halte ich Königin Siderea für so beschlagen, dass sie noch aus der geringsten Menge Macht die größte Wirkung herauszuholen vermag.«

»Das steht außer Frage«, murmelte Ramirus.

»Die Absichten eines Mannes können durch einen einzigen Traum verändert und seine Pläne durch einen einzigen geschickt gestreuten Zweifel untergraben werden. Die Männer, die ihr ein

Unterpfand gaben, waren ihre Liebhaber, ihre Gefährten, ihre Ratgeber – und das heißt, sie kennt sie so gut, wie es einem Moratus beziehungsweise einer Morata nur möglich ist. Kannst du mit letzter Sicherheit ausschließen, dass sie einen solchen Traum zu beschwören, einen solchen Zweifel zu säen wüsste? Oder dass solche Pfänder ihr helfen könnten, die normale Abwehr ihrer Magister zu umgehen und sie mit einem noch stärkeren Hexenbann zu treffen?«

Colivar schwieg lange. Sogar seine Gedanken schwiegen. »Nein«, sagte er endlich. »Das kann ich nicht ausschließen.«

Lazaroth lehnte sich in seinem Stuhl zurück. Düsterer Triumph sprach aus seinen Zügen. »Wie ich höre, durchkämmen ihre ehemaligen Liebhaber jeden Winkel, um in Erfahrung zu bringen, wohin sie verschwunden ist. Sie wollen ihre Spielsachen zurückhaben. Doch mit Zauberei ist sie offenbar nicht aufzuspüren. Auch die Seelenfresser sind nicht ausfindig zu machen. Drei Dutzend Dämonen könnten sich in unserer Welt herumtreiben, und die mächtigsten Männer unserer Zeit sind nicht in der Lage, einen lächerlichen Hinweis zu beschwören, der ihnen verriete, wo sie sich aufhalten. Das macht mir Sorgen, Magister. Das macht mir große Sorgen.« Er legte eine Pause ein und schloss leise: »Vielleicht sollten wir uns gemeinsam Sorgen machen.«

Ramirus zog eine Augenbraue hoch. »Du schlägst doch nicht etwa eine Zusammenarbeit vor?«

»Du weißt so gut wie ich, was geschieht, wenn wir die Lage nicht in den Griff bekommen.«

»Das war nicht meine Frage.«

Lazaroth nickte. »Ja, ich schlage vor, dass wir vier unsere Kräfte bündeln. Wir könnten Fadir anbieten, zu uns zu stoßen, wenn ihr meint, er könnte uns nützlich sein. Aber niemanden sonst. Aus den bereits erwähnten Gründen.«

»Weil man keinem anderen trauen könnte.« Colivar nickte zustimmend. In dieser Aussage lag eine Ironie, die ihn erheiterte.

»Genau.«

Colivar sah Ramirus an. Er las weder Überraschung noch Spott in den Zügen des alten Magisters. Tatsächlich hatte ihm Ramirus schon vor einiger Zeit vorhergesagt, dass früher oder später eine wie auch immer geartete Zusammenarbeit nötig werden könnte. Nun überlegte er wohl, ob dies der Moment war, auf den er gewartet hatte.

Wenn Ramirus noch immer für das Haus Aurelius arbeitet, überlegte Colivar, *dann dienen wir abermals rivalisierenden Monarchen. Wird er sich bereitfinden, sich in einem Krieg mit mir zu verbünden, während wir in einem anderen nach wie vor Feinde sind?*

Natürlich kannte er die Antwort auf diese Frage. Ramirus lebte für solche Herausforderungen. Dass damit akute Gefahren verbunden sein konnten, verlieh dem Spiel nur umso mehr Würze. Wie viele ernst zu nehmende Bedrohungen gab es auf dieser Welt schon für jemanden seines Standes?

Der weißhaarige Magister nickte langsam und strich sich seinen langen Bart. »Deine Argumentation ist ungewöhnlich, Lazaroth, aber ihre Berechtigung lässt sich nicht bestreiten. Ich habe meine Zweifel, wie sich dein Vorschlag im Einzelnen realisieren lässt, fest steht freilich, dass wir an einen Scheideweg gelangt sind und nicht einfach blind weiterstolpern können.

Ich jedenfalls bin alt genug, um mich an die Finsteren Zeiten zu erinnern. Und ich möchte sie nicht noch einmal erleben. Niemals.« Er nickte knapp. »Ja. Ich wäre bereit, mein Wissen, soweit es sich auf die Invasion der Seelenfresser bezieht, mit den hier Anwesenden zu teilen. Um zu sehen, was wir mit vereinten Kräften dagegen unternehmen können.«

»Das gilt auch für mich«, meldete sich Sula.

Lazaroth sah Colivar an. Sein Blick war wie eine Kampfansage.

»Ich schließe mich an«, sagte Colivar ruhig.

Wie sorgfältig du deine Zusage formuliert hast, Ramirus! Man verspricht die Welt, ohne irgendeine Verpflichtung einzugehen. War das mit Rücksicht auf mich? Hast du befürchtet, ich würde mich nicht auf ein Versprechen einlassen, mein gesamtes Wissen zu teilen? Oder wolltest du dich nur selbst nicht so weit engagieren?

Mein Wissen hat dich schon immer gereizt, und nun hast du ein Umfeld gefunden, das es dir erlaubt, danach zu greifen. Du musst sehr erfreut sein, dass Lazaroths Plan deinen eigenen Wünschen so sehr entgegenkommt!

Natürlich war das vermutlich kein Zufall. Ramirus war kein Magister, der etwas dem Zufall überließ. Die einzige Frage war, ob er offen mit Lazaroth konspiriert oder ihn mit subtileren Methoden vor seinen Karren gespannt hatte. Colivar kannte Ramirus gut genug, um Letzteres für wahrscheinlicher zu halten.

Mein alter und geschätzter Rivale, dachte er nüchtern. *Du bist gefährlicher für mich als alle Seelenfresser zusammen.*

Angesichts seiner persönlichen Geschichte war das ein wahrhaft erschreckender Gedanke.

Colivar stand auf dem Wehrgang, der um das Dach von Keirdwyns Burg herumführte, beobachtete die schneebedeckten Berge im Norden, die im Schein der Abendsonne glitzerten, und wartete. Normalerweise hätte er das Protektorat sofort nach Beendigung von Lazaroths Konferenz verlassen, aber etwas hatte er zuvor noch zu erledigen.

Die eisenbeschlagene Tür öffnete sich, und ein Magister trat heraus.

Ramirus.

Colivar nickte, als sich der andere neben ihn stellte und ebenfalls die Aussicht betrachtete, schwieg aber zunächst und fuhr nur mit dem Finger über den Rand der Brüstung. An einem dunklen Flecken auf dem grauen Stein hielt er inne. »Hier hat wohl jemand Selbstmord begangen«, sagte er im Plauderton.

Ramirus blickte auf das Mal hinab. »Beinahe. Er wurde davon abgehalten.«

Colivar beschwor ein wenig Magie, um festzustellen, von wem das Blut stammte. »Rhys.«

Ramirus nickte. »Die Verzweiflung kann einen Mann, der plötzlich entdeckt, dass er einen geliebten Menschen verraten hat, zum Äußersten treiben. Im Übrigen sind solche Vorfälle lohnende Studienobjekte.«

»Ein so starker Todeswunsch wird nie vollends überwunden«, sagte Colivar leise, »aber er kann in anderer Gestalt wieder auftreten. Manchmal ist das, was wir ›Mut‹ nennen, nichts anderes als sein öffentliches Gesicht.«

Ramirus zog eine Augenbraue hoch. »Du glaubst, Rhys' Mut wäre nicht mehr gewesen als das? Ein Todeswunsch?«

»Nein. Ich habe seinen Werdegang untersucht und mich vergewissert, dass er ein echter Märtyrer war. So selten dieser Menschenschlag auch ist. Aber ich frage mich ... hatte er in seinen letzten Stunden jenen natürlichen Lebenshunger verspürt, der den Menschen angeboren ist, und hätte dieses Gefühl etwas ändern können? Hätte er vielleicht in kritischen Momenten anders entschieden? Hätte der Hunger ihn andere Wege geführt, ihm andere Möglichkeiten eröffnet und ihm letztlich geholfen, sein Ziel zu erreichen, ohne dafür zu sterben?« Er zuckte mit den Schultern. »Ich war bei dieser Schlacht nicht anwesend, weiß also nicht in allen Einzelheiten, wie es dabei zuging. Aber die Frage ist einer Überlegung wert.«

Ramirus schnaubte leise. »Du bist heute Abend wohl zum Philosophieren aufgelegt.«

Colivar zuckte die Achseln. »Vielleicht bringt der Zustand der Welt den Philosophen in mir zum Vorschein.« Er wischte sich die Finger am Hemd ab, ein Staubstreifen blieb zurück. »Der Alkal-Feldzug war auf jeden Fall interessant zu beobachten. Besonders einige der Teilnehmer. Fasziniert war ich von der Hexe, die uns half. Der Rothaarigen. Wie hieß sie doch noch?«

»Kamala?«

»Ein sonderbares Geschöpf. Was hältst du von ihr?«

Ramirus zuckte die Achseln. »Sie ist sehr fähig. Sie versteht ihr Handwerk. Und sie weiß besser über die Sitten und Gebräuche der Magister Bescheid, als es bei Außenstehenden üblich ist; es würde mich nicht überraschen, wenn sie irgendwann einmal die Gefährtin eines Magisters gewesen wäre.« Wieder blickte er hinaus zu den Bergen. »Ihre Gefühle konnte ich mühelos lesen, doch ihre Seele blieb mir verschlossen. Zauberei gleitet einfach an ihr ab – aber das weißt du sicher alles selbst.«

»Sie ging mit ihrer Macht sehr großzügig um«, deutete Colivar an.

»Eine verliebte Frau begeht so manche Torheit. Das gilt übrigens auch für Männer. Ich habe Hexen und Hexer erlebt, die ihr letztes Athra für weniger verbrannt haben.« Er sah Colivar neugierig an. »Hast du ein besonderes Interesse an dieser Frau?«

»Ich habe ein besonderes Interesse an jeder Hexe, die bereit ist, ihre Lebensenergie für eine Sache hinzugeben. Wenn wir von dieser Sorte genügend finden, können wir Magister uns aus diesem Krieg heraushalten.«

Ramirus lachte in sich hinein. »Die Magister werden sich in jedem Fall heraushalten, das weißt du so gut wie ich. Man kann nicht gegen einen gemeinsamen Feind kämpfen, wenn einem der Kampf gegen seinesgleichen wichtiger ist.«

»Aber wir haben doch ein *Bündnis* geschlossen«, erinnerte ihn Colivar. Das Wort war von einem leisen Schmunzeln begleitet.

»Ach ja.« Ramirus lächelte spöttisch. »Wir werden sehen, wie weit wir damit kommen.«

»Meinst du, Lazaroth glaubt wirklich daran?«

»Wenn du mich fragst, will Lazaroth wissen, wo sich Siderea Aminestas aufhält, und alles andere sollte uns nur ablenken. Warum sie ihm so wichtig ist, wäre später zu klären. Doch selbst ein schwaches Bündnis kann sich als nützlich erweisen. Ein Krieg steht unmittelbar bevor, das lässt sich nicht bestreiten, und wenn jeder von uns für sich Erkundigungen einzieht, geht viel Zeit verloren. Wie *viel* von unseren Erkenntnissen wir miteinander teilen werden ... nun, das ist eine andere Frage.« Sein kalter Blick richtete sich auf Colivar. »Auch das weißt du natürlich selbst am besten.«

»Ich habe bereits ziemlich viel preisgegeben«, erklärte Colivar.

»Das ist richtig.« Ramirus' blaue Augen glitzerten im Mondlicht. »Und wenn ich nach Hause komme, werde ich herauszufinden suchen, was davon Wahrheit ist und was nur geschickte Irreführung.«

Colivar zögerte. Er schien zu überlegen, wie weit er sich vorwagen sollte. Endlich erklärte er: »Hier hast du noch eine Wahrheit. Ich werde meinen Kontrakt mit Anchasa lösen.«

Ramirus' Lächeln erlosch. Colivar kannte ihn gut genug, um das jähe Aufblitzen in seinen Augen zu bemerken und den kalten Finger seiner Macht zu spüren, der auf der Suche nach einem noch so kleinen Hinweis auf seine wahren Beweggründe über seine

Abwehr glitt. Aber Colivar hatte sich mit vielen magischen Schichten umgeben, um genau solche Attacken abzuwehren. Gewisse Themen waren wichtig genug für einen besonderen Schutz. »Wieso glaubst du, dass mich das irgendetwas angeht?«

»Wir beide dienen seit einer Generation zwei Monarchen, die miteinander im Streit liegen. Es hat viel Spaß gemacht, Ramirus. Aber ich glaube nicht, dass Salvator in gleicher Weise machthungrig ist wie sein Vater. Das heißt, dass König Farah einen Überfall durch die Aurelius-Könige – oder durch dich – nicht mehr zu befürchten braucht. Nun wird auch ein schwächerer Magister seinen Anforderungen genügen, und ich kann mich uneingeschränkt auf wichtigere Dinge konzentrieren.« Seine schwarzen Augen wurden schmal, er beobachtete Ramirus scharf und warf gezielt seine magischen Netze aus, um auch das leiseste Gefühl einzufangen, das unter dieser glatten Maske hervorschlüpfen könnte. Sein alter Rivale spürte natürlich, was er da tat, verzog jedoch keine Miene. »Damit wird schon bald eine langjährige Barriere zwischen uns abgebaut.«

Ramirus starrte ihn zunächst nur schweigend an. Sicherlich spürte er die magischen Fühler, mit denen Colivar in seine Seele einzudringen suchte, um weitere Erkenntnisse zu gewinnen. »Ich glaube, du täuschst dich in mir«, sagte er endlich. Er hatte jegliche Empfindung streng aus seiner Stimme verbannt, und sein Gesicht war wie aus Stein. »Ich habe keinen Kontrakt mit dem Großkönig. Deine Ränkespiele sind daher … gegenstandslos.«

Damit machte er ohne ein weiteres Wort kehrt und ging den gleichen Weg zurück, auf dem er gekommen war. Als er sich der eisenbeschlagenen Tür näherte, befahl er ihr, sich zu öffnen und wieder zu schließen, sobald er in der Burg war. Von Colivar verabschiedete er sich mit keinem Wort, er würdigte ihn nicht einmal eines Blickes.

Der Magister lachte leise. Der abrupte Abgang überraschte ihn nicht. Ramirus hatte natürlich Bedenken gehabt, ob er seine Gefühle vor Colivars Zauberblick verbergen könnte. Deshalb hatte er sich außer Reichweite gebracht, bevor ihm etwas entschlüpfte, was sein Kontrahent auffangen und analysieren konnte. Colivar störte das nicht weiter. Für ihn zählte nur, dass Ramirus seine

Nachforschung wahrgenommen hatte und wusste, wie sehr er sich für seinen Kontrakt mit dem Haus Aurelius interessierte. Daraus würde er den Schluss ziehen, der erste Teil ihres Gesprächs sei lediglich belangloses Geplauder gewesen, um ihn einzulullen. In Wirklichkeit, würde er sich sagen, habe Colivar nur wissen wollen, welcher Magister mit dem Großkönig verbündet war; alles andere sei ein Ablenkungsmanöver gewesen. Colivar habe sich bereits dadurch verraten, dass er seine eigenen Gedanken mit so undurchdringlichen Schutzzaubern umgeben hatte, als das Gespräch auf das Haus Aurelius kam, damit sei klar, wo sein wahres Interesse lag.

Was für ein Filz von Lüge und Täuschung. Ramirus würde die nächsten Stunden damit verbringen, die einzelnen Gesprächsfäden zu entwirren und zu bestimmen, welche Worte am schwersten gewogen hatten, beziehungsweise, was ihn von der Fährte hatte abbringen sollen. Ging es Colivar mehr darum zu erfahren, wer tatsächlich als Königlicher Magister in Salvators Diensten stand oder wie es ganz allgemein um Anchasas politisches Ansehen bestellt war? Colivar hatte jedes Wort in mehrere Schichten Zauberei verpackt und jede Spur eines ehrlichen Gefühls gelöscht, sodass Ramirus auf die profaneren Anhaltspunkte wie Tonfall, Gesichtsausdruck und Körperhaltung zurückgreifen musste – und natürlich auf die Erfahrung, dass ein Magister seine Privatsphäre nur dann so aufwendig schützte, wenn er Geheimnisse zu bewahren hatte.

Und die einzige Auskunft, an der Colivar wirklich gelegen war – der Grund, warum er Ramirus überhaupt zu diesem Gespräch eingeladen hatte –, würde als banale Irreführung eingeordnet werden und unbeachtet bleiben.

Was er natürlich von vornherein beabsichtigt hatte.

Er weiß nicht, wer Kamala ist.

Ramirus hatte die Frau, die ihnen in Alkal geholfen hatte, und die Mörderin des Magisters namens Rabe in Gansang eindeutig noch nicht miteinander in Verbindung gebracht. Das bedeutete, dass Ramirus Colivars früher geäußerte Vermutung, der Mörder des »Raben« könnte ein Magister gewesen sein, bisher nicht auf Kamala bezog. Ramirus verfügte ebenso wie Colivar über alle

Steinchen des Mosaiks, aber er wusste sie noch nicht zu einem Bild zusammenzusetzen.

Also konnte Colivar mit Kamala verfahren, wie es ihm beliebte ... jedenfalls bis auf Weiteres.

Der Magister war zufrieden. Er transformierte in seine Lieblingsgestalt – einen übergroßen Rotschwanzhabicht – und flog nach Westen, wo ein ganz bestimmter Baum auf ihn wartete.

Kapitel 5

Kamala kreist weit, weit oben besorgt über dem Turm, als Rhys und seine Krieger das schmale Gebäude hastig verlassen. Sie zwängen sich durch die Fenster mit den rauen Laibungen, klammern sich, vom Wind gebeutelt, an die Steinfassade und krallen die Finger in jeden Riss, jede Spalte, die sie finden können. Jeder Krieger ist bemüht, so schnell wie möglich dem nächsten Platz zu machen, damit sie sich alle in Sicherheit bringen können. Aber es geht nicht schnell genug. Nicht schnell genug! Kamala beobachtet sie, und das Vogelherz hämmert wild in ihrer Brust, denn sie weiß, dass Anukyats Gardisten genau in diesem Augenblick die Treppe im Inneren des Turms herunterkommen, die diese Männer hinaufsteigen wollen. Erst als ihre Warnung sich durch die Reihen verbreitet, sind sie zu den Ausgängen gestürmt. Keine Sekunde zu früh. Aber würde die Zeit ausreichen, um sich zu retten?

Nun hat Rhys den Turm verlassen und drückt sich an eine der langen senkrechten Säulen. Sein blondes Haar flattert im Wind. Er krallt sich an den Felsen, dass seine Knöchel weiß hervortreten, und hat Mühe, zur Seite zu rücken, ohne das Gleichgewicht zu verlieren. Hinter ihm warten die letzten Gardisten darauf, dass der Platz frei wird und sie ebenfalls hinaussteigen können. Die Zeit ist so knapp …

Ohne Kamalas Warnung wäre ihnen freilich gar keine Zeit mehr geblieben. Anukyats Männer hätten sie von oben kommend überrascht und Rhys und seine Verbündeten zwischen sich und den unten wartenden Streitkräften eingeklemmt. Ihr ist es zu verdanken, dass die Männer zumindest eine Chance haben. Wenn es allen gelingt, rechtzeitig nach draußen und aus dem Blickfeld der Gardisten zu gelangen, brauchen sie nur abzuwarten, bis Anukyats Männer an ihnen vorbei nach unten gestiegen sind, um danach ins Innere zurückzukehren und ihr Ziel im obersten Raum anzusteuern, als wären sie nie gestört worden.

Sie wirft einen Blick über die Wildnis, die auf viele Meilen im Umkreis die Zitadelle umgibt, und sieht etwas kommen.

Ein Haufen schwarzer Flecken zeichnet sich am Horizont ab. Zunächst sind sie noch in weiter Ferne, doch sie nähern sich rasch, in einer Formation wie ein Vogelschwarm. Ihr bleibt vor Angst fast das Herz stehen, als sie begreift, was das sein muss. Nein!, *denkt sie.* Keine Seelenfresser! Nicht jetzt!

Es sind so viele! *Mehr, als sie zählen kann. Die schwarz schillernden Flügel saugen das Sonnenlicht förmlich ein. Schon spürte sie im Geist die erste Berührung ihrer Macht. Sie stößt einen Schrei aus, um Rhys und seine Männer auf die Bedrohung aufmerksam zu machen. Gewiss, die Gardisten im Turm könnten daraufhin an die Fenster kommen, um nachzusehen, was es mit dem Lärm auf sich hat, aber das ist nicht zu ändern. Die Aufmerksamkeit von Rhys' Männern ist nur auf die Fassade gerichtet, an der sie hängen, und falls sie sie nicht warnt, werden sie erst aufschauen und die Gefahr erkennen, wenn es zu spät ist.*

Binnen eines Lidschlags sind die Seelenfresser über ihr. Ihre Schwingen erzeugen heftige Luftwirbel, die Männer werden durchgeschüttelt und sind in Gefahr, den Halt zu verlieren. Die zerstörerische Macht der Bestien beginnt ihnen das Bewusstsein zu vernebeln und macht es ihnen immer schwerer, klar zu denken. Einer von Rhys' Männern verliert den Halt. Seine Finger gleiten aus den Spalten, die Beine knicken unter ihm ein, er stürzt ab. Ein zweiter folgt ihm. Nicht, weil sie keine Kraft mehr hätten, um sich festzukrallen, sondern weil sie den Willen dazu verlieren. Die grausige Macht der Seelenfresser zerfrisst ihren Selbsterhaltungstrieb, und der Wille reicht nicht einmal mehr aus, um in Panik zu geraten, während ihnen der felsige Grund von unten entgegenrast. Sie fallen ohne einen Laut und sind im Geiste bereits besiegt.

Kamala muss untätig zusehen, wie sie zerschellen, und verflucht die eigene Hilflosigkeit. Sie hätte wissen müssen, dass die Seelenfresser unterwegs sind! Sie hätte es auch gewusst, wenn sie Anukyats Botschaft abgefangen hätte, anstatt beim Turm zu bleiben und über die Männer zu wachen. Sie ist schuld an ihrem Tod. Ihre Fehlentscheidung hat das Unheil herbeigeführt.

Ihr gequälter Aufschrei gellt genau in dem Moment über die Landschaft, als Rhys sich nicht mehr halten kann und ebenfalls zu fallen droht …

Kamala schreckte hoch und blinzelte in die Dunkelheit, bis ihre Augen sich wieder an die wirkliche Welt angepasst hatten. Die alte Ruine, die sie sich als Notquartier eingerichtet hatte, ragte schwarz in den wässrig grauen Himmel; in der Ferne kündigten die Insekten mit rastlosem Summen die Dämmerung an. Der Morgen nahte und mit ihm ein neuer, turbulenter Tag … und neue Erinnerungen.

Ihr Götter, wie sehr sie die Seelenfresser hasste! Es war ein sehr persönliches, intimes Gefühl, das weder durch zeitliche noch durch räumliche Entfernung schwächer wurde. Aber die Ausrottung dieser schändlichen Spezies war Sache der Heiligen Hüter, nicht die ihre. Sie durfte ihnen bloß nicht in die Quere kommen, bis sie ihre Aufgabe erfüllt hatten, beschwor sie sich immer wieder. Sich fernzuhalten wäre logisch. Es befriedigte den Überlebensinstinkt, den sie in ihrer Kindheit entwickelt hatte und mit dessen Hilfe es ihr gelungen war, das Erwachsenenalter zu erreichen.

Feige zu sein war der einzig richtige Weg, doch sosehr sie auch davon überzeugt war, war ihr der Gedanke unerträglich. Die Bestien mit ihren bunt schillernden Flügeln weckten in ihr einen brennenden Hass, wie sie ihn noch nie empfunden hatte. Sie hasste sie nicht bloß, weil sie Rhys getötet hatten, sondern weil sie sich ihretwegen *schuldig* fühlte. Sie hatte geglaubt, gegen solche Gewissensqualen gefeit zu sein, und war tief bestürzt, als sie jetzt in ihr Wurzeln schlugen und sich wie Wundbrand durch ihre ganze Seele ausbreiteten. Am liebsten hätte sie die elenden Kreaturen mit bloßen Händen gepackt, ihnen alle Gliedmaßen einzeln ausgerissen und in ihrem Blut gebadet, bis die Schuld endlich abgespült wäre. Ein scharlachrotes Reinigungsbad, heiß und beruhigend.

Es ist nicht dein Krieg, ermahnte sie sich streng. *Misch dich nicht ein.*

Aber es war auch nicht Rhys' Krieg gewesen, und sie konnte ihn nicht vergessen, sosehr sie sich bemühte. Auch den bittersüßen Geschmack seines Opferwillens konnte sie sich nicht aus dem Kopf schlagen, seine Hingabe an etwas, das so viel wichtiger war als ein einzelnes Menschenleben, dass er bereit gewesen war, dafür zu sterben. Was für eine abartige, erschreckende Vorstellung. Sie sehnte sich danach, sie besser zu verstehen. Und sie fürchtete, was mit ihr geschehen könnte, wenn es ihr gelänge.

Mit einer leisen Verwünschung erhob sie sich von ihrem Lager. Die letzte kühle Brise der Nacht strich ihr über die Haut und trocknete den Schweiß des Albtraums. Mit einer lässigen Geste beschwor sie blassblaue Flämmchen über ihrer linken Schulter, gerade hell genug, um lesen zu können. Winzige Insekten kamen angeflogen, als sie das Feuer entdeckten, und umschwirrten sie entzückt, während sie ein kleines Stück Papier aus der Tasche zog.

Sie hielt es ins Licht und las einmal mehr die wenigen sauber geschriebenen Worte.

Ich habe Dinge in Erfahrung gebracht, die dir nützlich sein könnten. Komm am ersten Tag des nächsten langen Monats um die Mittagsstunde zu mir, falls du sie hören willst.

Natürlich trug die Botschaft keine Unterschrift, aber das war auch nicht nötig. Das Gespräch, das sie nach der Trauerfeier für Rhys mit Colivar geführt hatte, war durch Zauberei geschützt gewesen, sodass niemand ihre Abmachung belauschen konnte. Niemand außer ihm würde eine solche Nachricht schreiben, und niemand außer ihm konnte wissen, wo er sie hinterlegen musste, damit sie sie auch fände.

Gib mir eine Möglichkeit, dich zu erreichen, hatte er gedrängt, als das lange Ritual endlich beendet war und Rhys' Scheiterhaufen allmählich verglühte.

Vielleicht hätte sie ihm besser nicht geantwortet. Vielleicht wäre es sicherer gewesen, ihn einfach stehen zu lassen, mit den Schatten der Dämmerung zu verschmelzen und zu hoffen, dass er sie vergessen würde. Aber diese seltsame Nacht hatte so viele fremdartige Empfindungen geweckt, die sie verstörten. So hatte sie ihm einen Ort genannt, wo er ihr eine Nachricht hinterlassen konnte, ein Geheimversteck, das außer ihnen beiden niemand kannte. Damals war ihr das sinnvoll erschienen. Später war ihr natürlich klar geworden, dass es töricht war. Sie konnte das Versteck nicht aufsuchen, ohne eine magische Spur zu hinterlassen, die sich zu ihr zurückverfolgen ließe. Doch letztlich hatte die Neugier gesiegt, und so hatte sie hin und wieder einen Hauch von Macht an die vereinbarte Stelle geschickt, um nachzusehen, ob im Stamm einer bestimmten Eiche eine Botschaft von ihm läge.

Und nun hielt sie diesen Zettel in der Hand. Geheimnisvolle Andeutungen und das Versprechen, sie ins Vertrauen zu ziehen. War das Angebot aufrichtig, oder war es eine Falle? Mit Sicherheit würde sie das erst sagen können, nachdem sie sich mit Colivar getroffen hatte.

Er weiß, dass ich einen Magister getötet habe, dachte sie nüchtern. Ein Schauer lief ihr über den Rücken, als sie an den Schal dachte, den er ihr vor Dantons Palast gereicht hatte. Das Tuch war nach ihrem Abenteuer in Gansang zurückgeblieben, und er hatte ihr nicht geglaubt, als sie geleugnet hatte, dass es ihr gehörte. Wenn er den anderen Magistern verriet, wer sie war, fände sie nirgendwo auf der Erde mehr ein Schlupfloch, in dem sie sich verkriechen konnte. Das Magistergesetz sah für jeden Zauberer, der einen anderen tötete, die Todesstrafe vor.

Doch seither war mehr als ein langer Monat vergangen. Und offenbar hatte er noch niemandem von ihr erzählt.

Warum nicht?

Er ist Magister, hielt sie sich vor Augen. *Er will das Gleiche wie alle Magister … Geheimnisse aufspüren, Spiele spielen, das*

Leben der Mächtigen manipulieren ... alles, womit er sich die Langeweile der Jahrhunderte vertreiben kann.

Aber ging es hier nicht doch um mehr? War sie lediglich ein neues Spielzeug, das er seinen Standesgenossen zur Aburteilung ausliefern würde, sobald er seine Geheimnisse ergründet und seine Rätsel gelöst hatte? Oder wollte er noch etwas anderes von ihr?

Lange stand sie reglos im Dunkeln und dachte nach. Im Osten kroch ein fahler Schein über den Horizont, vor dem sich die Ruinen der Türme abzeichneten. Eine einsame Eule drehte einen letzten Kreis am Himmel, bevor sie ihrem Tagesschlafplatz zustrebte. Sobald sie verschwunden war, begannen die ersten Singvögel zu zwitschern.

Endlich faltete sie die Nachricht lautlos zusammen und steckte sie in ihren Ärmel. Dann ließ auch sie sich Flügel wachsen und machte sich auf den Weg zum vereinbarten Treffpunkt.

Das Versteck, das sie vorgeschlagen hatte, befand sich in einem Gebirgsmassiv östlich von Ulran in einer schüsselförmigen Senke, die durch natürliche – oder unnatürliche? – Kräfte in einen steilen Hang gegraben worden war. Sie hatte die Stelle entdeckt, als sie in Aethanus' Auftrag Verwandlungszauber übte. Viele Nachmittage lang war sie im Schutz dieser Senke auf die grüne Wiese hinabgestoßen und wieder aufgestiegen. Der Ort war nur mit Flügeln – oder mit einem Beförderungszauber – zu erreichen, deshalb hatte sie geglaubt, in einem Baumstamm, der vor langer Zeit von einem Blitz gespalten worden war, den idealen Platz für geheime Botschaften gefunden zu haben.

Sie näherte sich dem Massiv in Vogelgestalt und flog scheinbar willkürlich über dem Grat hin und her, um zu verschleiern, wohin sie unterwegs war. Dabei strengte sie ihre magischen Sinne aufs Äußerste an, um mögliche Gefahren im Vorfeld zu erkennen. Sie setzte auch ihr Zweites Gesicht ein. Das tat sie inzwischen nur noch selten, weil Zauberei viel stärker war, aber manchmal konnte sie mit dieser angeborenen Fähigkeit, die ihr das Wirken übernatürlicher Kräfte sichtbar machte, durch einen Riss in der Abwehr eines Magisters schlüpfen. Es handelte sich schließlich um eine Morati-Gabe, der die hochmütigen Zauberer keine Aufmerksamkeit schenkten.

Doch weder die Magie noch das Gesicht zeigten ihr irgendwelche Spuren einer feindlichen Macht, und so strebte sie, ermutigt, wenn auch immer noch misstrauisch, dem eigentlichen Versteck zu. Im Anflug konnte sie mit ihren scharfen Vogelaugen das Gelände genau erkennen, auch den kleinen weißen Fleck auf dem Wiesengras, der zu exakt quadratisch war, um natürlich entstanden zu sein. Sie näherte sich vorsichtig und vergrößerte die Stelle mit Zauberei, bis sie eine menschliche Gestalt unterscheiden konnte, die zwischen vielen kleineren Gegenständen auf einer weißen Decke lag.

Sie flog noch einige Kreise und landete schließlich hinter einer kleinen Baumgruppe, wo sie nicht zu sehen war. Dort kehrte sie in ihre menschliche Gestalt zurück und wartete, bis ihr Atem sich beruhigt hatte. Dann nahm sie allen Mut zusammen, setzte eine möglichst selbstbewusste Miene auf und trat so unbefangen aus der Deckung, als wäre sie zu einem harmlosen Mittagessen mit Freunden angereist.

Auf dem Gras war Tuch aus weißem Leinen ausgebreitet, und darauf lag Colivar und blätterte, auf einen Ellbogen gestützt, achtlos in einem bebilderten Büchlein. Er trug feine Kleider aus schwarzer Seide und Leder, elegant, aber ohne jede magische Aura. Wie er sich so in der Sonne aalte und der Wind ihm durch das lange schwarze Haar fuhr, konnte man ihn ohne Weiteres für einen reichen jungen Herrn halten, der sich in der vertrauten Umgebung seines eigenen Anwesens der Muße hingab.

Doch dann hob er den Kopf, sein Blick traf den ihren, und für einen Moment – einen winzigen Moment nur – glaubte sie, dahinter eine grenzenlose Finsternis zu spüren. Was sie zu sehen bekam, war eine Illusion, für sie geschaffen, in Wahrheit war seine Seele ein verzerrter, schwarzer Schatten, den er niemals jemandem zeigte.

Er ist gefährlicher als alle anderen, hatte Aethanus sie gewarnt. *Nicht weil er über so viel Macht verfügt – was im Übrigen der Fall ist –, sondern weil so viele Schatten seine Seele verhüllen, dass er womöglich selbst nicht mehr weiß, wie sie in Wahrheit aussieht.*

Als Colivar sie kommen sah, schlug er das Buch zu und setzte sich auf. »Kamala. Wie schön, dass du meiner Einladung folgen konntest. Bitte.« Er deutete auf den freien Platz ihm gegenüber. »Mach es dir bequem.«

Auf dem Tuch standen prächtige Silberplatten mit frischem Obst, exotischem Käse und einer Auswahl an kandiertem Konfekt. Ein starker Geruch nach Honig und Sirup hing in der Luft, und am Rand des Tuches liefen Ameisen hin und her und suchten nach einer Lücke in der Zauberschranke, die sie in Schach hielt. Aus einem zugedeckten Korb lugte der Hals einer Weinflasche, das bernsteinfarbene Glas war so kalt, dass es beschlug. Kamala setzte sich zögernd, und Colivar zog die Flasche mit Schwung unter dem Tuch hervor und präsentierte sie ihr mit großer Geste. In den Korken war der Stempel eines Winzers eingeprägt, aber sie wusste nichts damit anzufangen. Sie überlegte noch, ob sie tatsächlich auf sein Spielchen eingehen sollte, war jedoch viel zu neugierig, um jetzt noch einen Rückzieher zu machen, und nickte stumm.

»Der Jahrgang ist hoffentlich nach deinem Geschmack«, sagte er. »Wenn nicht, solltest du keine Hemmungen haben, dir einen anderen zu beschwören.«

Sein leicht überheblicher Tonfall hätte sie fast dazu verleitet, genau das zu tun … was er zweifellos beabsichtigt hatte. Keine echte Hexe würde ihr Athra auf solchen Firlefanz verschwenden. Stattdessen rang sie sich ein freundliches Lächeln ab und tat so, als wäre es das Natürlichste von der Welt, von einem Magister zum Picknick eingeladen zu werden. »Ich bin ganz zufrieden damit.«

Tatsächlich war der Wein köstlich, vollmundig und nicht zu trocken. Hatte er einen Glückstreffer gelandet oder einen Zauber an ihrer Abwehr vorbeigeschmuggelt, um herauszufinden, was ihr schmecken würde? Letzteres wäre durchaus möglich gewesen; sie hatte nicht besonders viel Zeit und Energie darauf verwendet, ihre Lieblingsspeisen und -getränke zu verheimlichen.

Sie nahm sich eine kandierte Dattel von der Platte, ließ aber den Rest der Speisen unberührt. Obwohl sie nicht gefrühstückt hatte und eigentlich ziemlich hungrig war, wollte sie die bizarre Scharade nicht weiter treiben als unbedingt nötig. Noch nicht. »Ihr sagtet, Ihr hättet Informationen für mich?«

Er lachte leise. »Höfliche Konversation war noch nie deine Stärke, nicht wahr? Das ist mir schon in Alkal aufgefallen.«

Sie zuckte unwillkürlich zusammen und sah das Interesse in seinen dunklen Augen aufflackern, als er es bemerkte. Was in allen Höllen hatte er denn erwartet? Er wusste doch, dass sie in diesem abscheulichen Land einen Liebhaber verloren hatte. »In Alkal hatten wir andere Sorgen«, erinnerte sie ihn.

»Gewiss.« Er lehnte sich zurück und stützte sich abermals auf seinen Ellbogen. Die gelangweilte Pose wirkte entwaffnend. »Nun denn, wenn du lieber gleich zur Sache kommen willst ... sage mir: Was weißt du über Siderea Aminestas?«

»Die sogenannte Hexenkönigin?« Kamala suchte fieberhaft auszuloten, wie die Frage zu verstehen sein könnte. Er wollte sie ganz offensichtlich auf die Probe stellen, aber zu welchem Zweck? »Sie gilt als mächtige Hexe. Und als geschickte Verführerin. Man munkelt, sie hätte schon mehr als ein volles Menschenleben hinter sich, ob das allerdings wahr ist, weiß ich nicht.« Und dann warf sie selbst die Angel aus. »Ich habe sogar Gerüchte gehört, wonach sie selbst ein Magister sein könnte.«

Ein schwaches Lächeln umspielte seine Lippen. »Ein Magister ist sie nicht. Das kann ich garantieren.«

»Weil Frauen keine Magister sein können?«, provozierte sie.

»Weil *sie* keiner ist.« Er nahm ebenfalls eine Dattel von der Platte. »Jedenfalls bist du nicht auf dem Laufenden. Aminestas hat abgedankt. Genauer gesagt, sie ist verschwunden.«

Kamala zuckte die Achseln. Sie hatte sich einmal sehr für die Hexenkönigin interessiert. Nach ihrer ersten Begegnung mit Colivar war sie sogar nach Sankara gereist, um mehr über diese Frau zu erfahren. Doch wenig später hatte ihr Leben eine neue Wendung genommen, und nun waren ihr andere Dinge wichtiger. »Und Ihr glaubt, das zu erfahren wäre wichtig für mich ... Wie kommt Ihr darauf?«

Er biss in seine Dattel und genoss mit geschlossenen Augen

ihre Süße. Sein Schweigen machte sie rasend. Am liebsten hätte sie ihn am Kragen gepackt und ihn durchgeschüttelt.

»Wie die Dinge liegen«, sagte er endlich und richtete den Blick wieder auf sie, »ist sie mit einem Seelenfresser durchgebrannt.«

Kamala lief ein kalter Schauer über den Rücken. »Was soll das heißen?«

»Siderea Aminestas hat sich offenbar mit einer der Bestien verbündet. Ähnlich wie Anukyat in Alkal. Du weißt sicher noch, wie diese Beziehung endete.«

Die Erinnerung weckte einen Hass in ihr, der kaum zu bändigen war; sie musste ihre ganze Willenskraft aufbieten, um sich nicht anmerken zu lassen, wie sehr seine Worte sie erschüttert hatten. Sie holte tief Luft und wartete fünf Herzschläge ab, bevor sie sprach. »Also ... eine Frau, die ich nie gesehen habe, aus einem Land, das ich nie besucht habe, Herrscherin über ein Volk, das mich in keiner Weise interessiert, ist irgendwohin durchgebrannt, aus Gründen, die ich nicht kenne und die mir gleichgültig sind ... Seelenfresser oder nicht, was geht es mich an? Ich finde, das solltet Ihr besser den Heiligen Hütern erzählen.«

»Und wenn ich dir nun sage, dass bisher kein Magister sie ausfindig machen konnte?«

Sie blinzelte. »Kein einziger?«

»Viele haben es versucht. Alle sind gescheitert.«

»Hatten sie gute Anker?«

»Ich weiß, dass einer es in Sidereas eigenem Palast versuchte, inmitten ihrer Habseligkeiten, auf Laken, die noch feucht waren von ihrem Schweiß. Ihre Lebensessenz war tausendfach an diesem Ort verankert. Dennoch konnte er keine Verbindung zu ihrer Besitzerin herstellen. Niemand kann das. Für unsere Zauberkünste ist sie vom Angesicht der Erde verschwunden.«

Das ist nicht möglich, dachte sie. Aber sie wollte nicht zu erkennen geben, wie gut sie über die Künste der Magister Bescheid wusste. »Vielleicht ist sie tot?«

»Der Tod hat seine eigene Signatur, wie du natürlich sehr wohl weißt. In diesem Fall fehlen alle Hinweise darauf. Sie ist also noch am Leben, aber irgendwie verbirgt sie sich vor uns. Und das …« Er schüttelte den Kopf, seine Züge hatten sich verhärtet. »… ist unerhört.«

»Ja«, murmelte sie. Es war schwierig, eine magische Verbindung zu jemandem herzustellen, wenn man keinen Gegenstand mit seiner persönlichen Wesensessenz zur Verfügung hatte; nicht zuletzt deshalb war sie sehr darauf bedacht, auf Reisen keine persönlichen Dinge zurückzulassen. Aber *mit* einem solchen Anker sollte es ohne Weiteres machbar sein. Ein Flüchtling mochte seinen Weg so tarnen, dass die Spur nicht deutlich zu lesen war, er konnte sie auch durch fremde Elemente so verschleiern, dass ein Magister sie missdeutete, aber *irgendeine* Verbindung wäre vorhanden. Alle Zauberei der Welt könnte eine solche Fährte nicht vollends auslöschen.

Wie war das möglich?

Das Rätsel zog den innersten Kern ihrer Macht in Zweifel, und sie hätte Colivar nur zu gerne weitere Fragen gestellt. Aber solange sie nicht eingestehen wollte, wer sie war, solange sie nicht in aller Offenheit ihren Platz unter den Magistern einfordern wollte, verbot sich ein aufrichtiger Gedankenaustausch von selbst.

Du weißt nicht einmal, ob irgendetwas davon wahr ist, warnte sie sich. *Vielleicht prüft er dich immer noch.*

»Und welche Rolle könnte ich Eurer Meinung nach dabei spielen?«, fragte sie.

»Ich glaube, du könntest imstande sein, sie zu finden.«

»Obwohl alle Magister gescheitert sind?«

»Ja.«

Sie erkannte den Köder, konnte aber nicht widerstehen. »Warum?«

»Weil du eine Frau bist.«

Sie holte scharf Luft. »Wenn Ihr die Kräfte einer Frau braucht, gibt es tausend Hexen, die Ihr um Hilfe bitten könntet. Dazu braucht Ihr nicht mich.«

»Richtig«, murmelte er und nickte. »Es gibt tatsächlich viele Hexen auf der Welt.«

Er betrachtete schweigend den dunkelroten Wein in seinem

Glas. »Eine Ikati-Königin kann sich vor den Männchen ihrer Art verbergen«, sagte er endlich. »Die gleiche Fähigkeit setzt sie ein, um ihr Nest zu schützen, deshalb ist es für die Morati so schwer, ihre Eier zu finden. Eine Eigenschaft, die überlebenswichtig ist. Ein männlicher Seelenfresser wird jedes Nest mit den Nachkommen seiner Konkurrenten zerstören, deshalb muss sie ihre Eier – und sich selbst – für ihn unsichtbar machen können. Wenn Siderea also tatsächlich eine Bindung mit einer Seelenfresser-Königin eingegangen ist, könnte auch sie über diese Fähigkeit verfügen. Und daraus folgt, dass keiner von *uns* in der Lage sein wird, sie aufzuspüren.«

»Und mir traut Ihr das zu? Wieso? Nur wegen meines Geschlechts?« Sie zog skeptisch eine Augenbraue hoch. »Ich kann mich nicht erinnern, dass bei der Einsatzbesprechung in Keirdwyn Geschlechtsvorteile erwähnt worden wären.«

»Vieles ist in Vergessenheit geraten«, gab er ruhig zurück. »Sogar in Keirdwyn.«

»Aber die Magister sind Menschen, keine Seelenfresser. Warum sollte eine Fähigkeit, die sich bei einer Spezies herausgebildet hat, auch bei einer anderen zwischen den Geschlechtern unterscheiden? Ich nehme an, für die Seelenfresser sind wir alle nur Futter, ohne Rücksicht auf unser Geschlecht.«

Er zuckte steif die Achseln. »Ich kann mich natürlich irren. In diesem Fall wären alle deine Bemühungen vergeblich.« Ein leichtes Zucken um seine Mundwinkel. »Ein solcher Irrtum wäre sicher sehr kostspielig ... für eine einfache Hexe.«

Ihr blieb fast das Herz stehen. Aber Colivar hatte sich bereits wieder dem Glas in seiner Hand zugewendet, nippte von dem blutroten Wein und schloss kurz die Augen. Wollte er ihr damit ein Geschenk machen? Einen Moment, in dem sie ungestört zu einer Entscheidung kommen konnte?

Er kennt die Wahrheit bereits, beruhigte sie sich. *Er macht sich einen Spaß daraus, mir das Eingeständnis zu entlocken, dass ich ein Magister bin, aber es ist nicht mehr für ihn als ein Spiel. Wenn er mich noch nicht getötet hat, um dem Magistergesetz Genüge zu tun, dann hat er seine Gründe dafür, und ein paar Worte von mir werden ihn nicht umstimmen.*

»Damit wären wir wieder bei meiner ersten Frage«, sagte sie. »Warum sollte ich mich um diese ganze Sache einen Teufel scheren?«

Er zog eine Augenbraue hoch. »Du meinst, abgesehen davon, dass du helfen könntest, die Welt vor dem sicheren Untergang zu retten? Deinen Teil zur Erhaltung der menschlichen Zivilisation beizutragen und so weiter?«

»Genau.« Sie nickte zustimmend, obwohl sie wusste, dass die Verachtung für das Wohl der Menschen nicht weniger charakteristisch für die Magister war als ihre Zauberkräfte. Sie forderte ihn förmlich heraus, auch diese Eigenschaft an ihr wahrzunehmen. »Abgesehen von alledem.«

Ein schwaches Lächeln huschte über seine Lippen. Für ihren Geschmack bereitete ihm das Katz-und-Maus-Spiel viel zu viel Vergnügen.

Mit pochendem Herzen nahm sie eine Frucht und beschwor genügend Macht, um die Schale vorsichtig abzulösen. Makellos geformte Segmente teilten sich wie Lotosblätter und legten das feuchte Fruchtfleisch im Inneren frei. Es war eine elegante, aber beredte Geste, eine Vergeudung von Kräften, die eine einfache Hexe sich niemals gestattet hätte. Sie hoffte, er würde die Botschaft verstehen: *Ich bin die Spielchen leid. Such dir jemand anderen, den du springen lassen kannst.* »Ihr habt mir Mitteilungen verheißen, die ich würde hören wollen«, erinnerte sie ihn. »Bisher habe ich nur Dinge erfahren, die ich hören *sollte.* Habt Ihr noch mehr, oder verschwende ich hier meine Zeit?«

Er sah sie prüfend an. Die dunklen Augen funkelten. Was flackerte da in ihren Tiefen? Das meiste blieb ihr verschlossen, aber ein Gefühl war ihr so vertraut, dass kein Irrtum möglich war. Begehren! Ihr Atem ging schneller, und neues Selbstbewusstsein durchströmte sie. Die Ränkespiele der Magister mochten ihr bisweilen fremd sein, aber mit männlicher Triebhaftigkeit kannte sie sich aus. Das Spiel wurde immer spannender.

Doch seine Stimme blieb kühl und leidenschaftslos. »Siderea hat etwas in ihrem Besitz, das für dich von großem Wert wäre. Finde sie, und du könntest es in die Hand bekommen.« Er hielt inne. »Oder teile mir mit, wo sie sich aufhält, und wenn ich es an mich nehmen kann, übergebe ich es dir als Lohn für deine Dienste.«

»Und was ist das für ein geheimnisvolles Etwas?«

Er schüttelte den Kopf und schnalzte mit der Zunge. »Aber, aber, Kamala. Wissen hat seinen Preis. Du hättest doch keine Achtung vor mir, wenn ich das meine verschenkte. Sobald du dich verpflichtet hast, den Auftrag zu übernehmen, erfährst du alles Nötige.«

»Man kauft keine Ware, ohne sie vorher zu begutachten«, hielt sie dagegen.

»Es sei denn, die Ware wäre Wissen. In diesem Fall gibt es keinen Unterschied zwischen *Begutachtung* und *Lieferung*.«

»Sogar ein Safranhändler überlässt dem Interessenten eine Probe seiner Ware, um ihn zu überzeugen, dass der Rest seiner Bestände den Preis wert ist.«

Er schwieg. Beschwor nur ein wenig Macht, um sein Glas zu füllen. Entzog einer unschuldigen Seele Lebenskraft, um nicht nach der Flasche greifen zu müssen. »Nun gut«, sagte er endlich. »Nur so viel: Es geht um etwas, das viele Magister gerne haben würden. Sie begehren es so sehr, dass du dir, falls du ihnen zuvorkämst, damit ... sagen wir ... gewisse Gefälligkeiten erkaufen könntest.«

Ihr Herz machte einen Satz. »Das klingt ... interessant.«

Er hob das Glas an die Lippen, um ein Lächeln zu verbergen. »Ich dachte mir, dass du es so sehen würdest.«

»Ihr wollt dieses Ding nicht für Euch selbst?«

»Ironischerweise ist es für dich von sehr viel größerem Wert als für mich.« Er nahm einen Schluck Wein und beobachtete sie dabei gespannt über den Rand des Glases hinweg.

»Und wenn ich die Frau tatsächlich finde? Was geschieht dann?« Sie sah ihn scharf an und versuchte, in seiner Seele zu lesen; seine Nüstern blähten sich leicht, als er ihr Eindringen spürte, aber mehr erreichte sie nicht. »Ihr wollt sie töten, nicht wahr?«

Ein Schatten glitt über seine Züge. Für einen Moment – einen kurzen Moment nur – verrutschte die glatte Maske, und sie bekam einen flüchtigen Eindruck von dem, was sich dahinter verbarg. *Sie waren ein Liebespaar*, erkannte sie. *Und er begehrt sie noch immer.*

War es das, was ihn antrieb? Konnte es sein, dass dieser mächtige Magister, einer der Ältesten seines Standes, auf einen Seelenfresser eifersüchtig war? Der Gedanke war so absurd, dass sie ihn kaum zu fassen vermochte.

»Die Ikati-Königin muss beseitigt werden«, sagte er ohne jedes Gefühl. »Ich glaube nicht, dass Siderea dabei tatenlos zusehen wird. Deshalb, ja, wird sie wahrscheinlich ebenfalls umkommen.«

Sie zog eine Augenbraue hoch. »Und Ihr fürchtet nicht, dass ich mich, falls ich sie fände, für ihre Sache erwärmen könnte? Mich vielleicht sogar mit ihr verbünden gegen die Horde von herzlosen Männern, die sie vernichten wollen?«

Er warf mit einer verächtlichen Handbewegung das Weinglas von sich; es verschwand, bevor es auf dem Boden aufkam. »Sie lebt in Gemeinschaft mit einer Kreatur, die sich von menschlichen Seelen nährt. Du bist für diese Kreatur ein direkter Rivale, sie wird dich in ihrem Revier nicht dulden; Siderea lebt nur für diese Beziehung, eine andere ist nicht möglich. Selbst wenn sie sich zu Verhandlungen mit dir bereitfände – oder wenn sie dich verführen wollte –, wäre das nur ein kurzer Aufschub. Ikati-Königinnen greifen einander zwar nicht sofort an, das heißt aber nicht, dass sie zu Freundschaft fähig wären, wie die Menschen sie verstehen. Früher oder später muss sich Siderea den Instinkten ihrer Partnerin beugen, und von diesem Zeitpunkt an spielt es keine Rolle mehr, welchen Handel du mit einer von beiden geschlossen hast.«

Das konnte wahr sein oder auch nicht, überlegte Kamala. Aber Colivar war nicht dumm, er würde ihr kein solches Angebot machen, wenn er irgendeine Gefahr sähe, dass sie sich mit seinem Opfer verbündete. Das warf weitere Fragen auf, die ebenso spannend waren … aber ohne Gegenleistung würde sie nicht mehr erfahren, darüber war sie sich im Klaren.

Was hatte sie schon zu verlieren?

Sie nickte langsam und zögernd. »Nun gut. Dann werde ich versuchen, sie zu finden. Ich kann Euch nicht versprechen, dass es mir gelingt, aber ich werde mein Bestes tun.« Sie legte den Kopf schief. »Und nun zeigt mir Euer Safran, Magister Colivar.«

Wenn er den anzüglichen Unterton bemerkte, so ließ er es nicht erkennen. »Siderea Aminestas hat ein Kästchen mit Liebespfändern in ihrem Besitz. Sie sind nicht gekennzeichnet, äußerlich handelt es sich um leere Blätter, die vierfach gefaltet sind. Es könnten auch andere Dinge dort gelagert sein … in diesem Fall sind sie wahrscheinlich von ähnlich hohem Wert und sollten ebenfalls mitgenommen werden.«

»Von wem sind die Pfänder?«, fragte sie.

Seine Lippen verzogen sich zu einem spöttischen Lächeln. »Jedes Pfand enthält die Essenz eines Magisters.«

Sie war so überrascht, dass sie hörbar den Atem ausstieß. Die Antwort hatte ihr die Sprache verschlagen. »Wie viele?«, brachte sie schließlich heraus.

»Nach meiner Schätzung mehrere Dutzend. Die Dame führte … ein ausschweifendes Liebesleben.«

Liebespfänder von so vielen Magistern! Die Vorstellung war überwältigend. »Wie ist sie an diese Dinge gekommen?«

»Es waren Geschenke, aus Dankbarkeit für ihre Dienste. Damals schien das noch ein sicheres Geschäft zu sein. Doch seit sie kein Mensch mehr ist …« Er spreizte die Hände, eine Aufforderung an sie, den Gedanken selbst zu Ende zu führen.

In Kamalas Herz flammte Misstrauen auf. »Und warum habt Ihr nichts dagegen, wenn *ich* sie in die Hand bekomme?«

»Sie tragen keinerlei Kennzeichnung und würden durch jeden Zauber zerstört, den du anwenden könntest, um herauszufinden, zu wem sie gehören. Deshalb kannst du oder ein anderer Dieb wenig damit anfangen. Siderea weiß natürlich, welcher Magister mit jedem Pfand in Verbindung steht, und seit sie kein Mensch mehr ist, ist ihr Wissen … unbequem geworden.« Ein schmales, kaltes Lächeln erschien auf seinem Gesicht. »Wenn du allerdings alle Unterpfänder hättest, könnte sich kein Magister jemals sicher sein, dass du nicht auch erfahren hast, was Siderea weiß. Sie würden sicherlich heftig feilschen, um ihre Gaben zurückzubekommen. Für alle Fälle.«

Wie ich mit den anderen Magistern umspringe, kümmert dich

wohl gar nicht? Sie wusste, dass die Zauberer nicht viel füreinander übrig hatten, doch selbst wenn man das berücksichtigte, war das Angebot bemerkenswert. Es war unter Magistern nicht üblich, Standesgenossen an Außenstehende zu verraten.

Aber sie stand ja genau genommen gar nicht außerhalb, richtig? Sie gehörte jetzt zum Spiel, sie war keine Figur mehr, sondern spielte selbst mit. Das wusste er. Und er hatte es akzeptiert.

Die Erkenntnis ließ ihr das Blut ins Gesicht schießen.

»Ich brauche einen Anker«, flüsterte sie.

»Natürlich.« Mit lässiger Eleganz bewegte er die Hand über das weiße Tuch. Ein Holzkästchen erschien zwischen ihnen, geschnitztes Ebenholz mit einem gewölbten Deckel. »Dies ist ein Duplikat des Kästchens, in welchem sie in Sankara ihre Liebespfänder aufbewahrte.« Er öffnete den Verschluss, hob den Deckel an und zeigte ihr den Inhalt.

Bunte Tücher, funkelnde Armbänder und eine lange Kette aus fliederfarbenen Perlen lagen scheinbar wild durcheinander. Ein kleines Vermögen. Und wenn auch nur einem dieser Stücke eine deutliche Spur der persönlichen Resonanz der Hexenkönigin anhaftete, wäre der wahre Wert nicht zu ermessen.

Kamala begriff zum ersten Mal in vollem Ausmaß, was man von ihr verlangte … und was sie gewinnen konnte, wenn sie Erfolg hatte.

Colivar nahm die fliederfarbenen Perlen heraus. Als das Sonnenlicht darauffiel, glänzten sie wie Wasser. »Das sind lauter Lieblingsstücke von ihr. Ihr ganz persönlicher Schmuck, wenn du so willst. Du solltest aber bedenken, dass die jüngsten Ereignisse die Verbindung zu früheren Ankern belastet haben könnten. Sie ist nicht mehr das Wesen, das sie einst war. Wie sich das metaphysisch gesehen auswirken wird, bleibt abzuwarten.«

Kamala strich mit der Hand über ein scharlachrotes Seidentuch. Sie spürte seine Vitalität, die warmen Schwingungen eines anderen Frauenlebens unter ihren Fingerspitzen. Erinnerungen an Düfte stiegen ihr in die Nase, exotische Blumenparfüms mit einem Unterton von Moschus. Sie widerstand der Versuchung, die Augen zu schließen, den Geruch einzusaugen und sofort nach den Elementen in den Ankern der Hexenkönigin zu suchen, an denen sie ihre Magie festmachen konnte. Nach Spuren, mit denen sich eine Verbindung zu jener Kernessenz der Frau herstellen ließe, die selbst ihre neue Gemeinschaft mit einem Seelenfresser nicht auslöschen konnte.

Vielleicht ist das der Grund, warum die anderen Magister sie nicht finden können, dachte sie plötzlich. *Vielleicht verstehen sie zu wenig von der weiblichen Seele und wissen nicht, wonach sie suchen sollen.*

»Das müsste genügen«, sagte sie und ließ das Tuch in den Kasten zurückfallen. Als sie den Deckel schloss, strich ein leichter Wind über ihr Gesicht. Die Dufterinnerung verflog. »Habt Ihr einen Vorschlag, wo ich mit der Suche beginnen könnte?«

»Ich habe ein paar Ideen, aber ich möchte im Moment noch nicht darüber sprechen. Du darfst keine vorgefasste Meinung haben, damit du für alle Möglichkeiten gleichermaßen offen bist. Die Fehler von anderen dürfen dich nicht beirren.«

Ein Lächeln zuckte um ihre Mundwinkel. »Von Männern.«

»Brauchst du sonst noch etwas? Abgesehen davon?«

»Ja«, antwortete sie. »Noch eines.«

»Heraus damit.«

Ihre Augen wurden schmal. »Woher weiß ich, dass Ihr mich nicht einfach fallen lasst, wenn alles erledigt ist? Ich bin sicher, dass viele Magister dies unter den gegebenen Umständen für das Klügste halten würden.«

Sie sah, wie sich sein Unterkiefer spannte. Er hatte offensichtlich nicht erwartet, dass sie so vorwitzig sein würde.

Du hast mich auf die Probe gestellt, Magister. Jetzt ist die Reihe an mir.

»Und was willst du? Das aufrichtige Versprechen, dass ich dich nicht töten werde? Ich glaube, du weißt, was das wert wäre.«

Sie nickte. »Aber es gibt ein Versprechen, das zuverlässig ist.«

Wie dringend brauchte er ihre Hilfe? Er war mit diesem Gespräch bereits bis an die äußerste Grenze des Magistergesetzes gegangen. Würde er noch einen weiteren Schritt tun, um sie als Verbündete zu gewinnen? Sie sah, wie sich sein Gesicht verdüsterte, als er die Auswirkungen ihrer Bitte überdachte. Sie wartete schweigend.

»Nun gut«, seufzte er endlich. Seine Stimme erschien ihr kaum lauter als der Schlag von Insektenflügeln. »Ich gebe dir meinen Magistereid.«

Der Triumph raste ihr durch die Adern wie eine Feuersbrunst. Das Gefühl war so stark, dass es ihr den Atem raubte; für einen Augenblick fühlte sie sich ihm verbunden wie einem Geliebten. Es war wie ein Rausch.

Siehst du, Aethanus? Dieses Gesetz ist kein mystischer Vertrag, an den alle Magister gebunden sind, sondern nur eine Ansammlung von Worten. Wenn Colivar bereit ist, es wegen eines kurzfristigen Vorteils zu missachten, dann werden sich die anderen sicherlich ebenso verhalten. Ich brauche lediglich herauszufinden, welchen Preis sie dafür verlangen, und ihn zu bezahlen.

Sie nahm das Ebenholzkästchen in die Hände, sah ihn aber dabei nicht an; er sollte den Triumph in ihren Augen nicht sehen. Die Speisen verschwanden Stück für Stück, als sie sich erhob, und auch der Zauber erlosch, der die Insekten ferngehalten hatte; schon surrte eine Libelle auf der Suche nach ihrem Mittagsmahl vorbei.

»Ich hinterlasse Euch eine Nachricht an diesem Ort, wenn ich gefunden habe, was Ihr sucht«, versprach sie ihm.

Nicht *falls*, sondern *wenn*.

Dann beschwor sie ihre Zauberkräfte und zeigte offen und schamlos ihre Macht. Sie rief das gestohlene Athra aus ihrer Seele ab, wie es nur ein wahrer Magister vermochte, entfachte es und befahl ihm, ihr Fleisch zu verzehren. Wie ein Feuersturm loderte der Verwandlungszauber auf, formte ihre Haut zu Federn und ihre Arme zu Schwingen. Keine Hexe hätte jemals ihre Energie in diesem Ausmaß verprasst. Sie wusste es. Er wusste es. Sie feierte sich vor seinen Augen als Zauberin.

Dann hob der Wind sie auf, und sie schwang sich mit einem wilden Jubelschrei in die Lüfte und strebte nach Westen, der Sonne entgegen.

Lange, lange starrte er zum Himmel empor, auch nachdem sie längst seinen Blicken entschwunden war und er sie nur mithilfe von Zauberei noch weiter hätte beobachten können.

So fühlt man sich also, wenn man das Magistergesetz bricht.

Es war unfassbar, aber die Götter waren nicht wie ein schwarzes Unwetter über ihn hergefallen und hatten ihn zu Boden geworfen. Auch die Erde hatte sich nicht unter seinen Füßen aufgetan und ihn verschlungen. Doch beides war immer noch möglich, zumindest im übertragenen Sinn. Niemand konnte ihm garantieren, dass ihn die Strafe für sein Vergehen nicht später noch ereilte.

Doch zunächst ... blieb ihm nur die Erinnerung. Fast so bedrohlich wie der Donner der Götter. Fast so erschreckend wie der höllische Abgrund selbst.

Das Magistergesetz verlangte Kamalas Tod.

Er hatte auf das Magistergesetz geschworen, sie nicht zu töten.

Er glaubte zu spüren, wie seine dunklere Hälfte sich regte, als hätte dieser Widerspruch sie aus langem Schlummer geweckt. Hatten die langen Jahrhunderte, in denen Colivar eine zivilisierte Existenz führte, ihre Macht über seine Seele so geschwächt, dass er das Tier in sich zurückdrängen konnte, oder brachte er sich gerade in echte Gefahr? Das Tier nährte seinen Groll gegen die Gefangenschaft im menschlichen Intellekt nun schon sehr lange und lauerte nur darauf, ihn beim kleinsten Anzeichen von Schwäche mit Haut und Haaren zu verschlingen. Wenn es ihm gelänge, wieder an die Oberfläche zu kommen, wenn es die Oberhand gewänne, würde er dann überhaupt noch wissen, wie es war, ein Mensch zu sein?

Es spielt keine Rolle, wie das Magistergesetz lautet, hatte ihm Ramirus einst bei den ersten Verhandlungen erklärt. *Es kommt lediglich darauf an, dass wir ihm rückhaltlos folgen.*

Aber inzwischen gab es einen weiblichen Magister. Er konnte sich nur zwei Möglichkeiten vorstellen, wie es dazu gekommen war, und eine davon erschütterte ihn bis in die Tiefen seiner Seele. Wenn sie durch *diesen* Prozess entstanden war, dann machte allein ihre Existenz seinen Magistereid – ja, das gesamte Magistergesetz – bedeutungslos. Kein Magister würde sie töten können. Die Finsternis, die in ihren Seelen lauerte, würde es einfach nicht zulassen.

Diese Finsternis raunte ihm jetzt ins Ohr. Und brachte sein

Blut in Wallung. Er spürte den Geschmack von Kamalas Magie auf den Lippen, und ein Schauer der Furcht und des Begehrens durchlief seinen Leib.

Diese Finsternis zu verleugnen hieße, seine eigene Geschichte zu verleugnen. Ja, seine eigene Seele.

Sich ihr zu ergeben hieße ... alles aufs Spiel zu setzen.

Was fürchtest du mehr?, fragte er sich.

Kapitel 6

»Dies ist die Stelle.«

Hedda flüsterte fast. Die Erinnerung an ihren Verlust raubte ihr die Stimme. Es war das zweite Mal, dass sie mit ihrem Mann hierhergekommen war. Beim ersten Mal hatte sie einem erfahrenen Fährtenleser den Weg gezeigt. Der Mann hatte einen menschlichen Fußabdruck im Lehm gefunden, wo das hohläugige Mädchen gestanden hatte, und Heddas Herz hatte einen hoffnungsvollen Satz gemacht, doch die Fährte hatte sich in die Berge hinaufgezogen, und dort hatte er sie schließlich verloren. Zu viel blanker Granit, hatte er der trauernden Mutter erklärt. Zu viele Tiere, die in der Zeit, bis Hedda zu ihm gekommen war, alle erhaltenen Spuren verwischt hätten.

Noch ein weiterer Grund, sich Vorwürfe zu machen.

Schon die Rückkehr an diesen Ort löste überwältigende Schuldgefühle aus. Auch wenn ihr Mann die ganze Zeit zu ihr gestanden hatte, ohne dass ihm ein einziges anklagendes Wort über die Lippen gekommen wäre. »Wir werden die Spur wiederfinden«, versicherte er ihr und drückte sie fest an sich. Dura war Steinmetz bei Lord Cadern, und als er nun mit seinen harten, schwieligen Händen ihren Arm drückte, bekam sie eine Gänsehaut. Sie wusste, dass man ihm bei seinem derzeitigen Auftrag nur ungern einen Tag freigegeben hatte, und er hatte sich tief in Schulden gestürzt, um den Hexer bezahlen zu können, der von weit her aus Esla gekommen war, um ihnen zu helfen. Aber ihr Mann würde sogar sein eigenes Blut opfern, um seinen Sohn zurückzubekommen, wenn die Götter das von ihm verlangten. Und bislang schien er ihr die Geschichte abzunehmen, die sie ihm erzählt hatte.

Bei den übrigen Dorfbewohnern war das anders.

Natürlich hatte sie das Getuschel gehört. Sie hätte nicht aufgepasst, und ihr Kind sei in den Fluss gefallen und ertrunken. Oder von einer Klippe gestürzt. Oder an einer Krankheit gestorben, die sie nicht rechtzeitig erkannt hatte. Und damit ihr Mann sie nicht aus dem Haus jagte, hätte sie eine verrückte Geschichte von einer schmutzigen Landstreicherin erfunden, die den Kleinen entführt haben sollte. Armer Dura, flüsterten die Leute. Wie lange würde er ihr noch vertrauen? Wie viele Beweise musste man ihm noch vorlegen, bis er einsah, dass ihn die verrückte Hedda übertölpelt hatte? Nun drängte sie ihn auch noch, einen Hexer anzuheuern, obwohl der ihr rasch auf die Schliche kommen würde! Oder glaubte sie etwa, er würde ihr Spielchen so ohne Weiteres mitmachen?

Da standen sie nun wieder, um nach ihrem Kind zu suchen, und der Hexer stolperte durch ein Gewirr von Ästen, die der letzte Sturm von den Bäumen gerissen hatte, und tastete mit seinen magischen Kräften die Erde nach einem Hinweis auf Heddas geheimnisvolle Besucherin ab. Hedda war überrascht, wie jung er war, fast noch ein Knabe, und er hatte mit solchen Nachforschungen offensichtlich wenig Erfahrung. Aber Hexen und Hexer waren rar in dieser Gegend, und die besten von ihnen beschränkten sich zumeist darauf, die Kinder reicher Adeliger zu heilen. Wenn sie ein nicht allzu hohes Fieber um ein paar Grad senkten, verdienten sie genügend Münzen, um ihre eigenen Familien einen Monat oder mehr zu ernähren. Hatte Dura den Preis dieses Hexers bezahlen können, oder war der Junge aus Mitleid bereit gewesen, weniger als sein übliches Entgelt zu verlangen? Hedda wagte nicht zu fragen.

Es dauerte eine Ewigkeit. Der Junge durchkämmte mit zusammengekniffenen Augen die ganze Gegend, drehte nahezu jeden Stein um und hob jeden Zweig auf. Er suchte etwas, das er einen »Anker« nannte. Besonders ausgiebig beschäftigte er sich mit der Stelle, wo Hedda der Fremden das Essen hingelegt hatte. Nicht weit davon hatte der Fährtenleser später einen unvollständigen Fußabdruck gefunden und gemeint, der könnte von ihr stammen. Doch nachdem der Hexer den Platz minuten lang schweigend betrachtet hatte, schüttelte er enttäuscht den Kopf und ging weiter. Wonach suchte er denn eigentlich? Als der Fährtenleser mit seinen Hunden über diese Wiese gegangen war, hatte Hedda verstanden, was er vorhatte. Vielleicht haftete noch ein Geruch an der Erde. Abgebrochene Zweige oder aufgewühlter Lehm mochten zeigen, wo die junge Frau – ob menschlich oder nicht – mit dem Kind in den Armen gegangen war. Aber diese scheinbar ziellose Suche, dieser Tanz der Unwissenheit ... sie wurde nicht klug daraus, sosehr sie sich auch bemühte. Sie konnte nur zutiefst unglücklich zusehen, sich an Dura drücken und im Stillen zu ihren Göttern beten. *Gebt mir mein Kind zurück,* flehte sie, *und ich tue alles, was ihr von mir verlangt. Ihr könnt sogar mein Leben haben, wenn ihr es wollt. Nur bringt mir meinen Sohn wohlbehalten wieder.*

Als der Hexer endlich zu ihnen zurückkehrte, ging es schon auf den Abend zu, und die Konturen der Landschaft begannen zu zerfließen. Ein Blick in sein Gesicht genügte Hedda, um zu wissen, wie die Antwort ausfallen würde. Ihr Herz, das seit dem Verschwinden ihres Sohnes hartnäckig an der Hoffnung festgehalten hatte, ließ nun endlich und unwiderruflich los und stürzte hinab in den Abgrund unendlicher Verzweiflung.

»Es tut mir leid«, sagte der Hexer leise. Mehr nicht.

»Nichts?« Duras Stimme klang dumpf und trostlos wie in einer leeren Höhle. »Überhaupt nichts?«

Der Hexer schüttelte den Kopf. »Es gibt keinen brauchbaren Anker. Ich habe Spuren einer weiblichen Präsenz gefunden, die zu dem Mädchen gehören könnten, von dem ihr mir erzählt habt, oder auch nicht, aber sie sind zu schwach, um meine Hexenkräfte darauf richten zu können.«

»Vielleicht sind nicht die Spuren zu schwach«, grollte Dura, »sondern der Hexer.«

Der Junge errötete. »Wenn du jemand Besseren auf die Suche schicken willst, kannst du es gerne versuchen.«

»Mein Mann hat es nicht so gemeint«, schaltete Hedda sich

ein. Sie hatte den Schmerz in Duras Stimme gehört und wusste, dass er blindlings um sich schlug, um seiner Verzweiflung Luft zu machen; später würde ihm seine grausame Bemerkung leidtun. Der junge Hexer hatte immerhin einen Teil seiner eigenen Lebensenergie geopfert, um ihnen zu helfen. »Wir sind beide halb wahnsinnig vor Sorge. Das wirst du doch sicher verstehen.«

Der Junge nickte steif. Natürlich hatte es keinen Einfluss auf sein Honorar, dass er keine brauchbaren Erkenntnisse hatte gewinnen können – ein Hexer wurde für die Lebensenergie bezahlt, die er opferte, nicht für die Qualität seiner Ergebnisse –, aber er schien aufrichtig bekümmert zu sein, weil er nicht hatte helfen können.

Was wurde jetzt von ihr erwartet?, fragte sich Hedda. Sollte sie einen schwarzen Schleier anlegen und um ihren Sohn trauern, als wüsste sie mit Sicherheit, dass er tot war? Auch wenn er womöglich noch am Leben war und sich in der Gewalt einer verrückten Landstreicherin befand? Was in aller Welt hatte das Mädchen mit ihm vor? Sie konnte es sich nicht einmal ansatzweise vorstellen, und das machte sie ganz krank.

»Es gibt noch andere.« Der Hexer sprach leise.

»Andere?«, fragte Dura.

»Andere Kinder, die verschwunden sind.«

Hedda blinzelte. »Du meinst ... wie bei mir?«

»Genaueres weiß ich nicht. Es sind nur Gerüchte, die unter den Hexen und Hexern verbreitet werden. Jedenfalls habe ich gehört, dass eine ganze Reihe von kleinen Kindern gestohlen wurde, aus Dörfern überall in der Gegend. Man hat ein paar Mal Hexen und Hexer beauftragt, nach ihnen zu suchen – so habe ich davon gehört –, aber niemand hat den kleinsten brauchbaren Hinweis entdeckt. Und was an Spuren gefunden wurde, führte ins Nichts. Genau wie hier.« Er deutete auf die umliegenden Wälder. »Nachdem ich es selbst erlebt habe, schenke ich den Geschichten mehr Glauben.«

»Haben die anderen ... die Eltern ... war ein fremdes Mädchen beteiligt?«

Er schüttelte den Kopf. »Soweit ich weiß, bist du die Einzige, die jemals von einer solchen Begegnung berichtet hat. Die anderen Kinder sind einfach verschwunden, als gerade niemand hinsah. Eben waren sie noch da, gleich darauf nicht mehr. Und ich glaube, es geschah immer im Freien.« Er strich sich eine lange hellbraune Haarsträhne aus der Stirn. »Jedenfalls wird es so erzählt.«

Hedda bemühte sich, mit dieser neuen Erkenntnis zurechtzukommen. Bedeutete das, dass ihr eigener Verlust in einem größeren Zusammenhang stand? Wenn ja, was in aller Welt war der Zweck der Sache? So angestrengt sie auch überlegte, sie fand kein Motiv, das ihr eingeleuchtet hätte. Es war schon vorgekommen, dass Kinder von Banditen entführt wurden, man lebte schließlich am Rand der Wildnis – die Sklavenhändler zahlten gut für ein kräftiges, gesundes Kind –, und deshalb ließ Lord Cadern die Wälder um seine Ländereien scharf bewachen. Aber die Banditen suchten sich kaum jemals einen Säugling aus, denn ein so kleines Kind machte zu viel Mühe. Hin und wieder wurde von Adeligen erzählt, die Bauernkinder raubten, um ein eigenes Kind zu ersetzen, das tot geboren war, doch selbst wenn daran etwas Wahres war, handelte es sich bestenfalls um Einzelfälle. Was dieser Hexer andeutete, ging in eine ganz andere Richtung.

Wenn solche Dinge öfter vorkamen, überlegte sie, dann würde sich vielleicht der Gnädige Herr darum kümmern. Das Leben eines einzelnen Bauern bedeutete ihm wenig, aber wenn er hörte, dass in seinem Herrschaftsgebiet fortwährend gegen Recht und Gesetz verstoßen wurde ... das könnte ihn zum Handeln bewegen. Und er hatte Mittel und Wege, an die Hedda und Dura nicht einmal denken konnten. Am Ende kannte er sogar einen Magister.

In ihrer Seele flammte wieder ein Fünkchen Hoffnung auf. Und daran, wie sich die Hand ihres Mannes auf ihrem Arm bewegte, erkannte sie, dass er den gleichen Gedanken hatte und dass in seiner Seele ein ähnlicher Funken brannte.

»Kannst du mehr darüber in Erfahrung bringen?«, fragte Dura den Hexer. »Über die anderen Kinder, die verschwunden sind? Ich zahle natürlich dafür.«

Wieder errötete der Hexer. »Dafür brauchst du nicht zu bezahlen. Schließlich wird kein Athra verbraucht. Es tut mir leid, dass ich heute nicht mehr für euch tun konnte. Was wollt ihr denn genau wissen?«

»Alles, was du zusammentragen kannst. In welchen Dörfern die Entführungen stattfanden. Namen, Daten, die Umstände ...«

Bitte, flehte Hedda zu ihren Göttern. *Bitte macht, dass die Verbrechen auf dem Gebiet des Gnädigen Herrn begangen wurden, damit er sich der Sache annimmt. Ich flehe euch an, gewährt uns wenigstens das.*

»Ich werde überall herumfragen«, versprach der junge Mann. »Ehrenwort.«

Er blickte nach oben. Schon lagen dunkle Schatten auf den höchsten Wipfeln, und da und dort erstrahlte die Unterseite eines Astes in goldenem Licht. Die Sonne würde bald untergehen. »Wir sollten uns auf den Heimweg machen«, mahnte er.

»Ganz recht«, pflichtete Dura ihm bei, rührte sich aber nicht von der Stelle.

Hedda sah zu, wie der junge Hexer sein Bündel schulterte, sich mit einem letzten Blick verabschiedete und die Richtung einschlug, aus der sie gekommen waren. Als er fort war, wurde es still im Wald. Totenstill. Nur ihre eigenen und Duras Atemzüge waren zu hören, das dumpfe Pochen ihres Herzens und in der Ferne das Rascheln der Nachttiere, die sich in ihrem Bau regten und darauf warteten, dass die Dunkelheit hereinbrach.

»Wir werden ihn finden«, gelobte ihr Mann. »Ich schwöre es dir.«

Kapitel 7

Der Wüstenwind fuhr in die dünnen Vorhänge und ließ sie Wellen schlagen wie Meerwasser vor einem Sturm. Nachdem die glühend heiße Sommersonne untergegangen war, wurde es in Jezalya endlich kühler, und die Menschen, die den ganzen Tag lang in Scharen durch den Palast geströmt waren, zogen endlich ab. Priester und Ratgeber, Diplomaten und Stammesälteste, irgendwann waren sie alle fort. Noch war keine Ruhe eingekehrt, doch lange konnte es nicht mehr dauern. Den Göttern sei Dank.

Siderea fasste sich an den Kopf, leitete mit einer Spur von Macht ein paar Haarsträhnen, die sich gelöst hatten, an ihren Platz zurück und frischte die Locken auf, die sie sich am Morgen gelegt hatte. Wie beglückend, so etwas bedenkenlos tun zu können! Für eine Hexe wäre es unverantwortlicher Luxus gewesen, für banale kosmetische Zwecke Seelenfeuer aufzuwenden, aber eine Frau, die mit Leib und Seele an einen Ikata gebunden war und von der Macht dieses Wesens zehrte, konnte unbegrenzt Lebensenergie verbrauchen. Solange es auf der Welt Menschen gab, denen ihre Konjunkta Athra entziehen konnte, hatte sie Seelenfeuer im Überfluss.

Wie geht es nun weiter? Der Gedanke ihrer Ikata quoll aus den schattigen Winkeln ihres Unterbewusstseins und wurde erst in ihrem Bewusstsein in menschliche Sprache und menschliche Strukturen übersetzt. Siderea wusste, dass der Gedanke ursprünglich nicht mit menschlichen Begriffen, sondern mit den ungeformten tierischen Instinkten seines geflügelten Urhebers ausgedrückt worden war. Ihr eigenes Bewusstsein brachte ihn in eine verständlichere Form und garnierte ihn mit den Zutaten zivilisierter Verständigung, bis er als quasi-menschliche Stimme in ihrem Kopf ertönte. Der Vorgang war immer noch neu und manchmal etwas nervenaufreibend, doch wie jedes Mal bisher befriedigte sie der Kontakt mit ihrer anderen Hälfte bis in die Tiefen ihrer Seele. Wie unglücklich und unvollkommen war sie doch gewesen, bevor die Ikata in ihr Leben getreten war!

Wir werden tun, was getan werden muss, antwortete sie. Und ließ ihre Genugtuung über den Verlauf dieses Tages durch die mentale Verbindung sickern, um ihre geflügelte Konjunkta zu beruhigen.

Sie trat ans Fenster und schaute hinaus auf ihr neues Reich. Verglichen mit ihrem früheren Leben war es klein, aber für den Anfang reichte es aus. Jenseits von Jezalyas Mauern gab es nichts als Ödland, so weit das Auge reichte. Nach Norden und Osten wurde die Landschaft von Tafelbergen mit glatt gescheuerten Hängen beherrscht, die etwas Schutz vor Jezalyas wachsamen Blicken boten; nach Westen hin gab es nur freies Land, über das der Wind fegte. Irgendwo in weiter Ferne – viele Tagesmärsche entfernt – wälzte sich ein breiter Fluss mit schlammigem Wasser zwischen schmalen Streifen fruchtbaren Ackerlands dahin. Die Städte dort wurden von anchasanischen Truppen beschützt. In der Umgebung von Jezalya gab es nichts, womit man mühelos reich werden konnte, und keine Städte, die zur Eroberung reizten … aber dafür standen auch keine feindlichen Heere in der Nähe, und kein ausländischer Fürst beobachtete misstrauisch das Tun und Treiben der Stadt.

Bald würden sich die Wüstenstämme in Scharen unter Nasaans Banner sammeln. Wie sollte es auch anders sein, nachdem ihm die Götter ihre Gunst so deutlich bewiesen hatten? Die Stämme, die Jezalya Treue schworen, würden gesund bleiben und gedeihen, die Unabhängigen würden dagegen von einer seltsamen Mattigkeit befallen werden, aus der sie nicht einmal die rasende Blutgier reißen konnte, von der sie gewöhnlich besessen waren. Vielleicht würde früher oder später auch der Schwarze Schlaf über sie kommen, jene gefürchtete Seuche, die dem Menschen alle Kraft aus den Gliedern sog, bis er bloß noch stumpfsinnig dalag und immer wieder in einen todesähnlichen Schlummer fiel. Nach dem Glauben der Wüstenbewohner konnte man den Schwarzen Schlaf nur bannen, wenn man seine Opfer sowie sämtliche Verwandte, die die Krankheit in sich tragen könnten, zu Asche verbrannte. Ein starker Anreiz für einen Stamm, bei Nasaan Schutz – und durch ihn die Gunst der Götter – zu suchen, bevor die Seuche alle seine Angehörigen in Gefahr brachte.

Dass der Schwarze Schlaf nichts mit den Göttern, aber alles mit den männlichen Seelenfressern zu tun hatte, die Jezalya rastlos umkreisten und sich von allem nährten, was sich außerhalb seiner Grenzen befand, war ein Geheimnis, das außer Siderea niemanden etwas anging. Die großen Bestien strichen wie Hunde an einer Kette unermüdlich um ihre Herrin herum und saugten Jezalyas Feinde aus. Wenn sich ein neuer Stamm unter Nasaans Schutz stellte, schob Siderea die Grenzen ihres kleinen Reiches weiter hinaus, und die Männchen gehorchten ihrem Befehl und zogen sich zurück, obwohl sie erbost mit den Flügeln schlugen. Wer sich widersetzte, konnte womöglich noch in Ungnade sein, sobald die neue Königin zu ihrem ersten Flug aufstieg. Und das wäre unvorstellbar!

Warum kümmern wir uns um die Politik der Menschen?, wunderte sich Sidereas Konjunkta. *Wir sind doch ihren Regeln und Gesetzen nicht unterworfen.*

Weil sich das Erste Königtum gegen die Ikati stellte, antwortete Siderea in Gedanken. *Weil wir eine Basis für unser Wirken brauchen, wenn wir nicht wollen, dass so etwas sich jemals wiederholt.*

War das wirklich der einzige Grund, warum ihr Jezalyas Expansion so sehr am Herzen lag? Oder entsprang der Traum, sich ein Wüstenimperium aus dem Sand zu scharren und irgendwann einmal Anchasa selbst zu belagern, einem menschlichen Urbedürfnis? Es hatte eine Zeit gegeben, da war sie nicht einmal Herrin über ihr eigenes Schicksal gewesen, geschweige denn über das anderer Menschen. Wie lange war das her! Seither hatte sie viele Jahre in Sankara verbracht, wo man ihr jeden Wunsch von den Augen ablas und jeder Laune nachgab. Da fiel es nicht schwer zu vergessen, dass sie ihr Leben unter ganz anderen Umständen begonnen hatte. Nicht schwer, die Verzweiflung dieser frühen Jahre zu verdrängen. Dennoch wirkte sie in ihrer Seele noch nach und heizte den Machthunger, der in ihren Adern brodelte, sicherlich an. Und dass sie sich ausgerechnet ein Wüstenreich als Eroberungsziel auserkoren hatte, verlieh dem Ganzen eine pikante Ironie.

Damals warst du noch keine Königin, nahm die Ikata ihre Gedanken auf.

Wie viele unausgesprochene Fragen mochten hinter diesen Worten stehen? Bisher hatte Siderea ihrer geflügelten Konjunkta nicht ihre ganze Geschichte offenbart. Würde sie solche Entscheidungen irgendwann nicht mehr aus freiem Willen treffen können? Würde sie ihre geistige Privatsphäre ganz und gar verlieren und nicht mehr die Möglichkeit haben, Geheimnisse für sich zu behalten? Nicht auszuschließen. Doch mit gewissen Erinnerungen wäre die junge Ikata womöglich überfordert gewesen, und deshalb hatte Siderea sie ihr zunächst noch vorenthalten.

Nein, dachte sie ernst und beantwortete damit alle Fragen auf einmal, ohne sie tatsächlich zu beantworten. *Damals war ich keine Königin.*

Schritte näherten sich. Sie klangen kraftvoll und zielstrebig, wie es sich für einen neu gekrönten Fürsten geziemte. Nasaans Treffen mit den Ältesten der Stadt musste gut gelaufen sein.

Sie strich das feine Seidengewand über den Rundungen ihres Körpers glatt. Solche Stoffe kosteten hier ein Vermögen, aber was kümmerte sie das? Selbst wenn adelige Speichellecker dem neuen Fürsten nicht das Vermögen ganzer Nationen zu Füßen gelegt hätten – darunter auch ballenweise Seide und golddurchwirktes Tuch aus Königreichen von der anderen Seite der Welt –, hätte sie den anchasanischen Kaufleuten dennoch keine einzelne Münze für ihre überteuerten Waren zu bezahlen brauchen. Sie konnte noch den armseligsten Fetzen minderwertiger gesprenkelter Wolle in jeden beliebig teuren Stoff verwandeln. Und mit etwas mehr Aufwand – und sehr viel mehr gestohlenem Athra! – konnte sie sich einfach beschwören, was sie brauchte, als käme es aus dem Nichts.

Ganz selbstverständlich zaubern zu können, ohne darüber nachzudenken. Ein Luxus, der einem zu Kopf stieg! Kein Wunder, wenn die Magister von ihrer eigenen Macht berauscht waren. Ein Wunder war es eher, dass sie sich überhaupt noch normal gebärdeten.

Die Doppeltüren öffneten sich, Nasaan trat ein, und hinter ihm wurden die Türen von unsichtbaren Dienern lautlos wieder geschlossen. Er war ein kräftiger Mann mit harten Muskeln und großem Selbstbewusstsein; seine Narben, in vielen Kämpfen erworben, hoben sich weiß von der sonnenverbrannten Lederhaut ab. Durchaus anziehend auf seine Weise, aber seine Ausstrahlung beruhte ausschließlich darauf, dass er die Rolle des wilden Kriegers spielte. Eine solche Präsenz ließ sich durch noch so viel Seide und Parfüm nicht dämpfen.

Er hatte sich für seinen Lederharnisch entschieden, vielleicht um die Ältesten der Stadt daran zu erinnern, dass sie mit einem Krieg rechnen mussten, wenn sie ihn verärgerten, und als er nun den Raum betrat, ging Siderea auf ihn zu und half ihm, den Panzer abzulegen. Er beobachtete sie dabei mit Habichtsaugen, registrierte jede Bewegung, suchte in jedem Atemzug eine versteckte Bedeutung. Seit dem Tag der Eroberung hatte sie ihn zu allen öffentlichen Anlässen begleitet, und ihre kultivierte Schönheit hatte ihm eine gesellschaftliche Anerkennung verschafft, die dem grobschlächtigen Krieger allein nicht unbedingt gewährt worden wäre. Die Gerüchte, wonach sie ein Wüstengeist – oder zumindest eine mächtige Hexe – sei, hatten seinen Ruf noch weiter untermauert. Was musste man für ein Mann sein, um sich die Loyalität eines solchen Wesens zu verdienen?

Die ganze Zeit über hatten sie kaum Gelegenheit gefunden, miteinander allein zu sein. Deshalb hatten sie noch nicht geklärt, wie sich ihre Beziehung abseits der neugierigen Augen von Priestern und Politikern gestalten sollte. Sie hatte auch diesen Auftritt mit großer Sorgfalt inszeniert und darauf geachtet, dass er nicht sie dahinter vermutete. Als sie nun die kurzen Riemen aufschnallte, die den Harnisch zusammenhielten, spürte sie seine innerliche Anspannung wie ein Stück glühender Kohle. Ein Mann wie er kam mit Unsicherheit nicht gut zurecht.

Er war so leicht zu lenken. Keine Überraschungen. So gut wie keine Herausforderungen.

»Du wirst meine Fürstin sein«, erklärte er ohne Gruß oder Einleitung.

Sie schaute zu ihm auf.

»Einige von den Ältesten meldeten Widerspruch an. Diejenigen, die sich nicht in die Hosen machten vor Angst, ich würde ihnen die Köpfe abschneiden.« Er schnaubte. »Sie sagten, du wärst eine Fremde, sie wüssten nicht, wer du bist, und deshalb wollten sie dich in keiner Eigenschaft auf Jezalyas Thron sehen. In Wirklichkeit meinten sie, sie wüssten nicht, *was* du bist ... und ich habe sie nicht aufgeklärt.«

Sie nickte. So viele von Nasaans Männern hatten die seltsame Frau auf dem Schlachtfeld gesehen oder ihre Ikati-Königin am Himmel gespürt, dass einige Gerüchte unvermeidlich waren. Nun, wenn man sie in die richtigen Bahnen lenkte, konnten sie sogar nützlich sein.

»Sie brauchen es auch nicht zu wissen«, sagte sie ruhig und nahm ihm den schweren Harnisch ab. Das dicke verschrammte Leder lag ihr schwer in den Händen, und ihre ikati-geschärften Sinne fingen den Duft vergangener Schlachten auf: Blut, Pferde, die Angst von Gefangenen und etwas Bierdunst von der Siegesfeier. Das Hemd, das Nasaan unter dem Harnisch trug, war schweißdurchtränkt und klebte an den schwellenden Muskeln. Er war ein Krieger und sicherlich an diesen Zustand gewöhnt, aber als eine abendliche Brise durch den Raum zog und die feuchte Haut kühlte, war der Ausdruck des Wohlbehagens auf seinem Gesicht unübersehbar. Auf seinen Schultern stellten sich winzige Härchen auf, und sie strich mit den Fingerspitzen darüber. Bei der selbstverständlichen Intimität dieser Geste stockte ihm der Atem.

Sie war jetzt seine Fürstin. Sollte sie diese Rolle nur in der Öffentlichkeit spielen oder auch im Privatleben? Sie sah, wie er die Frage erwog, und spürte die wachsende Spannung in seinem Körper, als sie die Bänder löste, mit denen das Hemd am Hals zusammengehalten wurde, und es ihm dann über den Kopf zog. Sie musste den Stoff abschälen wie die Haut eines Pfirsichs. Er würde nicht von sich aus nach ihr greifen, bevor sie es ihm ausdrücklich erlaubte. Da er sie für eine *Djira* hielt, würde er den ersten Zug in diesem Spiel erst machen, wenn sie ihm die Regeln erklärt hatte. Man hütete sich, einen Dämon zu verärgern.

So viel Macht war schwindelerregend.

»Damit wir uns richtig verstehen«, sagte er, »es ist nur ein Titel. Du bekommst keine eigene Machtbefugnis.«

Sie ließ das Hemd neben sich zu Boden fallen. Bis zu diesem Augenblick hatte sie selbst noch nicht entschieden, wie sich ihre Beziehung gestalten sollte. Es mochte Vorteile haben, ihn auf Abstand zu halten, gleichzeitig aber unmerklich die Glut seines Begehrens zu schüren; unerfüllte Lust war eine gewaltige Kraft, wenn man sie zu lenken wusste. Wurde die Beziehung dagegen vollzogen, dann wäre ein starkes Band zwischen ihnen geschmiedet, besonders wenn er glaubte, dass ihm ein Dämon zu Willen war.

Außerdem ergaben Wollust und Angst zusammen mit dem Leichtsinn und der Arroganz des Kriegers eine aufregende Mischung, wie Siderea sie nicht oft zu kosten bekam.

Sie trat so dicht an ihn heran, dass sie die feuchte Hitze seines Körpers spürte. Dann legte sie die Hand an seine Wange, zeichnete die Berge und Täler der alten Narben nach und rieb genussvoll über die rauen Stoppeln auf Wangen und Kinn.

»Ich brauche keine eigene Machtbefugnis«, murmelte sie. »Oder doch?« Nun war sie ihm so nahe, dass ihre Körper sich berührten. Ihre Absichten waren unmissverständlich.

Er streckte die Arme nach ihr aus, zunächst noch zögernd, doch als sie keinen Widerstand leistete, mit mehr Entschlossenheit. Die starken Hände mit den Schwertschwielen zogen sie unsanft an seine vom Schweiß glänzende Brust. Der Geruch seines Körpers stieg ihr in die Nase. Er beugte sich hinab, streichelte ihre Schenkel, schob mit beiden Händen das seidene Gewand nach oben und legte ihre Beine frei. Seit wann mochte das Verlangen in ihm sieden, um zu solcher Stärke anzuwachsen? Auch in ihr brannte es schon lange. Sie hatte keinen Mann mehr gehabt, seit sie Sankara verlassen hatte, und ihr Körper sehnte sich danach, das lange Fasten zu beenden.

Die rauen Hände wanderten zu ihren Brüsten empor, die feuchte Seide scheuerte über ihre Haut, quälend lustvoll …

Nein!, kam der Protest von innen.

Sein Mund war heiß und schmeckte nach Datteln und Bier.

Diesmal ist es ein Mann, versicherte sie der Ikata. Und erinnerte sich, wie sich die Verführung Petranas zur Katastrophe ausgewachsen hatte. Eine Ewigkeit war das her. Inzwischen war ihr die seltsame Symbiose vertrauter geworden, und sie verstand, warum sie damals gescheitert war. *Er ist kein Konkurrent.*

Er ist nicht würdig!

Nasaans derbe Zärtlichkeiten weckten einen Hunger, den sie zu lange unterdrückt hatte. Wie sollte sie klar denken, geschweige denn die Klippen ihres geteilten Bewusstseins umschiffen, wenn dieser Hunger wie Feuer durch ihr Fleisch raste? Aber sie wusste, wie gefährlich es war, sich über den Widerspruch des Seelenfresser-Weibchens hinwegzusetzen. Wieder dachte sie an jene Nacht, in der sie versucht hatte, Petrana zu verführen. Damals hatte sie ihre Lektion gelernt.

Er ist ein Fürst, sendete sie der Ikata. *Mächtig. Stark. Ich muss ihn an mich binden.* Und darunter nörgelte unausgesprochen ein anderes Argument: *Auch ich habe Bedürfnisse.*

Er ist nicht mit uns geflogen! Der Gedanke wurde von einem so mächtigen Schwall tierischer Empfindungen begleitet, dass Siderea der Atem stockte. Pure Entrüstung. Wie konnte sie einem Mann gestatten, ihren Körper zu besitzen, der die einzige Bewährungsprobe, auf die es ankam, noch nicht bestanden hatte? Einem Mann, der ihrem Flug noch nicht bis zur Erschöpfung gefolgt war, blutig gekratzt von den Klauen seiner Rivalen, zur Raserei getrieben vom Geschmack ihres Blutes auf seiner Zunge? Was war sein Werben wert, ohne dass er ihr die Körper unterlegener Freier als Hochzeitsgabe präsentierte und sie sich von den Schreien der Verwundeten verführen lassen konnte?

Der warme männliche Duft bekam eine säuerliche Note. Nasaans Geschmack auf ihrer Zunge wurde bitter. Die Zärtlichkeiten, die sie eben noch erregt hatten, erschienen ihr mit einem Mal widerwärtig und grob …

NEIN! Diesmal war sie es, die in den Tiefen ihres geteilten

Bewusstseins aufschrie. Die Instinkte der Ikata zu teilen war gut und schön, aber sie durften ihr menschliches Bewusstsein nicht überschwemmen. Derart viel von sich selbst wollte sie dieser Union denn doch nicht opfern.

Irgendwo in weiter Ferne hob Nasaan auf einmal den Kopf, als hätte er gespürt, dass etwas nicht stimmte. Irgendwo in weiter Ferne ermutigte ihn ihr Körper, so erfahren in der Kunst der Verführung, dass kaum ein Gedanke nötig war, um ihn zu lenken, nicht darauf zu achten. Sie schlang ihre Beine um seine Hüften, drängte ihn, sich in ihr zu verlieren. Empfindungen, die lustvoll hätten sein sollen, durchbebten ihren Körper, doch ihr Geist fand den Anschluss nicht. Sie irrte durch einen Strudel innerer Konflikte, primitiv und unwiderstehlich, und sie versuchte verzweifelt, den Widersprüchen eine Struktur zu geben, um die Kontrolle zurückzugewinnen. Aber die Ikata war nicht weniger entschlossen. Sie würde keinen Mann an sich heranlassen, bevor er sich nach den Regeln des Liebeswerbens in ihrer Spezies als Sieger erwiesen hatte …

Also tauchte Siderea ein in ihre Erinnerungen, versetzte sich zurück in die Nacht von Nasaans Sieg und suchte nach Stellen, wo die Schatten ineinanderflossen.

Ringsum tobt die Schlacht. Krieger mit Lanzen und Schwertern fegen auf ihren Pferden vorbei, jeder kämpft um sein Leben, aber auch für eine Sache. Der Lärm ist ohrenbetäubend: Kampfgeschrei von allen Seiten, Waffen krachen gegen Schilde, Pferde wiehern vor Schmerz. Die Gewalt umwogt sie wie ein Ozean, sie hält sie mit einem einzigen Gedanken von sich fern, lässt sich von der Energie des Geschehens umfangen, gestattet aber den Kriegern selbst nicht, ihr nahe zu kommen.

Nasaan ist nicht weit von ihr entfernt. Wie ungestüm er ist, wie furchtlos! Gerade stößt er sein Schwert einem feindlichen Krieger in die Seite, ein Schwall dampfenden Blutes bricht hervor. Es ändert nichts, dass ihre Macht die Feinde schwächt, sodass sie keine Chance gegen ihn haben. Davon wusste er nichts, als er sich Hals über Kopf in ihre Reihen stürzte. Das Opfer, die Absicht dahinter, das ist es, was zählt.

Er kämpft für uns, *sendet sie ihrer Konjunkta. Was natürlich nicht heißt, dass er selbst es auch so sieht. Ihm geht es lediglich darum, eine Stadt zu erobern, ein popeliges Wüstenreich, das mühelos in Sankaras Mauern Platz gefunden hätte. Aber Siderea hat sich selbst zu einer kostbareren Trophäe gemacht. Er kämpft um sie. Alle diese Männer kämpfen um sie, Verbündete wie Feinde, und zum Beweis ihrer Leidenschaft wird das Blut in Strömen fließen, und sie wird dabei zusehen. Sie wird spüren, wie ihre Energie von allen Seiten in sie einströmt, ihr Blut erhitzt und Instinkte weckt, auf die die junge Ikata noch nicht reagieren kann …*

Irgendwo in der Ferne stöhnte die junge Königin vor Lust. Die Vision, die Siderea beschworen hatte, stieß auch bei der Ikata auf Widerhall. O ja, sie fand ein Echo. Für sie wurde Blut vergossen. Die Männchen kämpften um sie. Das Blut des Schwächsten würde die Erde tränken, während die Nachkommen des Stärksten aus ihren Eiern schlüpfen würden. Mit ihrem Paarungsruf würde alles beginnen, und sie würde sich von keinem Männchen berühren lassen, das nicht gespürt hatte, wie der Wahnsinn in ihm Wurzeln schlug, das nicht diesen schrecklichen Spießrutenlauf hinter sich gebracht hatte …

Nasaan hat es getan, sendete Siderea.

Die Feststellung schwebte in der Luft, während in Sidereas Körper eine Welle des Empfindens, das eigentlich Lust hätte sein sollen, ihren Gipfel erreichte. Sie krallte die Finger in Nasaans Haar und feuerte seine Glut noch weiter an, doch sie war mit ihren Gedanken nicht bei der Sache.

Und endlich kam die Antwort.

Er ist würdig.

Und ihre Schwingen schlugen lustvoll im Sonnenlicht, während sie die Freuden genoss, die ihr zustanden.

Kapitel 8

An der Tür traf Gwynofar den Botschafter von Karmandi, der soeben den Audienzsaal verließ. Der Großkönig hatte sich einen Krug Bier bestellt, um sich den schalen Geschmack der Politik aus dem Mund zu spülen, und blätterte in den Karten, die sein Besucher zurückgelassen hatte, als ein Diener seine Mutter ankündigte.

Er sah ihr sofort an, dass sie etwas Wichtiges auf dem Herzen hatte. Das musste nicht zwangsläufig an ihrem Gesichtsausdruck liegen. Er hatte in letzter Zeit ein geradezu unheimliches Gespür für ihre Stimmungen entwickelt. Vermutlich war das eine Folge der mystischen Verbindung, die sie als metaphysisches Medium auf dem Thron der Tränen für all jene hergestellt hatte, die das *Lyr*-Erbe in sich trugen. Diese Verbindung war nie wieder völlig gelöst worden.

Womit eine ganze Reihe von seltsamen Erscheinungen zu erklären gewesen wäre.

»Mutter.« Er nickte ihr grüßend zu und bedeutete einem Diener, die Karten einzusammeln und den Saal zu verlassen. Anders als viele Könige hatte er sich nie ganz wohlgefühlt, wenn seine Diener bei persönlichen Gesprächen zugegen waren.

»Störe ich?«, fragte sie. Höflich wie immer.

»Du störst mich nie.« Er strich sich eine widerspenstige Locke aus dem Gesicht. »Wobei mir die Störung vor fünf Minuten noch willkommener gewesen wäre.«

»Karmandi?«

Er nickte.

»Gebietsstreitigkeiten?«

Er lachte freudlos. »Nichts, was sich nicht lösen ließe, indem man ein oder zwei Wälder niederbrennt.«

»Dein Vater hätte nicht gezögert, wenn es nötig gewesen wäre.«

»Falls es nötig wird, werde auch ich nicht zögern.«

»Ja.« Ein seltsam verhaltenes Lächeln breitete sich über ihr Gesicht. »Das glaube ich dir.«

Er griff nach seinem Krug, während der Diener die letzten Karten einsammelte. »Dann bin ich also nicht so weich, wie du befürchtet hattest?«

»Du bist nicht so weich, wie alle befürchtet hatten, mein Sohn.«

Er nahm einen tiefen Schluck und schloss kurz die Augen, um sich den Machtströmen zu öffnen, die sie aussendete. Seit ihrer Rückkehr in den Palast hatte er diese Ströme in ihrem Umkreis gespürt, obwohl sie nie so weit Gestalt annahmen, dass er ihnen einen Namen hätte geben können. Manchmal spät nachts, kurz vor dem Einschlafen, glaubte er sie aus ihrem Schlafgemach sickern zu sehen wie irregeleitete Träume. Schatten vergessener Erinnerungen, ein Hauch von unfertigen Visionen. Die flüchtigen Bilder ließen sich so wenig fassen wie ein Windhauch. War es etwas von Bedeutung, lohnte es, Zeit und Mühe aufzuwenden, um das Phänomen zu entschlüsseln? Oder handelte es sich nur um einen Nachhall des Geschehens auf dem Thron der Tränen, ein verklingendes Echo der Macht, die sie einst seiner gesamten Blutlinie zugeleitet hatte? Noch war es ihm nicht gelungen, das Empfangene geistig zu verarbeiten. Und vorher wollte er nur ungern mit ihr – oder irgendjemandem sonst – darüber sprechen.

»Ich habe dir noch nicht dafür gedankt, dass du dich um meinen Schrein gekümmert hast«, begann sie.

Die Worte rissen ihn in die Gegenwart zurück. *Mein Schrein.* Damit war die blutbefleckte Scheußlichkeit unten im Hof des Palastes gemeint. Wobei von Blut inzwischen nichts mehr zu sehen war. Als sie nach Keirdwyn aufgebrochen war, hatte er als Erstes befohlen, das ganze Ding zehnmal abzuschrubben, bis alle

Spuren der Götzenopfer beseitigt waren. Das war das Mindeste gewesen, was er tun konnte, um sein religiöses Gewissen zu beschwichtigen. Am liebsten hätte er die Steine vollständig entfernen lassen, aber die Achtung vor seiner Mutter war stärker gewesen als die Gebote der Büßermönche. Allein das Wissen, dass in seinem Haus diese Form von Götzendienerei existierte, war ihm ein ständiger Dorn im Auge … doch sie war und blieb seine Mutter. Außerdem war der Glaube seiner Vorfahren nicht vollständig wahnhaft, wie die Büßer einst geglaubt hatten, sondern gründete, wie sich herausgestellt hatte, auf uralten Wahrheiten. Verdiente er deshalb nicht einen gewissen Respekt? Auch wenn er noch nicht herausgefunden hatte, wie viel Respekt tatsächlich angemessen war.

Ob die Protektoren im Norden den Speeren wohl immer noch Blutopfer darbrachten?, fragte er sich. Oder hatte die Entdeckung, dass die geheiligten Steine nicht mehr als uralte Folterkammern waren, dieser Tradition den Todesstoß versetzt? Er wollte Gwynofar immer wieder danach fragen, aber die Worte blieben ihm jedes Mal im Halse stecken.

»Vorerst kann er bleiben.« Seine Stimme war frei von jedem Gefühl. »Nicht weil ich ihn schätze, sondern weil er dir gehört.«

Ein seltsamer Ausdruck glitt über ihr Gesicht. Eine flüchtige Traurigkeit. »Ich bin dir dennoch dankbar.«

Der Diener hatte inzwischen alle Karten und alles Schreibgerät von der Karmandi-Audienz eingesammelt und schob sich leise aus der Tür. Salvator wartete, bis er den Riegel einschnappen hörte, dann sagte er: »Du hast doch etwas auf dem Herzen, Mutter. Sprich offen. Du weißt, du hast mein Ohr.«

Sie lächelte leicht. »Es war immer schon schwer, vor dir etwas zu verbergen.«

Er erwiderte das halbe Lächeln. »Meine königlichen Eltern haben mich gut erzogen.«

Sie schaute auf ihre Hände hinab. So schmal. So zart. Die Fingernägel, die sie sich bei der Kletterpartie in Alkal abgebrochen hatte, waren nachgewachsen, und die blauen Flecken von jenem Abenteuer waren längst verblasst. Seit ihrer Rückkehr von Keirdwyn hatte sie sogar die Trauerkleidung abgelegt, nun verriet nichts mehr die schrecklichen Prüfungen, die sie vor Kurzem hatte erdulden müssen, oder die Trauer um den geliebten Halbbruder – und das ungeborene Kind –, die Alkal ihr geraubt hatte.

»Ich will nach Keirdwyn zurückkehren«, sagte sie.

Er nickte. »Ich möchte dich bitten, dich nicht mit Zauberei befördern zu lassen, doch davon abgesehen habe ich keine Einwände.«

»Ich denke nicht an einen Besuch, Salvator.« Die grauen Augen richteten sich auf ihn. Welche Traurigkeit in ihren Tiefen! »Ich wurde eingeladen, mit den Heiligen Hütern zu studieren.«

Darauf wusste er zunächst nichts zu erwidern. Sein Nachrichtendienst hatte ihn vor dieser Wendung nicht gewarnt. »Zu welchem … Zweck? Um in ihren Orden einzutreten?«

»Möglicherweise. Darüber ist noch nicht entschieden.«

»Das kommt …« Ihm fehlten die Worte.

»Unerwartet?«

»Gelinde gesagt.«

»Sie brauchen mich, Salvator.«

»Und ich nicht?«

Wieder lächelte sie. »Das mag einmal der Fall gewesen sein, aber ich glaube nicht, dass es noch so ist. Ich sehe, dass du Danton jeden Tag ähnlicher wirst. Du hast nicht seinen Jähzorn und auch nicht seine Überheblichkeit, aber seinen Scharfblick, seine natürliche Autorität. Diese Eigenschaften haben ihn groß gemacht. Und deine Vasallen spüren sie ebenfalls, ich sehe es ihnen an, wenn sie von den Audienzen kommen. Die Diener tuscheln nicht mehr, wie denn ein Büßermönch überhaupt Großkönig werden konnte … jetzt fragen sie sich, wie ein Prinz von Dantons Geblüt jemals als Mönch hatte enden können.« Sie schüttelte den Kopf; in ihrem Gesicht spiegelte sich eine eigentümliche Mischung aus Stolz und Trauer. »Du brauchst mich nicht mehr, Salvator. Nicht mehr so wie früher.«

»Ich fühle mich geschmeichelt«, antwortete er pflichtgemäß. Er hätte sich über das Lob freuen sollen, aber es hinterließ einen bitteren Nachgeschmack. Für das Reich war es von Vorteil, wenn er seine Führungsinstinkte pflegte – das wusste er nur allzu gut –, aber das Opfer, das er damit brachte, schmerzte ihn. Würde er eines Tages aufwachen und seinem Vater so ähnlich sein, dass all die Jahre der Büßerfrömmigkeit bloß noch eine schwache Erinnerung waren? Das wäre nicht nur für seine eigene Seele ein Verlust, sondern auch für das Reich.

»Und wenn es sich so fügt, dass du doch einmal meinen Rat brauchst«, fügte sie hinzu, »dann können mich die Hexen und Hexer der Heiligen Hüter jederzeit zurückschicken. Das weißt du doch.«

»Ebenso gut könntest du auch hierbleiben«, gab er zurück, »und meine Hexen und Hexer könnten dich zu den Heiligen Hütern schicken, sooft du willst. Deshalb ist mir deine Bitte nicht ganz verständlich.«

Sie seufzte und rang die zarten Hände. »Salvator ... ich bin für die Hüter zum Symbol geworden. Nicht bloß wegen meines *Lyr*-Erbes, obwohl das sicherlich *ein* Grund dafür ist. Sie sind inzwischen zu der Ansicht gelangt, dass einige ihrer besonders kryptischen Prophezeiungen sich auf den Thron der Tränen ... und auf mich beziehen könnten.« Ein tiefer Atemzug. »Uns droht ein Krieg, das ist auch dir bewusst. Ein so seltsamer und grausamer Krieg, wie ihn noch kein Mensch erlebt hat. Wenn die Hüter recht haben, werde ich in diesem Krieg mit an vorderster Front stehen. Darauf muss ich mich vorbereiten.«

Er erfasste die volle Bedeutung ihrer Worte erst mit einiger Verzögerung. »Du willst dich zum Krieger ausbilden lassen?«

»Ein Vorschlag von Favias.«

»Das ist ...« Er konnte den Gedanken nicht vollenden.

»Ungehörig für eine Königin? Ein Wahnsinnsunternehmen vielleicht?« Es zuckte um ihre Mundwinkel. »So wurde auch geredet, als es darum ging, dass ich die Schwester besteige, Salvator.«

»Ganz recht, auch ich habe dieses Vorhaben verflucht, sobald ich davon erfahren hatte.«

»Und wahrscheinlich hättest du es verboten, nicht wahr?«

Er schwieg.

»Ich verfüge über mehr Kräfte, als du ahnst«, erklärte sie ihm. Und ihre Augen warnten: *Frage nicht, woher. Die Antwort wird dir nicht gefallen.*

Noch ein Geheimnis mehr, von dem sie glaubte, er kenne es nicht. Wie seltsam, dass sie ihn in einem Atemzug mit Danton verglich, aber im nächsten Moment vergaß, wie stolz Salvators Vater darauf gewesen war, alles zu wissen, was um ihn herum vorging … sogar die bestgehüteten Geheimnisse seiner nächsten Angehörigen.

Ja, Mutter, ich weiß, was Ramirus getan hat. Ich weiß, dass deine veränderten Muskeln es mit den Kräften eines Mannes aufnehmen können und dass deine Reflexe denen eines erfahrenen Kriegers vergleichbar sind. Ich weiß auch, was diese Veränderung dich gekostet hat. Ich habe dich auf flachem Boden stolpern sehen, weil du dir deiner eigenen Schritte nicht sicher warst. Dein Körper ist dir fremd geworden, du musst ihn bewusst steuern, anders als wir, die wir immer noch den Körper bewohnen, den der Schöpfer uns ursprünglich gab. So straft Er dich für das, was du getan hast, als du dich von dieser schändlichen Macht umgestalten ließest.

Aber eine Kriegerausbildung könnte ihr helfen. Die hundertfach wiederholten Übungen, die Körperertüchtigung, all das war in ihrem Zustand genau das Richtige. War das der wahre Grund, warum sie nach Keirdwyn zurückwollte? Damit man ihr dort half, Körper und Geist wieder zu einer Einheit zu verschmelzen? Selbst wenn dem so wäre, würde sie es ihm gegenüber niemals zugeben, denn dazu müsste sie zu viel über ihr Verhältnis zu Ramirus verraten.

Geheimnisse über Geheimnisse. Manchmal wurde ihm schwindlig davon.

»Ich habe nichts dagegen, dass du mit den Hütern Kampfübungen machst«, sagte er endlich.

Sie stieß einen tiefen Seufzer der Erleichterung aus. »Dann habe ich also deine Erlaubnis, nach Keirdwyn zurückzukehren?«

»Nein«, antwortete er ruhig. »Das nicht.«

Sie setzte zum Sprechen an, schloss aber den Mund wieder und schwieg.

»Es ist nicht nötig, dass du den Palast verlässt«, erklärte er. Ihr überraschter Gesichtsausdruck bereitete ihm ein geradezu perverses Vergnügen. »Wir können Ausbilder hierherbringen. Cresel kann sich um die Einzelheiten kümmern.«

»Aber Salvator …«

»Glaubst du, meine Leute wären dieser Aufgabe nicht gewachsen?«

Sie schüttelte ärgerlich den Kopf. »Wissen sie, wie sie die Seelenfresser zu sich rufen können? Wie man die Kreaturen vom Himmel lockt, um sie mit Waffen niederzustrecken? Können sie mich lehren, wo die Haut der Ikati am dünnsten ist, wo das Blut am dichtesten an der Oberfläche fließt oder bei welchem Licht die Bestien am schlechtesten sehen? Wissen sie, welche Körperteile geborgen werden müssen, wenn einer von ihnen getötet wird, und in welcher Reihenfolge man sie aus dem Fleisch schneiden muss, um Panzer und Waffen daraus zu fertigen? Oder warum das überhaupt erforderlich ist?«

»Nein«, gestand er leise. »Solche Dinge wissen meine Leute nicht.«

»Gut.« Sie verschränkte störrisch die Arme vor der Brust. »Aber ich muss sie lernen.«

Lange blickte er sie schweigend an. Sein Gesicht verriet nicht, wie es hinter seiner Stirn brodelte.

»Schicke eine Nachricht an Meister Favias«, sagte er endlich. »Bitte ihn, mir einen Heiligen Hüter zu senden, der dich diese Dinge lehren kann. Notfalls auch mehr als einen. Wenn er will, kann er eine ganze Kompanie schicken. Sie sind hier willkommen.«

Sie atmete hörbar aus und schien protestieren zu wollen. Doch im Grunde genommen gab es nichts mehr zu sagen. An sich hatte er ihr soeben alle ihre Bitten gewährt. Sie hatte keine Veranlassung, ihm weiterhin zu widersprechen, auch wenn er deutlich sah, dass seine Antwort hinter ihren Erwartungen zurückblieb.

Es gibt einen Grund, warum ich dich nicht nach Keirdwyn zurückkehren lassen kann, Mutter. Ich kann ihn dir noch nicht nennen, aber glaube mir, es gibt ihn.

»Wenn ich hierbleiben soll, gibt es noch etwas zu klären«, sagte sie. Mit leisem Trotz in der Stimme.

Er runzelte die Stirn. »Nämlich?«

»Jemand, dessen Rat ich schätze, dessen Rat ich *brauche,* ist in deinem Haus nicht willkommen.«

Er zog scharf die Luft ein. »Ramirus.«

Sie nickte.

Er verschränkte seinerseits die Arme vor der Brust und zog stumm die Stirn in Falten.

»Er weiß eine Menge über die Ikati«, erklärte sie schließlich. »Nicht weil er Zauberer ist, sondern einfach deshalb, weil er schon vor langer Zeit lebte, als die Mythen noch frisch waren. Und er holt auch Erkenntnisse von den anderen Magistern ein.« Sie richtete sich auf. »Ich sagte, ich würde deine Vorurteile achten, solange ich in diesem Palast lebe, und normalerweise halte ich ihn auch auf Abstand, aber wenn ich meine Ausbildung hier absolvieren muss, ist dies kein annehmbarer Zustand mehr.«

Er sprach leise, doch seine Stimme klirrte wie Eis. »Du willst ein Gefäß der Verderbnis in mein Haus bringen?«

»Du nimmst Anstoß an seiner Zauberei. Doch nicht dafür brauche ich ihn.«

»Man kann keinen Schmutz durch eine Seele leiten, ohne sie zu besudeln.«

»Und kein Mensch ist dem Bösen so sehr verfallen, dass er sich nicht um Vergebung bemühen kann.« Sie legte den Kopf schief. »Ist das nicht die Lehre der Büßermönche? Ich glaube mich zu erinnern, dies in einem deiner heiligen Bücher gelesen zu haben.«

Es zuckte um seinen Mund. »Du erkennst also an, dass er böse ist?«

Ihre Augen wurden schmal. »Ich erkenne an, dass *du* ihn für böse hältst.«

»Und was ist er für dich?«

»Ein *Gelehrter*, Salvator. Ein Lehrer. Ein Mann, der dieses Reich über Jahrzehnte mit fester Hand lenkte und erheblich zu seiner Größe beigetragen hat.« Sie hielt inne. »Ein Mann, der an deiner Erziehung beteiligt war. Der dich zu dem machte, was du heute bist. Oder hast du das vergessen?«

Nein, ich habe es nicht vergessen. Aber ich bin auch nicht mehr der junge Mann, der vor vier Jahren den Palast verließ, um nach Erleuchtung zu suchen.

Doch ihre Bitte war vernünftig. Das war ihm klar. Er hatte ihr verboten, den Palast zu verlassen und sich an einen Ort zu begeben, wo sie sich ungehindert mit Ramirus treffen konnte. Er durfte ihr seine Zustimmung nicht verweigern.

Die Buße dafür musste er auf sich nehmen.

»Nun gut«, knirschte er. »Aber er wird bei seinen Besuchen hier weder Zauberei einsetzen noch mit seiner Macht deinen Geist oder deinen Körper in irgendeiner Weise verändern. Wenn du Hilfe durch übernatürliche Kräfte brauchst, wirst du dich an meine Hexen und Hexer wenden. Er kann sich befördern, wie es ihm beliebt – daran werde ich ihn ohnehin nicht hindern können, was ich auch sage –, aber das ist alles, wozu er unter meinem Dach seine Macht gebrauchen wird. In meinem Palast wird er die Rolle des Gelehrten spielen und nichts sonst.« Er hielt inne und beobachtete sie scharf. »Kannst du dich darauf einlassen?«

Sie biss sich auf die Unterlippe, dann nickte sie. »Ja. Ich danke dir.«

»Du glaubst, du kannst auch ihn dazu überreden?«

Sie nickte feierlich. »Ja, Salvator. Er wird zustimmen.«

»Also sind wir uns einig. Teile den Heiligen Hütern mit, was wir vereinbart haben, und bitte sie, uns ihre Ausbilder zu schicken.« Er nahm einen tiefen Atemzug. »Und wenn sie eintreffen, werde ich mit dir lernen, was es zu lernen gibt. Ob Fachkenntnisse oder Kampftechniken. Ich werde sogar lernen, wie man einen Seelenfresser zerhackt und Suppe aus ihm kocht, wenn das nützlich ist.«

»Meinst du das ehrlich?«

Er trat vor und nahm ihre Hände in die seinen. Seine Miene war ernst. »Vollkommen ehrlich, Mutter. Uns steht ein Krieg bevor. Damit hattest du recht. Und obwohl ich nicht vorhersagen kann, wer an vorderster Front kämpfen wird oder nicht …«

Er hielt inne. Er konnte nicht mehr sagen, ohne zu viel zu verraten. Noch war er nicht bereit, ihr seinen Verdacht mitzuteilen.

»Wir sollten uns auf das Schlimmste gefasst machen«, schloss er leise.

Sie nickte dankbar und stellte sich auf Zehenspitzen, um ihn zu küssen. Aber er überragte sie so weit, dass sie kaum bis zu seinem Gesicht hinaufreichte. Ramirus mochte ihr die Kräfte eines Mannes gegeben haben, äußerlich aber war sie immer noch klein und zart.

Nur nicht im Geiste, dachte er.

Als sie sich verabschiedet hatte, setzte er den Krug an die Lippen und nahm einen tiefen Zug.

Es tut mir leid, dass ich dir nicht die Wahrheit sagen kann, Mutter. Ich kann dir nicht erklären, dass meine Visionen stärker werden, wenn du in meiner Nähe bist, klarer in den Einzelheiten, sodass sie beinahe einen Sinn ergeben. Oder dass sie wieder verblassen, wenn du gehst, und lediglich Schatten zurückbleiben, die mich ängstigen. Nur in deiner Nähe kann ich hoffen, meine Träume zu deuten und die Kreatur zu finden, die sich in meinem Reich eingenistet hat.

Was immer Gwynofar auf dem Thron der Tränen widerfahren war, sie war für ihn zu einem Katalysator geworden. Ob sie wohl die gleiche Wirkung auf andere Angehörige seiner Familie hatte? Oder gar auf alle *Lyr*? Er wagte nicht, sich offen danach zu erkundigen. Beim leisesten Verdacht, dass dies möglich wäre, würden die Heiligen Hüter sie in ihre Reihen aufnehmen und für immer in die Nordlande entführen. Das konnte er nicht zulassen. Nicht, solange sich ein Seelenfresser in seinem Reich aufhielt und er ihn finden musste. Und nicht, solange er den Eindruck hatte, er selbst sei in besonderer Weise gegen die Macht der Ikati immun und diese Immunität verstärke sich in Gegenwart seiner Mutter.

Ich brauche dich jetzt mehr als sie. Er schloss die Augen und genoss es, wie sich die Wärme des Alkohols in seinem Körper ausbreitete und seinen Geist beruhigte. *Wenn der Seelenfresser im Großkönigreich erst tot ist … können wir entscheiden, wie wir weiter verfahren. Gemeinsam.*

Ramirus wartete am Fluss. Gwynofar hatte ihm aus Respekt vor Salvators Anweisungen nicht gestattet, sie mit einem Beförderungszauber zu ihm zu bringen, und sie wollte natürlich auch nicht die Lebensenergie einer Hexe vergeuden, nur um Zeit zu sparen. Also war sie einfach zu Pferde gekommen. Als sie sich dem Magister näherte, ließen sich die zwei Diener, die sie begleiteten, so weit zurückfallen, bis sie außer Hörweite waren.

Sie saß nicht ab, sondern schaute vom Rücken ihrer weißen Stute, die unruhig mit den Hufen scharrte, auf den Magister hinab.

»Er hat nein gesagt«, begann Ramirus.

Sie nickte knapp. »Ja.«

»Ihr wusstet es vorher.«

Wieder nickte sie. »Ja.«

Es war eine warme Nacht. Der Wind zauste die Mähne ihres Pferdes und bewegte die feinen weißen Haare im Bart des Magisters.

»Was noch?«, fragte er.

»Ihr seid im Palast willkommen. Jegliche Zauberei ist Euch verboten, außer um Euch selbst zu befördern, aber er nimmt Euren Rat an. Genauer gesagt ... er wird *mir* gestatten, Euren Rat anzunehmen. Was im Grunde auf das Gleiche hinausläuft.«

Er nickte. »Dann habt Ihr erreicht, was Euch am wichtigsten war.«

»Ja.« Es war nur ein Flüstern.

»Es gibt nicht viele, die mir zumuten würden, mich mit solchen Einschränkungen abzufinden.«

»Es gibt auch nicht viele, die Euch anbieten würden, dafür in eine *Lyr*-Prophezeiung aufgenommen zu werden.«

»Ja«, pflichtete er ihr bei. »Das ist richtig.«

Sie zögerte. »Glaubt Ihr, die Prophezeiung trifft zu, Ramirus? Kann dieser Krieg nicht ohne mich geführt werden?«

»Mit Prophezeiungen hat es seine eigene Bewandtnis, Majestät. Sie sind immer verwirrend und oft irreführend. Hier ist von einer Frau die Rede, die über Macht verfügt und auf einem Tränenthron sitzt. Ich kann mir zwei Frauen vorstellen, die diesem Bild entsprächen, und wie die Dinge liegen, könntet Ihr am Ende beide im Zentrum der Ereignisse stehen.« Er zuckte die Achseln. »Selbst wenn die Prophezeiung zutrifft, würde ich mich hüten, jeden einzelnen Absatz wörtlich zu nehmen. Aber als allgemeine Warnung, auf das Schlimmste gefasst zu sein und so viel wie möglich über den Feind in Erfahrung zu bringen, solange man noch die Zeit dazu hat ... ja, Majestät, insoweit ist sie sicherlich zutreffend.«

»Ich danke Euch, Ramirus.« Sie seufzte. »Werdet Ihr also wieder in den Palast ziehen? Eure Gemächer sind noch genauso, wie Ihr sie verlassen habt. Ich habe niemandem gestattet, sich an Euren Sachen zu schaffen zu machen.«

»Ich hätte gedacht, dass Danton alles in Brand setzen würde, nachdem er mich fortgejagt hatte. Oder zumindest, dass er alles in Stücke schlagen würde, was ihm in die Finger kam.«

»Das wollte er.« Ein weiches Lächeln – halb Sehnsucht, halb Trauer – ging über ihr Gesicht. »Ich habe es nicht zugelassen.« Sie strich mit ihrem schmalen Finger über die dünnen Lederzügel. »Ich hatte immer die Hoffnung, dass Ihr zurückkehren würdet.«

»Hm«, knurrte er. »Wer könnte so grausam sein, Euch nach einer solchen Aussage einen Korb zu geben?«

Sie legte den Kopf schief. »Heißt das ›ja‹?«

»Ganz recht. Es heißt ›ja‹. Obwohl mich dünkt, Salvator ging nicht davon aus, dass ich tatsächlich einziehen würde, als er erklärte, ich sei im Palast willkommen. Es wird …« Ein trockenes Lächeln umspielte seine Lippen. »…eine interessante Erfahrung.«

Ihre Augen wurden schmal. »Reizt ihn nicht, Ramirus.«

Er lachte leise. »Das ist, als würdet Ihr einem Fisch das Schwimmen verbieten, Majestät. Aber keine Sorge, ich werde mich bemühen, Euren Büßersohn nicht allzu sehr zu quälen. Soweit natürlich nicht schon meine bloße Anwesenheit eine Qual für ihn ist.«

Er trat zurück, um ihr Platz zu machen, und nickte ihr zum Abschied leicht zu. Sie erwiderte den Gruß, wendete die weiße Stute mit einem Druck ihrer Knie, bis sie zum Palast schaute, und ritt an. Erst wenn sie außer Sicht wäre, würde er sich in seine Macht hüllen. Erst wenn sich die Schatten der Nacht über ihn senkten, würde er mit ihnen verschmelzen und sich so lautlos und heimlich wie der Wind entfernen.

Sie trieb ihre Stute unvermittelt in Galopp und überließ es den erschrockenen Dienern, ihre Pferde zu wenden und hinterherzujagen, um sie einzuholen, bevor sie den Palast erreichte.

Kapitel 9

Sie wurde von Göttern beobachtet.

Kamala spürte sie auf allen Seiten, als sie in den Rauch blickte. Ein Kreis von Göttern, der sie anstarrte, während sie ihr Zweites Gesicht aufs Äußerste anstrengte, um mit der reinen Morati-Gabe zu erreichen, was ihr bislang mit Zauberei nicht gelungen war. Die Gesichter waren gleichmütig, sie verrieten nichts, aber ihre Gegenwart verursachte ihr eine Gänsehaut.

Auch wenn es ihr gelang, sie so weit aus ihrem Bewusstsein zu verdrängen, dass sie sich auf ihr inneres Auge konzentrieren konnte, hatte sie keinen Erfolg. Sie war nicht bloß mit der Magie unzählige Male gescheitert, nun versagte auch ihre angeborene Gabe.

Mit einem Seufzer hockte sie sich auf die Fersen und rieb sich mit müden Fingern den Kopf. In ihrer Opferschale verbrannte ein parfümiertes Tuch aus Siderea Aminestas' Sammlung langsam zu Asche und schickte mit seiner metaphysischen Resonanz einen stechenden Rauch in die Lüfte. Morati-Mystiker setzten solche Mittel oft zur Unterstützung ihres Zweiten Gesichts ein, die Muster des Rauchs sollten ihnen helfen, Sinn aus dem Nichts zu beschwören. Hatte sie wirklich geglaubt, eine Nase voll wohlriechendem Rauch könnte auch bei einem Magister etwas bewirken? Oder empfand sie einfach nur das Ritual als beruhigend?

Sie schloss kurz die Augen, atmete die duftende Luft in tiefen Zügen ein und versuchte, ihren Geist zu zentrieren. Geflüster drang an ihr Ohr, weich wie das Summen von Insekten. Die Stimmen der Götter? Sie versammelten sich jedes Mal, wenn sie den Versuch unternahm, die Hexenkönigin zu finden. Ein Dutzend unbekannter Gottheiten, zwei Dutzend, manchmal bis zu hundert, in Gewändern unbekannten Stils aus Stoffen von feinster Seide bis hin zu derbem Hanf. Die Zauberei lieferte ihr den einen oder anderen Namen zu einem Gesicht in der Menge – *Sekmenit der Blutrünstige* oder *Utark, der Herr der Toten* –, aber sie sagte ihr nicht, was sie alle hier wollten. Die geheimnisvollen Bildnisse warteten schweigend, solange sie mit ihrer Suche beschäftigt war, sie halfen nicht, störten auch nicht und lösten sich in Luft auf, kaum dass sie ihre Bemühungen beendet hatte.

Wenn sie sich ihre Unterstützung sichern könnte – käme sie dann weiter? Wussten diese Gestalten, wo sich Siderea Aminestas aufhielt? Versuchten sie es ihr mitzuteilen? Oder spielte sich hier etwas ganz anderes ab?

Mit einem Seufzer erhob sie sich. Körper und Seele schmerzten nach der stundenlangen vergeblichen Konzentration. *Es muss einen besseren Weg geben,* dachte sie.

Sie beschwor einen Apfel und biss tief in das kühle Fruchtfleisch. Dabei betrachtete sie den blanken Holzboden, in den sie verschiedene Karten eingebrannt hatte. Es war das erste Mal, dass sie sich selbst ein Haus gezaubert hatte, anstatt ein bereits bestehendes Gebäude in Besitz zu nehmen. Das Ergebnis war ziemlich kahl und nüchtern, aber es hatte alles, was sie brauchte. Der Meditationsraum war riesig, und die Karten auf dem Boden waren sternförmig um seine Mitte herum angeordnet, als wäre er wirklich das Zentrum der Welt. Jeder Abschnitt war von einer Morati-Karte abgenommen, in der Größe angepasst und mit Zauberei genau so in das Holz gebrannt wie auf dem Originalpergament. Das Gesamtbild war wenig harmonisch, der Stil wechselte von Feld zu Feld, bei den Gebirgsketten verwandelte sich die hastig hingekritzelte Skizze eines Wanderschreibers in die satten, schwungvollen Pinselstriche des Meisterkartographen, sobald sie eine unsichtbare Grenze überschritten … aber alles in allem war es eine wirklichkeitsgetreue Darstellung der Welt. Zumindest der Teile, die von den Menschen erforscht waren.

Das Kartenwerk half ihr, sich zu konzentrieren, aber nicht viel mehr. Bislang hatte sich Siderea Aminestas erfolgreich verborgen gehalten. Mit Zauberei allein war die Frau nicht zu finden. Auch nicht von ihr.

Doch sie war nicht bereit, sich geschlagen zu geben. Es ging ihr nicht um das Kästchen voller Liebespfänder, das ihr Colivar versprochen hatte, obwohl es einen starken Anreiz darstellte. Es war eine Frage der Ehre.

Denk nach, Kamala. Denk nach. Es muss einen Weg geben.

Zum hundertsten Mal rief sie sich in Erinnerung, was sie bei der Besprechung in Keirdwyn über die Fähigkeiten der Ikati erfahren hatte. *Sie können die Aufmerksamkeit von Menschen auf sich ziehen oder von sich ablenken. Nur wenige Ikati können sich tatsächlich unsichtbar machen, aber wenn die Menschen abgelenkt werden, ist das Ergebnis das gleiche. In den Mythen wird von Kriegen zwischen Menschen erzählt, bei denen die Ikati wie aus dem Nichts auftauchten, um sich an den Sterbenden gütlich zu tun. Inwiefern das ein Beweis für ihre Bannkraft ist, lässt sich schwer feststellen, denn wer hielte schon mitten in einer Schlacht inne, um zum Himmel aufzuschauen?*

Eine neue Idee blitzte auf, erlosch aber wieder, bevor sie sie zu fassen bekam.

Wenn sich unsere Königin vor ihren Artgenossen verbirgt, dachte sie, dann setzt sie vermutlich diese Fähigkeit ein. Sie macht sich nicht wirklich unsichtbar, sondern lenkt die Aufmerksamkeit des Beobachters von sich ab und auf etwas anderes hin.

Kamala fröstelte vor Aufregung. Und vor Angst. Der Gedanke war vielversprechend, aber er ließe sich nur mit einem geradezu ungeheuerlichen Aufwand überprüfen. Ein ganzes Morati-Leben konnte dafür gar nicht ausreichen.

Sie schaute auf ihre Karten und vergegenwärtigte sich die Dimensionen. Hauchfeine Linien stellten breite, schäumende Flüsse dar. Eine Reihe flüchtig hingeworfener Spitzen stand womöglich für eine ganze Gebirgskette. Das gesamte Gebiet, das sie in ihren Jahren als Aethanus' Schülerin erkundet hatte, war hier allenfalls so groß wie ihre flache Hand.

Irgendwo in dieser weiten Welt gab es einen Ort, den sie nicht untersuchen konnte. Einen Ort, den sie nicht untersuchen *wollte.*

Er wäre wahrscheinlich sehr klein. Vielleicht nicht größer als ein Nistplatz. Aus der Ferne nicht zu entdecken, ebenso wenig wie das Nest selbst. Aber vielleicht könnte man die Bannkraft der Königin spüren, sobald man in ihren Einflussbereich geriet? Das würde das Zielgebiet sehr vergrößern.

Würde es ausreichen, wenn man nur in die Nähe dieses Ortes käme?

Mit einem zittrigen Atemzug richtete sie abermals den Blick auf die Weltkarte.

Ich kann davon nicht jeden Zoll absuchen, dachte sie.

Aber die Ikati lebten nicht überall. Sie bevorzugten schroffe Berge für ihre Nistplätze. Sie brauchten eine Wasserquelle in mehr oder weniger freiem Gelände, wo sie ihre gewaltigen Schwingen bewegen konnten, wenn sie zum Trinken kamen. Und da sie sich mittlerweile ausschließlich von Menschen ernährten, legten sie sicherlich Wert darauf, dass eine Siedlung in der Nähe war. Während des Ersten Königtums waren sie von den großen Städten der Menschen angelockt worden wie die Fliegen vom Honig.

Sie folgte mit den Augen den Gebirgsketten und hielt an jedem See und jedem Fluss an, der durch eine weite Ebene floss. *Aber wie viele kleinere Seen und Flüsse würden ihr bei diesem Maßstab entgehen?* Mithilfe ihrer Zauberkräfte suchte sie nach größeren Gruppen von menschlichen Behausungen. *Aber wie viele Morati an einem Ort brauchte ein Seelenfresser, um seinen Hunger zu stillen?* Sie überlegte, welches Klima die Ungeheuer bevorzugten. *Würden sie so weit nach Süden flüchten, wie sie konnten, um dem Fluch zu entgehen, der sie einst fesselte, oder würden sie im Norden bleiben, wo gerade jetzt im Sommer die Tage am längsten waren? Wie weit müssten sie sich in diesem Fall vom Heiligen Zorn entfernen, um sich sicher fühlen zu können?*

Langsam, Zoll um Zoll, arbeitete sie sich auf diese Weise durch die Karte und löschte alle Standorte, die ihren Anforderungen nicht entsprachen. Manchmal musste ein ganzer Gebirgszug verschwinden, manchmal bloß eine einzelne Schlucht.

Als sie fertig war, betrachtete sie schweigend das neu entstandene Bild.

Schön. Nun brauche ich bloß noch die halbe Welt abzusuchen. Ein Fortschritt.

Es war eine gewaltige Aufgabe, aber sie musste es versuchen. Eine bessere Möglichkeit gab es einfach nicht. Was sollte sie auch sonst mit ihrer Zeit anfangen? Däumchen drehen und Paläste auf Berggipfeln errichten, wie es einige der Magister offenbar taten? Dieses Unternehmen hatte wenigstens einen Sinn.

– Und plötzlich war sie für einen herzbewegenden Moment wieder auf Rhys' Trauerfeier und schaute auf seinen Leichnam nieder. Erinnerte sich an die Leere und den kalten Kuss des Neides, den sie damals verspürt hatte.

Jetzt habe auch ich ein Ziel.

Sie schrieb an Colivar, bevor sie sich ans Werk machte. Eine einfache Nachricht, die sie mit Zauberei in ihrem geheimen Versteck deponierte. *Welches Gelände bevorzugen die Seelenfresser?*, schrieb sie. *Ich brauche alles, was Ihr darüber wisst. Stellt keine Vermutungen an, was wichtig sein könnte und was nicht, teilt mir* alles *mit.* Favias hatte ihnen in Keirdwyn einen Überblick gegeben, aber sie glaubte nicht, dass er über die Lebensgewohnheiten der Ikati so gut Bescheid wusste wie Colivar. Sie bezweifelte allmählich, dass irgendjemand sich in dieser Hinsicht mit Colivar messen konnte.

Bis sie eine Antwort bekam, konnten allerdings Tage vergehen. Falls er überhaupt antwortete. Wozu so viel Zeit vergeuden? Sie legte sich ins Zentrum der riesigen Landkarte und beschwor sich ein Kissen für ihren Kopf und ein wenig Proviant und Wasser. Dann schloss sie die Augen, seufzte noch einmal tief auf und schickte ihre magischen Sinne zu dieser aussichtslosen Suche in die Welt hinaus.

Kapitel 10

Die Wüstenregion war auf der zimmergroßen Karte ein Feld aus makellos geschliffenen blitzenden Diamanten. Im Osten der Wüste erschien hinter einer großen Kette aus schwarzen Onyx-Bergen ein schmales Band aus Smaragden, das fruchtbare Schwemmland des großen Lebensflusses im Süden. Glatte Chrysokoll-Fliesen bildeten das Wasser. Im Norden der Wüste erhob sich über dem Diamantsand eine Stadt aus Gold und Silber, deren himmelhohe Bauwerke jetzt im Schein der Abendsonne erglänzten. Der Chrysokoll-Fluss schlängelte sich in engen Windungen durch die riesige Karte, an jeder Biegung befand sich eine prächtige Stadt. Da war auch schon das Tränenmeer aus Lapislazuli. Nördlich davon war jede Nation mit einem eigenen Halbedelstein vertreten. Amethyst für Sankara, Topas für Sendal, blauer Chalzedon für Corialanus. Dem Großkönigreich war der Jaspis zugewiesen, und jeder Vasallenstaat bestand aus einer anderen Abart dieses Steins. Ein aufmerksamer Beobachter konnte feststellen, dass die Oberfläche dieser Nation besonders glatt war, die Gebirge zeigten sich als Bänder aus flachen schwarzen Steinen, und das Ganze war so blank poliert, dass es feucht glänzte. Ein kundiger Beobachter mochte erkennen, dass man über eine solche Oberfläche sehr viel leichter Figuren für militärische Planspiele bewegen konnte.

Im Moment drängten sich die geschliffenen Kristallsteine für Anchasas Truppen um die Hauptstadt der eigenen Nation oder standen etwas weiter nördlich in Reih und Glied an der Südküste des Tränenmeeres; kleine Obelisken stellten Hundertschaften von

Soldaten dar, große Obelisken standen für Tausendschaften. Auch weiter nördlich, gegenüber dem Stützpunkt am Isthmus von Tathys, stand eine Traube von Truppenkristallen ... der Isthmus war die einzige Möglichkeit, auf dem Landweg ins Großkönigreich zu gelangen. Eine Defensivformation oder eher ein Angriffsfeldzug im Planungsstadium? Colivar schaute lange darauf, konnte die Frage aber nicht beantworten.

In einer Welt ohne Magister wäre eine solche Karte unbezahlbar gewesen. In einer Welt, wo regelmäßig mit starken Zauberkräften Herrscherlaunen befriedigt wurden, war sie lediglich ein Spielzeug.

Seine Majestät Hasim Farah der Allergnädigste, Geißel der Tathys, Hüter des Lebensflusses, Bewahrer der Heiligen Stadt, riss sich aus seinen Betrachtungen und schaute auf, als sein Magister eintrat. Ein spöttisches Lächeln erschien auf seinem Gesicht. Er musterte den Besucher überrascht. »Colivar, nicht wahr? Ich glaube, ich kannte einmal jemanden dieses Namens. Mit der Zeit vergisst man solche Dinge.«

Der Magister lachte leise. »Ich bitte um Nachsicht für meine lange Abwesenheit.« Er senkte respektvoll den Kopf. »Wobei mich Eure Majestät natürlich nur zu rufen bräuchten, wenn Ihr meiner Dienste bedürft. Oder habt Ihr auch das vergessen?«

»Schon gut, schon gut.« Farah winkte mit beringter Hand ab. »Selbstverständlich könnt Ihr kommen und gehen, wie Ihr wollt. Es war nur ein Scherz.« Er klatschte laut in die Hände, und sofort erschien ein Eunuch in weißer Seide. »Erfrischungen für meinen Königlichen Magister.« Der Mann verneigte sich und eilte davon.

Colivar war zu sehr in Gedanken, um Hunger zu spüren, aber er hatte längst gelernt, dass man sich gegen Farahs Gastfreundschaft nicht wehren konnte. Der König war ein Sohn der Wüste, und seine Kultur verpflichtete ihn zu solchen Gesten. Es war leichter, mit ihm das Brot zu brechen und eine Handvoll Oliven zu essen, als darum zu streiten, ob solche Dinge nötig waren.

»Kommt.« Farah ging auf Colivar zu, klopfte ihm auf die Schulter und forderte ihn mit einer Handbewegung zum Mitkommen auf. Colivar kannte wenige Männer, die einen Magister so unbefangen berührt hätten. »Ihr sorgt für den nötigen Regen, der meine Getreidespeicher füllt. Meine Frauen sind fruchtbar, meine Sklavinnen bemühen sich, mich zu erfreuen, und das Grüne Erbrechen – oder wie immer diese elende Seuche genannt wird – ist nie über die Grenzen meines Landes gekommen. Was könnte ein König noch mehr verlangen?«

Colivar warf nochmals einen Blick auf die Karte. »Sieht ganz so aus, als würdet Ihr ein paar neue Unternehmungen vorbereiten.«

»Ach ja.« Farah folgte seinem Blick zu den Figuren an der Tathys und zu den Jaspisflächen darüber. »Verlockend, nicht wahr? Ein junger Großkönig, dessen Stärke noch nicht erprobt wurde, der dem Vernehmen nach den Magistern misstraut und einer Religion anhängt, die ihn mit Schuldgefühlen und Kasteiungsgeboten fesselt. Bisher habe ich mich darauf beschränkt, Informationen über ihn zu sammeln und ihm vielleicht durch Mittelsmänner ein paar politische Nadelstiche versetzen zu lassen, aber ich will nicht leugnen, dass mich die Aussicht auf einen richtigen Krieg reizen könnte. Wir haben seit vielen Jahren nicht mehr offen und ehrlich gegen das Großkönigreich gekämpft.«

»Unterschätzt Salvator Aurelius nicht«, warnte Colivar. »Hinter dem Mann steckt mehr, als man ihm auf den ersten Blick ansieht.«

»Natürlich. Sonst hätte ihn seine Mutter nicht zum Thronfolger gemacht.« Er schüttelte den Kopf. »Man stelle sich vor. Eine Frau bestimmt, wer Großkönig wird! Ich bin einerseits fassungslos, wie so etwas geschehen konnte, andererseits würde ich diese Frau nur zu gern mit eigenen Augen sehen.«

Colivar lächelte. »Nur *sehen*, Majestät?«

Der König von Anchasa lachte lange und herzlich. Sein Lachen war kraftvoll und energisch und hallte von den Steinmauern wider wie das Läuten einer großen Glocke. »Ihr kennt mich zu gut, Magister. Kommt. Lasst uns das Brot miteinander brechen.«

Er führte Colivar in ein prunkvolles Gemach. Dort wurde bereits das rituelle Gastmahl aufgetragen. Der Boden war mit kostbaren Webteppichen belegt, überall lagen Kissen verstreut, und die schweren Wandbehänge vor den glatten Steinwänden deuteten Zeltbahnen an. Colivar war sich nie ganz sicher gewesen, ob Farah diesen Stil tatsächlich schätzte oder lediglich erkannt hatte, wie wertvoll es war, sich vor seinen Untertanen mit dem Nimbus des Wüstenherrschers zu umgeben. Die wilden Stämme des Südens boten viel Stoff für Mythen, umso mehr, als kaum ein Anchasaner jemals einen ihrer Krieger leibhaftig zu Gesicht bekommen hatte. Wenn Farah sein Wüstenerbe hervorkehrte, wurde er selbst zu einem Teil dieses Mythos. Dadurch gewann er in diplomatischen Kreisen an Gewicht und verdarb seinen Konkurrenten die Lust an Drohgebärden: Mit einem Wüstenhäuptling legte man sich nur an, wenn man selbst ein Schwert in der Hand hielt und bereit war, sein Leben aufs Spiel zu setzen.

Kaum hatte sich Farah auf einem Stapel reich bestickter Kissen niedergelassen und sein langes Gewand um sich gebreitet, als sich auch schon ein halbes Dutzend Frauen in verschiedenen Stadien der Entkleidung zu ihm gesellten. Jede stammte aus einer anderen Provinz seines Reiches, und von der jungen Göttin mit dem Bronzeteint des sonnenverwöhnten Deltas bis zur langbeinigen kohlrabenschwarzen Verführerin waren sämtliche Hautfarben vertreten. Natürlich waren sie alle wunderschön, und ihre Garderobe, eine Kombination aus blitzenden Juwelen und hauchdünner Seide, überließ nicht viel der Phantasie. Auch das war ein Brauch der Wüste, eine Machtdemonstration, die kein Anchasaner missverstehen würde: *Du kannst begehren, was mein ist, aber wage nicht, es ohne meine ausdrückliche Erlaubnis zu berühren.*

Natürlich hätte Farah seinem Magister keine Frau verweigert, die dieser begehrte. Sobald sich der Magister seinerseits auf einem Kissenstapel niedergelassen hatte, bedeutete der König des Südens auch gleich Safya, einer seiner Lieblingssklavinnen, sich um ihn zu bemühen. Einem geschätzten Diener die eigene Ehefrau oder eine Dienerin zu überlassen, war in der Wüste ebenso selbstverständlich wie das gemeinsame Brotbrechen, und Safya war dem Magister schon früher gefällig gewesen. Heute stand Colivar jedoch nicht der Sinn nach solchen Freuden.

Der Eunuch trat ein und stellte ein Tablett mit Brot und Oliven zwischen die beiden; der feste Laib kam frisch aus dem Ofen, und sein Duft erfüllte den Raum wie edles Parfüm. Farah brach sich selbst ein Stück ab und reichte dann den Laib an Colivar weiter. Der folgte seinem Beispiel. Erst als beide einen symbolischen Bissen gegessen und mit einem rituellen Schluck Bier hinuntergespült hatten, sprach Farah weiter.

»Ihr habt ein größeres Anliegen auf dem Herzen, wenn ich nicht ganz und gar verlernt habe, in Eurem Gesicht zu lesen.«

Colivar senkte ernst den Kopf. »Der Blick Eurer Majestät ist so scharf wie eh und je.«

»Hat es etwas mit den Seelenfressern zu tun, denen Ihr schon so lange nachjagt?«

Colivars Miene verdüsterte sich. »Ganz recht«, antwortete er ruhig. »Damit hat es zu tun.«

Der Magister starrte eine ganze Weile stumm in seinen Becher. Endlich sagte er leise: »Sosehr ich es bedauere, aber ich muss aus Euren Diensten scheiden.«

Farah zog scharf den Atem ein. »Habe ich Euch nicht gut behandelt? Verleihen Euch die Macht und der Ruhm meines Reiches nicht großes Ansehen, ein Ansehen, das Euch bei den Rivalitäten unter Euren Standesgenossen zugutekommt? Solche Dinge waren Euch früher einmal wichtig.«

»Mein Kontrakt mit Euch lässt wahrhaftig keine Wünsche offen. Ich bedauere sehr, Euch verlassen zu müssen.«

Farah lehnte sich zurück. Er wirkte ratlos und verärgert. Einen Magister von Colivars Reputation zu verlieren war keine Kleinigkeit, noch dazu, wenn im Norden ein Krieg drohte. »Ihr könnt von mir haben, was immer Ihr wollt, wenn es in meiner Macht steht, das wisst Ihr. Sogar meine Lieblingsfrau.« Er wies mit weit ausholender Geste auf die Frauen an seiner Seite, den prunkvollen Raum und das ganze riesige Reich jenseits davon. »Habe ich Euch jemals etwas verweigert?«

»Ihr wart immer die Großzügigkeit in Person«, sagte Colivar. »Ihr müsst mir glauben, dass ich diesen Entschluss von ganzem Herzen bedauere.«

Farah stöhnte enttäuscht auf. »Was treibt Euch denn eigentlich fort? Hat es etwas mit Euren Nachforschungen zu tun?«

Colivar presste die Lippen zusammen und nickte.

»Ihr wisst, dass Ihr kommen und gehen könnt, wie es Euch beliebt. So war es von Anfang an zwischen uns vereinbart. Ich habe Euch nie Einschränkungen auferlegt. Wenn Ihr mehr Zeit für Euch selbst braucht, nun, dann nehmt sie Euch.«

Colivar nickte. »Die Bedingungen waren gut. Und bisher hatte ich auch alles, was ich brauchte. Aber jetzt ...« Ein tiefer Seufzer. »Die Seelenfresser sind in Scharen in die Reiche der Menschen eingedrungen, und wir wissen nicht, wo sie sind. Sie müssen aufgespürt und ausgerottet werden, bevor sie Gelegenheit haben, neue Nester anzulegen. Sonst ist der Krieg verloren, bevor er überhaupt begonnen hat.«

Farah runzelte die Stirn. »Und Ihr könnt Euren Kampf nicht von meinem Reich aus führen? Ich denke, es gibt nicht viele Nationen, die Euch bessere Voraussetzungen bieten könnten. Wenn Ihr einen Kriegsschauplatz sucht ...«

»Majestät.« Colivars Blick war streng geworden. »Vergebt mir. Wir befinden uns in einer Lage, in der ich alle Kräfte auf eine einzige Aufgabe richten muss. Ich kann mir keine Ablenkung leisten. Nicht einmal einen Kontrakt mit solchen Annehmlichkeiten.« Er schenkte Safya ein halbes Lächeln; sie errötete hold.

Farah ließ sich in seine Kissen zurücksinken. Eine kupferbraune Schönheit hielt ihm eine Olive an die Lippen, und er nahm sie zerstreut und kaute lustlos, während er die Lage überdachte.

»Ich muss einen Ersatz für Euch finden«, sagte er endlich. »Keine leichte Aufgabe.«

Colivar nickte. Er war in Farahs Diensten gewesen, seit der junge Prinz den Thron bestiegen hatte. Es hatte ihn gereizt, einem unerfahrenen Neuling beim Aufbau eines Reiches behilflich zu sein. Farah war nie in die Situation gekommen, sich nach einem Königlichen Magister umsehen oder solche Dienste für eine Weile entbehren zu müssen.

Natürlich wäre er auch nach Colivars Weggang nicht gleich in Gefahr. Die Reiche der Welt hätten nicht lange Bestand, wenn sofort, nachdem ein Magister seinen Posten aufgab, die anderen wie die Geier über das schutzlose Land herfallen würden. Das war allen Zauberern klar, und so würden sie Farah nicht anders als damals bei Danton eine angemessene Frist zugestehen, um sich einen neuen Magister zu suchen. Bei einer mächtigen Nation wie Anchasa würden die Bewerber aus der Wand springen, sobald Colivars Rücktritt öffentlich bekannt wurde, er würde also genügend Auswahl haben.

Aber die Magister waren gewöhnt, ihre Aktivitäten streng geheim zu halten, und so hatte ein Morati-König kaum Gelegenheit, sich über eventuelle Kandidaten ein Urteil zu bilden. Die meisten Morati wussten weniger über die Vorzüge einzelner Magister als über die Wolken am Himmel. Farah war sich bewusst, dass er mit Colivar einen guten Griff getan hatte; beim nächsten Mal hätte er vielleicht weniger Glück.

Für mich war es eine gute Stellung, dachte Colivar ernst. *Ich werde sie vermissen.* »Wenn Ihr gestattet, Majestät, hätte ich einen Vorschlag.«

Farah zog eine Augenbraue hoch.

»Ich kenne einen Magister, der derzeit ohne Kontrakt ist und der, wie ich glaube, nicht abgeneigt wäre, in Anchasas Dienste zu treten. Wenn Ihr wollt, lasse ich ihn wissen, dass Ihr einen Kontrakt anzubieten habt.«

Farahs Augen wurden schmal. »Habt Ihr mir nicht einmal erzählt, alle Magister seien Todfeinde?«, fragte er argwöhnisch. »Ich glaube mich an eine Bemerkung zu erinnern, wonach ein durchschnittlicher Zauberer sich lieber die Augen mit einem glühenden Schüreisen ausbrennen ließe, als einem Standesgenossen einen Gefallen zu tun. Und doch wollt Ihr diesem Mann helfen?«

»Wir sind keine Feinde, sondern Rivalen«, verbesserte Colivar ruhig. *Und solche Verletzungen verlieren ihren Schrecken, wenn man imstande ist – schneller, als Ihr mit Euren Augen zwinkern könnt –, genügend Athra zu stehlen, um sich neue Augen zu schaffen.* »Und meine Beziehungen zu diesem Magister sind … außergewöhnlich zivilisiert.«

»Aha.«

»Ihr braucht jemanden, der über die Seelenfresser Bescheid weiß. Sula und ich haben ihren Vormarsch gemeinsam verfolgt. Er weiß, auf welche Anzeichen er zu achten hat.«

Die Zuhörer verstanden nicht gleich, was er damit meinte. Doch dann wich eine der Frauen vor Farah zurück und schlang schützend die Arme um sich; die Härchen auf ihrer pechschwarzen Haut stellten sich auf.

»Ihr glaubt, in Anchasa könnten sich *Anzeichen für Seelenfresser* finden?«

Colivar zuckte verlegen die Achseln. »Euer Reich ist riesig. Die Seelenfresser müssen irgendwo Schutz suchen. Da ist es besser, wachsam zu sein, als überrascht zu werden, findet Ihr nicht auch? Sula weiß, wonach er suchen soll. Und er hat Verbindungen zu einem Kreis von Magistern, die sich in dieser Angelegenheit zur Zusammenarbeit verpflichtet haben. Wenn er um Hilfe ruft, werden sie – werden *wir* – kommen.«

Wieder kniff Farah misstrauisch die Augen zusammen. »Magister, die sich schwören, einander Beistand zu leisten? Wieso macht mir das mehr Angst als die Seelenfresser selbst?«

»Es ist kein gutes Zeichen«, stimmte Colivar mit leisem Lächeln zu. »Unter normalen Umständen hätte das kein Feind zuwege gebracht. Aber die Umstände sind nicht normal.«

Farah dachte angestrengt nach. Die Gründe, die ihm Colivar für seinen Wunsch genannt hatte, aus Anchasas Diensten auszuscheiden, waren wenig überzeugend, und das war ihm offensichtlich auch bewusst. Farah hätte dem Magister alle Freiheiten gelassen, die er brauchte; die Pflichten wären zu vereinbaren gewesen. In Wahrheit fürchtete Colivar, in seinem Inneren könnten uralte Revierinstinkte erwachen, wenn er sich weiterhin an ein bestimmtes Reich gebunden fühlte und die Seelenfresser dort eindrängen. Vergessene Instinkte, die er womöglich nicht mehr beherrschen konnte. Und diese Befürchtung konnte er nicht einmal einem Standesgenossen gestehen, geschweige denn einem Moratus.

Einige Magister glaubten, der Fluch sei im Lauf der Zeit schwächer geworden. Neue Anwärter schienen bei der Ersten Translatio deutlich weniger zu leiden als frühere Generationen. Sollte das tatsächlich der Fall sein, dann wäre Sula durch seine Jugend vor den uralten Trieben vielleicht besser geschützt als seine Vorgänger. Jedenfalls besser als Colivar, der zu den Ältesten seines Standes zählte und in dieser Hinsicht besonders anfällig war.

Hier war Jugend gefragt. Menschliche Instinkte. Colivar hatte weder das eine noch das andere zu bieten.

»Nun gut«, sagte Farah endlich. Man merkte ihm an, wie wenig erfreut er über diese Entwicklung war, aber er wusste, dass es zwecklos war, einem Magister widersprechen zu wollen. »Bringt mir diesen Sula. Wenn er meinen Ansprüchen genügt und ich den Eindruck habe, mit ihm auskommen zu können, mag er Euren Kontrakt übernehmen.«

In Colivars Brust löste sich ein Knoten. Es war nur einer von vielen, aber der Druck ließ doch merklich nach. »Ich danke Euch, Majestät.«

Er strich in aufrichtigem Bedauern sanft über Safyas Wange und erhob sich. Farah hatte Geschmack, was Frauen anging, und Colivar würde die reiche Auswahl vermissen. »Es ist am besten, wenn ich jetzt gehe, Majestät. Ich habe viel zu tun.«

Farah nickte hoheitsvoll. »Es tut mir leid, Euch zu verlieren, Magister Colivar, aber ich kann Euch verstehen. Ihr habt meine Dankbarkeit und meinen Segen.«

Colivar verabschiedete sich mit einem letzten Nicken und ging zur Tür. Er hätte sich auf hunderterlei Weise entfernen können, mit Schwingen oder Schatten, mit Lichtblitzen oder Portalen, die zitternd in der Luft schwebten … aber er ging einfach zu Fuß. Es war eine Geste des Respekts zum Ende ihres Kontrakts. Zum Ende dieses Lebensabschnitts.

»Magister Colivar.«

Er drehte sich um und sah den König an.

»Ihr seid hier stets willkommen. Ich weiß, das ist nicht üblich, aber *für mich* ist es üblich, und ich werde dafür sorgen, dass Euer Nachfolger sich daran hält. Wie er auch heißen mag.«

Was sollte Colivar darauf antworten? Magister pflegten ihr jeweiliges Revier eifersüchtig zu verteidigen, und König Hasim Farahs Angebot war freundlich gemeint, aber er würde sich hüten, an einen Hof zu kommen, ohne von dem dortigen Magister in aller Form dazu aufgefordert worden zu sein. Man durfte das Tier in den beiden Rivalen nicht über Gebühr reizen.

So viele Bräuche, so viele Vorschriften, und alles nur, um uns unser Menschsein zu bewahren. Was geschieht wohl, wenn diese Hilfen jemals versagen?

»Ich verstehe«, sagte er endlich. Und fügte, weil es von ihm erwartet wurde, ein »Danke« hinzu.

Bevor er den Raum endgültig verließ, sah er aus dem Augenwinkel, wie Safya an die Seite ihres Herrn zurückkehrte.

Kapitel 11

Berge, nichts als Berge.

Nackte Granitfelsen, ausgebleicht vom kühlen Licht der Morgensonne.

Schattenflüsse, die durch schroffe Schluchten rauschen.

Nackte Granitfelsen, strahlend im Gold der Mittagssonne.

Schneebedeckte Gipfel, trostlos, ohne Belang, von den Ikati verschmäht.

Nackte Granitfelsen, gekrönt vom Feuer des Sonnenuntergangs, während unten an den Hängen schon die Finsternis leckt.

Wieder brach die Dunkelheit herein. Wie oft nun schon? Kamala hatte den Überblick verloren. Die Suche erforderte so viel Konzentration, dass alles andere einschließlich ihres Zeitgefühls ausgeblendet wurde. Nur was sie unterstützen oder behindern konnte, bestimmte den Rhythmus der Welt; alles andere war ohne Bedeutung.

Sobald es Abend wurde, kamen die Fledermäuse aus ihren Höhlen, und Bänder aus schwarzen Flügeln zogen sich meilenweit über den blutroten Himmel. Wenn sie zur Erde hinabstießen, um nach Nahrung zu suchen, konnte sie den Blick an ihnen festmachen und dicht über dem Boden den verschlungenen Mustern ihres Fluges folgen. Sie hatte sich überlegt, dass eine Macht, die auf dem Boden etwas verbergen wollte, sicherlich bis in diese Höhe reichen und es ihr verwehren würde, sich auf solche Einzelheiten zu konzentrieren. Folglich brauchte sie nur den Blick über die fliegenden Schwärme schweifen zu lassen und auf Stellen zu achten, wo die Formation unscharf zu werden schien, und konnte auf diese Weise viele Meilen zurücklegen. Dies schien ihr viel einfacher und auch interessanter, als die Erde darunter zu studieren.

Doch die schwarzen Bänder lösten sich allzu bald auf, und einzelne Fledermäuse flogen zu schnell, um sie mit dem Blick zu verfolgen. Also veränderte sie ihr Sehvermögen so, dass es die Wärme von Lebewesen wahrnahm, und suchte den nächtlichen Boden damit nach Einzelheiten ab. Allen Einzelheiten. Was genau sie in Augenschein nahm, spielte keine Rolle, wichtig war lediglich, ob sie scharf sehen konnte.

Seit Tagen war sie nun schon am Werk. Der Kopf schmerzte von der Anstrengung. Die Seele schmerzte vor Langeweile. Eine Million Bäume. Zehn Millionen Felsen. Nichts von Interesse, und dennoch musste sie alles ansehen. Wie viele gab es in dieser riesigen Wildnis? Ein winziger Vogel konnte Sandkorn für Sandkorn einen ganzen Berg versetzen, immer vorausgesetzt, dass er nicht auf halbem Wege vor Langeweile den Verstand verlor.

Sie hatte geplant, in Etappen zu suchen und jeden Abend in ihren Körper zurückzukehren, um die Tagesstrecke auf ihrer großen Karte einzutragen, doch stattdessen hatte sie einfach immer weitergemacht, ohne sich darum zu kümmern, dass ihr Körper von Hungerkrämpfen geschüttelt wurde. Er wurde zwar durch Zauberei am Leben erhalten, war aber keineswegs glücklich über das, was sie ihm zumutete. War es ihre Willensstärke, die sie in Gang hielt, oder hatte sie einfach nicht den Mut, zu ihren Karten zurückzukehren und sich einzugestehen, wie klein der Bereich, den sie abgegrast hatte, tatsächlich war?

Wenn die Fledermäuse gegen Morgen in ihren Unterschlupf zurückkehrten, halfen sie ihr abermals bei der Suche. Während sich hinter ihnen das kühle blaue Licht des Morgens über das Land legte, malte sie sich aus, auch ihr wüchsen breite Schwingen aus den Schultern. Seelenfresser-Schwingen, glitzernd wie Kristall im Sonnenlicht. Das half ihr zu berechnen, wie viel Platz die Kreaturen zum Fliegen brauchten, sodass sie alle Gebiete aussparen konnte, die ihnen nicht zugänglich waren. Das Spiel bereitete ihr ein unerwartetes Vergnügen. Zum Zeitvertreib stellte sie sich vor, wie es sich anfühlte, wenn die Schwingen die Luft bewegten, jenes eigenartige Durchziehen, das so anders war als bei einem Vogel. Der Bewegungsablauf wurde ihr nicht ganz klar. Sie nahm sich vor, sich einen Seelenfresser-Körper zu beschwören, wenn sie wieder nach Hause kam, und an einem geheimen Ort Flugversuche anzustellen …

Verdammt.

Sie hatte sich so in ihren Phantasien verloren, dass ihr der Zweck ihres Tuns aus dem Blick geraten war. So etwas passierte nicht zum ersten Mal – die Langeweile forderte ihren Tribut –, aber dies war die bisher größte Lücke. Sie schaute zurück und sah, dass der letzte Punkt, an dem sie sich bewusst orientiert hatte – ein bizarrer Felsturm –, bereits meilenweit hinter ihr lag. Kaum noch zu sehen. Sie musste ihren magischen Blick neu ausrichten und da weitermachen, wo sie aufgehört hatte.

Mit einem Seufzer sammelte sie das Athra, das sie brauchte, um ihren Fokus zu verschieben. Immerhin ging das in dieser Richtung einfacher; sie brauchte nicht den Boden zu beobachten, sie konnte die ganze Strecke mit einem einzigen Gedanken zurücklegen. Der einzige Vorteil, wenn man seinen Körper nicht bei sich hatte.

Bei der Umstellung durchfuhr sie ein stechender Schmerz, so als sei ihr Herz kurz gestolpert, doch das konnte nicht sein, ihr Körper war ja nicht hier. Wie sonderbar. Der Schmerz ging gleich wieder vorbei, aber das körperliche Echo beunruhigte sie. Wahrscheinlich sollte sie in ihren Körper zurückkehren und ihm etwas feste Nahrung zukommen lassen. Mit Zauberei konnte man sich zwar am Leben erhalten, solange stets frisches Athra zur Verfügung stand, aber das war selbst für einen Magister kein natürlicher Zustand, und man sollte ihn nicht zu lange ausdehnen. Konnte es daran gelegen haben? Verlangte ihr Überlebensinstinkt, dass sie zurückkehrte und sich um ihre körperlichen Bedürfnisse kümmerte?

Zuerst suchst du noch diese Strecke ab, befahl sie sich. Es wäre letztlich allzu verwirrend, später hierher zurückzukehren, ohne das Gebiet eingehend studiert zu haben. Zu leicht konnte man vergessen, wo die Unaufmerksamkeit begonnen – oder geendet hatte.

Sie atmete im Geist tief durch, richtete ihre Sinne auf die Erde unter sich und setzte sich abermals in Bewegung.

Und wenn nun mit ihrem Seelenfeuer etwas nicht in Ordnung wäre? War der kurze Stich am Ende ein Hinweis gewesen, dass sie sich der Translatio näherte? Nach allem, was Aethanus sie gelehrt hatte, war das nicht möglich, aber angeblich gab es ja auch keine weiblichen Magister. Und sie hatte schon als Morata das Zweite Gesicht gehabt, was für die übrigen Magister nicht galt. Vielleicht zeigte sich die Gabe nach der Ersten Translatio auf diese Weise. Vielleicht lernte sie irgendwann zu spüren, wann ihre Konjunkten dem Tode nahe waren, sodass sie Zeit und Ort der nächsten Translatio selbst bestimmen konnte.

Wenn es das war, was sie eben erlebt hatte, dann musste sie dringend in ihren Körper zurück. Sie erinnerte sich an ihre letzte Translatio …

Heilige Scheiße.

Was unter ihr lag, war ihr fremd. Sie hatte sich wieder in Tagträumen verloren. Wie weit war sie dieses Mal geflogen, während sie ihren eigenen Gedanken nachhing? Sie schaute hinter sich und sah abermals den schmalen Felsen, etwa in der gleichen Entfernung wie beim letzten Mal. Sonderbar. Sie hätte nicht gedacht, dass sie so lange abgeschweift war.

Ein kalter Schauer erschütterte ihre metaphysische Substanz. In ihrem Körper wäre er ihr über den Rücken gelaufen.

Langsam und bedächtig kehrte sie an ihren Ausgangspunkt zurück. Diesmal beobachtete sie dabei den Boden. Jedenfalls nahm sie sich das vor. Doch plötzlich flog ein Vogelschwarm auf und bog in perfekter Formation nach Süden ab, und sie überlegte, ob ihr die Vögel ebenso helfen könnten wie die Fledermäuse …

Bleib bei der Sache.

Hier lag kein Schnee auf den Bergen, auf anderen Gebirgszügen hingegen schon. Sie war davon ausgegangen, dass Seelenfresser den Schnee hassten, aber das war durch nichts gerechtfertigt. Vielleicht hatten sie sich nach den vielen Jahrhunderten im Norden an ihn gewöhnt und fühlten sich nun damit wie zu Hause. Dann wäre diese Bergkette der falsche Ort. Weiter im Nordwesten erhob sich eine Reihe von Gipfeln, die allesamt weiße Kappen trugen; vielleicht sollte sie lieber die erkunden …

Bleib bei der Sache.

Bei allen Göttern, sie war so müde. Jetzt spürte sie auch den Hunger ihres Körpers und den scharfen Geruch der beschworenen Oliven, die daneben lagen …

NEIN!

Als sie den Felsturm endlich erreichte, zitterte sie. Es fiel ihr nicht schwer, alle Einzelheiten klar zu erkennen, aber sobald sie den Weg zurückschaute, den sie eben gekommen war, zerfloss das Bild. Mit Magie wurde es noch schlimmer. Erst als sie auf alle Zaubertricks verzichtete und ihre Sinne mit reiner Willenskraft zum Gehorsam zwang, erreichte sie mehr, doch selbst dann sah sie nur verschwommen. Ob es wohl den anderen Magistern so erging, wenn sie in den Dunstkreis einer Seelenfresser-Königin gerieten? Oder konnten sie nicht einmal so viel erkennen?

Sie sollte sofort kehrtmachen. Sie sollte in ihren Körper zurückkehren, feststellen, wo auf der Karte sich diese Stelle befand, und Colivar davon Mitteilung machen. Dann konnten er und seine Leute die Hexenkönigin aufspüren, das Kästchen mit den Pfändern an sich nehmen und es ihr, Kamala, übergeben. Das wäre die intelligenteste Lösung. Vernünftig für jeden, der überleben wollte.

Natürlich immer vorausgesetzt, dass er ihr das Kästchen tatsächlich aushändigen würde. Was keineswegs sicher war.

Sie hätte auch dafür einen Magistereid verlangen müssen, dachte sie. Sie hätte nichts dem Zufall überlassen dürfen.

Nun war es zu spät.

Du vergewisserst dich lediglich, dass das die richtige Stelle ist, ermahnte sie sich. *Nichts sonst. Du überzeugst dich, dass es ist, was es zu sein scheint, und dann kehrst du nach Hause zurück und überlegst dir, wie du weiter vorgehst.*

Langsam tastete sie sich vorwärts. Irgendetwas brachte die Luft zum Flimmern, doch das konnte sie nur mit ihrem inneren Auge, nicht aber mit ihren Zauberkräften erkennen. Es war eine groteske Erscheinung, und sie wusste sie nicht zu deuten.

Mein Körper ist in Sicherheit, beruhigte sie sich. *Ein einziger Gedanke genügt, um mich zu ihm zurückzubringen. Ein zweiter Gedanke würde jede Spur durchtrennen, über die mir ein Feind nach Hause folgen könnte. Hier kann mir also nichts geschehen.*

Und dann kam sie an die Stelle, wo die seltsame Wirkung einsetzte. Sie wappnete sich für einen Widerstand an der Grenze, doch da war nichts. Für einen kurzen Moment drohte der Wunsch, in ihren Körper zurückzukehren, übermächtig zu werden, aber sie verdrängte ihn aus ihrem Bewusstsein. Nun zahlte sich die geistige Disziplin, die sie sich bei Aethanus durch jahrelange Übung angeeignet hatte, endlich aus; die Macht, die diesen Ort bewachte, löste den Würgegriff um ihren Geist, und sie konnte weiter vordringen.

Und dann war sie durch.

Die Landschaft war vom Aussehen her in keiner Weise ungewöhnlich, aber etwas daran machte sie beklommen. Hier war nichts, wie es sein sollte. *Sie selbst* gehörte nicht hierher. Die Erkenntnis entsprang nicht ihrem Verstand, sondern ihrem Instinkt, einem Wissen, das plötzlich aus dem Zentrum ihres Seins aufwallte, dem Wunsch, zur eigenen Sicherheit kehrtzumachen und zu fliehen. Doch derselbe Instinkt drängte sie, ihren Weg fortzusetzen und diesen Ort in Besitz zu nehmen. Wenn ein anderes Wesen glaubte, ein Recht auf dieses Gebiet zu haben, dann sollte es mit Kamala darum kämpfen. Sie würde das Revier für sich beanspruchen und seiner Resonanz ihren Stempel aufdrücken. Dann würden alle anderen den schrecklichen Trommelschlag im Gehirn spüren, der alles vernünftige Denken ausschaltete und jedem deutlich machte, dass sie hier die Herrin war. Wer sollte danach noch wagen, sich ihr zu widersetzen?

Ruhig, Kamala. Ganz ruhig.

Sie richtete ihre Aufmerksamkeit auf die physikalische Umgebung, um zu innerer Gelassenheit zurückzufinden. Bisher hatte sie bei der Suche nur ihr Sehvermögen eingesetzt, doch nun beschwor sie eine ganze Batterie von magischen Sinnen zur Ergänzung. Ein süßlicher Moschusduft strich an ihr vorüber, fremd und vertraut zugleich; sie fühlte sich so heftig angewidert, dass sie unwillkürlich zurückwich. Dann drehte sich der Wind ein wenig, und sie fing einen anderen Geruch auf, der von Südwesten kam. Verwesung. Tod. Dort lag ein Leichnam, der Stück für Stück von Fäulnis und Aasfressern aufgezehrt wurde. Doch aus dieser Richtung kam noch etwas. In die Botschaft des Verfalls mischte sich ein feiner Unterton, den sie nicht einordnen konnte. Misstrauisch und ständig auf eine Bedrohung von irgendwoher gefasst, wandte sie sich dorthin. Dabei wiederholte sie immer wieder wie eine Beschwörung: *Ich kann jederzeit nach Hause zurückkehren.*

Hätte sie ein Herz gehabt, es hätte ihr sicherlich bis zum Hals geklopft.

Sie glitt über einen steilen Grat und ließ sich auf der anderen Seite in ein felsiges Tal hinabsinken. Der Geruch wurde stärker, aber nicht in der Art natürlicher Düfte. Eher wie eine Erinnerung an einen Duft, die nicht nur durch die Luft getragen wurde, sondern fest mit der Landschaft verbunden war. Gleich darauf begriff sie, was daran so seltsam war ... und ein Schauer durchlief ihren Geist.

Der Geruch war gar nicht wirklich vorhanden.

Seit sie denken konnte, war sie fähig gewesen, übernatürliche Kräfte wahrzunehmen. Die Morati nannten diese Gabe das Zweite Gesicht oder das innere Auge, denn sie machte sich im Allgemeinen nur im Bereich des Sehens bemerkbar. Vor ihrem inneren Auge hatte die Macht von Aethanus' magischen Reparaturen in der Ecke seines Hauses geleuchtet, und während des Unterrichts hatten seine Zauberkräfte sie umschwirrt wie ein Glühwürmchenschwarm. Doch die Gabe war nicht auf das Sehen beschränkt, und manchmal zeigte sie sich auch auf andere Weise.

Wie zum Beispiel jetzt.

Was sie hier roch, war Macht ... und ihr Untergang. Irgendeine Kreatur war hier eines so gewaltsamen Todes gestorben, dass ihre spirituelle Essenz über die gesamte Landschaft verspritzt war. Was sie witterte und was ihr Bewusstsein als *Duft* interpretierte, waren seelische Blutflecken.

Ihr Interesse war vollends geweckt. Sie schickte sich an, die seltsame Spur an ihren Ausgangspunkt zurückzuverfolgen. Mit jedem Berg und jeder Schlucht, die sie überquerte, entfernte sie sich weiter von der zweiten fremden Witterung, und das war ihr nur recht. Was immer dieser süßliche Moschusduft zu bedeuten hatte, sie ahnte, dass sie lieber nicht in die Nähe seiner Quelle kommen wollte.

Und dann umrundete sie eine Biegung und sah die Skelette.

Es waren zwei. Eines gehörte einem riesigen Ungeheuer. Sein Brustkorb war wie eine Höhle, und der lange, gewundene Schwanz erinnerte an einen Python aus sonnengebleichten Knochen. Das zweite lag ein Stück davon entfernt und war etwa um die Hälfte kleiner, gehörte jedoch eindeutig der gleichen Spezies an.

Die Flügel fehlten, dennoch erkannte Kamala sofort, was das für Geschöpfe waren. Genauer gesagt, was sie *gewesen* waren.

Seelenfresser.

Sie hatten kein Fleisch mehr auf den Knochen, und von den bunt schillernden Flügeln war nichts geblieben. Die Knochen selbst waren weißlich, ebenso die langen, gekrümmten Dornen, die aus jedem Wirbel wuchsen, aber sie hatte nicht den Eindruck, dass sie schon lange genug hier lagen, um von Sonne und Regen so gründlich gebleicht zu werden. Außerdem entdeckte sie ganz in der Nähe die Gebeine kleinerer Tiere, und die sahen alle so aus, wie man es von Kadavern erwartete: vertrocknete Haut und Fleischfetzen hingen wie zerschlissene Wimpel an den knöchernen Masten, alles war mit Blut befleckt, und zwischen den Rippen klebten vertrocknete Maden. Diese Tiere waren offenbar eines natürlichen Todes gestorben. Was also war den beiden Ikati widerfahren?

Kamala beschwor ihre Macht, um der Frage nachzugehen. Das war nicht so einfach, denn sie musste erst eine Verbindung zu ihrem Körper herstellen; ein derart komplexes magisches Werk erforderte ein harmonisches Zusammenwirken von Körper und Seele. Aber sie wollte unbedingt herausfinden, was hier geschehen war, und so suchte sie mit ihrer ganzen Willenskraft den fernen Punkt und stahl so viel Athra, wie sie nur konnte, um das Band zwischen Körper und Geist zu verstärken.

Mit einem Mal brach tiefe Dunkelheit über sie herein, und sie war von der Welt der Lebenden abgeschnitten. Der Tod fegte heran, seine Kälte drang wie mit tausend scharfen Messern in sie ein. Vielleicht würde sie die Translatio in hundert Jahren als selbstverständlich hinnehmen, doch bisher stürzte sie noch unversehens hinein wie in einen eisig schwarzen See, ohne zu wissen, wo die Oberfläche war. Sie geriet in Panik und verlor den Fokus, doch da sprang auch schon der Überlebensinstinkt an. Ein Magister konnte allenfalls ein paar Sekunden durchhalten, ohne Kraft aus einer lebenden Seele zu ziehen; sie musste einen neuen Konjunkten finden, und zwar schnell. Wer in diesem Stadium zauderte, der war verloren.

Sie schickte ihre ganze Willenskraft auf die Suche nach einem geeigneten Opfer. Wer wusste schon, welche Umstände einen Magister zu einem Moratus führten anstatt zu einem anderen? Keinem Zauberer war es bisher gelungen, den Prozess zu steuern oder auch bloß zu begreifen. Die Seele eines Zauberers griff in ihrer Not einfach aus, traf irgendwo, irgendwie auf eine lebende Seele und stellte die Verbindung her. Warum traf der Blitz den einen Baum und nicht den anderen?

Sogleich spürte sie den Brückenschlag und glaubte auch zu spüren, was für eine Seele sie mit ihrer Magie erwählt hatte. Jung, dynamisch und voller Lebensenergie. Eigentlich war es unmöglich, den Standort eines Konjunkten zu bestimmen, aber sie hatte den Eindruck, er sei ganz in der Nähe. Brennend heiß strömte die Energie in sie ein, ein Athra, wie es nur eine lebende Seele erzeugen konnte; sie sog es wie ein Parasit in sich ein, Kälte und Angst wichen von ihr, und neues Leben überflutete ihren Geist.

Und dann, ganz plötzlich, wurde sie aus sich hinausgezerrt und in eine Finsternis gestoßen, die noch schwärzer und schrecklicher war als die Translatio. Eine geistlose Leere entzog ihrer Seele schlagartig alle Kräfte und ließ nur eine leere Hülle zurück. Ihre Gedanken trudelten hinab in einen bodenlosen Abgrund, und sie konnte sie nicht zurückholen. In diesem Augenblick konnte sie keinen Gedanken fassen. Konnte sich nicht schützen. Die Substanz der Finsternis riss wie ein gieriges Raubtier an der Substanz ihres Geistes und trank ihre Willenskraft, als wäre es Blut.

Sie wehrte sich gegen die zerstörerische Flut, doch diese war zu stark. Sie steckte wie ein Beutetier zwischen den Zähnen einer großen Bestie. Ihr Geist versuchte mit aller Kraft, sich loszureißen, um irgendwohin zu flüchten. Aber sie spürte bereits, wie ihre Kräfte sie verließen. Irgendwo in dieser Finsternis lauerte ein schrecklicher *Hunger*, er kam immer näher und drohte, sie in ein riesiges Maul mit scharfen Zähnen zu ziehen, aus dem es kein Entrinnen gab.

Mit einem mentalen Schrei – halb Angst, halb Trotz – unternahm sie einen letzten verzweifelten Versuch, sich zu befreien. Sie hatte nicht ihr Leben lang nach verbotenem Wissen gestrebt und mit mordlustigen Magistern Fangen gespielt, um jetzt aufzugeben. Was immer ihre Seele fressen wollte, es sollte um jeden Bissen kämpfen müssen. Sie nahm ihre letzten Kräfte zusammen und stemmte sich mit den Resten ihres Willens gegen den *Hunger*, um das übernatürliche Band zu zerreißen, das sie an ihn fesselte …

Und das Band riss. Mit atemberaubender Wucht. Verletzt und blutend taumelte ihre Seele zurück und bemühte sich, so weit die Orientierung zu behalten, dass sie einen Fluchtweg suchen konnte. Irgendwo aus weiter Ferne kam die Erinnerung an einen Körper, der auf sie wartete, einen Körper, zu dem sie eine enge Beziehung hatte, einen Körper, zu dem sie mit einem einzigen Gedanken zurückkehren konnte …

Sie formte diesen Gedanken. Setzte ihn in Brand und stieß ihn diesem *Hunger* ins Angesicht wie einem Wolf die lodernde Fackel. Die Finsternis lockerte jäh ihren Griff, und sie spürte, wie sie freikam. Ihr metaphysisches Blut spritzte über die Landschaft, als sich der Rachen des *Hungers* hinter ihr schloss – aber zu spät, zu spät, die Beute war entkommen …

Sie schlug die Augen auf und rang nach Luft. Wellen der Übelkeit schlugen über ihr zusammen, und sie fürchtete, sich übergeben zu müssen. War sie wirklich zurück in ihrem eigenen Körper? Hunderte von Meilen entfernt vom Ursprung des *Hungers*, an einem Ort, an den er ihr unmöglich folgen konnte? Heiß stieg ihr die Galle in die Kehle, und sie drängte sie dankbar zurück und war erleichtert angesichts dieses eindeutigen Beweises dafür, dass sie tatsächlich wieder eins war mit ihrem Leib.

Was zur Hölle hatte sie da eben erlebt? Aethanus hatte in keinem seiner Vorträge über Translationen und ihre Gefahren jemals etwas dergleichen erwähnt. War sie der erste Magister, der in eine solche Lage geriet, oder war dies wieder eines der vielen Dinge, über die ihre Standesgenossen nicht redeten?

Erst jetzt wurde sie gewahr, dass sie nicht allein war.

Colivar.

Er stand vor ihr und sah sie mit unergründlicher Miene an. Vielleicht spiegelte sich auch leise Belustigung in seinen Augen. In einer Hand hielt er ein Stück Papier, und sie erkannte die Nachricht, die sie ihm geschickt hatte. Sie hatte es so eilig gehabt, sich auf die Suche zu machen, dass sie wohl versäumt hatte, das Blatt angemessen zu präparieren, und so hatte er es als Anker benutzt, um sie zu finden.

Nichts war gefährlicher, als in den schwarzen Abgrund der Translatio zu stürzen, wenn ein Rivale in der Nähe war. Für einen Magister war es das Ziel aller Wünsche, den Moment abzupassen, in dem ein anderer hilflos war, und ihn irgendwie auszunützen. Hatte er sich an ihr zu schaffen gemacht, während sie in dieser inneren Finsternis gefangen war? Ihr einen posthypnotischen Befehl gegeben, einen Bann um ihren Geist gelegt, ihr ein magisches Zeichen angeheftet, um sie später leichter aufspüren zu können? Die Liste der Möglichkeiten war endlos.

Aber sie war von ihrem Kampf in den Bergen so erschöpft, dass ihr in diesem Augenblick alles egal war.

Sein Mund verzog sich zu einem spöttischen Lächeln. »Die vereinbarten Verfahren der Kontaktaufnahme erschienen mir angesichts der Dringlichkeit der Lage nicht schnell genug. Deshalb nahm ich mir die Freiheit, dies hier persönlich abzuliefern.«

Sie begriff nicht sofort, dass er ihr das Stück Papier entgegenstreckte. Ihre Hand zitterte vor Schwäche, als sie es ihm abnahm. Er hatte unter ihre Nachricht eine Reihe von geografischen Besonderheiten notiert. Sie ließ das Papier neben sich zu Boden fallen. Dann sah sie ihn an und nahm befriedigt zur Kenntnis, wie ihn erschreckte, was in ihren Augen stand.

»Ich habe etwas gefunden«, flüsterte sie.

Wie schwarz seine Augen plötzlich waren. Wie hungrig. Er öffnete ihr für einen kurzen Blick ein Fenster in den Teil seiner Seele, wo er seine kostbarsten Geheimnisse bewahrte. Colivar musste Siderea finden, er *brauchte* sie so dringend, wie die Morati Nahrung und Wasser brauchten.

Und dann war das Fenster wieder zu. Sie blinzelte und fragte sich, ob es wirklich da gewesen war.

»Sprich«, sagte er.

Sie schloss die Augen und suchte sich zu erinnern. »Ich habe Skelette von Seelenfressern gesehen. Zumindest hielt ich sie dafür. Es gab auch andere Gebeine überall. Einige könnten von Wölfen stammen. Ich weiß es nicht.«

»Wie viele Seelenfresser?«

»Zwei. Dicht beieinander. Einer war kleiner als der andere. Vielleicht halb so groß wie der, gegen den ich im Großkönigreich gekämpft habe.«

Er zog mit leisem Zischen den Atem ein.

»Ist das schlimm?«

Er antwortete nicht, sondern schaute starr auf die riesige Karte nieder. In seinen Augen loderte ein schwarzes Feuer. »Wo?«

Sie begriff erst nach einer Weile, dass sie ihm das nicht sagen konnte. Der Schock der Translatio hatte ihre Erinnerungen an den Ort durcheinandergewürfelt, und sosehr sie sich auch bemühte, sie konnte die Teile nicht wieder zusammensetzen. Die Anstrengung bereitete ihr Kopfschmerzen.

Langsam rollte sie sich auf die Seite und stützte sich auf einen Ellbogen. Schwindel erfasste sie. Sie wollte sich orientieren und verfolgte den Weg ihrer Suche im Kopf, während sie ihn mit dem Finger auf dem Boden nachfuhr. Da: An diesem Gebirgszug war sie entlang geflogen. Diesen See hatte sie umgangen. Jenen Fluss überquert. Ihr Götter, hier sah die Strecke so kurz aus …

Und dann ging es nicht weiter. Es war einfach zu Ende. Als hätte der Zauber, der den Ort schützte, sich irgendwie auf ihr Bewusstsein übertragen und auch ihre Gedanken aufgehalten. Sie schloss die Augen, wollte die Barriere durchbrechen … doch da überfiel sie die Erinnerung an die Translatio. Übelkeit und Angst überschwemmten sie, es war, als wollte der schwarze Abgrund sie abermals verschlingen. Sie krümmte sich und erbrach sich auf die Karte, immer und immer wieder, als wollte ihr Körper mit ihren Magensäften auch die Ursache für ihre Ängste ausstoßen.

Starke Hände fassten sie an den Schultern und stützten sie von hinten. Der Schock darüber, dass ein anderer Magister sie in diesem hilflosen Zustand berührte, war kaum weniger stark als die Übelkeit. Sie wollte sich losreißen, doch sie hatte nicht mehr die Kraft dazu, und er hielt sie zu fest. Schon schlug die Übelkeit wieder zu, und eine kleine Ewigkeit lang konnte sie an nichts anderes mehr denken.

Als die Krämpfe endlich aufhörten, richtete Colivar sie vorsichtig auf. »Hier. Trink das.« Er reichte ihr einen Becher mit Wasser. All ihre Instinkte forderten lauthals, sie solle ihn von sich stoßen, sie dürfe sich nicht von einem anderen Magister beherrschen lassen ... aber bisher hatte er ihr doch noch nichts zuleide getan, richtig? Dabei hätte er ausreichend Gelegenheit dazu gehabt. So schluckte sie mühsam, nickte und gestattete ihm, ihr den Becher an die Lippen zu setzen und ein wenig Wasser einzuflößen. Es war klar und kühl, als käme es aus einem Gebirgsbach. Ihr eigener Vorrat musste längst schal geworden sein. Während sie trank, bewegte Colivar die Hand über den Fußboden und ließ das, was sie eben von sich gegeben hatte, in eine weniger hygienische Dimension verschwinden.

Der Gebirgszug, dem sie gefolgt war, wand sich dahin wie der Schwanz einer Schlange. Sie starrte ihn benommen an, während sie mit ihrer Stimme kämpfte. »Ich kann die Stelle nicht genau ansteuern«, stieß sie hervor, als Kehle und Zunge sich endlich bequemten, ihrem Willen zu gehorchen. »Es tut mir leid.«

»Schon gut.« Ihre Haare bewegten sich mit, als er nickte, und seine Nähe verursachte ihr ein Kribbeln im Nacken. Die ungewohnte Intimität war ihr nicht geheuer. »Ich kenne die Gegend. Sie erfüllt alle Bedingungen, die ich dir genannt hatte.« Er nickte zu der Liste hin, die neben ihr auf dem Boden lag. »Und was noch wichtiger ist ...« Er zögerte. »Mir selbst ist dort nichts aufgefallen. Und das stützt meine Vermutung, dass du bei alledem eine wichtige Rolle spielen könntest.«

Sie zögerte. Wie viel sollte sie preisgeben? Er wusste über diese Dinge viel mehr als sie, das war nicht zu bestreiten. Und sie brauchte sein Wissen, um zu begreifen, was mit ihr passiert war.

Aber ohne irgendeine Gegenleistung würde er ihr natürlich nichts sagen.

»Colivar, ich … ich bin dort in die Translatio gefallen.« Sie zitterte ein wenig, obwohl sie sich alle Mühe gab, es zu unterdrücken. »Etwas … hat mich angegriffen. Es war, als würde mir alle Kraft ausgesogen. Ich fühlte mich, als würde ich … verschlungen.« Sie fröstelte und versuchte, die Erinnerung zurückzudrängen. Mit der Schilderung brachen auch ihre Gefühle wieder auf, und sie wollte das Ganze nicht unbedingt noch einmal durchleben.

Er schwieg lange. Sie spürte, wie er sich zurückzog. Dann stand er auf, sie hörte seine Schritte auf dem Holzboden und drehte sich nach ihm um. Er hatte ihr den Rücken zugewandt und regte sich ein paar Sekunden lang nicht. Sie fragte sich, ob er sie verlassen würde, ohne noch etwas zu sagen. Hatte sie ihn etwa gekränkt?

Als er endlich doch sprach, hörte sie die Anspannung in seiner Stimme und verstand. Er wollte nicht, dass sie mitbekam, was er empfand. Der Abstand zwischen ihnen war wie ein Panzer für seine Gefühle.

»Es sieht so aus, als hättest du einen Seelenfresser gefunden«, sagte er leise. »Und außerdem hast du allem Anschein nach eine zentrale Frage über unsere Beziehung zu dieser Spezies beantwortet … obwohl ich nicht glaube, dass irgendein Magister diese Antwort hören will.« Er hielt inne, dann knurrte er: »Ich wollte sie jedenfalls nicht hören.«

Vor ihm erschien ein Portal, es tauchte so plötzlich auf, dass Kamala erschrak; als sie erkannte, was es war, war er bereits verschwunden. Die Liste, die er ihr gegeben hatte, flatterte kurz auf und sank langsam auf den Holzboden zurück. Gleich südlich von der Stelle, wo sie den Heiligen Zorn eingezeichnet hatte, blieb sie liegen.

Er wird zurückkommen, dachte sie verblüfft. *Er wird alle Einzelheiten erfahren wollen. Er ist bloß noch nicht bereit, sich damit auseinanderzusetzen.*

Und in den Tiefen ihrer Seele flüsterte es: *Mir geht es nicht anders.*

Kapitel 12

Stahl kracht auf Stahl, die Klingen treffen klirrend aufeinander – ein Kratzen – sie werden zurückgezogen. Noch einmal. Und noch einmal. Silberbögen durchschneiden die warme Luft der Rüstkammer und blitzen auf, wenn sie sich begegnen. Elegante Finten und Paraden werden zu einem blanken Metallteppich verwoben. Stahlklingen schillern wie Seewasser vor einem Unwetter, wenn die harten Schläge über sie hingehen.

»Genug.«

Gwynofar ließ den Schwertarm sinken. Sie war froh um die Atempause. Der Schweiß lief ihr über das Gesicht, und ihre Schultern fühlten sich an, als hätte man ihr flüssiges Blei in die Gelenke gegossen. »Könnt Ihr mir noch einmal sagen, warum wir das tun?«

»Weil Ihr glaubtet, mehr Übung zu brauchen als Salvator, der von Jugend an im Kampf ausgebildet wurde. Ihr habt mich um Einzelunterricht gebeten, wisst Ihr noch?«

»Nein, ich meinte das Fechten überhaupt.«

Favias zog eine Augenbraue hoch. »Ihr wolltet zum Heiligen Hüter ausgebildet werden.«

Gwynofar zog ihrerseits die Augenbraue hoch. »Ich kann mir nicht so recht vorstellen, dass mich ein Seelenfresser mit einem Kurzschwert angreifen soll.«

Favias ließ seine Übungswaffe auf den derben Holztisch fallen und begann, seine Schutzpanzerung abzuschnallen. Auf jeder Schicht legten flache Schnitte und Abschürfungen Zeugnis ab von den vielen Schülern, die er bereits unterrichtet hatte. »Ramirus sagt, Eure Reflexe müssten zusätzlich geschult werden. Wegen seines Zaubers seien Geist und Körper bei Euch nicht mehr vollkommen im Einklang, und ich sollte Euch mit möglichst vielen verschiedenen Übungen drillen, um die Harmonie der Bewegungen zu fördern.«

Sie blinzelte. »Wirklich? Das hat er gesagt?«

»Ganz recht, Majestät. Was findet Ihr daran so überraschend?«

»Ich dachte, wir seien über dieses Stadium bereits hinaus.« Sie befreite sich ebenfalls von ihrem Panzer. Dieser Teil des Trainings war ihr am meisten zuwider. Das steife Leder war schweißnass und unbequem, vor allem für eine Frau, die kaum je etwas Raueres als Lammwolle auf der Haut getragen hatte. Verglichen mit den Winden in Alkals Bergen war es freilich wie ein zärtliches Streicheln. »Anfangs war es nicht so, aber inzwischen fühle ich mich in meinem eigenen Körper wieder ganz zu Hause. Und ich hätte gedacht, beim Besteigen der Schwester hätte ich das bewiesen.«

»Diese eine Aufgabe habt Ihr gut bewältigt, Majestät. Aber niemand weiß, wann andere Schwächen zutage treten könnten.« Er zuckte die Achseln, sie hörte die Gelenke knacken. »Es gibt Gründe, warum wir darauf verzichten, den Körper unserer Krieger mit Hexenkünsten aufzurüsten. Das kann auf hundert verschiedene Arten zum Nachteil werden. Ich könnte mir denken, dass Ramirus jetzt, in der Geborgenheit Eures eigenen Heims, feststellen lassen will, ob alles in Ordnung ist, um nicht mitten in einer Schlacht eine böse Überraschung zu erleben.«

»Wie zum Beispiel?«

Favias drehte den Kopf zur einen und zur anderen Seite. Dank einer soldatischen Lebensweise mit schmaler Kost und viel Bewegung war er gut in Form, aber er war nicht mehr jung, und manchmal merkte man ihm das an. »Die Archive der Heiligen Hüter sind voll mit Geschichten von Kriegern, die mithilfe von Hexenkunst ihre Kampftauglichkeit verbesserten, nur um später zu entdecken, dass solche Tricks nicht so harmlos sind, wie sie dachten.«

»Glaubt Ihr wirklich, das sei in meinem Fall eine Gefahr?«

Er trat unvermittelt auf sie zu und schwang die Faust von der

Seite gegen ihren Kopf. Erschrocken blockierte sie den Schlag. Einen Augenblick lang verharrten sie in dieser Stellung, Kraft gegen Kraft, er drängte nach vorne, sie versuchte ihn von sich zu stoßen. Ihre Schulter brannte vor Schmerz, aber sie gab nicht nach.

Endlich ließ er die Hand sinken. »Gwynofar Aurelius ... Ihr seid kleiner und zarter gebaut als meine jüngste Tochter. Dennoch könnt Ihr es an Kraft mit meinen besten Männern aufnehmen. Was geschieht mit einem menschlichen Körper, wenn man diese beiden Eigenschaften zusammenfügt? Normalerweise lässt die Natur eine solche Verbindung nicht zu, aber wir haben sie gezwungen, sich auf unsere Bedürfnisse einzustellen. Welchen Preis wird sie dafür fordern?«

»Ihr sagtet, andere hätten es in der Vergangenheit versucht. Was ist mit ihnen geschehen?«

Er hob die Lanzen auf, mit denen sie zuvor geübt hatten, und stellte sie in den Ständer zurück. »Bei einem Mann brachen im Kampf die Knochen, sie waren offenbar zu schwach, um die Kräfte auszuhalten, die seine verstärkten Muskeln ausübten. Bei einer Frau versagte das Herz; es war zu klein für den neuen Körper. Und ein Mann, dessen Körper den Anforderungen gewachsen war, soll später den Verstand verloren haben; er wollte die veränderten Gliedmaßen nicht mehr als Teil seiner Person sehen, sondern glaubte, sie gehörten einem Fremden, der ihn in seine Gewalt bringen wollte. Man fand ihn in der Kaserne, er lag mit dem Gesicht nach unten in einer Blutlache. Er hatte versucht, sich selbst die Beine abzusägen.

Nun kennt auch Ramirus diese Fälle und bezog sie sicherlich in seine Überlegungen ein, als er Eure Kräfte verstärkte. Ich gehe davon aus, dass Euer Herz, Eure Knochen und die wichtigsten Organe an die Muskulatur angepasst wurden. Aber die Warnung bleibt bestehen. Wie viele Elemente des menschlichen Körpers müssen vollkommen im Gleichgewicht sein, damit er Höchstleistungen erbringen kann? Außerdem gibt es einen religiösen Einwand. Wenn man glaubt, dass der Mensch in seiner derzeitigen Gestalt von einem Gott geschaffen wurde, wäre es dann nicht frevelhaft und vermessen, sein Werk noch verbessern zu wollen?

Könnte dieser Gott uns nicht dafür bestrafen, um seine Macht zu beweisen?«

Sie lächelte ein wenig. »Wenn ich mich nicht irre, hält sich nur der Gott der Büßer für unfehlbar.«

»Ja.« Er lachte leise. »Ein selbstgefälliger Schweinehund, nicht wahr?«

Als er die letzte Waffe in den Ständer stellte, sah er einen Jungen in Pagenlivree wartend in der Tür stehen. »Ja? Was gibt es?«

Der Page verneigte sich vor Gwynofar. »Magister Ramirus bittet die Königinmutter und den Obersten Hüter, zu ihm zu kommen. So bald wie möglich, wenn es Euch beliebt.«

Dass Ramirus sie beide zu sich rief, war ungewöhnlich, normalerweise ließ er seine Ratschläge durch Gwynofar übermitteln. Favias sah sie an. »Habt Ihr eine Ahnung, worum es geht?«

»Keinen blassen Schimmer.« Ein Schatten ging über ihr Gesicht, während sie die letzten Stücke der Ausrüstung beiseitestellte. »Aber bei einer Aufforderung in dieser Form ist es wohl eher keine gute Nachricht.«

»Das hängt davon ab, was Ihr unter einer *guten Nachricht* versteht«, mahnte er. »In Kriegszeiten ist der Unterschied nicht immer so klar.«

Sie legte die letzten Teile ihres Übungspanzers ab, überließ es den Dienern, sie zu säubern und einzulagern, und kehrte mit Favias zum Wohnturm zurück.

Der Großkönig war in seinem Arbeitszimmer, als Gwynofar ihn aufsuchte. Einst war es Dantons Arbeitszimmer gewesen. Auf dem Boden war kein Blut mehr, aber Salvator spürte, wo es einst über die Holzdielen gespritzt war und sich unter dem Körper seines Vaters gesammelt hatte. Und unter den Körpern seiner Brüder. So viele Tote an jenem Tag, nur wegen eines einzigen Verräters. Es stellte seine Büßergesinnung auf eine harte Probe, sich nicht auszumalen, was er mit Kostas anstellen würde, wenn er ihn in die Finger bekäme. Wie es sich anfühlen würde, die bloßen Hände um den Hals dieser Echse zu legen und so lange zuzudrücken, bis die ruchlose Kreatur ihren letzten Atemzug tat.

Hass vergiftet die Seele, ermahnte er sich.

Aber Rache heilt den Geist, hätte sein Vater gekontert. *Nimm deinen Zorn in dich auf. Gib ihm ein Ventil. Die Selbstverleugnung ist ein Vampir, der einem Mann die Kräfte aussaugt.*

Damit war in wenigen Worten zusammengefasst, warum sein Vater niemals Büßer hätte werden können.

»Verzeiht mir, Majestät.«

Salvator schaute von seinen Papieren auf und sah den Diener an.

»Die Großkönigin Gwynofar wünscht Euch zu sprechen.«

Salvator nickte überrascht und bedeutete dem Mann mit dem Federkiel, sie hereinzuführen. Es war noch früh am Tag, und eigentlich hätte sie jetzt ihre Übungsstunde bei Favias ableisten müssen. Hatten sie das nicht so vereinbart? Was mochte so dringend sein, dass es nicht bis später warten konnte?

Man sah ihr an, dass sie tatsächlich mit Favias die Klingen gekreuzt hatte. Dünne Strähnen ihres Blondhaars klebten ihr an Stirn und Wangen, und die derbe Soldatenkleidung hatte tiefe Falten, wo der Übungspanzer den Stoff an den Körper gepresst hatte. Aber das Gesicht war trocken, und sie atmete nicht so schwer wie sonst unmittelbar nach dem Unterricht. Sie war also nicht gleich zu Salvator gekommen. Die Sache wurde immer eigenartiger. Sorgenfalten gruben sich in seine Stirn, er legte den Federkiel auf seine Arbeit und stand auf, um sie zu begrüßen.

Sie holte tief Luft, um sich zu beruhigen. Irgendetwas musste sie tief erschüttert haben.

Endlich sagte sie: »Im Großkönigreich befindet sich ein Seelenfresser.«

Sein Herz machte einen Satz. Der Verdacht war eine Sache, ihn bestätigt zu hören, war dennoch schockierend. »Woher weißt du das?«

»Ramirus hat uns die Nachricht gebracht.« Ein Hauch von Trotz sprach aus ihrem Tonfall, als warte sie nur darauf, dass er an der Quelle zweifelte. »Ein anderer Magister hatte die Fährte aufgenommen. Sie glauben, es könnte eine Königin sein. Ein Weibchen.« Ihre klaren Augen hefteten sich auf ihn. Er spürte, wie sie versuchte, in seinen Zügen zu lesen, und achtete darauf, seine Fassung zu bewahren und ihr keine Anhaltspunkte zu liefern. »Und die Hexenkönigin selbst könnte mit im Spiel sein.«

»Wir wussten, dass sie irgendwo sein musste«, stellte er ruhig fest, ohne zu verraten, was in ihm vorging.

»Du bist nicht überrascht.« Das war eine Frage.

»Ich hatte es … vermutet.«

»Davon hast du mir nichts gesagt.«

»Was hätte ich dir denn erzählen sollen? Dass ich davon träume, der Feind sei in mein Reich eingedrungen? Dass ich mir spät nachts manchmal einbilde, die Kreatur zu riechen …«

Er unterbrach sich, aber es war zu spät.

»Woher willst du wissen, wie sie riecht?«, fragte sie. »Kostas' Seelenfresser war längst tot, als du nach Hause kamst. Und seither bist du keinem Ungeheuer begegnet, dessen Geruch du hättest aufnehmen können.« Sie hielt inne. »Oder doch?«

»Nicht dass ich wüsste.«

»Wie dann …?«

Was sollte er darauf sagen? Dass ihn der Geruch in seinen Träumen heimsuchte? Dass ihm Siderea einmal erschienen war und diesen seltsam verwirrenden Duft verströmte, einen Duft, von dem er irgendwie geahnt hatte, dass er nicht zu einem Menschen gehörte?

»Träume, Mutter. Ich habe Träume. Das ist alles.« Er wehrte die Frage mit einer Handbewegung ab. »Wo versteckt sich dieser Seelenfresser?«

»Im Norden in den Spinas-Bergen.«

Er holte scharf Luft.

»Was hast du, mein Sohn?«

Anstelle einer Antwort beugte er sich über seinen Schreibtisch und durchblätterte einen Stapel Briefe auf der Suche nach einem bestimmten Schreiben von einem seiner Gewährsleute unter den Büßermönchen. Er überflog es noch einmal, wobei seine Augen immer schmaler wurden, dann las er laut vor:

… da du befohlen hast, dir alles zu melden, was uns ungewöhnlich vorkommt, muss ich von einer Reihe von Ereignissen berichten, für die niemand hier eine Erklärung hat. In unserer Gegend kommen seit einer Zeit immer wieder Kinder abhanden, und kein Mensch kann sich erklären, warum. Zumeist sind es Säuglinge,

aber auch ein paar ältere werden vermisst. Sie werden an unterschiedlichen Stellen geraubt, zu jeder Tages- und Nachtzeit, es gibt kein klares Muster. Ein Kleinkind verschwand vor den wachsamen Augen seiner Mutter. Niemand kann sagen, wie oder warum es geschieht, aber man ist sicher, dass es sich nicht um das Werk gewöhnlicher Sklavenhändler handelt. Eine Zeugin beschrieb ein schmutziges, verwahrlostes junges Mädchen, das unmittelbar vor dem Verschwinden ihres Kindes auftauchte, aber ihre Identität ist unbekannt, und selbst die stärksten Hexen und Hexer können keine Verbindung zu diesem Mädchen herstellen. Für ihre magischen Kräfte ist es, als hätte sie nie existiert.

Familien gehen dazu über, die Kinder im Haus einzuschließen, doch selbst das bietet keine Sicherheit; ein Mann kam nach Hause und fand seine Frau in einem todesähnlichen Schlaf. Seine kleine Tochter war nicht mehr da …

Er hörte auf zu lesen. Sein Gesicht war ernst.

»Du siehst einen Zusammenhang zwischen den beiden Meldungen«, schlussfolgerte Gwynofar.

»Es wäre eine unglaubliche Fügung, wenn es anders wäre, findest du nicht?« Er schob die Briefe wieder zusammen. »Was meinst du, sucht sie nach Nahrung? – Aber nein, wozu sich die Mühe machen? Seelenfresser brauchen einem Menschen nicht körperlich nahe zu kommen, um ihm die Lebenskraft zu entziehen, und wenn eine Königin Appetit auf Menschenfleisch hätte … da gibt es sicher einfachere Möglichkeiten.«

Schwache Erinnerungen flimmerten durch sein Gehirn. Er schloss die Augen und versuchte, sie scharf zu stellen. »Es gab in der Regierungszeit meines Vaters gewisse Unregelmäßigkeiten in dieser Region. Cresel hat mir davon erzählt, als ich zurückkehrte. Da ging es um eine Stadt, in der alle Bewohner verschwanden oder starben … ich weiß es nicht mehr genau … Aber ich bin ziemlich sicher, dass es dieselbe Gegend war. Was immer da draußen ist, könnte also schon länger sein Unwesen treiben.«

»Laut Favias glauben die Heiligen Hüter, die Invasion der Seelenfresser hätte schon vor einiger Zeit begonnen. Auf jeden Fall mit Beginn des Frühjahrs.«

»Gleich nachdem sich der Himmel rot färbte«, überlegte Salvator laut. »Weißt du noch? Die Wolken im Norden wurden bei Sonnenuntergang tief rot, als würde der Himmel bluten. Unsere Priester erklärten, das sei ein Zeichen Gottes, aber sie konnten sich nicht einigen, was es zu bedeuten habe. Und nun sagst du, dass diese Ungeheuer etwa um diese Zeit in die Reiche der Menschen eingedrungen sein könnten. Die bösen Vorzeichen würden immerhin zu den Seelenfressern passen.« Er schüttelte frustriert den Kopf. Die Mosaiksteinchen wollten einfach kein Bild ergeben. »Aber warum? Warum *Kinder*? Nirgendwo in den alten Mythen findet sich der kleinste Hinweis auf ein solches Geschehen.«

Gwynofar holte tief Luft. »Vielleicht kann Ramirus etwas dazu sagen.«

Salvator zuckte zurück. »Ein Magister? Nein danke.«

»Er weiß viel über diese Kreaturen. Und einige seiner Standesgenossen wissen noch mehr. Er ist uralt, Salvator, er lebte schon, als sich die Menschen noch Geschichten aus der Zeit des Großen Krieges erzählten ...«

»*Nein,* Mutter.« Das klang entschieden. »Ich habe mich deinetwegen bereit erklärt, ihm mit Höflichkeit zu begegnen, ich habe ihn sogar in mein Haus aufgenommen, aber glaube bitte nicht, dass ich mich mit ihm abgefunden hätte.«

»Es ist töricht, eine nützliche Informationsquelle aus religiösen Vorurteilen heraus abzulehnen.«

Das machte ihn wütend. »Es sind nicht nur *Vorurteile,* Mutter. Seine Macht ist verdorben, und ein Mann, der eine solche Macht einsetzt, ist zweifach verdorben. Alles, was er anfasst, wird unrein.«

»Das ist deine Meinung.«

»Es ist eine Tatsache.«

Sie funkelte ihn an. »Wie die ›Tatsache‹, dass die *Lyr*-Gabe nichts anderes sei als ein Hirngespinst von Götzendienern? Hier irrte deine Kirche. Sie könnte auch darin irren.«

Er biss die Zähne zusammen und schwieg.

»Salvator, bitte.« Sie ging auf ihn zu und nahm seine beiden Hände in die ihren. Wie winzig, wie zart ihre Finger waren! Und dennoch hatten sie genügend Kraft, um einem Mann die Knochen zu zerdrücken. Ein abscheulicher Frevel, bei dem sich ihm der Magen umdrehte. »Ich weiß, dass du tief im Inneren vernünftig denkst und nichts ungeprüft übernimmst, nicht einmal in Glaubensfragen. Unsere Welt wird bedroht, und diese Magister bieten uns Hilfe an. Erkläre mir, warum es so wichtig ist, sie auszuschließen. Erkläre es mir so, dass ich es verstehe.«

Er seufzte tief auf und entzog ihr seine Hände. Dann legte er die Fingerspitzen aneinander und schloss kurz die Augen, um nach den richtigen Worten zu suchen. Diese Bitte hatte sie noch nie an ihn gerichtet. Vielleicht tat sie es auch nie wieder. Er durfte keinen Fehler machen.

Hilf mir, o Gott, hilf mir, ihr die Augen zu öffnen, damit sie die Wahrheit sehen und annehmen kann.

»Die Hexerei ist Gottes heiligstes Geschenk an die Menschheit«, begann er endlich, »nicht bloß, weil sie so viel für uns tun kann, sondern weil wir uns verändern müssen, um sie ausüben zu können. Ein selbstsüchtiger Mensch kann auf diese Kräfte nicht zugreifen, weil er nicht bereit ist, dafür sein eigenes Leben zu opfern. Auf diese Weise wird der Ehrgeiz von Tyrannen in Schach gehalten, und gierige Menschen werden gezwungen, mit gewissenhaften Menschen zu einer Einigung zu kommen. All das ist Teil des großen göttlichen Plans und wurde am Tag der Schöpfung von Ihm unlösbar mit unserem Wesen verbunden.

Die Zauberei widerspricht diesem Plan. Nicht allein deshalb, weil sie ist, was sie ist, sondern weil nur die grausamsten Menschen sie einsetzen können. Ihnen verleiht sie grenzenlose Macht, ihre Herzlosigkeit belohnt sie. Die Hexerei adelt den Menschen, die Zauberei verdirbt ihn. Und wo der Mensch verdorben ist, ist es auch die Gesellschaft.

Verstehst du jetzt, Mutter? Es geht nicht um einen einzelnen Magister. Es geht darum, dass ihre Macht Gottes Willen widerspricht und dass sie die menschliche Gesellschaft aus dem Gleichgewicht zu bringen droht.«

Er holte tief Atem. »Woher kommt nun diese Macht, die die natürliche Ordnung verhöhnt? Während des Ersten Königtums gab es keine Magister, so viel wissen wir. Es gibt auch für die Zeit des Großen Krieges keine Belege ihrer Existenz. Sie traten erst später auf, in jener barbarischen Epoche, die wir heute die Finsteren Zeiten nennen. Es sind Ausgeburten der Finsternis, entstanden in einer Ära der Unwissenheit und der Gewalt. *Ihre Macht hat nichts Menschliches,* schrieb ein früher Büßermönch, *sie ist bestialisch und verdorben, ein einziger Blutrausch.* Ich glaube …«

Er hielt unvermittelt inne.

»Salvator?«

Nur zu. Sag es ihr. Es wird Zeit, dass sie die Wahrheit erfährt.

»Ich glaube – meine Kirche glaubt –, dass die Menschheit sich viel früher vom Großen Krieg erholt hätte, wenn die Magister nicht gewesen wären. Nicht nur, weil sie so viel Macht besaßen, sondern weil sie einen verderblichen Einfluss auf die menschliche Gesellschaft ausübten. Die frühesten Schriften der Büßer bezeugen das. Tatsächlich wurde meine Kirche …«

Er zögerte. Wie viel durfte er ihr verraten, und wie würde sie es aufnehmen? Mit einem Mal lag knisternde Spannung in der Luft, und mit den falschen Worten konnte er eine Feuersbrunst entfachen.

Aber das konnte auch durch die richtigen Worte geschehen.

»Meine Kirche wurde wegen der Magister gegründet«, erklärte er. »Wegen der Sündenlast, die sie in diese Welt brachten. Verstehst du, Mutter? Wenn ein Büßer fastet, sich geschlechtlicher Beziehungen enthält oder sich mit Lederriemen geißelt … dann tut er das nicht bloß, um Sühne zu leisten für die Sünden der Menschheit. Er tut es wegen der *Magister*. Gott hat befohlen, dass für alle Macht auf Erden Sühne geleistet werden muss, und da sie es selbst nicht tun, tun wir es für sie. Ohne diese Sühne kann sich die Welt nicht im Gleichgewicht halten.«

»Ihr leistet Sühne für die Magister?« Sie blinzelte. »Wirklich?«

»Ja, Mutter. Im Moment leiste ich dafür Sühne, dass Ramirus in diesem Haus wohnt und für alle Verderbtheit, die er in dieser Zeit an den Tag legt. Ich muss jedes Mal Buße tun, wenn er auf mein Geheiß seine Zauberkräfte einsetzt.« *Und auf dein Geheiß,* fügte er in Gedanken hinzu.

»Du dienst einem grausamen Gott«, flüsterte sie.

Sein Blick war eisig. »Er ist streng zu uns wie ein Vater zu seinen Kindern, wenn sie vom rechten Weg abweichen. Nicht, weil Er will, dass wir leiden, sondern weil Er will, dass wir an Stärke zunehmen.« Er hielt inne. »Zweifelst du an meiner Stärke, Mutter?«

»Nein«, antwortete sie sehr leise. »Niemals.«

»Ich werde eine Expedition in die Spinas-Berge führen, um nach diesem Seelenfresser zu suchen. Ramirus kann mitkommen, denn er kennt den Weg. Auch jener andere, der den Bau des Seelenfressers entdeckte, mag uns begleiten, wenn du es für nötig hältst. Aber ich bin nur an seinem Wissen interessiert. Kein Magister darf um meinetwillen seine Zauberkräfte einsetzen. Diese Bedingung ist nicht verhandelbar. Jeder Magister, der sich an dem Unternehmen beteiligen will, muss seinen Eid darauf ablegen.«

»Du willst selbst reisen?«, fragte sie erstaunt. »Ist das klug?«

Er zögerte. Sollte er ihr schon jetzt von seinem Verdacht erzählen, dass er gegen die Macht dieser Kreaturen außergewöhnlich widerstandsfähig sein könnte? Dass seine Leute den Ikata ohne ihn womöglich nicht fänden? Aber nein, er wollte die Theorie lieber selbst auf die Probe stellen, bevor er mit anderen – auch mit seiner Mutter – darüber sprach.

Und diese Expedition war dafür bestens geeignet.

»Mein Vater ritt an der Spitze seines Heeres in die Schlacht«, beschied er sie schroff. »Sollte ich hinter ihm zurückbleiben?«

»Dein Vater hatte einen Magister, der ihn beschützte«, erinnerte sie ihn.

»Und ich habe Hexen und Hexer, die ebenso viel Macht besitzen. Eines darfst du nie vergessen, Mutter: Die Zauberei vermag nichts, was die Hexenkunst nicht auch könnte, wenn jemand bereit ist, den Preis dafür zu entrichten. Meine Bedingung bleibt bestehen. Wenn deine Magister sich darauf einlassen, können sie mit uns reisen.«

»Mit *uns*?«

Er zog eine Augenbraue hoch. »Wolltest du nicht fragen, ob ich dich mitnehme, Mutter? Wolltest du es nicht von mir fordern, falls ich ablehnte? Wolltest du nicht anführen, dein *Lyr*-Blut hätte eine besondere Bedeutung und deine Stellung als *Lyra* sei mit einer besonderen Verantwortung verbunden … und schließlich hätte ich dir doch die Erlaubnis gegeben, die Rolle eines Heiligen Hüters zu spielen? Ganz zu schweigen davon, dass du vielleicht über Kräfte verfügst, von denen wir noch nichts wissen, die sich aber bei einem solchen Unternehmen als nützlich erweisen könnten? Womit du vollkommen recht hast.« Es zuckte um seine Mundwinkel. »Ich wollte uns beiden Zeit sparen und gleich zur Sache kommen.«

Denn ich muss auch ausloten, welche Rolle du bei alledem spielst, dachte er grimmig. *Doch auch darüber will ich erst sprechen, wenn die Prüfung beendet ist.*

Die Falten auf ihrer Stirn glätteten sich ein wenig. »Du bist wirklich der Sohn deines Vaters, Salvator.« Sie schüttelte den Kopf. »Du ahnst gar nicht, in wie vielen Dingen du ihm ähnlich bist.«

Er beugte sich nieder und küsste sie auf die Stirn. »Schicke Ramirus um die Mittagsstunde zu mir, wenn er meine Bedingungen akzeptiert, dann können wir uns über den Ablauf der Expedition unterhalten. Favias kommt ebenfalls mit. Cresel soll hier die Stellung halten und die nötigen Gerüchte verbreiten, um zu verhindern, dass andere die Nase in unsere Angelegenheiten stecken. Das hat er für Danton sicherlich oft genug getan. Wenn du mich jetzt entschuldigen könntest ...« Seine Miene verfinsterte sich. »Ich habe Gebete zu verrichten.«

Sie fragte nicht, worum er beten wollte. *Und das war gut für beide,* dachte er. Denn es gab Dinge, die eine Mutter nicht zu wissen brauchte.

Kapitel 13

Mit einem tiefen Atemzug trat Salvator in das Portal.

Es war, als hätte man ihn in einen eiskalten reißenden Fluss getaucht. Schäumende schwarze Fluten schlugen über seinem Kopf zusammen, und er musste gegen die Panik ankämpfen, die jeden Menschen unwillkürlich überkommt, wenn seine Umgebung plötzlich außer Kontrolle gerät. Mit der Panik kam eine Welle von Schuldbewusstsein, denn er wusste um die Kosten dieses Hexenwerks. Jeder Machtwirbel, der ihn umströmte, stand für einen Augenblick eines Menschenlebens, der nur geopfert worden war, um ihm Reisezeit zu ersparen. Dass die Hilfe aus freien Stücken geleistet wurde, von Büßern, die glaubten, den Willen des Schöpfers zu tun, wenn sie ihm zu Diensten waren, konnte ihn kaum trösten. Das Opfer hätte eigentlich nicht nötig sein dürfen.

Einen Augenblick – eine Ewigkeit – später trat er auf der anderen Seite heraus, sah sich blinzelnd um und suchte sich zu orientieren. Er stand auf einer kleinen Hochfläche, umgeben von abschreckend schroffen Bergen, deren Gipfel bereits im kühlen Dämmerlicht des frühen Morgens lagen. Am anderen Ende des Plateaus wartete ein Empfangskomitee, ein kleiner Adeliger aus der Region mit seiner Leibwache. Sie trugen die Farben von Lord Cadern, aber Salvator kannte die hiesigen Adelswappen zu wenig, um den Status einzelner Personen beurteilen zu können. Zwei Dutzend gesattelte Pferde mit livrierten Stallknechten standen etwas abseits. Salvator wusste nicht, ob auch Lord Cadern anwesend war. Unter normalen Umständen wäre es eine Beleidigung gewesen, wenn ein Grundherr es versäumte, den Großkönig persönlich zu empfangen, aber Salvator hatte Cadern lediglich mitgeteilt, er sei im Begriff, eine kleine Expedition zu entsenden, nicht jedoch, dass er selbst daran teilnehmen würde. Für eine große Feier hatte also kein Anlass bestanden. Als Salvator sich nun umschaute, konnte er sehen, dass Cadern alles beschaffen konnte, was er verlangt hatte, und darauf allein kam es an.

Die Anwesenden erkannten Salvator sofort, als er durch das Portal trat, und die Gardisten huldigten ihm mit tief gesenkten Köpfen. Ihr Hauptmann erbleichte, womit auch die Frage nach Lord Caderns Anwesenheit beantwortet war. Er war eindeutig nicht da. Der Mann warf einer Dienerin einen scharfen Blick zu, und die schloss kurz die Augen und konzentrierte sich. Wahrscheinlich eine Hexe. *Der Großkönig ist hier!* Salvator glaubte die Luft knistern zu hören, als sie diese unsichtbare Nachricht absetzte. *Wie viel Panik würde diese Botschaft wohl auslösen?*, fragte er sich. *War Cadern schon hektisch dabei, eine Hexe zu finden, die ihn hierher beförderte, damit er seinem Herrscher persönlich seine Ehrerbietung bezeugen konnte? Oder war es dafür noch zu früh? Falls er noch schlief, würde er vor dem Aufstehen ein paar schlimme Träume haben.*

An Berghängen zu beiden Seiten der Wiese, auf der das Zauberportal erschienen war, standen zwei Magister einander wie die Geier gegenüber. Rechts hatte sich Ramirus mit steifem Rücken und in hoheitsvoller Haltung aufgebaut. Seine lange schwarze Robe schien das junge Sonnenlicht einfach einzusaugen. Salvator nahm seine Anwesenheit ohne Begeisterung mit einem kurzen kalten Nicken zur Kenntnis. Der Großkönig hatte zwar erlaubt, dass Ramirus an dieser Mission teilnahm, aber das hieß noch lange nicht, dass er darüber glücklich sein musste. Der zweite Geier auf der anderen Seite wirkte nicht ganz so streng, ein dünner Mann, hochgewachsen und mit scharfen Gesichtszügen, das lange schwarze Haar im Nacken zu einem Schwanz zusammengebunden. Das musste Ramirus' Rivale Colivar sein. Auch er trug schwarze Kleidung, aber es war ein ganz gewöhnliches, mattes Schwarz, und der Schnitt war der von schlichten Morati-Gewändern. Eine seltsame Marotte. Glaubte er wirklich, durch sein bescheidenes Auftreten für etwas anderes gehalten zu werden, als er tatsächlich war? Colivar wartete in lässiger Pose, an einen Baum gelehnt, einen angebissenen Apfel in der Hand. Aber sein durchdringender Blick strafte die zwanglose Attitüde Lügen. Heute stand so manches auf der Tagesordnung, nicht nur der bevorstehende Krieg zwischen Menschen und Seelenfressern, sondern auch der kalte, scharfe Konkurrenzkampf, mit dem sich die Magister so gern die Zeit vertrieben. Salvator mochte dieses Spiel nicht in allen Einzelheiten durchschauen – vielleicht wollte er das auch gar nicht –, aber er wusste, dass nichts anderes, nicht einmal die Rettung der Welt es stören durfte.

Colivar weiß mehr über die Seelenfresser als jeder lebende Mensch, hatte Ramirus Salvator erklärt. Geheimnisse über Geheimnisse. Kaum bat man einen Magister, auch bloß eines davon zu lüften, schon war man in seiner Gewalt. Salvator hatte den Köder nicht angenommen.

Zumindest hatte Ramirus geschworen, in Salvators Namen keine Zauberei auszuüben. Vermutlich hatte sich auch Colivar dazu bereit erklärt.

Und wenn dieser Seelenfresser Euer Leben in Gefahr bringt?, hatte Ramirus wissen wollen. *Soll ich mich auch dann zurückhalten?*

Ja, hatte Salvator geantwortet und der uralten unreinen Seele ohne Zögern oder Zweifel in die Augen geschaut. *Lieber lasse ich mich von einem Seelenfresser in Stücke reißen, als mich von Eurer Zauberei retten zu lassen.*

Beide Magister hielten ihn deshalb sicherlich für töricht. Ein kurzsichtiger frommer Narr, der sein eigenes Leben wegen eines skurrilen und längst überholten Vorurteils aufs Spiel setzte. Doch wer so dachte, der verstand seinen Glauben nicht ... oder verkannte den spirituellen Wert religiösen Märtyrertums. Wenn er, der Großkönig, den Tod über die Verderbnis stellte, könnten dann nicht auch andere den selbstverständlichen Umgang mit Zauberei in Zweifel ziehen? Wenn sein Tod die Menschen dazu inspirierte, die Fesseln der Magister abzuwerfen und stattdessen den Blick auf ihren Schöpfer zu richten, hätte er seine Aufgabe auf Erden dann nicht erfüllt? Hätte er sein Leben nicht gut gelebt und würdig beendet?

Gwynofar schien das verstanden zu haben. Sie bedauerte, dass er sich diesem Weg verschrieben hatte, aber sie verstand seine Begeisterung und achtete seine Überzeugung.

Jemand berührte den Großkönig sanft, aber respektvoll am Arm, um ihn zum Weitergehen aufzufordern; andere brauchten Platz, um ihm folgen zu können. Salvator nickte und trat beiseite. Hinter ihm kamen ein halbes Dutzend Heilige Hüter aus dem flimmernden Portal, angeführt von Favias persönlich. Dann erschien ein kleiner Trupp königlicher Leibgardisten – möge Gott verhüten, dass der Großkönig jemals einen Schritt ohne sie tat! – und schließlich, flankiert von zwei ihrer eigenen Gardisten, die Königinmutter.

Einer barbarischen Göttin gleich trat sie aus dem Hexenportal! Der königliche Waffenschmied hatte eigens für sie einen Brustpanzer aus Stahl gefertigt und seine ganze Kunst in dieses Werk hineingelegt. Prachtvoll damasziert breiteten sich die Schwingen des Aurelius-Habichts über Gwynofars Brüste; ihr goldenes Haar quoll unter dem passenden Halbhelm hervor und floss ihr wie ein glänzender Wasserfall über die Schultern. Die Jahre schienen in diesem Augenblick ebenso von ihr abzufallen wie jegliche Bindung an die Welt der Sterblichen. Sie war die lebende Verkörperung der jungfräulichen Kriegerin: rein, zeitlos und unbesiegbar. Ein fleischgewordener Mythos, zur Erde entsandt, um die Menschen zu begeistern. Hatte Danton sie so gesehen?

Ganz zuletzt verließen die Hexen und Hexer selbst das Portal, das sie beschworen hatten, und hinter ihnen brach der Zauber zusammen.

Bei den Büßern war es Brauch, vor den Hexen und Hexern niederzuknien und ihnen für ihr Opfer zu danken. Als König hatte Salvator jede unterwürfige Geste zu unterlassen, solange ... irgendjemand anwesend war. Er entschied sich für ein respektvolles Nicken und sah an den Gesichtern, dass sie verstanden, was es bedeutete. Es hatte noch nie einen Büßerkönig gegeben, daher gab es auch keine Tradition, an die man anknüpfen konnte.

»Majestät.«

Der Sprecher des Empfangskomitees trat vor. Sein verlegener Blick bestätigte Salvators Vermutung, dass Lord Cadern in nächster Zeit nicht auftauchen würde. Der Mann verneigte sich tief. »Wir fühlen uns geehrt und beschämt durch Euren Besuch. Wenn der Gnädige Herr gewusst hätte, dass Ihr persönlich …«

Salvator winkte ab. »Zu viel Zeremoniell hätte uns nur Zeit gekostet.« Er schaute zu den Pferden hinüber, die durch das unerwartete Eintreffen von so vielen Fremden unruhig geworden waren. »Sind die für meine Leute bestimmt?«

»Ja, Majestät.« Wieder verneigte sich der Mann. »Der Gnädige Herr hat auch wunschgemäß für einen ortskundigen Führer gesorgt.« Er winkte einen Mann nach vorne, der etwas abseits gestanden hatte, einen hochgewachsenen, drahtigen Nordländer im derben Wollzeug eines Fallenstellers. »Das ist Herzog. Er kennt die Gegend besser als irgendjemand sonst.«

»Majestät.« Herzog kniete unbeholfen vor Salvator nieder, das ganze Theater war ihm sichtlich unangenehm. Dem Stand seiner Körperpflege nach zu urteilen, bewegte er sich nur selten unter zivilisierten Menschen, von hochgestellten Persönlichkeiten ganz zu schweigen. »Ich stehe zu Diensten.« Er schien zu erwarten, dass man ihm einen Ring zum Kuss reichte, aber das tat Salvator selbstredend nicht. Ehrfurchtsbezeugungen sollten dem Schöpfer vorbehalten bleiben.

»Wir sind dankbar für Eure Dienste, Herzog. Ihr kennt die Stelle, nach der wir suchen?«

»Ja.« Er erhob sich. »Es ist bei einem der Steine, an denen wir Fallensteller uns orientieren, aber in letzter Zeit scheint sich kaum noch jemand für dieses Waldstück zu interessieren.«

Salvator spürte, wie sich sein Magen zusammenzog. Damit bestätigte sich eine ihrer schlimmsten Befürchtungen. Wenn ein weiblicher Seelenfresser in der Gegend war, würden die Menschen sich natürlich von dem Ort abwenden und ihre eigenen Gründe dafür finden. Zumindest hatte man es ihm so erklärt.

Salvator glaubte, das Weibchen in der Ferne zu spüren. Für seine menschlichen Sinne war die Entfernung zu groß, aber ein tiefer Instinkt *sagte* ihm einfach, dass es da war. Und mit gleicher Gewissheit spürte er, dass es sich seiner Gegenwart bewusst war.

Mit einer Handbewegung schickte Salvator seine Leute zu den wartenden Pferden, während er sich bemühte, seinen rasenden Herzschlag zu beruhigen. Ein besonders schönes Tier, eine Schimmelstute mit leuchtend weißem Fell, löste sich aus der Herde und galoppierte über das Plateau auf Ramirus zu. Beim Aufsitzen teilte sich das Gewand des Magisters genau in der Mitte, und die beiden Hälften schmiegten sich glatt an die Flanken des Tieres. Ganz anders Colivar. Er ging selbst zu den Pferden, führte von Hand einen grauen Schecken beiseite und schwang sich in den Sattel. Diese Zurückhaltung war vermutlich als Geste des Respekts vor Salvator gedacht, und der Großkönig nahm sie zur Kenntnis. Wobei ihm bewusst war, dass es dem Magister in erster Linie wohl darum ging, Ramirus bloßzustellen.

Ich danke dem Schöpfer, dass ich mit diesen schändlichen Kreaturen nicht tagtäglich zu tun habe.

Zwei Diener standen bereit, um Gwynofar in den Sattel zu helfen, doch sie winkte ab und bestieg das große Pferd ohne fremde Hilfe. Den schweren Stahlpanzer trug sie so mühelos, als wäre er aus hauchdünner Seide. Die Heiligen Hüter waren keineswegs überrascht angesichts ihrer Körperkräfte, aber Salvators Gardisten hatten den Klatsch offenbar nicht mitbekommen, und einige staunten mit offenem Mund. *In solchen Momenten werden Legenden geboren,* dachte der Großkönig spöttisch und winkte ab, als ein Gardist die Hände zusammenlegte, um sie unter seinen königlichen Fuß zu setzen. Selbst wenn er nicht ohne Hilfe in den Sattel gekommen wäre – ein Salvator hätte niemals einen Mitmenschen als Fußschemel missbraucht.

Doch er brauchte keine Hilfe. Er war groß und gelenkig, und vier Jahre harter Arbeit auf den Feldern des Klosters hatten seine Muskeln gestählt; die Soldaten mochten die besseren Schwertkämpfer sein, aber er glaubte nicht, dass ihn einer von ihnen bei einem offenen Kräftemessen besiegen könnte.

Bei einem Seelenfresser läge die Sache jedoch anders.

Bevor Favias sein Pferd bestieg, ging er von einem Mann zum anderen und verteilte die besonderen Waffen, die die Heiligen Hüter mitgebracht hatten. Pfeile mit glasigen kobaltblauen Spitzen, Lanzen mit langen, gekrümmten kobaltblauen Köpfen und

Schwerter, bei denen Streifen des gleichen blauen Materials in die Schneide eingesetzt worden waren. Den meisten Waffen war anzusehen, dass sie uralt waren, gefertigt aus den Stacheln von Seelenfressern, die vor Jahrhunderten im Großen Krieg erlegt worden waren, aber vier Langspeere waren neu. Einen davon reichte er Salvator.

»Der wurde aus der Schwanzschuppe von Kostas' Seelenfresser gemacht«, erklärte er. »Angeblich durchschneidet eine solche Waffe die Haut eines Ikata wie Butter und hinterlässt ein Gift, das die Kreatur von innen heraus zerfrisst.« Ein leichtes Schmunzeln huschte über sein Gesicht. »Schneidet Euch nicht in den Finger damit.«

Salvator nahm die Waffe mit ernster Miene entgegen. *Das ist der Seelenfresser, der für den Tod meines Vaters verantwortlich ist,* dachte er. *Und für den Tod meiner Brüder.* Er spürte eine kalte Genugtuung darüber, dass die Kreatur in Stücke geschnitten worden war und nun seiner Familie in einem Krieg gegen die eigenen Artgenossen dienen musste.

Favias reichte Gwynofar einen der anderen Speere. Er ragte weit über ihren Kopf hinaus und stand in einem krassen Missverhältnis zu ihrem zarten Körper, aber niemand erhob Einwände. Alle wussten, dass ihr alle Kraft und Entschlossenheit nicht viel nützen würden, wenn sie sich den Feind nicht weit genug vom Leibe halten konnte. Sollten sie von einem Seelenfresser überrascht werden, während sie noch zu Pferde saßen, wäre jeder Zoll mehr ein Gewinn.

Favias behielt einen Speer und reichte den letzten seinem Stellvertreter. Salvator wandte sich an Caderns Leute. »Richtet Eurem Gnädigen Herrn aus, dass wir ihm für seine Unterstützung danken. Wir werden zurückkehren, sobald wir unsere Aufgabe erfüllt haben, und ihn wissen lassen, wie der Kampf ausgegangen ist.«

Der Mann neigte respektvoll den Kopf. »Mögen die Götter …« begann er. Dann hielt er inne.

Schweigen trat ein. Salvators Lippen wurden schmal.

»Ich wünsche Euch eine sichere Reise«, verbesserte sich der Mann. Er war vor Verlegenheit knallrot geworden. Nun verneigte er sich tief, um sein Gesicht zu verbergen.

Salvator nickte steif. »Der Wille des Schöpfers geschehe.«

Dann wendete der Großkönig sein Pferd, sodass es zu den Spinas-Bergen schaute, und gab seinen Begleitern das Zeichen zum Aufbruch.

Ich sollte nicht hier sein, dachte Colivar.

Sie war nahe. So nahe. Er glaubte sie bereits zu riechen, obwohl sie dafür natürlich noch viel zu weit entfernt waren. Aber Erinnerungen an andere Zeiten und andere Orte, zu denen er diesen Geruch gespürt hatte, stiegen in ihm auf. Berauschend süßlicher Moschusduft, vermischt mit dem Blutgeruch einer frisch erlegten Beute … zusammen mit dem Parfüm der Hexenkönigin eingesickert in ihre seidenen Laken … erfüllte den Himmel.

Ich hätte nicht hierherkommen sollen.

Er erinnerte sich an die spirituelle Lähmung, die ihn beim Aufsteigen des Seelenfressers vor Dantons Palast befallen hatte. Jahrhunderte der Entschlossenheit waren in einem einzigen Atemzug dahingeschmolzen und hatten ihn hilflos zurückgelassen. Wieso hatte er bloß geglaubt, es sei ganz einfach, einen Ikata anzugreifen? Er hatte mehr Grund als jeder andere Mensch, diesen Angriff führen zu wollen. Und dennoch war er wie zu Stein erstarrt gewesen.

– eisiger Wind rauschte an seinen Wangen vorbei, gefrorenes Blut zersprang in tausend Kristalle –

Er schüttelte den Kopf, um die unerwünschten Bilder zu vertreiben, reihte sich am Ende der Gruppe ein und überließ es dem Fallensteller, sie zu der Wegmarke zu führen, von der ihm Kamala berichtet hatte.

Kamala.

Jäh spürte er wieder ihren Körper an dem seinen, ihre warme, schweißfeuchte Haut, ihr Zittern als Folge ihrer Vision. Warum hatte ihn das so tief berührt? Fand er sie als Frau anziehend, als Zauberin oder … als etwas anderes? Eine Frage, die er nicht beantworten wollte – oder konnte.

Das Gelände wurde beherrscht von steilen Felshängen und war für Reiter denkbar ungeeignet; immer wieder mussten sich die Pferde einzeln hintereinander durch Engstellen tasten, die so schmal waren, dass die Beine der Reiter gegen die Wände schrammten. Manchmal hatten sie den Eindruck, es wäre einfacher, zu Fuß zu gehen. Aber die Strecke war einfach zu lang, um sie in einem Tagesmarsch zu bewältigen, und obwohl ihnen Colivar versichert hatte, dass die Seelenfresser sonnenhungrig waren und kaum im Dunkeln angreifen würden, wollte keiner von den Morati nach Einbruch der Nacht in den Bergen lagern.

Im Laufe des Morgens gelangten sie auf Pfaden, die außer Herzog niemand sehen konnte, immer höher in die tückischen Berge hinauf. Je weiter es nach Norden ging, desto unruhiger wurde ihr Führer. Der Mann kannte zwar den Weg, aber seine Bereitschaft, sie an ihr Ziel zu bringen, schwand mit jedem Meter. Das bestätigte Colivars Überzeugung, dass tatsächlich eine Königin in der Nähe war. Wie würde ihre Macht die *Lyr* in der Gruppe beeinflussen? Und den jungen Großkönig? Ramirus hatte angedeutet, dass Salvator in besonderer Weise gegen die Macht der Ikati gefeit sein könnte. Eine interessante Theorie, die sicherlich schon bald auf die Probe gestellt werden würde.

Endlich verließen sie ein Waldstück und betraten ein kahles Plateau. Auf allen Seiten ragten schroffe Granitwände auf, im Norden hatten Schnee und Regen eine Wand zerfressen und nur eine Reihe von zerklüfteten Säulen stehen gelassen. Eine schmale Säule stand ganz allein, als wäre sie wie eine Pflanze aus dem Boden gewachsen. Die Ähnlichkeit mit den heiligen Felstürmen im Norden war beklemmend. Der Wind hatte die Kanten zu seltsam bizarren Formen zugeschliffen, die ganz und gar nicht in die umliegende Landschaft passten.

Herzog deutete auf diesen Turm und drehte sich dann zum Großkönig um. »War es das, wonach Ihr gesucht habt?«

Salvator wandte sich an Ramirus, und der sah wiederum Colivar an. Der schwarzhaarige Magister betrachtete eingehend die Formation und rief sich die magischen Bilder in Erinnerung, die ihm Kamala übermittelt hatte. Endlich nickte er. »Ja, das ist es.« Er schaute über die Landschaft. »Ich dachte, die Königin befände sich südwestlich davon, aber seit ich die Stelle mit eigenen Augen sehe, finde ich, wir sollten lieber im Norden suchen …«

Er unterbrach sich. In seinem Kiefer zuckte ein Muskel. Die

Macht des Seelenfressers hämmerte auf alle Gehirne ein und veränderte sogar ihre Gedankengänge. Er hatte sehr zu kämpfen, um wenigstens klar denken zu können.

»Südwesten«, presste er endlich hervor. Er musste sich jedes Wort gewaltsam abringen. »Das ist die richtige Richtung. Wie geplant.«

»Es wäre besser, einen Bogen nach Norden zu schlagen«, warnte Herzog. »Da oben ist das Gelände einfacher.« Er zeigte mit der Hand in die Richtung. »Wir können ja dann zurückko...«

»*Südwesten*«, erklärte Salvator entschieden.

Zunächst saßen alle nur da und starrten ihn an. Dann schnaubte Salvator gereizt, ritt an, setzte sich an die Spitze und lenkte sein Pferd nach Südwesten. Seine Gardisten eilten hinterher, und auch die anderen folgten zögernd. Sogar Colivar musste sich dazu zwingen, denn alle seine Instinkte erklärten die Richtung für falsch. Aber Salvator führte sie mit überlegenem Selbstbewusstsein, und mit der Zeit ließ die betäubende Wirkung der territorialen Magie nach. Den selbstgefälligen Stolz, den er daraufhin ausstrahlte, spürte man auch ohne Zauberei. Er, der Büßerkönig, hatte seine Leute sicher geführt, wo selbst Magister wankend geworden waren.

Nun ritt Colivar nach vorne, um die Führung zu übernehmen. Dazu orientierte er sich an den Wegmarken aus Kamalas Bildern. Wie schade, dass er die Frau nicht hatte mitnehmen können! Sie wären viel schneller vorangekommen! Aber noch war er nicht bereit, ihre Rolle in diesem Geschehen vollends aufzudecken, und deshalb mussten sie sich mit Wissen aus zweiter Hand begnügen.

Was fürchtest du mehr?, fragte er sich. *Dass Ramirus ihr schaden wird, wenn er die Wahrheit erfährt, oder dass er sie für sich beansprucht?*

Noch eine Frage, die er nicht beantworten wollte.

Dann machte der Weg eine Biegung, und sie sahen das Seelenfresser-Skelett vor sich liegen.

Es musste ein stattliches Exemplar gewesen sein. Das lange Gerippe schlängelte sich wie ein Reptil meterweit über den felsigen Grund und vibrierte förmlich vor Energie, so als könnte es jederzeit wieder zum Leben erwachen. Vielleicht wollten die Pferde deshalb nicht weitergehen. Vielleicht witterten sie auch den schwachen Todesgeruch, der den Gebeinen anhaftete und den menschliche Sinne kaum wahrnehmen konnten ... Pferde hatten feinere Nasen.

Zunächst waren alle wie erstarrt und rissen die Augen auf. Wenn in diesem Moment ein Schwarm von Seelenfressern über den Himmel gezogen wäre, hätte ihn niemand bemerkt. Kreaturen wie diese hatten einst alle Werke der Menschen zerstört ... und würden es wieder tun, wenn man es zuließ. Über diesen Knochen lag das Unheil wie ein Leichentuch.

Endlich riss sich Colivar von dem toten Ikata los und suchte nach dem zweiten, den ihm Kamala gezeigt hatte. »Da drüben«, sagte er, als er ihn endlich entdeckte.

Wie Kamala ihm berichtet hatte, war der zweite Seelenfresser kleiner als der erste. Viel kleiner. Wahrscheinlich ein Jungtier, dachte Colivar. Was unzählige Fragen aufwarf, auf die er keine einzige Antwort hatte.

»Sie haben sich gegenseitig getötet«, vermutete Salvator.

Aber Colivar schüttelte den Kopf. »Nein. Der hier ist zu jung. Er hätte kein ausgewachsenes Männchen angegriffen. Und wenn der andere Jagd auf Neugeborene gemacht hätte, wäre nur einer von ihnen tot.«

»Tun sie das?«, fragte Gwynofar. »Machen sie Jagd auf ihre Jungen?«

Colivar nickte. »Das Jungtier von heute ist der Rivale von morgen. Solange sie klein sind, sind sie leichter zu töten. Der schlimmste Feind eines Seelenfressers ist der eigene Artgenosse.«

Ramirus trieb sein Pferd auf das größere Skelett zu. Der Brustkorb wölbte sich so weit nach oben, dass er ihn berühren konnte, ohne abzusitzen. Er streckte eine Hand aus, um sie auf die Gebeine zu legen.

»Nein!«, rief Colivar.

Ramirus erstarrte. Colivar spürte, wie die anderen den Atem anhielten, und verfluchte sich selbst.

Ramirus sah sich nach ihm um.

»Keine Berührung mit Zauberei«, sagte Colivar leise.

Ramirus war anzusehen, dass er eine Erklärung wünschte.

Aber Colivar dachte nicht daran, ihm von Kamalas Erlebnis mit der Seelenfresser-Königin zu erzählen oder zu erläutern, dass jede Zauberei, die einen Magister in unmittelbaren Kontakt mit einem Ikata brachte, schreckliche Folgen haben konnte.

Doch war das wirklich auch bei einem solchen Skelett zu erwarten? Er wusste in tiefster Seele, dass seine Ängste lächerlich waren. Warum hatte er Ramirus dann aufgehalten? Fürchtete er wirklich, der Magister könnte ins Vergessen gerissen werden, wenn er das Ding mit seiner Macht berührte? Oder fürchtete er vielmehr, der andere könnte zu viel in Erfahrung bringen, wenn er mit seinen Zauberkräften auf die Knochen einwirkte?

Einer von Favias' Sehern machte der Sache ein Ende, indem er absaß und zu Fuß auf das größere Skelett zuging. Er schaute fragend zu Colivar auf, aber der Magister machte keine Anstalten, ihn an seinem Vorhaben zu hindern. Anders als bei einem Zauberer war nicht zu erwarten, dass ein Hexer in Gefahr geriete, wenn er einen toten Seelenfresser mit seinen Kräften untersuchte. Und außerdem … waren Hexen und Hexer entbehrlich.

Der Mann betrachtete das Skelett, dann legte er die Hände auf zwei der großen, stark gekrümmten Rippen, umfasste die Knochen mit den Fingern und konzentrierte sich. Er senkte den Kopf, schloss die Augen und flüsterte irgendeinen Spruch. Aus dem Augenwinkel sah Colivar, wie Salvator den Kopf zum Gebet neigte und wie einige seiner Gardisten seinem Beispiel folgten. Für die Büßer war diese einfache Hexerei ein heiliges Opfer.

Endlich schaute der Hexer wieder auf. Er blickte zum Himmel und sprach zu den anderen, ohne sich umzudrehen, als schildere er eine Vision, die sich gerade eben vor seinen Augen entfaltete.

»Sie starben im Kampf. Aber sie kämpften nicht gegeneinander. Ich sehe einen dritten, der sie beide tötete. Zuerst wurde der Kleinere angegriffen, und der Lärm lockte den Größeren herbei.« Er hielt inne; tiefe Falten gruben sich in seine Stirn. »Ich spüre … einen Sieg ohne Triumph … schreckliche Leere … das Wissen, dass dies nur einer in einer langen, langen Reihe von Todesfällen ist. Jetzt ist es endlich vorüber. Es gibt niemanden mehr zu töten. Die Angreifer sind nicht mehr da.« Er rieb sich den Kopf. »Mehr empfange ich nicht. Es tut mir leid. Die Spur ist sehr alt.«

»Sah der dritte genauso aus wie diese beiden?«, fragte Colivar leise.

Der Seher schloss kurz die Augen und suchte sich an Einzelheiten zu erinnern. »Nein. Nein. Er war … dünner als die anderen. Glatter. Die Schwingen waren breiter, mit flatternden Enden … und er hatte keine Stacheln. Bei diesen beiden war der ganze Rücken mit Stacheln besetzt, nicht aber bei ihrem Mörder.«

Colivar holte zischend Atem.

Ramirus sah ihn an. »Ein Weibchen?«

Colivar zögerte, dann nickte er steif. Er wagte nicht laut zu antworten, um sich nicht durch seinen Tonfall zu verraten. Erinnerungsfetzen nahmen Gestalt an: bunt schillernde Flügel, grelle orangefarbene Wolken und bläulich schwarze Stacheln, auf denen das Gift glänzte. Er schüttelte den Kopf, um die Bilder zu verdrängen. Hasste sich selbst dafür, dass er Ramirus merken ließ, wie sehr ihm dieser Fund zu schaffen machte.

Er hätte nicht herkommen sollen.

»Da ist noch mehr.« Der Seher hielt inne, dann zeigte er nach Westen. »In dieser Richtung.«

»Weitere Ikati?«, fragte Favias.

Der Seher zögerte. »Ich bin mir nicht sicher. Ich spüre noch mehr Tote. Aber ich kann nicht bestimmen, woher das Gefühl kommt.«

Alle Augen richteten sich auf Salvator. Der König nickte. »Führt uns«, befahl er Herzog.

Der Fallensteller nickte verkrampft. Salvators Gardisten drängten sich dicht um den Großkönig, um ihn zu beschützen, als sich die Gruppe wieder in Bewegung setzte. Was für ein Unsinn! Als ob berittene Soldaten Salvator vor einem Raubtier hätten verteidigen können, das imstande war, menschliche Seelen mit einem einzigen Blick zu Eis erstarren zu lassen! Wahrscheinlich würden sie gelähmt daneben stehen, wenn ihr Herr angegriffen würde, und in hilflosem Entsetzen untätig zusehen, wie er starb.

Dann hätten sie wenigstens einen handfesten Grund, um Buße zu tun, dachte Colivar ironisch.

Herzog setzte sich wie befohlen an die Spitze, aber er hatte viel von seiner früheren Sicherheit verloren. Immer wieder hielt er an, um sich mit dem Seher zu beraten, der das Skelett berührt hatte. Dem fiel es offenbar schwer, seine mystischen Visionen in konkrete Wegbeschreibungen umzusetzen.

Und dann stießen sie auf die Leichen.

Sie waren an einem ausgetrockneten Flussbett entlang geritten, das zu beiden Seiten von steilen Granitwänden eingefasst war. Durch häufige Steinschläge waren immer wieder Barrieren entstanden, sodass sie nur langsam vorwärtskamen. Sie waren gerade dabei, neben einem besonders schlechten Wegstück eine Biegung im Tal zu umrunden, als Herzog jäh sein Pferd anhielt und leise fluchte. Prompt griffen alle Gardisten nach ihren Waffen ... aber es drohte kein Angriff. Herzog wies mit zitternder Hand nach vorne, wo nur er den Pfad sehen konnte. Schließlich winkte Favias seinen Hütern, ihm zu folgen, trieb sein Pferd an und ritt an dem Fallensteller vorbei. Als schließlich auch er erkennen konnte, was sich hinter der Biegung befand, hielt er ebenfalls jäh an, und Colivar hörte, wie er mit zusammengebissenen Zähnen die Gnade der Götter erflehte.

Einer nach dem anderen folgte den beiden, und Colivar hörte mehrere Männer Gebete flüstern. Er selbst hatte die Nachhut übernommen, um ein wenig mit seinen Gedanken allein sein zu können, und so kam er als Letzter um die Biegung und sah, was sie dahinter erwartete.

Gebeine.

Hunderte von Gebeinen. Tausende. Überall waren Skelette an den Felsen zerschmettert worden, und das Flussbett war mit Splittern übersät. Es sah aus, als hätten Aasfresser die Kadaver in Stücke gerissen, sich um die Reste gebalgt und die besten Stücke weggezerrt, um sie in Ruhe zernagen zu können ... was wiederum nahelegte, dass an den Knochen noch Fleisch gewesen sein musste, als sie hier heruntergeworfen wurden.

Die Männer saßen ab, um sich genauer umzusehen. Nur der Seher blieb im Sattel, um von dort aus ein wachsames Auge auf das Gelände zu haben und auf drohende Gefahren zu achten. Colivar sah, dass er zitterte. Das war ein weiterer Unterschied zwischen

Zauberern und Hexen. Dass allein der Anblick des Todes einen Magister so tief erschütterte, war eher unwahrscheinlich.

Doch selbst Colivar bekam in dieser unheimlichen Atmosphäre eine Gänsehaut. Wie viele Menschen waren hier ums Leben gekommen? Wie viele Meilen waren die nächsten menschlichen Siedlungen entfernt, von denen sie geholt worden sein mussten? Bestand irgendeine Möglichkeit, dass die Menschen aus eigenem Antrieb hierhergekommen waren, um sich dann in diesem Ausmaß selbst zu zerstören? Oder hatte jemand all die Leichen eingesammelt und hierhergeschafft, um sie dann den wilden Tieren zu überlassen? Colivar war abgebrüht genug, um über die bloße Existenz des Totenackers nicht so entsetzt zu sein wie die Morati, doch die Fragen, die er aufwarf, waren ... beunruhigend.

Er ging zu Ramirus, der neben einem besonders wackeligen Steinhaufen mit mehreren vollständigen Skeletten stand, und die beiden betrachteten eine Weile schweigend die Szene.

Die Skelette stammten alle von Kindern. Säuglingen zumeist, denen man die winzigen Köpfe eingeschlagen hatte. Hie und da lagen ein paar größere Schädel, und zwischen den Felsen waren ein oder zwei längere Knochen eingekeilt, die älteren Kindern gehört haben mochten, aber alles in allem konnte es keinen Zweifel geben. Man hatte die Säuglinge wie Abfall auf die Felsen geworfen.

Aber warum?

Colivar zögerte, dann bückte er sich und hob einen der kleineren Knochen auf. Ein winziges Fingerglied, Teil eines vergessenen Fingers. Es war riskant, hier Zauberei einzusetzen, die Königin könnte es wittern, aber die Versuchung war zu groß. Er drehte das Knöchelchen in der Hand hin und her und ließ seine Zauberkräfte einsickern, um seine Geschichte zu ergründen. *Verirrt verirrt verirrt verirrt Angst Hunger kalt kalt KALT! ... Mama! Mama!* Er sah einen Säugling vom Himmel fallen, dann einen zweiten. Tot. Beide waren schon vor dem Sturz tot gewesen. Dies hier war nur eine Müllhalde, nichts sonst. Die Morde selbst hatten anderswo stattgefunden.

Aus einem unerfindlichen Grund empfand er das als tröstlich.

»Hunger«, murmelte Ramirus. Auch er hatte einen Knochen

in den Händen, einen langen Oberschenkelknochen, der die Zahnspuren eines hungrigen Tieres trug. »Aus diesen Knochen schreit der Hunger … und die Angst.«

Colivar schloss die Faust um sein Exemplar, um dem nachzugehen. »Diesem Kind wurde Essen angeboten, aber in einer Form, die es nicht verdauen konnte.« Er nahm die Information in sich auf, die Würgekrämpfe des Kindes erschütterten seinen eigenen Körper, und er ließ den Knochen schnell fallen, um die magische Verbindung zu durchtrennen. Die bittere Galle, die ihm in die Kehle gestiegen war, sank wieder zurück. Er hob einen anderen Knochen auf, der von einem älteren Kind stammte. »Das hier konnte nicht essen, weil es zu viel Angst hatte«, bemerkte er.

Von hinten näherten sich knirschende Schritte. Von mehreren Stiefeln. Keiner der Magister drehte sich um.

»Was ist das für ein Ort?«, fragte Favias' Stimme.

»Ein Friedhof für Kinder«, antwortete Ramirus leise. »Sie wurden offenbar nach ihrem Tod hier heruntergeworfen.«

»Von wo heruntergeworfen?«

Colivar begriff die Frage nicht sofort. Er schloss kurz die Augen und rief sich die Vision ins Gedächtnis zurück, die ihm der winzige Knochen geliefert hatte. Suchte nach der Information, die am wichtigsten war.

»Von oben«, sagte er endlich. »*Senkrecht* von oben.« Ein Habicht konnte einen Säugling mit den Klauen fassen und auf die Felsen schleudern wie eine Möwe, die eine Muschel zerschmettern wollte, aber nur eine einzige Spezies war groß und stark genug, um auch ältere Kinder durch die Lüfte zu tragen. Nur wozu? Die Ikati brauchten ihre Beute nicht zu berühren, um ihr die Lebensenergie zu entziehen, warum also sollten sie die eigene Mahlzeit auf die Felsen werfen? In der Vision, die Colivar beschworen hatte, fiel ein Kleinkind unverletzt und mit heilen Gliedern vom Himmel. Es war schlechterdings unbegreiflich.

Hinter ihnen räusperte sich Herzog. »Ich bitte die Magister um Vergebung, aber die Kinder, die in dieser Gegend als vermisst gemeldet wurden … könnten sie das sein? Wenn ein Seelenfresser sie hierherbrachte, würde das erklären, warum die Hexen und Hexer keine Fährte finden konnten.«

»Aber würde ein Seelenfresser Kinder rauben?«, überlegte Salvator laut. »Nur um sie zu töten? Das ergibt keinen Sinn.«

Colivar setzte zu einer Antwort an – er wollte dem Großkönig erklären, dass dieser Ort auch für ihn ein Rätsel sei –, als er es plötzlich spürte. Ein Laut knapp jenseits der Hörschwelle, der stumm in seinem Körper widerhallte. Ein Zittern im Gewebe des Universums, das die ganze Realität in Schwingungen versetzte wie eine angeschlagene Harfensaite. Ein Blick in Ramirus' Gesicht zeigte ihm, dass der zweite Magister in der Gruppe es ebenfalls wahrnahm. Keiner von den anderen hatte etwas bemerkt. Nicht einmal die Hexer.

Das konnte nur eines bedeuten.

»Sie ist auf dem Weg hierher«, flüsterte er.

Favias drehte sich um und rief seinen Leuten einen Befehl zu. Die Hüter saßen rasch ab, nahmen ihre Bogen zur Hand und legten sich die Pfeile mit den blauen Spitzen bereit. Die Übrigen folgten ihrem Beispiel, stiegen ebenfalls aus dem Sattel und sahen sich nervös nach einer Deckung um. Die Heiligen Hüter kümmerten sich darum nicht. Sie wussten, dass physische Barrieren in diesem Augenblick nutzlos waren. Entweder gelang es ihnen, den Seelenfresser so weit herabzulocken, dass er in Reichweite ihrer Waffen kam, oder sie waren alle tot.

Als Colivar die Vorbereitungen sah, durchflutete ihn eine ungewohnte Wärme. Gegensätzliche Impulse kämpften in seinem Inneren. Er wollte wegrennen. Er wollte sich im Schatten verkriechen, um nicht gesehen zu werden. Er wollte sich auf den höchsten Knochenberg stellen, die Arme ausbreiten und die Ikati-Königin willkommen heißen. War das alles auf die Wirkung ihrer Macht auf sein Bewusstsein zurückzuführen, oder spielten eigene Erinnerungen seiner Seele einen Streich?

Vorsichtig, Colivar, ganz vorsichtig. Dies ist die wahre Prüfung, nach der dich alle Magister beurteilen werden. Ramirus zeigte keinerlei Reaktion. Der Mann hatte sich verpflichtet, Gwynofar zu schützen, doch davon abgesehen hatte er sich bei diesem Feldzug gefühlsmäßig nicht weiter engagiert. Er konnte den Kampf hinter dem Schutzschild seiner Zauberei gefahrlos beobachten, bis es notwendig wurde, ein Portal zu beschwören und die

Flucht zu ergreifen. Jedenfalls war er offensichtlich dieser Meinung. Aber wer wusste schon, ob Zauberkräfte in Gegenwart einer Königin auch wirklich eingesetzt werden konnten? Anders als die männlichen Ikati hatte sie die Fähigkeit, ihre bannende Kraft auch gegen die eigene Gattung zu richten, und das hatte besonders düstere Folgen für die Magister. Sollte Colivar seinen Kollegen davor warnen? Er konnte nicht klar genug denken, um eine Entscheidung zu treffen.

»Da!«, rief plötzlich eine Stimme. Einer der Heiligen Hüter deutete nach oben.

Es war nur ein schwarzer Fleck vor der Sonne, doch als Colivar ihn entdeckte, durchflutete ihn ein Hitzeschwall. Mehrere Gardisten schauten kurz auf, zuckten dann die Achseln und wandten sich ab. Das war die Wirkung »ihrer« Macht, sie überzeugte sie, dass das, was sie gesehen hatten, nicht von Belang war. Dass das Weibchen das Bewusstsein aus so großer Entfernung beeinflussen konnte, war niederschmetternd. Colivar hatte nicht gewusst, dass so etwas möglich war. Vielleicht hatte er es auch nur vergessen.

Er spürte, wie ihre Kräfte auch an seinem Gehirn leckten, aber er wusste, wie man ihnen ausweichen konnte. Er schaute in den freien Himmel daneben und nahm nur auf, was er aus dem Augenwinkel beobachten konnte. Je mehr man sich auf eine Königin konzentrierte, desto größer wurde ihre Macht. Das fiel ihm jetzt wieder ein. So vieles fiel ihm jetzt wieder ein. Als sie näher kam, wichen die Illusionen, die er um sein Leben gesponnen hatte, allmählich zurück wie feine Pergamentfasern, die sich vor einer Flamme einrollten. Falsche Erinnerungen, die er sich mit der Zeit zugelegt hatte, um sich vor den echten zu schützen, fielen stückweise ab. Er fühlte sich seltsam nackt, seiner Selbsttäuschung beraubt. Und vielleicht zum ersten Mal seit Jahrhunderten schlug die blanke Angst ihre Klauen in seine Seele.

Als der schwarze Schatten sich von der Sonne entfernte, sodass es möglich war, ihn direkt anzusehen, suchte Colivar nach den Personen mit der größten Widerstandskraft. Gwynofar war natürlich darunter. Es fiel ihr schwer, den Blick nicht abzuwenden, aber wenigstens schaute sie in die richtige Richtung. Salvator stand an ihrer Seite und schien damit gar keine Mühe zu haben. Die Gabe der *Lyr* war stark in ihm. Was war diese Kreatur in den Augen seines Glaubens? Ein schrecklicher Dämon? Ein Abgesandter seines Zerstörer-Gottes, zur Erde geschickt, um die Menschheit für ihre vielen Frevel zu bestrafen? Ob Tier oder Dämon, an der Art, wie Salvator seine Waffe hielt, war deutlich zu erkennen, dass er bereit und willens war, den Kampf aufzunehmen.

Aber die Königin stieß nicht auf sie herab. Sie kreiste weiter hoch oben, hielt sich bewusst außer Reichweite ihrer Waffen. Ein einfacher Ikata hätte das nicht vermocht. Er hätte sich die Sache genauer ansehen wollen und die Entfernung verringert. Das bedeutete, dass hinter dieser Kreatur mehr steckte.

Sie kommt von der Kolonie im Norden, dachte Colivar. Das hatte er natürlich schon die ganze Zeit gewusst – anders war ihre Anwesenheit hier nicht zu erklären –, dennoch überlief es ihn eiskalt, als er endlich die Bestätigung hatte. Was das für ihn bedeutete …

»Wieso keine Zauberei?« Ramirus sprach gerade so laut, dass die Morati ihn nicht hören konnten. »Deine Warnung wegen des Seelenfresser-Skeletts. Was hatte es damit auf sich?«

Colivar zögerte. Er wusste genau, wie viel er mit einer ehrlichen Antwort preisgäbe. Zu viel. Aber Ramirus brauchte eine solche Antwort. Schließlich waren sie Verbündete, nicht wahr? Jedenfalls, so weit es um diese Kreaturen ging.

Wenn du wüsstest, woher ich mein Wissen habe, Ramirus, dann wäre diese Schlacht deine geringste Sorge.

Endlich sagte er: »Wenn du in unmittelbaren Kontakt zu einem Seelenfresser trittst, kann das dein Tod sein. Ich bin mir allerdings nicht ganz sicher. Niemand hat es je ausprobiert. Aber das Risiko ist vorhanden.«

Eine weiße Augenbraue wölbte sich dezent nach oben. »Und … wie erklärst du dir das?«

Colivar antwortete nicht. Er spürte, wie Ramirus' Macht an seinem Gehirn kratzte, um einen Splitter nützlichen Wissens abzulösen, aber der Versuch war nicht ernst gemeint. Beide wussten, dass seine geistige Abschirmung zu stark war, um sie so einfach zu durchbrechen.

Dann hob einer der Heiligen Hüter die Hände, als wollte er einen Schrei zum Himmel schicken. Ein Versuch, mit dem gleichen Trick, den Rhys vor Dantons Palast angewendet hatte, den Seelenfresser zu sich zu locken. *Bei einem Weibchen wird dir das nichts nützen,* dachte Colivar. Aber er hielt sich zurück und ließ den Mann seinen scharfen, schrillen Schrei ausstoßen. Noch etwas, zu dem er sich nicht bekennen konnte.

Diesmal spürte er das Echo des Schreis in seinem Körper. Diesmal war er für ihn bestimmt.

Hoch oben unterbrach die Ikati-Königin den Rhythmus ihrer Flügelschläge nicht, aber ihre Macht schwappte mit wachsender Intensität über die Gruppe hin. Zwei Pferde wollten gegen die Zügel zurückweichen, und Colivar sah, dass der Krieger, der sie zu halten suchte, dabei leicht stolperte. Ein Bogenschütze stützte sich mit der Hand am nächsten Felsen ab, als er merkte, dass ihn die Kraft in den Beinen verließ. Salvators Hexer war wohl im Begriff, einen Zauber zu wirken, da kam ihm die Konzentration abhanden. Er schwankte und fiel schwer auf ein Knie. Colivar sah, wie Ramirus zu Salvator hinüberschaute. Der war über den Sturz seines Hexers sichtlich erschrocken. Der Großkönig hatte seine Strategie für diesen Tag eindeutig auf die Gaben dieses Mannes gebaut. Nun ging er zu ihm hinüber und half ihm auf die Beine. Dabei vermied er es, die Magister anzusehen. Selbst im Angesicht des Todes wollte er keine Hilfe von ihresgleichen. Colivar war zugleich erstaunt und entsetzt. Glaubte der Mann wirklich, dass er mit Starrköpfigkeit allein gerettet werden könnte?

Salvator, du verdammter Narr! Du wirst mit allen deinen Leuten hier für deinen schwachsinnigen Glauben sterben. Und wem soll das nützen, außer unserem Feind?

Plötzlich stieß Gwynofar ihren Speer in die Erde, rannte auf den größten Steinhügel zu und begann, ihn zu erklettern. Salvator rief sie erschrocken zurück, aber sie beachtete ihn nicht. Einer der königlichen Gardisten lief auf sie zu, doch er zögerte einen Moment, nach der Königinmutter zu greifen … und dann war sie außer Reichweite. Er wollte hinterher, trat dabei mehrere große Steine los und verlor den Halt; er schlug hart auf dem Boden auf und regte sich nicht mehr.

Colivar sah fasziniert zu, wie Gwynofar sich den Steinhaufen hinaufarbeitete. Der Untergrund war tückisch, aber ihre veränderten Muskeln waren genau auf solche Anforderungen zugeschnitten, und verglichen mit dem Monument in Alkal war dies geradezu ein Spaziergang für sie. Selbst im Stahlharnisch und mit dem schweren Schwert auf dem Rücken schien ihr das Klettern kaum Mühe zu bereiten. Binnen weniger Minuten war sie oben angekommen und huschte beinahe so schnell wie ein Tier über die Steine. Colivar verlagerte seinen magischen Blick nach oben und sah, dass an einer Stelle ein Häufchen sonnengebleichter Knochen lag. Darauf strebte sie unbeirrt zu. Bei jedem Schritt knirschten winzige Skelette unter ihren Füßen. Als sie das Zentrum erreichte, richtete sie sich, unbeeindruckt von den Wellen schwächender Macht, die von oben herunterbrandeten, hoch auf. War sie gegen die Macht der Königin so gefeit wie offenbar ihr Sohn, oder war sie lediglich entschlossen genug, sie zu überwinden? Sie war der Ikata in Bezug auf deren Flughöhe kaum näher gekommen, aber Colivar sah aus seiner magischen Perspektive, dass sie sich durch den neuen Standort von den übrigen Morati absetzte, außerdem würde das makabre Knochennest zu ihren Füßen das Auge des Seelenfressers direkt auf sie lenken.

Sie bot sich als Köder an.

Zunächst stand sie reglos da, um wieder zu Atem zu kommen. Colivar selbst wagte kaum zu atmen. War ihr klar, was sie da tat, war es ihr vollends bewusst? Oder hatte der blinde *Lyr*-Instinkt von ihr Besitz ergriffen, und sie ließ sich einfach treiben? Eine Seelenfresser-Königin hatte keinen Grund, auf eine Herausforderung zum Paarungskampf zu antworten, wie sie im Ruf des Heiligen Hüters enthalten war; der Ruf war für die Männchen dieser Art bestimmt. Wenn allerdings ein Weibchen in ihr Revier eindrang, lag die Sache anders. Würde sie Gwynofar als ernst zu nehmende Rivalin anerkennen? So weit, dass sie bei ihrem Anblick von rasendem Zorn erfasst wurde? Nachdem die Hexen und Hexer außer Gefecht gesetzt waren, würde nichts anderes sie mehr herunterholen.

Gwynofar holte tief Luft und breitete die Arme aus. Und sie begann zu sprechen. Sie schrie aus Leibeskräften, sodass ihre

Stimme klar und deutlich vom Wind nach oben getragen wurde. Und ihre Worte waren nicht bloß laut. Colivar sah, dass sie von flimmernder Macht umgeben war, aber es war kein strukturierter Zauber, sondern eine organische, angeborene Kraft. *Lyr*-Magie? Hatte sie selbst sie beschworen, oder hatte ein Seher in der Gruppe sie auf diese Situation vorbereitet? Falls die Heiligen Hüter eine solche Strategie im Voraus planen konnten, verstanden sie mehr von den Seelenfressern, als Colivar ihnen zugetraut hätte.

»Dies ist mein Land!«, schrie Gwynofar zum Himmel empor. »*Mein* Land! Meine Bäume, mein Wasser, mein Himmel! Die Erde hier ist mein, die Nahrung hier ist mein, die Menschen hier sind mein, ich kann nach Belieben mit ihnen verfahren. Hörst du mich, du Seelensauger? Du hast hier keine Rechte. Nicht einmal die Erde will dich haben. Sie würgt dich aus und stößt dich von sich. Selbst der Himmel schmäht dich. Er weiß, wer hier die Königin ist, wer hierher gehört, wer dieses Land *besitzt* … und wessen Kinder sich davon nähren werden.«

Colivar schien es, als gerate der Flügelschlag ins Stocken. Die Königin konnte Gwynofars Worte unmöglich verstehen – oder etwa doch? –, aber der Tonfall der Königinmutter ließ keinen Zweifel an ihren Absichten. Die Flugbahn der riesigen Kreatur änderte sich jäh. Sie legte die Flügel an und sank rasch tiefer. Bunt schillernde Muster flossen über ihre Flanken, als sie näher kam. Hypnotisch, verführerisch. Colivar wusste, wie gefährlich es war, das Wesen direkt anzusehen, aber er konnte den Blick nicht abwenden. Seine Seele gierte nach dem, wofür diese Farben standen und was er seit Jahrhunderten entbehren musste. Er hatte gedacht, er hätte es vergessen. Er hatte gedacht, es bedeute ihm nichts mehr.

Als jetzt die Wahrheit sein Blut in Wallung brachte, schämte er sich.

Die Männer in der Gruppe hätten nun schleunigst um den Felshügel Position beziehen müssen, um den Seelenfresser gebührend zu empfangen. Aber die meisten schienen wie erstarrt oder zumindest in ihren Bewegungen deutlich verlangsamt; lediglich die Heiligen Hüter agierten annähernd wie gewohnt, obwohl auch sie deutlich beeinträchtigt waren. Salvator allein wirkte wie immer. Er packte seinen Hexer, schüttelte ihn, bis er aus seiner Lethargie erwachte, und zerrte ihn dorthin, wo Gwynofars Speer aus dem Boden ragte. Colivar schloss aus der Miene des Großkönigs, dass Gwynofars dramatisches Selbstopfer ihn völlig überrascht hatte und dass er keineswegs erbaut davon war, wie sie sich ihm entzogen hatte.

»Los!«, befahl er und drehte den Hexer so, dass er zu Gwynofar schaute. Dann trat er vor, riss den Speer aus seiner steinigen Scheide und schleuderte ihn in hohem Bogen in Richtung auf seine Mutter. Aber der Speer war für einen so weiten Wurf nicht geeignet, er war nicht ausgewogen, die Spitze senkte sich zu früh, und es sah nicht so aus, als würde er über die Hügelkuppe hinauskommen.

Doch dann erfasste ihn die Macht des Hexers, stabilisierte seinen Flug und erhöhte den Bogen. Die Waffe überflog die Steine mit wenigen Zoll Abstand und landete schlitternd zu Gwynofars Füßen. Sie hob sie dankbar auf. Zwar hatte sie ihr Langschwert gezogen, doch bevor sie es einsetzen könnte, wäre der Seelenfresser schon dicht über ihr. Mit einem Speer in der Hand hätte sie bessere Aussichten.

Die wenigen Bogenschützen, die noch nicht gelähmt waren, hatten inzwischen zu beiden Seiten von Gwynofars Hügel Posten bezogen. Einige hätten sicherlich versucht, zu ihr hinaufzusteigen, aber dafür war keine Zeit mehr. Die Königin sank zu schnell herab; wenn sich ein Mann an den gefährlichen Aufstieg wagte, könnte er nicht schießen, sobald sie in Reichweite kam. Also blieben die Schützen am Fuß des Hügels, bemühten sich verzweifelt, ihr Ziel ins Auge zu fassen, und warteten, bis das Ungeheuer nahe genug heran war.

Bald umfing sie der süßliche Moschusduft des Seelenfressers, er war tausend Mal stärker als der schwache Geruch, der Colivar im Palast der Hexenkönigin aufgefallen war. Verführerisch. Unerträglich. Seine menschliche Seele wollte ihn auswürgen, während sich seine andere, dunklere Seele am liebsten darin gesuhlt hätte. Colivar warf einen Blick zu Ramirus hinüber, um zu sehen, wie er reagierte. Die Miene des anderen Magisters war grimmig.

Ramirus musste offensichtlich seine ganze Selbstbeherrschung aufwenden, um tatenlos zusehen zu können, wie Gwynofar sich als Köder anbot. Gewiss hatte sie ihm befohlen, sich zurückzuhalten; von Salvator allein hätte er eine solche Einschränkung niemals hingenommen. Allerdings hatte Colivar den Verdacht, dass Ramirus auf jeden Fall eingreifen würde, wenn er das Gefühl hätte, dass ihr Leben ernsthaft bedroht war. Ohne sich um die Empfindlichkeiten der Büßer zu scheren.

Eidbrecher, dachte Colivar höhnisch. Plötzlich stieg Hass in ihm auf, Hass auf Ramirus und alle anderen Magister. Aber vor allem auf Ramirus. Wie kam dieser arrogante Narr nur auf die Idee, er sei Colivar gleichgestellt! Seit Jahrhunderten schmiedete er nun schon Pläne, um Colivar zu besiegen, und seit Jahrhunderten wurden sie immer wieder vereitelt. Doch er fand sich nie damit ab. Er hörte nie auf, vom Sieg zu träumen. Wann würde der Schwachkopf es endlich lernen? Er war Colivar nicht überlegen. Er würde Colivar *niemals* überlegen sein.

Höchste Zeit, dass Colivar ihm das ein für allemal klarmachte.

In einem Winkel seines Gehirns wusste er, was mit ihm geschah. Doch dieser Teil hatte die Herrschaft abgegeben, und etwas Finsteres war an seine Stelle getreten. Wie Feuer brannte ihm die Wut in den Adern, als er seine Macht um sich zog, wohl wissend, wie viel Kraft und Geschick er brauchen würde, um Ramirus' Abwehr zu durchbrechen. Er wusste auch, woher diese Wut ursprünglich kam und dass er ihr widerstehen sollte, aber er war zu schwach. Alles, was ihn bisher mit der Welt der Menschen verbunden hatte, alles, woraus er hätte Kraft ziehen können, war durchtrennt. Seine menschliche Geliebte hatte er verloren, und er selbst war vermutlich ohnehin kein Mensch mehr. Seinen Magisterkontrakt mit Farah hatte er von sich aus gekündigt. Er hatte keine menschlichen Aufgaben mehr zu erfüllen, keinen menschlichen Herrscher zu beschützen und, abgesehen von diesem lächerlichen Abkommen mit Salvator, nicht einmal einen sinnvollen menschlichen Befehl zu befolgen.

Ein Magister ohne menschliche Bindungen war ein wahrhaft beängstigendes Wesen. Es gab nur wenige, die das so klar erkannten wie er.

Und er hatte das Magistergesetz gebrochen. Sobald er Kamala durchschaut und sich entschieden hatte, nichts zu unternehmen, hatte er seine Bindung an die alte Übereinkunft gekappt und sich von der magischen Bruderschaft losgesagt, die seinen Stand aus der Barbarei herausgehoben hatte. Natürlich waren Jahrhunderte vergangen, seit das Tier in ihm zum letzten Mal zum Vorschein gekommen war, und vielleicht hatte er geglaubt, die Zeit und seine Selbstdisziplin hätten es geschwächt. Doch das war ein Irrtum gewesen. Die Finsternis in ihm mochte vor Jahrhunderten gezähmt worden sein, als man ihr zum ersten Mal die Fesseln des Magistergesetzes angelegt hatte, aber sie hatte nie völlig kapituliert. Und nun waren die Fesseln zerrissen, die Ikati-Königin rief nach ihm, und Colivar hatte nicht den leisesten Zweifel daran, dass er für immer verloren sein würde, wenn er der animalischen Wut nachgab, die jetzt durch seine Adern rauschte und sich auf Ramirus stürzte.

Doch die Wut war zu stark, Colivar konnte sie nicht mehr halten, und sie schoss, eine primitive, zerstörerische Urgewalt, aus ihm heraus. Er versuchte, die ungeheuren Energien auf etwas anderes als seinen Rivalen zu lenken. Die Erde erbebte, und zwischen den beiden Magistern explodierten die Steine in einem Funkenregen. Dunkelrote Flammenspiralen umwirbelten ihn in einem wilden Reigen, und wenn er ihnen zu nahe kam, verbrannte er sich daran. In Ramirus' Augen stand Bestürzung, aber keine Überraschung. Die Nähe der Königin übte auch auf Ramirus ihre Wirkung aus, und tief in seinem Inneren, wo sich die Instinkte ihres Standes verkrochen hatten, wusste er, was mit seinem Rivalen geschah. Doch bei ihm wurde die menschliche Seite nach wie vor vom Magistergesetz und durch seinen Kontrakt mit dem Haus Aurelius gestärkt. Noch wichtiger war, dass er nicht Colivars Erinnerungen hatte. Er mochte in diesem Moment das Gefühl haben, in den Abgrund des Wahnsinns zu starren, aber für ihn hatten die Schrecken, die in seinen Tiefen lauerten, keinen Namen, und er hatte sie niemals selbst erfahren.

Niemand außer Colivar kannte die Wahrheit.

Dann fiel der Schatten der Königin über die Gruppe, und Colivar konnte endlich den Blick von Ramirus losreißen. Sie schwebte über Gwynofar und taxierte ihre menschliche Herausforderin. Ihr langer Schlangenschwanz bog sich wie eine Peitsche; die großen bunten Schwingen ließen schillernde Flecken über die Erde tanzen. Colivar sah einen bunten Kokon auf ihrem Rücken. Sie hatte die kleineren Flügel nach hinten gefaltet, wie um eine kostbare Fracht zu schützen. Sein Herz machte einen Satz, als er erkannte, was es war – was es sein musste –, und für einen Moment trafen ihn die Erinnerungen mit solcher Wucht, dass sie ihn beinahe in die Knie zwangen. All die Macht, die er nach außen abgeleitet hatte, stürzte nun auf ihn herab. Ein Hitzeschwall schoss ihm in die Lenden. Wenn er diese Energien nicht irgendwie bündelte und auf *etwas* losließ, würden sie ihn verbrennen.

Die Bogenschützen warteten. Noch war nicht sicher, ob sich ihr Ziel in Schussweite befand. Ihre Gesichter waren bleich vor Anstrengung, denn sie mussten sich auf die Bewegungen der Königin konzentrieren, ohne sie direkt anzusehen. Es war entscheidend, genau den richtigen Augenblick abzupassen. Zu früh, und die Pfeile gingen ins Leere. Zu spät, und die Kreatur fiele womöglich über Gwynofar her, bevor sie abgeschossen werden konnte. Jeder Mann wusste, dass er sein Ziel vor dem Schuss nur ganz kurz anvisieren konnte, bevor er von der Bannkraft der Königin überwältigt würde. Wenn die besonderen Spitzen an den Pfeilen so wirkten, wie die Mythen es versprachen, dann könnte man allein damit die Ikata vom Himmel holen, allerdings mussten sie die verwundbaren Stellen der Kreatur genau treffen. Theoretisch kannten die Männer diese Stellen. Theoretisch. Aber ihr Wissen stammte aus obskuren Prophezeiungen und tausend Jahre alten anatomischen Karten, und wie viel es ihnen tatsächlich nützen würde, wusste niemand.

Mit einem gellenden Kampfschrei ließ sich die Königin zu ihrer Gegnerin herabfallen.

Die Bogenschützen setzten ihre erste Salve ab.

Und Colivars Macht – eine magische Explosion – peitschte auf die Pfeile zu. Heiße Flammen züngelten durch die Luft. Feuerspiralen legten sich um jeden Pfeilschaft. Sie loderten so hell, dass sogar die Bogenschützen den Blick abwenden mussten. So sah kein Moratus die Pfeile erzittern, als Colivars Zauberkraft sie im

Flug erfasste und die Bahn bei einigen veränderte, bei anderen stabilisierte. Und sie geradewegs ins Ziel lenkte.

Keiner ging fehl.

Kein einziger.

Die Kobaltspitzen bohrten sich durch die Panzerung der Ikata, wo sie am schwächsten war, und drangen tief ins Fleisch ein. Einige gruben sich in weiche Stellen, die den Heiligen Hütern bekannt waren und auf die sie gezielt hatten, andere waren auf Schwachpunkte umgelenkt worden, von denen nur Colivar wusste. Seine Magie verlieh den Pfeilen das Zehnfache ihrer normalen Geschwindigkeit und trieb sie so weit in den Leib des Seelenfressers hinein, dass die Spitzen mit den Widerhaken die Muskeln bei jeder Bewegung weiter zerreißen würden. Das geheimnisvolle Gift auf den Pfeilspitzen befand sich nun tief im Körper des Ungeheuers und konnte seine Wirkung tun.

Der Seelenfresser schrie.

Eine zweite Salve wurde abgeschossen. Diesmal half Colivar nicht. Er hatte so schnell wie möglich derart viele Zauberkräfte freigesetzt, dass er nun unsicher auf den Beinen stand und fürchten musste, eine zweite Welle der Macht nicht mehr kontrollieren zu können. Er war sich undeutlich bewusst, dass Ramirus neben ihm stand. Wenn der andere Magister jetzt auf ihn losginge, hätte er ihm wenig entgegenzusetzen.

Aber Ramirus' Aufmerksamkeit war auf Gwynofar gerichtet.

Sie stand auf einem Granitblock inmitten des Knochenmeers und erwartete, nur mit einem Speer bewaffnet, den Angriff des Ungeheuers. Der Wind peitschte ihr das blonde Haar ins Gesicht. Angst flackerte in ihren Augen, aber ihre Haltung verriet keine Schwäche und kein Zaudern. Seit vierzig Generationen war ihr Geschlecht für diesen Moment ausgebildet – auf diesen Moment hin *gezüchtet* – worden, und sie würde nicht versagen. Stolz stand sie auf dem schwankenden Untergrund, allein, verletzlich, und sie wandte sich auch nicht um, als neben ihr die Luft zu flimmern begann. Einer der Hexer hatte ein Portal eröffnet, damit sie sich retten konnte, aber wenn sie es benützte, würde sie ihre Aufgabe verraten. Ein Köder war wertlos, wenn er nicht deutlich zu sehen war.

Allen war klar, dass die Giftpfeile bereits ihr Werk verrichteten. Die beiden Flügelpaare der Königin gerieten zunehmend aus dem Takt, und ihr Flug wurde ungleichmäßig; der lange Schwanz peitschte ziellos hin und her und störte das Gleichgewicht noch weiter. Krämpfe durchliefen ihren Körper, und sie stieß abermals einen Schrei aus, der diesmal von reinem Hass erfüllt war. Die schwarzen Facettenaugen hefteten sich auf die Heiligen Hüter, die ihr solche Qualen bereiteten. Etliche Bogenschützen brachen zusammen; als ihr Blick über sie hinstrich, wurden sie durch die schiere Wucht ihrer Wut gefällt. Colivar sah, dass die wenigen, die noch aufrecht standen, sich kaum auf den Beinen halten konnten und nur mit großer Mühe eine letzte Salve abgaben, bevor ihnen die Gliedmaßen vollends den Dienst versagten. Aber die Spezialpfeile waren aufgebraucht, und die Stahlspitzen schlitterten über die Haut der Kreatur, als hüpften stumpfe Steine über einen Teich.

Die Ikata schwebte schwankend über dem Knochenfeld und richtete ihre Aufmerksamkeit erneut auf Gwynofar. Colivar dachte schon, sie würde tatsächlich auf die vermeintliche Rivalin herabstoßen – vielleicht sogar auf sie stürzen –, doch offenbar hatten Wut und Zorn ihren Verstand noch nicht vollends vernebelt. Plötzlich peitschte der lange Schwanz mit hörbarem Knall von hinten auf Gwynofar zu. Salvators Mutter zuckte nicht zurück. Sie hielt bis zum letzten Augenblick stand, erst unmittelbar, bevor der tödliche Schlag sie traf, ließ sie sich von dem Felsblock fallen, auf dem sie gestanden hatte, und nützte den massiven Stein als Schutzschild. Die Schwanzspitze sauste pfeifend nur wenige Zoll an ihrem Kopf vorbei, ohne ihn zu berühren.

Gwynofars scheinbar so verletzliche Position war also strategisch durchdacht gewesen, stellte Colivar fest. Allmählich konnte er verstehen, warum Ramirus so große Stücke auf sie hielt.

Ein langer Schatten raste nun von der Seite auf die Königin zu. Der Speer traf die Gestalt an der rechten Schulter und bohrte sich tief ins Fleisch. Die oberen Flügel verkrampften sich, sie konnte ihren Flug kaum noch steuern. Verzweifelt ließ sie sich in Richtung Hügel fallen und streckte die Klauenfüße nach seiner Flanke aus. Zunächst schien sie auf dem lockeren Hang keinen Halt zu finden, doch dann ertastete sie eine massive Felsnase und konnte sich daran bis zur Kuppe emporziehen.

Urängste ließen Colivar das Blut gefrieren, als er sie auf dem Boden sah. Die Hexenkrieger in ferner Vergangenheit hatten gewusst, dass das erste und oberste Ziel im Kampf gegen einen Seelenfresser lautete, ihn auf Augenhöhe mit dem Krieger zu bringen. Ein Seelenfresser, der nicht fliegen konnte, war langsam und unbeholfen, immer noch tödlich, weil er den Männern die Kraft aus der Seele saugen konnte, aber physisch so verwundbar wie jedes andere große Tier.

Was nicht bedeutete, dass diese Bestie nicht viele Menschen in den Tod reißen konnte, bevor sie selbst ihr Leben aushauchte. Die ganze Gruppe könnte ihr zum Opfer fallen.

Das Portal neben Gwynofar flimmerte immer noch. Der Hexer, der es beschworen hatte, wendete ungeheure Mengen von Energie auf, um es offen zu halten. Wenn ihm die Macht des Seelenfressers nur etwas von seiner Kraft entzogen hatte, könnte es zur Todesfalle werden. *Tritt hinein,* drängte Colivar im Geiste. *Deine Aufgabe ist erfüllt. Überlass den Rest des Kampfes stärkeren Männern.*

Doch bevor er den Gedanken zu Ende geführt hatte, erinnerte er sich an andere Frauen, die, schwer gepanzert und verzweifelt, vor diesen Kreaturen gestanden hatten und nicht gewichen waren. Frauen, die ihre gefallenen Männer rächen wollten. Mütter, die ihre Kinder rächen wollten. Hexen, die ihre Welt schützen wollten. Es waren die ersten *Lyr,* die Begründer der nordischen Blutlinien, deren Mut – und deren Starrsinn – nun auch in Gwynofar brannten.

Sie wich nicht von der Stelle.

Der Schlangenkopf schoss auf sie zu. Sie blieb, wo sie war, den Speer gezückt, zum Stoß bereit, sobald sich ein geeignetes Ziel bot. Wahrscheinlich würde sie nur eine einzige Chance bekommen, die musste sie nützen. Die Ikata schien das zu wissen, denn sie hielt im letzten Moment jäh inne und zischte vor Wut und Enttäuschung. Colivar sah, dass sie allmählich langsamer wurde, das Gift versteifte die Halsmuskeln und machte jede neue Bewegung schmerzhaft und unbeholfen. Doch sie war immer noch eine gefährliche Gegnerin.

Dann griff sie an. Die Bewegung war blitzschnell, und Colivar erkannte grimmig, dass sie ihre Schwäche nur vorgetäuscht hatte. Gwynofar wurde überrascht und stieß mit dem Speer zu. Die Kobaltspitze bohrte sich in den dicken Halsmuskel der Königin und wurde durch die Eigenbewegung noch weiter hineingetrieben. Das Maul mit den messerscharfen Zähnen schnappte zu und verfehlte Gwynofars Kopf um wenige Zoll. Der Speer wurde ihr aus der Hand gerissen, somit war der Stoß nahezu wertlos. Mit der Zeit würde das Seelenfresser-Gift zwar seine Wirkung tun, aber Gwynofar hatte kein lebenswichtiges Organ und keine Arterie getroffen. Nichts würde die Königin von einem weiteren Angriff abhalten ... und sie selbst hatte nur noch ihr Schwert, um sich zu verteidigen.

Colivar warf einen Blick auf Ramirus. Der Magister presste die Kiefer fest aufeinander, die Hände hatte er an den Seiten zu Fäusten geballt. Sobald Ramirus Gwynofars Befehl missachtete und seinen Kontrakt brach, würde die menschliche Verbindung durchtrennt, die ihn befähigte, sich zu beherrschen. Sicherlich war er alt genug, um das zu begreifen. Sicherlich war dies der einzige Grund, warum er sich noch zurückhielt, obwohl ihn das so viel Überwindung kostete, dass seine Knöchel weiß hervortraten.

Wieder stürzte sich die Königin auf Gwynofar. Salvators Mutter hob ihr Schwert, doch das war nur eine symbolische Geste; bis sie die Ikata mit ihrer Klinge erreichen könnte, wäre es zu spät, um den mächtigen Körper aufzuhalten. Allein die Wucht des Aufpralls würde sie zermalmen.

Da trat eine Gestalt durch das Portal.

Es ging so schnell, dass Colivar sie nicht sofort erkannte. Kaum hatte sie das Flimmern verlassen, als sie dem Ungeheuer auch schon den Speer in die Seite stieß. Tief, tief bohrte sich die Kobaltspitze in den Rumpf der Königin, sie durchschnitt die Eisenhaut, als wäre es Butter, durchtrennte das Fleisch und zielte auf die inneren Organe.

Die Ikata wandte sich dem neuen Angreifer zu und wollte ihn

mit einem ihrer Vorderbeine von sich stoßen. Dabei zog sie ihm die messerscharfen Klauen über das Gesicht und hinterließ tiefe Kratzer von der Stirn bis zum Kinn. Doch der Mann hielt stand, er stemmte sich mit seinem ganzen Gewicht gegen den Speer und drückte ihn immer noch tiefer in den Körper hinein.

Salvator.

Die Ikati-Königin drehte den Kopf und suchte seinen Blick. Die geballte Macht ihrer Spezies strahlte aus ihren Augen: die Macht, einen Menschen im Schritt erstarren zu lassen, ihm alle Kraft zu rauben, bis nur noch eine seelenlose Hülle zurückblieb. Anders als die Männchen konnte das Ikati-Weibchen seine Macht bündeln, und diese Fähigkeit setzte es nun ein und richtete seine letzten Kräfte allein auf dieses Ziel. In all den Kämpfen, die Colivar erlebt hatte, hatte noch kein Mann einem solchen Angriff standgehalten.

Salvator ignorierte ihn.

Er biss entschlossen die Zähne zusammen und versetzte dem tief eingebetteten Speer einen letzten Stoß. Ein Schauder durchlief den Leib des Weibchens. Ein Krampf schüttelte die mächtigen Schwingen – nicht nur die Flugschwingen, sondern auch die beiden vorderen. Die zarten, auf dem Rücken zusammengefalteten Membranen flogen auseinander, und ein Körper, nicht ganz so groß wie ein Mann, rollte heraus, schlug so hart auf dem Hang auf, dass die Steine aufspritzten, und purzelte dann, überall Knochen verstreuend, kopfüber in die Tiefe.

Ein Reiter.

Colivar rannte los und erreichte den Fuß des Hügels genau in dem Moment, als der Körper mit dumpfem Schlag auf einem Bett aus zackigen Felsen landete. Es war ein Mädchen, fast noch ein Kind, mit schmutzverschmiertem Gesicht und in einem zerschlissenen, schmuddeligen Hemd. Ein Arm stand in einem Winkel nach hinten ab, der nur durch einen Bruch zu erklären war, sie war überall blau geschlagen und blutete. Als Colivar näher trat, hob sie den Kopf und zischte ihn an. Aus ihren Augen sprachen flammende Wut, Schmerz und tausend andere tierische Empfindungen … aber er fand keinen menschlichen darin. Die menschliche Seite hatte der Seelenfresser längst verschlungen.

Lange sahen die beiden sich an. Oben auf dem Hügel wälzte sich die Ikata im Todeskampf und löste eine Lawine aus kleineren Steinen aus, die auf den Mann und das Mädchen niederging. Ein Stein traf Colivar an der Schläfe; er blutete, rührte sich aber nicht.

Dann hörten die Bewegungen auf. Irgendwo in weiter Ferne war ein letzter Schlag zu hören … die Ikata war endlich tot.

Das Mädchen stieß einen spitzen Schrei aus.

Der Laut war nicht menschlich, passte aber auch zu keinem Tier. Aus ihm sprach eine Mischung aus Entsetzen, Wahnsinn und Schmerz, die durch Mark und Bein ging und nie aus einer lebenden Kehle hätte kommen dürfen. Aus dem Mund eines jungen Mädchens klang sie doppelt grauenvoll. Colivar spürte, wie die Männer ringsum erstarrten und nicht fassen konnten, was sie da hörten. Doch Colivar verstand diesen Schrei. Er kannte ihn von früher. Und in den Tiefen seiner Seele, wo seine eigenen düstersten Geheimnisse begraben lagen, verstand er auch den Schmerz dahinter, und sein Herz blutete für dieses Kind.

Sie wollte mit hektischen Bewegungen vor ihm zurückweichen. Dabei bohrte sich ein Knochensplitter durch ihren Oberarm, und sie heulte auf vor Schmerz. Ein weiterer Knochen brach, aber sie kroch immer noch rückwärts. Tierischer Fluchtinstinkt. Sie musste schon sehr lange mit der Ikata verbunden gewesen sein, um sich so weit von ihrem Menschsein entfernt zu haben. Ihr jugendliches Aussehen trog wahrscheinlich. Es kam manchmal vor, dass ein Reiter so bleiben wollte wie in der Nacht, in der er sich mit seinem Ikata verbunden hatte, und von der Macht seines Konjunkten zehrte, um sich äußerlich jung zu erhalten.

Colivar hätte mit Zauberei ihre Wunden heilen oder wenigstens ihren Schmerz lindern können. Aber damit hätte er ihr in ihren Augen Gewalt angetan, und das brachte er nicht über sich.

»*Kossut!*«, zischte sie. »*Kossut tal getu!*«

In einem anderen Universum stiegen Heilige Hüter den Felshügel hinauf, um den Seelenfresser zu erreichen, bevor das Gift in seinem Fleisch die Körperteile zersetzte, die sie ernten mussten. Neue Speerspitzen mussten hergestellt werden. Weitere Pfeilspitzen wurden benötigt. Und wenn die alten Verfahren, die der Archivar ausgegraben hatte, noch tauglich waren, konnte man aus der Haut der Kreatur neue Harnische fertigen, die undurchdringlicher wären als die besten Stahlplatten.

Langsam kniete Colivar vor dem Mädchen nieder. Sie stammelte abgerissene Phrasen in einer fremden Sprache, einer Sprache, die er so viele Jahre nicht mehr gehört hatte, dass er sich anstrengen musste, um die Bedeutung der Wortfetzen zu erfassen.

»Was sagt sie?«, fragte Ramirus. Irgendwann in den letzten Minuten war er neben Colivar getreten und blickte nun mit unverhohlener Neugier auf das Mädchen hinab.

»Sie vermisst ihre Kinder«, antwortete Colivar. »Jemand hat sie ihr weggenommen. Sie glaubt, dass wir gekommen sind, um ihre Kinder zu stehlen. Aber sie sagt, man hat bereits alle weggeholt, für uns bleibt nichts mehr.« Er lauschte dem Gestammel mit gerunzelter Stirn, es fiel ihm schwer, daraus klug zu werden. »*Königin des Sandes, Königin des Eises … es muss zwei geben.*« Er schüttelte den Kopf. »Ich kann nicht alles verstehen. Der Dialekt hat sich verändert, seit …« Er zögerte. »Es ist ein Dialekt, den ich nicht kenne.«

»Was für eine Sprache?«

Von hinten ertönte Favias' Stimme. »Kannoket.«

Colivar nickte.

Ramirus streckte die Hand nach dem Mädchen aus. Colivar wollte ihn zunächst zurückhalten, doch dann verzichtete er auf jede Einmischung. Schließlich war er nicht ihr Beschützer.

Über ihrem Kopf entstand ein nebelhaftes Bild. Zunächst war es nur eine wogende graue Wolkenmasse, die an den Rändern orangerot erleuchtet war. Dann lockte Ramirus mehr Schärfe hervor, die Wolken teilten sich, und man sah aus der Vogelperspektive auf eine Gebirgslandschaft. In der Ferne erstreckten sich nach allen Richtungen schier endlose Eis- und Schneefelder, leblos, aber wunderschön. In der Mitte dieser Eiswüste befand sich in einem Tal zwischen mehreren schroffen eisbedeckten Gipfeln eine schmale grüne Insel. Dort standen Häuser aus Grassoden und Dungfladen, und an den Ufern eines klaren schwarzen Flusses weideten Schafherden. An sich wäre es eine friedliche Szene gewesen. Doch die Tiere waren unruhig, und Colivar sah, dass sie sich nervös umsahen, als könnte jeden Augenblick ein Unheil über sie hereinbrechen.

Die Erde grollte.

Die Herde setzte sich in Bewegung ... die Tiere begannen zu rennen, stoben entsetzt auseinander. Menschen kamen aus den Grassodenhäusern, um nachzusehen, was vorging, und einer von ihnen deutete auf den Berg genau im Norden. Es war ein hoher Vulkan, über die steinigen Hänge schlängelten sich Fußwege, und ganz oben gähnte eine riesige Kaldera. An seinem Fuß dampften heiße Quellen, aus der Kaldera stieg Rauch, und dort blähte sich der Fels kuppelförmig auf.

Und explodierte.

Das Mädchen, das von dem Seelenfresser gefallen war, erzitterte heftig, legte den heilen Arm um die Knie, wiegte sich hin und her und stieß schrille Klagelaute aus. Entsetzt und fasziniert zugleich sah Colivar zu, wie sich Ramirus' Vision mit brodelnden grauen Aschewolken füllte. Dahinter leuchtete orangerot die flüssige Lava. Eine besonders dichte Wolke wälzte sich über die Flanke des Vulkans auf das idyllische Tal zu: eine Wand aus Asche und Feuer, die sich rasend schnell bewegte und alles verbrannte, was sich auf ihrer Bahn befand. Getreide ging in Flammen auf, Häuser färbten sich schwarz, Tiere wurden gebraten wie totes Fleisch. Die Menschen ergriffen die Flucht, doch selbst wenn sie schnell genug hätten laufen können, wohin sollten sie fliehen? Einige rannten zum Fluss, aber sie erreichten ihn nicht rechtzeitig ... und in dem kochend heißen, dampfenden Wasser hätten sie ohnehin kaum Rettung gefunden.

Sekunden später war alles vorbei. Wo einst üppiges Leben gegrünt hatte, herrschten nun Tod und Verwüstung. Außer den brodelnden Wolken am Himmel regte sich nichts mehr. Außer dem Grollen des Berges hörte man keinen Laut.

Das Bild verblasste.

Es dauerte eine Weile, bis Colivar die Sprache wiederfand. »Ihre Nahrungsquelle wurde zerstört«, flüsterte er. »Deshalb kamen sie nach Süden. Im Angesicht des sicheren Hungertodes war der Heilige Zorn nicht stark genug, um ihnen standzuhalten. Vielleicht war er ohnehin nie stark genug gewesen, aber niemand hatte ihn jemals auf eine so harte Probe gestellt …«

»Die Sonnenuntergänge«, sagte Favias leise.

Colivar wusste, was er meinte. Im Winter hatte sich der Himmel über ein paar Monate besonders bei Sonnenuntergang blutrot verfärbt, und die Männer hatten sich den Kopf darüber zerbrochen, woran das lag. Verschiedene Religionen hatten Erklärungen angeboten, in denen von Götterkämpfen und uralten Vorzeichen oder gar vom Ende der Welt die Rede war. Nun kannten sie die Wahrheit.

Damals hatte die Invasion begonnen.

Deshalb hatte sie stattgefunden.

Oben wurde mit Messern Fleisch zerhackt, gelegentlich waren auch Flüche in nordischen Dialekten zu hören. Einige Männer suchten zwischen den am Boden liegenden Kriegern nach Überlebenden. Viele würden nie wieder aufstehen, darunter auch der Büßer-Hexer, der seine letzte Lebensenergie hingegeben hatte, um das Portal offen zu halten. Ein hochherziges Opfer, für das ihn sein strenger Gott sicherlich belohnen würde.

Colivar kniete neben dem Mädchen nieder und redete mit rauer Stimme in ihrer eigenen Sprache auf sie ein. Die Kannoket-Worte fühlten sich fremd an. Zuerst schien sie ihn nicht zu hören, doch dann begann sie zu antworten. Tränen liefen ihr über das Gesicht, ein Strom von abgerissenen Lauten kam über ihre Lippen. Er verstand nicht viel, aber mit Zauberei ließe sich später, wenn er ungestört war, der Sinn herausfiltern. Er brauchte nur einen Anker, an dem er ansetzen konnte.

Sie war natürlich vollkommen verrückt. Und daran würde sich auch nie mehr etwas ändern. Das war der Preis, den ein Mensch für eine so widernatürliche Verbindung zu entrichten hatte.

Übrigens auch ein Seelenfresser.

Als er alles beisammenhatte, was er wissen musste, nahm er ihr schmutzverschmiertes Gesicht – sanft, ach so sanft! – in beide Hände und blickte ihr fest in die Augen. Sie zitterte unter seinem Griff, wich aber nicht zurück. Vielleicht spürte sie, was er eigentlich war … oder einmal gewesen war. In all den Jahrhunderten seit seiner Ersten Translatio hatte er selten so etwas wie menschliches Mitgefühl verspürt, doch jetzt keimte es auf. Welch ungewohnte, ja, fremdartige Empfindung.

Sehr behutsam durchtrennte er den Lebensfaden zwischen ihrem Herzen und ihrem Gehirn. Ließ seine Magie so unmerklich wie möglich in ihr Fleisch kriechen, damit sie nicht mitbekäme, was er tat. *Schlaf ein, kleine Schwester. Suche deinen Frieden in der nächsten Welt. Hier kannst du ihn nicht finden.*

Langsam entspannte sich das Mädchen. Ihre Atemzüge wurden langsamer, das Zittern legte sich. Er ließ sie los, und sie legte, benommen und erschöpft, den Kopf auf die steinige Erde. Ihre Lider schlossen sich flatternd. Das Herz, das so wild geschlagen hatte, zuckte noch ein paar Mal, dann stand es still.

Sachte strich ihr Colivar das wirre Haar aus dem Gesicht. Er tat es respektvoll, ehrfürchtig sogar, wie es sich gegenüber der Königin und Mutter einer ganzen Spezies gebührte. Erstaunt stellte er fest, wie menschlich seine Emotionen sich in diesem Moment anfühlten. Was natürlich der Gipfel der Ironie war, denn diese Empfindungen entsprangen einer alles andere als menschlichen Quelle.

Als er sich erhob, sah er Salvator zusammen mit Ramirus, Gwynofar und Favias neben sich stehen. Die anderen Heiligen Hüter waren noch oben auf dem Hügel und weideten den toten Seelenfresser aus, und Salvators Männer bemühten sich um die Gefallenen. Tod lag in der Luft.

Das Gesicht des Großkönigs war von drei parallelen Schrammen gezeichnet, die dicht an seinem Auge vorbei schräg über eine Seite liefen. Sie verliehen ihm einen seltsam raubtierhaften Ausdruck, als er Colivar nun empört ansah. Ganz kurz nur hatte der Magister die absurde Idee, Salvator könnte tatsächlich so dreist sein und ihn zur Rede stellen, weil er mit seiner Magie geholfen hatte, den Seelenfresser vom Himmel zu holen. Auch seine Augen wurden schmal, und sein Blick schickte eine deutliche Warnung: *Fang bloß keinen Streit mit mir an, Salvator. Dafür bin ich jetzt nicht in der Stimmung.*

Aber der Großkönig sagte nur: »Was habt Ihr erfahren?«

Colivar holte tief Luft, um seine Gedanken zu beruhigen. »Die Männer der Kolonie haben ihr die Eier weggenommen. Das war es, was mit den Nestern nicht stimmte, die wir fanden. Sie waren nicht von ihr gebaut worden. Die Männer wollten eine andere Königin aufziehen, um sie an eine Frau aus dem Süden zu binden, deshalb nahmen sie ihr die Eier weg … eine neue Königin brütet nicht, wenn eine andere zu nahe ist …« Er brach ab. Jede weitere Erklärung erübrigte sich. Die Folgen waren nicht zu übersehen. Das rasende Tier hatte verzweifelt versucht zu ersetzen, was man ihm gestohlen hatte. Wie viele Gelege hatte man ihm genommen? Wie oft war sein Mutterinstinkt geweckt und dann missbraucht worden? Wie viele menschliche Kinder hatte diese Königin ihren Müttern entführt, um die schreckliche Leere in ihrem Inneren zu füllen? Nur um festzustellen, dass sie nicht fähig war, sie am Leben zu erhalten? Wenn sie starben, hatte sie sie auf die Felsen geschleudert und um die zerschmetterten Körper geweint, bevor sie einen neuen Versuch unternahm.

»Die Männer ließen einige von den männlichen Tieren zurück, um sie zu bewachen. Das ist … für diese Art eine schwere Kränkung. Deshalb hat sie sie alle getötet. Die beiden, die wir fanden … waren die letzten.« Er schüttelte ernst den Kopf. »Sie sagt, nur eine von ihren Töchtern sei noch am Leben. Man brachte sie nach Süden, an einen *Ort von Sand und Sonne*, wie sie sich ausdrückt. So weit wie möglich vom Eis entfernt, damit die Menschen ihre Art nie wieder in Kälte und Dunkelheit einschließen könnten.«

»Anchasa«, sagte Ramirus leise.

Colivar schloss kurz die Augen. »Rings um die Große Wüste gibt es mehrere Nationen. Und es gibt auch etliche kleinere Wüsten. Aber ja … Anchasa ist eine Möglichkeit.«

»Wenn nur noch ein Weibchen übrig ist …«, begann Favias.

Colivar nickte. »Wenn die letzte Königin stirbt, kann die ganze Spezies aussterben. Es könnte Jahre dauern, um sie alle zu vernichten. Aber für die Getöteten wüchse nichts mehr nach.«

»Dann müssen wir diese andere Königin finden und erlegen«, erklärte Salvator entschieden. »Bevor sie dazu kommt, selbst Eier zu legen.«

Leichter gesagt als getan, überlegte Colivar. *Besonders wenn sie mit einer Frau von der überwältigenden Intelligenz der Hexenkönigin verbunden ist.*

Einer der Gardisten kam auf sie zu. Seine Miene war grimmig.

»Wie ist der Stand?«, fragte Salvator.

»Mit Sicherheit drei Tote. Drei weitere, die in einer Art von Koma liegen. Wir können sie nicht wach bekommen.«

»Szandor?«, fragte Salvator. Das war der Hexer.

Der Mann presste die Lippen zusammen und schüttelte den Kopf.

Salvator seufzte und machte ein religiöses Zeichen über dem Herzen. »Möge der Schöpfer ihren Seelen gnädig sein.«

Die Heiligen Hüter stiegen vom Hügel herab und halfen auch Gwynofar beim Abstieg, indem sie sie von einem zum anderen weiterreichten. Salvator sah kurz zu, dann ging er zu den Männern, die die Pferde hielten. »Wir reiten nach Süden, zum Kloster Danovar. Die Brüder werden die Verwundeten versorgen, und wir können uns von dort aus nach Hause bringen lassen.«

»Dürfen wir Magister Euch begleiten?«, fragte Colivar mit leichter Schärfe in der Stimme.

Der Großkönig wandte sich zu ihm um. Durch die blutigen Kratzer in seinem Gesicht wurde sein Missfallen noch ausgeprägter. Er musterte Colivar schweigend, und der Magister konnte sich lediglich vorstellen, was ihm durch den Kopf ging. Doch dann nickte er langsam und antwortete kalt: »Ihr könnt uns folgen, wenn Ihr wollt. Aber ich kann Euch nicht versprechen, dass man Euch im Kloster freundlich aufnehmen wird.« Er blickte hinauf zu dem toten Ikata, von dessen langem Schwanz das Blut auf den Hang tropfte. »In den Augen meiner Kirche seid Ihr nur einen einzigen Schritt von diesen Kreaturen entfernt.«

»Und in Euren Augen?«

Salvators Blick war kalt und finster. Eine Antwort war nicht darin zu lesen.

Die Morati sammelten ihre Sachen ein, und Colivar wandte sich wieder dem Leichnam des Mädchens zu. Wie friedlich sie dalag. Es hatte eine Zeit gegeben, zu der er für einen solchen Frieden alles gegeben hätte.

»Es ist so weit, Colivar.«

Er drehte sich nicht um und nahm auch sonst keine Notiz von Ramirus.

»Der Krieg lauert nicht mehr am Horizont«, fuhr der Magister leise fort. »Er ist bereits da. Wir brauchen unser gesamtes Waffenarsenal.«

Colivar schwieg.

»Du musst uns sagen, was du über diese Kreaturen weißt. Alles.«

Er schwieg immer noch.

Endlich hörte er, wie Ramirus wegging und wie sich Gwynofar für seine Unterstützung bedankte. Sie hätte sicherlich auch Colivar gedankt, wenn er etwas zugänglicher gewesen wäre. Doch er strahlte eine solche Kälte aus, dass sich niemand in seine Nähe wagte.

Ein paar Minuten blieb er noch stehen und lauschte, dann leitete er die Verwandlung ein. Er ließ sich Flügel wachsen – mit schwarzen Federn zum Zeichen der Trauer um die tote Königin – und schwang sich in die Lüfte, wo ihn niemand mehr mit Fragen belästigen konnte.

Das Erwachen

Kapitel 14

Er erreichte sein Ziel in tiefer Nacht, ein Zeichen für die Kraft und das Selbstvertrauen seines Seelenfressers: Wenige Ikati legten weite Strecken zurück, ohne den Kuss des Sonnenlichts auf ihren Schwingen zu spüren. Es war eine dunkle Nacht, nur eine schmale Mondsichel wies den beiden den Weg, so fiel es ihnen nicht schwer, sich vor den scharfen Augen von Jezalyas Wachposten zu verbergen. Solange das riesige Geschöpf hinter den Bergen zu beiden Seiten Jezalyas blieb, konnte es sich der Stadt unbemerkt nähern; und wenn es landete, würde sich die massige schwarze Silhouette nicht vom schimmernden Sand abheben.

Die Ikati-Königin bemerkte das Paar im Anflug auf die Stadt und gab die Nachricht an Siderea weiter. Der Hexenkönigin kam es vor, als könne sie die Besucher selbst spüren und sogar den Gemütszustand des Mannes erfassen. War das möglich? Ihre kürzlich erfolgte Verwandlung beeinflusste ihre Hexenkünste manchmal auf seltsame Weise, und inzwischen konnte sie nichts mehr überraschen. Die Präsenz war sehr geduldig, wenn ihre Eindrücke zutreffend waren. Berechnend. Das war ungewöhnlich für einen Reiter. Im Allgemeinen versetzte ihre Gegenwart diese Männer in hochgradige Erregung, und sie konnte buchstäblich riechen, wie schwer es ihnen fiel, sich wie Menschen zu gebärden. Diesen Mann kostete die Tarnung weniger Mühe.

Die Tore würden erst am Morgen geöffnet. Wahrscheinlich würde ihr Besucher bis dahin warten und dann zu Fuß wie ein einfacher Reisender die Stadt betreten. Alles andere wäre Verschwendung von Macht, ganz zu schweigen von der Verletzung von Sidereas territorialen Rechten. Andere Seelenfresser als die Königin waren in der Stadt nicht zugelassen.

Sie hatte also Zeit, sich vorzubereiten.

Das erste Morgenlicht kroch in Sidereas Schlafgemach, als sie ihre Zofen zu sich rief. Die jungen Mädchen rieben sich hastig den Schlaf aus den Augen und eilten mit Schminke und Puder und den dazugehörigen Pinseln zu ihr. Sie halfen ihrer Herrin, die zarten Farbschichten auf die Wangen aufzutragen, dann drehten sie ihr das lange dunkle Haar zu Kräusellocken. Und natürlich wurde sie mit Parfüm besprüht. Parfüm musste sein. Die besondere Geruchsempfindlichkeit der Seelenfresser verlieh dieser weiblichen Waffe in ihrem Arsenal im Umgang mit den männlichen Konjunkten zusätzliches Gewicht. Selbstverständlich musste sich jeder künstliche Duft mit dem Eigengeruch ihrer Ikata vertragen, jenem süßlichen Moschusduft, der inzwischen auch ihrer Haut anhaftete, sooft sie auch badete. Er hatte ebenfalls eine auffallende Wirkung auf die Reiter, und bei den Sterblichen verstärkte er ihren geheimnisvollen Nimbus noch weiter. *Dämonengeruch,* hieß es mancherorts. Man raunte das Wort in dunklen Ecken, wenn man glaubte, sie höre es nicht.

Dabei hörte sie alles.

Sie hüllte sich in mehrere Schichten dünner Seide in den Farben der Seelenfresser-Schwingen. Die zarten Stoffbahnen waren so angeordnet, dass sie fast, aber nicht ganz undurchsichtig waren und die Kurven darunter andeuteten, ohne sie tatsächlich zur Schau zu stellen. Mit solchen Gewändern war es ihr immer schon leichtgefallen, Männer zu bezirzen, und die Männer, die mit einem Ikata verbunden waren, fielen auf derlei optische Tricks besonders leicht herein. Das sollte so sein. Der Reiter, der sie als Partnerin gewinnen konnte, würde bei seinesgleichen so lange als Anführer gelten, bis es einem Rivalen gelang, ihn zu verdrängen. Bei den Menschen war die enge Verbindung zwischen Sex und Macht selten so offenkundig.

Alles könnte ganz anders sein, wenn ihre Ikata schon ausgewachsen und paarungsbereit wäre! Aber der Geschlechtstrieb der Königin war noch nicht ausgeprägt genug. Für die Männchen war das von Vorteil, denn es gewährte ihnen eine Frist, um untereinander mit einem Minimum an Blutvergießen für klare Verhältnisse zu sorgen; noch gab es keine fruchtbare Königin, um die man kämpfen musste. Doch sobald sich das änderte, würden sich auch die Kräfteverhältnisse in der Kolonie verschieben. Siderea erinnerte sich an die Kampfvisionen, die sie beschworen hatte, als sie Nasaan verführte. Wenn die junge Königin auf diese Bilder schon so stark angesprochen hatte, obwohl sie noch halbwüchsig war, wie würde es dann erst sein, wenn die Geschlechtsreife in vollem Umfang mit ins Spiel kam? Eine Vorstellung, die Siderea zugleich ängstigte und erregte. An manchen Tagen hatte sie das Gefühl, sich mit der Bindung an diese Kreatur von einer hohen Klippe gestürzt zu haben und jetzt im freien Fall zu schweben, ohne zu wissen, was sie unten erwartete.

Ein schwarzhäutiger Diener trat ein und wartete schweigend, bis Siderea Notiz von ihm nahm. Sie wandte den Blick nicht von ihrem Spiegel, strich sich ein letztes Mal über die Frisur, streifte mit dem Finger innen an der Wölbung einer Brust entlang, um die Seidenschichten darüber möglichst verführerisch anzuordnen, murmelte: »Lass meinen Gast in den Garten führen« und hörte, wie er davoneilte.

Der Palast, den Dervasti hatte bauen lassen, war für die Begriffe der Wüstenvölker ein wahrer Prachtbau, auch wenn nur wenige Fürsten des Nordens das so gesehen hätten. Immerhin war der Marmor, den er aus fernen Steinbrüchen hatte kommen lassen, unglaublich teuer gewesen, und bei der Einrichtung hatte man an Goldornamenten nicht gespart. Nasaan hatte im großen Saal Götterbildnisse aufstellen lassen, kunstvoll geschnitzte, mit Edelsteinen besetzte und in Seide gekleidete Figuren, um sich die Gunst des Himmels zu sichern. Und natürlich die Gunst der Priester. Die Frage, was von beiden ihm wichtiger war, hätte reichlich Stoff für Diskussionen geliefert.

Aber der Garten gehörte ihr, und er war in dieser wasserarmen Gegend ein ungeheurer Luxus. Die saftig grünen Pflanzen, die den Innenhof bis zum Überquellen füllten, legten deutlicher Zeugnis ab für den Reichtum des Fürsten, als wenn man den gesamten Palast bis zur Decke mit Goldbarren vollgeschichtet hätte. Siderea konnte zwar mühelos im Handumdrehen Wasser beschwören, aber das brauchten die Besucher ja nicht zu wissen.

Sie hätte ihren Gast lieber auf einer goldenen Liege empfangen, denn das hätte ihre Reize am besten zur Geltung gebracht, doch dagegen sträubte sich ihre Konjunkta. *Keine Demutshaltung!* Es war sinnlos, der Ikata erklären zu wollen, dass diese Haltung bei den Menschen genau das Gegenteil von Demut ausdrücken konnte – dass es ein Zeichen von Macht war, wenn sich ein Gast zu ihr herunterbeugen musste wie ein Diener. Ganz zu schweigen davon, dass es in der Wüste zum Protokoll gehörte, einen Mann für eine Frau zu entflammen, die er nicht haben konnte. Mit menschlicher Logik allein konnte man den mächtigen Ikati-Instinkt nicht überwinden, und Siderea hatte gelernt, dass es manchmal einfach Zeitvergeudung war, der Königin zu widersprechen. Also begab sie sich in einen Teil des Gartens, der besonders üppig grünte, stellte sich unter einen Bogen, um den sich Weinreben und Blütenglocken rankten, zog die spinnwebfeinen violetten und blauen Seidenbahnen ihres Gewandes so wirkungsvoll wie möglich zurecht und wartete.

Endlich kehrte der Diener zurück. »Herrin«, meldete er mit einer tiefen Verbeugung. »Ein Mann namens Nyuku bittet darum, Euch seine Aufwartung machen zu dürfen.«

Der Name ließ sie aufhorchen. *Nyuku* war gekommen? Nun, damit war auf jeden Fall erklärt, warum ihn die anderen Seelenfresser auf dem Weg hierher nicht angegriffen hatten. Nyuku bekleidete schon so lange eine Vorrangstellung unter den Reitern, dass sich keiner mehr erinnern konnte, wann es jemals anders gewesen war. Jedenfalls erzählten sie ihr das, wenn sie ihnen – selten genug – gestattete, mit ihr zu sprechen. In der rauen Welt der Ikati, wo man sich die Führung bei jeder Paarung neu verdienen musste und gescheiterter Ehrgeiz oft mit dem Tod bezahlt wurde, war ein solcher Rekord keine Kleinigkeit. Wahrscheinlich trugen die Hälfte der hiesigen Seelenfresser Spuren der Klauen und Stacheln von Nyukus Konjunkten.

Sie hatte ihn erwartet, aber nicht so bald. Zweifellos hatte ihn die Lage oben im Norden zum Handeln gezwungen.

»Bring ihn zu mir«, befahl sie. Sie spürte, wie sich der Herzschlag der jungen Königin erwartungsvoll beschleunigte und ihr eigener den Rhythmus aufnahm.

Der Diener verneigte sich abermals und ging. Zwei Gardisten traten ein und bezogen diskret Stellung hinter blühenden Sträuchern. Darauf bestand das höfische Protokoll. Seit sie Nasaans Fürstin war, durfte sie mit keinem anderen Mann mehr allein sein.

Als der Diener zurückkehrte, hatte er einen schwarzhaarigen Mann im Gefolge. Wie alle Reiter war Nyuku hager, und das Leben in den eisigen arktischen Winden hatte seine Haut rau gemacht. Anders als sie war er jedoch frisch gebadet und verströmte außer dem allgegenwärtigen Moschusduft der Seelenfresser keinen Körpergeruch. Sie war angenehm überrascht. Sein glänzend schwarzes Haar war im Nacken ordentlich zum Zopf geflochten und sah aus, als hätte er es mit Öl geglättet. Eine Marotte, die bemerkenswert menschlich wirkte. Seine schlichte Kleidung war gut geschnitten und bestand aus gewebtem Stoff; wenn er auch Stücke aus Seelenfresser-Haut am Leibe trug, so waren sie nicht zu sehen. Die Augen mit den langen Wimpern waren mandelförmig, und in ihren Tiefen blitzte eine wache Intelligenz, als er nun den Raum, die Gardisten ... und sie auf sich wirken ließ. Durchaus menschlich im Aussehen und im Mienenspiel, stellte sie fest. Niemand, der ihn hier stehen sähe, würde an seinem Menschsein zweifeln.

Der Diener verneigte sich respektvoll. »Hoheit, ich darf Euch Nyuku aus den Nordlanden vorstellen.« Man hörte deutlich, dass er enttäuscht war, keinen längeren Namen oder eine Kette von Ehrentiteln vortragen zu können. Wenige Besucher erschienen vor ihr oder Nasaan, ohne sich dem Fürstenpaar mit einer imposanten Reihe von Familiennamen und Titeln zu präsentieren, selbst wenn sie einige davon erst im Vorzimmer hatten erfinden müssen. Ein Mann, der diesen Brauch ignorierte und sich mit einem einzigen Namen begnügte, musste viel Selbstvertrauen besitzen ... oder sehr überheblich sein.

Die Grenze zwischen beidem war manchmal fließend.

»Nyuku«, säuselte sie und streckte ihm die Hand entgegen.

»Mir ist so, als hätte ich die anderen schon von Euch reden hören.«

Sie sah mit Genugtuung, dass ihn die Geste überraschte; es lohnte sich immer, diese Reiter zu überrumpeln. Als er vortrat, um die Hand zu ergreifen, stellte sie fest, dass auch seine Körpersprache auffallend menschlich war. *Er hat uns gründlich studiert,* lautete ihr Urteil. Als er zu ihr trat, neigte er leicht den Kopf und griff nach kurzem Zögern tatsächlich nach ihrer Hand. Sie überließ sie ihm. Im Hinterkopf spürte sie, wie die Ikati-Königin unruhig wurde. *Schsch,* beschwichtigte Siderea. *Ich weiß schon, was ich tue.* Aber sie wusste auch, wie gefährlich es war, sich von einem der Reiter berühren zu lassen. Wenn sein Seelenfresser hinter einer solchen Aufforderung mehr vermutete, konnte das sehr schnell sehr böse enden.

Als er mit höfischer Eleganz ihre Hand an die Lippen führte und einen leichten Kuss daraufdrückte, ohne dabei den Blick von ihr zu wenden, glaubte sie für einen Moment, seinen Konjunkten hinter diesen Augen zu spüren, ein schwarzes Ungeheuer, das dies alles für eine gezielte sexuelle Provokation hielt und in rasender Wut mit den Flügeln schlug. Wenn es der Kreatur in diesem Moment gelänge, die Herrschaft über Nyuku zu erlangen, würde sich diese Wut natürlich gegen sie richten. Sie leistete sich ein wahrhaft riskantes Spiel.

Aber es war ein Spiel, das sie immer geliebt hatte, und seit sie einen Seelenfresser zum Partner hatte, war es noch interessanter geworden.

Als Nyuku ihre Hand losließ, trat er einen Schritt zurück und stellte den schicklichen Abstand wieder her. Siderea spürte, wie ihre Königin sich ein wenig beruhigte, auch wenn ihr diese Zweisamkeit noch immer nicht geheuer war.

»Ihr wisst, wer ich bin?«, fragte er.

»Ich weiß, was mir die anderen über Euch erzählt haben.«

Ein Mundwinkel zuckte. »Natürlich nur Gutes.«

Sie lächelte huldvoll und legte einen schwachen Hauch von Ironie in ihre Stimme. »Natürlich.«

Dieser Mann würde eines Tages ihr Paarungspartner sein. Wie das technisch vor sich gehen sollte, hatte sie noch nicht vollends akzeptiert; sie war gewöhnt, sich ihre Liebhaber selbst zu wählen. Aber wenn die Zeit kam, würde sie ihn offenbar begehren, ob er ihr menschliches Herz gewonnen hatte oder nicht. Wenn der Paarungsflug erst begonnen hatte, würden menschliche Bedenken keine Rolle mehr spielen.

Das hatten ihr jedenfalls die anderen erzählt. Die natürlich ihre eigenen Ziele verfolgten.

Vielleicht wird auch nicht dieser hier den Flug bestimmen, kam der Gedanke der Königin. Ein Versuch, sie zu trösten. *Vielleicht bringt ihn ein anderer zu Fall.*

Er herrscht seit Langem über die Kolonie, gab Siderea zurück. *Das heißt, er ist nicht leicht zu besiegen.*

Am kalten Himmel und bei blassem Sonnenschein. Wer weiß, was über heißem Wüstensand geschieht, wenn die Sonne voll auf ihre Schwingen niederbrennt?

Das war wirklich eine interessante Frage. Machte sich Nyuku Sorgen, dass seine schwer erkämpfte Stellung in dieser neuen Umgebung bedroht sein könnte? Der leise Verdacht, er könnte verwundbar sein, stellte das Gleichgewicht zwischen ihnen wieder her und weckte ihre stärksten Raubtierinstinkte.

»Und was verschafft mir die Ehre dieses Besuches?«, fragte sie. Dicht unter der Oberfläche ihres Lächelns lauerten messerscharfe Fragen: *Wieso dringst du in mein Revier ein? Wie lange willst du bleiben? Was hoffst du mit deinem Kommen zu erreichen?*

»Ich möchte mich natürlich unserer neuen Königin vorstellen.«

»Und Euch ansehen, was für eine Frau Ihr in Eure Reihen aufgenommen habt.«

Ein schwaches Lächeln. »Natürlich.«

»Vielleicht wollt Ihr auch den anderen zeigen, dass Euch die neue Königin empfängt, während sie immer noch auf Abstand gehalten werden? Das könnte ihr Selbstvertrauen beim nächsten Flug schmälern und Euch einen Vorteil verschaffen.«

Sein Lächeln bekam einen grausamen Zug. »Wir sind, wie wir sind, Hoheit.«

Das kann man wohl sagen, dachte sie mit Genugtuung. »Nun

denn.« Sie breitete die Arme weit aus, eine Einladung, sie zu besichtigen. »Und was seht Ihr?«

Das sexuelle Verlangen in seinem Blick war unverhohlen; Männer, die mit Seelenfressern verbunden waren, schämten sich nicht für ihr Triebleben. »Eine schöne und starke Frau. Eine angesehene Herrscherin, die bereits begonnen hat, abseits der neugierigen Blicke unserer Feinde ein neues Reich für unser Volk zu errichten.«

»Das klingt nach Anerkennung.«

Er schmunzelte. »Welcher Mann würde einer solchen Frau die Anerkennung verweigern?«

Sie lachte leise. »Höfische Manieren hätte ich von Euch nicht erwartet, Nyuku. Kaum einer von Euren Männern denkt auch nur daran, regelmäßig zu baden, geschweige denn, einer Frau Komplimente zu machen.«

»Die Welt der Menschen hat ihre Regeln. Wenn wir hier in Ruhe leben wollen, müssen wir sie erlernen. Das haben die Seelenfresser beim ersten Mal versäumt, und deshalb konnten die Ersten Könige sie in die Verbannung treiben.« Seine Augen waren so dunkel, dass sie fast schwarz erschienen, Iris und Pupille gingen ineinander über, als gäbe es keine Grenze. Wenn man solchen Augen einen Flächenschliff verpassen könnte, würden sie kaum anders aussehen als Ikati-Augen. »Diesmal haben die Ikati natürlich Verbündete. Deshalb rechne ich mit einem reibungsloseren Ablauf.«

»Verbündete wie Euch und mich?«

Die dunklen Augen glitzerten. »So ist es.«

»Und die Königin des Nordens? Was ist mit ihr? Welche Rolle spielt sie bei alledem?« …

Dies war ein Test, und er erkannte es. Sie sah das Zögern in seinen Augen. Wie viel wusste sie bereits? Er wollte nicht derjenige sein, der ihr die schlechte Nachricht überbrachte. Endlich verkündete er in feierlichem Ton: »Die Königin des Nordens ist tot, Hoheit.«

Sie war nicht so unaufrichtig, Überraschung zu heucheln; ihre Miene blieb gekonnt teilnahmslos. »Und ihre Beschützer?«

»Keiner mehr übrig. Ich fand nur noch Skelette.«

»Dann ist meine Königin die Letzte.«

»So ist es.«

Ein kaltes Lächeln der Genugtuung breitete sich über ihre Züge. Ein richtiger Mensch hätte den Ausdruck vielleicht abstoßend gefunden. Doch ein veränderter, mit einem Ikata verbundener Mensch störte sich nicht daran, dass sie den Tod eines Rivalen feierte.

»Aha«, sagte sie. »Das Überleben unserer Spezies …« Sie brach ab und überließ es ihm, den Satz zu vollenden.

»Hängt also von Euch ab, Hoheit.«

Wie viel Macht in diesen wenigen Worten! Welche Verantwortung! Allein die Vorstellung ging schier über ihren Verstand.

»Wie ist sie umgekommen?«, fragte Siderea. Ein weiterer Test.

»Der Großkönig, Salvator Aurelius, ist mit einem Gefolge in ihr Territorium eingedrungen. Man sagt, er selbst habe ihr den Todesstoß versetzt.«

Sein Spitzelnetz war nicht zuverlässig, dachte sie. Oder wollte er sie seinerseits auf die Probe stellen? Trieben diese Männer solche Spiele? »Nein«, verbesserte sie. »Nicht der Großkönig hat ihr den Todesstoß versetzt. Auch wenn man diese Geschichte in der Öffentlichkeit verbreitet … aus naheliegenden Gründen.«

Die aufflackernde Überraschung in seinen Augen entging ihr nicht. Narr! Hatte er geglaubt, sie wäre hier völlig von der Welt abgeschnitten und hätte keine eigenen Spione? Sie könnte nur von ihm und seinesgleichen erfahren, was draußen vor sich ging? Nun, was erwartete sie? Er und seine Männer hatten gewöhnlich nur mit Kindern zu tun, mit jungen Mädchen, die an ebenso junge Ikati gebunden wurden und Seite an Seite mit ihnen in seliger Ahnungslosigkeit aufwuchsen. Siderea war anders. Eine erfahrene Hexe, die einst über Menschen geherrscht und Könige wie Magister verführt hatte … Kein Wunder, dass Nyuku und die anderen Reiter nicht wussten, wie sie mit ihr umgehen sollten.

Du glaubst ja gar nicht, wo ich überall Verbündete habe, dachte sie.

»Wer war es denn dann?«, wollte er wissen. »Wer führte den entscheidenden Stoß?«

Hatte er ihre Gegenspielerin im Norden geliebt? Waren diese Männer – halb Mensch, halb Ikata – überhaupt zu wahrer Liebe fähig? Die Reiterin der Königin des Nordens musste Nyukus Partnerin gewesen sein, eine Kindbraut, durch die Ikati-Brunst mit ihm verbunden. Nun war sie tot, und er hatte alles verloren. O ja, er war vielleicht immer noch stärker und wilder als alle anderen, und seinem Ikata konnte man wahrscheinlich zwei Flügel auf dem Rücken zusammenbinden, und er würde immer noch jeden Herausforderer besiegen, aber letztlich gründete seine Autorität in seiner Bindung an die Ikati-Königin. Nach dem Tod dieser Königin war er nur einer von vielen in einer Kolonie von bösartigen, streitlustigen Raubtieren, die sich in Dominanzkämpfen zerfleischten, während sie darauf warteten, dass die neue Königin zum Paarungsflug aufrief.

So viel Macht in einer einzigen Frau! Eine berauschende Vorstellung.

»Ein Magister hat sie getötet«, antwortete sie. Und sah mit Genugtuung, wie seine Augen bei diesen Worten zornig aufblitzten.

»Welcher?«

Sie öffnete den Mund, um den Namen auszusprechen, brachte aber keinen Laut hervor. Der Hass wallte mit solcher Heftigkeit in ihr auf, dass er ihr den Atem raubte. *Du hast seine Haare.* Sie tröstete sich mit der Erinnerung an jene kostbaren Fäden mitsamt ihrem magischen Potenzial, die sie Colivar gestohlen hatte. Jetzt lagen sie zusammen mit weniger mächtigen Pfändern von weniger mächtigen Magistern in ihrer Schatzkiste und warteten auf den Tag, an dem sie mit ihnen zuschlagen würde. Ihr Hass war also nicht zahnlos. Eines Tages würde sie an den Magistern Rache nehmen, die sie verraten hatten, und allen voran an diesem einen.

»Colivar hat ihr den Todesstoß versetzt«, sagte sie endlich.

Sie sah, dass er mit dem Namen etwas verband, obwohl er es zu verbergen suchte. Sie selbst verzog keine Miene, doch ihr Verstand arbeitete fieberhaft. Soeben war ein neues und hochinteressantes Mosaiksteinchen aufgetaucht, und sie wusste noch nicht genau, was sie damit anfangen sollte.

»Colivar?«, fragte er. »Seid Ihr sicher, dass das der Name war?«

»Ja. Wieso?« Sie fragte es möglichst beiläufig. »Kennt Ihr ihn?«

Er stieß zischend wie eine Schlange den Atem aus. »Ich kannte einmal jemanden, der so hieß. Es ist lange her. Aber es kann nicht derselbe Mann sein.«

Sie zuckte die Achseln. »Der Name ist ungewöhnlich, aber sicher nicht einmalig. Es gibt sicherlich auch andere, die so heißen.«

»Beschreibt ihn mir.«

Sein Tonfall war herrisch geworden, und die Ikati-Königin begehrte auf. Siderea beschwichtigte sie mit einem Gedanken. *Still. Das ist wichtig.* Sie beobachtete Nyuku wie ein Habicht seine Beute, lauerte auf die kleinste Reaktion, die ihr hätte verraten können, was in ihm vorging. »Die Hautfarbe ähnlich wie bei Euch. Kantige Züge, dunkle, leicht schräge Augen. Kein Bart, langes glattes Haar so schwarz wie die Nacht. Vom Aussehen her würde ich ihn auf etwa dreißig Jahre schätzen ... aber das hat bei einem Magister natürlich nicht viel zu sagen. Ein Stück größer als Ihr vielleicht.« Und endlich fragte sie – hoffentlich gleichgültig genug: »Könnte das der Mann sein, den Ihr kanntet?«

In den Tiefen von Nyukus Augen glomm ein düsteres, namenloses Feuer. Siderea hatte plötzlich das Gefühl, keinen Menschen mehr vor sich zu haben, sondern direkt in die Augen seines Ikata zu schauen. Und was sie in diesen Augen sah, verursachte ihr ein Kribbeln im Nacken.

»Ich habe von ihm gehört«, antwortete Nyuku. Er wich ihr aus.

»Ich nehme an, er ist kein Freund von Euch?«

»Ich habe keine Freunde unter den Magistern.« Er beherrschte sich eisern, seine Züge verrieten ihr nichts. Was immer Colivar für ihn bedeutete, er hatte offensichtlich nicht vor, es ihr mitzuteilen.

Zumindest nicht freiwillig.

Vorsichtig entzog sie ihrer Konjunkta ein wenig Macht und formte sie um zu einem Werkzeug, das sie sorgsam schärfte: einem magischen Skalpell. Die Reiter, denen sie bisher begegnet war, hatten sich nicht als starke Hexer erwiesen. Sie konnten zwar von ihren geflügelten Konjunkten Athra beziehen, verwendeten es aber offenbar nur zur Nahrungssuche und bei ihren Kämpfen gegeneinander. Es wäre allerdings töricht anzunehmen, dass das auch für Nyuku Gültigkeit hatte. Immerhin war er der Anführer und schien sehr viel klüger zu sein als die anderen.

Sie streckte einen Fühler ihrer Macht nach ihm aus. Er traf nicht auf Widerstand. War er bloß nicht gewöhnt, dass andere versuchten, in seine Gedanken einzudringen, oder verfügte er tatsächlich nicht über die elementaren Abwehrfähigkeiten eines Hexers? Dabei wurden ständig die Energien eines ganzen Menschenlebens in seine Seele geleitet, und es stand ihm frei, nach Belieben damit zu hexen … es war unfassbar.

Behutsam, sehr, sehr behutsam drang sie in sein Bewusstsein ein und suchte nach der Wahrheit über ihn und Colivar …

… und plötzlich durchwallte sie die Macht mit lautem Tosen wie glühendes Magma. Sie wogte nicht nach innen und trug ihr sein geheimes Wissen zu, wie sie es beabsichtigt hatte. Nein, die Macht strömte nach außen, aus dem Innersten ihrer Seele heraus und geradewegs zu ihm. Lavaströme von Energie rauschten ihr aus allen Poren, Seelenfeuer verbrannte ihr die Haut und versengte ihr die Seele. Sein unersättlicher Hunger entzog ihr die Macht. Riss sie aus ihr heraus. Kälte und Finsternis umfingen sie und sogen ihr die Seele aus. In der Ferne hörte sie ihre Ikata entsetzt aufheulen, ihre blanke metaphysische Panik überschwemmte Sidereas Denken und erstickte alles außer dem verzweifelten Überlebenswillen.

Irgendwie gelang es ihr, sich zu befreien. Die Verbindung zu durchtrennen. Dabei – sobald sie sich so weit erholt hatte, dass sie ihre unmittelbare Umgebung wieder wahrnehmen konnte – wurde ihr klar, dass sie zusammengebrochen war. Nyuku hatte sie aufgefangen und sie möglicherweise davor bewahrt, sich zu verletzen. Aber er ließ sie auch jetzt nicht los, und das konnte Sidereas Ikata nicht ertragen. Ihre Wut erfasste ihrer beider Seelen, und Siderea hätte mit ihren Klauen – oder Fingernägeln? – nach Nyuku geschlagen, wären die Gardisten nicht schneller gewesen und hätten ihn unsanft von ihr weggezogen. Für einen Moment erstarrte das Bild, alle vier sahen sich an, niemand regte sich. In Nyukus Augen erkannte sie deutlich die flammende Wut und

Empörung des Seelenfressers. Was *erdreisteten* sich diese Menschen, sich zwischen ihn und eine Königin zu stellen! In dieser Sekunde erkannte sie, wie schwer es für seinen menschlichen Teil war, die zivilisierte Fassade aufrechtzuerhalten und nicht auf die Männer loszugehen, wie es sein Seelenfresser so gerne getan hätte.

Langsam erhob sie sich und sammelte die Reste ihrer Würde ein. Was in allen Höllen war eben geschehen? Sie hatte ihre Hexenkünste schon einmal in ähnlicher Absicht gegen Amalik eingesetzt, und damals war nichts geschehen. Inwiefern war Nyuku anders? Oder hatte die Tatsache, dass sie inzwischen selbst an einen Seelenfresser gebunden war, ihre Hexenkräfte so verändert, dass sie sie nicht mehr gegen diese Männer richten konnte, ohne sich selbst in Gefahr zu bringen?

»Lasst ihn los«, befahl sie.

Die Gardisten gaben Nyukus Arme frei. Er regte sich nicht, aber der Zorn strahlte von ihm aus wie die Hitze vom Wüstensand.

»Ihr habt es gut gemeint«, sagte sie kalt. »Aber fasst mich niemals wieder unaufgefordert an.«

Er starrte sie lange an. Dann neigte er steif den Kopf zum Zeichen, dass er verstanden hatte.

Sie entließ die Gardisten mit einer Handbewegung. Als sie sich auf ihre Posten zurückgezogen hatten, umhüllte sie sie abermals mit ihrer Macht, um zu verhindern, dass sie ihre nächsten Worte mitbekämen. Aber sie waren jetzt doppelt misstrauisch geworden, und ihre Sinne ließen sich nicht mehr so leicht kontrollieren.

»Colivar ist mein Feind«, erklärte sie schlicht. »Ich will ihn vernichten. Wenn das auch Euer Ziel ist, können wir gemeinsame Sache machen. Wenn nicht …« Sie zuckte die Achseln.

Es war ein starker Köder. Die meisten Reiter würden einen Mord begehen, um ihre Verbündeten werden zu können, sie bemühten sich geradezu verzweifelt um ihre Gunst, weil sie sich davon irgendwelche Vorteile erhofften, wenn die Königin zu ihrem ersten Flug aufstieg. Fast alle waren erbärmliche Kreaturen. Doch der hier, der hier war anders. Der hier war mehr als die anderen.

»Magister sind nicht leicht zu töten«, entgegnete er ruhig.

»Das ist mir bekannt.«

»Ihr glaubt, Ihr hättet die richtige Waffe?«

Es gab auf der Welt keinen stärkeren Anker als ein Stück vom eigenen Körper eines Menschen. Da sie Colivars Haare an sich genommen hatte, solange sie noch ein lebendiger Teil seiner Identität waren, anstatt sie vom Bett oder Fußboden aufzulesen, nachdem sein Körper sie spontan abgeworfen hatte, besaßen sie eine ungeheure Macht.

»Ich habe die Waffe«, lächelte sie. Und beobachtete ihn genau.

Er fuhr sich mit der Zunge über die Lippen und dachte nach. Das war nicht die Reaktion, die sie erwartet hätte. Entweder hatte sie sein Interesse an Colivar überschätzt, oder hier ging es um eine komplexere Angelegenheit. Ein neues, schwerwiegendes Geheimnis, auf das er Rücksicht nehmen musste, bevor er ihr antworten konnte. Sie verfluchte sich dafür, dass sie ihre Kräfte nicht einsetzen konnte, um es ihm zu entreißen.

Hab Geduld, beschwor sie sich. *Irgendwann wird er dir von sich aus verraten, was er weiß. So ist es doch immer.*

Außerdem gab es noch die traditionelleren Methoden.

»Vielleicht habe ich mich getäuscht«, überlegte sie laut, »und Euch ist doch nicht an seinem Tod gelegen.«

Nyukus Augen wurden schmal. »Ich will seinen Tod. Aber er muss von meiner Hand sterben.«

Sie zog eine Augenbraue hoch. »Warum?«

»Persönliche Gründe, Hoheit.«

Ging es etwa um sexuelle Rivalitäten?, fragte sie sich. Es war kein Geheimnis, dass Colivar einst Sidereas Liebhaber gewesen war; sicherlich war das auch Nyuku bekannt. Was bedeutete, dass sein Seelenfresser Colivar als Nebenbuhler betrachten könnte. In diesem Fall würde Nyukus Gehirn gerade von den primitiven Konkurrenzinstinkten seiner Art überschwemmt, und er wollte seinen neuen Gegner nicht nur bildlich gesprochen in Stücke reißen, sondern ganz konkret mit Zähnen und Klauen auf ihn losgehen. Um das Blut des arroganten Magisters zu trinken, der sich zwischen ihn und die Königin stellte.

Sie weidete sich an der Vorstellung.

»Er mag von Eurer Hand sterben«, räumte sie ein, »aber meine Hand wird ihn zu Fall bringen. Meine Hand wird ihn in die Enge treiben, alles zerstören, was ihm teuer ist, und ihn wie einen Wurm zerdrücken. Wenn ich mit ihm fertig bin, könnt Ihr ihn haben. Wohlgemerkt erst, wenn ich mit ihm fertig bin. Seid Ihr damit einverstanden?«

Er neigte den Kopf. »Ich bin einverstanden, Hoheit.«

»Könnt Ihr den anderen befehlen, mich dabei zu unterstützen?«

Die Frage war Kompliment und Herausforderung in einem. Erst wenn es Nyukus Seelenfresser gelänge, sich ein weiteres Mal mit einer Königin zu paaren, könnte er über die anderen Reiter gebieten. Im Moment hatte er nichts in der Hand.

Sie hatte ihm seine eigene Schwäche vor Augen geführt und ihn erinnert, dass er *ihre Hilfe* brauchte, um wieder an die Macht zu kommen.

»Wenn ich ihnen erkläre, dass unsere Königin Unterstützung benötigt«, erklärte er, »werden sie sich nicht weigern.«

Sie lächelte zufrieden. Der Mann erwies sich als leicht lenkbar. Über ihn konnte sie auch die anderen kontrollieren. Ein Mann war und blieb eben ein Mann, dachte sie, ob er sich auf den Feldern abrackerte, auf einem Elfenbeinthron saß oder seine Seele mit einem mythischen Ungeheuer teilte.

»Darauf kommen wir später noch zurück«, beendete sie das Gespräch. »Bleibt vorerst in der Nähe des Palastes, damit ich weiß, wo ich Euch finden kann.«

Der Befehl war nach den Maßstäben der Reiter wie ein kostbares Geschenk. Ein Gunstbeweis der neuen Königin würde Nyukus Stellung deutlich stärken. Allerdings war er damit auch entlassen. Er hatte viel erreicht, aber er sollte sich keine falschen Vorstellungen machen; er musste sich ihre Gunst immer wieder neu verdienen und durfte sie niemals für selbstverständlich halten.

Respektvoll neigte er den Kopf und wandte sich zum Gehen. Siderea konnte das hektische Flüstern seines Seelenfressers förmlich hören. Nyuku hielt inne und sah sich nach ihr um. Sie glaubte zu spüren, wie die beiden Bewusstseine in seinem Kopf beratschlagten. Darüber, was er sagen sollte? Oder was er besser für sich behielt?

»Ihr braucht Colivar keine Falle zu stellen«, teilte er ihr mit. »Er wird von selbst zu Euch kommen. Er *muss* kommen. Sein wahres Wesen lässt ihm keine andere Wahl.«

Er verneigte sich ein letztes Mal und ging, ohne auf eine Antwort zu warten.

Damit, erkannte sie, wollte er seinerseits Stärke zeigen. *Du kannst mir die Rolle deines Dieners zuweisen, aber du irrst dich, wenn du glaubst, mir die Schwäche eines Dieners unterstellen zu können.* Siderea war fasziniert. Glaubte er wirklich, dass ihr diese Demonstration von Unabhängigkeit imponieren konnte? Oder war es lediglich eine Trotzreaktion gewesen?

Auf jeden Fall hatte er damit Mut bewiesen, und deshalb verzichtete sie darauf, ihn zurückzurufen.

Kapitel 15

Der Steinspeer im königlichen Garten war in Mondlicht getaucht, kühle Glanzlichter tanzten über seine Oberfläche, wenn die Wolken darüber hinzogen. Salvator starrte das Ding schweigend an und bemerkte die dunklen Streifen, wo seine Mutter einmal mehr ihr Blut geopfert hatte. Einem Felsengott. Zu gern hätte er diesen Brauch so leidenschaftlich verdammt, wie es sich für einen Büßermönch geziemte, doch seit er seinen tieferen Sinn erkannt hatte, fiel es ihm schwer, den früheren Abscheu wiederaufleben zu lassen. Natürlich war und blieb es Abgötterei, doch mithilfe dieses Rituals waren die *Lyr* über vierzig Generationen geeint geblieben und hatten ihr Ziel im Blick behalten. So hatten sie sich ihre natürliche Immunität gegenüber der Macht der Seelenfresser bewahrt. Die gleiche Immunität, die offenbar auch er besaß. Und von der er inzwischen wusste, wie wichtig sie noch werden konnte.

Duldung ist der erste Schritt zur Verdammnis, ermahnte er sich selbst.

Schritte näherten sich, aber er drehte sich nicht um. Es waren leichte Schritte, die kaum die Kiefernnadeln auf dem Boden knickten. Als sie aufhörten, herrschte für einen Moment Stille. Er fragte sich, ob seine Mutter wohl aus Achtung vor seiner meditativen Stimmung Abstand hielt oder weil sie fürchtete, seine Bereitschaft, vor dem heiligen Speer zu stehen, könnte wie Glas zerbrechen, sobald sie ihn in seiner Betrachtung störte.

Endlich sagte er laut: »Dein Auftritt mit dem Seelenfresser war tollkühn.«

»Es musste sein.«

»Du hättest mir sagen müssen, was du vorhattest. Ich war in keiner Weise darauf vorbereitet, derart überrumpelt zu werden.«

»Wenn ich dir meinen Plan verraten hätte, hättest du ihn doch sicherlich schon im Vorfeld als tollkühn abgetan. Und mir von vornherein untersagt, auch bloß einen Versuch zu wagen.«

Ein Muskel an seinem Unterkiefer spannte sich. »Wahrscheinlich.«

Sie trat zu ihm. Der Seelenfresser hatte im Todeskampf ihre Wange getroffen. Dort prangte nun ein dunkelblauer Bluterguss, der sich erst an den Rändern gelb verfärbte. Salvator wusste, dass sein eigenes Gesicht mit den drei tiefen Schrammen von der Stirn bis zum Kinn noch schlimmer aussah. Die Hexer hatten die Blutung gestillt, die Wunde von Schmutz gereinigt und ihm angeboten, die Male völlig zu tilgen, doch das hatte er abgelehnt. Wenn es Gottes Wille gewesen war, ihn zu züchtigen, wollte er die Spuren seiner Strafe mit Stolz tragen.

»Hast du die Macht des Seelenfressers überhaupt gespürt?«, fragte er.

Sie schwieg und schaute zu Boden, während sie die Schlacht im Geist noch einmal an sich vorüberziehen ließ. Endlich nickte sie. »Doch, ich glaube schon. Nicht so stark, dass ich die Königin nicht direkt hätte ansehen können, aber da war eine gewisse … Trägheit. Es kostete Überwindung, mehr zu tun, als nur wie erstarrt dazustehen. Als sie zum ersten Mal mit ihrem Schwanz nach mir schlug, konnte ich nur mit Mühe rechtzeitig ausweichen.«

»Aber du hast es dennoch geschafft.«

»Ja. Allerdings musste ich meine ganze Willenskraft aufbieten.« Sie sah ihn mit schief gelegtem Kopf an. »Und was ist mit dir, mein Sohn? Ist ihre Macht auch in deine Seele gedrungen?«

Er wandte sich wieder dem Felsspeer zu. Auch er schwieg lange.

»Nein«, sagte er endlich. »Ich habe zunächst die Abschirmung ihres Territoriums gespürt, aber sobald ich erkannt hatte, was es war, und mich im Geist darauf einstellte, spürte ich … nichts mehr.«

Er hörte, wie sie scharf den Atem einzog. »Ist das wahr?«

»Es ist die Wahrheit, Mutter. Die Spezies scheint über mich keine Macht zu haben.«

Ihre menschlichen Verbündeten allerdings schon, dachte er finster. Siderea hatte ihm vor einer Weile einen Traum geschickt, gegen *ihren* Einfluss war er also gewiss nicht immun. Doch selbst dieser Traum war unvollkommen gewesen, und letztlich hatte er ihn vertrieben. Welche Rolle mochte seine seltsame Gabe im Umgang mit den menschlichen Verbündeten der Seelenfresser spielen?

Gwynofar legte ihm eine Hand auf den Arm. »Du hast *Lyr*-Blut in den Adern. Die Immunität, die deinen Vorvätern gestattete, den Großen Krieg zu führen, ist auf dich übergegangen.«

»Aber ich bin nur zur Hälfte *Lyr*«, gab er zu bedenken. »Wie könnte die Immunität dann bei mir stärker sein als bei dir? Das widerspricht aller Logik. Du hast die Gabe von beiden Seiten deiner Familie geerbt. Ich bin zur Hälfte ... anders.«

Sie lachte in sich hinein. »Genau. Du hast das *Lyr*-Blut von mir und den enormen Starrsinn der Aurelius von deinem Vater geerbt. Gegen diese Kombination kommt offenbar nicht einmal eine Seelenfresser-Königin an.«

Er musste lächeln. »Glaubst du wirklich, dass das die Antwort ist?«

»Eine von vielen vielleicht.«

»Und mein Glaube? Was ist damit?« Er bemühte sich um einen leichten Ton. »Glaubst du nicht, dass auch die Überzeugungen der Büßer einen Anteil hatten?«

Sie zögerte. Schon das war bemerkenswert. Vor der Schlacht hätte sie die Idee sofort von sich gewiesen. Die Ereignisse der letzten Tage mussten sie tief erschüttert haben ...

»Du warst vier Jahre lang Mönch«, sagte sie endlich. »In dieser Zeit hast du dich auf religiöse Fragen konzentriert und dich gegen alle Ablenkungen von außen abgeschirmt. Man kann nicht ausschließen, dass diese Lebensweise deine ... geistige Kapazität beeinflusst hat.«

Ist das alles?, wollte er voller Dringlichkeit fragen. Aber sie war ihm bereits weit entgegengekommen, und er wollte nicht, dass sie es bereute.

Vielleicht hat deine Zuneigung zu Ramirus und die Tatsache, dass du ihm gestattet hast, deinen Körper zu verändern, deine Gabe beeinträchtigt. Vielleicht hat auch mir die Tatsache, dass ich mich lieber von einem Seelenfresser töten als mir durch Zauberei das Leben retten lassen wollte, die Kraft zum Widerstand gegeben.

Wenn das zutraf, würde sich schwerlich jemand finden lassen, der so geartet war wie er. Reinblütige *Lyr* wurden selten Büßermönche, und sie heirateten auch nicht oft in Familien ein, in denen Büßermönche zu finden waren. Wenn Ramirus nicht arrangiert hätte, dass Gwynofar in den Süden ging, um Danton zu heiraten …

Er hielt inne. Hielt einfach inne. Öffnete den Mund und schloss ihn wieder, ohne etwas zu sagen; er brachte keinen Ton heraus.

»Salvator?«

Seine Gedanken schwebten in der Luft. Er bekam sie nicht zu fassen.

»Was hast du?«

Er wusste es, erkannte Salvator. Eine seltsame Mischung von Gefühlen, halb Ehrfurcht, halb Zorn, stieg in ihm auf. Ramirus konnte nicht durchschaut haben, was die *Lyr* tatsächlich waren, als er damals Dantons Heirat vermittelte – niemand hatte das damals gewusst –, aber er hatte gewusst, dass Gwynofars Familie ein besonderes magisches Erbe mitbrachte, und er musste auch die Geschichte der Aurelius-Linie gekannt haben. Vielleicht gab es bei den Aurelius ein historisches Geheimnis, von dem selbst Danton nichts geahnt hatte, aber von dem Ramirus glaubte, dass es die *Lyr*-Gabe noch verstärken könnte, wenn man die beiden Familien vereinte.

Deshalb hat er den Heiratsvermittler gespielt, dachte er benommen. *Diese Ehe war ein Zuchtexperiment.*

Er ließ sich schwer auf eine der Steinbänke vor dem Steinspeer sinken. Seine Hände zitterten.

»Salvator.« Gwynofar setzte sich neben ihn und legte ihm eine Hand auf den Arm. »Sprich, was hast du?«

Er blinzelte seine Mutter verlegen an. Was sollte er sagen?

Sollte er ihr verraten, dass man sie mit Danton gekreuzt hatte wie eine Preisstute, in der Hoffnung, dass sich bei ihren Fohlen neue bemerkenswerte Eigenschaften zeigen würden? Und dass Ramirus, während er die Aureliuskinder bewachte und durch die Irrungen und Wirrungen einer Kindheit im Königshaus geleitete, zugleich selbst entwickelte Tests an ihnen durchführte? Darum war es bei ihrer Heirat mit Danton wirklich gegangen, dachte er nun. Ramirus wollte sehen, was passierte, wenn sich die beiden Blutlinien vermischten. Deshalb waren Salvator und seine Geschwister geschaffen worden.

Experimente. Sie alle waren nicht mehr als die Experimente eines Magisters.

»Ich mache mir Sorgen«, würgte er heraus. Sinnlose Worte, nur um irgendetwas zu sagen. Der Sturm der Entrüstung in seinem Kopf übertönte alles.

»Weswegen?«

Er schloss die Augen und bemühte sich, seine Gedanken zu ordnen. Worüber hatten sie vorher gesprochen? »Ich habe offenbar die Fähigkeit, einem Seelenfresser so entgegenzutreten wie einem ganz normalen Tier. Möglicherweise bin ich der einzige lebende Mensch mit dieser Fähigkeit. Und das bedeutet … was? Dass ich mir ein Schwert umgürte und durch das Reich streife, um alle Ungeheuer zu töten?«

»Ist es das, was du willst?«, fragte sie leise.

»Es wäre verdammt schwierig, dabei die Regierungsgeschäfte weiterzuführen.«

»Dann vergiss die Seelenfresser. Sie sind die Aufgabe der Heiligen Hüter.«

»Und wenn die sie finden? Was dann? Lasse ich sie allein und ohne meine Gabe gegen die Bestien kämpfen, oder steige ich von meinem Thron herab, um ihnen zu helfen?« Er rieb sich die Stirn. Allmählich nisteten sich stechende Kopfschmerzen ein. »Wenn mir nur ein paar Jahre geblieben wären, um meine Herrschaft zu festigen, bevor das alles anfing! Ich bin noch zu neu, zu unerfahren, und das Großkönigreich ist nicht stabil. Ich kann nicht einfach weggehen und erwarten, dass alles noch so ist wie vorher, wenn ich zurückkomme.«

»Warum nicht?«

Er atmete hörbar aus. »Weil an unseren Grenzen Feinde stehen. Und der Adel im Inneren auf Rebellion sinnt. Es gibt Entscheidungen zu fällen, Gebietsverhandlungen zu führen, Streitigkeiten zu schlichten. Ein Reich dieser Größe regiert sich nicht von allein.«

»Aber *du* wirst nicht für alles gebraucht, mein Sohn. Zumindest nicht in nächster Zeit. Einiges kann ich dir abnehmen. Das habe ich auch für Danton getan, wenn er in den Krieg zog. Und um den Rest können sich deine Beamten kümmern. Und wenn das nicht reicht ... dann hol dir Valemar zu Hilfe. Lass dich in deiner Abwesenheit von ihm vertreten. Nach gründlicher Einweisung ist er dazu durchaus fähig.«

»Und wenn mein Bruder feststellt, wie gut sich die Krone auf seinem Kopf anfühlt? Wenn er sie nicht mehr abgeben will, sobald ich wieder zurück bin? Was dann?«

»Salvator.« Sie stellte sich auf die Zehenspitzen und nahm sein Gesicht in beide Hände. »Du bist nach Hause gekommen, weil *ich* dich gebeten habe, den Thron zu besteigen, nicht weil *du* ihn haben wolltest. Wie oft hast du mir das gesagt? Die Krone sei dir eine Last, und du wünschtest, dein Pflichtgefühl zwänge dich nicht, sie zu tragen. Wenn dir Valemar nun diese Krone abnähme – wenn er sich als stark und klug genug erwiese, dich vom Thron zu stoßen und damit einen sicheren Beweis für seine politischen Fähigkeiten zu liefern –, wäre das denn so schrecklich?«

Der Vorschlag machte ihn wütend, aber er wusste nicht, warum. Was sie sagte, war völlig richtig. Wie viele Nächte hatte er wach gelegen und sich gewünscht, Gott möge ihn von dieser Bürde befreien. Und dennoch ... es war *seine* Bürde. Kein anderer sollte sie ihm abnehmen.

Und Valemar war kein Büßermönch. Wenn er die Macht im Großkönigreich übernähme, läge sie nicht mehr in der Hand des wahren Glaubens. Ein Götzendiener würde regieren. Und das wog viel mehr als sein eigenes Los.

Sie lachte leise und ließ die Hände sinken. »Ich sehe Dantons Stolz in deinen Augen.«

Ein gezwungenes Lächeln. »Ich bin schließlich meines Vaters Sohn.«

»Und was hätte er an deiner Stelle getan?«

Die Antwort kam ohne Zögern. »Er hätte sich an die Spitze einer Elitetruppe aus Heiligen Hütern gesetzt. Er hätte im Blut von Seelenfressern gebadet und über ihre Vernichtung frohlockt, bis auch das letzte dieser Ungeheuer vom Angesicht der Erde verschwunden wäre. Und man hätte ihn so gefürchtet, dass niemand gewagt hätte, sich in seiner Abwesenheit an etwas zu vergreifen, das seinen Namen trug. Bei seiner Rückkehr hätte der Thron immer noch leer gestanden und auf ihn gewartet.«

»Auch in dir glüht dieser Funke. Ich habe es erlebt. Du leitest die Energie in den Glauben anstatt in den Krieg, doch das ändert nichts an der Stärke deiner Leidenschaft.«

»Ich genieße nicht den gleichen Ruf wie er.«

»Vielleicht noch nicht. Aber ein Krieg bietet die Möglichkeit, dir deinen eigenen Ruf zu erwerben. Es sei denn, du scheust dich, im Kampf auch Blut zu vergießen.«

»Wir Büßer sind keine Friedensapostel, Mutter. Unsere Mönche werden sogar im Umgang mit Waffen geschult, um ihre Selbstbeherrschung zu fördern. Und es gab immer wieder Zeiten, in denen wir verfolgt wurden und uns zur Wehr setzen mussten. Vergiss nicht, unser Gott ist Schöpfer und Zerstörer in einem.«

»Und jetzt steht der Zerstörer vor unserer Schwelle.«

»Ich würde eher sagen, vor der Schwelle unserer Welt.«

»Das Großkönigreich *ist* die Welt.« Ein leises Schmunzeln erhellte ihr Gesicht. »Das hat jedenfalls dein Vater immer behauptet.«

Er schüttelte seufzend den Kopf. »Ich kann dir gar nicht sagen, wie froh ich wäre, wenn er mich beraten könnte.«

»Ich glaube …« Sie zögerte. »Ich glaube, deine Zweifel wären ihm unverständlich. Seine Denkweise war in vielen Dingen sehr schlicht. Wenn er der Meinung war, jemand verdiene den Tod, dann tötete er ihn, ohne Zögern und ohne Reue. Zurzeit sind es die Seelenfresser, die den Tod verdienen, und er würde dir raten, alles zu tun, was nötig ist, um sie zu ihrem Schöpfer zu schicken.« Wieder dieses leise Schmunzeln. »Oder zu ihrem Zerstörer, wenn du so willst.«

Und was ist mit dir, Mutter? Wenn ich dich bäte, die Last des

Kampfes mit mir zu tragen, wärst du dann auch so schnell bereit, diesen Krieg zu preisen?

Laut sagte er: »Valemar hat möglicherweise die gleiche Gabe wie ich. Ebenso meine Schwestern. Aber sie würde man wohl kaum in einen Vernichtungsfeldzug gegen die Ungeheuer schicken.«

»Valemar ist kein Krieger«, gab sie offen zu. »Ich liebe ihn sehr, aber er ist nicht aus dem gleichen Holz geschnitzt wie du. Und deine Schwestern sind mit ihrem Frauenleben zufrieden, sie haben auf dem Schlachtfeld nichts zu suchen.«

Sie fuhr ihm mit federleichtem Finger über die Wange und zeichnete eine der roten Schrammen nach. Salvators Hexer hatten die Wunde sauber verschlossen, die Berührung war daher nicht schmerzhaft, aber sie fühlte sich so seltsam an, als gehörte die verletzte Wange gar nicht zu ihm. »Außerdem sind ihre Götter mit Dingen wie der Ernte, dem Regen und der menschlichen Fruchtbarkeit befasst. Nicht mit der Rettung der Welt. Dein Glaube ist dein Panzer, mein Sohn.«

Salvator verschlug es die Sprache. Sollte das ein Lob für seine Religion sein? Wenn ja, wäre das Neuland für ihn; er wusste noch nicht, wie er damit umgehen sollte. »Und was ist mit dir, Mutter? Hast du Angst, Blut zu vergießen?«

Ihre Hand sank herab; ihre Miene verdüsterte sich. »Ich finde, diese Frage habe ich bereits beantwortet. Die Seelenfresser-Königin ist tot, weißt du nicht mehr?«

Er schüttelte den Kopf. »Seine Heimat gegen eine Bedrohung zu verteidigen, das ist eine Sache. Zu wissen, dass die eigene Familie sterben könnte, wenn man nicht handelt. Aber in einem fremden Land Blut zu vergießen, wo man nicht unter eigenen Leuten ist und nur auf die Unterstützung zählen kann, die man selbst mitbringt, ist etwas ganz anderes.«

Sie sah ihm lange in die Augen. »Was willst du von mir hören, Salvator?«

Er nahm einen tiefen Atemzug. Die Sätze, die er sich für diesen Augenblick zurechtgelegt hatte, waren ihm entfallen. Wer weiß, vielleicht wären es auch gar nicht die richtigen gewesen? »Ich glaube … du hast besondere Kräfte, Mutter. Die Gabe, die dir auf dem Thron der Tränen geschenkt wurde, die Fähigkeit, eine Verbindung zwischen allen *Lyr* herzustellen und die alte Macht in ihrem Blut zu wecken ... sie wohnt dir immer noch inne.«

»Wie soll ich das verstehen?«

»Diese Immunität, die ich angeblich habe ... sie wird stärker, wenn du in der Nähe bist. Ich glaube, das ist einer der Gründe, warum mir die Macht der Königin nichts anhaben konnte. Und wenn du nun die gleiche Wirkung auf alle *Lyr* hättest, Mutter? Die meisten Heiligen Hüter sind in irgendeiner Weise mit den *Lyr* verwandt, wenn auch vielleicht nur sehr entfernt. Angenommen, du könntest bei *allen* diese Widerstandskraft verstärken?«

Sie starrte ihn an. Und schwieg – eine kleine Ewigkeit lang. In den Tiefen ihrer Augen flackerten namenlose Empfindungen.

»In der Weissagung, die uns zu diesem Thron führte«, sagte sie endlich, »gab es am Ende eine Passage ... von der Favias glaubte, sie könnte sich auf mich beziehen. Ich war mir nicht so sicher. Aber wenn das richtig ist, was du sagst ...« Sie verstummte.

»Wie lautete sie?«

Sie schloss die Augen, konzentrierte sich und rezitierte:

Die Mutter von Menschen wird ihr Schwert erheben gegen die Mutter des Wahnsinns.
Die Königin auf dem Thron der Tränen wird Dämonen zum Weinen bringen.
Die Herren der Erde werden von ihrem Blut trinken, um sich Mut zu machen.
Wenn sie mit ihrem ruhmreichen Glauben sich wappnen zum Kampf.

»Danach ging es noch weiter«, sagte sie und schlug die Augen wieder auf. »Aber Keirdwyns Archivar glaubte, jene Texte handelten von Ereignissen, die bereits eingetreten seien, und deshalb hätten die Verse keine Bedeutung mehr. Die Formulierungen sind natürlich ziemlich rätselhaft.« Sie schmunzelte ein wenig. »Mir scheint, das muss bei einer Weissagung so sein.«

»Warum hast du mir davon nicht schon früher erzählt?«

»Wegen der Erwähnung meines Glaubens. Wenn diese Passage

sich tatsächlich auf mich bezieht … und wenn du zu denen gehörst, die als *Herren der Erde* bezeichnet werden … dann deute ich die letzte Zeile so, dass du im Namen meiner Götter kämpfen wirst.«

Er zog scharf den Atem ein. »Wohl kaum.«

»Genau deshalb haben wir dieses Gespräch nicht früher geführt, mein Sohn. Aber wenn du mit deiner Vermutung richtig liegst, dann ist eine andere Deutung denkbar. Wenn mit dem *Blut der Lyr* unser Erbe gemeint ist …«

»Dann könnte auch ›dein ruhmreicher Glaube‹ auf dieses Erbe verweisen. Auf unsere Immunität.«

»Vielleicht.« Sie zuckte die Achseln. »Natürlich ist es auch möglich, dass sich die Passage gar nicht auf mich bezieht. Auf Siderea Aminestas trifft die Beschreibung ebenfalls zu, zumindest bildlich gesprochen. Das Bluttrinken könnte dagegen durchaus wörtlich gemeint sein. Ob es allerdings für eine magische Handlung oder für ein Ritual steht, bleibt der Phantasie überlassen. Wir wissen einfach nicht genug, um den Abschnitt zuverlässig interpretieren zu können.« Ein ironisches Lächeln. »Noch ein Grund, warum ich dich bisher nicht damit belästigt habe.«

»Du musst mit mir an vorderster Front kämpfen«, sagte er.

Das Lächeln erlosch. Ein Schatten legte sich auf ihr Gesicht.

»Ja«, flüsterte sie. »Das habe ich verstanden.«

»Ich werde Valemar an den Hof holen. Wir können uns irgendeine glaubwürdige Erklärung dafür ausdenken. Niemand darf die Wahrheit erfahren. Je später meine Feinde davon Wind bekommen, dass mein Thron für eine Weile leer stehen könnte, desto später können sie aus meiner Abwesenheit Nutzen ziehen.« Er sah sie scharf an. »Und du glaubst wirklich, Valemar kommt zurecht?«

»Wenn er es nicht schafft, wird er das seiner Mutter zu erklären haben.«

Salvator musste lächeln. »Weißt du, was mein Vater einmal über dich sagte, Mutter? *Tapferer und wilder als alle Heerscharen Anchasas und starrsinniger als die Götter selbst.* Damals dachte ich, er übertreibt.«

Es zuckte um ihren Mundwinkel. »Und heute?«

»Du sagtest es bereits selbst ... eine Seelenfresser-Königin ist tot. Ich möchte nicht gern zwischen dich und die nächste geraten.«

»Eine Mutter hat ihre Kinder zu schützen, das ist ihre Bestimmung.« Wieder dieses halbe Lächeln. »Und ihre Welt.«

Die Worte beschworen neue Überlegungen herauf. Beunruhigende Überlegungen. »Siderea Aminestas hat keine Kinder«, erinnerte er sich.

Sie zog eine Augenbraue hoch. »Und das hältst du für wichtig – wieso?«

»Wie lautete noch die erste Zeile der Prophezeiung? *Die Mutter von Menschen wird ihr Schwert erheben gegen die Mutter des Wahnsinns.* Die erste Beschreibung kann sich also nicht auf sie beziehen, richtig?«

»Und du meinst, die zweite schon?«

»Du bist diejenige, die sich auf solche Aussagen verlässt. Aber sollte sie den Verstand verlieren ... dann würde, soweit ich das verstanden habe, auch ihr Seelenfresser verrückt werden.« Er erinnerte sich an die wilde Hexenkönigin aus seinen Träumen mit den Facettenaugen und dem unberechenbaren Verhalten. Schon damals hatte sie an der Grenze zum Wahnsinn gestanden. Er hatte es gespürt. Und wenn Colivars Vermutung richtig wäre, dann könnte eine der gefährlichsten Kreaturen dieser Welt mit diesem Wahnsinn eng verbunden sein. Aber auch mit Sidereas Intelligenz, ihrem politischen Scharfsinn und ihren Verführungskünsten. Ein solches Doppelwesen könnte sich zu einem wahrhaft furchterregenden Gegner entwickeln!

Darauf hat mich der Schöpfer mein Leben lang vorbereitet. Dafür gibt es den Orden der Büßer.

Dass er die Gabe, die ihn befähigte, den Ikati zu widerstehen, ausgerechnet den politischen Ränkespielen eines Magisters zu verdanken hatte, war nicht von Belang. Er selbst war nie mit der Zauberei in Berührung gekommen, und nur darauf kam es an.

Unter den *Lyr* gab es keine Magister, fiel ihm plötzlich ein. War das so zu verstehen, dass der Schöpfer diese Blutlinien schützen wollte? Oder gab es eine profanere Erklärung? Vertrug sich am Ende das *Lyr*-Blut aus irgendeinem Grund nicht mit Zauberei?

Zu viele Geheimnisse, dachte er. Und in jedem Geheimnis verbarg sich eine Waffe, die sie brauchten, wenn sie verhindern wollten, dass das Zweite Königtum in der gleichen Tragödie endete wie das Erste. Doch bevor man diese Waffen einsetzen konnte, mussten sie erst aufgespürt und erkannt werden. Was also befand sich im Herzen dieses Geheimnisses?

Kapitel 16

Der Wind fegte über den Gipfel, und ringsum brandete ein Wolkenmeer wie ein aufgewühlter Ozean gegen die Flanken der umliegenden Berge. Wenn sich die Wolken kurz teilten, konnte man hier und dort einen Blick auf die Erde erhaschen, aber sie war so weit entfernt, dass sie unwirklich wirkte wie in einem Traum. Dann zogen die Wolken weiter, die Öffnung schloss sich, und wieder ragten, so weit das Auge reichte, nur die Granitspitzen wie eine Kette von schroffen Inseln aus dem weißen Ozean.

Fadir traf als Letzter ein. Sein Zauberportal erschien flimmernd in der dünnen Bergluft und gestattete ihm, so lässig auf den kahlen Granit zu treten, als schlendere er durch den königlichen Park. Doch als er sich umsah, konnte er seine Überraschung nicht verbergen. Nachdem er den anderen Anwesenden – Ramirus, Lazaroth und Sula waren schon einige Zeit hier – rasch zugenickt hatte, schaute er über die kahle Landschaft und suchte nach einem Hinweis darauf, wo er sich befand oder wozu man ihn hierher gerufen hatte. Aber solche Hinweise gab es nicht.

»Was soll das alles?«, wollte er wissen.

Lazaroth zuckte die Achseln. »Keine Ahnung.«

Hier oben auf dem Gipfel war die Luft dünn und kalt. Normalerweise wäre ihm das nach der drückenden Sommerhitze willkommen gewesen, aber Fadir war zu leicht bekleidet, und ein frostiger Luftzug lockte auf beiden Armen die Gänsehaut hervor. Mit einem leisen Fluch zog er genügend Macht an sich, um sich passende Kleidung zu beschwören. Sein Gewand verwandelte sich in eine lange Wollrobe, wie auch Ramirus sie trug. Diesmal war der alte Magister in Fragen der Mode für alle tonangebend gewesen.

»Wo ist denn Colivar?«, fragte Fadir.

Lazaroth stellte mit einem spöttischen Blick klar, dass die Antwort auf diese Frage genauso lautete wie auf die erste und er keine Lust hatte, sich zu wiederholen.

Fadir schnaubte kurz, setzte sich zu den anderen auf einen Felsrücken und wartete ab.

Colivar beobachtete sie lange aus den Schatten. Er hatte sich mit Zauberei vor ihren Blicken verborgen. Bevor er hierherkam, hatte in seinem Inneren ein Aufruhr getobt, und er war nahe daran gewesen, das Treffen einfach abzusagen. Doch mit seinem Eintreffen hatte sich eine seltsame Ruhe über ihn gesenkt. Eine wahrhaft befremdliche Empfindung in diesem Moment! In seinen Anfangszeiten als Magister war Ruhe ein seltener Genuss gewesen, ein Zustand, den er kaum zu fassen vermochte. Wie sehr hatte er sich seit damals verändert. Und doch ... in seinen wichtigsten Zügen war er sich vollkommen gleich geblieben!

Ramirus hat recht, dachte er ernst. *Es ist an der Zeit, dass sie erfahren, wer sie wirklich sind.*

Doch das machte die vor ihm liegende Aufgabe nicht leichter.

Die Sonne versank allmählich, und die Wolken erglühten in goldenem Feuer, als er endlich aus den Schatten trat. Er trug zu diesem Treffen die traditionelle Robe, und die unterschied sich so auffallend von seiner gewohnten Aufmachung, dass die anderen sichtlich verblüfft waren. Ramirus musterte ihn von Kopf bis Fuß und bemühte sich, aus der Wahl der Garderobe auf Colivars Absichten zu schließen. *Vielleicht will ich dich damit nur ablenken,* dachte Colivar. *Vielleicht will ich, dass du auf andere Dinge nicht so genau achtest.*

Er ging zu dem Felsenkreis, wo die anderen saßen, blieb aber selbst stehen und betrachtete sie eine Weile. Seine Verbündeten. Sollte er sie wirklich so nennen? Als ob so etwas wie ein Bündnis tatsächlich möglich wäre!

Ein dünner, kalter Wind fegte kurz über den Kreis, und Colivar hob zerstreut die Hand und befahl ihm mittels Zauberei, sich zu legen. Die Luft erwärmte sich und biss nicht mehr in die Lungen. Doch der Gipfel war und blieb öde und unwirtlich, und gerade deshalb hatte er das Treffen hier einberufen. Der Ort passte zu seiner derzeitigen Stimmung.

»Magisterkollegen«, begann er. »Ich habe euch hierher gebeten, um Wissen an euch weiterzugeben, das ich einst als Schüler von meinem Mentor bekam. In jenen Tagen war es üblich, dass ein Lehrer seinem Schüler nicht bloß erlernte Kenntnisse weitergab, sondern auch einen Teil seiner Erinnerungen. Das heißt, dass ich vieles von dem, was ich euch gleich sagen werde, ebenso durch seine Augen sah wie er zuvor durch die Augen seines Lehrers. Deshalb sind uns diese Dinge so vertraut, als hätten wir sie selbst erlebt.« Er hielt inne. »Diese Sitte wurde klugerweise aufgegeben«, fuhr er dann fort. »Ich habe über diese Dinge noch nie mit einem lebenden Menschen gesprochen und werde es auch nie wieder tun. Was ihr also meinen Worten heute nicht entnehmen könnt, müsst ihr auf eigene Faust in Erfahrung bringen.« Er hielt inne. »Könnt ihr diese Bedingungen akzeptieren?«

Seine dunklen Augen wanderten reihum und hefteten sich auf einen Magister nach dem anderen. Sein Blick war frei von der gewohnten Überheblichkeit, auch Sarkasmus, Humor oder andere menschliche Eigenschaften waren nicht darin zu finden. Aus den schwarzen Augen sprach eine Leere, die so quälend war, dass sie den ganzen Kreis auszufüllen schien, jedes Geräusch zum Verstummen brachte und alle Gefühle verschluckte.

Ein Magister nach dem anderen nickte.

Colivar schloss kurz die Augen und konzentrierte sich mit leichtem Stirnrunzeln. Als er schließlich sprach, war seine Stimme ruhig und ohne jedes Gefühl. Er hatte diese Rede so oft geübt, dass er sie wie von einem Manuskript ablas. Eine Inszenierung.

Das war der sicherste Weg.

»Zunächst müsst ihr wissen, dass die Ikati von Natur aus Einzelgänger sind und die Nähe ihrer Artgenossen nicht ertragen. Niemals werden sich zwei Männchen ohne Not ein und dasselbe Revier teilen, und wenn sie keine andere Wahl haben, werden sie sich eher bis aufs Messer bekämpfen, als sich auch nur für eine Stunde mit der Situation abzufinden. Die Weibchen sind nicht ganz so gewalttätig, sie ziehen es vor, eventuelle Konkurrenten zu vertreiben, anstatt sich auf einen Kampf einzulassen. Und sie können ihre hypnotische Kraft auch gegen die eigenen Artgenossen einsetzen, das hilft ihnen, sich vor unerwünschter Aufmerksamkeit zu schützen. Wenn es allerdings um das Revier geht, töten auch sie ohne Bedenken.

Diese Unverträglichkeit ist keine Sache des Willens«, betonte er. »Sie ist angeboren. Instinktiv. Für einen wilden Ikata ist jeder Angehörige seiner Spezies ein Todfeind. Nur mit größtem Druck sind sie dazu zu bringen, sich ein Revier zu teilen oder gemeinsam auf ein Ziel hinzuarbeiten.«

»Was ist mit den Heerscharen von Ikati?«, fragte Sula. »Wie man hört, war im ersten Königtum der Himmel voll von ihnen.«

Colivar schüttelte den Kopf. »Nichts als Legenden. Wenn sich damals zwei Ikati im selben Revier aufgehalten hätten, dann hätten sie so lange um die Vorherrschaft gekämpft, bis einer von ihnen kapituliert hätte und geflohen ... oder umgekommen wäre. Sie konnten gar nicht anders.«

»*Damals*«, unterbrach Ramirus scharf. Es war offensichtlich als Frage gemeint, aber Colivar ging nicht darauf ein.

Ja, mein alter Feind, du bist hellhöriger als alle anderen zusammen. Und du bist auch älter als die meisten von ihnen. Ich frage mich, wie viel von der Geschichte du dir selbst schon zusammengereimt hattest.

»Ihr wisst, dass sie ihre Kräfte aus gestohlenem Leben beziehen«, fuhr Colivar fort, »und vom Sonnenlicht. Sie brauchen freie Räume – wolkenlosen Himmel –, Wärme auf ihren Schwingen. Deshalb setzten unsere Vorfahren Feuer ein, um sie nach Norden zu treiben. Zuerst die Illusion von Feuer und später, als die Hexen und Hexer knapp wurden, die solche Bilder beschwören konnten, echte Flammen. Als der Rauch, der zum Himmel aufstieg, zu dicht wurde, flohen die Seelenfresser schließlich nach Norden.« Er hielt inne. »Das soll nicht heißen, dass diese Taktik noch einmal erfolgreich wäre. Sie sind nicht mehr so schwach wie früher einmal.«

Ramirus nickte. »Kostas selbst hat Dantons Wald in Brand gesteckt.«

Colivar nickte ebenfalls. »Ich glaube nicht, dass er den Wald tatsächlich für eine Gefahr hielt, da jeder Magister die Illusion von Rauch und Feuer beschwören könnte, ohne brennbares Material zu brauchen. Ich könnte mir denken, das Feuer war eine Geste des Triumphs. Oder vielleicht die Botschaft, dass sich die Ikati nicht länger mit solch primitiven Methoden in Schach halten ließen.

Ihr alle wisst, dass sich bei der Beschwörung des Heiligen Zorns eine kleine Gruppe von Hexern und Hexen bereit erklärte, sich auf der Nordseite einschließen zu lassen. Allein in dieser Eiswüste zu bleiben, um die übrig gebliebenen Seelenfresser aufzuspüren und zu töten, auch wenn es sie den letzten Rest ihrer Lebensenergie kosten sollte.«

Er merkte selbst, wie sich die Emotionen in seine Stimme einschlichen, und hielt kurz inne, um sich zu fassen. Ramirus' Augen waren mit seltener Eindringlichkeit auf ihn gerichtet und schienen bis auf den Grund seiner Seele zu schauen. Aber Colivar wusste, dass das nur Illusion war. Er hatte genügend magische Barrieren aufgerichtet, um ein ganzes Heer von Magistern abzuwehren. Solange er ihnen keine greifbaren körperlichen Anhaltspunkte für seinen Gemütszustand lieferte, war seine geistige Privatsphäre gesichert.

»Das war ihr Traum«, fuhr er in vorsichtigerem Ton fort. »Ihre Leidenschaft. Mit dem eigenen Tod die Welt freizukaufen.« *Wie konnten diese Magister eine solche Leidenschaft überhaupt verstehen?*, überlegte er. Männer, die bereit waren, sich für andere zu opfern, wurden niemals Magister. Das war allgemein bekannt.

Konzentration, Colivar. Konzentration.

»Nördlich des Heiligen Zorns war das Land eine einzige Eiswüste. Die Ikati konnten es natürlich überfliegen, doch die Hexen und Hexer mussten sich zu Fuß weiterkämpfen oder ihre letzten Seelenfeuerreserven aufwenden, um sich die Reise zu erleichtern. Viele starben unterwegs, aber die Überlebenden gaben nicht auf. Sie wollten um jeden Preis die Welt retten.« Zweifellos würden die anderen seinen scharfen Ton für Verachtung halten, dachte er. Aber das konnte ihm nur recht sein. »Wären sie nicht schon von den monatelangen Kämpfen erschöpft gewesen, so hätten sie sich vielleicht die Frage gestellt, warum die Ikati überhaupt vor ihnen flohen. Denn wenn es in dieser Wüste tatsächlich kein Leben gab, dann wären die Hexen und Hexer selbst die einzige Nahrungsquelle gewesen. Die Seelenfresser hätten sie angreifen *müssen*, sie hätten verzweifelt bemüht sein müssen, nahe genug heranzukommen, um ihnen die letzte Lebensenergie zu entziehen. Doch das taten sie nicht. Denn sie hatten etwas gewittert, was den Hexen und Hexern entgangen war … es gab dort noch andere Menschen.«

Er sah Ramirus an und sagte: »Zeig ihnen die Bilder, die du nach der Schlacht beschworen hast.«

Ramirus nickte; die Bitte schien ihn nicht zu überraschen. Mit einer kurzen Handbewegung rief er eine Machtwelle herbei, formte sie nach seinem Willen und warf sie in die Mitte des Kreises. Ohne selbst dorthin zu sehen. Sein Blick wich nicht von Colivar.

Ein Bild entstand, das gleiche, das Ramirus den Erinnerungen des Seelenfresser-Reiters entnommen hatte. Es zeigte das Land, das von Vulkanen erwärmt wurde, und die Einheimischen, die dort lebten. Ramirus präsentierte es seinen Kollegen nur so lange, bis sie seine volle Bedeutung erfasst hatten, dann löschte er es.

»Der Lebensraum war klein«, erläuterte Colivar. »Bei Weitem zu klein für so viele Ikati. Also kämpften sie darum, und am Himmel tobten erbitterte Schlachten. Die erschöpften Hexen und Hexer sahen zu und flehten zu ihren Göttern, die verfluchten Ungeheuer möchten ihnen die Mühe ersparen und sich einfach gegenseitig in Stücke reißen. Sie waren nach ihrer langen Reise zu schwach und müde, um es mit so vielen aufzunehmen.

Doch nicht alle Ikati kamen um. Einige überlebten. Eine Königin. Und eine Handvoll Männchen, die besonders anpassungsfähig waren und die Jagdgründe miteinander teilen konnten, ohne sich ständig zu bekriegen. Und die Hexen und Hexer …«

Er schloss die Augen. Und verstärkte mit seiner ganzen Kraft nicht bloß diejenigen magischen Schilde, die seine Gedanken schützten, sondern auch andere, die verhinderten, dass Fremde seinen Gesichtsausdruck deuteten. Zugleich war ihm klar, dass Ramirus das zur Kenntnis nahm und allein daraus, dass er seine

Verteidigung so hochgefahren hatte, mehr über seinen Rivalen erriet, als diesem lieb war.

»Damals hätte es enden können«, flüsterte er. »Wenn sie wie versprochen ihr Leben hingegeben, wenn sie mit ihrem letzten Athra die letzten wenigen Ungeheuer getötet hätten ... das hätte das Ende sein können. Dann wäre die Welt sicher gewesen.

Doch die Versuchung war zu groß. Und sie ... sie waren schwach. Also beschlossen sie, die endgültige Vernichtung der Kreaturen aufzuschieben. Vielleicht fänden sie ja einen Weg, deren Athra anzuzapfen und mit der Lebensenergie, die die Seelenfresser anderen gestohlen hatten, ihre eigenen schwindenden Vorräte aufzufüllen. Danach wären sie stärker und könnten ihre Mission leichter vollenden. Jedenfalls redeten sie sich das ein. Vielleicht ließe sich sogar ein Weg zurück nach Hause finden, ha! Eine Bresche durch den Heiligen Zorn. Es war ein ferner Traum, aber ein Traum von unwiderstehlicher Anziehungskraft.«

»Und deshalb haben die Ikati überlebt?«, fragte Sula. Es klang ungläubig. »Weil die Jäger sie verschonten?«

Colivar nickte mit ernster Miene. »Die Versuchung ist eine heimtückische Bestie, die den Menschen schrittweise auffrisst. Er wacht nicht eines Morgens auf und denkt bei sich: *Heute verrate ich die Welt.* Seine Seele wird Stück für Stück verdorben, tausend Federn der Hoffnung, der Angst und des Zweifels lassen sich nacheinander auf ihm nieder ... bis ein Gewicht zusammenkommt, von dem das Gewissen erdrückt wird. Und eines Tages stellt dieses Gewissen fest, dass es keine Stimme mehr hat und nur noch die Versuchung geblieben ist.

So war es bei jenen Hexen und Hexern.

Irgendwann lernten sie tatsächlich, auf das Athra der Ikati zuzugreifen, aber der Preis war erschreckend hoch. Denn wenn sich ein Mensch der Lebensessenz eines Seelenfressers öffnet, nimmt er auch etwas von dessen Seele in sich auf. Als sie das erkannten, war es zu spät. Die rein animalische Kraft des Ikati-Geistes, der von erschreckend primitiven Trieben nur so strotzte, war ... berauschend. Sie machte süchtig. Wenn ein Mensch einmal davon gekostet hatte, wollte er mehr. Und je mehr er sich darauf einließ, desto mehr Macht gewann die Bestie über ihn.«

Er blickte kurz auf seine Hände nieder und zuckte verlegen die Achseln. »Wie gesagt, sie waren schwach. Paare entstanden, Menschen und Ikati, in einer unnatürlichen Lebensgemeinschaft verbunden. Menschliches Denken und tierische Instinkte verschmolzen miteinander, der Seelenfresser wurde mehr, als er gewesen war, der Mensch dagegen weniger.« Er schaute auf. »Das ist nämlich das Besondere an diesen Paaren. Es sind nicht länger zwei Individuen, aber es ist auch kein Einzelwesen, sondern etwas dazwischen. Zu vernünftigem Denken fähig wie ein Mensch, doch zugleich getrieben von den schwärzesten tierischen Instinkten. Und im Lauf der Jahrhunderte haben die Ikati notgedrungen gelernt, unter einem Himmel voller Asche zu überleben und Zeiten der ewigen Nacht zu überdauern. Was sie einst am meisten fürchteten, hat keine Macht mehr über sie. Auch die stärksten Waffen unserer Vorfahren sind stumpf geworden.« Seine Miene war grimmig. »Wir haben nichts mehr.«

»Die junge Frau, deren Erinnerungen ich beschwor«, sagte Ramirus. »Sie schrie so schrecklich, als der Seelenfresser starb. War sie auf diese Weise an ihn gebunden?«

Colivar nickte. »Der Tod eines Partners kann den Geist des Überlebenden zerstören, wenn die Bindung lange genug bestanden hat. Die gemeinsame Seele wird durch das Erlebnis buchstäblich entzweigerissen. Für den Menschen ist das schon schlimm genug, aber für den Seelenfresser ...« Er schüttelte den Kopf. »Durch die Trennung wird er von einem erkenntnisfähigen Wesen auf einen Schlag zu einem dumpfen Tier.« Er sah Ramirus an. »Du hast es miterlebt.«

»Vor Dantons Palast.«

»Ja.«

Fadir verschränkte die Arme vor der Brust. »Wenn man den einen zerstören kann, indem man den anderen tötet ... das könnte nützlich sein.«

Colivar zuckte zusammen. *Überlege dir gut, was du an Wissen preisgibst,* warnte er sich selbst. Aber Ramirus hatte recht. Sie mussten verstehen, was die Ikati waren. Sie mussten verstehen, was *sie selbst* waren. Es war an der Zeit dafür.

»Es gab einen Hexer, dessen Ikati-Konjunkt getötet wurde«,

fuhr Colivar fort. »Der jähe Verlust der Hälfte seiner Seele war mehr, als er ertragen konnte, mehr als irgendein Mensch ertragen konnte. Er verlor den Verstand. Und in seinem Wahnsinn gelang ihm, was niemand für möglich gehalten hatte. Er überquerte den Heiligen Zorn und kehrte in die Südlande zurück. Rasend vor Trauer, ausgehungert nach Athra, suchte er mit aller Kraft nach einem Weg, von der Lebensessenz anderer zu zehren, ohne von seinem Seelenfresser unterstützt zu werden …«

Er sah, wie Verständnis in ihren Augen aufdämmerte, als einer um den anderen erkannte, wohin seine Geschichte steuerte. Wahrhaftig eine düstere, schreckliche Offenbarung. Ihre Überraschung bereitete ihm ein abartiges Vergnügen.

»Er wurde der erste Magister«, verkündete er. »Unser Stammvater, das Samenkorn all unserer Macht. Er glaubte, sein Seelenfresser sei vollends aus seinem Bewusstsein geschnitten worden, doch dem war nicht so. Einmal verschmolzen, können Mensch und Ikata nie wieder ganz getrennt werden. Ein Funken der Ikati-Essenz blieb in diesem Mann erhalten, und irgendwann lernte er, davon Gebrauch zu machen und sich auf die gleiche Weise zu ernähren wie ein Seelenfresser. Es war die einzige Möglichkeit für ihn, am Leben zu bleiben.

Mit der Zeit wurde er geistig so stabil, dass er zu anderen Menschen in Beziehung treten konnte, und schließlich gab er den Funken an einen anderen Hexer weiter. Zusammen mit all seinen Erinnerungen.« Colivar legte eine Pause ein. »Genau das Gleiche tun wir jedes Mal, wenn wir einen neuen Magister durch die Erste Translatio geleiten. Ohne diesen Funken kann kein Mensch die Transformation vollziehen. Oh, es hat im Lauf der Jahrhunderte immer wieder Hexen und Hexer gegeben, die in ihrer Sterbestunde die Wahrheit errieten und nach der Lebensessenz von anderen greifen und sie stehlen wollten, um selbst weiterzuleben. Doch solche Versuche sind zum Scheitern verurteilt. Denn Wissen allein reicht nicht aus. Macht reicht nicht aus. *Menschen* sind unfähig, von ihresgleichen zu zehren.«

Er ließ diese Aussage und die erschreckende Betonung auf dem Wort »Menschen« kurz einsinken. Dann wandte er sich an

Ramirus. »Du bist alt genug, um dich zu erinnern, wie es zu Anfang war. Wie das Heulen des Tieres unaufhörlich durch dein Bewusstsein schallte. Wie seine Wut in deinen Adern tobte. Wie der Hass auf die eigenen Artgenossen so stark war, dass er bisweilen alles menschliche Denken zu überwältigen drohte. Du erinnerst dich an die Angst, mit der wir damals lebten, die Angst, was geschehen würde, wenn wir auch nur eine Minute in unserer Wachsamkeit nachließen. An den ständigen Kampf, um das Tier in unserem Inneren einzusperren und weiterhin den Anschein aufrechtzuerhalten, wir seien Menschen.«

Ramirus nickte stumm.

»Das war der Seelenfresser in uns. Unsere zweite Natur, die ans Licht drängte. Selbst heute spüren wir noch seinen Hunger und werden von seinen Instinkten angetrieben … aber wir haben gelernt, den Dingen andere Namen zu geben. Wir erfinden Ausflüchte für sie, trösten uns mit immergleichen Mantras. *Alle mächtigen Männer misstrauen einander. Die Zauberei erfordert eine skrupellose, unempfindliche Seele. Langlebigkeit stumpft das Gewissen ab.* Wir suchen nach *menschlichen* Begründungen für das, was wir tun. Wir wollen nicht glauben, dass uns etwas antreibt, was weniger als menschlich ist. Dass wir selbst weniger als menschlich sind.«

»Ich erinnere mich«, sagte Ramirus leise.

»Deshalb ist unser Magistergesetz so wirksam. Weil es ein Produkt des menschlichen Intellekts und nicht des Ikati-Instinkts ist. Das gibt uns Auftrieb. Wenn wir denen dienen, die ganz und gar menschlich sind, können wir das Tier in uns besser im Zaum halten. Mit jeder menschlichen Geliebten, die wir uns nehmen, mit jedem königlichen Kontrakt, den wir eingehen, mit jeder Einschränkung, an die wir uns halten, wird die Welt der Morati sicherer; all das sind Investitionen in unser eigenes Menschsein. Ohne diese Dinge …«

Die Stimme drohte ihm zu versagen. Er schloss kurz die Augen. Ein kalter Wind fuhr ihm durch das lange schwarze Haar.

»Ohne diese Dinge sind wir verloren«, schloss er endlich. Jetzt war seine Stimme wieder frei von Emotionen.

Stille senkte sich über den Kreis. Colivar hielt die Augen geschlossen, er wagte nicht, die anderen anzusehen. *Jahrhundertelang habe ich dieses Geheimnis allein mit mir herumgetragen,* dachte er. *Nun liegt die Last auch auf euren Schultern. Möge sie euch weniger drücken als mich.*

»Wir sind also Seelenfresser«, fasste Lazaroth zusammen. Er ließ sich die Worte förmlich auf der Zunge zergehen.

Eine Bestätigung war nicht erforderlich.

»Können wir sie deshalb nicht ausfindig machen?«, fragte Sula.

Colivar nickte. »Sehr wahrscheinlich. Für unsere Magie sind sie keine eigene Art, sondern mit uns verwandt. Es könnte sogar sein, dass wir sie sehen, aber für Magister halten. Wenn ihr das bei der Suche berücksichtigt, habt ihr vielleicht mehr Erfolg.«

Immer vorausgesetzt, ihre Königin – und Siderea – lassen sich von euch finden ...

»Die Büßer hatten also doch recht«, überlegte Ramirus.

Trotz seiner düsteren Stimmung zuckte ein spöttisches Lächeln über Colivars Gesicht. »Ja. Welche Ironie, nicht wahr? Salvator und sein Wahnsinnsglaube. All diese Geschichten von Verdammung und Verderbtheit, die oberflächlich betrachtet so albern erscheinen ... er und seinesgleichen sind die Einzigen, die uns so sehen, wie wir wirklich sind. Verdorbene Seelen, keine Menschen mehr, Ungeheuer bis in ihre Lebensessenz hinein. Und unsere Verderbnis ist ansteckend. Auch damit haben sie recht. Wenn die Erste Translatio so etwas wie eine übernatürliche Gesamtinfektion ist, könnte es dann nicht auch kleinere Infektionsherde geben, deren Wesen wir noch nicht erkennen? Ein Mensch ist viel besser beraten, ganz ohne Magie zu leben, als einen Ikata in seine Seele zu lassen. Alles in allem ist dieser Glaube vielleicht doch nicht so töricht, wie wir ihn darstellen.«

Er schloss kurz die Augen. Es hätte noch mehr zu sagen, andere Wahrheiten zu offenbaren gegeben, aber er wollte nicht zu viel preisgeben. Manche Geheimnisse behielt man besser für sich.

Wie genau erinnerte er sich überhaupt an diese Geheimnisse? Über die Jahrhunderte hatte er sich selbst in falsche Erinnerungen eingesponnen, damit jeder, der mit Magie in seiner Vergangenheit herumstocherte, nur Lügen fände. Doch das hatte seinen

Preis. Wer die eigene Identität unter so vielen Schichten vergrub, der vergaß leicht, welche Teile davon echt waren. Nun verlangte das Schicksal, dass er all die falschen Erinnerungen abschälte wie die Häute einer Zwiebel. Würde er das, was ganz innen lag, überhaupt noch erkennen?

Zu viele Fragen. Zu viele Emotionen, die auf Ereignisse zurückgingen, über die er nicht sprechen wollte. Er konnte es sich nicht leisten, sich anderen Magistern in diesem Zustand zu zeigen.

»Ihr kennt nun die Wahrheit«, schloss er knapp. »Teilt sie mit den anderen, soweit ihr es für angebracht haltet. Oder erspart ihnen die schreckliche Offenbarung und lasst sie in Unwissenheit verharren. Was das Bessere ist?« Er breitete die Arme aus. »Entscheidet selbst. Ich habe meinen Beitrag geleistet.«

Er wandte sich zum Gehen.

»Colivar.« Das war Ramirus.

Colivar drehte sich nur so weit um, dass er ihm in die Augen sehen konnte.

»Der Verräter. Der erste Magister. Wie konnte er den Heiligen Zorn überwinden?«

Colivar zog scharf die Luft ein und wollte schon die Antwort verweigern. Doch wenn er die Frage jetzt abwehrte, würde sie später wieder hochkommen, so viel stand fest. Lieber brachte er es gleich hinter sich.

»Im Innersten des Heiligen Zorns wohnt der Tod«, erklärte er. »Deshalb flößt er allen Lebewesen, die sich ihm nahen, auf jener Ebene des Unterbewusstseins, wo der Überlebensinstinkt Triumphe feiert, Todesangst ein. Die Ikati sind reine Instinktwesen, und deshalb haben sie dem nichts entgegenzusetzen. Der menschliche Intellekt ist widerstandsfähiger, doch auch wir werden von Instinkten geleitet, und es fällt uns ebenso schwer, uns dem Heiligen Zorn zu nähern, wie über den Rand einer Klippe zu springen. Der Geist mag die Notwendigkeit anerkennen, aber die Seele begehrt dagegen auf.

Wenn ein Mensch jedoch sterben *will* ... wenn er bereit ist, den Tod mit jeder Faser seines Seins willkommen zu heißen, ihm Leib und Seele darzubieten, damit er sie verschlinge, wenn der

Gedanke an seine eigene Vernichtung Glücksgefühle in ihm auslöst … dann hat der Heilige Zorn keine Macht über ihn. Nicht die geringste.«

Einer seiner Mundwinkel zuckte leicht. »Ich würde dir nicht raten, es auszuprobieren, Ramirus. Aber lass mich wissen, wenn du den Versuch doch unternehmen willst.«

Damit wandte er dem Kreis der Magister den Rücken zu und strebte rasch, um weiteren Fragen zuvorzukommen, zurück in die Schatten.

Sogar für die Verhältnisse des Nordens war es hier oben kalt und windig. Doch Colivar war nicht in der Stimmung, daran etwas zu ändern.

Ein Stück unterhalb des Gipfels zog sich ein flaches, breites Sims an der Felswand entlang. Colivar kletterte hinab und bezog dort Posten. Der Wind wehte ihm die lange Robe um die Beine, und die Wangen brannten ihm in der eisigen Kälte, aber das kam seiner Stimmung entgegen, und er tat nichts, um die Elemente zu beruhigen.

Etliche Meter über ihm regte sich etwas in den Schatten. Ein Schneeluchs verließ sein Versteck zwischen den Felsen und steuerte auf ihn zu. Kaum hatte er das Granitband erreicht, als auch schon die ersten Wellen der Magie durch seinen Körper gingen und die Verwandlung einsetzte. Das Skelett richtete sich auf, die Pfoten wurden zu Händen, das Fell zur Haut. Bald stand Kamala vor ihm, ihr rotes Haar wehte im Wind. Die letzten Sonnenstrahlen umgaben sie mit einem goldenen Glorienschein und ließen sie eher wie einen Berggeist aussehen denn wie eine Frau aus Fleisch und Blut. Seltsam, wie gut das zu ihr passte.

»Du hast alles gehört?«, fragte er.

»Ja.« Sie nickte ernst. »Danke für die Einladung.«

Er zuckte die Achseln. »Du hast ebenso ein Recht wie jeder andere, die Wahrheit zu erfahren.«

Er hätte noch mehr sagen können, aber er tat es nicht. Er traute seinen Worten nicht, ja nicht einmal seinen Gefühlen. Es musste genügen, dass er sie aufgefordert hatte, hierherzukommen.

Wortlos wandte er sich ab, um sich Flügel wachsen zu lassen

und in die Lüfte zu schwingen. Doch sie legte ihm eine Hand auf den Arm und hielt ihn zurück. Sein Innerstes sträubte sich; er war es nicht gewohnt, unaufgefordert berührt zu werden.

Er drehte sich zu ihr um.

»Was bin ich?«, flüsterte sie.

Er zögerte. Wie groß ihre Augen waren, wie voller Verlangen! Genau wie er selbst vor vielen, vielen Jahren sehnte sie sich danach, verstanden zu werden. Er wünschte, er hätte ihr mehr zu bieten als Schatten und Geheimnisse.

»Ich weiß es nicht«, sagte er. »Der Keim der übernatürlichen Seuche, den wir von Generation zu Generation weitergeben, stammte ursprünglich von einem männlichen Ikata. Deshalb sind wir von allen Instinkten und Leidenschaften dieses Geschlechts durchdrungen. Vielleicht ist das der Grund, warum es Frauen so schwerfällt, sich an den Zustand anzupassen.« Er sah den überraschten Ausdruck auf ihrem Gesicht, und ein spöttisches Lächeln kräuselte seine Lippen. »Ja, meine Liebe. Das ist der wahre Grund, warum alle Magister Männer sind. Der weibliche Beschützerinstinkt – oder, wie in deinem Fall, dessen Fehlen – ist zweitrangig. Die Ikati können sich nur an Menschen des gleichen Geschlechts binden. Deshalb folgt der Ikati-Funke, den wir in uns tragen, einfach den gleichen Regeln. So lautet jedenfalls meine Theorie.«

Er streckte die Hand aus und berührte ihr Gesicht; sie wich nicht zurück, sondern duldete seine kalten Finger auf ihrer warmen Wange. »Aber nun gibt es dich«, murmelte er. »Und ich habe keine Ahnung, wieso. Die Magister haben sich im Lauf der Zeit selbst verändert, vielleicht ändert sich auch unsere dunklere Hälfte, und der Funke, den wir an unsere Schüler weitergeben, hat einfach an Kraft verloren. Sodass die Eigenschaften, die einst mit einem weiblichen Wirt so unvereinbar waren, allmählich immer schwächer wurden, bis sich die verbliebenen Reste in jeder Seele einnisten können. Wenn dem so ist, dann wirst du nicht die einzige Frau in unseren Reihen bleiben … dann bist du nur die erste. Oder aber …«

Er zögerte.

Sie legte ihre Hand auf die seine. Ihre Finger waren weich und warm und weckten Gefühle, denen er sich nicht stellen wollte. Noch nicht.

»Sprecht weiter«, murmelte sie. In ihrer Stimme schwang ein verführerischer Unterton mit, als spürte sie die Spannung zwischen ihnen und wollte sie zähmen. Das berührte ihn tiefer, als er erwartet hätte.

»Wenn jedoch der Funke, der dies alles in Gang setzte, nicht nur die Essenz eines männlichen Ikata gewesen wäre, sondern … wenn jeder Magister den Abdruck der ganzen Spezies in sich trüge? Sodass der Funke, den Ihr von Eurem Mentor aufgenommen habt, nicht bloß die verwässerte Essenz eines einzelnen Männchens gewesen wäre, so geschwächt über viele Jahrhunderte der Übertragung, dass auch eine Frau ihn endlich aufnehmen konnte, sondern etwas viel Bedeutsameres? Wenn dieser Same in sich die Essenz der *gesamten* Spezies vereinte, in jeder Spielart, in der sie auftritt … einschließlich der einen, die einen weiblichen Wirt bevorzugen würde.«

»Die Seele einer Königin«, flüsterte sie.

Er nickte. »Es wäre möglich, dass sie sich in dir manifestiert hat. Wenn dem so ist … könntest du andere Kräfte haben als wir. Neben den Instinkten, die du in dich aufgenommen hast.«

»Deshalb wolltet Ihr, dass *ich* nach der Hexenkönigin suche. Deshalb glaubtet Ihr, ich könnte sie finden, obwohl alle Eure Kollegen gescheitert waren.«

Er nickte. »Und das ist immer noch möglich, besonders nachdem du jetzt mehr über die Kräfte weißt, die mit im Spiel sind. Aber sei gewarnt: Wenn die Ikati-Instinkte eines Magisters genügend Einfluss gewinnen, kann er spüren, was du bist. Und wenn das geschieht …« Er holte zischend Luft. »Solche Begegnungen bergen sehr viel Macht in sich, Kamala, aber auch große Gefahren.«

»Sie werden mich begehren.«

Obwohl das Thema so ernst war, musste er fast lächeln. *Welcher Mann würde dich nicht begehren?* »Das ist eine ziemlich schwache Beschreibung für die Brunstgefühle der Ikati. Diese Wesen reißen sich schon beim Vorspiel in Stücke. Der Ruf eines Heiligen Hüters, der die Herausforderung zum Paarungskampf imitiert, kann ausreichen, um ein Männchen zur Raserei zu treiben. Deshalb würde ich dir dringend davon abraten, solche Instinkte in uns – und in dir selbst – zu wecken.«

Er sah sie schweigend an, dann trat er einen Schritt auf sie zu. So nahe, dass er ihre Wärme spürte und der Wind ihm ihren Duft zutrug. Wie aus weiter Ferne sah er sich selbst ein zweites Mal die Hand zu ihrer Wange heben. In ihrem Blick lag Misstrauen, doch sie wich nicht zurück. Ihre Haut war warm, obwohl die Luft so eisig war, und sie weckte Erinnerungen an eine andere, alles verzehrende Hitze, die er allzu lange verdrängt hatte. Das Tier in ihm witterte Schwäche und regte sich in seinem Gefängnis; er zog die Hand rasch zurück, als hätte er sich verbrannt.

»Kein Mann kann dir erklären, was du bist«, sagte er leise. »Du musst dein Wesen selbst erkunden. Ich musste das auch tun.«

Der Teil von uns, der menschlich ist, wird dich fürchten. Der Teil von uns, der Ikata ist, wird dich begehren. Diese beiden Elementargefühle geben dir die Macht, uns alle zu vernichten.

Mehr wagte er nicht zu sagen. Er trat schweigend zurück und beschwor die Macht, die er für die Transformation brauchte. Gleich darauf fingen seine breiten Schwingen den Wind ein, und er hob vom Berg ab und schwebte hinab auf das Wolkenmeer. Dabei formte er die Luftströmungen mit seinen Zauberkräften so um, sodass sie stark genug waren, ihn zu tragen.

Er hörte nicht, ob sie noch etwas zu ihm sagte.

Kapitel 17

Sula stand allein in der Wüste. Die Luft flimmerte vor Hitze. Hin und wieder wirbelte der Wind den Sand auf und drehte daraus ein langes Band, das wie ein trunkener Tänzer über die Landschaft fegte. Rasch vergängliche Schönheit inmitten völliger Ödnis: der Widerspruch seiner neuen Heimat. Das schräg einfallende Licht der Abendsonne hinterlegte einzelne Merkmale der Landschaft mit tintenschwarzen Schatten und ließ sie scharf hervortreten. Besonders ein Schatten erschien ihm symmetrischer als die meisten anderen, und er strebte darauf zu, um zu erkunden, was für ein von Menschenhand geschaffenes Bauwerk wohl an einem solchen Ort existieren konnte.

Beim Näherkommen sah er, dass auf dem Treibsand ein großes Zelt im Stil der Wüstennomaden errichtet worden war. Und schon war er dort. Der schattige Innenraum wirkte einladend kühl, und beim Eintreten fühlte er sich wie bei einem Kopfsprung in einen Bergsee. Drinnen brannte Weihrauch oder ein anderes Duftkraut; ein süßlicher Geruch, angenehm exotisch, den er nicht einordnen konnte, erfüllte das Halbdunkel. Er blinzelte, bis sich seine Augen allmählich an die Dunkelheit gewöhnten und Teile der Einrichtung unterscheiden konnten. Auf dem Boden lagen dicke Teppiche mit arabesken Mustern. Kissen mit aufgestickten Glitzerspiegeln blitzten auf, wenn ein Sonnenstrahl darauffiel. Auf einem niedrigen Tischchen mit Elfenbeinintarsien stand ein prächtiges Weinservice aus Sterlingsilber mit zwei Pokalen, deren Ränder mit Edelsteinen im Cabochonschliff besetzt waren. Eine reich verzierte Wasserpfeife stand daneben. Wem immer dieses Zelt gehören mochte, ein einfacher Stammesmann war es nicht.

»Willkommen, Sula.«

Erschrocken drehte er sich um. Die Hexenkönigin lag am anderen Ende auf einem Bett. Sie trug ein ärmelloses weißes Gewand, das ihre kupferbraune Haut zum Leuchten brachte. Bronzeschmuck in Stammesmustern zierte ihren Hals, die bloßen Arme und das Haar. Wie immer war sie von erlesener Schönheit, und früher hatte er sie sehr anziehend gefunden, doch seit er wusste, was sie war – wozu sie geworden war –, hatte ihre Wirkung auf ihn deutlich nachgelassen.

Er trat einen Schritt zurück, sah sich nach verborgenen Gefahrenquellen um und versetzte seine Macht in Bereitschaft für einen möglichen Angriff.

»Still, mein Liebster.« Ihre Stimme tropfte wie flüssiges Silber durch das Halbdunkel. »Es ist nur ein Traum. Ich wollte mit dir sprechen, und so konnte ich dich am besten erreichen. Ohne Gefahr für dich oder mich, nicht wahr?«

Als sie sich erhob, floss die feine Seide ihres Gewandes wie Wasser über die sanften Rundungen ihres Körpers. Sula musste an die Nacht denken, in der sie ihn zum ersten Mal verführt hatte – die unglaublich glatte Haut, ihre warme Zunge –, und hatte Mühe, sich von diesen Erinnerungen wieder loszureißen, als sie sein Blut in Wallung brachten. Was immer sie mit dieser Traumwelt erreichen wollte, er musste einen kühlen Kopf bewahren. »Was willst du von mir?«

Sie schnalzte mit der Zunge. »Warum so grausam, Sula? Wieso dieses Misstrauen? In Sankara warst du viel netter zu mir.«

In Sankara warst du noch ein Mensch, wollte er sagen. Doch er biss sich auf die Lippen und schwieg.

Sie trat an das Tischchen, beugte sich vor und goss Wein in die beiden Pokale. Dabei klaffte ihr Ausschnitt ein Stück weit auseinander und gestattete den Blick auf ihre festen, vollen Brüste. Es fiel ihm schwer, sie nicht anzusehen.

Dann kam sie zu ihm und reichte ihm einen der Pokale. Als er zögerte, lächelte sie. »Es ist nur ein Traum, Sula. Ich kann dich nicht vergiften.«

Nein, aber wenn du die Macht hast, mich in deine Träume zu ziehen, woher weiß ich dann, wo diese Macht endet?

Langsam nahm er ihr den Pokal ab, setzte ihn an die Lippen und nippte. Es war Wein. Guter Wein, aber nicht mehr als das. Was hatte er denn erwartet?

»Du bist wirklich viel zu argwöhnisch«, tadelte sie ihn. Jetzt stand sie ganz dicht bei ihm. Der menschliche Duft unter ihrem seltsamen Parfüm weckte Erinnerungen, die ihm das Blut in die Lenden trieben. »Haben dir die anderen schlimme Geschichten über mich erzählt?«

»Was willst du?«, wiederholte er. Und musste sich beherrschen, um nicht einen Schritt zurückzutreten.

»Heißt das, du kannst das mit all deinen Zauberkräften nicht erraten?«

»Ich möchte es lieber aus deinem Mund hören.«

Sie zuckte leichthin die Achseln. »Vielleicht brauche ich die Hilfe eines Magisters.«

»Du kennst viele Magister. Einige davon sind es gewöhnt, dir gefällig zu sein.« *Hältst du mich für schwächer als sie?*, wollte er fragen. *Leichter zu manipulieren?* »Warum gerade ich?«

Er hatte einmal das Bett mit ihr geteilt. Nur ein einziges Mal. Es war eine Laune gewesen, ebenso sehr aus dem Wunsch heraus, vor den anderen Magistern ein Geheimnis zu haben, wie aus körperlichem Verlangen. Sie hatte sich als kundige und leidenschaftliche Liebhaberin erwiesen, und er bereute diese Nacht nicht, aber für seinen Geschmack hatten schon zu viele Zauberer ihren Geruch in ihrem Bett hinterlassen.

»Gerade deshalb, Sula.« Sie fuhr ihm mit federleichtem Finger über die Brust, nur die Andeutung eines Streichelns. »Die anderen haben mich ins Vertrauen gezogen, sie haben ihre Geheimnisse mit mir geteilt, einige haben mir sogar Liebespfänder mit ihrer persönlichen Essenz gegeben. Du hast das nicht getan. Wenn ich mich an einen der anderen wendete, müsste er sich fragen, ob ich in irgendeiner Weise Einfluss auf ihn ausüben wollte. Du dagegen … du hast zu solchen Befürchtungen keinen Anlass. Denn du weißt, dass ich keine Macht über dich habe.« Sie lachte leise. »Jedenfalls nicht mehr als jede andere Frau.«

Ein kühler Wind strich durch das Zelt. Sulas Haar bewegte sich. In der realen Welt hätte eine Hexe ihr Athra niemals auf ein so entbehrliches Detail verschwendet, aber im Traum war dergleichen kostenlos.

»Wozu brauchst du denn nun meine Hilfe?«, fragte er.

Ihr Lächeln erlosch, ihr Gesicht wurde ernst. »Du weißt, was mit mir geschehen ist. Du weißt auch, über welche Macht ich nun verfügen kann.«

»Ich habe Gerüchte gehört«, sagte er vorsichtig.

»Ich will die Seelenfresser nicht verteidigen. Es sind brutale Ungeheuer, und die Männer, die sie kontrollieren, sind kaum besser. Die sterblichen Könige tun gut daran, sie zu fürchten. Doch es braucht nicht so zu sein, Sula. Ihre rasende Wut lässt sich zügeln. Ihre Macht kann gezähmt werden. Und was für eine Macht! Du kannst dir nicht vorstellen, was damit alles möglich wäre. Und was noch fehlt, ist einzig und allein der richtige Führer.«

»Und das bist du?«

Sie schüttelte den Kopf. »Eine Frau kann die Führung nicht übernehmen. Jedenfalls nicht offen. Aber eine Frau kann entscheiden, welcher Mann die Krone trägt.« Sie legte den Kopf schief. »Daraus ergeben sich doch interessante Perspektiven, findest du nicht? Vielleicht sogar ... interessante Bündnisse.«

Sula zog hörbar den Atem ein. War das ein Angebot? Oder hatte er sich verhört?

Sei auf der Hut, Sula. Du kennst ihren Ruf. Eine Frau, die einmal politisch so mächtig war wie sie, verfügt über ein Arsenal von Manipulationstechniken, das die Ersten Könige beschämt hätte.

Allerdings konnte er nicht leugnen, dass ihn ihr Vorschlag in Erregung versetzte. Und da er inzwischen von Colivar erfahren hatte, was ein Magister tatsächlich war, verstand er auch, woher dieses Gefühl kam. Tief in seinem Inneren wollte ein Körnchen seines Wesens, das nicht menschlich war, ihr Angebot annehmen. Das Verlangen war stark. Und für einen kurzen Moment entwickelte es sozusagen ein Eigenleben. In diesem Moment glaubte Sula, den Seelenfresser in sich zu spüren. Und er spürte auch diesen Hunger nach Macht über seine Artgenossen, den ein bloßer

Mensch nicht nachempfinden konnte. Er fühlte sich angewidert, doch zugleich seltsam beglückt, und wusste nicht, ob er vor diesen Gefühlen weglaufen oder sie genießen sollte.

Ob sie wohl die Wahrheit über die Magister kannte?, fragte er sich plötzlich. Diese Frau war berüchtigt dafür, dass sie Geheimnisse sammelte, ihr war alles zuzutrauen.

»Ich bin nicht der einzige Magister, der dir nichts schuldet«, wandte er ein. »Andere wären für ein solches Bündnis besser geeignet als ich. Warum schickst du ihnen nicht deine Träume?«

Sie lachte leise. »Weil du noch jung bist, Sula. Noch sehr menschlich nach den Maßstäben der Zauberer. Zu einer Leidenschaft fähig, die den anderen abgeht. Und Leidenschaft ist in diesem Fall unerlässlich.« Sie hielt inne. »Die Seelenfresser reagieren nicht auf den Verstand. Ich kann nicht an der Seite eines Mannes über sie herrschen, der nichts anderes kennt.«

Er zog langsam den Atem ein. Es hatte ihm die Sprache verschlagen.

»Du bist überrascht«, murmelte sie.

»Es war … nicht das, was ich erwartet hatte.«

»Dass ich einen Mann suche, mit dem ich meinen Thron teilen kann?« In ihren Augen flackerte so etwas wie schwarzer Humor. »Oder dass du derjenige sein würdest?«

»Ja.«

Sie setzte den Pokal an die Lippen, ohne ihr Lächeln ganz zu verbergen, und nippte. Er sah, wie ihre Nüstern sich sachte blähten wie bei einem Raubtier auf der Jagd. Dieses Bild beunruhigte ihn seltsamerweise mehr als alles andere zusammengenommen.

»Die Seelenfresser können nicht von einer Frau beherrscht werden«, wiederholte sie. »Nicht von einer Frau *allein*. Dazu ist ein Paar erforderlich.« Sie legte ihm eine Hand an die Wange. Warm, so warm … Der Duft vergangener Ausschweifungen entströmte ihren Fingerspitzen. »Ein Liebespaar«, flüsterte sie.

Er wollte ihre Hand wegschieben, doch damit hätte er sie sozusagen zur Siegerin erklärt. »Du verlangst viel von mir.«

»Ich biete auch viel.«

»Warum willst du überhaupt einen Magister? Gibt es nicht Männer, die auf Seelenfressern reiten? Sind sie dir nicht leidenschaftlich genug? Warum willst du ihnen einen Außenseiter vor die Nase setzen, obwohl du ganz genau weißt, dass sie ihn ablehnen werden?«

»Weil diese Männer mir nicht ebenbürtig sind«, sagte sie leise.

Sie ließ die Hand sinken; ihre Berührung brannte auch im Nachhinein noch wie Feuer. »Jahrhunderte der Abgeschiedenheit im Norden haben ihnen viel von ihrem Menschsein genommen. Für sie heißt leben, mit Zähnen und Klauen so lange zu kämpfen, bis irgendjemand als Sieger feststeht; nichts anderes zählt in ihrer Welt. Gewiss, sie sprechen unsere Sprache, sie tragen unsere Kleider – einige baden sogar hin und wieder –, aber im Herzen sind sie einfältige Barbaren, so berauscht von den tierischen Trieben ihrer Konjunkten, dass sie kaum noch klar denken können. Soll ich so jemanden zum Mann nehmen und ihm die Hälfte meines neuen Reiches anvertrauen? Wohl kaum.«

Weißt du, dass du von Zauberern gejagt wirst?, dachte er. *Weißt du, dass sie dich inzwischen ebenso sehr fürchten, wie sie dich früher liebten? Dass die Magister lieber alle an einem Strang ziehen – wider alle Tradition und alle Instinkte –, als zuzulassen, dass du den Lebensraum der Ungeheuer auch nur um einen einzigen Zoll ausweitest?*

Natürlich wusste sie das. Deshalb hatte sie ja diese Traumlandschaft geschaffen.

»Du bietest mir also die Herrschaft über Tiere an«, fasste er zusammen, »und der Preis ist die Zerstörung einer Welt.«

»Ach! Seit wann willst du denn die Welt retten? Ist dies neuerdings das Ziel der Magister?« Wieder lachte sie in sich hinein. »Nun denn, wie rettet man denn am besten eine Welt? Nicht durch einen Krieg – der von vornherein zum Scheitern verurteilt wäre – gegen einen Feind, der sogar dir, einem Zauberer, das Leben aus der Seele saugen kann. Nein, es müssen dezentere Mittel sein. Genauer gesagt: Politik.

Du kannst die Seelenfresser nicht ausrotten, Sula. Auch nicht, wenn alle Magister der Welt sich gegen sie verbünden würden … was nicht der Fall ist. Aber du kannst sie vielleicht kontrollieren. Dafür habe ich die Weichen bereits gestellt. Ich brauche einen

Mann an meiner Seite, auf den ich mich verlassen kann. Dieser Mann könnte in einem Ausmaß über Macht verfügen, wie es noch kein Magister erlebt hat.« Sie hielt inne, um ihre Worte wirken zu lassen. »Eine Macht, von der jeder Magister träumt.«

Ob sie wohl wusste, wie verlockend dieses Angebot war? Als einer der jüngsten Magister lebte er seit der Nacht seiner Ersten Translatio im Schatten von Uralten wie Colivar und Ramirus. Wie mochte man sich fühlen, wenn man den Spieß umdrehte und zur Abwechslung einmal von den Alten beneidet wurde? Womöglich sogar gefürchtet?

Ihr Götter, diese Frau war gefährlich! Er hatte recht gehabt, ihr zu misstrauen. Aber musste man nicht gefährlich sein, wenn man vorhatte, diese Ungeheuer unter Kontrolle zu bringen? War ihr Plan nicht von einer schrecklichen Logik, und bot er nicht bessere Aussichten auf Erfolg als die labile Allianz, der er derzeit angehörte und die bei der leisesten Erschütterung auseinanderbrechen konnte?

Es ist richtig, dass einer von uns über die Seelenfresser herrschen sollte. Die Worte quollen aus der Tiefe seiner Seele, als hätte ein anderer sie gesprochen. Verführerisch und grauenvoll zugleich. Wie weit konnte er seinen eigenen Gedanken trauen?

Die Hexenkönigin schwieg. Beobachtete ihn. Wartete.

»Ich brauche etwas Bedenkzeit«, sagte er endlich.

»Viel Zeit hast du nicht mehr, Sula. Die Ereignisse überschlagen sich. Je länger die Seelenfresser ohne starke Führung sind, desto schwieriger wird es, sie in den Griff zu bekommen.«

»Das leuchtet mir ein.«

Sie überlegte, dann nickte sie. »Ich gebe dir ein paar Tage. Danach spreche ich andere Kandidaten an. Das musst du verstehen.«

»Ja, das verstehe ich.« *Dann wird ein anderer über die Seelenfresser herrschen. Ein anderer wird von den Magistern beneidet werden.* Er schüttelte den Kopf, um den Gedanken zu vertreiben. »Wie kann ich dich erreichen?«

»Ich komme zu dir. So wie jetzt. Falls wir handelseinig werden … treffen wir uns auf festerem Boden wieder. Einverstanden?«

Er nickte.

Sie stellte ihren Pokal ab, nahm sein Gesicht in ihre beiden Hände und zog es zu sich herab. Er wehrte sich nicht. Ihr Kuss war warm und feucht und schmeckte nach Wein. Der Duft ihrer Haut stieg ihm in die Nase und schien auch die dunkle Präsenz in seinem Inneren zu wecken. Die Hitze schoss ihm in die Lenden, doch er spürte sie nur wie von ferne, sie bedrängte ihn nicht. Und in Gedanken war er bei anderen Dingen.

»Überlege es dir gut, mein Magister«, murmelte sie.

Damit erlosch ein Element des Traumes nach dem anderen, bis nur noch Sand und Sonne übrig waren … und schließlich verschwanden auch sie im Dunkeln.

Kapitel 18

Es war ungewohnt, Farahs Palast als Gast zu betreten. Noch ungewohnter war es für Farahs Diener, die nicht so recht wussten, was sie von Colivars unerwarteter Ankunft zu halten hatten. Wie tief verneigte man sich, wenn ein Magister zu Besuch kam? Lagen nicht alle Zauberer im Streit miteinander? War das ein Grund, sich Sorgen zu machen? Als Colivar noch im Palast gelebt hatte, war er nie von anderen Magistern besucht worden, deshalb hatten Farahs Diener keine Erfahrung mit dem entsprechenden Protokoll.

Er hätte sie vorwarnen sollen. Oder Sula hätte sie vorwarnen sollen.

Na schön.

Endlich erbot sich ein verwirrter Gardist, den Magister zum König zu bringen. Seine Verwirrung stieg noch, als Colivar erklärte, er sei nicht hier, um mit dem König zu sprechen. Endlich wurde doch Klarheit geschaffen, und zwei Gardisten – vermutlich ein Ehrengeleit, denn es hätte einer ganzen Armee bedurft, um wirklich etwas gegen ihn auszurichten – führten ihn zu Sulas Gemächern.

Farah hatte einen Flügel seines Palastes für den Königlichen Magister bestimmt. Da Colivar von den Räumen selten Gebrauch gemacht und folglich auch niemals Zeit oder Energie auf die Einrichtung verwendet hatte, war er nun neugierig, was Sula daraus gemacht hatte. Es war jedenfalls nicht das, was er erwartet hätte. Die Grenze zwischen Farahs Reich und dem Reich seines Zauberers war kaum zu erkennen; sogar die dünnen Vorhänge waren in beiden Gebäudeteilen in Schnitt und Farbe gleich. Sulas Wohnraum war mit klassischen anchasanischen Möbeln und Kunstwerken ausgestattet, und Sula selbst trug die langen, fließenden Gewänder eines Wüstenhäuptlings. Zusammen mit seiner hellen Haut und den nordischen Zügen ergaben sie ein seltsames Bild. Die Gewänder waren schwarz, ein Zugeständnis an die Gewohnheiten der Magister, aber in den Stoff waren Streifen in unterschiedlichen Mustern eingewebt, die an die breiten Streifen der Stammesgewänder erinnerten; eine diskrete Huldigung an seine neue Heimat.

»Colivar!« Er erhob sich von seinem Stuhl, als Colivar eintrat. Das Buch, in dem er gelesen hatte, verschwand aus seiner Hand. »Ich danke dir, dass du so schnell gekommen bist.«

»Du hast noch nie mit einer Bitte meine Zeit verschwendet, Sula.« Er musterte leicht irritiert die Aufmachung des Jüngeren. »Wie ich sehe, wirst du hier allmählich zum Einheimischen.«

Sula zuckte die Achseln. »Ich dachte, wenn ich schon den Königlichen Magister spielen soll, dann muss ich mich auch in die Rolle einfühlen.« Sein Ton war scherzhaft, aber seine Miene blieb ernst. »Wein?«

Colivar nickte. Er war nicht durstig und hätte das Angebot überall sonst wahrscheinlich abgelehnt. Aber in Anchasa nahm man es mit der Gastfreundschaft ernst, und so mancher hier hätte es als Beleidigung aufgefasst, wenn jemand nicht mit ihm trinken wollte. Er wollte aber auch nicht herausfinden, wie weit Sula es mit der Anpassung tatsächlich trieb.

Und wenn er ehrlich war, fand er es sogar erfrischend, in die alten Verhaltensmuster zurückzufallen. Er hatte sehr lange in Anchasa gelebt, die vertrauten Rituale des Lebens im Süden übten eine wohltuende Wirkung auf ihn aus.

Er wartete, bis der Wein mit dem üblichen Zeremoniell eingeschenkt, gekostet und gelobt worden war, dann sagte er: »Du hast mich nicht bloß zu einer Weinprobe gerufen, richtig? Was hast du auf dem Herzen?«

Sula stellte mit einem Seufzer seinen Becher ab, schaute eine Weile darauf nieder und fuhr mit dem Finger über den Rand. Endlich sagte er: »Siderea hat mich aufgesucht.«

Damit hatte Colivar nun wahrlich nicht gerechnet. »Wann? Wo? Wissen die anderen Bescheid?«

»Sie hat mir einen Traum geschickt. Und nein, sonst weiß es niemand. Du bist der Erste, dem ich davon erzähle.«

Colivars Reaktion auf das Geständnis als Überraschung zu bezeichnen, wäre untertrieben gewesen. Allein, dass Sula ihn von dem Ereignis in Kenntnis setzte, war schlechterdings unglaublich. Natürlich hatte der Jüngere den Rat seines Mentors schon immer geschätzt – mehr vielleicht, als gut für ihn war –, und seit die vier Magister ihr »Bündnis« geschlossen hatten, war es nicht mehr undenkbar, dass sie gewisse Erkenntnisse miteinander teilten. Aber Rivalität und Misstrauen lagen ihnen immer noch im Blut, beides war schließlich in ihrem Ikati-Erbe verwurzelt. Wenn Sula Colivar ein Erlebnis von solcher Tragweite gestand, dann war er wohl so tief beunruhigt, dass er nicht glaubte, allein damit fertigzuwerden. Das würde er allerdings kaum zugeben, und Colivar war klar, dass er sich instinktiv abschotten könnte, wenn er ihn nach Einzelheiten fragte, die er nicht preisgeben wollte. Dann wäre er verschlossen wie eine Auster.

»Was wollte sie denn?«, fragte er so beiläufig, als führten sie ein harmloses Gespräch über das Wetter.

Sula holte tief Luft. »Sie hat mir angeboten, den Thron mit ihr zu teilen«, sagte er. »Ich sollte mich ihrem Kreis von Seelenfresser-Vasallen anschließen und ihr helfen, die Welt zu regieren.«

Colivar machte den Mund auf, brachte aber keinen Laut hervor. Er war sich vage bewusst, dass sein Versuch, keinerlei Gefühle zu zeigen, soeben kläglich gescheitert war, doch wie viel sein Gesichtsausdruck verriet, konnte er selber nicht genau ermessen. Was immer er erwartet hatte, das ganz gewiss nicht. »Ich nehme an, du hast Nein gesagt?«

»Ich habe mich noch nicht geäußert. Wenn ich ablehne, wird sie jemand anderem den gleichen Vorschlag machen. Mit meinem Schweigen verschaffe ich uns also Zeit.« Müde ließ er sich in einen Polstersessel fallen und rieb sich die Schläfen. Er schien in einer Weise unter Druck zu stehen, wie es Colivar bei seinem Schüler noch nie erlebt hatte … dafür aber bei anderen Magistern vor langer Zeit, und er kannte auch den Grund dafür.

Sie hat den Seelenfresser in ihm angesprochen. Und seinen Hunger geweckt. Heißt das, sie weiß, was wir sind? Hat sie die Wahrheit erraten? Die Vorstellung, dass Siderea Sulas nichtmenschliche Instinkte an die Oberfläche lockte, um darauf zu spielen wie auf einem gut gestimmten Instrument, beunruhigte ihn auf vielen verschiedenen Ebenen. Und die jäh aufwallende Eifersucht, die den Gedanken begleitete, überraschte ihn. Und machte ihn unsicher. Das Auftauchen einer Seelenfresser-Königin in ihrer Welt untergrub zusehends die Mechanismen, mit denen Colivar seine primitiveren Instinkte in Schach zu halten pflegte. Den anderen Magistern mochte es früher oder später ähnlich ergehen, aber sie waren nicht ganz so gefährdet wie er; der Zusammenbruch würde bei ihnen nicht so schnell erfolgen, und wahrscheinlich würde er sie auch nicht so hart treffen.

Auf jeden Fall standen schwere Zeiten bevor.

»Jemand wird einwilligen«, meinte auch Colivar.

»Wahrscheinlich einer ihrer ehemaligen Liebhaber. Und wenn das geschieht, könnte es unter den Magistern zum Streit kommen, und das wären keine kleinlichen Reibereien, sondern der Auftakt zu einem größeren Konflikt.«

»Was ohne Zweifel ihre Absicht ist. Einfachen Morati würde es sehr schwerfallen, uns zu besiegen. Auch Seelenfressern fiele es nicht leicht. Wenn man freilich Magister gegen Magister hetzt ...«

Sula blickte jäh auf. »Du glaubst, sie will uns alle tot sehen?«

»Was immer sie früher für uns empfunden haben mag, jetzt sind wir ihre Rivalen und eine Gefahr für das Reich, das sie offenbar zu errichten gedenkt.«

Sula nickte. Er war nie sonderlich verschlossen gewesen, und nach so langer Zeit als sein Lehrer konnte Colivar gewöhnlich in ihm lesen wie in einem offenen Buch. Doch jetzt gab es Tiefen, die seinem Blick verborgen blieben. Das machte ihm Sorgen.

»Denjenigen, der auf ihr Angebot eingeht, wird sie nicht als Bedrohung empfinden«, erklärte Sula.

Nur wenn sie auch meint, was sie sagt, dachte Colivar. *Nur wenn ihr Angebot aufrichtig ist und nicht bloß eine Finte.* Sula hatte natürlich die gleichen Bedenken. Warum hätte er seinen

Mentor sonst ins Vertrauen gezogen? Colivar fragte leise: »Warst du in Versuchung?«

Sula stieß scharf den Atem aus. »Natürlich war ich in Versuchung! Welcher Magister wäre das nicht? Vergiss die Macht. Vergiss auch die Frau selbst. Wir stehen auf dem Höhepunkt einer Epoche, die unsere Welt von Grund auf verändern könnte, und sie bietet dir an, auf der Welle dieser Umgestaltung zu reiten, anstatt von ihr überrollt zu werden.« Er sah Colivar scharf an. »Hast nicht du mich gelehrt, Abwechslung sei die größte Versuchung für einen Magister? Damals habe ich dich nicht wirklich verstanden, ich war noch zu jung. Heute habe ich ein paar Jahre mehr auf dem Buckel und weiß, was du damit meintest.«

Aber Siderea weiß es nicht, dachte Colivar. *Sonst hätte sie zuerst einen der älteren Magister angesprochen. Einen von denen, die gerne die ganze Welt in Trümmern sähen, wenn sie sich damit fünf Minuten Abwechslung erkaufen könnten.*

Was wiederum die Frage aufwarf: Warum gerade Sula?

»Wärst du bereit, mir den Traum zu zeigen?«, fragte Colivar. »Zumindest den Rahmen, in dem er stattfand?« Er kannte Siderea lange genug, um zu wissen, dass ihre Träume aufs Kunstvollste gestaltet waren und so gut wie immer auf verschiedenen Ebenen entschlüsselt werden mussten. Sula stand ihr wahrscheinlich nicht nahe genug, um zu wissen, wonach er zu suchen hatte. Anders Colivar.

Sula zögerte. Es war eine hochgradig intime Bitte, und unter normalen Umständen wäre kein Magister darauf eingegangen. Doch dies waren keine normalen Umstände, und so nickte er und sammelte sich. Der ganze Raum begann zu flimmern, und Stück für Stück nahmen Teile seines Traumes Gestalt an. Die Wüste, das Zelt, die Teppiche, die Möbel und endlich die Hexenkönigin selbst. Die Vision war nicht völlig greifbar; man konnte hinter einer Zeltwand den Schatten einer anchasanischen Anrichte erkennen, und Sidereas linkes Bein war dem Geist eines Stuhlbeins überlagert. Aber insgesamt war die Darstellung sehr genau und wirklichkeitsnah, und Colivar kniff die Augen zusammen und studierte jedes Detail. Siderea selbst hob er sich für den Schluss auf.

Wie vertraut sie aussah und doch wie verändert! Selbst in der statischen Vision sah er die wesensfremde Energie aus ihren Augen lodern, eine Kraft, die ihr übermenschliche Züge verlieh, ihr aber auch etwas von ihrem Menschsein nahm. Die Teppiche, auf denen sie stand, kamen ihm vertraut vor, er wusste allerdings nicht mehr, wo er sie schon gesehen hatte. Und dieser Schmuck! Auch der war ihm nicht fremd.

Plötzlich kam ihm die Erleuchtung.

»Tefilat«, murmelte er.

»Was?«, fragte Sula.

»Tefilat. Eine Stadt in der südwestlichen Wüste, nahe der Grenze zu Anchasa. Schon vor langer Zeit verlassen. Im Großen Krieg nahezu zerstört.« Er deutete auf Sidereas Halskette, die Teppiche, die Pokale. »Alle Formen beruhen auf den Stammesmustern der Hom'ra, die in dieser Region heimisch sind. Ursprünglich sollten diese Muster böse Geister abwehren, die es in Tefilat angeblich reichlich gibt.« Er hielt inne. »Ein Gerücht, das durchaus ein Körnchen Wahrheit enthalten könnte.«

»Das heißt?«

»Die Gegend dort ist für Seelenfresser wie geschaffen. Breite Sandsteinschluchten, vom Wind ausgeformt, mit tiefen natürlichen Nischen, die Schutz bieten. Tefilat selbst wurde in einer besonders großen Schlucht errichtet, zunächst nützte man die natürlichen Nischen als Wohnstätten, später grub man Höhlen in die Wände, um weitere Räume zu schaffen. Die Stadt ist … sehenswert.

Außerdem trieben die Seelenfresser in früheren Zeiten in dieser Region ihr Unwesen und nährten sich von den Stämmen, die dort ansässig waren. Eine der größten Schlachten des Südens wurde in und um Tefilat geführt. Es heißt, dass sich in den letzten Stunden der Stadt Hunderte von Hexen und Hexern dort einfanden. Der Sandstein ist immer noch von ihrer Magie durchtränkt.« Er nickte. »Ich war schon dort. Man kann es spüren. Die Hexenkräfte treiben seltsame Spiele mit dem Bewusstsein. Die Hom'ra sprechen von einer Stadt der Geister und berichten von grausigen Dämonen, die bei Sonnenuntergang aus der Schlucht aufsteigen. Sie halten den Ort für verflucht.« Er hielt inne. »Bei meinem letzten Besuch traf ich zwar keine Dämonen, aber ›verflucht‹ könnte Tefilat durchaus sein. Ich würde dort sicherlich erst Zauberei einsetzen, nachdem ich mich vergewissert hätte, ob sie auch zuverlässig wirkt. Besonders im Hinblick darauf, dass wir mit genau den Wesen verwandt sind, die jene Hexen und Hexer zu vernichten suchten.«

Er blickte auf den imaginären Teppich hinab. »Sie muss jetzt dort sein«, murmelte er. »Oder sie hat die Stadt vor Kurzem besucht. Oder ihre Leute sind dort und bringen ihr Dinge mit. Wie man es auch betrachtet ...«

»In Tefilat wird man Anhaltspunkte finden«, vollendete Sula.

Colivar nickte. »Genau.«

»Dann müssen wir wohl hinreisen. Nur Magister, oder sollen wir auch ein paar Morati mitnehmen, was meinst du? Farah würde sicherlich eine Expedition ausrüsten, wenn es nötig wäre.«

»Farah würde uns ein ganzes Heer mitgeben, wenn es nötig wäre«, stimmte ihm Colivar zu. »Doch zuerst müssen wir in Erfahrung bringen, was genau da draußen vorgeht.«

»Nach allem, was du mir eben erklärt hast, sind unsere Zauberkräfte in einer solchen Stadt nicht unbegrenzt einsetzbar. Können wir wenigstens Erkundungen damit durchführen?«

Colivar schwieg so lange, dass Sula ungeduldig hin und her rutschte und sich leise räusperte, als wollte er ihn daran erinnern, dass er nicht allein war. Aber er störte Colivar nicht beim Nachdenken. Dafür waren die Gewohnheiten aus seiner langen Schülerzeit zu tief verankert. Mit einem Teil seiner Seele würde er in Colivar immer seinen Lehrmeister sehen ... sosehr der ihm das auch auszureden suchte.

»Ich kann feststellen, ob *sie* dort ist«, sagte Colivar endlich. »Wenn wir das wissen, können wir alles Übrige entscheiden.«

»Hast du nicht erwähnt, sie könnte sich für uns unsichtbar machen? Wir könnten mit unserer Magie die Tarnung einer Königin nicht durchdringen?«

»Ja«, antwortete Colivar leise. Und sehr ernst. »Das sagte ich.«

»Dann kennst du noch andere Mittel und Wege?«

Colivar antwortete wiederum nicht. Er streckte nur die Hand

aus und legte sie dem anderen kurz auf die Schulter. Es war eine ungewohnt freundschaftliche Geste, die Erinnerungen an ein anderes Leben weckte, ein Leben vor langer, langer Zeit. Als Menschen nichts als Menschen waren und noch nicht die Seelen von schrecklichen Ungeheuern in sich trugen, die ungeduldig an den Wänden ihres Gefängnisses kratzten.

»Du wirst es erfahren, wenn ich mehr weiß«, versprach er ihm.

Kamala umkreiste das Zielgebiet etliche Male, bevor sie sich zum Anflug entschloss. Sie entdeckte eine von Colivar errichtete magische Barriere gegen Magister und hielt sich tunlichst davon fern. Es schien sich nicht um ein ernst zu nehmendes Hindernis zu handeln, keine Verteidigungseinrichtung, eher ein Alarmsystem, das Colivar benachrichtigte, sobald Besucher eintrafen. Aber alte Gewohnheiten waren zäh.

Als sie endlich zu ihrer Zufriedenheit festgestellt hatte, dass alles so war, wie es sein sollte, landete sie und nahm ihre menschliche Gestalt wieder an. Zunächst stand sie einfach da, ließ sich den heißen Sommerwind durch das Haar wehen und betrachtete die fremde Landschaft. Roter Stein und roter Sand, vom rötlich gelben Licht der Abendsonne übergossen. Öde und wunderschön zugleich, eine Vision aus einer anderen Welt.

Auf einer nahegelegenen Anhöhe stand ein kleines Gebäude im Stil eines Tempels. Leuchtend weiße Säulen trugen ein Dach der gleichen Farbe, anstelle von Wänden hingen weiße Tüllschleier herab. Bei jedem Windhauch kräuselte sich der Tüll wie Wasser und ließ das ganze Bauwerk unwirklich aussehen. Magisch.

Vielleicht trog dieser Eindruck ja auch nicht, überlegte sie. Die Illusion eines Tempels war viel einfacher zu beschwören als die Masse, aus der er bestand. Jedenfalls bot er ein schönes Bild, und da sie ahnte, dass Colivar den Tempel eigens für dieses Treffen geschaffen hatte, beschloss sie, ihn einfach für echt zu halten und sich über die Arbeit des Magisters zu freuen.

Sie stieg die weiße Steintreppe hinauf und trat zwischen die Pfeiler. Drinnen war es kühl und schattig. Vier Liegen aus Alabaster mit weißen Seidenpolstern waren zu einem Quadrat angeordnet. Colivar, der sich in seiner schwarzen Robe auf eine dieser Liegestätten drapiert hatte, setzte einen dramatischen Akzent.

Auch sie selbst hatte sich schwarz gekleidet und bildete einen nicht weniger auffallenden Kontrast.

»Kamala.« Bei ihrem Eintritt erhob er sich. Sie spürte seine leichte Anspannung und witterte den sexuellen Unterton in seiner inneren Unruhe. Sie hatte in ihrer Jugend genügend Männer bedient, um solche Zeichen mit untrüglicher Sicherheit zu erkennen. »Ich danke dir, dass du gekommen bist«, sagte er.

»Eure Nachricht klang sehr dringend.«

»Zurzeit überschlagen sich die Ereignisse.«

Er nickte zu einer Glaskaraffe hin, die auf einem Tischchen zwischen zwei Liegen stand; der Rotwein leuchtete im Schein der Abendsonne wie frisches Blut. Sie lehnte das Angebot mit einer Handbewegung ab, entschied sich für die Liege, die der seinen gegenüberstand, und ließ sich darauf nieder. Pechschwarz auf jungfräulichem Weiß. Sie spürte, wie sich der Raum zu perfekter Symmetrie fügte, als er sich ebenfalls setzte. Die Möbel waren so gestellt, dass ihr rotes Haar im Schein der untergehenden Sonne förmlich auflodern würde.

»Ich brauche deine Hilfe«, sagte er.

Sie nickte. »Das dachte ich mir.«

»Ich habe einen Hinweis, wo Siderea Aminestas sich aufhalten könnte. Vielleicht auch eine Fährte, die zu ihr führt. Ich muss wissen, was von beidem es ist.«

Sie zog neugierig eine Augenbraue hoch. »Ihr wollt mich zum Spürhund für Königinnen machen?«

Er lachte leise. »Kennst du jemanden, der für diese Aufgabe besser geeignet wäre?«

»Nein«, gab sie zu. Ein kleines Schmunzeln umspielte ihre Lippen.

»Im Süden gibt es eine Stadt namens Tefilat. Ich muss wissen, was da draußen vor sich geht.«

»Das heißt, Ihr müsst wissen, ob *sie* dort ist.«

Er nickte. »Kannst du das feststellen?«

Sie erinnerte sich, wie schwer es ihr selbst in einer Vision gefallen war, in das Revier der Königin des Nordens einzudringen.

Wenn Siderea über die gleichen Kräfte verfügte, könnte sich Kamala in den Weiten der Wüste verirren und sie niemals finden; in einem solchen Gelände gab es nicht genügend markante Orientierungspunkte, an die sie sich halten konnte. In einer klarer gegliederten Umgebung wäre es dagegen möglich. Nicht wahrscheinlich, aber möglich. »Vielleicht«, sagte sie. »Habt Ihr eine Karte für mich? Ich kenne die Gegend nicht.«

»Ich habe noch etwas Besseres.«

Er streckte ihr die Hand entgegen, und als sie die ihre darunter hielt, ließ er rötlichen Sand in einem dünnen Strahl in ihre Handfläche rieseln. »Der stammt aus Tefilat.«

Sie schloss die Finger um den Sand und spürte die feine Körnung. Dann durchdrang sie ihn mit allen Sinnen und suchte nach den geheimen Spuren seiner vergangenen Geschichte. Die Standortenergie war stark genug, der Sand konnte durchaus als Anker dienen und sie zum Ort seiner Herkunft führen.

Gerade wollte sie in sich gehen und mit der Suche beginnen, als ihr wieder einfiel, wie er sie angetroffen hatte, als sie die Spinas-Berge absuchte. Bei der Erinnerung schoss ihr das Blut in die Wangen. Er hatte sich damals nicht an ihr vergangen, als sie hilflos vor ihm lag. Warum also sollte er es heute tun?

»Noch etwas«, warnte er sie, als sie sich zurücklehnte und sich anschickte, ihre geistige Reise anzutreten. »Es könnte sein, dass Zauberkräfte dort nicht richtig wirken.«

Wieder dieses leise Schmunzeln. »Habt Ihr mich eigentlich schon einmal an einen Ort geschickt, wo die Magie *tatsächlich* so wirkte, wie sie sollte?«

Sie schloss die Augen, ohne auf seine Antwort zu warten. Tefilat war offenbar nicht weit entfernt; sie brauchte nur ein paar Sekunden, um ihre Zauberkräfte auf einen festen Punkt zu richten. Danach war es nicht schwer, wie damals in den Spinas-Bergen ihre Sinne auszuschicken und den Ort zu erkunden. Und das Verfahren war auch sicher, solange man sich nicht daran störte, dass man seinen bewusstlosen Körper in der Gewalt eines anderen Magisters lassen musste.

Ringsum nahm eine rötliche Landschaft Gestalt an. An manchen Stellen war die Erde wellenförmig aufgewölbt und von orange-

und rostroten Streifen durchzogen, als hätte man ein Stück Stoff auf den Boden geworfen. Da und dort ragten Felsgebilde auf, vom Wind zu schönen und zugleich bizarren Formen modelliert, die verwirrend ineinanderflossen, wenn sie im Geiste den Blick darüber schweifen ließ.

Sie folgte mit ihrem inneren Auge den Spuren im Sand zu einer breiten Schlucht mit einem ausgetrockneten Flussbett in der Mitte. Die Wände ragten zu beiden Seiten hoch auf und waren durchsetzt mit schattigen Nischen, die groß genug waren für ein ganzes Haus. In einigen dieser Nischen standen auch tatsächlich Häuser, die jedoch längst verlassen waren. Die Zeit und der Wind hatten an den Mauern genagt, und bisweilen war schwer zu erkennen, wo ein Haus endete und die natürlichen Geröllablagerungen begannen.

Dann kam sie um eine Biegung – und vor ihr lag Tefilat.

Ein atemberaubender Anblick. Kamala, die in der Gosse von Gansang aufgewachsen war, war überwältigt. Hier hatte man in den natürlichen Nischen und auf den Felssimsen der Schluchtwände nicht bloß einfache Behausungen errichtet, sondern vornehme Paläste, die manchmal mehrere Stockwerke hoch waren. Über die reich gegliederten Fassaden zogen sich Wellen und Kringel aus buntem Sandstein, als wären sie nicht von Menschenhand bearbeitet worden, sondern organisch gewachsen.

Eine schöne, eine prächtige Stadt. Aber auch eine unheimlich leere Stadt.

Und eine verdorbene Stadt.

Sie spürte die pervertierte Macht, die von dem uralten Stein ausstrahlte, sah sie düster um die reich verzierten Wände flimmern, konnte in ihrer Seele schmecken, wie *widernatürlich* sie war. Reste von misslungenen Zauberbannen hafteten an diesem Ort, zusammen mit Erinnerungen an menschliche Ängste und dem Widerhall grausamer Blutbäder. Nein, in ihrem wirklichen Körper hätte sie nicht hier stehen und sich diesen schwarzen Energiefragmenten aussetzen wollen. Kein Wunder, dass die Menschen diesen Ort inzwischen mieden.

Vor Kurzem war indes jemand hier gewesen, das spürte sie deutlich. Sie tastete nach einer Identität. Zunächst konnte sie nur unscharfe Bilder beschwören, Echos aus der fernen Vergangenheit. Heere sammelten sich. Zauber wurden gewirkt. Die Schatten gewaltiger Schwingen glitten über den Boden der Schlucht. Hinter ihnen blieben Leichen zurück, lebendes Fleisch, dem das menschliche Bewusstsein ausgesogen worden war.

Dann wurden die Eindrücke klarer und bezogen sich auf näher liegende Ereignisse. Sie sah Wüstenbewohner durch die Schlucht ziehen, und ihre Macht lieferte ihr einen Namen: *Hom'ra*. Dann erschienen andere Gestalten. Hexen und Hexer. Sie kniff die Augen zusammen, um Einzelheiten zu erkennen, obwohl ihre physischen Augen für diese Suche gar nicht gebraucht wurden.

In diesem Augenblick zog ein Schwingenschatten über sie hinweg. Einige Hom'ra blickten nervös nach oben, doch die meisten schienen den Seelenfresser gar nicht wahrzunehmen. Sie spürte, wie seine Macht an den Seelen der Menschen leckte und an der Essenz ihres Lebens nippte, um seinen Hunger zu stillen. So schnell, wie das Ungeheuer gekommen war, verschwand es auch wieder. Die Stammesleute setzten ihre Arbeit fort und trugen Vorräte in die Stadt, als wäre nichts geschehen, bis eine Frau auf sie zutrat. Sie trug ein ärmelloses weißes Gewand und hatte sich in so viele Schichten von Schutzzaubern gehüllt, dass Kamala ihre Identität nicht erkennen konnte. Die Hom'ra verneigten sich vor ihr, aber nicht wie vor einem irdischen Herrscher, sondern mit geradezu religiöser Ehrfurcht.

Kamala nahm alle ihre Kräfte zusammen, um die Machthülle dieser Frau zu durchdringen, ein schärferes Bild zu gewinnen. Doch sosehr sie sich auch bemühte, ihre Konzentration glitt immer wieder ab. Das Gefühl war vertraut und ließ sie bis in die Tiefen ihrer Seele erschauern. Dies musste Siderea sein; es gab keine andere Erklärung. Kamala dankte den Göttern, dass die Hexenkönigin nicht körperlich anwesend war und sie es nur mit Bildern zu tun hatte, die sie aus den Restenergien vergangener Ereignisse beschworen hatte. Selbige hatten kein eigenes Bewusstsein.

Etwas anderes dagegen schon, fiel ihr plötzlich auf. Dieses *Etwas* beobachtete sie. Sie spürte es wie einen eisigen Hauch im Nacken, fuhr jäh herum und versuchte mit ihren Zaubersinnen das gesamte Panorama auf einmal aufzunehmen. Doch sie konnte nicht feststellen, von wo das merkwürdige Gefühl ausging. War das die Besonderheit der hiesigen Metaphysik, vor der Colivar sie gewarnt hatte? Das Gefühl wurde stärker, während sie noch nach seiner Quelle suchte. Es schien von allen Seiten zu kommen, als wäre da nicht ein Ursprung, sondern viele. Ein Kreis von Quellpunkten, der allmählich um sie herum Gestalt annahm …

… und zu Bildern wurde, die sie erkennen konnte.

Sie war von Dutzenden von Gestalten umringt. Geisterbilder, menschlich, halb menschlich oder gar völlig fremd. Nacheinander erschienen sie aus dem Nichts, als müssten sie ihre Substanz aus der Landschaft ziehen. Und nacheinander nahmen sie ihre Plätze ein, bis ein geschlossener Kreis entstanden war, in dessen Zentrum sie sich befand. Drei Reihen von ihnen waren sichtbar, und dahinter schlossen sich noch weitere Ringe an. Teilnahmslose Gestalten, unergründliche Gesichter, reglose Körper …

Sie unterbrach den Kontakt und flüchtete. Ihr Bewusstsein wurde mit solcher Wucht in ihren Körper zurückgeschleudert, dass ihr die Luft wegblieb. Nachdem sie wieder zu Atem gekommen war, bemühte sie sich zunächst, nach außen hin so gefasst zu wirken, dass Colivar nicht merkte, was geschehen war.

Götter. Die gleichen Götter hatten sie beobachtet, bevor sie sich auf die Suche nach der Königin des Nordens begeben hatte. Damals hatte sie sie nicht vollständig sehen können, aber sie hatte sie gespürt. Und diese Präsenzen hatten sich genauso angefühlt.

Wer waren sie? Was wollten sie von ihr? Sie hatte nicht den Schimmer einer Antwort.

Vielleicht trieb auch nur Tefilats Macht ihre Spiele mit ihrem Geist, dachte sie. Vielleicht hatte der Einsatz von Zauberei für diese Suche Erinnerungen an die erste Suche geweckt, und die seltsame Resonanz der Stadt hatte die beiden Unternehmungen in ihrem Geist durcheinandergewürfelt. Dennoch blieb die Frage, wieso die Götter sie beim ersten Mal beobachtet hatten. Hatten sie ein persönliches Interesse an diesem Seelenfresser-Krieg? Oder hielten sie einen weiblichen Magister für widernatürlich, womöglich für ein Wesen, das mit seinen Zauberkräften die natürliche Ordnung störte? Ihre stoischen Mienen hatten ihr nichts verraten.

Als sie glaubte, sich so weit im Griff zu haben, dass sie ein Gespräch unter Menschen führen konnte, schlug sie die Augen auf.

Über ihrer Suche war es Nacht geworden. Jemand hatte mehrere Fackeln angezündet, die sich als winzige Flämmchen in Colivars Augen spiegelten. Er beobachtete sie aufmerksam.

»Nun?«, fragte er. »Was hast du gesehen?«

Ob er wohl wusste, was ihr widerfahren war? Solange er nichts anderes sagte, würde sie davon ausgehen, dass er ahnungslos war. »Sie ist zurzeit nicht dort«, stieß sie heiser hervor. Vor Schreck über die Vision war ihr die Kehle wie zugeschnürt. Sie räusperte sich vorsichtig, um die Muskeln zu entspannen. »Aber sie war dort, zusammen mit den Hom'ra. Vor nicht allzu langer Zeit. Und auch ihre Seelenfresser-Königin war dort.«

»Wo man die eine findet, ist die andere nicht weit«, bemerkte er. Und dann: »Ich will alles wissen.«

Und sie erzählte. Beschrieb ihre Visionen so eingehend sie konnte und beschwor Bilder, wo ihr die Worte fehlten. Nur die letzte Vision, das Auftreten der Götter, behielt sie für sich. Die darin enthaltene Botschaft konnte möglicherweise für sie allein bestimmt gewesen sein, und sie sah deshalb keine Veranlassung, sie weiterzugeben.

Als sie ihren Bericht beendet hatte, dachte Colivar eine Weile darüber nach. »Sie benützen die Stadt als Schauplatz für irgendetwas, so viel ist offensichtlich«, sagte er endlich. »Aber wofür? Tefilat liegt am Ende der Welt. Es ist zu weit von jedem denkbaren Ziel entfernt, um in der Politik der Morati eine Rolle zu spielen, und für einen Zauberer hat die Entfernung weiter keine Bedeutung, er hätte also keinen Grund, sich dort hinauszubegeben.«

»Einen Grund wüsste ich schon«, widersprach Kamala.

Colivar zog eine Augenbraue hoch.

»Ihr habt es selbst gesagt«, erklärte sie. »Die Zauberei wirkt dort nicht zuverlässig. Magister scheuen Orte, wo sie nicht auf ihre Macht vertrauen können. Beim Heiligen Zorn war es ähnlich, erinnert Ihr Euch? Nyuku suchte ganz in seiner Nähe Zuflucht, weil er wusste, dass er dort nicht so leicht einem Magister begegnen würde.« Sie glaubte zu sehen, wie Colivar leicht zusammenzuckte, als sie Nyukus Namen erwähnte, aber sicher war sie nicht. »Und wäre er mit einem Suchzauber entdeckt worden, dann hätte man an dem Ergebnis gezweifelt, weil man ja wusste, dass man sich dort auf Magie nicht verlassen konnte.«

Es war ein brillanter Plan gewesen. Wenn ihr Aethanus nicht indirekt den Rat gegeben hätte, sich dort vor den anderen Magistern zu verstecken, wäre Rhys wahrscheinlich in dem geheimen Kerker gestorben, und die Invasion der Seelenfresser wäre womöglich nie entdeckt worden. Bis es zu spät gewesen wäre!

Colivar trat an das Tischchen mit den Weingläsern und nahm eines in die Hand. »Ausgeschlossen ist es nicht«, murmelte er. Der rote Wein leuchtete im Schein der Fackeln wie frisches Blut.

»Aber Tefilat ist nicht der Heilige Zorn«, schränkte sie ein. »Ich habe keine Barriere dieser Stärke gespürt. Es gibt keinen Grund, warum ein Magister dort nicht zaubern könnte, wenn er sich in Acht nähme.«

»Nein«, stimmte er zu. Er war nachdenklich geworden. »Ich war einmal dort, kurz nachdem ich als Königlicher Magister in Farahs Dienste getreten war. Tefilat ist unheimlich, und die Zauberei wirkt nicht immer so, wie sie sollte, aber eine größere Bedrohung geht nicht davon aus.« Er nickte. »Doch du hast recht. Magister pflegen solche Regionen zu meiden. Wenn ich vor einem Zauberer etwas verstecken wollte, würde ich mir dafür sicherlich einen Ort wie Tefilat aussuchen.«

Er nahm einen tiefen Schluck aus seinem Becher. Einen langsamen Schluck. Sie sah, wie sich die Muskeln in seiner Kehle bewegten. Dann setzte er das Glas ab und schaute nachdenklich in seine Tiefen. »Wer immer dein Lehrer gewesen sein mag«, sagte er, »er hat dir viel beigebracht.«

Das Blut schoss ihr in die Wangen. War das aufrichtig gemeint, oder wollte er ihr lediglich einen Hinweis auf ihre Herkunft entlocken? In Anbetracht seines hohen Alters und seiner umfassenden Erfahrung wäre sogar Letzteres ein Kompliment.

»Wir müssen unbedingt herausfinden, was da draußen vorgeht«, sagte er, als sie nicht antwortete. Dann lachte er leise. »*Wir.* Was für eine ungewohnte Vorstellung! Vermutlich muss ich die Erkenntnisse auch an meine *Verbündeten* weitergeben.

Wie hat sich die Welt doch verändert!« Er seufzte melodramatisch und nahm noch einen Schluck Wein.

Sie holte tief Luft und nahm ihren Mut zusammen. »Und was ist mit mir?«

»Was soll mit dir sein?«

»Ich bin jetzt mit im Spiel. Wir sind Kollegen, Colivar. Du weißt das längst.« Die plötzlich eingetretene gefühlsmäßige Nähe ließ Kamala einen intimeren Ton anschlagen. »Was glaubst du, wie lange du die anderen noch im Unklaren über mich lassen kannst, bevor sie misstrauisch werden? Früher oder später werden sie dich fragen, woher du deine Weisheit hast. Wenn sie das nicht schon getan haben. Sie wissen bereits, dass Siderea mit den Zauberkräften eines *Mannes* nicht zu finden ist. Wenn du ihnen nicht von mir erzählst, könnten sie anfangen, Fragen über *dich* zu stellen.« Sie glaubte, an seinem Kiefer einen Muskel zucken zu sehen. »Ist es das, was du willst?«, drängte sie.

Seine dunklen Augen waren unergründlich wie immer. »Kamala … du kennst das Risiko.«

»In Keirdwyn hat man mir die Hexe abgenommen.«

»Nur mit knapper Not, meine Liebe. *Ich* habe dich immerhin durchschaut.«

»Aber du bist nicht wie die anderen«, wagte sie sich vor.

Er wandte sich ab, damit sie sein Gesicht nicht sehen könnte.

»Die besondere Gabe des weiblichen Seelenfressers besteht darin, sich zu tarnen«, beharrte sie. »Wenn das Weibchen nicht gefunden werden will, können die männlichen Artgenossen es auch nicht finden. Richtig?« Sie trat so dicht hinter ihn, dass er die Wärme ihres Körpers spüren konnte. Und umgekehrt. »Wenn ich nun die gleiche Gabe besäße?«, flüsterte sie. »Wenn das der Grund wäre, warum niemand außer dir in Bezug auf mich die richtigen Fragen gestellt hat? Wenn die anderen wegen dieser Gabe ihren Verdacht nicht so auf mich richten könnten, wie sie es gewohnt sind? Weil ich ihre Aufmerksamkeit instinktiv von mir abzulenken vermag, ohne mir dessen überhaupt bewusst zu sein?«

Er antwortete nicht. Doch seine körperliche Anspannung war förmlich mit Händen zu greifen. Sie musste sich zurückhalten, um ihm nicht die Hand auf den Arm zu legen, da sie ja wusste, was für ein Schock das für ihn wäre. Wie viel Macht sie damit über ihn gewänne!

»Ist es möglich?«, drängte sie.

Er schwieg noch eine Weile. Endlich nickte er und sagte: »Ganz recht. Wenn es so ist, wie ich an jenem Tag auf dem Berg sagte … dann wäre es möglich.«

Er drehte sich wieder um und sah sie an. Sein Blick war so gehetzt, dass ihr der Atem stockte. »Du spielst ein gefährliches Spiel«, flüsterte er.

»Lohnt es sich denn, andere Spiele zu spielen?«, flüsterte sie zurück.

Fast hätte er die Hand ausgestreckt, um sie zu berühren. Sein Körper bewegte sich nicht, aber sie spürte trotzdem die Bewegung in seinem Inneren, spürte, wie die Muskeln sich anschickten, sie einzuleiten. Sie hielt den Atem an und wartete.

Dann löste sich die Spannung.

Er lachte leise. »Wer immer dein Lehrer war, bitte richte ihm meine Grüße aus.«

»Heißt das ›ja‹, Colivar?«

»Es gibt noch viel zu bedenken, meine Liebe. Lass mich erst mit den anderen sprechen. Um zu sehen, wie die Dinge stehen. Wir müssen genau den richtigen Augenblick erwischen.«

»Ich könnte mich auch allein mit ihnen treffen.« Ein trotziger Unterton schlich sich in ihre Stimme.

Er schmunzelte. »Nein, Kamala. Das wirst du nicht tun. Denn ich kenne diese Männer so gut, dass ich hoffen kann, dich auf diesem Weg in sichere Gefilde zu führen, während du ohne mich nicht wüsstest, wo du anfangen solltest. Vertrau mir.«

»Ist es das, was du vorhast?« Die Worte entschlüpften ihr, bevor sie sie zurückhalten konnte. »Mich in sichere Gefilde zu führen?«

In den Tiefen seiner Augen flackerte eine schwer deutbare Erregung. Er stellte sein Glas auf den Tisch und trat näher an sie heran. Eine seltsame Mischung aus Begehren und Trotz brachte die Luft zwischen ihnen zum Knistern. Das konnte auf vielerlei Weise enden, und sie wusste nicht, was ihr am liebsten wäre.

Und dann rückte er von ihr ab.

»Wenn wir mit Tefilat fertig sind«, sagte er leise, »können wir darüber sprechen.«

Ohne sie noch einmal anzusehen, schritt er zur Westseite des Tempelchens. Ein Windstoß teilte die Tüllschleier. Auf der obersten Treppenstufe blieb er kurz stehen, dann trat er ins Leere. Die Transformation vollzog sich so schnell und vollständig, dass er noch im Schritt mit den Schwingen die Brise einfangen konnte. Weiße Schwingen. Eingerahmt von dem weißen Marmorbogen, flankiert von den flatternden Vorhängen, so schwang er sich in den Nachthimmel, und das Mondlicht brachte sein Gefieder zum Glänzen.

Kamalas Atemzüge wurden erst ruhiger, als er außer Sicht war.

Kapitel 19

Aethanus war mit der Entzifferung einer bursanischen Handschrift beschäftigt, als jemand an seine Tür klopfte. Zuerst nahm er es gar nicht wahr. Es dämmerte bereits, und die verblichenen Lettern auf dem abgegriffenen Pergament waren so schwer zu erkennen, dass er seine gesamte Konzentration dafür aufwenden musste. Selbstredend hätte er die Schrift mit seinen Zauberkräften auffrischen und das Dokument mithilfe der in den uralten Fragmenten enthaltenen Erinnerungen in seinen ursprünglichen Zustand zurückversetzen können. Aber was hätte die Arbeit dann noch für einen Reiz gehabt? So kam es, dass er das erste Klopfen überhörte. Erst als es energischer wiederholt wurde, begriff er, dass es ihm galt und nicht von einem hungrigen Specht draußen im Wald stammte.

Er legte das Blatt vorsichtig beiseite, streifte sich ein paar Staubflusen von seiner wollenen Robe und ging zur Tür. Wer in aller Welt störte ihn wohl zu dieser Stunde? Und überhaupt? Er glaubte nicht, dass mit Ausnahme einer einzigen Person jemand wusste, wo er wohnte, und diese Person würde sich doch sicherlich hüten, hier aufzukreuzen. Das Magistergesetz nahm man nicht auf die leichte Schulter.

Doch als er die Tür öffnete, stand sie tatsächlich da. Die untergehende Sonne umgab ihr rotes Haar mit einem feurigen Nimbus, sodass sie aussah wie ein Engel. Oder ein Dämon.

Oder beides, dachte er.

»Du hast dich meinem Gewahrsam durch Flucht entzogen«,

ermahnte er sie. Er war ihr nicht gerade böse, aber im Umgang mit dem Mörder eines Magisters waren gewisse Regeln zu beachten. »Ich hatte die Pflicht, dich für dein Verbrechen der gerechten Strafe zuzuführen. Da ich das versäumt habe, bin ich in den Augen aller Zauberer entehrt. Und nun kommst du zurück? Wozu? Willst du mich noch weiter bloßstellen? Was sollte mich veranlassen, dich in meinem Heim willkommen zu heißen?«

»Euer Wunsch, die wahre Geschichte der Magister zu erfahren«, antwortete sie. In den grünen Augen brannte ein stiller Trotz, der ihm schmerzlich vertraut war. »Den Namen der geheimen Finsternis, die in unserem Blut lauert. Den Grund, warum wir in dem kommenden Krieg eine Rolle spielen müssen, wenn wir nicht zusehen wollen, wie die ganze Welt in Flammen aufgeht. Und wie wir uns in diesem Krieg zu verhalten haben, um erfolgreich zu sein.«

Eine ganze Weile starrte er sie stumm an. Verarbeitete ihre Worte wie eine unbekannte, exotische Speise. Endlich entschied er, lange genug geschwiegen zu haben, um dem Anstand Genüge zu tun … oder zumindest sein eigenes Gewissen zu beruhigen.

»Überzeugt«, sagte er endlich und nickte barsch. Dann trat er beiseite und gab die Tür frei. »Komm herein.«

Als Kamala ihren Bericht beendet hatte, war es Nacht geworden, doch Aethanus hatte die Lampen noch nicht angezündet. Die Dunkelheit leckte an der Flamme der einzigen Kerze, die zwischen ihnen auf dem Tisch stand, als wollte sie ihr Licht verschlingen.

Als sie endlich fertig war, schwieg Aethanus lange. Die Kerze flackerte, der Docht drohte im eigenen Wachs zu ertrinken.

»Das alles hat dir Colivar erzählt?«, fragte er schließlich.

»Er hat es Ramirus, Fadir und Sula erzählt. Und mich eingeladen, dabei zuzuhören.«

»Wussten die anderen, dass du da warst?«

»Nein.« Vorsichtig neigte sie die Kerze und ließ das überschüssige Wachs abfließen. Sie spürte eine unerklärliche Müdigkeit wie nach einer großen körperlichen Anstrengung. »Jedenfalls ist mir nichts bekannt.«

Die Magister waren also eigentlich Seelenfresser. Oder wenn

schon keine Seelenfresser, dann doch keine wirklichen Menschen. Aus irgendeinem Grund hatte Kamala diese Erkenntnis im eisigen Wind auf dem Berggipfel mehr eingeleuchtet als hier in dieser stillen Klause. Sie sah, dass ihr einstiger Lehrer Mühe hatte, alles aufzunehmen. Endlich fragte er: »Und dieses Wissen kommt … woher?«

»Colivar sagte, die ersten Magister hätten Bruchstücke ihrer Erinnerungen mit ihren Schülern geteilt, und er habe sie von seinem Lehrer übernommen. Ich nehme an, sie stammten ursprünglich von dem Verräter, der als Erster den Heiligen Zorn überquerte.«

Er runzelte die Stirn. »Das kommt mir … merkwürdig vor.«

Er erhob sich, nahm den Kerzenrest vom Tisch und ging damit durch den Raum, um die Lampen anzuzünden. »Du weißt, dass ich alt bin«, fuhr er fort. »Vielleicht nicht so alt wie Colivar, aber alt genug, um von meinem eigenen Lehrer Geschichten aus der Frühzeit gehört zu haben. Aus der Zeit vor dem Magistergesetz. Und er hat nie etwas dergleichen erwähnt. Teilen von Erinnerungen? In jener ersten Zeit vertrauten wir einander noch weniger als heute.« Er schüttelte den Kopf. »Colivar war von jeher ein Außenseiter, und auch seine Beziehung zu seinem Mentor könnte durchaus von der Norm abgewichen sein. Trotzdem.«

»Eurem Verhalten entnehme ich, dass Euch der Teil der Geschichte, wonach wir Seelenfresser sind, nicht überrascht.«

Er seufzte schwer, dann blies er die Kerze aus und stellte sie ab. »Die ersten Magister glaubten, zur Translatio gehöre mehr, als dass man lernte, die Lebensenergie anderer Menschen zu stehlen. Mein eigener Lehrer hat immer wieder angedeutet, wir seien nicht einfach nur Menschen. Damals schrieb ich das seinem Wahnsinn zu. Die Magister der ersten Generationen waren nämlich alle vollkommen verrückt. Wobei sich das nicht immer in gleicher Deutlichkeit zeigte.« Er setzte sich und musterte nachdenklich seine Hände, als könnte er dort irgendeine Antwort finden. »Um diesem Wahnsinn zu entkommen, zog ich mich in die Einsamkeit zurück, Kamala. Dem Wahnsinn, den ich in den Augen meiner Magisterkollegen sah, als sie mich in meiner letzten Nacht in Ulan wie die Geier belauerten. Ich fürchtete ihn nicht, damit du mich richtig verstehst, aber ich wollte ihm nicht selbst zum Opfer fallen. Allerdings hatte ich nicht erraten, was sich dahinter verbarg …«

»Das alles habt Ihr mir nie erzählt«, sagte sie leise.

»Gewisse Dinge behält man lieber für sich.«

»Die Einsamkeit bietet Euch keinen Schutz mehr«, mahnte sie.

Er antwortete nicht.

»Wenn Colivar die Wahrheit spricht, könnte die Rückkehr der Seelenfresser in jedem von uns das Ungeheuer wecken. Womöglich ohne dass die Entfernung eine Rolle spielt.«

»Hast du dich etwa zum Retter der Menschheit entwickelt?« Er lachte, doch es klang freudlos. »Gegenüber früher ist das eine gewaltige Veränderung.«

Sie spürte, wie ihr das Blut in die Wangen schoss. Ein halbes Dutzend bissiger Erwiderungen lagen ihr auf der Zunge … und blieben ungesagt. War es denn so unvernünftig, dass sie diese Ungeheuer fürchtete? Dass sie Angst um die Erde hatte, wenn sie in Scharen zurückkehrten? Eine solche Aussicht musste doch wohl jeden in Schrecken versetzen.

Sie dachte an die Trauerfeier für Rhys und an das starke Verlangen, das sie empfunden hatte, als sie auf die reglose Gestalt ihres Liebhabers hinabschaute. Sie hatte nie verstanden, was in ihm und seinesgleichen vorging, was einen Menschen dazu bewegen konnte, für eine Sache sein Leben aufs Spiel zu setzen. Doch in jenem Augenblick hatte sie die Kraft seiner Leidenschaft gespürt und ihn darum beneidet.

»Nimm dich bei deiner Rettungsmission in Acht«, warnte Aethanus. »Ein Magister kann ein Risiko eingehen, um sich zu zerstreuen – er kann sogar sein Leben riskieren, wenn der zu erwartende Gewinn hoch genug ist –, aber er darf es nicht einfach opfern. Sterbliche können sich im Dienst einer größeren Sache auf einen Scheiterhaufen werfen, wir können das nicht. Sobald wir den sicheren Tod akzeptieren, löschen wir jenen übernatürlichen Funken, der es uns ermöglicht, anderen das Leben zu stehlen.«

»Seid Ihr sicher?«, fragte sie, eine Spur von Trotz in der Stimme.

Es geschah selten, dass er erschrak. Und noch seltener, dass sie diejenige war, die ihn erschreckt hatte.

»Ist das jemals wirklich vorgekommen?«, drängte sie und beugte sich vor. »Oder nehmen wir einfach alle an, dass es wahr ist? Wie wir einmal annahmen, dass eine Frau kein Magister werden kann. *Wissen* wir denn wirklich, dass durch die Bereitschaft, sein Leben für eine Sache zu opfern, die Verbindung zu einem Konjunkten durchtrennt wird, oder ist das lediglich eine Vermutung?«

Schweigen stellte sich ein. Tiefes Schweigen. Draußen konnte man die Grillen zirpen hören.

»Nein«, sagte er endlich. »Ich kenne keinen Fall, der das jemals bestätigt hätte. Wohlgemerkt, das heißt nicht, dass es nicht vorgekommen sein könnte. Aber meines Wissens ist es nirgendwo belegt.«

»Dann entspricht es womöglich gar nicht der Wahrheit.«

»Ja.« Er leckte sich kurz die Lippen, als wollte er den fremden Gedanken kosten. »Es könnte sein, dass es nicht wahr ist. Aber willst du dieses Risiko eingehen?«

Sie antwortete nicht. Auf dem Kaminsims standen zwei Zinnbecher, die holte sie mit einer kurzen Geste an den Tisch, beschwor Branntwein und schenkte ein. Aethanus starrte seinen Becher lange an, dann setzte er ihn an die Lippen und nahm einen tiefen Zug. Und noch einen. Erst als der Becher leer war, setzte er ihn ab.

»Die Rolle, die du mir bei alledem zugedacht hast, sollte mir wahrscheinlich Angst machen«, sagte er.

Sie lächelte schwach. »Der Opfercharakter ist nicht allzu offensichtlich.«

Er füllte seinerseits mittels Zauberei den Becher aufs Neue. Ein solches Verhalten passte nicht zu ihm und bewies überdeutlich, wie sehr ihn die Enthüllungen an diesem Abend aus der Fassung gebracht hatten. »Heraus mit der Sprache.«

»Ich brauche Eure Hilfe als Gelehrter.«

Er zog eine Augenbraue hoch.

»Ich erinnere mich, dass Ihr eine Vorliebe für religiöse Handschriften hattet. Richtig?«

»Ich interessiere mich für die alten Menschheitsreligionen. Und für einige der neueren, soweit sie sich aus alten Wurzeln entwickelt haben. Wieso? Hast du etwa vor, der Priesterschaft eines Gottes beizutreten?«

»Nein. Aber ich habe in letzter Zeit seltsame Visionen und hoffe, Ihr könnt mir helfen, sie zu deuten. Das erste Mal traten sie auf, als ich mich für Colivar auf die Suche nach der Seelenfresser-Königin begab. Und als ich Tefilat für ihn erkundete, suchten sie mich abermals heim. Manchmal kommen sie auch bei Nacht, kurz vor dem Einschlafen. Ich dachte, wenn mir ein Mensch helfen könnte, mir einen Reim darauf zu machen, dann wärt Ihr es.«

»Religiöse Visionen?«

Sie nickte. »Ich sehe Götter. Viele Götter. Sie bilden einen riesigen Kreis um mich. Ich kann sie nicht deutlich genug sehen, um sie zu zählen – die äußeren Reihen sind verschwommen wie in einem Nebel –, aber beim letzten Mal konnte ich mehrere Dutzend genau erkennen. Alles in allem könnten es ein paar Hundert sein.«

Er kniff nachdenklich die Augen zusammen. »Was tun sie in deinen Visionen?«

»Sie beobachten mich. Ich habe das Gefühl, dass sie großen Anteil an mir nehmen und meine Entscheidungen genau verfolgen. Nicht, dass sie das jemals erkennen ließen, ich weiß es einfach, so sicher, wie ich meinen eigenen Namen kenne.« Sie schüttelte den Kopf. »Sie sprechen kein Wort. Sie bewegen sich auch nicht. Es ist, als wären es … Statuen. Auf allen Seiten. Ein Kreis von Statuen, der irgendeine spirituelle Energie kanalisiert.« Sie blinzelte. »Ich weiß nicht, was ich davon halten soll. Ich dachte, Ihr könntet es mir sagen.«

»Zeig sie mir«, sagte er leise.

Sie schloss kurz die Augen und beschwor genügend Macht für eine Vision. Als diese über dem Tisch Gestalt annahm, schob er die Becher beiseite.

Ein Gott nach dem anderen erschien. Große Götter. Kleine Götter. Götter aus Stein, Götter aus Holz, Götter aus Wachs, mit Federn besteckt. In ihren Visionen waren sie nie so klar hervorgetreten, aber indem sie die Bilder für Aethanus beschwor, schienen die Konturen schärfer zu werden. Sie studierte sie ebenso fasziniert wie er.

Was für eine seltsame Mischung! Sie war nie religiös gewesen und hatte zu den Göttern Gansangs immer nur Lippenbekenntnisse abgegeben. Dennoch erkannte sie, wie ungewöhnlich einige dieser Figuren nicht bloß äußerlich, sondern auch in ihrem Wesen waren. Sie glaubte zu spüren, wie verschiedene disharmonische Energien um sie herum die Luft erschütterten, und fragte sich, ob Aethanus das wohl auch wahrnahm.

Letzten Endes konnte sie fast hundert scharfe Bilder beschwören, dahinter drängten sich verschwommene Umrisse, die mit den Schatten des Raumes verschmolzen. Aethanus studierte sie eine Weile, dann stand er auf und ging um den Tisch herum. Sie schob ihren Stuhl zurück und machte ihm den Weg frei, damit er ihre Vision vollständig umrunden konnte. Dabei setzte er mehrfach seine eigene Macht ein, um einige Bereiche noch deutlicher hervorzuheben.

»Sind sie Euch bekannt?«, fragte sie.

»Einige kenne ich.« Er deutete auf eine hochgewachsene Gestalt mit einer Krone aus grünen und orangefarbenen Federn. »Das dort ist Duat, der Gott des Todes. Aus dem Dschungel von Zoav. Und der dort« – er zeigte auf eine goldene, mit Edelsteinen besetzte Figur – »sieht wie eine anchasanische Gottheit aus. Daneben steht ein skandirischer Kriegsgott. Und dieser seltsam geformte Felsen stellt Jaasa dar, einen Wassergott, der von den Wüstennomaden verehrt wird. Wirklich sehr sonderbar.«

»Sind es denn nun tatsächlich Götter oder nur … Bildnisse?«

»Nun, was du mir gerade zeigst, sind eindeutig Idole, das heißt physische Darstellungen von Göttern. Aber die Grenze zwischen den beiden kann fließend sein, Kamala. Manche Idole wurden über Jahrhunderte mit Gebeten bestürmt, und das kann dazu geführt haben, dass sie mehr sind als bloße Statuen. Andere wurden vielleicht als Fokus für Geisterbeschwörungen verwendet und können sogar die Essenz der Wesen enthalten, die einmal in ihnen wohnten. Und eine Hexe oder ein Hexer kann ein solches Bildnis in ein spirituelles Medium verwandeln, ein Fenster in andere Welten. Das ist freilich ein kostspieliges Unterfangen. Also, um deine Frage zu beantworten … ja.«

Mutlos schlang sie die Arme um sich; sie hatte auf eine einfache Antwort gehofft, aber die hatte sie nicht bekommen.

»Die Frage ist: *warum?*«, überlegte er laut.

»Warum sie mich beobachten?«

»Warum sie alle beieinanderstehen.«

Sie zuckte die Achseln. »Das Ende der Welt ist nahe, so wie es aussieht. Vielleicht machen sich die Götter deshalb Sorgen.«

Er schüttelte den Kopf. »Was du da siehst, sind Statuen. Auch wenn sie im Lauf der Jahrhunderte Kräfte absorbiert haben oder inzwischen von übernatürlichen Wesen bewohnt sein mögen, sie bleiben Statuen. Physikalische Objekte, die nicht an mehreren Orten gleichzeitig existieren können.« Er schaute zu ihr auf. »In einer Vision sind solche Dinge wichtig, Kamala. Sie hätten sich nicht in dieser Form manifestiert, wenn es keine Bedeutung hätte.«

Sie zog scharf den Atem ein. »Ich sehe sie immer dann, wenn ich nach dem Aufenthaltsort der Hexenkönigin suche.«

Er nickte. »Vielleicht ist das die Verbindung. Du sagst, sie hat die Fähigkeit, sich vor ihren Verfolgern zu verbergen. Vielleicht fließen durch diese Idole mehr Energien, als sie geheim halten kann. Vielleicht … sickert ihre Essenz irgendwie durch? Ich weiß es nicht.«

»Und an welchem Ort existieren sie denn nun?« Sie bemühte sich, ihre Frustration nicht durchklingen zu lassen. Es war bitter, den Antworten so nahe zu sein und sie doch nicht fassen zu können. »Ihr habt Götter aus den vier Ecken der Welt genannt. Wo könnten sie denn alle zusammen sein?«

Er antwortete nicht gleich, sondern stand mit nachdenklicher Miene auf und ging zu seiner Kartentruhe. Der Schrank mit den vielen flachen Schubladen enthielt die kostbarsten und empfindlichsten Dokumente, die er in jahrhundertelanger wissenschaftlicher Forschung zusammengetragen hatte. Kamala beobachtete gerührt, wenn auch mit einer gewissen Ironie, dass er die brüchigen Pergamente wie rohe Eier behandelte, um sie nur ja nicht zu beschädigen. Jeder andere Magister hätte solche Wertgegenstände in seinem Haus mit Zauberei so stabilisiert, dass allenfalls ein Hurrikan ihnen etwas hätte anhaben können. Aber Kamala kannte ihn und wusste, dass er die Blätter gerade wegen ihrer Empfindlichkeit liebte. *Man sollte Wissen nie für selbstverständlich halten,* hatte er ihr erklärt. Die Brüchigkeit seiner Karten zwang ihn, sie mit der gebührenden Ehrfurcht zu behandeln.

Er wählte ein Dokument aus seiner Sammlung, trug es zum Tisch und legte es vor ihr aus. Eine Landkarte. Sie ließ die Becher verschwinden, um Platz zu schaffen, sodass sie das Blatt betrachten konnten, ohne etwas zu verschütten.

Es war eine ungewöhnliche Karte, die Himmelsrichtungen waren genau entgegengesetzt angeordnet wie üblich. Süden war oben, Norden war unten, das war ungewohnt, und so brauchte sie eine Weile, um sich zurechtzufinden. Doch als sie sich einmal darauf eingestellt hatte, bekamen die verschiedenen Landmassen und Wasserwege einen Sinn. Im Norden Städte an einem großen Delta. Im Westen ein Gebirge und im Osten eine Reihe von langen Bergketten. In der Mitte eine riesige Fläche, die kreuz und quer von schwarzen Linien durchzogen war. Alles war ordentlich beschriftet, die Schrift war ihr unbekannt, und die Karte war so alt, dass die Tinte verblasst und die Buchstaben kaum noch zu erkennen waren. Jeder außer Aethanus hätte das Ding schon vor langer Zeit restauriert.

»Erkennst du es?«, fragte er. Immer der Lehrer. Sie brauchte nicht lange zu überlegen; die Karte, die Colivar ihr gezeigt hatte, hatte in weiten Teilen das gleiche Gebiet umfasst.

»Da ist Anchasa«, antwortete sie und fuhr die Grenzen von Farahs Reich mit dem Finger nach. »Und da …« Sie deutete auf eine Stelle. »Tefilat.«

»Schau nach Süden«, forderte Aethanus sie auf.

Im Süden begannen die seltsamen Linien mit der unbekannten Beschriftung. Am Kreuzungspunkt einiger Linien befand sich die primitive Zeichnung einer ummauerten Stadt. Es war die größte Ansiedlung weit und breit, und sie war von einer kreisrunden Mauer umgeben. Darüber stand irgendein Titel und darunter eine Zeile in kleineren Lettern.

»Das sind Karawanenrouten«, erklärte Aethanus und wies auf

die Linien. »Sie verbinden die Märkte des Südens mit Anchasa. Wer an dieser Route eine Wasserquelle kontrolliert, kann ein Vermögen verdienen. Um solche Orte werden Kriege geführt.« Er zeigte auf die Stadt. »Kannst du die Markierungen lesen?«

Sie konnte es nicht, doch wofür verfügte sie über Zauberkräfte? Flugs beschwor sie genügend Athra, um sich das nötige Wissen zu holen, dann wartete sie einen Moment, bis ihre Augen sich an das fremde Schriftbild gewöhnt hatten. Als sich die seltsamen Zeichen in vertraute Buchstaben verwandelten, begann sie zu lesen. »Stadt der Götter …«

Die Stimme versagte ihr. Ihr Herzschlag stockte.

»Lies weiter«, drängte er.

Sie streckte die Hand aus und strich mit zitternden Fingern über die verblasste Schrift. »Wer diese Tore erstürmt, der fürchte den Zorn der Götter Jezalyas.«

»Ich hatte von dieser Stadt vor langer Zeit gehört«, begann Aethanus. »Eigentlich nur in Mythen und Sagen. Ein mächtiger Geist, der die Wüste durchquerte, wurde angeblich durstig und gebot der Erde, Wasser hervorzubringen. Das tat sie in so reichlichen Mengen, dass selbst die Götter beeindruckt waren. Und so strömten sie alle an diesen Ort, nicht nur die Götter der Wüste, sondern Gottheiten aus der ganzen Welt. Ein großer Palast wurde gebaut, eine Heimstatt für alle, die dort leben wollten. Bislang kann ich lediglich mit solchen Legenden aufwarten. Aber nachdem wir jetzt wissen, wo wir zu suchen haben, lässt sich sicherlich noch mehr in Erfahrung bringen.«

Sie nickte. Normalerweise wäre es ihr schwergefallen, die Stelle mittels Zauberei zu finden, die Wüste war so gleichförmig, dass es keine eindeutigen Orientierungspunkte gab. Aber wenn ihr tatsächlich die Götter von Jezalya in ihren Träumen erschienen waren, konnte sie vielleicht mit Restenergien arbeiten. Sie schloss die Augen und versuchte sich auf die Gestalten zu konzentrieren, die ihr erschienen waren. Nachdem Aethanus sie benannt hatte, sah sie, dass es sich tatsächlich um Statuen handelte, aber sie spürte auch die Macht, die von ihnen ausging. Handelte es sich wirklich um die Ausstrahlung des Göttlichen oder lediglich um Rückstände der Morati-Gebete? Für ihre Magie spielte es kaum eine Rolle. Jahrhunderte religiöser Verehrung konnten auch eine Skulptur aus Stein und Holz mit eigener Macht erfüllen. Diese Macht begann nun zu wirken, als sie sich im Geiste ins Innere des Kreises versetzte, den Jezalyas Götter gebildet hatten. *Helft mir,* dachte sie. *Weist mir den Weg.*

Kamala spürte, wie ihr Bewusstsein sich erweiterte, streckte magische Fühler nach Süden aus und verwendete die Verbindung als Anker für ihre Suche. Sie glitt über Wälder, Meere und Alabasterstädte hin – und kam schließlich zu einem Land, das unter einer gnadenlosen Sonne lag und vor Hitze förmlich glühte. Das echte Jezalya musste gerade in nächtliche Dunkelheit gehüllt sein, das bedeutete, sie sah die Landschaft nicht nur von außen, sondern griff auf die Essenz des Landes zu und legte seine spirituelle Signatur frei.

Brennender Durst umfing sie, nicht aus dem Denken der Menschen oder auch der Tiere geboren, sondern aus dem Land selbst aufgestiegen. Der Durst war noch nicht alt. Früher einmal war hier alles grün gewesen. Bilder aus längst vergangenen Zeiten blitzten auf und verschwanden viel zu schnell wieder, um sie genauer ins Auge zu fassen. Saftiges Gras. Riesige Seen. Herden von Tieren, die umherstreiften, so weit das Auge reichte. Hatte der große Krieg auch dieses Land zerstört, oder gab es eine natürliche Ursache für die Verwüstung? Es fiel schwer, nicht innezuhalten und sich genauer damit zu beschäftigen, aber sie hatte eine Aufgabe zu erfüllen. Sie richtete all ihre Konzentration auf ihr Ziel und drängte alle Ablenkungen zurück, bis nur noch die Wüste existierte.

Sie entdeckte einen Handelsweg. Für ein menschliches Auge wäre er nicht zu sehen gewesen, denn der rastlose Sand hatte alle Abdrücke verwischt, aber mit dem Zweiten Gesicht konnte sie die spirituellen Spuren der vielen hundert Karawanen unterscheiden, die im Lauf der Jahrhunderte diesen Weg genommen hatten. Da war der Weg zur Stadt. Sie folgte ihm mit ihrem inneren Auge, ohne die geisterhaften Echos von Händlern, Soldaten und Lasttieren zu beachten, die vor ihr hier gewesen waren. Wenn die Echos verstummten, glaubte sie manchmal, in der Ferne Jezalyas Götter flüstern zu hören. Sie konnte jedoch nicht erkennen, ob sie ihr etwas mitteilen wollten oder sich lediglich mit heiligem Klatsch die Zeit vertrieben.

Am Rand ihres Blickfelds bewegte sich etwas. Zu einer anderen Zeit und an einem anderen Ort hätte sie vielleicht hingesehen, aber sie musste die Stadt finden und durfte sich nicht ablenken lassen. Doch dann huschten immer mehr Schatten wie aufgescheuchte Fliegen am Rand ihres Bewusstseins entlang. Sie versuchte sie zu ignorieren, doch sie wurden von Minute zu Minute größer, bis einer davon auf sie herabstieß und mit riesigen schwarzen Schwingen die Sonne verdeckte. Kamala musste sich in Erinnerung rufen, dass sie nicht wirklich dort war, wo diese Wesen flogen, und dass nichts in dieser Vision ihr etwas anhaben konnte, außer vielleicht der Hexenkönigin selbst; dennoch schrie ihr jede Faser ihres Wesens zu, die Flucht zu ergreifen. Immer mehr von den monströsen Schatten kreisten über ihr am Himmel. Seelenfresser!

Und dann erblickte sie die Stadt.

Sie war immer noch viele Meilen entfernt, doch sie glänzte im Sonnenlicht wie ein Edelstein und zog ihren Blick unwiderstehlich an. Zum größten Teil lag sie hinter einer mehrfach mannshohen Mauer verborgen, nur aus ihrer Mitte ragte ein Turm mit einer mächtigen goldenen Kreuzblume an der Spitze empor. Das kostbare Metall fing das Sonnenlicht ein und reflektierte es nach außen. Ein Feuer, das weithin zu sehen war. Ein Leuchtturm in der Wüste.

Das musste Jezalya sein.

Während ihr Blick noch auf der Stadt ruhte, erkannte sie mit einem Mal, dass ihre Bemühungen sinnlos waren. Die Frau war offensichtlich nicht hier. Wozu noch mehr Zeit damit vergeuden, die Wüste nach ihr zu durchkämmen? Jezalya war für Siderea Aminestas von keinerlei Interesse. Colivar suchte doch am richtigen Ort. Alles wies auf Tefilat hin, und dort würde er sie auch finden.

Wären ihre Erlebnisse in den Spinas-Bergen nicht gewesen, sie hätte womöglich nicht erkannt, dass hier ein Meister der Verschleierung am Werk war. Siderea Aminestas war nicht hier, sie war nie hier gewesen und würde nie hier sein; die Botschaft strahlte so hell wie die Sonne am Himmel und war so unverwechselbar wie die Kamelspuren, die zum Haupttor führten. Kamala wusste inzwischen genug über die Macht einer Königin und ihre Wirkungsweise, um die Zeichen auch hier zu erkennen, doch sosehr sie die Kunstfertigkeit der Täuschung auch bewunderte, sie abzuschütteln fiel ihr schwer. Kein einfältiges Tier, das ziellos Barrieren in die Wildnis stellte, hatte die Zauber um diese Stadt gewoben, sondern eine Frau, von der bekannt war, dass sie Menschen zu manipulieren verstand. Kamala wusste, dass sie ihre ganze Willenskraft brauchen würde, um eine solche Abwehr zu durchdringen. Und sie wusste auch, dass die Hexenkönigin – falls es ihr gelänge – ihr Eingreifen spüren und daraus schließen würde, dass ihre Feinde sie gefunden hatten.

Dies war nicht der rechte Zeitpunkt.

Schwarze Schatten umschwärmten sie gierig, als sie ihr Bewusstsein aus der Wüste zurückzog und in die Kühle von Aethanus' Arbeitszimmer zurückkehrte. Zunächst saß sie einfach da und ließ die Stille der Nacht auf sich wirken, bis sich ihr wild pochendes Herz ein wenig beruhigt hatte. Aethanus wartete mit gewohnter Geduld.

»Sie ist dort«, flüsterte sie. »In Jezalya. Ich glaube, auch die anderen Seelenfresser sind dort, aber sie hält sie von der Stadt fern.« Die Erinnerung an die rastlosen Schatten ließ sie erschauern. Es waren so viele. Wovon mochten sie sich alle ernähren? »Ich muss Colivar Bescheid geben.«

Würden die anderen Magister Sidereas Macht ebenso durchschauen können wie Kamala? Oder würde man ihre Hilfe brauchen, würde man sie dorthin zurückschicken, damit sie weitere Erkenntnisse sammelte? Wenn sie sich vorstellte, der Hexenkönigin persönlich gegenübertreten zu müssen, lief ihr ein kalter Schauer über den Rücken, zugleich fand sie den Gedanken auch aufregend. Es wäre richtig, ein solches Kräftemessen zu veranstalten. Einen Krieg nicht gegen Heerscharen und Belagerungsmaschinen zu führen, sondern gegen die Fähigkeit der Ikati, die Aufmerksamkeit der Menschen von ihrem Ziel abzulenken. Sie erinnerte sich, wie Sidereas Macht versucht hatte, ihre Gedanken auf Tefilat zu lenken, wie sie darauf bestanden hatte, sie müsse sich dorthin begeben …

Sie zuckte jäh zusammen. Alle Farbe wich aus ihrem Gesicht.

»Kamala?«

»Es ist eine Falle«, flüsterte sie. »Tefilat ist eine Falle! Sie *will*, dass er dort nach ihr sucht. Davon handelte Sulas Traum.« Sie schüttelte den Kopf. Wirkte Sidereas Macht noch immer auf ihr Gehirn, oder waren dies ihre eigenen Überlegungen? »Ich muss ihn warnen!«

Sie stand so hastig auf, dass sie ihren Stuhl umwarf und er mit lautem Krachen zu Boden fiel. »Aethanus, ich …«

»Geh«, sagte er. »Tu, was du tun musst.«

Eilig begann sie ihre Macht zu beschwören. Normalerweise hätte sie das im Haus eines anderen Magisters niemals getan, aber sie hatte keine Zeit zu verlieren. Aethanus sah gelassen zu, wie sie sich ein Portal formte. Unerschütterlich. Und wenn ringsum die ganze Welt zusammenbräche, Aethanus' Herz würde nicht aus dem Rhythmus kommen. Wie verschieden sie doch waren!

Sie beugte sich über den Tisch und küsste ihn auf die Stirn. Zumindest das überraschte ihn.

Und dann hüllte sie sich in den Portalzauber und verschwand in der Dunkelheit.

Kapitel 20

Colivar umrundete Tefilat mehrmals, bevor er endlich darauf zusteuerte. In weiten Kreisen überflog er die Wüste um die verlassene Stadt und untersuchte mittels seiner Zauberkünste jedes einzelne Sandkorn. Auf der Suche … wonach? Irgendeiner Falle? Einem Zeichen, dass *sie* derzeit hier war, obwohl ihm Kamala das Gegenteil versichert hatte?

Noch während dieses Erkundungsfluges war ihm klar, wie sinnlos seine Anstrengungen waren. Tefilat vibrierte von so vielen Restenergien, dass es schlechterdings unmöglich war, die ein oder zwei Signaturen herauszufinden, die von Bedeutung sein mochten. Es war, als wären hundert Hexen und Hexer vor Ort und wirkten alle gleichzeitig ihre Zauber … und das auch noch stümperhaft. Bruchstücke uralter Macht hingen wie eine Staubwolke in der Luft und erschwerten die Sicht. Abgerissene Bannsprüche, gescheiterte Anrufungen, erfolglose Beschwörungen: Zeichen eines längst vergangenen Krieges. Hier nach Hinweisen auf einen Hinterhalt zu suchen war so, als suche man nach Hinweisen auf Haie in einem wogenden, sturmgepeitschten Meer.

Als er endlich landete, brauchte er ein paar Sekunden länger als sonst, um seine menschliche Gestalt wieder anzunehmen. Die letzten Federn wollten sich nicht zurückziehen, und als sie endlich absorbiert worden waren, fühlte die Haut sich rau an. Tefilats Wirkung schien sich seit seinem letzten Besuch vor vielen Jahren verstärkt zu haben. Vielleicht rebellierten auch nur seine Nerven. Jedenfalls schien im Moment niemand hier zu sein. Er suchte die

Gegend zur Sicherheit noch einmal ab und strebte dann der Stadt zu. Unterwegs umgab er sich mit Magie, um sich vor neugierigen Blicken zu schützen. Wobei die Götter alleine wussten, ob ein solcher Zauber an diesem Ort überhaupt wirkte.

Die Schlucht war uralt, ausgewaschen von einem Fluss, den die Erde längst verschlungen hatte. Lediglich geisterhafte Erinnerungen an Wasser hafteten noch an dem schmalen Bett im Zentrum. Die Wände waren farbenfroh, durchzogen von rost- und orangeroten und an einer Stelle sogar leuchtend rosafarbenen Streifen, die manchmal so glatt übereinanderlagen, als wären sie gemauert, und sich dann wieder zu bizarren Kurvenformationen aufwölbten. Er wusste von früheren Erkundungen, dass jeder Streifen in einer anderen Epoche entstanden war und sowohl Überreste aus der jeweiligen Zeit als auch schwache Resonanzen aller Wesen bewahrte, die damals hier gelebt hatten. Die Vorstellung hatte ihn früher einmal fasziniert, jetzt wollte er sich nur noch vergewissern, dass in den schattigen Höhlen und Spalten nichts anderes lauerte als die unvermeidlichen Schlangen und Eidechsen.

Alles war, wie es sein sollte, und er fand keine Spuren magischer Aktivität aus neuerer Zeit.

Endlich erreichte er Tefilat selbst. Obwohl er bereits mehrmals hier gewesen war und wusste, was ihn erwartete, überwältigte ihn der Anblick der Stadt. Nicht allein wegen ihrer Pracht, sondern weil sie in einer Zeit entstanden war, in der es keine Magister gab und jedes magische Werk nach Menschenleben bemessen wurde.

Genauer gesagt, nach Menschenleben, die einen Namen trugen.

Die Hauptgebäude waren direkt aus der Klippenwand herausgehauen worden und hatten erstaunlicherweise dem Zahn der Zeit standgehalten. Waren von Besuchern vor Kurzem neue Hexenkräfte in den Stein eingebettet worden? An der Fassade haftete zu viel verblasste Macht, folglich konnte er nicht sicher sein.

Als er den breitesten Teil der Schlucht erreichte – den Stadtplatz sozusagen –, blieb er kurz stehen und lauschte. Nichts sonst. Alles war still, lediglich in der Ferne säuselte leise der Wind. Er kniete nieder, beschwor ein wenig Seelenfeuer, formte es zwei

Mal um, damit auch alles stimmte, und ließ es zu seinen Füßen in den Boden sinken. Dann schloss er die Augen und nahm die Bilder auf, die es für ihn sammelte.

Vor Kurzem waren hier Nomaden durchgezogen. Er erkannte die kräftig gestreiften und mit geflochtener Schnur gesäumten Wüstengewänder: Hom'ra. Sie brachten mit Eseln Vorräte in die Stadt und luden sie ab. Schwere Amphoren, mit Wachs verschlossen, machten den größten Teil der Lieferung aus, dazu Körbe, die vermutlich Lebensmittel enthielten. Einigen Amphorenverschlüssen waren Siegel aufgedrückt, die ihm fremd waren.

Interessant.

Er folgte der Spur der visionären Nomaden zu dem größten Gebäude im Komplex. Es hatte zwei Stockwerke, der Haupteingang wurde von Säulen flankiert, der Fries darüber stellte eine mythologische Schlachtszene dar. Er hielt kurz inne, betrachtete die Abbildungen und versah im Geiste Götter und Ereignisse mit Namen, die in der Morati-Welt längst vergessen waren. Als Nächstes beschwor er ein wenig Macht, um den Eingang auf Abwehrzauber zu untersuchen – es gab keine – und einen eigenen zu platzieren, der ausgelöst würde, sobald jemand hinter ihm das Gebäude beträte. Alles schien verlassen, doch man konnte nicht vorsichtig genug sein.

Im Inneren war es schattig, die Temperatur sank und wurde für Wüstenverhältnisse beinahe erträglich. Colivar blinzelte, bis sich seine Augen an das Halbdunkel gewöhnt hatten, und verzichtete darauf, die Luft noch weiter zu kühlen. Er wollte hier nicht mehr Zauberei ausüben als unbedingt nötig.

Der große Raum war leer, aber auf dem Boden hatte sich eine Schicht aus Staub und Sand abgesetzt, durch die ziemlich frische Fußspuren zu einem dahinter gelegenen Raum führten. Viele Fußspuren, wie er feststellte. Hier herrschte schon seit einiger Zeit reger Betrieb.

Er folgte der Fährte in den nächsten Raum. Hier fiel kaum noch Sonnenlicht herein, aber es war noch hell genug, dass er sich umsehen konnte.

An der Rückwand waren Möbel aufgestapelt, schlichte, derbe Stücke, wie sie ein gewöhnlicher Arbeiter besitzen mochte. An einer anderen Wand lagerten die Vorräte, die er in seiner Vision gesehen hatte. Er ging auf eine der Amphoren zu und überlegte, ob er durch Zauberei ihren Inhalt und ihren Zweck feststellen sollte. Aber das Siegel im Verschluss mochte durchaus ein Anker für einen Hexer oder gar einen Zauberer sein, und so tastete er es nicht an. Überall sonst hätte er sich zugetraut, das Ding zu untersuchen, ohne einen Abwehrzauber auszulösen, doch in Tefilat ging man besser kein Risiko ein.

Das Haus sollte bewohnbar gemacht werden, das war deutlich zu sehen. Aber wozu? In dieser verdammten Gegend gab es nicht genügend menschliches Leben, um die Seelenfresser zu ernähren, und die einheimischen Stämme hielten sich von Tefilats verseuchter Resonanz lieber fern. Es musste hier irgendetwas geben, das jemand haben wollte.

Etwas, das Siderea haben wollte.

Vorsichtig arbeitete Colivar sich von den Räumen nahe der Klippenwand, die noch Sonnenlicht hatten, in ein Netz von Kammern und Gängen vor, das weit in die Erde hinein reichte. Tefilats Erbauer waren den Windungen eines natürlichen Höhlensystems gefolgt und hatten Erweiterungen geschaffen, wo immer es möglich war. Für das Auge eines Zauberers war der Grundriss ungewohnt, denn ein Magister hätte einfach dort Räume entstehen lassen können, wo er sie haben wollte. Für die Hexen und Hexer, die den Komplex angelegt hatten, war eine Vergeudung von Energie in diesem Ausmaß dagegen undenkbar gewesen, und so war ein unübersichtliches Labyrinth aus gewundenen Korridoren und unregelmäßig geformten Räumen entstanden. Colivar hatte das ganze System erkundet, als er seinen Posten in Anchasa angetreten hatte, und nun genügte ein Hauch von Zauberei, um diese Erinnerungen abzurufen und vor seinem inneren Auge einen Plan der gesamten Stadt erscheinen zu lassen. Im Licht einer kleinen magischen Flamme folgte er den schwachen Schleifspuren der jüngsten Besucher durch den Irrgarten und suchte nach irgendeiner Besonderheit, die deren Interesse erklären konnte.

In einem kleinen Raum tief in der Erde wurde er schließlich fündig.

Die Rückwand war aufgebrochen worden, und dahinter befand

sich ein größerer Hohlraum. Eine Geheimkammer? Er beschwor mehr Licht und sah, dass die Wände dieses zweiten Raums mit kunstvollen Reliefs geschmückt waren.

Er vergewisserte sich mit einem letzten Zauber, ob er in Tefilat nach wie vor allein war – er war es –, und mit einem allerletzten, ob der Eingang zu dem verborgenen Raum mit Abwehrzaubern gesichert war – er war es nicht –, dann stieg er über den Schutthaufen vor der Öffnung und betrat das geheimnisvolle Gemach.

Alle Wände waren mit Bildern bedeckt. Es schienen historische Szenen zu sein, zumeist Schlachten aus dem Großen Krieg; in vielen Fällen wusste er, worum es ging. Er hatte in verschiedenen Festungen überall auf der Welt ähnliche Räume gesehen, doch die wenigsten hatte man mit solcher Sorgfalt versteckt. Die Reliefs stellten den letzten verzweifelten Versuch der Ersten Könige dar, die Geschichte der Menschheit in einer Form festzuhalten, in der sie den Fall der menschlichen Zivilisation überdauern könnte.

Eine Gruppe von Bildern zog seinen Blick besonders auf sich, und er durchquerte den Raum, um sie sich genauer anzusehen.

Seelenfresser!

Eigentlich hätten ihn Darstellungen der Ikati in Tefilat nicht überraschen dürfen. Eine der wichtigsten Schlachten im Großen Krieg war hier geführt worden. Und doch ... etwas an diesen Bildern stimmte nicht. Er kam nicht gleich dahinter, was es war. Und als ihm endlich ein Licht aufging, blieb ihm fast das Herz stehen.

Die Reliefs zeigten einen Schwarm von Seelenfressern, die über eine Stadt herfielen, und eine Schar von Kriegern, die aufstanden, um sie zu bekämpfen. Aber während des Großen Krieges hatten die Seelenfresser nur einzeln gejagt. Es war bereits eine Seltenheit gewesen, wenn zwei gleichzeitig am Himmel gesichtet wurden, und ein Schwarm, wie er hier abgebildet war, wäre einfach unerhört gewesen. Damals hätten sie genug damit zu tun gehabt, sich gegenseitig umzubringen, um sich um etwas anderes zu kümmern. Erst nach der Verschmelzung mit den Hexen und Hexern in der Arktis hatten sie gelernt, ihre eigenen Artgenossen so weit zu ertragen, dass ein massenhaftes Auftreten möglich wurde.

Die Stadt musste also lange nach dem Großen Krieg erbaut worden sein, von jemandem, der wusste, wie sich die Art verändert hatte. Aber wie ging das zu, wenn alle verbliebenen Seelenfresser im hohen Norden eingeschlossen waren? Konnten auch hier unten noch einige zurückgeblieben sein? Er legte eine Hand auf einen der steinernen Seelenfresser und beschwor einen Hauch von Macht, um seine Herkunft zu erforschen.

Im gleichen Augenblick erkannte er seinen Fehler.

Doch es war schon zu spät.

Tief im Felsen war ein Bann versteckt, der durch die Berührung ausgelöst wurde und Colivars Magie in sich aufnahm. Ein Netz aus flimmernden Energien erschien an den Wänden und an der Decke und legte sich um ihn; er kämpfte mit aller Kraft dagegen an, aber seine Zauber blieben wirkungslos. Die fremde Macht strahlte seine eigene Resonanz aus, so als hätte er selbst sie beschworen. Wie war das möglich? Das Netz zog sich immer weiter zu, und er konnte nichts tun, um es aufzuhalten, denn dazu hätte er sich … vor sich selbst schützen müssen. Dann wurde das Licht schwächer, und er drohte an der Finsternis zu ersticken. Die Kälte der Translatio umfing ihn. *Nein!*, dachte er verzweifelt. *Nicht jetzt!* Er wehrte sich gegen Kälte und Finsternis und suchte verzweifelt nach einem neuen Konjunkten, um sich zu retten, doch der Zauber, der ihn langsam erdrosselte, ließ sich nicht durchbrechen. Seine Seele erstickte, die letzten kalten Funken gestohlenen Athras flackerten bedrohlich, und er konnte nichts tun, um sie am Brennen zu halten.

Und dann erlosch die Welt um ihn wie eine Kerze, und nur Angst blieb zurück.

Kapitel 21

Nebel. Das war zunächst alles, was Gwynofar sehen konnte. Zu ihren Füßen feuchter Nebel, der den Boden bedeckte. Nebelfäden, die sich um ihre Knöchel ringelten. Nebelwolken über ihr, wo der Himmel sein sollte, nur hier und dort ein fahles Blau, das gleich wieder vom Weiß verschlungen wurde.

Wo war sie?

Sie blinzelte in den Dunst, entdeckte vor sich ein paar verschwommene Formen und steuerte darauf zu. Der Boden unter der weißen Decke schien zu tragen, wenn ihre Schuhe in der feuchten Erde einsanken, erzeugten sie ein schmatzendes Geräusch, das Einzige, was die unheimliche Stille störte. Hin und wieder knirschte etwas Kleines unter ihren Füßen, und ihre Kindheitserinnerungen lieferten einen Namen: *Kiefernzapfen.*

Was war das für ein Ort?

Allmählich lichteten sich die Schleier, ein Baum nach dem anderen erschien gleich einem Heer von Soldaten, die sich mit Kiefernzweigen getarnt hatten, aus dem Nebel. Die Stille war vollkommen. Dann lösten sich auch die letzten Nebelschleier auf, die Stämme kamen frei, und sie konnte die Menschengesichter erkennen, die man vor langer Zeit eingeschnitten hatte. Jetzt lag eine glänzende Tauschicht darüber.

Ahnenbäume.

Sie konnte sehen, dass sie einem schmalen Pfad folgte, der sich an mehreren Gruppen solcher Bäume vorbeischlängelte. Der Ort war ihr vertraut und zugleich fremd, sie hatte ganz stark das

Gefühl, schon einmal hier gewesen zu sein, ohne allerdings die Gesichter in den Stämmen zu erkennen. Doch darauf kam es auch nicht an, nicht deshalb war sie hier.

Die Arme um sich geschlungen, ging sie weiter. Ohne Zweifel war sie aus einem wichtigen Grund gekommen, aber sie hatte keine Ahnung, was für ein Grund das sein mochte.

Schließlich trat sie aus dem Schatten der Kiefern hinaus auf freies Gelände. Hier, wo die Sonne bis zum Boden schien, hatte ein einzelner Schössling Wurzeln geschlagen. Gwynofar ging darauf zu und blieb davor stehen. Eigentlich müsste sie jetzt wissen, wo sie war, aber sie konnte dem Ort noch immer keinen Namen geben.

Doch dann begann sich der Schössling zu verwandeln. Er zog zusätzliche Substanz aus der Luft, hüllte sich in Farben, die allein aus der Rinde nicht hätten entstehen können, und nahm langsam die Gestalt eines Kindes an. Eines sehr kleinen Kindes, dessen Züge ihr quälend vertraut waren. Wenig später erkannte sie auch, warum, und eine Flut der Trauer überschwemmte ihr Herz.

»Anrhys«, flüsterte sie. Sie hatte inzwischen mit einem Teil ihres Denkens erfasst, dass sie sich in einem Traum befand, aber einem anderen – dem größeren – Teil war das gleichgültig. Als ihr totes Kind vor ihr erschien, fiel sie auf die Knie, und Tränen der Trauer und des Schmerzes liefen ihr über die Wangen. Der echte Anrhys hatte nie die Luft des Waldes auf seinem Gesicht oder das leise Knirschen der Kiefernnadeln unter seinen Füßen gespürt. Sie hatte ihn noch in ihrem Schoß getötet, hatte ihn für eine Sache geopfert, die er nie gekannt hatte. Selbst der Baum, der über seiner Asche gepflanzt worden war – der Baum, der jetzt vor ihr stand –, würde niemals seine wahren Züge tragen, sondern lediglich ein Gesicht nach den Vorstellungen einer Hexe, wie er hätte aussehen können, hätte er lange genug gelebt, um zum Mann zu werden. Schuldbewusstsein erfasste sie, so gewaltig, dass es ein ganzes Heer von Seelen hätte verschlingen können. Sie wollte nach ihm greifen und ihn umarmen, wollte ihr Gesicht in seinem hellblonden Haar vergraben – das dem ihren so ähnlich war! – und weinen, weinen, weinen, bis die schreckliche Schuld aus ihrer Seele fortgespült wäre. Sie wollte ihm sagen, wie leid – wie leid! –

es ihr tat, und um ein Zeichen von ihm flehen, dass er ihr verziehen habe. Irgendetwas, das wenigstens einen Hauch von Vergebung erkennen ließe.

Doch sie kam nicht an ihn heran. Sie wagte es nicht. Wie gebannt war sie von seinem Anblick und fürchtete, wenn sie ihn berührte – wenn sie auf irgendeine Weise versuchte, ihn real zu machen –, würde der Traum verblassen, und sie hätte ihn abermals verloren.

Stattdessen streckte er ihr die Hände entgegen. Sie begriff nicht sofort, dass er ihr etwas reichen wollte, dass er erwartete, sie würde vortreten und es ihm abnehmen. Doch dann sah sie auf jeder Handfläche einen kleinen schwarzen Kristall, natürlich gewachsen, mit unregelmäßigen Facetten, die bei jeder Bewegung im Sonnenlicht farbig aufblitzten. Beide Kristalle waren nach Größe und Form ähnlich, wenn auch nicht vollkommen gleich, und sie hatte den Eindruck, sie gehörten irgendwie zusammen. Und sie gehörten zu ihr.

Nimm sie. Er sprach die Worte nicht laut aus, sie hörte sie trotzdem. *Du wirst sie brauchen.*

Langsam und zögernd erhob sie sich und ging auf ihn zu. Es war eine Qual, ihrem verlorenen Kind so nahe zu sein und es nicht in die Arme nehmen zu können! Doch sie wagte nicht, ihn anzufassen, aus Angst, vollends in der Flut der Gefühle zu ertrinken, die sie schon jetzt fast überwältigte. Sie streckte ihm ihrerseits die Arme entgegen; doch anstatt ihm die Kristalle direkt abzunehmen, hielt sie die gewölbten Hände unter die seinen und wartete. Er zögerte, dann nickte er, drehte seine Hände und ließ ein Steinchen in die Mitte jeder Handfläche fallen. Die Steine fühlten sich seltsam warm an, als wären sie lebendig, und sie pulsierten wie unter dem Schlag eines unsichtbaren Herzens.

Ich vertraue dir die Jahrhunderte an, kamen unausgesprochen die Worte. *Hüte sie gut.*

Die Kristalle begannen sich zu verändern. Die säulenförmigen Auswüchse zogen sich in das Grundgestein zurück, bis sie nur noch zwei glatt schwarze, nahezu halbkugelige Steine in den Fingern hielt. Diese fingen nun an zu schmelzen, und bald standen zwei zähflüssige rote Pfützen in ihren holen Händen. Blut. Sie zitterte, als es zwischen ihren Fingern hindurchsickerte und wie roter Regen auf den Boden plätscherte. Bei den ersten Tropfen spürte sie ein Beben unter den Füßen, als wäre tief unter ihr ein schlafendes Tier … oder gar die Erde selbst zum Leben erwacht.

Starr vor Staunen beobachtete sie, wie sich das Blut auf dem Boden ausbreitete und endlich den Fuß eines Baumes erreichte, der in der Nähe stand. Die Wurzeln saugten erschauernd das kostbare Nass auf, und die schmalen Nadeln veränderten nacheinander ihre Farbe, bis der ganze Baum tiefrot geworden war. Andere Bäume folgten, sobald sie von dem Blut getrunken hatten, und nach wenigen Minuten war ein ganzer Blutwald entstanden. Dann veränderte der erste Baum seine Form. Die Äste rollten sich ein, die Knorren im Stamm verschwanden. Die Rinde, die das Ahnengesicht bedeckt hatte, wurde glatt und hell wie menschliche Haut, und die Augen glänzten feucht, als schauten sie mit wachem Bewusstsein in die Welt …

Ein Mann stand vor ihr. Seine Kleidung war altertümlich und an mehreren Stellen zerrissen. Ein tiefer Schnitt zog sich, glänzend von frischem Blut, quer über sein Gesicht; seine Tunika war mit Schlamm bespritzt. Ein zweiter Mann erschien neben ihm. Ein dritter. Die vierte Gestalt war eine Frau; sie trug Männerkleidung, ihr langes Haar war zerzaust und verfilzt, und sie blutete aus einer Kopfwunde. Immer neue Gestalten kamen dazu, bis Gwynofar von einem ganzen Heer aus blutbefleckten Kriegern umringt war. Sie hatte genügend Bilder über den Großen Krieg gesehen, um den Stil ihrer Rüstungen zu erkennen, und als ihr nun klar wurde, wer diese Gestalten sein mussten, stockte ihr der Atem.

Es waren die Männer und Frauen, die beim ersten Mal gegen die Seelenfresser gekämpft hatten. Die Märtyrer der *Lyr*. Ihre Vorfahren.

Sie wollte fragen, warum man sie hierher gerufen hatte, was sie von ihr wollten … doch bevor ihr die Worte über die Lippen kamen, löste sich die gesamte Szene schlagartig auf. Nebel umwirbelte die Füße der Krieger, ihre Körper begannen zu zerfließen, und die Farbe ihrer Kleidung verteilte sich in Wellen und Wirbeln in der Luft, bis nichts mehr übrig war. Verzweifelt sah sich Gwynofar nach ihrem Sohn um, doch Anrhys war längst verschwunden. Sie hatte ihn zum zweiten Mal verloren! Ein gequältes Wimmern kam über ihre Lippen, als die letzten Reste der Traumlandschaft ihren Blicken entschwanden.

Zum Schluss lag alles im Nebel, genau wie zu Beginn, eine gewaltige weiße Stille, lediglich unterbrochen vom Plätschern des Blutes, das ihr von den Händen tropfte, und von ihrem ungleichmäßig traurigen Herzschlag.

Gwynofar lag auf einem Bett mit seidenen Laken, das dünne Leinenhemd klebte ihr, von kaltem Schweiß durchtränkt, am Körper, und sie hatte Mühe, sich zurechtzufinden. Im Mondschein, der durch die schmalen Fenster fiel, sah sie die Stickereien auf dem Baldachin über sich, doch der Stoff selbst blieb im Schatten, sodass ein geisterhaftes Federmuster entstand, das traumartig im Nichts zu schweben schien. Auf dieses Muster richtete sie den Blick, während sie versuchte, Ordnung in ihre Gedanken zu bringen. War sie schon wach? Wenn ja, dann musste sie den seltsamen Traum möglichst sofort deuten, solange die Erinnerung daran noch frisch war. Wenn sie wieder einschlief, wären viele Einzelheiten vergessen.

Ich vertraue dir die Jahrhunderte an, hatte Anrhys gesagt.

Wie sollte sie das verstehen? Und was sollten die Kristalle darstellen, die er ihr gegeben hatte?

Die Augen der Seelenfresser waren wie schwarze Kristalle. Sie erinnerte sich, wie ihr die Königin des Nordens in die Augen gesehen hatte und wie diese schrecklichen Kugeln ihr fast die Seele ausgesaugt hätten. Aber sie glaubte nicht, dass dieser Traum auf die Seelenfresser Bezug genommen hatte. Nein, hier ging es um etwas Persönlicheres, etwas, das den Heerscharen der *Lyr* Kraft und Heilung bringen sollte. Nicht um etwas, das ihnen schadete.

Unwillkürlich wölbte sie die Hände und glaubte für einen Moment, Anrhys wieder vor sich stehen zu sehen. Reglos. Schweigend. Sie spürte das warme, klebrige Blut auf ihren Fingern, und schon brach die Trauer von Neuem über sie herein, genauso stark wie damals, als sie erkannt hatte, was der Preis für ihre Alkal-Mission sein würde, welches Opfer von ihr verlangt würde, um den Thron der Tränen zum Leben zu erwecken. Sie fühlte sich in den Turm zurückversetzt und erlebte noch einmal die Angst jenes schrecklichen Tages, die Kälte der Verzweiflung in ihrer Seele.

Und dann kam ihr die Erleuchtung. Und sie verstand.

Zunächst lag sie ganz still da, und ihr Herz schlug so hart, dass der schwere Rahmen des Bettes zu erzittern schien. Sie konnte sich nicht bewegen. Sie konnte kaum denken. Anrhys hatte sie verlassen – noch einmal! –, aber sie wusste jetzt, warum er zu ihr gekommen war.

Jäh fasste sie einen Entschluss, stand auf, griff nach dem Morgenmantel, der am Fuß des Bettes bereitlag, streifte ihn über und ging zur Tür. Die Monde waren längst untergegangen, doch als sie das Schlafgemach verließ und im Gehen die Arme in die Ärmel steckte, sickerte das erste graue Morgenlicht durch das Fenster. Vor ihrem Zimmer fuhren zwei Zofen in die Höhe und versuchten so zu tun, als hätten sie nicht eben noch geschlafen, und die beiden Gardisten, die vor dem Eingang zu ihrer Wohnung postiert waren, standen stramm, sobald sie ihrer ansichtig wurden. Gwynofar beachtete sie nicht. Sie sah nichts und niemanden. Sie wusste, dass die Person, mit der sie jetzt sprechen musste, zu ihr kommen würde. Durch seine magische Verbindung würde er ihre Erregung spüren und wissen, dass sie ihn brauchte, und er würde aufwachen und sie aufsuchen.

Er hatte zwar versprochen, in Salvators Palast keine Zauberei einzusetzen, doch tat das in diesem Moment nichts zur Sache. Sie kannte ihren Sohn inzwischen so weit, dass sie einschätzen konnte, wann und wo dieses Gelübde gebrochen werden durfte. Außerdem hatte Salvator ihm erlaubt, seine magischen Fähigkeiten zur Beförderung zu nützen, und das war es schließlich, was sie von ihm wollte.

Sie bog um eine Ecke, und da stand er auch schon und wartete auf sie. Die schwarze Robe war im schwachen Dämmerlicht kaum zu erkennen, aber sein weißes Haar und der Bart schienen von innen heraus zu leuchten. So hatte sie ihn oft genug als Kind gesehen: ein vertrauter und beruhigender Anblick.

»Majestät?« Seine Augen waren besorgt zusammengekniffen.

»Keirdwyn«, stieß sie hervor. Ihr Herz schlug so heftig, dass sie kaum sprechen konnte. »Ich muss nach Keirdwyn, Ramirus.«

Er zögerte nur kurz, dann nickte er und schloss die Augen. Gwynofar hatte den Eindruck, als würde er sich auf etwas konzentrieren. Sie kannte die protokollarischen Regeln der Zauberer gut genug, um zu wissen, dass er zuerst Keirdwyns Königlichen Magister benachrichtigen musste – war das jetzt Lazaroth? –, bevor er in das Revier dieses Mannes eindrang, aber es fiel ihr schwer, selbst diese kleine Verzögerung zu akzeptieren. Sie schritt ungeduldig vor ihm auf und ab, voller Angst, die kostbare Erkenntnis könnte verblassen, bevor sie Gelegenheit fände, sie auf ihren Wahrheitsgehalt zu überprüfen.

Endlich schlug er die Augen wieder auf. Sein Gesichtsausdruck war ruhig und heiter, und sie bemühte sich, aus dieser Heiterkeit Kraft zu ziehen. Er musterte sie von Kopf bis Fuß, schüttelte missbilligend den Kopf, ließ mit einer Handbewegung ihr Nachthemd verschwinden und ersetzte es durch ein schlichtes Tageskleid aus sommerlich leichter Wolle. Das vom Schlaf zerwühlte Haar wurde mit derselben Macht geglättet und gescheitelt, und ein schmaler Goldreif mit dem Aurelius-Wappen thronte wie gewohnt über ihrer Stirn.

»Jetzt könnt Ihr Euch im Haus Eures Vaters sehen lassen.« Vor ihr begann die Luft zu flimmern und sich wie Wasser zu kräuseln. »Kommt«, sagte er und reichte ihr seine Hand. Sie nahm sie und schritt gemeinsam mit ihm durch das Portal.

Hinter ihnen erschien aus dem Nichts ein Blatt Papier und flatterte langsam zu Boden. *Salvator*, stand darauf. *Bin mit Ramirus in Keirdwyn. Kehre bald zurück. G.*

Als die Nachricht auf dem Boden ankam, war das Portal bereits verschwunden.

»Der Protektor von Alkal wollte ihn natürlich behalten.« Stevan Keirdwyn wirkte zerstreut, er suchte nach dem richtigen Schlüssel am Ring. »Fast hätte er deshalb noch einen Krieg angefangen. Aber letzten Endes blieb ihm eigentlich keine Wahl. Wir erklärten ihm, nachdem ein Mitglied des Hauses Keirdwyn sein Geheimnis aufgedeckt habe und womöglich immer noch in einer magischen Verbindung dazu stehe, gehöre er in Keirdwyns Obhut.« Er entschied sich endlich für einen großen Messingschlüssel, steckte ihn in das Schloss der eisenbeschlagenen Tür und drehte ihn im Uhrzeigersinn. Die Riegel wurden mit lautem, metallischem Klirren angehoben. »Wenn ich ehrlich sein soll, ging es mir weniger um dich als darum, dass die Seelenfresser vor seiner Nase in sein Land eingedrungen waren, ohne dass er es bemerkt hatte. Unersetzliche Kostbarkeiten sollten nicht von Idioten gehütet werden.«

Er griff nach der schweren Tür und zog sie auf. Gwynofar und Ramirus traten zurück, um Platz zu machen. Hinter der Schwelle befand sich ein dunkler, fensterloser Raum; in der Mitte war schemenhaft ein großer Gegenstand zu erkennen. Einzelheiten konnte man nicht unterscheiden.

Lord Keirdwyn öffnete den Schirm der mitgebrachten Laterne, so weit es ging, und reichte sie Gwynofar. »Warum musst du ihn denn so dringend sehen?«

Sie schüttelte den Kopf. »Ich weiß es nicht, Vater.«

Obwohl sie es so eilig gehabt hatte, hierherzukommen, zögerte sie plötzlich, sich dem Ding zu nähern. Niemand wusste besser als sie, welche Macht der Thron der Tränen besaß und wie zerstörerisch er sein konnte. Sie schloss kurz die Augen und rief sich den Tag ins Gedächtnis, an dem sie all seine Macht zu ihrem Volk geleitet und alle Männer, Frauen und Kinder aus dem *Lyr*-Geschlecht miteinander verbunden hatte, um ihnen Bilder des Grauens in die Köpfe zu gießen.

Und ihr ungeborenes Kind zu töten.

Als sie endlich doch eintrat, zitterte ihre Hand, und der Schein der Laterne tanzte über die Wände. Der Thron war noch größer und beängstigender, als sie gedacht hatte. In dieser Umgebung wirkte er fast lebendig, die riesigen Schwingen waren ausgebreitet, als wollte er sich in die Lüfte erheben, die bläulich schwarze Oberfläche – sie bestand aus der Haut eines Seelenfressers – wirkte organisch. Er schien auf sie zu warten. Der Anblick verursachte ihr eine Gänsehaut, und sie strich unwillkürlich mit der Hand über ihren Leib, als wollte sie ihr ungeborenes Kind vor diesem Einfluss schützen. Doch dieses Kind war nicht mehr da; der Thron hatte es ihr bereits genommen.

Sie zwang sich, näher zu treten, kniete vor dem großen Sessel nieder und nahm sich eine bestimmte Stelle vor. Hatte ihre Erinnerung sie getrogen? Die schweren Schnitzereien saugten das Licht der Laterne förmlich ein und warfen dunkle Schatten, sodass es schwierig war, die Feinheiten zu erkennen. Sie hielt die Laterne schräg nach oben, um das Licht dahin zu richten, wo sie es brauchte – und mit einem Mal waren sie und der Thron von Kerzen umringt. Es waren Hunderte, einige standen auf dem Fußboden, andere steckten auf hohen Ständern, und sie leuchteten jeden Winkel aus. Gwynofar nickte dankbar, ohne sich nach Ramirus umzusehen, und beugte sich vor, um die Armlehnen des Sessels genauer in Augenschein zu nehmen. Jetzt konnte sie sehen, wo ihr Blut daran hinabgelaufen war, als sie die Götter gebeten hatte, ihr Opfer anzunehmen, und wo sich ihre Nägel tief in das uralte Holz gegraben hatten, als die Bilder vergangener Kriege sie durchwogten. Und da war die Stelle, wo sie ihr erstes Blutopfer dargebracht hatte. Sie hatte sich an einer der scharfen Klauen, die aus den Armlehnen hervorragten, den Arm aufgerissen und mit ihrem Blut die faustgroßen Kugeln in diesen Klauen bestrichen.

Kugeln aus schwarzem Kristall.

Mit zitternder Hand berührte sie eine davon. Sie fühlte sich in keiner Weise mystisch an, doch das war auch an jenem Tag erst so gewesen, als sie mit ihrem Opfer die Macht des Throns geweckt hatte. Sie rieb eine Schicht angetrockneten Blutes ab, die den Glanz des Kristalls getrübt hatte, und sah, wie sich das Licht in den scharfen Facetten spiegelte und Ramirus' Kerzenflammen in tausend Bruchstücken zurückgeworfen wurden. Auf den ersten Blick fühlte sie sich an ein Seelenfresser-Auge erinnert – eine unheimliche Assoziation –, doch bei näherem Hinsehen erkannte sie, dass die Facetten nach Größe und Form willkürlich waren, als hätte man tausend schwarze Glasscherben aneinandergeklebt und auf eine kugelige Basis gesetzt. Sie tastete mit den Fingern die Oberfläche ab, soweit es die Bauweise des Stuhls erlaubte. Nur die untere Hälfte der Kugel war sichtbar; die obere wurde von der geschnitzten Klaue verdeckt.

Falls sie überhaupt vorhanden war.

Sie fasste einen Entschluss, schob ihre Fingernägel unter eine der Klauen und versuchte sie abzuheben. Aber sie fand auf der polierten Oberfläche nicht genügend Halt, ihre Finger glitten ab;

der einzige Lohn ihrer Mühe war ein abgebrochener Nagel. Hinter sich hörte sie einen der Männer näher treten, ihre Attacke auf das wertvolle Stück hatte ihn erschreckt. Doch die Götter hatten ihre Gründe gehabt, sie diese weite Reise machen zu lassen, sie würden nicht erlauben, dass jemand sie aufhielt.

Dann nahm sie die Krone ab, die Ramirus für sie beschworen hatte. Der dünne, flache Reif ließ sich leicht unter eine der Klauen schieben. Gwynofar packte mit beiden Händen fest zu und drehte mit aller Kraft ihrer verstärkten Muskeln, um das Ding aus der Verankerung zu reißen. Der Kronreif verbog sich, brach aber nicht, und bald sprang die Klaue heraus; sie hörte sie über den Boden hüpfen und nahm sich die nächste vor. Und die nächste. Vier Klauen mussten entfernt werden, bevor der Kristall sich lockern ließ, und zwei weitere, bevor sie ihn vollends herausziehen konnte.

Völlig außer Atem setzte sie sich auf die Fersen zurück und starrte das Ding in ihren Händen an. Es hatte die Form einer Halbkugel, genau wie die Kristalle in ihrem Traum. Der flache Teil war unregelmäßig und trug Spuren eines scharfen Werkzeugs.

»Was ist das?«, fragte ihr Vater. Und trat an ihre Seite, um besser sehen zu können.

»Ich weiß es nicht«, flüsterte sie. Der Kristall lag warm in ihrer Hand und schien unter namenlosen Energien zu vibrieren, die sie nicht zu deuten vermochte. »Wir brauchen einen Seher. Jemanden mit *Lyr*-Blut, wenn möglich.«

Er nickte knapp und ging hinaus, um jemanden zu rufen. Gwynofar beschäftigte sich damit, den anderen Kristall aus seinem Bett zu befreien. Diesmal half ihr Ramirus, indem er den Sessel so verkeilte, dass er sich nicht mitbewegte, als sie die Klauen herauszog. Ihr fiel auf, dass er nicht gefragt hatte, warum sie einen Seher verlangt hatte, anstatt sich seiner Hilfe zu bedienen. Und das war gut so, denn sie hätte ihm nicht antworten können. Sie folgte bloß noch ihren Instinkten und vertraute darauf, dass die Götter sie leiteten.

Als Keirdwyn mit einem Seher zurückkam, hatte Gwynofar auch den zweiten Kristall aus seiner Verankerung gelöst. Wie beim ersten gab es Spuren, die darauf hinwiesen, dass er von einem größeren Stück abgeschlagen worden war. Mit angehaltenem Atem legte sie die beiden Teile aneinander und stellte fest, dass sie perfekt passten. Zwei Hälften eines Ganzen. Aber wofür war es zu verwenden?

Sie wandte sich der Seherin zu – einer jungen Frau, die man offensichtlich aus dem Bett geholt hatte – und hielt ihr die Kristallkugel hin. Die Seherin nahm sie in beide Hände, drehte sie, ohne die beiden Hälften voneinander zu trennen, hin und her und betrachtete sie genau. Mit Ausnahme einer Stelle, wo ein langer, dünner Splitter fehlte – vermutlich hatte man dort so etwas wie einen Meißel angesetzt –, war die Kugelform perfekt. Bei jeder Bewegung blitzten die Facetten im Kerzenschein auf, sodass es aussah, als wäre die Kugel lebendig.

Als die Seherin glaubte, allein durch äußere Betrachtung keine weiteren Erkenntnisse mehr gewinnen zu können, legte sie die Hände um den Kristall, schloss die Augen und stimmte einen leisen Singsang an. Gwynofar flüsterte ein Dankgebet für das Opfer an Lebenszeit und sah, dass ihr Vater das Gleiche tat. Nur Ramirus sah gleichmütig zu, unbeeindruckt von derartigen Gefühlen. Als Magister konnte er mit dem Begriff des Opfers wenig anfangen.

»So viele Seelen«, murmelte die Seherin mit immer noch geschlossenen Augen. »Jede einzelne zum Opfer dargebracht. So viel Tod! Blut und Asche und Tränen ergießen sich in die Opferschale, bis sie überfließt. Niemals allein. Niemals allein. Widmet den anderen unsere Gebete. Bindet unsere Seelen an sie. Verankert uns mit der Erde, bis die letzte Schlacht geschlagen ist …«

Die Seherin verstummte. Gwynofar glaubte zu sehen, wie sie erschauerte und wie ihre Hände die Kristallkugel fester umfassten. Dann blickte sie langsam zu ihnen auf. Ihre Augen, noch vor wenigen Minuten klar und kühl, waren nun von der Anstrengung des magischen Werks blutunterlaufen. Welche Geheimnisse dieses Ding auch enthalten mochte, es hatte sie nicht ohne Widerstand preisgegeben.

»Es ist ein Anker.« Ihre Stimme sank zu einem scheuen Flüstern herab. »Die Menschen, die daran hingen, sind längst nicht mehr am Leben, auch ihr Geist ist verweht, aber ihre Resonanz ist noch zu spüren.« Sie schüttelte überwältigt den Kopf. »So viele Menschen! Es wäre unmöglich, sie alle mit Namen zu nennen. Diese Sphäre ...« Gwynofar drehte sie in der Hand hin und her; dabei verschoben sich die Teile, und zwischen den beiden Hälften erschien ein schmaler Spalt. »Sie wurde aus ihrem Fleisch geschaffen. Ihrem Blut. Gesammelt von Männern und Frauen, die im Kampf gefallen waren, aufgeopfert von jenen, die wussten, dass sie sterben würden ... jeder Tropfen Blut war ein Anker zu seinem Besitzer ... es waren so viele ...« Sie verstummte ergriffen.

»Das ist die Essenz unseres Volkes«, sagte Lord Keirdwyn andächtig, »eingeschlossen zum Schutz vor dem Zahn der Zeit.«

»Die Wirkung des Throns geht ohne Zweifel darauf zurück«, meldete sich auch Ramirus zu Wort. Er starrte den grotesken Stuhl mit schmalen Augen an; anders als die Seherin brauchte er keine Gesänge, um seine Macht zu bündeln. »Die Zauber, die hineingewoben wurden, hatten lediglich den Zweck, den Boten mit der Botschaft zu verbinden. Die Spuren in diesem Todeskristall waren wohl dafür verantwortlich, dass Ihre Majestät Kontakt zu den Erinnerungen der Vorfahren aufnehmen und ein Medium schaffen konnte, das alle *Lyr* miteinander verband ...« In seiner Stimme war ein seltsamer Ton, den Gwynofar bei ihm noch nie gehört hatte. Ehrfurcht vielleicht?

Die Seherin sah Gwynofar an. »Möchtet Ihr, dass ich den Stein heil mache?«

Noch ein Opfer, aus freien Stücken angeboten. Nicht um Macht zu erringen, sondern um die Toten zu ehren. Gwynofar überlegte, was an dieser Sache wichtig genug sein könnte, um ein solches Opfer zu rechtfertigen, und schließlich bat sie: »Setzt nur die beiden Hälften wieder zusammen. Kümmert Euch nicht um die anderen Schäden.«

Die Frau nickte und stimmte einen leisen Gesang an, um ihre Macht zu sammeln. Als sie Gwynofar die Kugel reichte, trug diese noch die Kerben und Meißelspuren der Spaltung, war aber wieder ganz.

Das waren Fleisch und Blut einer vergangenen Generation, dachte sie. Und ein Hebel für die gegenwärtige. Es war unmöglich, einen solchen Gegenstand in der Hand zu halten, ohne von

Ehrerbietung erfüllt zu sein, als stünde man auf geweihtem Boden.

Ich vertraue dir die Jahrhunderte an, hatte Anrhys gesagt. Nun hielt sie sie in ihrer Hand. Was sollte sie damit anstellen?

»Ich muss die Kugel mitnehmen«, sagte sie leise.

Sie war darauf gefasst, dass ihr Vater Einwände erheben würde, aber er tat es nicht. Er starrte den Thron nur kurz an, dann fragte er: »Wozu?«

Sie schüttelte den Kopf. »Ich weiß es nicht. In der Vision, die mich hierherführte, wurde mir gesagt, ich sei zu ihrem Hüter bestimmt. Ich weiß nicht, ob damit gemeint ist, dass ich sie sicher verwahren oder … zu irgendetwas gebrauchen soll.«

»Ihr seid damit verbunden«, erklärte Ramirus. »Schon seit dem Tag, an dem Ihr den Thron geweckt habt. Ihr seid ebenso sehr ein Teil davon wie die Märtyrer, für die sie geschaffen wurde.«

»Wir alle sind ein Teil davon«, flüsterte sie.

Lord Keirdwyn kauerte sich langsam vor ihr nieder. Er nahm ihre Hände in die seinen, schloss ihre Finger um die Kugel und wartete, bis sie ihm in die Augen sah. Dann sagte er: »Gwynofar, ich weiß nicht, wohin dieser Weg dich führen wird, aber ich sehe deutlich, dass es dein Schicksal ist, ihm zu folgen. Und was so eindeutig der Wille der Götter ist, müssen wir fördern. Nimm also diesen Anker mit dir, wenn du glaubst, das sei erforderlich. Hüte ihn so, wie du es für richtig hältst. Und vergiss nicht, wenn es wahr ist, dass unsere Feinde über das Blut der *Lyr* keine Gewalt haben, dann könnte dieser Gegenstand der einzige sein, der durch ihre Macht nicht verdorben werden kann.«

Gwynofar nickte feierlich. Ihr Vater stand auf, reichte ihr die Hand und half ihr, sich zu erheben. »Musst du sofort nach Hause zurückreisen? Ich kann Lazaroth rufen, damit er für deine Beförderung sorgt, ich weiß allerdings nicht genau, wo er sich gerade aufhält. Er sagte, er müsse sich um eine persönliche Angelegenheit kümmern. Ich kann ihn zwar erreichen, aber es könnte eine Weile dauern.«

»Ich kümmere mich um die Beförderung«, erbot sich Ramirus.

»Nein«, lehnte Gwynofar schroff ab.

Sie hielt den Kristall in die Höhe. Die seltsam unregelmäßigen

Facetten blitzten im Feuerschein. Hatten Zahl und Form dieser Flächen irgendeine Bedeutung? Oder hatte lediglich jemand wütend auf die Kugel eingeschlagen, sodass ein Spiegelbild einer chaotischen Zeit entstanden war? »Sie darf nie mit Zauberei in Berührung kommen«, flüsterte sie. Sie wusste nicht, wieso das von Bedeutung war, aber eine innere Stimme beteuerte ihr, es sei sehr wichtig.

Ramirus zog die Stirn in Falten. »Ohne Portalzauber seid Ihr eine gute Woche unterwegs.«

»Das Wetter ist gut«, beharrte sie. »Ich freue mich auf den Ritt.«

»Verzeihung, Majestät«, meldete sich nun Keirdwyns Seherin. »Das ist nicht nötig. Ich bin sicher, meine Kollegen sind gerne zu einem Banngesang bereit.«

Gwynofar nahm das Angebot mit hoheitsvollem Nicken an. Beförderungszauber waren kostspielig, und die Etikette der Protektorate verlangte, dass sie von den Hexen und Hexern ihres Vaters ein solches Opfer nur forderte, wenn es unumgänglich war. Doch es überraschte sie nicht, dass sie ihre Kräfte freiwillig einsetzen wollten. Die Banngesänge der Heiligen Hüter gestatteten es einer Gruppe von Hexen und Hexern, ihre Kräfte zu bündeln, sodass der Aufwand an Lebensenergie auf alle verteilt werden konnte. Bei einem Dutzend Seelen erlitte der Einzelne nur einen geringfügigen Verlust, und das Angebot gereichte der ganzen Gruppe zur Ehre. Besonders wenn es um Gwynofar ging, die ihr eigenes Kind für die gemeinsame Sache hingegeben hatte.

»Es wird eine Weile dauern, sie zusammenzurufen«, sagte Lord Keirdwyn. »Willst du inzwischen mit uns frühstücken?« Es zuckte um seine Mundwinkel. »Deine Mutter wird mir nie verzeihen, wenn ich zulasse, dass sie deinen Besuch verschläft.«

Gwynofar lächelte matt. Ihr eigenes Gesicht fühlte sich fremd an. »Nun gut«, sagte sie. »Ich will dich natürlich nicht in Schwierigkeiten bringen. Wir werden also wohl bleiben müssen.« Sie wandte sich an Ramirus. »Ich muss Salvator eine Nachricht schicken. Wenn er aufwacht und feststellt, dass ich ohne Erklärung aus dem Palast verschwunden bin ... das wird ihm nicht gefallen.«

Der Magister verzog die Lippen zu einem Schmunzeln. »Das ist bereits erledigt, Majestät.«

Wieder lächelte sie. »Gut zu wissen. Bei Euch bin ich wohl immer in guten Händen.«

Die eisblauen Augen funkelten. »Ich tue nur meine Pflicht.«

Doch ihr fiel auf, dass er nicht einmal wissen wollte, wieso sie ihm verboten hatte, mit Magie auf den Kristall einzuwirken. Hatte das etwas zu bedeuten?

Die Neugier ist im Wesen jedes Magisters fest verwurzelt, hatte Danton einmal gesagt. *Sich ihrem Ruf zu verweigern, ist ihm ebenso unmöglich wie einem Menschen, nicht zu atmen.*

Sie war beunruhigt, wartete aber schweigend, bis ihr Vater die schwere Tür geschlossen und verriegelt hatte, und folgte ihm dann zurück ins Herz der Burg. Ramirus ließ die Kerzen verschwinden, die er beschworen hatte, und der Thron der Tränen blieb abermals im Dunkeln zurück.

Kapitel 22

Zu sagen, der königliche Palast von Anchasa sei auf Meilen im Umkreis sichtbar, wäre untertrieben gewesen. Die riesige vergoldete Kuppel reflektierte das Licht der Sonne so stark, dass sie selbst am hellen Mittag von weit jenseits der Stadt wie ein Leuchtfeuer zu sehen war. Wenn man näher kam, konnte man erkennen, dass die reich geschnitzten Pfeiler des Gebäudes mit bunten Bildern geschmückt waren, die verschiedene religiöse Ereignisse darstellten. Auf einem farbenfrohen Fries über dem Haupttor prangte – sozusagen als Mittelpunkt der Schöpfung und Stammfamilie, auf die alle anderen Königshäuser zurückgingen – das Siegel von Hasim Farahs Dynastie.

Verglichen mit der strengen Schönheit von Colivars weißem Tempel war dieses Bauwerk … nun, niemand hätte König Hasim Farah allzu viel guten Geschmack unterstellt. *Dennoch könnte auch dieser Palast Colivars Werk sein,* überlegte Kamala. An sich fielen solche Projekte nicht in die Zuständigkeit von Zauberern, aber sicherlich hatten schon Dutzende von Magistern für den einen oder anderen Monarchen Gebäude dieser Größenordnung beschworen. Was zählte das Leben eines unbekannten Bauern gegen den Wunsch eines stolzen Herrschers?

Colivars weißer Tempel existierte allerdings nicht mehr. Sie hatte die Stelle aufgesucht, wo er gestanden hatte, und zwar Abdrücke gefunden, aber keine Spur des Mannes selbst. Sie war auch an all den anderen Orten gewesen, die er ihr genannt hatte, hatte ihn jedoch nirgends angetroffen. Sie war sogar zu dem Baum zurückgekehrt, den sie als Versteck nutzten, doch dort hatte keine Nachricht gelegen, und es gab auch keine frische Fährte, die ihr verraten hätte, wohin er verschwunden war.

Außerdem hatte sie versucht, ihn mittels Zauberei ausfindig zu machen, was selbst unter günstigsten Umständen abenteuerlich war. Aber sie hatte keinen Anker, und seine Abwehr war entweder zu stark für sie oder …

Oder was?

Sie betrachtete den königlichen Palast – und spürte ein flaues Gefühl im Magen. Vielleicht hatte all das ja gar nichts zu bedeuten. Sie war schließlich nicht Colivars engste Vertraute. Er war nicht verpflichtet, ihr über jeden seiner Schritte Rechenschaft abzulegen.

Dennoch, sie musste ihn finden. Und sie hatte alle Möglichkeiten ausgelotet – mit einer Ausnahme.

So selbstbewusst wie möglich ging sie auf den Palast zu. Ihre Macht hatte sie so fest um sich gezogen, dass kein Hauch von Seelenfeuer nach außen dringen konnte; das bedeutete freilich nicht, dass sie nicht doch als das erkannt würde, was sie war. Der Palast war von Schutzzaubern umgeben, die auf jeden Einsatz von Zauberei reagieren würden, auch wenn sie nicht bestimmen konnten, um welche Form es sich handelte. Sula würde erfahren, dass jemand sein Revier betreten hatte, der über Macht verfügte.

Es sei denn, die Macht einer Ikati-Königin könnte sie vor seinen Blicken verbergen.

Wie beschwört man eine solche Macht?, fragte sie sich. Konnte man gezielt darauf zugreifen? Oder musste sie dazu ihr Bewusstsein mit dem eines Seelenfressers verschmelzen?

Und was noch wichtiger war: Würde ein solcher Versuch die Seelenfresser-Essenz stärken, die sich in den dunklen Winkeln ihrer Seele verbarg?

Die Palastwache behandelte sie wie jeden unbekannten Besucher. Sie hatte sich im Stil des Landes in ein fließendes Gewand aus gestreiftem Leinen gehüllt, und als sie den Saum bis über die Knie hochzog, um die Treppe hinaufzusteigen, erntete sie vielleicht da oder dort missbilligende Blicke, war aber wohl doch so unauffällig, dass sie keinen Verdacht erregte.

»Meldet dem Königlichen Magister, dass Kamala um eine Audienz bittet«, verlangte sie. Hoffentlich war das die richtige Formulierung. In diesem Spiel fühlte sie sich nicht zu Hause.

Kannte Sula überhaupt ihren Namen? Hoffentlich nicht, dachte sie; je weniger Magister sich mit ihr befassten, desto besser. Aber da der Feldzug in Alkal eine solche Bedeutung gewonnen hatte, konnte sie davon ausgehen, dass sie ihm gegenüber erwähnt worden war. Hoffentlich genügte das, um ihn neugierig zu machen.

Man ließ sie gleich hinter dem Eingang warten und schickte einen Diener mit ihrer Nachricht zu Sula. Der Mann kehrte wenig später zurück, verneigte sich tief und meldete: »Er erwartet Euch.«

Drinnen war der Palast nicht weniger prächtig, doch das nahm sie kaum wahr. Während sie dem Diener durch eine prunkvolle Zimmerflucht folgte, sagte sie sich im Geiste immer wieder vor, wie sie mit dem Magister sprechen wollte, und versuchte zugleich, so viel Schutzmagie bereitzuhalten, dass ihre Worte nicht mehr verrieten, als ihr lieb sein konnte.

Sula befand sich im Westflügel in einem hohen Raum, der wie eine Gelehrtenstube aussah. Er war – zumindest äußerlich – ein noch junger Mann mit dem hellblonden Haar und der hellen Haut, die sie inzwischen den Menschen aus nördlichen Gefilden zuordnete. Hatte er womöglich sogar *Lyr*-Blut in sich? Eigentlich ausgeschlossen, aber in der heutigen Zeit konnte man sich auf nichts mehr verlassen.

»Kamala.« Er stand auf, als sie eintrat. »Ihr seid die Hexe, die Rhys nach Alkal begleitet hat, richtig?«

Überrascht spürte sie, wie sich ihr Magen ein wenig beruhigte, als er sie als Hexe bezeichnete. Ihre arg strapazierte Tarnung war offenbar noch nicht völlig zusammengebrochen. »Richtig.«

»Ich habe bemerkenswerte Geschichten über Eure Abenteuer gehört. Sehr erfreut, Euch endlich kennenzulernen.« Er reichte ihr die Hand. »Obwohl ich zugeben muss, dass es mich etwas überrascht, Euch so fern von zu Hause zu sehen.«

Ich habe kein Zuhause, dachte sie und berührte seine Hand flüchtig mit den Fingerspitzen, wie es sich für eine Frau gehörte.

Sein Verhalten überraschte sie, nicht nur weil sie nicht mit einem derart freundlichen Empfang gerechnet hatte, sondern weil er sich so … nun ja, wie ein Moratus benahm. Vielleicht war er noch so jung, dass die Gepflogenheiten des Morati-Lebens selbstverständlich für ihn waren. Bei Colivar war das jedenfalls anders. Der konnte noch so freundlich erscheinen, sich noch so lässig geben, bei ihm vergaß sie keine einzige Sekunde lang, dass er im Herzen ein Raubtier war, und zwar eines der ältesten und gefährlichsten seiner Art.

Was bei dem hier ebenso der Fall sein könnte, ermahnte sie sich. *Der Schein kann trügen.*

»Ich habe im Süden zu tun«, antwortete sie. Sie wollte ihm nichts von Belang über sich erzählen, wusste jedoch, dass sie das, worauf sie es abgesehen hatte, nicht ohne eine gewisse Gegenleistung bekommen würde.

»Und ich soll mich an Euren Geschäften beteiligen. Ist es das?«

Seine Offenheit erschreckte sie. »Ich bin auf der Suche nach jemandem, und dazu brauche ich Eure Hilfe«, sagte sie.

»Aha. Ich verstehe.« Er legte die Fingerspitzen aneinander. »Und wieso sollte ich Euch helfen, anstatt Euch zu raten, Euch einfach an eine andere Hexe oder einen Hexer zu wenden? Wobei Ihr …« Seine Lippen verzogen sich zu einem halben Lächeln. »… wenn das, was man sich über Euch erzählt, der Wahrheit entspricht, unter Euresgleichen ohnehin zu den Fähigsten gehört.«

»Weil der, nach dem ich suche, Colivar ist«, sagte sie.

Das Lächeln erlosch. Die Energie im Raum veränderte sich deutlich und bekam eine ganz eigene Härte. Lag das nur daran, dass sie einen Magister bat, ihr bei der Suche nach einem anderen zu helfen – bestenfalls eine ungewöhnliche Bitte –, oder steckte mehr dahinter? Sie wünschte, ihn besser zu kennen, um ihn durchschauen zu können.

»Aha.«

»Ich habe eine Nachricht für ihn.« Sie spürte, wie Sula an ihrer mentalen Abwehr kratzte, um mehr zu erfahren, doch inzwischen war es ihr zur zweiten Natur geworden, Magistern den Zugang zu ihrem Gehirn zu verwehren.

»Und Ihr glaubt, ich wüsste, wie ich ihn erreichen kann … wie kommt Ihr eigentlich darauf?«

Ich weiß, dass du sein Verbündeter bist. Ich habe gehört, wie er auf dem Gipfel mit dir sprach. Ich glaube, er vertraut dir – soweit ein Magister einem anderen überhaupt vertrauen kann. »In Keirdwyn hieß es, Ihr hättet schon früher mit ihm zusammengearbeitet.« Nach dem Alkal-Feldzug waren so viele Magister in Keirdwyn gewesen, dass sie sich diese Lüge erlauben konnte. »Deshalb habe ich es gewagt, Euch um Hilfe zu bitten.«

»Interessant«, überlegte er laut. »Und was soll ich als Gegenleistung dafür bekommen, dass ich den Botenjungen spiele … wie lautet Euer Angebot?«

Sie holte tief Luft. Natürlich hatte sie die Frage erwartet. Sie war sogar ein gutes Zeichen; wenn er ihr nicht helfen wollte, würde er sie nicht nach dem Preis aushorchen. Doch sie bewegte sich auf dünnem Eis. Das Einzige, was sie ihm wirklich anbieten konnte, waren die Informationen, die sie für Colivar gesammelt hatte, und die hatte Sula wahrscheinlich bereits. Wenn nicht, dann hatte Colivar sie nicht mit ihm teilen wollen, und sie sollte es besser ebenfalls unterlassen. Wo Siderea sich aufhielt, konnte sie ihm auch nicht erzählen, weil ihr sehr daran gelegen war, dass Colivar als erster Magister dort eintraf. Und keinesfalls konnte sie ihm sagen, dass sie in Tefilat eine Falle für Colivar vermutete. Kein Bündnis zwischen Magistern stand jemals auf so festem Boden, dass die Versuchung, den »Verbündeten« einem Feind direkt in den Rachen zu werfen, nicht stärker gewesen wäre als alle anderen Überlegungen.

»Ich habe neue Erkenntnisse für Colivar«, sagte sie. »Die kann ich natürlich an niemanden weitergeben, bevor *er* sie erhalten hat. Aber danach … wäre ich nicht abgeneigt, auch andere daran teilhaben zu lassen.«

Sie spürte, wie es in seinem Kopf arbeitete. »Das könnte ihm missfallen.«

»Er bräuchte es nicht zu erfahren«, sagte sie leise.

Du erfährst die Geheimnisse eines anderen Magisters, Sula. Und hältst deinerseits Dinge vor ihm geheim. Es war ein starker Köder, und sie wartete, während er mit sich zu Rate ging.

»Ich bekomme den gleichen Bericht wie er«, verlangte er endlich.

Sie neigte den Kopf. »Natürlich, Magister Sula.«

Sie wussten beide, dass sie sich daran nicht halten würde. Sie wussten jedoch auch, dass sie bis hart an die Grenze gehen müsste, um nicht bei einer Lüge ertappt zu werden. Sula bekäme nicht jede Einzelheit, die sie für Colivar in Erfahrung gebracht hatte, aber er bekäme so viel, dass er zufrieden sein konnte.

»Nun gut.« Er nickte knapp. »Ich nehme Euer Angebot an.«

Er ging zu einer Karte, die auf einem Tisch ausgelegt war. Von ihrem Standort aus konnte sie sehen, dass diese Anchasa und die unmittelbar angrenzenden Länder darstellte. Sie war deutlich genauer als die Karte, die Aethanus ihr gezeigt hatte, und die Beschriftungen waren in vertrauten Sprachen gehalten. Rasch beschwor sie ein wenig Macht und prägte sich das Bild für künftige Fälle ein.

»Colivar ist zurzeit nicht hier«, sagte Sula. »Aber ich erwarte ihn in Kürze zurück. Wenn Ihr wollt, könnt Ihr hier auf ihn warten, oder ich gebe Euch Bescheid, sobald er eintrifft.«

Sie nagte an ihrer Unterlippe und überlegte, wie sie ihm noch mehr entlocken könnte, ohne selbst zu viel preiszugeben. »Habt Ihr ihn in letzter Zeit getroffen?«, wagte sie sich vor.

Seine blauen Augen wurden schmal. Sie dachte schon, er würde versuchen, in ihr Bewusstsein einzudringen, um ihr das Wissen zu stehlen, und machte sich bereit, ihn abzuwehren. Doch der Angriff blieb aus. Wahrscheinlich vermutete er, sie stünde in Colivars Diensten, und überlegte, ob es sich lohnte, sich an fremdem Eigentum zu vergreifen. Früher hätte sie sich daran gestört. Vielleicht hätte sie sogar überstürzt ihre Unabhängigkeit beteuert, um klarzustellen, dass sie keines Mannes Eigentum war. Doch wenn die jüngsten Ereignisse auch nicht ihr Temperament gedämpft hatten, so hatte sie zumindest gelernt, wie wertvoll Diskretion sein konnte. Wenn es ihren Zwecken diente, dass Sula sie für Colivars Dienerin hielt, würde sie ihm nicht widersprechen.

»Er war vor einigen Tagen hier«, sagte Sula. »Dann trat er eine Reise an, um gewisse … Erkenntnisse zu sammeln. Danach wollte er wieder hierherkommen.«

Es ging um die Seelenfresser-Königin, dachte Kamala. *Aber darüber hatte ich ihm doch berichtet. Er müsste doch inzwischen längst zurückgekehrt sein.*

Es sei denn, er hätte aufgrund der Nachricht, dass sich in Tefilat keine Königin befand, den Eindruck gewonnen, er könne die Stadt gefahrlos besuchen und selbst nach weiteren Anhaltspunkten Ausschau halten.

Ein kalter Schauer lief ihr über den Rücken.

Ich komme zu spät.

»Wenn Ihr ihn seht, dann lasst ihn bitte wissen, dass ich Neuigkeiten für ihn habe. Neuigkeiten, die er kennen sollte, bevor er weitere Schritte unternimmt. Er weiß, wie er mich erreichen kann.« Sie musste ihre ganze Selbstbeherrschung aufbringen, um sich ihre Bestürzung nicht anmerken zu lassen. Wenn Colivar bereits nach Tefilat gereist war, befand er sich genau da, wo Siderea Aminestas ihn haben wollte. Und Kamala hatte ihn nicht rechtzeitig gewarnt! Am liebsten hätte sie mit der Faust die Steinwand durchschlagen, um ihrem Zorn auf die Götter Luft zu machen. Vielleicht hätte sie das auch wirklich getan, wenn Sula nicht vor ihr gestanden hätte. So aber holte sie nur tief Luft, ließ ihr Gesicht zu einer Maske vollkommener Gleichgültigkeit erstarren und verabschiedete sich höflich.

Der Diener, der sie zu Sula gebracht hatte, wartete draußen vor der Tür. Als er sie herauskommen sah, neigte er kurz den Kopf und machte dann kehrt, um sie zum Haupttor zurückzuführen. Sie wollte ihm schon folgen ... als ihr einfiel, dass sie noch etwas überprüfen wollte. Und eine bessere Gelegenheit würde sich nicht finden.

Es war nicht weiter schwierig, die Erinnerungen des Dieners so zu manipulieren, dass er überzeugt war, sie bereits aus dem Palast geführt zu haben. Der Mann schüttelte verwirrt den Kopf und zog ab, um sich seiner nächsten Aufgabe zu widmen. Mittels ihrer Zauberei konnte sie sich vor allen anderen Morati verbergen. Nur bei einem Magister wirkten ihre Tricks nicht.

Oder etwa doch?

Ihr Herz pochte wild, und sie zwang sich zur Ruhe, um ihre Gedanken nach innen lenken zu können. Wenn Colivars Theorie zutraf, trug sie tief in sich den Keim der Macht eines Seelenfressers. Vielleicht sogar der Macht einer Königin. Konnte sie diese Macht irgendwie wecken? Und was wäre wohl der Preis dafür?

Am Ende zehre ich im Unterbewusstsein schon die ganze Zeit davon, ermahnte sie sich. *In diesem Fall sollte es möglich sein, sie auch bewusst einzusetzen. Nicht wahr?*

Sie schloss die Augen und versuchte, die Essenz der fremden Macht zu beschwören, mit der sich die Königin des Nordens umgeben hatte. Sie spürte der Unsichtbarkeit nach, die das Revier der Ikata wie ein Panzer abgeschirmt und ihre eigene Aufmerksamkeit jedes Mal abgelenkt hatte, wenn sie in die falsche Richtung schauen wollte. Die gleiche Macht schützte nun die Hexenkönigin in Jezalya, wenn auch nicht ganz so drastisch. Für Kamala hatte sie sich nicht als unüberwindliches Hindernis erwiesen, aber auf die männlichen Artgenossen mochte diese Macht eine viel stärkere Wirkung haben.

Jedenfalls hoffte sie das.

Unversehens zuckten Erinnerungen durch ihr Bewusstsein. Einzelne Bruchstücke, aus dem Kontext gerissen. Ihr Angriff auf den Magister namens »Rabe«. Ihr Kampf mit dem Seelenfresser. Der mitternächtliche Gang durch die Korridore von Anukyats Burg, vorbei an Wachen, die sie hätten sehen, an Abwehrzaubern, die sie hätten aufspüren sollen.

Ein kalter Schauer lief ihr über den Rücken. Tief in ihrem Inneren regte sich etwas Dunkles, eine fremde Energie, erschreckend und anregend zugleich. *Nein*, dachte sie trotzig, *es war keine fremde Energie.*

Es war ihr angestammtes Recht.

Komm zu mir, flüsterte sie in Gedanken, um die Quelle dieser Macht aus ihrem Versteck zu locken. *Leih mir deine Kraft. Schütze mich mit deiner Gabe.* Dann verbesserte sie sich: *mit unserer Gabe.*

Der magische Kokon, in den sie sich eingesponnen hatte, schien plötzlich wärmer zu werden, als sei etwas Neues zu seiner Substanz hinzugekommen. Oder bildete sie sich das bloß ein?

War sie auf diese neue Macht so versessen, dass sie Veränderungen sah, wo keine waren?

Es gab nur eine Möglichkeit, es herauszufinden.

Mit angehaltenem Atem und pochendem Herzen betrat sie Sulas Arbeitszimmer zum zweiten Mal. Er saß an seinem Tisch und studierte die große Karte. Hin und wieder fügte er eine Anmerkung hinzu. Ein Tintenfass schwebte wenige Zoll über der Platte, und wenn er seinen Federkiel eintauchte, bewegte es sich genau unter die Spitze, sodass kein Tropfen Tinte verschüttet wurde.

Er schien nicht zu bemerken, dass sie zurückgekommen war.

Sie beobachtete ihn eine Weile, dann ging sie einen Schritt weiter. Und noch einen.

Er nahm noch immer keine Notiz von ihr.

Schritt für Schritt näherte sie sich ihm, bis sie voll in seinem Blickfeld stand. Wenn er den Kopf hob, musste er sie sehen. Sie begann zu zittern, während sie darauf wartete. Stellte sich vor, wie schrecklich sein Zorn sein würde, wenn er ihr Eindringen erst wahrnahm.

Aber er nahm nichts wahr. Immer wieder tauchte er seine Feder in die Tinte und machte seine Randbemerkungen, als wäre niemand sonst im Raum.

Du kannst dich nicht an einen Magister anschleichen, hatte Aethanus sie gelehrt. *Genau der Zauber, der dich für Morati-Augen unsichtbar macht, offenbart uns deine Anwesenheit, und daran kann kein magischer Trick etwas ändern. Ein Magister mag dein Gesicht nicht erkennen oder nicht genau wissen, wo du stehst, doch wenn du ihm zu nahe kommst, wird er deine Zauberkräfte spüren. Sie lassen sich nicht verbergen.*

Von draußen war plötzlich ein Geräusch zu hören. Kamala erschrak. Sula schaute auf, bevor sie zur Seite treten konnte. Panik erfasste sie, als sie erkannte, dass sie genau zwischen ihm und der Tür stand, doch jetzt war daran nichts mehr zu ändern.

Die klaren blauen Augen wandten sich in ihre Richtung und schienen sie für einen Moment direkt anzusehen. Dann drohte der Zauber, der sein Tintenfass in der Luft hielt, zu versagen, und er musste ihn verstärken. Als er damit fertig war, hatte der Lärm vor der Tür aufgehört, und er widmete sich wieder seiner Arbeit, als wäre nichts geschehen.

Er hatte sie nicht gesehen.

Er hatte sie nicht gesehen!

Mit zitternden Beinen machte sie ein paar Schritte rückwärts, drehte sich um und eilte hinaus. Draußen im Gang wichen ihr die Diener aus, ohne sich dessen überhaupt bewusst zu sein. Der Zauber, der sie jetzt schützte, tat seine Wirkung. *Und die würde er auch auf Magister ausüben,* dachte sie. Colivar hatte recht behalten, was ihr Wesen anging, und das hieß, dass Sidereas Waffen nun auch ihr zur Verfügung standen. Sie musste nur noch herausfinden, wie sie einzusetzen waren.

Colivar.

Er war nach Tefilat gereist. Allein. Das stand für sie nicht weniger fest, als dass am nächsten Tag morgens die Sonne aufgehen würde. Er war Siderea geradewegs in die Falle gelaufen. Und sie, Kamala, hatte mitgeholfen. Ebenso wie Sula. Alle hatten sie nach der Pfeife der Hexenkönigin getanzt, ohne es zu ahnen.

Brennender Zorn stieg in ihr auf, gefolgt von heftigen Selbstvorwürfen, die sie als fremd und abstoßend empfand. Sie waren noch stärker als die Schuldgefühle, die sie bei Rhys' Trauerfeier überfallen hatten. Was war aus der ungestümen jungen Hure geworden, die sich niemals entschuldigt, nichts bedauert und die Folgen ihrer Taten als den unvermeidlichen Preis für ihre Unabhängigkeit betrachtet hatte? Je näher sie anderen Menschen kam, desto mehr geriet diese junge Hure aus ihrem Blickfeld.

Colivar.

Es gab Gründe, warum sie wollte, dass er am Leben blieb, versicherte sie sich. Er war so alt, dass man ihm Gehör schenkte, und so mächtig, dass er das Missfallen keines anderen Magisters zu fürchten brauchte. Und er hatte angedeutet, dass er ihr helfen könnte, sich aus dem Schlamassel zu befreien, in den sie sich durch das Töten des »Raben« gebracht hatte. Seinen Beistand entbehren zu müssen wäre ein herber Verlust. Der Wunsch, ihn zu retten, war aus rein praktischen Erwägungen entstanden. Schuldbewusstsein spielte dabei keine Rolle.

Niemand sah sie den Palast verlassen. Wieso auch? Wer sollte sich schon für einen Vogel interessieren, der von einem leeren Balkon in den Morgenhimmel aufstieg? Augen wandten sich von ihr ab, ohne zu wissen, warum. Magische Barrieren ließen sie unbehelligt passieren. Sula war immer noch mit seiner Karte beschäftigt, und das normale Leben in einem königlichen Palast lief weiter wie immer.

Kamala nahm Kurs auf Tefilat. Die Sonne wärmte ihr die Schwingen, doch die Angst lag ihr wie eine kalte Hand auf dem Herzen.

Kapitel 23

Tefilat war trocken. Eine Trockenheit, die dem Körper jegliche Feuchtigkeit entzog und jede einzelne Zelle nach Wasser schreien ließ. Kamala glaubte zu spüren, wie ihre Haut alterte, während sie dastand, und obwohl sie wegen der Wüstenhitze leichte Kleidung gewählt hatte, warf sie sich nun ein langes, weites Gewand über, um sich ein wenig vor der sengenden Sonne zu schützen.

An einem solchen Ort würde nur ein Wahnsinniger freiwillig leben wollen.

Sie erkundete die uralte Stadt zunächst in Gestalt eines Vogels, dann huschte sie als Eidechse über die rote Erde und erstarrte, sobald sich etwas bewegte. Das Experiment mit Sula war zwar geglückt, aber sie wollte sich nicht zu sehr auf die besondere Macht der Ikati-Königin verlassen. Noch hatte sie ihre Wirkungsweise nicht gründlich genug erforscht.

Als jedoch ein Raubvogel über sie hinwegflog, ohne ihren Eidechsenkörper eines Blickes zu würdigen, spürte sie ein triumphierendes Kribbeln. War es möglich, dass sie für alle Lebewesen unsichtbar war? Für Magister wie für Morati? Eine berauschende Vorstellung.

Nicht ablenken lassen!, ermahnte sie sich. *Du hast hier eine Aufgabe zu erfüllen.*

Nur mit Mühe konnte sie Colivars Weg auf dem Boden der Schlucht verfolgen. Die Fährte war schwach, wie es sich für einen Magister gehörte, der gewöhnt war, alle Spuren aufs Sorgfältigste hinter sich zu verwischen. Völlig löschen konnte man sie allerdings nie. Und sie hatte inzwischen oft genug – aber auch intim genug? – Umgang mit ihm gehabt, um selbst schwache Reste seiner Resonanz aufspüren und sie von allen anderen Spuren an diesem Ort wie auch von den vereinzelten Machtfunken, die wie aufgescheuchte Stechfliegen überall umherschwirrten, unterscheiden zu können.

Sie sah, wo er den Stadtplatz betreten hatte und eine Weile stehen geblieben war, wohl um sich genauer umzusehen. Danach führte die Spur über eine kurze Treppe in das prächtigste Gebäude am Platz. An der Fassade fand sie Reste von Zauberei, offenbar von ihm. Vielleicht irgendein Schutzzauber? Sie überlegte kurz, ob sie ihn auslösen sollte oder nicht – über einen Zauber, der ihn warnte, wäre er möglicherweise am schnellsten zu finden –, doch dann entschied sie sich für ein behutsameres Vorgehen. Die Stadt war ihr ohnehin unheimlich, sie wollte nicht mehr Aufsehen erregen als unbedingt nötig.

Von Colivar selbst war nichts zu sehen. Gar nichts. Seine Spur war kalt und tot und schien nicht auf eine lebendige Quelle zurückzugehen. Würde sie so aussehen, wenn man ihn weit weg an einen unbekannten Ort gebracht hätte? Sie hatte noch nie versucht, einen Magister auf diese Weise zu verfolgen, daher wusste sie es nicht. In Aethanus' Unterricht war das Fach nicht vorgekommen.

Er ist nicht tot, dachte sie verstockt. *Ich brauche ihn zu sehr, er darf nicht tot sein.*

Um nicht den Haupteingang benützen zu müssen, verwandelte sie sich in eine Eidechse zurück und huschte an der Wand hinauf. Das war sehr anstrengend, und nach der Verwandlung juckte ihre Haut, als hätte sie etwas falsch gemacht. Doch die Mühe lohnte sich. Wer in den oberen Stockwerken nach einem Magister Ausschau hielt, würde wahrscheinlich auf geflügelte Tiere achten, denn diese Gestalt wählten die Zauberer für gewöhnlich, um größere Entfernungen zurückzulegen. Eine Echse von der Farbe des Sandsteins würde kaum bemerkt werden. Zudem verfügte Kamala schließlich über besondere Kräfte. Wenn sie mit der Macht der Ikati-Königin die Blicke aller Lebewesen von sich ablenken konnte, wäre sie dann auch imstande, sich für die Zauberei unsichtbar zu machen? Sie hatte so viele Fragen, auf die sie Antworten suchte, aber niemand konnte ihr dabei helfen. Sie war ein brandneues Wesen mit unbekannten, namenlosen Fähigkeiten, ein Wesen, das sich nur mit Versuch und Irrtum an seine Grenzen herantasten konnte.

Eine ganze Weile hing sie an der Wand der Schlucht und erkundete den Ort mit ihrer Magie. Von hier oben hatte man einen besseren Überblick, und sie bekam endlich die Gewissheit, wirklich allein zu sein.

Wenn man jemanden finden wollte, war das nicht unbedingt ein Vorteil.

Nachdem sie die oberen Fenster kurz auf Abwehrzauber überprüft hatte – es waren keine vorhanden –, schlüpfte sie ins Innere und kehrte in ihre menschliche Gestalt zurück. Hier gab es viel Staub, und der Wind hatte an den Wänden Dünen aus feinem rötlichem Sand aufgehäuft. Sie sah keine Fußabdrücke, auch sonst wies nichts darauf hin, dass in letzter Zeit jemand hier durchgekommen war. Aber das hatte nicht viel zu sagen. Sie selbst glättete mittels Zauberei den Staub hinter sich, um keine Abdrücke zu hinterlassen; das hätte auch jemand anderer tun können.

Vorsichtig durchquerte sie das Stockwerk Raum für Raum und suchte ... wonach? Wonach hielt man Ausschau, wenn man einen verschwundenen Magister finden wollte? Hier oben gab es nichts von Interesse. Ein Stockwerk darunter konnte sie Colivars Spur wieder aufnehmen. Er war offenbar auf seinen eigenen Beinen durch dieses Gebäude gegangen. Zumindest das war ein gutes Zeichen. Sie folgte seiner Fährte in einen Raum voller Möbel und Vorräte. Er schien nichts angefasst zu haben, und sie konnte auch nirgendwo Reste seiner Zauberkräfte entdecken. Keiner dieser Gegenstände war für ihn von Bedeutung gewesen.

Ihr waren sie ebenfalls gleichgültig.

Sie drang weiter in das Höhlensystem vor und kratzte immer wieder Zeichen in die Wände, um später den Rückweg finden zu können, denn sie wollte hier nur dann Magie anwenden, wenn es gar nicht anders ging. Licht musste sie zwar beschwören, nachdem sie die vorderen Räume verlassen hatte, aber sie beschränkte sich auf ein Minimum und band es an ihren eigenen Körper, um keine Spuren zu hinterlassen. An diesem Ort sollte so wenig von ihrer Resonanz zurückbleiben wie nur irgend möglich.

Hier wirst du ihn nicht finden, sagte sie zu sich selbst. *Bestenfalls entdeckst du einen Anhaltspunkt, der dir sagt, wo du als Nächstes suchen sollst …*

Irgendwann schien es nicht mehr weiterzugehen. Der Tunnel, dem sie gefolgt war, mündete in einen kleinen Raum, dessen Rückwand eingestürzt war. Ein steiler Schuttberg versperrte den Weg. Colivars Spur führte geradewegs auf den Berg zu und verschwand darin. War der Durchgang offen gewesen, als Colivar hierhergekommen war? Konnte ihn die Lawine überrascht und unter sich begraben haben? *Das wäre ein schmähliches Ende für einen Magister*, dachte sie sachlich. Und eine ernüchternde Erinnerung daran, dass Zauberer trotz ihrer übernatürlichen Kräfte ebenso verwundbar waren wie die Morati, wenn sie überrascht wurden. Um Zauberkräfte zu mobilisieren, brauchte man Zeit und Konzentration, und wenn man nicht genügend Zeit hatte oder sich nicht richtig konzentrieren konnte, war auch eine noch so starke und ausgeklügelte Abwehr wirkungslos. Dann starb man genau wie Kostas in jener Nacht, als Gwynofar ihm den Kopf abgeschlagen hatte.

Enttäuscht starrte sie den Schutthaufen an und überlegte, wie sie weiter verfahren sollte. Das Hindernis war auf jeden Fall zu massiv, um es mit ihrer Hände Arbeit zu beseitigen. Aber eine solche Masse mit Zauberei wegzuräumen oder verschwinden zu lassen, erforderte große Mengen Energie, und sie wollte mit ihrer Macht nicht so verschwenderisch umgehen, solange sie nicht genau wusste, was hier geschehen war. Wenn sie nur mit ihren Sinnen in den Schutt eindringen und nach einem toten Körper suchen würde, könnte sie zumindest feststellen, ob Colivar hier sein Ende gefunden hatte. Damit wäre sie immerhin einen Schritt weiter.

Sie hatte gerade begonnen, ihre Zauberkräfte für dieses Unternehmen zu sammeln, als sie zwischen den Steinen etwas blinken sah. Sie bückte sich und zog einen kleinen Metallgegenstand heraus.

Ein silberner Ring.

Eifrig wischte sie den Schmutz ab, um ihn genauer betrachten zu können. Sie erkannte ihn sofort, und ein Schauer überlief sie. Diesen Ring hatte Colivar am Tag ihres Picknicks getragen. Zitternd schloss sie die Hand um das Schmuckstück und drückte es gegen ihre Handfläche. Was sollte sie tun, wenn er wirklich tot wäre?, fragte sie sich. Wer würde sie dann durch das Labyrinth der Magisterpolitik führen?

»So viele Gäste.« Die Stimme kam von hinten. »Ich hätte Erfrischungen bereitstellen sollen.«

Kamala fuhr herum und beschwor dabei ihre Macht. Jedenfalls versuchte sie es. Doch ihre Beine waren seltsam taub und wollten ihr nicht gehorchen. Sie fiel hart auf den rauen Steinboden und prellte sich schmerzhaft die Knie. Die Macht entglitt ihr, sie konnte sie nicht mehr kontrollieren. In ihrem Kopf hämmerte es, ihr Herz klopfte wild. Alles begann sich um sie zu drehen. Der Ring fiel ihr aus der Hand.

»Mit einer Frau hätte ich allerdings nicht gerechnet«, sagte die Stimme nachdenklich.

Vor Kamala stand eine Gestalt in einem schwarzen Gewand. Magisterschwarz. Das Gesicht wurde von einer tiefen Kapuze überschattet, aber die Stimme war ihr irgendwie vertraut. Vergeblich bemühte sie sich, ihre Gedanken so weit zu sammeln, um sie einordnen zu können. Die Vergangenheit verschwamm zusehends, und einzelne Erinnerungen abzurufen war unmöglich. Sie spürte nur, wie ihre Hand brannte, wo Colivars Ring sich hineingedrückt hatte, und glaubte verfolgen zu können, wie das darin enthaltene Gift durch ihre Haut und in ihren Blutkreislauf einsickerte.

Wie hatte sie so töricht sein können?

Sie schaute zu der Gestalt auf und bemühte sich, Worte zu formen. Eine Frage vielleicht. Oder einen Fluch. Aber sie wusste nicht mehr, wie man sprach, und nur ein erstickter Aufschrei kam über ihre Lippen. Dann senkte sich ein dichter, zäher Nebel auf sie herab, legte sich Schicht für Schicht um sie, und es gelang ihr nicht, sich zu befreien.

»Widerstand ist zwecklos«, warnte der Magister. »Er vergrößert nur die Schmerzen.«

Danach hörte sie nichts mehr.

Kapitel 24

»Salvator Aurelius, Sohn des Danton Aurelius, Großkönig, emeritierter Priester, Angehöriger der Einen Wahren Kirche.«

Die Worte wurden von der gewölbten Decke zurückgeworfen und schallten durch die hoch aufstrebenden Bögen des Heiligtums. Auf dem blanken Steinboden wechselten sich Lichtstreifen, die durch die hohen schmalen Buntglasfenster fielen, mit scharfen Schattenbändern ab. Gegenüber dem Eingang waren auf einem erhöhten Podest in U-Form neun Thronsessel aufgestellt, vier an jeder Seite und einer ganz hinten. Von den Männern an den Seiten trug jeder eine lange Robe und einen steifen Hut aus weinroter Wolle, auf der Brust prangte zwischen den schmalen Streifen einer Priesterstola das Medaillon des Rates der Primi. Die einzige Frau war ebenso gekleidet, lediglich ihre zierliche Gestalt verriet ihr Geschlecht. Abgesehen von der Kleidung gab es freilich auffallende Unterschiede. Salvator erkannte den schwarzhäutigen Primus Naga, breitschultrig und unerschütterlich wie ein Felsen; den milchblassen Primus Argentus mit dem Haar wie gesponnenes Gold; und den rotwangigen Primus Pisaro mit den Schlitzaugen und den Pockennarben im Gesicht. Den anderen war er noch nicht begegnet, ihr Aussehen verriet allerdings deutlich, dass sie aus allen Winkeln der bekannten Welt gekommen waren. Eine solch prominente Versammlung war wahrhaft selten.

Jener Mann, der gesprochen hatte, stand an der Rückseite des Saales. Der hochgewachsene Primus Soltan war schon ohne die Amtsrobe eine imposante Gestalt, mit ihr wirkte er doppelt einschüchternd. Seine kraftvolle, ernste Stimme verriet Autorität. Salvator war ihm zwei Mal begegnet, einmal, als er zum Priester gesalbt wurde, und später bei seiner Krönung. Der Mann hatte ihn beeindruckt, und das wollte etwas heißen; der Sohn eines Danton Aurelius war schließlich nicht leicht zu beeindrucken.

Vor Soltan kniete eine junge Frau. Sie hielt den Kopf gesenkt und hatte die Hände vors Gesicht geschlagen. Zweifellos eine Hexe, die aus freien Stücken einen Teil ihres Lebens opferte, um dem Rat bei diesem Treffen beizustehen. Wahrscheinlich stellte sie eine mentale Verbindung zwischen den Primi her, sodass diese heimlich beratschlagen konnten, während Salvator vor ihnen stand. Aber das war nur eine Vermutung.

»Ihr habt uns aus allen vier Himmelsrichtungen zusammengerufen«, verkündete Soltan feierlich mit einer Spur von Angriffslust in der Stimme. »Für einige von uns eine weite und in einigen Fällen auch kostspielige Reise. Nun sind wir hier, um den Worten des Büßerkönigs zu lauschen. Welches Anliegen rechtfertigt eine solche Zusammenkunft?«

Angesichts einer so förmlichen Aufforderung war Salvator froh, dass er zu diesem Anlass seine prächtigsten Staatsgewänder angelegt hatte. Er hatte mit dem Gedanken gespielt, in einer schlichten Kutte und ohne Schmuck hierherzukommen, um zu demonstrieren, dass er sich immer noch als Gottes demütiger Diener betrachtete. Doch Gwynofar hatte diese Idee umgehend verworfen, und in solchen Fragen vertraute er ihrem Instinkt. Also stand er nun in seiner Königsrobe aus schwarz-goldenem Damast vor den Kirchenfürsten, und der doppelköpfige Aurelius-Habicht prangte auf seiner Brust. Danton wäre stolz auf ihn gewesen. Die seidene Pracht stand in krassem Gegensatz zu den drei wulstigen Seelenfresser-Narben in seinem Gesicht und machte die Verletzungen noch auffälliger.

Wenn du auftrittst wie ein Großkönig, hatte seine Mutter gesagt, *dann wirst du auch wie ein Großkönig behandelt.* Gwynofar Aurelius, die königliche Garderobiere. Sie hatte wieder einmal recht behalten.

»Geehrte Primi.« Er neigte den Kopf, höflich, aber nicht zu tief. Für den Umgang zwischen einem Großkönig und seinem

Primus gab es kein festes Protokoll und folglich auch keine Präzedenzfälle, an denen sie sich hätten orientieren können. Er musste diesem Mann den Respekt erweisen, der ihm gebührte, ohne sich allzu unterwürfig zu zeigen. Es war eine Gratwanderung.

Allein die Tatsache, dass all die auswärtigen Primi seinem Ruf Folge geleistet hatten, war ein gewaltiges Zugeständnis an seine Stellung. Irgendwann würde er den Preis dafür zu zahlen haben.

Einst waren wir Brüder im Glauben, dachte er. *Jetzt sind wir politische Gegner.*

»Brüder im Dienste des Schöpfers«, begann er. »Ich danke Euch, dass ich zu Euch kommen darf. Der heutige Tag vereint die Kirche und das Großkönigtum im Geist des Glaubens zu einem gemeinsamen Ziel. Möge der Schöpfer meine Worte, gesprochen in demütiger Unterwerfung unter seinen Willen, gnädig aufnehmen.« Er sah, wie mehrere Primi die Lippen bewegten, und konnte ihren stummen Segen fast hören: *Amen.*

»Wie Eure Eminenzen wissen, wurde zu Anfang dieses Sommers die uralte Barriere in den Nordlanden durchbrochen, und eine Kolonie von Seelenfressern drang in die Reiche der Menschen ein. Büßer und Heiden waren gleichermaßen bereit, sie zu bekämpfen und notfalls auch ihr Leben hinzugeben, um den menschlichen Lebensraum zu verteidigen, doch die Ungeheuer griffen nicht sofort an. Vielmehr verschwanden sie im Nebel, um in Einsamkeit ihre Kräfte für einen großen Krieg zu sammeln.

Seit nun die Kirche dem Kampf gegen diese Kreaturen ihren Segen erteilt hat …« Er nickte den Primi als den Stellvertretern dieser Institution kurz zu. »… bemühe ich mich an vorderster Front, sie ausfindig zu machen und alles über sie in Erfahrung zu bringen, was wir wissen müssen, um sie für alle Ewigkeit in die Hölle des Zerstörers zu stoßen. Denn so wie Gott diese Kreaturen in die Welt gesetzt hat, um die Menschheit auf die Probe zu stellen, so wird Er sie empfangen, wenn die Prüfung vollendet ist, um sie im Feuer der Ewigen Qual zu braten, bis das Universum selbst erlischt.

Ihr wisst von der jüngsten Schlacht in meinem Land, bei der die Königin des Nordens vernichtet wurde, und ich habe alles mit

Euch geteilt, was wir an diesem Tag in Erfahrung bringen konnten. Heute komme ich mit neuen Erkenntnissen zu Euch … und mit einer Bitte.«

Er sah, wie Soltan langsam eine Augenbraue hochzog. Wie viel Gedankengeflüster mochte ihm gerade auf den Schwingen der Hexerei zugetragen werden? Für jede Bemerkung bezahlte diese Hexe mit einer kostbaren Sekunde ihres Lebens. Ein hoher Preis für solche Heimlichkeiten.

»All jene, welche die Kreaturen am besten kennen, konnten wir dazu bringen, uns ihr Wissen zur Verfügung zu stellen«, fuhr Salvator fort. »All jene, die über magische Artefakte verfügen, haben uns ihre Tore geöffnet. All jene, die in der Lage sind, die Ungeheuer aufzuspüren, werden sich bald auf die Suche machen, und sobald sie Erfolg haben, müssen wir zum Handeln bereit sein.

Nur eine einzige Seelenfresser-Königin ist noch übrig. Wenn sie getötet wird, stirbt die ganze Art aus. Kann sie jedoch Eier legen und neue Königinnen hervorbringen, ist diese Gelegenheit ein für allemal vorbei. Dann stehen uns die zweiten Finsteren Zeiten bevor. Das darf nicht geschehen.

Wir stehen unter einem enormen Zeitdruck. Meine Quellen schätzen, dass die neue Königin in einem halben Jahr paarungsreif sein wird. Vielleicht schon früher. In Ländern, die von Stürmen oder Schneefällen heimgesucht werden, lassen sich keine langen Kriege führen. Je nachdem, wo sich die Seelenfresser aufhalten, könnte lediglich ein kurzes Zeitfenster zur Verfügung stehen, falls ein militärisches Eingreifen erforderlich wird. Wovon ich überzeugt bin. Die junge Königin ist angeblich mit Siderea Aminestas verbündet« – bei dem Namen ging ein Ausdruck des Abscheus über etliche Gesichter – »und sie ist eine kluge und mächtige Frau, die nahezu unbegrenzt auf Hexenkräfte zugreifen kann. Wo immer sie sich auch befindet: Um sie zu überwältigen, genügt es sicherlich nicht, ein paar Heilige Hüter ins Feld zu schicken.« Er hielt inne. »Dazu könnte ein ganzes Heer erforderlich sein.

Ein solches Heer aufzustellen und ohne Einsatz von Zauberei Truppen und Vorräte an Ort und Stelle zu bringen, kostet Zeit.« Er versah die Worte »ohne Einsatz von Zauberei« mit leichtem

Nachdruck; sie waren ein Versprechen, diesen Krieg im Einklang mit den Überzeugungen der Büßer zu führen, und erinnerten zugleich alle Anwesenden daran, dass die Überzeugungen der Büßer bei einem Militäreinsatz ein Hindernis darstellten. »Deshalb bin ich der Meinung, wir sollten umgehend mit den Vorbereitungen beginnen, damit wir, wenn der Feind schließlich gefunden ist, auf der Stelle in Aktion treten können.

Eminenzen: Ich bin Büßer. Ich bin *Lyr*. Ich bin Großkönig. In mir verbinden sich Glaube, Herkunft und politische Macht. Wer sollte einen solchen Feldzug anführen, wenn nicht ich? Wer sonst innerhalb der Kirche könnte diese Rolle so ausfüllen, dass die Menschen hinterher erkennen könnten, nicht von Menschenhand allein, sondern auch durch die Gnade des Schöpfers gerettet worden zu sein?

Diese Schlacht wird die Welt nicht bloß retten, sondern sie auch verändern. Wir werden das Zweite Königtum nicht bloß vor dem Zusammenbruch bewahren, sondern es zum Büßertum und zum wahren Glauben zurückführen. Sicherlich war das Gottes Wille, als er seine Dämonen abermals auf die Welt losließ, um uns zu prüfen.«

Er holte tief Luft. Die Gesichter der Primi verrieten nichts, aber man konnte spüren, dass sie jedem seiner Worte gespannt lauschten.

»Ich bin heute zu Euch gekommen«, fuhr er fort, »um Euch um Eure Unterstützung zu bitten. Ich brauche Rückendeckung durch die Institutionen der Kirche. Ich bitte Euch um Eure Hexen und Hexer und all jene Krieger, die in Bezug auf die Seelenfresser über besondere Fähigkeiten verfügen. Die Heerscharen des Hauses Aurelius sind riesig, aber meine Soldaten sind bloß Menschen, und einfache Menschen können nicht gegen diese Ungeheuer kämpfen. Außerdem benötige ich Vorräte. Nicht, weil Proviant und Wasser nicht auch auf dem Schlachtfeld beschworen werden könnten, sondern weil wir dafür mit Menschenleben bezahlen müssen, wenn wir den Krieg ohne die Hilfe der Magister führen wollen. Mit dem Leben von Büßern.« Er hielt inne. »Und ich brauche dies alles sofort, um allen unseren Leuten die nötige Ausbildung zukommen zu lassen. Außerdem sollten sie alle an einem Ort versammelt sein, wenn die Zeit zum Abmarsch kommt, damit wir sie schnellstens mobilisieren können.«

Salvator hatte seine Rede beendet und wartete auf eine Antwort.

Eine kleine Ewigkeit verging. Der Primus starrte ihn unverwandt an. Seine dunklen Augen waren konzentriert zusammengekniffen, verrieten aber nicht, was in seinem Kopf vor sich ging. Salvator wartete schweigend.

Endlich sagte Soltan: »Ich möchte sicherstellen, dass ich Euch recht verstanden habe. Ihr wollt, dass alle Gläubigen, die über Hexenkräfte verfügen, zu Euch kommen und sich Eurem Befehl unterstellen. *Alle* unsere Hexen und Hexer aus allen Teilen der Welt, wo immer sie zu finden sind. Auch unsere fähigsten Krieger sollen zu Euch kommen, um von Euren Leuten ausgebildet zu werden. Um dann vermutlich Seite an Seite mit den Heiden aus dem Norden zu kämpfen, nicht wahr?

All das zur Vorbereitung auf eine Schlacht, von der Ihr nicht einmal wisst, wo oder auch nur wann sie stattfinden wird. Ihr wisst nicht, wie groß die feindliche Armee sein wird, wie sie sich zusammensetzt, auf welchem Gelände gekämpft werden soll oder wie viele Soldaten – oder Hexen und Hexer – Ihr benötigt. Außer dass ein Seelenfresser-Weibchen und wahrscheinlich eine Hexe, die es beschützt, getötet werden sollen, könnt Ihr mir keine einzige gesicherte Auskunft darüber geben, womit oder mit wem Ihr es zu tun haben werdet.« Er zog eine Augenbraue hoch: »Ist das so weit richtig, Majestät?«

»Es trifft den Kern der Sache«, bestätigte Salvator. »Wobei wir hinzufügen sollten, dass ausschließlich solche Hexen und Hexer anzuwerben sind, die sich bereit erklären, für die Sache zu sterben. Das wird die Zahl überschaubar halten.«

Der Primus ließ sich auf seinen Thronsessel nieder. Sein Blick löste sich von Salvator und schien sich auf einen Punkt außerhalb des Heiligtums zu richten. Die Hexe schaukelte mit leisem Wimmern hin und her.

Nach scheinbar endlosem Warten hefteten sich Soltans Augen abermals auf Salvator. Ihr Blick war kalt, eisig kalt. Es lag keinerlei Zuneigung darin.

»Werden an Eurem Krieg auch Magister beteiligt sein?«, fragte er.

Salvator zuckte zusammen. »Bei meinem Feldzug wird keine Zauberei eingesetzt werden.«

»Aber sie werden anwesend sein.«

»Niemand kann sie vom Schlachtfeld fernhalten, Eminenz.«

»Sie erkennen Eure Autorität nicht an.«

»Sie erkennen niemandes Autorität an.«

»Und der Magister in Eurem Palast? Was ist mit ihm?«

Salvators Augen wurden schmal. »Er ist nicht mein Königlicher Magister, falls Ihr darauf abzielt.«

»Aber er dient Euch.«

»Nein. Er berät meine Mutter in Fragen der alten Überlieferungen. Es ist ihm verboten, in meinem Haus Zauberei auszuüben.«

»Aber seine *Verderbnis* habt Ihr nicht verboten.« Der Primus stand auf und fixierte Salvator mit seinem kalten Blick. »Ramirus' bloße Anwesenheit ist verderblich. Sein Rat ist verderblich. Ihr kommt zu uns und wollt zum Aushängeschild unseres Glaubens gemacht werden – verlangt zusätzlich zu Eurer Königswürde die Autorität unserer heiligen Kirche – und könnt nicht einmal im eigenen Haus für religiöse Ausgewogenheit sorgen.« Er stieg vom Podest herab und ging auf Salvator zu. Seine Miene war finster. »Wer übernimmt die Verantwortung für die Verderbnis dieses Magisters, Salvator Aurelius? Habt Ihr Buße getan für Ramirus, damit seine schwarze Seele nicht die Seelen aller besudle, die sich Eurer Führung anvertrauen?«

Salvator presste die Lippen zusammen, fasste mit beiden Händen nicht nur den steifen Kragen seiner Damastrobe, sondern auch das Leinenhemd darunter und riss mit einem Ruck daran. Die Knöpfe der Robe flogen davon, ein paar Leinenstreifen spannten sich noch über seinen Rumpf, dann gab auch das Hemd mit einem scharfen Geräusch nach. Seine Brust lag frei, und alle konnten das eingebrannte Büßersiegel sehen. Wo er sich das glühende Brandeisen aufgedrückt hatte, war das Fleisch tiefrot. Die Wunde war noch frisch, und das rohe Fleisch an den Rändern sah sehr schmerzhaft aus.

»Das ist meine Buße für Ramirus«, erklärte er trotzig. »Und dafür, dass ich die Sünde begangen habe, ihn in mein Haus zu lassen.« Er sah einem Primus nach dem anderen in die Augen, als wollte er sie herausfordern, sein Opfer in Zweifel zu ziehen. »Und wenn es sein muss, tue ich auch für alle anderen Buße. Bringt mir tausend Magister! Ich werde vor Gott auf die Knie fallen und Ihn bitten, die Sünden jedes Einzelnen auf meine Schultern zu legen, auf dass ich für sie alle büßen kann.« Er wandte sich wieder an Soltan. »Nun, Primus Soltan? Bin ich würdig, die Gläubigen Gottes in den Kampf zu führen? Oder genüge ich Euren Anforderungen immer noch nicht?«

Schweigen lag über dem Raum. Tiefes Schweigen. Die Hexe hatte aufgehört, sich hin und her zu wiegen, und Salvator spürte, dass die Primi auch im Geiste nicht mehr miteinander sprachen. Ihre Aufmerksamkeit ruhte auf ihm.

Langsam ließ er sein Gewand los. Die Stoffbahnen fielen auf seine Brust zurück, aber die Ränder überlappten nicht ganz, sodass ein schmaler Streifen geröteter Haut sichtbar blieb. Salvator machte keine Anstalten, ihn zu verbergen.

»Danton Aurelius trug die Veranlagung zu einem großen Herrscher in sich«, sagte Primus Soltan leise. »Aber sein persönlicher Ehrgeiz legte ihm Fesseln an. Kein Mann kann seine Möglichkeiten voll ausschöpfen, ohne sich einer Sache zu unterwerfen, die das Streben nach persönlichem Ruhm übersteigt.« Sein Blick heftete sich auf Salvator. »Ihr tragt den gleichen Funken in Euch, König Salvator. Und da Ihr bereit seid, Euch Gott zu unterwerfen, ja, deshalb seid Ihr würdig, die Menschen in seinem Namen zu führen.«

Er streckte ihm eine Hand entgegen. Am Zeigefinger trug er einen Ring mit einem Rubin, in den das Siegel der Kirche eingeätzt war. Was er erwartete, war klar. Im Kloster hätte man eine solche Huldigung missbilligt, aber Salvator wusste, dass sie außerhalb jener Mauern allgemein üblich war. Die Primi waren die obersten Führer seiner Kirche, Gottes Sprecher auf Erden. Eine förmliche Anerkennung dieser Autorität wurde als äußeres Zeichen der Unterwerfung unter Gottes Willen angesehen.

Allerdings war er jetzt König. Und wenn er sich auf diese Weise der Autorität der Kirche beugte, hätte das ganz neue Folgen.

Der Primus wartete.

Die Vergangenheit konnte ihm keine Orientierungshilfe geben. Kein Büßermönch hatte jemals in diesem Ausmaß irdische Macht ausgeübt. Was immer sich hier zwischen ihm und Soltan abspielte, würde beispielhaft sein für jeden Herrscher, der nach ihm kam.

Du hast gewusst, dass du einen Preis bezahlen müsstest, als du sie hierher gerufen hast, sagte er sich. *Er hat sich deiner Autorität unterworfen, als er diesem Ruf folgte. Dachtest du, das würde er auf sich beruhen lassen? Du kannst ihm die Huldigung nicht verweigern.*

Langsam ergriff Salvator die Hand des Primus. Eine kleine Ewigkeit lang sah er den Mann an, dann senkte er langsam und feierlich den Kopf. Der rituelle Kuss streifte kaum den Ring, aber der Rubin brannte ihm auf den Lippen, als sei er glühend heiß. Sähe er das Siegel des Rates der Primi wie ein Brandzeichen auf seiner Haut, wenn er in diesem Moment in den Spiegel schaute?

Als er sich wieder aufrichtete, nickte der Primus feierlich. »Die Kirche wird Euch geben, was Ihr braucht.« Er legte Salvator die Hand auf die Schulter und drückte sie leicht; eine entwaffnend vertrauliche Geste von einem Mann, der so sehr auf Förmlichkeit bedacht war. »Möge der Schöpfer dein Anliegen mit Wohlwollen betrachten.«

Nicht mein Anliegen, dachte Salvator. Unser aller *Anliegen*! Aber er flüsterte nur »Amen« und wartete schweigend, bis der Zug der Primi den Raum verlassen hatte.

Kapitel 25

Finsternis.

Glühende Hitze.

Sie kämpft sich an die Oberfläche eines schwarzen Meeres. Ein schwarzer Spiegel, unzerbrechlich. Atemnot. Keine Luft zum Schreien.

Muss atmen. Muss denken. Muss atmen. Muss atmen.

Schmerz.

Körper irgendwo da draußen. Muss ihn finden. Verbindung wiederherstellen. Verbindung …

Nach unzähligen gescheiterten Versuchen schlug Kamala endlich die Augen auf. Ringsum herrschte eine dichte, heiße Dunkelheit, aber von irgendwoher kam ein Lichtschimmer, der ihr immerhin bestätigte, dass ihre Augen tatsächlich offen waren. Es war wie ein Wunder.

Wo war sie?

Sie wollte sich bewegen und konnte es nicht. Irgendwo in weiter Ferne zitterten ein paar wenige Gliedmaßen, und sie wusste nicht, welche es waren. An der Innenseite ihres Oberschenkels rieselte der Schweiß hinab. Ihr Körper verweigerte ihr den Gehorsam.

Was war geschehen?

Sie wollte auf ihr Athra zugreifen, um einen Zauber zu wirken, der ihr helfen sollte, ihre Lage zu begreifen, doch schon der Versuch jagte ihr stechende Schmerzen durch den Kopf, und der Lichtschimmer begann sich um sie zu drehen. Mit einem Mal kam ihr die Galle hoch. Sie wollte sich vorbeugen, um sich zu übergeben, stellte fest, dass sie sich nicht bewegen konnte, und musste die Übelkeit zurückdrängen, um nicht an ihrem eigenen Erbrochenen zu ersticken.

Eine Ewigkeit verging. Endlich ließ die Übelkeit ein wenig nach, und das Licht rotierte langsamer. Es war gar kein echtes Licht, erkannte sie jetzt, sie sah nur mit ihrem inneren Auge die Restenergie an diesem Ort. Das Flüstern vergessener Bannsprüche, zu schwach, um es bei vollem Tageslicht wahrzunehmen, leuchtete durch die tiefe Dunkelheit … und zeigte ihr auch, wo sie war. Offenbar immer noch in Tefilat.

Sie war nicht sicher, ob sie darüber erleichtert sein sollte.

Was im Namen aller Götter war mit ihr geschehen?

Sie schloss die Augen und versuchte noch einmal, ihre Zauberkräfte zu beschwören, doch die Macht entglitt ihrem geistigen Zugriff wie ein schleimiger Aal. Ihr Bewusstsein schien bloß noch die einfachsten Gedanken koordinieren zu können. Um zu zaubern, war sehr viel mehr erforderlich.

Sie spürte, dass sie hungrig war. Und durstig. Und dass ihre Arme schmerzten. Sehr heftig sogar.

Sie träumte von einer Frau, die man mit zusammengeketteten Handgelenken nackt an eine hohe Decke gehängt hatte. Die Handgelenke waren blutüberströmt, wo sich die Eisenfesseln eingeschnitten hatten. Die Frau hing so, dass sie mit den Zehen fast den Boden berührte; wenn sie sich also so weit wie möglich streckte, könnte sie eventuell so viel Gewicht auf die Füße verlagern, dass der Zug an ihren Armen nachließ. Wenigstens für ein paar Minuten. Aber das war anstrengend, und sie hielt nicht lange durch.

Vielleicht war es auch gar kein Traum. Vielleicht war es viel schlimmer.

Der Vogel fliegt über die Schlucht, zunächst noch unsicher, dann mit wachsendem Selbstvertrauen. Am Rand der Stadt landet er auf einem Sims hoch oben an der Wand, wo er von der Stadt unten nicht zu sehen ist. Er legt einen kleinen Talisman neben eine Felsspalte und schiebt ihn mit seinem Schnabel so tief hinein, bis nur noch der Rand hervorlugt.

Dann legt er kurz den Kopf schief, und sein winziges Gehirn sucht zu verarbeiten, was er eben getan hat. Der glänzende Talisman würde in seinem Nest doch viel besser aussehen als hier an diesem trostlosen Ort. Aber das ist bloß ein flüchtiger Gedanke, und die Zauberei, die sein Verhalten steuert, unterdrückt ihn gleich wieder. Er lässt den Talisman liegen, schwingt sich in die Lüfte und fliegt über die Wüste, um seinen nächsten Auftrag auszuführen.

Quälend langsam zogen sich die Schatten zurück. Kamala wurde sich ihrer Umgebung deutlicher bewusst. Und ihrer Schmerzen. Ihre Arme fühlten sich an, als hätte man sie aus den Gelenken gedreht. Sie streckte die Zehen zum Boden, um sich abzustützen und den Zug auf den Armen ein wenig zu verringern. Das Blut lief ihr von den Handgelenken bis zu den Schultern und vermischte sich mit dem Schweiß, der ihren ganzen Körper bedeckte. Es war heiß in diesem Raum. Unerträglich heiß. Sie konnte ihre eigene Angst riechen.

»Das Geheimnis liegt natürlich darin, dass es schnell wirkt.«

Die Stimme kam von hinten und erschreckte sie so sehr, dass sie kurz das Gleichgewicht verlor. Schmerzen durchzuckten ihre Arme, während sie versuchte, wieder Fuß zu fassen. Sobald ihr das gelungen war, wollte sie den Kopf drehen, um zu sehen, woher die Stimme kam, doch damit löste sie einen Krampf in ihren überlasteten Halsmuskeln aus und musste weiter nach vorne schauen.

»Ein Magister kann jede Droge aus seinem Körper spülen, das geht ganz schnell. Verabreicht man daher einem Zauberer eine Droge, dann darf es keine Warnzeichen geben. Sie muss sofort wirken, wenn sie aktiviert wird, sonst ist sie nutzlos.«

Eine Gestalt in schwarzer Robe ging um sie herum. Magisterschwarz. Sie postierte sich vor ihr und hob den Kopf, sodass das matte Licht auf ihr Gesicht fiel.

Lazaroth!

»Diese Droge habe ich an mir selbst getestet«, sagte er. »Eine äußerst unangenehme Prozedur, aber in solchen Dingen kann man sich nicht auf andere verlassen.« Er ging auf Kamala zu, bis er so nahe war, dass sie seinen Atem spürte; da die Fesseln sie nach oben zogen, war ihr Gesicht auf gleicher Höhe mit dem seinen. »Wie findest du die ... Wirkung?«

Ihr Mund war so trocken, dass sie das Wort kaum herausbrachte. »Warum?«

Er strich ihr mit einer Hand sanft über die Wange. Es war wie eine Liebkosung, doch sein Gesicht war kalt und grausam. »Weil du in mein Revier eingedrungen bist. Weil du mir das Spiel verdorben hast. Solche Kränkungen nehme ich nicht auf die leichte Schulter, Kamala.«

»Tefilat gehört ... Euch?« Ein dünner Schweißfaden lief ihr zwischen die Brüste, und sie wurde sich überdeutlich bewusst, dass sie nackt war. Früher hatte sie das nie gestört, aber vor diesem Mann – diesem Magister – schämte sie sich.

»Ich meinte nicht Tefilat«, stellte Lazaroth klar.

Sie bemühte sich zu verstehen, doch jeder Versuch zu denken verursachte hämmernde Kopfschmerzen. »Keirdwyn? Oder ... etwas anderes?«

Er antwortete nicht. Stattdessen ließ er seine Hand über ihren Körper gleiten, betastete mit den Fingern ihre schweißnasse Haut von der Kehle bis zu den Brüsten und weiter zu ihrem Bauch, fuhr alle Rundungen nach, als wäre sie eine Statue. Sie wollte zurückweichen, doch das ließen die Ketten nicht zu. Dann wollte sie nach ihm treten, obwohl sie wusste, dass sie keinen festen Stand und zu wenig Kraft hatte, um etwas auszurichten. Folglich würde sie ihre Lage also nur verschlimmern. Im Moment gab es noch eine wenn auch geringe Chance, sich herauszureden. Sobald sie ihm ins Gesicht spuckte, wäre das vorbei.

»Ich konnte die Zauberkräfte an dir riechen«, murmelte er. »Die anderen konnten es nicht, ich hingegen schon. Diese Toren! Ein weiblicher Magister war für sie ein Ding der Unmöglichkeit, und davon waren sie so überzeugt, dass sie nicht sahen, was vor ihrer Nase geschah.« Er schaute ihr in die Augen, und etwas in den Tiefen seines Blicks ließ sie bis ins Mark erschauern. »Niemand schaut unter die Oberfläche«, flüsterte er. »Niemand stellt die Fragen, die gestellt werden müssen.«

Kamalas Mund war so trocken, dass sie kaum sprechen konnte.

»Wenn ich gewusst hätte, dass Ihr mich in Keirdwyn nicht haben wollt, hätte ich mich ferngehalten.«

Ein finsteres Lächeln huschte über sein Gesicht. »Ach, Kamala. Glaubst du wirklich, dass es darum geht? Oder vielleicht sollte ich sagen ... glaubst du wirklich, dass es *nur* darum geht?« Er schüttelte den Kopf und schnalzte mit der Zunge. »Wie alle anderen siehst du nicht, was vor deiner Nase geschieht. Ein Jammer. Ich hätte mehr von dir erwartet.«

Er warf einen Blick zur Seite, und das Licht im Raum wurde heller. »Dein Liebhaber ist ordentlich verpackt und transportfertig. Wenn ich ihn von hier aus sicher befördern könnte, hätte ihn Königin Siderea bereits in Händen. Stattdessen ist jemand unterwegs hierher, um ihn abzuholen. Es wird sicherlich eine ... interessante Reise.« Er schüttelte den Kopf. »Du hättest ihn nie gefunden, Kamala. Kein Zauberer kann ihn jetzt noch finden oder ihn befreien. Siderea hat ein Gefängnis aus der Substanz seines eigenen Körpers geschaffen, und keine Macht der Welt kann diese Mauern entfernen, ohne ihn dabei zu zerstören.«

»Ihr arbeitet mit ihr zusammen? Mit den Seelenfressern?« Kamala blinzelte überrascht. »Warum?«

Wieder dieses eisige Lächeln. Lazaroth antwortete nicht, sondern ging nur langsam um sie herum. Sie verrenkte sich den Hals, um ihn nicht aus den Augen zu verlieren, doch als die Schmerzen zu groß wurden, schaute sie wieder nach vorne. Hörte mit Schrecken, wie er sich von hinten näherte, spürte, wie der Stoff seiner Robe ihre Kehrseite streifte, und betete zu Göttern, die sie längst aus ihrem Leben gestrichen hatte.

Seine Hand glitt schlangengleich über ihre Hüfte nach vorne bis dahin, wo ihre Beine sich teilten. Sie zuckte zurück, doch damit drückte sie sich noch fester gegen ihn.

»Ein weiblicher Magister«, flüsterte er ihr ins Ohr, und sein Atem strich heiß über ihre Wange. »Was hat das zu bedeuten? Ist *weiblich* eine Eigenschaft des Fleisches oder des Geistes? Wenn man das eine verändert, ändert sich dann auch das andere?« Seine Finger ertasteten ihre empfindlichsten Teile und kneteten sie derb, rücksichtslos, ein Hohn auf alle sinnlichen Freuden. »Heißt es, schwach zu sein?«, zischte er gehässig. Sie biss die Zähne zusammen, um ihm nicht die Genugtuung einer Antwort zu geben. *Ich habe Schlimmeres überlebt*, beteuerte sie sich selbst. Was für ein entsetzlich schwacher Trost.

Und dann explodierte ohne Vorwarnung die Lust in ihren Lenden. Eine unnatürliche, durch Zauberei beschworene Wärme raste durch ihre Adern und zwang ihren Körper, wie auf die Berührung eines Liebhabers zu reagieren. *Nein!*, dachte sie und kämpfte an gegen diese Woge unnatürlicher Sinnlichkeit. Die Vorstellung, auf diesen Missbrauch anzusprechen, war ihr ein Gräuel. *Ich werde das nicht zulassen!* Aber er hatte ihren Körper durch Zauberei unter seine Kontrolle gebracht, ihr blieb keine andere Wahl. Seine Hand glitt nach oben, umfasste eine Brust und drückte sie so fest, dass es schmerzte. Unwillkürlich drängte ein lustvolles Wimmern auf ihre Lippen, und ihr Körper wölbte sich ihm wie von selbst entgegen. *Nein!* Sie biss sich die Lippen blutig, um keinen Laut von sich zu geben, während die falsche Lust Welle um Welle ihren Leib durchwogte und ihr die Tränen der Enttäuschung und Scham in die Augen trieb. *Tu mir das nicht an!*

Und dann war es vorbei. Sie hing schlaff an ihren Fesseln, froh um den Schweiß, der ihr über das Gesicht lief und ihre Tränen verbarg. Lazaroth beobachtete sie eine Weile, dann fasste er ihr ins Haar und riss ihren Kopf so heftig zurück, dass ihre Handgelenke hart gegen die Fesseln gedrückt wurden und erneut zu bluten begannen. Er näherte seinen Mund ihrem Ohr, wartete einen Augenblick und raunte dann im Tonfall eines Liebhabers: »Wieso glaubst du, dass du die Einzige bist, Kamala?« Er hielt inne. »Oder auch bloß die Erste?«

Er ging langsam um sie herum, bis er wieder voll in ihrem Blickfeld stand. »Was macht dich so sicher, dass es nicht andere Frauen gibt, die über die Macht verfügen? Könnten sie nicht Männerkörper angenommen haben und das Leben von Männern führen, um ihre Macht offen auszuüben? Könnten sie nicht die Identität aufgegeben haben, die ihnen die Natur verliehen hat, um sich in die zu kleiden, die ihnen die Herrschaft ermöglicht?«

Er fasste mit beiden Händen den Kragen seiner Robe und riss ihn auf. Darunter war er nackt. Sein Körper war hart und schlank, schwarze Haare führten in einer dünnen Linie über seine Brust und mündeten über seinen Lenden in einem dichten lockigen Pelz. Und dann – Kamala sah es entsetzt und fasziniert zugleich – schrumpfte sein männliches Geschlechtsorgan. Die Haare auf seiner Brust verschwanden. Sein Körper wurde weicher und bekam Rundungen. Schwellende Brüste mit dunklen Warzen entstanden, während sich sein Gesicht … kaum veränderte. Das Haar wurde länger, das Kinn vielleicht etwas schmaler, doch die Augen blieben dieselben: hart und kalt.

Kamala war noch benommen von der Droge und konnte kaum fassen, was sie sah. »Ihr seid … eine Frau?«

»Sieht ganz danach aus«, schnurrte Lazaroth. Auch seine Stimme – *ihre* Stimme – hatte sich verändert und der neuen Erscheinung angepasst.

Es dauerte eine Weile, bis sich der Schock legte. »Andere … gibt es noch andere?«

»Du meinst, andere Frauen, die über die Macht verfügen? Die sich Männerkörper zugelegt haben und Männerleben führen, um sich Magister nennen zu können? Mag sein. Aber wenn es so ist, dann hüten sie ihr Geheimnis gut. Es gibt keine ›geheime Schwesternschaft‹, wenn das der Sinn deiner Frage war.« Die schwarzen Augen wurden schmal. »Vielleicht kannst du jetzt meine Entscheidung verstehen.«

Kamala schüttelte den Kopf. »Siderea hasst alle Magister«, flüsterte sie.

»Sie hasst nur diejenigen, die sie verraten haben. Die ihr Liebe vorgaukelten, sie aber wie eine billige Hure behandelten und dem Tod überließen, als sie ihnen nicht mehr nützlich war.« Die schwarzen Augen glitzerten gefährlich. »Findest du nicht auch, dass sie dafür den Tod verdienen, Kamala? Würdest du sie nicht hassen, wenn sie dir das angetan hätten?«

Der Raum drehte sich um sie. Es war zu viel, sie konnte es nicht mehr aufnehmen. »Warum ich?«, keuchte sie. »Ich bin nicht Euer Feind.«

Lazaroths Miene verfinsterte sich. »Bist du nicht in mein Revier eingedrungen? Gefährdest meine Tarnung? Stehst in dem Krieg, den ich gewinnen *muss*, auf der falschen Seite?«

Sie/er ging auf Kamala zu und fasste sie mit einer Hand unter dem Kinn. Lange, spitze Fingernägel bohrten sich so fest in ihre Wange, dass diese zu bluten begann.

»Ich lebe seit dreihundert Jahren eine Lüge. Seit dreihundert Jahren! Nicht aus freien Stücken, sondern weil es die einzige Möglichkeit war, um Magister zu werden. Und dann kommst du daher, bietest deine Ware feil wie eine rollige Katze und verkündest aller Welt, die heiligen unumstößlichen Gesetze unserer Bruderschaft seien immer nur ein Haufen Kot gewesen. *Dreihundert Jahre, Kamala!* Was ist meine Lüge jetzt noch wert? Mein Opfer? Ich habe meine wahre Identität so tief vergraben, dass ich weitere dreihundert Jahre bräuchte, um sie wieder auszubuddeln. Und wozu?«

Ihr Körper verwandelte sich abermals: Er wurde dicker und länger, und die Haare sprossen. Die Stimme wurde mit jedem Wort tiefer. »Wäre es denn so schwer gewesen, es so zu machen wie ich?«, wollte er wissen. »Du lässt dir einen Schwanz und einen Stoppelbart wachsen, und niemand braucht etwas zu ahnen. Es ist nicht schwierig. Das Ding hat eine einfache Struktur.« Er deutete auf sein wachsendes Organ. »Aber nein, dir ist es ja viel wichtiger, wie eine Hure zwischen all den Männern umherzustolzieren. Die Tarnung zu zertrümmern, die uns alle schützt. Nun gut«, knurrte er. »Spiel ruhig die Hure, Kamala. Ich helfe dir dabei.«

Er packte sie am Arm, drehte sie um und riss dabei heftig an ihren Ketten. Schmerzen schossen ihr durch die Schultern, und wieder begann sich der Raum um sie zu drehen. Dann packte er sie um die Hüften und zog sie gewaltsam an sich.

»Wie willst du es haben?«, flüsterte er ihr ins Ohr. Wie ein Liebhaber. »Mit Lust? Mit Schmerz? Ich kann nämlich beides, Kamala.«

»Fick dich selbst«, flüsterte sie.

»Na schön.« Sie spürte sein Nicken. »Dann eben mit Schmerz.«

Auf dem Grund der Schlucht schrumpfen die Schatten, als die Sonne am Himmel höher wandert, bis sich nur am Fuß der östlichen Wand noch eine dünne schwarze Linie entlang zieht. Auch sie verschwindet. Die Sonne strahlt nun senkrecht vom Himmel, ihr goldenes Licht strömt in die Schlucht hinab und vertreibt alle bis auf die hartnäckigsten Schatten.

Schließlich erfasst die Sonne in einer flachen Spalte den polierten Rand eines goldenen Talismans und lässt ihn aufblitzen. Macht erwacht sprühend zum Leben und flimmert über dem Edelmetall. Zieht Energie aus dem Sonnenlicht und wandert weiter in die Schlucht hinein. Machtfäden mit einem unbekannten Ziel.

In einer zweiten flachen Spalte aktiviert sich ein zweiter Talisman.

Und noch einer.

Und noch einer.

Die Fäden legen sich in komplizierten Mustern um Tefilat, ein Netz der Macht wird geknüpft, das kein menschliches Auge sehen kann. Manchmal hält ein Faden Tefilats turbulenten Strömungen nicht stand, doch für jeden, der reißt, wächst ein anderer nach. So entsteht ein leuchtender Teppich der Macht, mit Mustern wie feinste Spitze, nach einer Vorlage, die hundert uralten Kulturen entstammt. Ein gelehrter Zauberer könnte einen Sinn in diese Muster hineinlesen, wenn er sie lange genug studierte, aber so ohne Weiteres ließen sie sich nicht deuten. Vielleicht fände er sogar heraus, was damit erreicht werden soll, wenn er sich eingehend genug damit beschäftigte. Und lange genug. Und wenn er sich auf nichts anderes konzentrierte …

Schritte. Gleichmäßig, aber schnell. Kam Lazaroth zurück? Kamala musste sich sehr beherrschen, um nicht zu erschauern.

Als die Tür aufging, flutete Licht in den Raum, es schien zugleich von allen Seiten zu kommen. Nach so vielen Stunden – vielleicht sogar Tagen? – in nahezu völliger Dunkelheit war sie geblendet. Sie kniff die Augen zusammen, konnte jedoch das Licht nicht ganz draußen halten. Feuerfunken tanzten hinter ihren Lidern.

Sie zitterte, während sich die Schritte näherten. Hasste sich selbst für ihre Schwäche und dafür, dass sie sie zeigte. Aber die Erschöpfung hatte schließlich die Barrieren eingerissen, die der körperliche Missbrauch nicht hatte überwinden können. Sie hätte ihre Seele an einen Dämon verkauft, um sich hinlegen und schlafen zu können. Wenigstens eine Stunde.

»Hm. Das wird ja zusehends interessanter.«

Die Stimme war überraschend vertraut. Sie schlug die Augen auf, blinzelte ins Licht, bemühte sich, die Gestalt vor sich zu erkennen.

Ramirus.

Er war anders gekleidet, als sie ihn jemals zuvor gesehen hatte. Seine Jacke und die Kniehosen erinnerten an Colivars übliche Tracht. Der weiße Bart floss ihm nicht länger bis zur Taille, sondern war stark gestutzt und lenkte den Blick auf seine Augen, die von einem dunkleren Blau waren als sonst. Vielleicht kam ihr das auch nur so vor. Vielleicht waren Bart und Kleidung wie immer, und nur ihr fiebriges Gehirn kam mit der Wirklichkeit nicht mehr zurecht.

Vielleicht war es auch gar nicht Ramirus.

Er musterte sie von Kopf bis Fuß und begutachtete ihren Zustand in allen Einzelheiten mit dem unpersönlichen Interesse eines Arztes, bevor er seine Zauberkräfte beschwor und nach ihren Fesseln griff. Die Macht war ihm nicht sofort zu Willen, doch dann zerbrachen die Eisenschellen unter seinen Händen, und sie war frei. Ihre Beine knickten ein, und sie sank zu Boden wie eine Marionette, der man die Fäden durchschnitten hatte. Zunächst lag sie da wie betäubt und wusste kaum, wie ihr geschah. War es Wirklichkeit, oder war es ein Traum?

Ramirus kauerte sich neben sie und betrachtete neugierig die Eisenstücke in seiner Hand. »Die sind nicht magisch. Wie konnten sie Euch halten?«

Irgendwie fand sie ihre Stimme wieder. »Eine Droge. Kann nicht klar denken. Kann nicht beschwören.«

»Aha. Raffiniert.« Er setzte sich auf seine Fersen zurück. »Nun, dem ist leicht abzuhelfen. Doch dazu müsst Ihr mir Eure Abwehr öffnen. Immer vorausgesetzt, es ist davon noch etwas übrig.«

Sie erfasste erst mit einiger Verzögerung das volle Ausmaß dieses Ansinnens. Dann erschauerte sie. Wenn sie das zuließe, hätte sie keine Möglichkeit mehr, sich zu schützen. Alle Geheimnisse, die sie seit der Nacht ihrer Ersten Translatio so sorgsam gehütet hatte, lägen offen vor ihm.

»Die Zeit ist knapp«, gab er zu bedenken. »Die Alternative lautet, ich gehe und überlasse Euch Eurem Schicksal. Ich würde es offen gestanden vorziehen, wenn Ihr im Vollbesitz Eurer Kräfte wäret, denn ich könnte etwas Hilfe gebrauchen, aber ich habe keine Zeit, das Kindermädchen zu spielen. Wie lautet also Eure Antwort?«

Es kann nicht schlimmer sein als das, was Lazaroth mir angetan hat.

Sie nickte.

Sie spürte, wie seine Macht in sie eindrang, vorsichtig – respektvoll – und mit wachsender Zuversicht, als er tatsächlich nicht auf Widerstand stieß. Sie bemühte sich, die Erinnerungen an die jüngste Vergewaltigung so wegzusperren, dass sie unauffindbar wären, obwohl sie von vornherein wusste, dass sie sich die Mühe sparen konnte. Versuchen musste sie es trotzdem. Dann entzündete sich ein Feuer in ihren Adern, eine Zauberflamme auf der Suche nach einem ganz bestimmten Brennstoff, den sie verzehren sollte: Lazaroths Droge. Kamala schloss die Augen und spürte zitternd, wie sich das Feuer durch ihren Körper brannte und in jeden Muskel und jedes innere Organ eindrang. Vielleicht dauerte es ein paar Sekunden länger als nötig. Vielleicht setzte Ramirus unter dem Deckmantel der Heilung einen subtileren Zauber ein, um nach dem Wissen zu suchen, das sie in ihrem Bewusstsein verborgen hatte. Gewissheit gab es nicht.

Endlich erlosch das Feuer. Zum ersten Mal seit Lazaroths Überfall konnte sie wieder klar denken. Zaghaft beschwor sie ein wenig Macht, um die blutigen Schrammen zu heilen, die die Eisenfesseln in ihre Arme gerissen hatten, und auch den übrigen Körper wieder voll einsatzfähig zu machen. Es fiel ihr schwer, ihr Athra richtig an sich zu binden, aber sie konnte nicht sagen, ob das an ihrem geschwächten Zustand oder an Tefilats heimtückischem Einfluss lag. Sie reinigte ihre Haut vom Schweiß und all den anderen ekelhaften Flüssigkeiten, an die sie gar nicht denken wollte. Der Schmutz, den Lazaroths Berührung auf ihrer Seele hinterlassen hatte, ließ sich nicht so leicht beseitigen.

Sie schaute zu Ramirus auf. Er fixierte sie so unverwandt wie ein Habicht seine Beute.

»Ihr wollt jetzt sicherlich Euren Gefallen einfordern.« Er sprach leise, doch seine Worte waren unmissverständlich.

Wie viel wusste er über sie? Was sie war, hatte er zwangsläufig erkennen müssen, sobald er mit ihrem Seelenfeuer in Berührung kam, aber hatte er auch den Mord an dem »Raben« in ihrem Bewusstsein gelesen? Oder hatte er sie schon immer in Verdacht gehabt und lediglich nach einer Bestätigung gesucht? Auf jeden Fall wusste er, dass auf ihren Kopf eine Belohnung ausgesetzt war, sein Gesichtsausdruck verriet es deutlich.

»Rettet mein Leben.«

Seine Augen wurden schmal. »Nur hier und jetzt. Ihr habt mir nicht genug bezahlt, um mehr zu verlangen.«

Sie nickte.

Mit einem schroffen Nicken richtete er sich auf und reichte ihr die Hand. Als sie aufstand, hatte sie plötzlich Kleidung am Körper, etwa das Gleiche, was sie in Keirdwyn getragen hatte. Offenbar hatte er gesehen, dass sie mit ihrer Macht noch nicht zurechtkam, und sich darum lieber selbst gekümmert.

»Wo ist Colivar?«, fragte er.

Sie schüttelte den Kopf. »Ich weiß es nicht. Lazaroth sagte, er sei hier, aber niemand …«

»Lazaroth?« Die Überraschung in seinem Gesicht war unverkennbar. »*Lazaroth?*«

Aha. Er war offenbar doch nicht in alle ihre Geheimnisse eingedrungen. »Er ist mit Siderea verbündet. Er sagte, er halte Colivar so lange fest, bis ihre Leute ihn abholten.«

»Hundesohn«, murmelte er.

Sie sah ihn neugierig an. »Wie seid Ihr an ihm vorbeigekommen?«

»Ich habe ein kompliziertes Ablenkungsmanöver beschworen, um den Herrn über diesen Ort zu beschäftigen. Es wird nicht ewig halten: Lazaroth kennt meine Resonanz besser als die meisten anderen; er wird nicht lange brauchen, um zu merken, dass ich ihn überlistet habe. Zum Glück werden mich die gleichen Zauber warnen, wenn er zurückkommt …«

»Das werden sie nicht.«

Eine weiße Augenbraue wölbte sich nach oben.

»Vertraut mir. Sie werden Euch nicht warnen.«

In seinen Augen flackerte Neugier auf, aber er war nicht mehr in ihrem Bewusstsein, ihre Geheimnisse gehörten ihr wieder allein. Schließlich nickte er knapp. »Dann müssen wir Colivar so schnell wie möglich finden.«

»Lazaroth sagte, mit Zauberei könnten wir ihn nicht aufspüren.«

Er nickte. »Das habe ich schon bei meiner Ankunft versucht, und Eure Spur war die einzige, die ich entdeckte. Ich dachte, es läge an der chaotischen Resonanz dieses Ortes. Aber vielleicht auch nicht.« Er schüttelte den Kopf. »Dann müssen wir auf natürliche Weise suchen.«

»Oder auch nicht.« Sie holte tief Luft. Schon die Vorstellung, jetzt zaubern zu müssen, machte ihr Angst – ihre Seele war immer noch wund –, aber sie glaubte zu wissen, wie sich Colivar ausfindig machen ließe, ohne wirklich nach seiner Person suchen zu müssen. Vielleicht ließen sich auf diese Weise die Zauber umgehen, mit denen Lazaroth ihn getarnt hatte.

Sie schloss die Augen und schickte ihre magischen Sinne durch das unterirdische Labyrinth. Nicht nur in die Höhlen selbst, sondern auch in deren Wände, in die Luft, die sie durchströmte, bis hinein in das Gestein, das sie umgab. Sie suchte nach allem, was irgendwie ungewöhnlich war. Nach der Wärme eines menschlichen Körpers auf kühlerem Fels. Nach etwas mehr Feuchtigkeit in einem Raum, wo menschlicher Schweiß die Luft schwerer gemacht hatte. Nach dem leisen Vibrieren, wenn ein Herz gegen eine feste Oberfläche schlug. Nach Anwesenheitsspuren eines lebenden Körpers, die nicht von seiner metaphysischen Signatur abhängig waren. Es fiel ihr schwer, sich in ihrem angeschlagenen Zustand auf solche Winzigkeiten zu konzentrieren, und ein paar Mal musste sie wieder von vorne beginnen, doch schließlich glaubte sie, an einer anderen Stelle des Höhlenkomplexes eindeutige Anzeichen für ein Lebewesen gefunden zu haben.

Die Stelle befand sich ganz in der Nähe des Raums, in den man sie gebracht hatte. Wäre sie anfangs noch etwas weiter gegangen, hätte sie Colivar gefunden.

»Hier entlang«, sagte sie.

Sie eilten durch das Labyrinth und erkundeten jeden Hohlraum, den sie fanden, mittels Zauberei und mit ihren menschlichen Augen. Kamala erklärte Ramirus, welche Lebenszeichen sie entdeckt hatte, damit er wusste, wonach er suchen sollte. Beim Gehen sah sie sich ständig um, obwohl ihr klar war, wie sinnlos das war, sollte Lazaroth die Absicht haben, sich unbemerkt anzuschleichen. Wenn der Magister tatsächlich eine Frau war und den Keim einer Königin in sich trug, dann verfügte er – sie – über die gleiche Fähigkeit wie Kamala, sich für andere Magister unsichtbar zu machen.

Ich sollte Ramirus sagen, was er wirklich ist, dachte sie. Aber das würde ihm wenig nützen. Sie hatte nicht vor, einem Magister das volle Ausmaß ihrer Kräfte zu offenbaren, und das müsste sie tun, um Lazaroths Fähigkeiten zu erklären. Also würde sie Ramirus wohl oder übel im Unklaren lassen, ihn durch die Falle führen, so gut es eben ging, und ihm bei Bedarf gerade so viel verraten wie unbedingt nötig.

Konnte sie sich nach allem, was zwischen ihnen vorgefallen war, noch gegen Lazaroth behaupten? Wenn sie nur daran dachte, zitterten ihr die Knie. Allerdings konnte sie wieder zaubern, und sie hatte eine persönliche Rechnung zu begleichen. Wenn es hart auf hart ging, konnte man einen Mann auch in die Eier treten, obwohl man sich missbraucht und beschmutzt fühlte.

Immer vorausgesetzt, dass er in diesem Moment männlich war und tatsächlich Eier hatte.

Sie stiegen hintereinander über eine schmale Treppe hinab in die Tiefen der Erde. Ramirus sorgte mit seiner Magie für so viel Licht, dass sie sehen konnten, wohin sie traten, aber wenn Ströme ungezähmter Macht den Strahl umwirbelten, flackerte er hin und wieder, und einmal wäre er beinahe erloschen. Hier im Dunkeln festzusitzen wäre schlimm gewesen. Man fühlte sich wie in einem Gefängnis, und Kamala war nicht überrascht, als sie am Fuß der

Treppe vor einer fest verschlossenen Tür standen. Abgesperrt und wahrscheinlich auch mit Abwehrzaubern versehen. Ramirus überlegte kurz, dann legte er die Hand an die Wand daneben. Unter seiner Berührung zerfiel der Sandstein, und der Staub sammelte sich zu seinen Füßen. Innerhalb weniger Minuten hatte er eine Öffnung geschaffen, durch die sich ein Mensch ins Innere zwängen konnte. Nach weiteren Minuten weitete sich sein Tunnel zu einem dunklen Raum, aus dem ihnen warme, übelriechende Luft entgegenschlug.

Und der Geruch nach menschlichem Schweiß.

Mit wild pochendem Herzen folgte Kamala dem alten Magister. Der Raum war nur klein, und die Eisenfesseln an den Wänden ließen wenig Zweifel daran, welchem Zweck er diente. Aber die Hand- und Fußschellen waren leer, und der Körper, der mitten auf dem Boden lag, schien in keiner Weise in seiner Bewegungsfreiheit eingeschränkt zu sein.

Colivar.

Er lag zusammengekrümmt auf der Seite, als hätte er Schmerzen. Eine Hand war ausgestreckt, und die Fingernägel hatte er sich offenbar auf dem rauen Sandboden blutig gekratzt. Nun lag er still. Still wie ein Toter. Die Augen waren geöffnet, aber leer, und er ließ nicht erkennen, dass er die beiden oder sonst etwas wahrnahm.

»Was ist mit ihm?«, flüsterte Kamala.

Ramirus schüttelte den Kopf und kniete neben Colivar nieder, um ihn mittels Zauberei zu untersuchen. Sie setzte ihr Zweites Gesicht ein, und was sie sah, ließ sie bis ins Mark erschauern. Denn vor ihr lag nur ein Körper. Colivar strahlte keine Lebensenergie aus, keine Spur von Macht. Beides hätte, wenn auch schwach, vorhanden sein müssen. Bis zu seinem Tod war kein Zauberer von solchen Schwingungen frei.

Sie richtete alle ihre Sinne auf die physischen Rhythmen seines Körpers und war erleichtert, als sie schwache Lebenszeichen entdeckte. Mühsame, rasselnde Atemzüge. Das fiebrige Pochen eines überanstrengten Herzens. Frischer Schweißgeruch auf der Haut. Doch außerhalb seines Körpers war der Mann offenbar nicht vorhanden.

»Wir haben keine Zeit zum Rätselraten«, mahnte Ramirus. »Sehen wir zu, dass wir ihn von hier wegbringen. Um seinen Zustand können wir uns später kümmern.« Er bückte sich, um den Körper aufzuheben. Da er nicht schlaff war wie eine Leiche, fiel es ihm nicht leicht, ihn über seine Schulter zu legen.

»Könnt Ihr uns von hier aus befördern?«, fragte sie. Bei den Strömungen, die hier herrschten, traute sie sich selbst eine solche Aufgabe nicht zu.

»Unter diesen Bedingungen keine gute Idee. Schon gar nicht, wenn man es mit unbekannter Zauberei zu tun hat.« Er zeigte auf Colivar. »Wir sollten von diesem verfluchten Ort erst einmal Abstand gewinnen.«

Mit Colivar über der Schulter passte Ramirus kaum noch durch den Tunnel, den er eröffnet hatte. Kamala sah, wie Colivars Arm am Fels entlang schrammte und der Stoff seines Ärmels zerriss, und sie glaubte, ihn leise stöhnen zu hören. Es klang mehr nach Entsetzen denn nach Schmerz. Vielleicht war das ja gar nicht mehr Colivar, schoss es ihr durch den Kopf. Ohne seine Essenz hatte sie keine Möglichkeit, seine Identität festzustellen. Womöglich hatte man nur einer Ziege Colivars Aussehen gegeben, um mögliche Retter zu verhöhnen.

Aber er ist das einzige Lebewesen, das ich an diesem Ort aufspüren konnte, dachte sie. *Deshalb werden wir ihn auf keinen Fall zurücklassen.*

Endlich hatten sie den äußeren Raum erreicht. Ramirus verbreiterte seinen magischen Lichtstrahl, sodass er in jeden Winkel drang, und versuchte ihn in der Reichweite so zu begrenzen, dass er nicht in den Korridor dahinter fiel und ihre Anwesenheit verriet, doch der Zauber gelang nur unvollkommen, und ein schwacher Schimmer sickerte nach draußen. Kein Wunder, dass er keine magische Beförderung versuchen wollte, bis sie sich in sicherem Abstand von Tefilat befanden. Ein falscher Zungenschlag bei der Beschwörung eines Portals, und ihre Körper würden über die halbe Wüste verteilt.

»Ich bin durch einen Tunnel hereingelangt, den ich gebohrt hatte, um mögliche Abwehrzauber am Haupttor zu umgehen«, erklärte er im Flüsterton. Überall sonst hätte er mittels Zauberei dafür gesorgt, dass ihn kein Unbefugter belauschen konnte. »Durch diesen Gang können wir auch wieder hinaus.« Er wandte sich einer Öffnung am anderen Ende der Höhle zu und bedeutete ihr, ihm zu folgen. In diesem Augenblick lief ihr ein Schauer über den Rücken. In der Höhle hatte sich etwas verändert. Ein lautloses, heimliches, metaphysisches *Etwas*. Sie wusste nicht einmal, woher dieses Wissen kam, aber sie war sicher, sich auf ihre Instinkte verlassen zu können.

War Lazaroth zurückgekehrt?

Bei der Vorstellung, er könnte in diesem Raum sein und sie beobachten, wurde ihr sterbensübel. Angst, Scham und Abscheu drehten ihr so heftig den Magen um, dass sie sich beinahe übergeben hätte. Zugleich hasste sie sich selbst für ihre Schwäche, hasste sich kaum weniger als ihn.

Als *sie*.

Kamala legte Ramirus die Hand auf die Schulter. Er schrak zusammen. Magister berührten einander gewöhnlich nicht. Aber mit der Berührung schuf sie eine Verbindung, durch die sie ihm eine Botschaft zukommen lassen konnte, ohne sprechen zu müssen.

Lazaroth ist hier, dachte sie.

Er nickte kaum merklich, zum Zeichen, dass er verstanden hatte. Zwar drehte er sich nicht um, doch war sie überzeugt, dass er den Raum mittels Zauberei nach einem Hinweis auf Lazaroths Standort absuchte. Ein aussichtsloses Unterfangen. Nicht einmal Kamala hätte den Magister in diesem großen, leeren Raum finden können, der keinerlei Orientierungshilfen bot. Und Ramirus hatte keinerlei Erfahrung mit der Macht einer Königin.

Beruhigend war lediglich die Gewissheit, dass Lazaroth Colivars Tod nicht wollte, und damit waren für sie einige Möglichkeiten vom Tisch. Dennoch konnten noch genügend unerfreuliche Dinge geschehen. Auf dem Weg durch den Raum strengte Kamala ihre Sinne aufs Äußerste an, um einen Hauch von magischer Aktivität zu erhaschen, eine Veränderung im metaphysischen Gleichgewicht …

Plötzlich loderte genau vor ihnen ein Zauber auf. Kamala war geblendet, schirmte mit einer Hand ihre Augen ab und verfluchte die Empfindlichkeit ihres Zweiten Gesichts. Sie erwartete, dass Lazaroth nun jeden Moment zuschlagen würde.

Aber nichts geschah.

Das Licht erlosch. Sie konnte wieder sehen.

Der Ausgang war verschwunden.

Rasch drehten sie sich um und suchten nach den anderen Türen. Sie waren alle fort. Der Fels hatte sich über ihnen geschlossen wie Fleisch über einer Wunde. Die bunten Streifen zogen sich ohne Unterbrechung über die Wände, als wären sie nie von Menschenhand durchtrennt worden. Nicht einmal mit ihrem Zweiten Gesicht konnte Kamala ausfindig machen, wo die Türen gewesen waren. Es war, als hätte der Raum, in dem sie beide standen, niemals einen Ausgang gehabt – und würde auch nie einen haben.

Ihr Instinkt trieb sie an die nächste Wand. Sie lehnten sich mit dem Rücken dagegen. Eine Richtung weniger, aus der die Gefahr kommen konnte. *Man kann einem Magister mit einem einzigen Schwertstreich den Kopf abschlagen,* hatte Aethanus seiner Schülerin einst erklärt, *solange er das Schwert nicht kommen sieht.* War nicht Kostas so getötet worden? Bei keinem anderen Gegner als Lazaroth wären sie in solcher Gefahr. Seine Zauberei wäre sichtbar, selbst wenn sie ihn selbst nicht sehen könnten, und damit bekämen sie bei einem magischen Angriff zumindest eine kurze Vorwarnung.

Durch die Macht einer Seelenfresser-Königin wurde diese Gleichung jedoch von Grund auf verändert. Und Ramirus wusste nichts davon. Er hielt natürlich Ausschau nach konventionellen Warnzeichen. Nach konventioneller Zauberei.

Wir müssen hier raus, dachte Kamala verzweifelt.

Nun breitete sich ein magischer Schimmer über Wände und Decke des Raumes. Sie sah, wie Ramirus stirnrunzelnd das nötige Athra beschwor, um zu ergründen, was der Zauber bezweckte … und wie er scharf die Luft einzog, als es ihm gelang. Sie schaute nach oben und tat es ihm nach.

Die Höhle wurde versiegelt. Nicht hermetisch – kein Magister konnte sich vollkommen von der Außenwelt abschließen, wollte er nicht die Verbindung zu seinem Konjunkten verlieren –, aber mit einer Barriere, die kein Beförderungszauber würde durchdringen können. Lazaroth stellte sicher, dass ihnen kein Fluchtweg blieb, bevor er weitere Maßnahmen ergriff.

Sie durften sich hier nicht einsperren lassen!

Kamala schloss die Augen und rannte mit all ihren Kräften gegen die Barriere an. Ramirus wollte sie mit roher Gewalt durchbrechen, und zunächst unterstützte sie ihn mit ihren Zauberkräften dabei. Lazaroth sollte glauben, sie seien beide ausschließlich damit beschäftigt, damit er gar nicht auf die Idee käme, sich zu fragen, was sie sonst wohl noch treibe. Und dann löste sie sich – leise und behutsam – von Ramirus' Zauberei, schob Fäden ihrer eigenen Macht durch die schwächsten Stellen in der Barriere und schickte sie weiter in die Sandsteinschichten dahinter. Ein Plan begann in ihrem Kopf Gestalt anzunehmen, und sie rief sich fieberhaft ins Gedächtnis zurück, was ihr Aethanus über die Wirkungsweise der Zauberei beigebracht hatte. Besonders über deren Schnelligkeit. Man konnte nicht schneller zaubern, als man Athra aus seiner Seele beschwören und in die gewünschte Form bringen konnte, wenn aber ein Zauber im Voraus geplant worden war und lediglich durch einen Auslöser in Gang gesetzt zu werden brauchte, konnte er praktisch unverzüglich in Aktion treten. Richtig?

Bete darum, dass ich mich recht erinnere, rief sie ihrem fernen Mentor im Geiste zu. *Sonst ist deine Musterschülerin bald nur noch ein hässlicher Fleck auf dem Boden.*

Sie verließ sich darauf, dass sich Lazaroth von Ramirus' Bemühungen ablenken ließ, während sie daranging, den Fels zu verwandeln, von dem sie eingeschlossen waren. Die Innenseite der Wände ließ sie unberührt, um den Gegner nicht misstrauisch zu machen, doch alles dahinter wurde transformiert. Sandstein zu Schwefel – zu Kohle – zu Salpeter. Sie glaubte, das Gewicht des Felsens zu spüren, der auf dem Raum lastete, vom Volumen her nicht anders als zuvor, aber von weitaus geringerer Stabilität.

Dann holte sie ihr Bewusstsein in ihren Körper zurück. Sie zitterte vor Ungeduld. Ramirus war es nicht gelungen, die Barriere zu durchbrechen, selbige stand kurz vor ihrer Vollendung. Sobald sie restlos geschlossen war, würde Lazaroth sicherlich die zweite Phase seines Angriffs einleiten. Sie griff nach Ramirus'

Arm und hielt ihn so fest, dass sie nicht einmal bei einer wahren Höllenfahrt getrennt würden. Er sah sie überrascht an.

»Befördert uns«, zischte sie. Und flehte zu allen Göttern, er möge ihr vertrauen und einfach gehorchen.

Er schaute ihr kurz in die Augen, und was immer er dort sah, schien ihn zu überzeugen. Er nickte grimmig und machte sich daran, die erforderliche Macht zu beschwören. Als seine Zauberei Gestalt annahm, erkannte sie, dass er ihre Absicht verstanden hatte, denn er versuchte erst gar nicht, das Portal vor ihnen zu errichten, sodass sie hineintreten könnten – die übliche Konfiguration –, sondern beschwor es genau dahin, wo sie standen. Das war an diesem Ort ein ungeheures Risiko, denn jeder Fehler in einem solchen Zauber würde sie alle töten, doch wenn Lazaroths Barriere auch nur für einen Moment ins Wanken geriete, wären sie in Bewegung, bevor er sie reparieren konnte.

»Nicht aufgeben«, flüsterte sie. Und drückte seinen Arm fest. »Nicht aufgeben!« Hoffentlich hörte Lazaroth nur die Verzweiflung in ihrer Stimme und glaubte, sie dränge Ramirus, auch weiterhin mit roher Gewalt gegen die Barriere anzurennen. Gut. Sehr gut. Je fester er davon überzeugt war, ihren Plan zu kennen, desto unwahrscheinlicher war es, dass er ihn wirklich durchschaute.

Sie murmelte ein leises Gebet, griff mit ihrer Macht abermals auf das transformierte Gestein zu und entzündete einen Funken in seinen Tiefen.

Der Raum explodierte mit ohrenbetäubendem Krachen. Decke, Wände und Fußboden flogen auseinander. Kein Zauberer konnte sich vor einer solchen Katastrophe rechtzeitig in Sicherheit bringen.

Es sei denn, er hätte bereits ein Portal beschworen.

Lazaroths Zauber war an die Felswände gebunden, und so zersprang mit ihnen auch seine Barriere. Eine Lawine stürzte von allen Seiten auf sie zu, doch gleichzeitig aktivierte sich stockend das von Ramirus beschworene Portal, riss sie von ihrem derzeitigen Standort los und schickte sie – wohin? Welches Ziel hatte Ramirus gewählt? Kamala spürte den entsetzlichen Ruck der Macht und begriff im gleichen Moment, dass sie keine Ahnung hatte. Und dass es ihr gleichgültig war. Steine prasselten auf die drei nieder, bevor sie verschwinden konnten, die ganze Welt schien mit einem Schlag den Verstand zu verlieren, und das Portal beförderte sie …

Irgendwohin.

Kapitel 26

Der Beförderungszauber wirkte mit einem gewaltigen Krach und spie die drei auf einer rauen Sandsteinfläche aus. Eine Trümmerwolke wurde mit herausgeschleudert, als Ramirus und Kamala durch die Tür zwischen *hier* und *dort* stolperten. Kamala landete auf den Knien, Ramirus war nahe daran, Colivar fallen zu lassen. Steinsplitter folgten ihnen und rasten wie Armbrustpfeile nach allen Seiten davon – nur um jäh zu Boden zu fallen, als das Portal so schnell verschwand, wie es aufgetaucht war.

Danach war alles still.

Ramirus legte Colivar ächzend auf dem Boden ab. Er selbst war mehrfach von Steinen getroffen worden, und ein dünner Blutfaden lief ihm über die Stirn. Er hob die Hand, säuberte und heilte die Wunden dort mit einer Berührung und versorgte danach seine aufgeschürfte Handfläche auf die gleiche Weise. Kamala untersuchte ihren eigenen Körper auf Schäden und nahm die notwendigen Reparaturen vor. Art und Anzahl ihrer Verletzungen machten deutlich, dass alle drei mit knapper Not dem Tod entronnen waren.

»Ihr macht jedenfalls keine halben Sachen«, murmelte Ramirus.

Sie standen im grellen Sonnenlicht. Kamala kniff die Augen zusammen und sah, dass sie sich auf einem schmalen Tafelberg befanden, der aus dem gleichen rötlichen Stein wie Tefilat selbst bestand. Ein Siegel war in den Boden geschnitten, vermutlich ein Fokus für die Beförderung. Trotz aller Bedenken, in Tefilat ein

Portal zu beschwören, hatte Ramirus offenbar schon im Voraus für einen Fluchtweg gesorgt. Weit draußen sah Kamala eine Staubwolke aufsteigen und erriet, dass sie von Tefilat kam ... oder von dem, was von Tefilat noch übrig war. Unter ihren Füßen zitterte der Boden, und in der Ferne grollte es wie von einer Sprengung. Eine neue Staubwolke schoss in die Luft und verteilte sich über der Wüste. Sicherlich waren diese Schäden auf ihre Einwirkung zurückzuführen; die geschwächte Felswand gab Stück für Stück nach, und jeder Abbruch löste einen neuen aus. Wenn alles vorüber war, würde von Tefilat so gut wie nichts mehr übrig sein.

Ramirus kniete neben Colivar nieder. Wenn er gehofft hatte, die Flucht aus Tefilat würde dessen Zustand verbessern, so sah er sich getäuscht. Der schwarzhaarige Magister lag immer noch besinnungslos da und starrte ins Leere. Gelegentlich bewegten sich seine Augen, doch Kamala konnte nicht erkennen, worauf sich sein Blick richtete. Da ihn Ramirus über der Schulter getragen hatte, waren Gesicht und Brust unverletzt geblieben, doch unter seinem Körper sickerte das Blut hervor. Es mutete seltsam an, diese uralte und mächtige Kreatur so hilflos daliegen zu sehen wie ein neugeborenes Kind. Erschreckend.

»Was ist mit ihm?«, fragte Kamala.

»Eine Art magischer Einschluss«, antwortete Ramirus mit ernster Miene. »Ich habe so etwas noch nie gesehen.«

Sie erhob sich, bemühte sich, ihren Kopf so weit freizubekommen, dass sie sicher laufen konnte, und ging zu ihm hinüber.

Ramirus hatte Colivar eine Hand auf die Brust gelegt und war offensichtlich dabei, seine Macht zu beschwören. Sie beobachtete mit ihrem Zweiten Gesicht, wie zarte Zauberfäden behutsam Colivars Körper erkundeten. Das flaue Gefühl bei dem Gedanken, wie Ramirus mit seinen Zauberkräften in sie selbst eingedrungen war, suchte sie zu unterdrücken. Solange sich ein Zauberer noch wehren konnte, würde er niemals zulassen, dass ihm ein anderer so etwas antat. Doch Colivar war ähnlich hilflos wie sie in jenem Moment. Die Götter seien ihm gnädig, falls Ramirus das ausgerechnet jetzt ausnutzte.

Endlich setzte sich der Magister auf seine Fersen zurück und runzelte nachdenklich die Stirn.

»Was ist?«, fragte sie.

»Eine Barriere trennt Colivar von der Außenwelt. Sie unterscheidet sich von jener anderen, die Lazaroth zu beschwören versuchte und die nur eine bestimmte Art von Zaubern blockierte. Diese hier soll keinerlei Magie durchlassen. Eine undurchdringliche Schale, die von Zauberei nicht durchdrungen werden kann.« Er schaute auf seinen Rivalen hinab. Ein sonderbarer Ausdruck stand in seinem Gesicht: Mitleid? »Die Barriere scheint nicht ganz geglückt zu sein, sonst wäre er nicht mehr am Leben.«

Einen Magister von der Außenwelt abzuschneiden hieß auch, ihn von seinem Konjunkten zu trennen. Von der Quelle seiner Lebenskraft. Eine Hexe oder ein Hexer konnte in diesem Zustand existieren, ein Zauberer nicht. Allein der Gedanke verursachte Kamala eine Gänsehaut. »Ihr glaubt, man wollte ihn töten?«

»Nein, ich glaube, man wollte seine Zauberkräfte unwirksam machen, um ihn gefangen nehmen zu können. Vermutlich kämpft er seither ununterbrochen darum, wenigstens eine winzige Öffnung aufrechtzuerhalten. Wie ein Ertrinkender, der nach Luft ringt …«

Er verstummte. Wieso? In Tefilat hatte er angedeutet, sie könne sich auf seinen Magistereid berufen. Der galt nur gegenüber einem anderen Magister. Er wusste also, was sie war. Warum hatte er Hemmungen, solch heikle Themen anzusprechen? Zweifelte er immer noch? Oder hatte er bloß noch nicht verinnerlicht, dass er sich mit einer Frau unterhielt, die so war wie er selbst?

Kamala schaute auf Colivars reglose Gestalt hinab. Hinter ihm färbte Tefilats Staub den Himmel blutrot. *Eigentlich sind wir inzwischen über solche Spiele hinaus.*

»Wenn er die Verbindung zu seinem Konjunkten verliert«, sagte sie, »dann stirbt er. Also hat er sich wohl gegen alles abgeschottet, was von außen kommt, um sich ganz auf seinen inneren Kampf zu konzentrieren. Das wäre jedenfalls mein Weg.« Sie sah Ramirus trotzig in die Augen. *Ich bin, was ich bin. Finde dich damit ab.* »Die Frage lautet also: Kann der Bann von ihm genommen werden?«

Ramirus zögerte. »Ich bin mir nicht sicher. Es scheint sich nicht um eine Fremdbeschwörung zu handeln, wie man es erwarten würde. Der Bann trägt offenbar seine eigene Resonanz, und das ergibt nun gar keinen Sinn. Warum sollte ein Mann sich selbst so etwas antun?«

»Lazaroth erklärte mir, Siderea hätte das Gefängnis aus der Substanz seines eigenen Körpers geschaffen ... was immer das heißen mag. Er meinte, niemand könnte die Mauern entfernen, ohne ihn zu töten.«

»Ganz recht. Das Gefängnis scheint tatsächlich ein Teil von ihm zu sein, nichts Äußeres. Ich kann mir allerdings nicht vorstellen, wie das zugegangen sein soll. ›Aus seinem eigenen Körper?‹ Es passt ganz und gar nicht zu Colivar, Teile von sich irgendwo herumliegen zu lassen.« Ramirus presste die Lippen zusammen und schüttelte den Kopf; er war sichtlich enttäuscht. Da hatte er Colivar unter so vielen Mühen geborgen und konnte ihn nun doch nicht befreien. »Ich weiß nicht, wie ich den Bann aufheben soll. Und ich halte es auch nicht für möglich, in sein Bewusstsein einzudringen und Erkenntnisse darüber zu sammeln. Selbst wenn ich die Barriere mit roher Gewalt durchbrechen könnte ...« Er vollendete den Satz nicht, doch Kamala wusste, was er dachte. Alles, was Colivar von seinem Kampf ums Überleben ablenkte, konnte sein Tod sein. Er war zurzeit nur durch einen dünnen und nahezu durchgescheuerten Faden mit seinem Konjunkten verbunden. Sie wagten nichts zu tun, was diese Verbindung noch weiter hätte belasten können ... und genau das würde geschehen, wenn sie in sein Bewusstsein einzudringen versuchten.

Mit immer noch schmalen Lippen hielt Ramirus eine Hand über Colivars Körper, um dem Zauberbann selbst so viel wie möglich zu entnehmen. Macht entströmte seinen Fingerspitzen und bildete Wirbel über der reglosen Gestalt. In der unbewegten heißen Luft erschienen Farben, die sich nur langsam verdichteten; der Zauberbann, der Colivar so fest umfangen hielt, gab seine Geheimnisse nicht kampflos preis.

Endlich entstanden verschwommene Bilder. Nicht so greifbar wie eine normale Beschwörung, aber scharf genug, um eine grobe Vorstellung zu vermitteln. Kamala sah Colivar durch einen unterirdischen Gang gehen und einen Raum mit reich verzierten Wänden betreten. Mit ihrem Zweiten Gesicht entdeckte sie ein

Flimmern in den tiefsten Teilen der Reliefdarstellungen und beugte sich vor, um es sich genauer anzusehen. Aber sie konnte nur erkennen, dass an den Wänden etwas haftete, was dort nicht hingehörte, etwas Bösartiges.

Und mit einem Mal sprang dieses *Etwas* aus der Wand – aus allen Wänden gleichzeitig – und raste auf Colivar zu. Für einen flüchtigen Moment glaubte sie, seine Form zu erspüren: ein Gespinst aus feinsten lichtdurchlässigen Fäden. Ein Spinnennetz der Macht. Es legte sich um Colivar, als wäre es lebendig, und heftete sich an alle sichtbaren Partien seiner Haut. Kamala sah ihn vor Überraschung und Schmerz aufschreien. Seine Kleidung schienen die Zauberfäden einfach zu durchdringen, vielleicht wurden sie auch von ihr aufgesogen. Die Vision war zu undeutlich, um das feststellen zu können.

Colivar stürzte zu Boden. Sein Körper zitterte heftig, er rang mit der Macht, kämpfte verzweifelt darum, einen Kanal offen zu halten, damit die Lebensenergie seines Konjunkten auch weiterhin zu ihm gelangen konnte. Eine Rettungsleine zur Außenwelt. Solange dieser Kampf tobte, wäre er zu nichts anderem fähig …

Ramirus' Vision erlosch. »Das ist also die Falle, in die er gegangen ist. Ein Gefängnis ganz für ihn allein.« Er schüttelte den Kopf. »Wieso sah er die Gefahr nicht kommen? So viel Macht … lässt sich doch nicht verbergen. Wieso spürte er nicht, dass etwas nicht stimmte, sobald er diesen Raum betrat?«

»Tefilat ist ein metaphysisches Chaos«, erinnerte ihn Kamala. Um nicht weitere Erklärungen abgeben zu müssen, wollte sie ihm nicht verraten, dass Lazaroth seine Magie möglicherweise entsprechend tarnen konnte, damit sie nicht aufzuspüren war. »Die Spuren eines einzelnen Zauberbanns könnten sich leicht darin verlieren.«

Kamala beugte sich über Colivar und betrachtete die frei liegenden Hautpartien. Mit ihrem Zweiten Gesicht entdeckte sie schwache Spuren des ursprünglichen Netzes, Fäden der Macht, die den Körper, von dem der Bann ausging, wie mit Maschen einhüllten. Ursprünglich musste irgendeine physikalische Struktur vorhanden gewesen sein, um ihm diese Form zu geben, dachte sie. Ein materieller Anker, den Siderea mit Macht erfüllt und der sich nun auf Colivars Haut gelegt hatte. Normalerweise hätte eine solche Struktur eine andere Resonanz als seine eigene, und damit ließe sie sich auch entfernen. Wenn Siderea das Netz jedoch tatsächlich aus Colivars eigenem Körper geschaffen hatte, würde das erklären, was Kamala jetzt sah. Das Gespinst flimmerte auf seiner Haut, als wäre es organisch gewachsen, ein Teil von ihm wie Haare oder Nägel, untrennbar mit seinem Körper verbunden. Wie entfernte man so etwas, ohne den ganzen Mann zu zerstören?

Sie fasste nach dem Kragen seines Hemdes und zog ihn auseinander, um zu sehen, was darunter lag. Colivar zuckte unter ihrer Berührung zusammen. Immerhin nahm er zumindest am Rande wahr, was um ihn herum vorging, auch wenn er nicht darauf reagieren konnte. Sie war nicht sicher, ob das ein gutes oder ein schlechtes Zeichen war. Die bleiche Haut unter seinem Hemd erschien auf den ersten Blick makellos, doch als ihr inneres Auge sich scharfstellte, sah sie, dass auch sie von den rätselhaften Machtmustern gezeichnet war. Als sie eine der Linien berührte, schien diese unter ihrer Fingerspitze zu vibrieren.

»Ihr habt das Zweite Gesicht?«, fragte Ramirus, der sie scharf beobachtet hatte.

Sie nickte.

»Was kann es Euch zeigen, das Ihr nicht auch mit der Zauberei sehen könnt?«

Sie kniff die Augen zusammen und überlegte. »Ich kann sehen, wo der Anker liegt. Er ist mit seinem Fleisch verschmolzen, aber die Macht hat sich nicht im übrigen Körper verteilt. Sie ist immer noch örtlich begrenzt.«

»Ihr sprecht von diesem Netz, das wir gesehen haben.«

»Ja.« Sie schloss kurz die Augen, um ihre Eindrücke zu ordnen. Ging im Geiste verschiedene Lösungen durch. »Wenn man das Netz zerstört, könnte man vielleicht auch den Bann aufheben, der daran verankert ist.«

»Aber wenn es fest mit seinem Fleisch verwachsen ist, wie können wir dann das eine ohne das andere zerstören?«

Sie schlug die Augen wieder auf. »Indem wir nur den Teil zerstören, an dem das Netz verankert ist, und den Rest verschonen.«

Ramirus zog zischend die Luft ein. »Könnt Ihr seine Form so deutlich erkennen, dass Ihr Euch das zutraut?«

Sie zögerte kurz, dann nickte sie.

»Ihr wisst, dass durch einen solchen Eingriff sein Fokus gestört werden könnte. Wenn danach der Bann nicht sofort aufgehoben wird, wäre das womöglich sein Tod.«

»Ein paar Sekunden bleiben ihm schon«, erinnerte sie ihn. »Hoffen wir, dass die Frist ausreicht.« Sie schaute zu ihm auf. »Wie schnell könnt Ihr den Bann aufheben, sobald ich den Anker entfernt habe?«

Seltsam, vor ihm so offen von der Translatio zu sprechen! Als wäre es ganz natürlich, dass sie das finsterste Geheimnis der Magister kannte.

»So schnell wie nötig«, versicherte er.

Sie setzte sich auf die Fersen zurück und schickte sich an, ihre volle Macht zu beschwören. *Nun liegt dein Leben also in unseren Händen, Colivar. Kannst du hören, was wir planen? Würdest du uns von diesem Versuch abraten, wenn du könntest?*

Sie holte tief Luft und richtete ihre Aufmerksamkeit nach innen, auf die Quelle ihrer eigenen Macht. Kaltes gestohlenes Athra, seiner Lebenswärme längst beraubt. Sie musste es zu einer Kraft formen, die das Fleisch um den eingewachsenen Anker nicht bloß zerstörte, sondern auch ausbrannte. Sonst würde Colivar womöglich aus tausend Wunden verbluten, bevor er genügend Macht beschwören konnte, um sich zu retten.

Und sie kannte keine Möglichkeit, dabei schonend vorzugehen.

Vergib mir, Colivar. Du hast mich immer gut behandelt, wenn auch nicht aus reiner Nächstenliebe. Ich wünschte, es gäbe einen besseren Weg.

Als sie endlich das Gefühl hatte, bereit zu sein, schlug sie die Augen auf. Das Gespinst, das sich in Colivars Fleisch gefressen hatte, loderte vor ihrem inneren Auge hell auf, silbrige Linien schlängelten sich schillernd wie Quecksilber über seine Haut. Sie spürte die Macht, die davon aufstieg, als schlüge ihr Wärme ins Gesicht. Keine Zauberei, aber auch keine einfache Hexerei. Eine abartige Mischung aus beidem, heiß und giftig und brodelnd vor Hass.

»Jetzt«, flüsterte sie.

Sie schickte ihre Macht in das Gespinst. Magisches Feuer flammte auf und versengte alles, was es berührte. Sie hörte Colivar schreien, als die Flammen an den Machtfäden entlangglitten, bis sie seinen Körper vollständig eingehüllt hatten. Ein abscheulicher Geruch nach verbranntem Fleisch erfüllte die Luft. Colivar wand sich vor Schmerzen, sein Rücken bog sich so weit nach hinten durch, dass seine Wirbelsäule zu brechen drohte. Das Feuer wütete immer noch weiter, es wollte den fremden Anker mit Haut und Haaren verschlingen. Tiefe Rinnen brannten sich in sein Fleisch, das Feuer verschloss sie von innen. Der Anker wurde zerstört, und sie spürte, wie Ramirus seine Zauberkräfte einfließen ließ und sich um die Aufhebung des Einschlussbanns bemühte, bevor der sich anderswo in Colivars Körper festsetzen konnte. Wenn das geschähe, würde ihn nicht der Bann selbst töten, sondern Kamalas Zauberei würde ihn durch jeden Zoll seines Körpers verfolgen, bis alles zu Asche verbrannt wäre.

Schließlich ging dem Feuer doch die Nahrung aus, es flackerte noch ein paar Mal auf und erlosch. Danach herrschte Stille. Der Körper vor ihnen bot ein grausiges Bild. Ein Netz aus schwarzen und blutigen Linien lag über jeder sichtbaren Fläche. Sogar durch Colivars Gesicht zogen sich tiefe Rillen, und wo eines seiner Augen ins Leere gestarrt hatte, klaffte nun ein leeres Loch mit schwarzen Rändern. Schmerzwellen durchliefen seinen Körper, unkontrollierte Zauberei flimmerte über seine Haut. Wollte er sich selbst heilen? Oder wehrte er sich gegen Reste von Sidereas Bann, die sie nicht hatten aufheben können? Auf den wenigen noch unversehrten Hautstellen bildeten sich Schweißperlen, immer wieder wurde er von Schauern geschüttelt, während seine Seele mit unsichtbaren Feinden rang.

Endlich verkündete Ramirus: »Es ist vollbracht.«

Vielleicht war es diese Erklärung, die Colivar beruhigte, vielleicht auch eine weniger öffentliche Erkenntnis. Jedenfalls hörte das Zittern endlich auf, und der verletzte Magister lag still auf dem Boden und atmete kaum. Nun setzte langsam die Heilung ein. Die verkohlte Haut rollte sich an den Rändern ein und nahm wieder die Farbe von lebendem Gewebe an. Die tiefen Rillen in den Muskeln füllten sich erst mit Blut, dann mit schwammig-feuchten Fasern und schließlich mit festem Fleisch. Die leere Augenhöhle warf die schwarz verkohlten Reste ab, und unter der Asche wurde ein neues Lid sichtbar. Das öffnete sich wiederum über einem Auge, das von blutigen Adern durchzogen, aber eindeutig gebrauchsfähig war.

Nach Abschluss des Heilungsprozesses lag Colivar reglos auf dem Sandstein, zu erschöpft, um sich zu orientieren. Ramirus und Kamala warteten schweigend. Endlich richteten sich die blutunterlaufenen Augen zuerst auf Ramirus, dann auf seine Begleiterin und schließlich abermals auf Ramirus.

»Warum?«, krächzte er.

»Weil du gebraucht wirst«, antwortete Ramirus.

Colivar schloss die Augen. Die letzten Krusten zerfielen zu Staub und wurden von einem starken Wind fortgetragen. »Was in allen Höllen ist geschehen?«, flüsterte er.

»Du bist in eine Falle gelaufen. Eine Falle, die allem Anschein nach allein für dich bestimmt war.« Er hielt inne. »Du hast deine Feinde wohl unterschätzt.«

Colivar stützte sich auf einen Ellbogen und sah sich auf dem Tafelberg um. Dann kam er langsam auf die Beine. Kamala sah, wie sehr er sich bemühte, vor seinem alten Rivalen keine Schwäche zu zeigen, aber es war ein aussichtsloser Kampf; seine Beine trugen ihn zwar, doch das Zittern konnte er nicht unterdrücken.

»Sula hat mich verraten«, stieß er heiser hervor. »Vielleicht nicht absichtlich. Vielleicht war er lediglich dumm. Siderea versteht es glänzend, Dummköpfe zu manipulieren. Jedenfalls hat sie ihn wie eine Marionette geführt.«

»Er hat mich darauf aufmerksam gemacht, dass du verschwunden warst.«

»Das könnte ein Teil des Spiels gewesen sein.« Er hielt inne. »Was ist mit Lazaroth?«

»Tot. Wahrscheinlich.«

»Wir hoffen es jedenfalls«, schränkte Kamala ein.

Colivar sah sie an. In seinen schwarzen Augen flackerte es belustigt. *Hast du jetzt noch einen Magister auf dem Gewissen, meine Liebe?* Doch bevor er etwas sagen konnte, entdeckte Kamala in der Ferne etwas, das die Staubwolke umkreiste, wo einst Tefilat gewesen war. Sie zuckte zusammen.

»Mir scheint, du sollst abgeholt werden«, sagte sie zu Colivar.

Die beiden Männer drehten sich um. Als Colivar sah, worauf sie deutete, kam ein tiefes Knurren aus seiner Kehle. Man hätte nicht erwartet, einen solchen Laut von einem Menschen zu hören, aber er war dieser Situation durchaus angemessen.

Über der Stadt schwebte ein Seelenfresser, der nun in ihre Richtung abschwenkte. Seine Flügel leuchteten im Sonnenlicht, die Edelsteinfarben schillerten in tödlicher Schönheit vor dem roten Sand. Selbst aus dieser Entfernung spürten alle drei, wie die hypnotische Kraft des Wesens über sie hinschwappte, und in Kamala stieg der gleiche ekelerregende Wunsch auf wie damals in Dantons Palast, der Wunsch, sich dieser Kreatur zu unterwerfen und sich von ihr aussaugen zu lassen.

Dann flog das Ungeheuer eine Wendung und steuerte genau auf sie zu.

»Wenn er uns sieht …«, begann Colivar.

»Er wird uns nicht sehen«, versicherte ihm Kamala.

Wie leicht es ihr inzwischen fiel, sich und die beiden anderen in die Macht einer Seelenfresser-Königin zu hüllen! Eine Hexe mochte die Tarnung durchschauen, wenn sie sich sehr bemühte, oder auch Siderea selbst, aber kein männlicher Seelenfresser wäre dazu imstande. Und auch kein Mann, der mit einem Seelenfresser verbunden war.

Tatsächlich blieben sie für diesen Seelenfresser unsichtbar. Er umkreiste ihren Tafelberg zwei Mal, ohne ihnen zu nahe zu kommen. Kamala beobachtete, dass ihn Colivar nicht aus den Augen ließ, während Ramirus … Ramirus' Blick an Colivar hing. Schmale Lippen, zusammengekniffene Augen, ein eisig blauer Blick, der jede Bewegung, jedes Mienenspiel, jeden Atemzug des Mannes förmlich einsaugte.

Endlich drehten die Glitzerschwingen nach Süden ab, und wenige Minuten später war der Seelenfresser nicht mehr zu sehen. Kamala hatte nicht bemerkt, dass sie den Atem angehalten hatte. Nun ließ sie ihn ausströmen.

»Colivar.« Ramirus sprach leise, doch die kalte Autorität in seiner Stimme war nicht zu überhören. »Die Zeit für Geheimnisse ist vorbei. Verstehst du mich? Wir können uns solche Spielchen nicht länger leisten.« Als Colivar nicht antwortete, verfinsterte sich seine Miene. »Es ist höchste Zeit, die Karten auf den Tisch zu legen. Und denke daran, ich bin alt genug, um erraten zu können, wie viele Geheimnisse du hütest, glaube also ja nicht, mich so leicht täuschen zu können.«

Colivar schwieg noch immer. Seine Augen blieben auf den Horizont gerichtet, er ignorierte die Aufforderung ... und den Sprecher.

Ramirus trat unvermittelt vor, packte ihn an der Schulter und drehte ihn zu sich herum. Das kam so unerwartet, dass Kamala unwillkürlich einen Schritt zurücktrat.

»Du hast *versagt*, Colivar.« Tiefe Verachtung sprach aus Ramirus' Zügen. »Hast du verstanden? Versagt! Dein Meisterschüler hat dich hereingelegt, und du hast es nicht gemerkt. Deine Morati-Liebste hat dir eine Falle gestellt, und du bist prompt hineingetappt. Ein Magister, der nur halb so mächtig und nicht einmal halb so intelligent ist wie du, hat dich gefangen gehalten, und du hattest nicht die Kraft, die Hand gegen ihn zu erheben. Und schließlich, ja, schließlich musste dich dein größter Rivale wie einen hilflosen Säugling auf seinen Armen in Sicherheit bringen.« Der Hohn in seiner Stimme war mit Händen zu greifen. »Du bist schwach, Colivar. *Schwach.* Du bist nicht fähig, andere zu führen. Höre endlich auf, dir etwas vorzumachen.«

Er trat drei Schritte zurück, um Platz zu schaffen. Dann deutete er vor sich auf den Boden. »Auf die Knie mit dir!«

Colivar bewegte sich nicht. Seine schwarzen Augen wurden schmal – in ihren Tiefen loderte die Wut –, aber er blieb stumm.

»Du musst deine Schwäche eingestehen, bevor sie uns alle vernichtet«, beharrte Ramirus. Seine Stimme, sein Gesichtsausdruck waren gnadenlos. »*Auf die Knie.*«

Kamala spürte, dass ein Sturm im Anzug war, und wollte vortreten. »Ramirus ...«

Er fuhr zu ihr herum. »*Schweigt!*« Die kalte Wut in seinen Augen war schrecklich anzusehen. »*Ihr* habt ebenso viel Schuld wie er, dass es so weit gekommen ist! Närrin! Wofür haltet Ihr denn unser Magistergesetz? Für ein Gesetzbuch wie jedes andere? Einen Vertrag in Schönschrift, vielleicht mit hübschen Bildchen verziert?« Er zog zischend die Luft ein. »Es war *Zauberei*, Weib! Eine große Beschwörung, der wir uns alle unterwarfen, um uns die menschliche Seele zu bewahren. Und was habt Ihr erwartet, als Ihr diese Vereinbarung mit Füßen getreten habt? Dass wir einfach eine Klausel streichen und so weitermachen würden wie bisher?« Er schüttelte heftig den Kopf. »Was Ihr getan habt, hat uns mehr geschadet, als ein einfacher Verrat es jemals könnte. Und jeder Magister, der Euch für Euer Verbrechen nicht verfolgt – mich eingeschlossen –, schadet uns noch weiter. Welche Gründe man dafür anführt, spielt keine Rolle. Zauberer scheren sich nicht um Gründe. Der Pakt, der uns so lange das Menschsein bewahrt hat, fängt an zu bröckeln, und das wird nicht aufhören, solange der Verstoß gegen das Magistergesetz ungesühnt bleibt.« Er wandte sich wieder Colivar zu. »Irre ich mich?«, wollte er wissen.

»Nein«, flüsterte Colivar. »Du irrst dich nicht.«

»Wir beide spielen schon sehr lange nach menschlichen Regeln«, fuhr Ramirus fort. »Aber nun zerfällt uns das Spiel unter den Händen, und wir müssen auf ältere Regeln zurückgreifen. Sonst versinkt die Welt im Chaos.« Er nahm einen tiefen Atemzug. »Also sage mir, ob ich das, was geschehen ist, falsch deute, Colivar. Sage mir, ob ich falsch einschätze, was jetzt getan werden muss.«

Der schwarzhaarige Magister sah ihn lange an. Heftig loderten die Gefühle in den Tiefen seiner Augen: Empörung, Trotz, Hass. Die Spannung zwischen den beiden Männern war so stark, dass Kamala am ganzen Körper eine Gänsehaut bekam. Sie trat ein paar Schritte zurück. Wenn etwas von dieser Energie in Zauberei umgesetzt würde, könnte das schreckliche Folgen haben.

Dann schien es, als würde Colivar von tiefer Erschöpfung erfasst; sein Groll verflog weitgehend. »Nein«, flüsterte er. »Du hast recht.«

Und dann ließ er sich – Kamala sah es mit fassungslosem Staunen – vor seinem Rivalen auf ein Knie nieder. Und senkte auch den Blick. Die rituelle Geste der Unterwerfung.

Ramirus schaute schweigend auf ihn hinab. Kamala bemerkte, dass er nicht triumphierte. Der Sieg über seinen größten Gegenspieler bereitete ihm keine Freude. Er schien es vielmehr abstoßend zu finden, dass es zu dieser Szene hatte kommen müssen. Doch er war unverändert entschlossen, Antworten auf seine Fragen zu bekommen, und seine Stimme klang schroff, als er forderte: »Wer war der Erste, der den Heiligen Zorn überquerte? Der Verräter, von dem du sprachst, dem wir unsere Macht und mit ihr den Fluch des Ikati-Wahnsinns verdanken. Wer war es, Colivar?«

Kamala hielt den Atem an. Die Zeit schien still zu stehen, während Colivar über die Frage nachdachte. Sie wusste, dass er sie unter normalen Umständen niemals beantwortet hätte. Aber die Umstände waren nicht mehr normal.

»Ich bin derjenige, der durch die vergifteten Aschewolken flog«, sagte er endlich. »Ich jagte meine Rivalen. Die arktischen Winde bissen mir ins Gesicht, und ich spürte das heiße Blut meiner Gegner an den Klauen meines Konjunkten. Kämpfend flogen wir hinter der Königin her, und schließlich holte ich mir meinen Lohn über den Leichen meiner Gegner. Am Ende lag ich auf einer Bahre aus blutigem Schnee, alle Geister des Heiligen Zorns lärmten in meinem Kopf, und ich flehte zu den Göttern um den Tod.« Langsam hob er den Kopf und sah zu Ramirus auf; sein leerer Blick war erschreckend. »Ist dies das Geständnis, das du hören wolltest?«, fragte er. »Ja, ich wollte ausgelöscht werden und bin stattdessen in die Welt zurückgekehrt. Nun weißt du es. Auch wenn es dir nichts nützt. Mögen dich die Götter in die tiefsten Höllen schleudern, weil du diese Erinnerungen in mir geweckt hast.«

»Wer ist Nyuku?«, wollte Ramirus wissen.

Colivar schloss die Augen. »Er ist verantwortlich dafür, dass ich im Exil lebe«, sagte er. »Wobei er das zu jener Zeit genau genommen gar nicht wollte. Er hielt mich einfach für tot und ließ mich liegen.« Colivar hielt inne, dann flüsterte er: »Die Götter können grausam sein in ihrer Gier nach Unterhaltung.«

»Also ein Feind.«

»Wir waren alle Feinde«, sagte Colivar. »Wenn man mit einem Ikata verbunden ist, kann es keine andere Beziehung geben.«

»Und heute?«, drängte Ramirus.

Colivar stand langsam auf. Dabei wurde deutlich, wie schwach er war, aber auch, wie sehr er sich bemühte, sich diese Schwäche nicht anmerken zu lassen.

»Heute ist er in *meiner* Welt.« Das klang hart und kalt. »Nun bin ich im Vorteil.«

»Wieso?«

»Er ist ein gebürtiger Kannoket, der es zum Reiter gebracht hat. Kein Hexer. Und nachdem er seinen Konjunkten an sich gebunden hatte, gab es keinen Grund mehr für ihn, zum Hexer zu werden. Für die Ikati besteht die Welt aus Fressen, Töten und der Paarung … nichts anderes zählt für sie. Und in diesem Ödland ist die Macht ein rares Gut. Man vergeudet die kostbaren Vorkommen nicht leichtfertig. Er hatte immer eine starke Veranlagung, lernte aber nie, seine Macht in die richtigen Bahnen zu lenken. Er mag vieles sein, ein Magister ist er nicht.«

»Seit deinem Weggang ist viel Zeit vergangen«, stellte Ramirus fest. »Du hast dich verändert. Siderea Aminestas hat sich verändert. Vielleicht gilt das auch für ihn.«

»Schon möglich«, flüsterte er.

»Was bedeutet sie dir, Colivar?« Der Angesprochene antwortete nicht. Ramirus wartete, dann fragte er: »Warum bist du allein nach Tefilat?«

»Ich bin immer allein gewesen«, sagte Colivar leise. Die Mauern standen wieder.

»Es war töricht.«

»Mag sein.«

»Hat es vielleicht damit zu tun, dass eine Königin mit im Spiel ist? Du stehst den Ikati näher als jeder andere von uns. Vielleicht spricht dich Sidereas Zustand ganz besonders an. Vielleicht sehnst du dich auf eine Weise nach ihr, die wir anderen nicht verstehen können?«

An Colivars Unterkiefer zuckte ein Muskel. »Ich bin ein Mensch, Ramirus.«

»Aber früher einmal warst du doch etwas anderes? Wir sollten nicht so tun, als hätten solche Erinnerungen keine Macht.« Ramirus hielt inne. »Die beste Möglichkeit, dich an Nyuku zu rächen, wäre doch, die Seelenfresser-Königin für dich zu gewinnen. Nicht wahr?«

Colivars Miene verfinsterte sich; seine Stimme wurde scharf und drohend. »Ich weiß, was die Seelenfresser dieser Welt antun wollen, Ramirus. Im Gegensatz zu dir habe ich erlebt, was sie beim ersten Mal angerichtet haben. Glaubst du, ich würde zulassen, dass das noch einmal geschieht?«

»Du hast es beim ersten Mal zugelassen«, hielt ihm Ramirus vor.

Colivar fuhr zurück. Wut flammte in seinen Augen auf – und verwandelte sich in Zauberei, einen Wirbelwind aus roher, ungezügelter Emotion, der für Kamalas Zweites Gesicht in rotglühenden Wellen aus ihm herausströmte. Sie dachte schon, er würde seinen Zorn auf Ramirus richten. Doch stattdessen wandte er sich ab, entfernte sich ein paar Schritte von den beiden und lenkte den Schwall stattdessen auf den Tafelberg. Vor ihm explodierte der Boden mit lautem Getöse, und riesige Felsbrocken wurden über den Rand geschleudert. Die Luft war so voller Staub, dass Kamala zunächst nichts erkennen konnte; als er sich legte, sah sie, dass ein großes Stück des Berges abgesprengt worden war und dass Colivar an der Kante eines neuen Steilhangs stand und vor seinen Füßen nur noch leere Luft war.

»Damals war alles anders«, knurrte er.

»Ein Mensch warst du auch damals«, gab Ramirus zurück. »Seither hast du dich mehrmals verwandelt. Und der Wahnsinn war in dir von jeher stärker als in uns übrigen. Wahrscheinlich hat er dir die Kraft verliehen, den Heiligen Zorn zu überqueren und danach in dieser Welt zu überleben … aber er macht dich auch verwundbar. Der Geist der Ikati spricht lauter zu dir als zu uns anderen. Die alten Instinkte haben deine Seele fester im Griff. Das mag einmal deine Stärke gewesen sein, jetzt ist es eine Schwäche. Sie beeinträchtigt dein Urteilsvermögen. Du musst anderen die Führung überlassen.« Er hielt inne. »Und du musst es anderen überlassen, das Ikati-Erbe zu wecken, falls das nötig ist, um ihre Autorität zu sichern. Oder irre ich mich, was dieses Erbe angeht, Colivar? Habe ich falsch verstanden, was erforderlich ist, damit wir zusammenarbeiten können?«

Ein heißer Wind wehte über den Tafelberg. Er hinterließ eine Staubschicht auf Kamalas Lippen.

»Nein«, flüsterte Colivar. Eine schreckliche Leere war in seiner Stimme. »Du irrst dich nicht.« Er hielt inne. »Wirst du es den anderen sagen?«

»Lazaroth ist tot. Sula ist ein Dummkopf. Wem könnte ich dieses Wissen sonst anvertrauen?« Er sah Kamala an. »Um diese Hexe …« Ein leichtes Zucken der Lippen. »Diesen *Magister* musst du dich allerdings selbst kümmern. Immerhin hat sie bewiesen, dass sie Geheimnisse zu wahren versteht, wenn es darauf ankommt.«

»Werdet Ihr *meine* Geheimnisse wahren?«, wollte Kamala wissen. »Oder werdet Ihr den anderen von mir erzählen?«

Ramirus trat ein paar Schritte auf sie zu. Sie wollte zuerst zurückweichen, doch dann hielt sie stand. Colivar hatte vor ihm kapituliert, doch das war kein Grund, es ebenfalls zu tun.

»Eine interessante Frage«, überlegte er laut. »Jeder Magister, der erfährt, was Ihr seid – und *wer* Ihr seid –, muss Euch entweder töten oder seinerseits gegen das Magistergesetz verstoßen. Und dadurch würde das Gesetz noch weiter geschwächt. Mit Rücksicht darauf, wie wichtig es ist, dass wir alle Menschen bleiben«, er warf einen vielsagenden Blick auf Colivar, »halte ich das nicht für ratsam.«

Er wandte sich mit ernster Miene wieder an sie. »Ich bin durch meinen Magistereid gebunden, der ebenfalls Teil des Gesetzes ist. Es würde dem Geist des Eides widersprechen, wenn ich ihn erfüllte, indem ich Euch das Leben rette, um es Euch dann wenige Minuten später zu nehmen. Ihr habt mich also in eine schwierige Lage gebracht. Ganz gleich, wie ich mich entscheide, ich verstoße gegen unseren Pakt. Unter diesen Umständen …« Er hielt inne. »Ihr scheint nützlich zu sein. *Er* hält Euch für nützlich.« Er nickte zu Colivar hin. »Und in diesem Punkt vertraue ich seinem Urteil.«

Er trat einen Schritt zurück. »Irgendwann in der Zukunft müssen wir uns darüber unterhalten, wie Ihr zu dem geworden seid, was Ihr seid. Immer vorausgesetzt natürlich, Ihr überlebt diesen Krieg. Und den Zorn der anderen Magister. Wobei die Tatsache, dass Ihr einen Mann getötet habt, den alle verabscheuten, ohne Zweifel für Euch sprechen wird.«

Er neigte zum Abschied kaum merklich den Kopf. Der Schatten eines spöttischen Lächelns umspielte seine Lippen. »Bis zum nächsten Wiedersehen … *Magister* Kamala.«

Eine Staubwolke sammelte sich um ihn, und sie musste die Augen schließen, um sie vor den umherfliegenden Körnern zu schützen. Als sie sie nach einer Weile wieder öffnete, war er fort.

Sie war mit Colivar allein.

Er stand immer noch am Rand – dem neuen Rand – des Tafelbergs. Sie stellte sich neben ihn. Teilte seine Erschöpfung und sein Schweigen. Einem Moratus hätte sie vielleicht ein paar Worte des Trostes gesagt. Aber sie waren beide keine Morati, und sie wusste, dass das unpassend gewesen wäre. Etwas in ihr erkannte das, was sich eben ereignet hatte, als unvermeidlich, und dieses Etwas begriff auch, welche Rolle sie dabei zu spielen hatte. Wenn sie Colivar ihre Unterstützung anbot, würde sie seine Kapitulation entwerten. Und solche Gesten waren den Ikati heilig.

Aber sie war auch ein Mensch, und so blieb sie an seiner Seite, bis die Sonne unterging und der erste Mond am Himmel stand, dann traten sie gemeinsam den langen Heimflug an.

Kapitel 27

»Was heißt ›*Er ist entkommen*‹?«

»Wie ich schon sagte.« Nyukus Stimme klang fest, aber man spürte den Widerhall seiner Enttäuschung. »Er war nicht in Tefilat. Weder gefesselt noch frei, nicht einmal tot.«

Siderea war danach, irgendetwas zu zerschlagen. Oder jemanden. Sie suchte nach etwas Zerbrechlichem, um nicht auf Nyuku loszugehen … dann holte sie tief Luft und beruhigte ihr hämmerndes Herz, um wieder klar denken zu können. Der Zorn der Königin loderte wie ein Feuer in ihrer Seele, schwer zu unterdrücken. Sie war ja auch keineswegs sicher, ob sie ihn unterdrücken wollte.

Er hat dich enttäuscht!, sendete die Ikata.

»Ich will alles hören«, befahl sie.

»Tefilat wurde zerstört. Die Schlucht war mit Schutt gefüllt, als ich dort ankam, der Staub hatte sich noch nicht gelegt. Ich suchte ihn mit dem Talisman, den Ihr mir gegeben habt. Nichts. Ihr hattet gesagt, der Talisman würde ihn finden, ob lebend oder tot, also …« Er brach ab und schwieg beredt.

»Ihr habt sorgfältig gesucht?«

In seinen Augen flammte der Zorn auf, erlosch jedoch gleich wieder. Er wagte kein Gefühl zu zeigen, um nicht ihr Missfallen zu erregen. Sie sah einen Muskel an seinem Unterkiefer zucken, als er um so viel Selbstbeherrschung rang, dass seine Stimme fest und ruhig blieb und seine eigene Frustration über den Stand der Dinge nicht verriet. »Ich habe die Stadt mehrmals umkreist und flog so nahe heran, wie ich konnte. Das Gebiet war noch nicht wieder stabil, daher konnte ich die Schlucht nicht betreten. Aber das hätte Euren Talisman nicht beeinträchtigen dürfen.«

»Nein«, murmelte sie. »Eigentlich nicht.«

Colivar war also entkommen. Bei allen Teufeln der Hölle! Sie hatte ihren größten Schatz in dieses Unternehmen gesteckt, hatte aus seinem Haar einen Anker für ihre Falle geformt, und jetzt war alles verloren. Und das war Nyukus Schuld. Sie wussten es beide. Wenn er sie nicht gebeten hätte, mit Colivar abrechnen zu dürfen, hätte sie den Magister in Tefilat töten lassen können, und damit wäre die Sache beendet gewesen. Ein Magister weniger auf der Liste, ein paar Dutzend noch übrig. Sauber, ordentlich, rationell.

Aber wäre sie wirklich so vorgegangen?, überlegte sie. *Oder hatte ihr Nyuku lediglich einen passenden Vorwand geliefert?* Der Tod war ein zu gnädiges Ende für Colivar. Sie wollte ihn leiden sehen, wie *sie* gelitten hatte, Stück für Stück sollte er sterben, vor Zuschauern, die untätig danebenstanden. Allein und verlassen, in höchster Todesangst, verraten von allen, die er einst geliebt hatte. So wie man *sie* hatte sterben lassen wollen.

Warum hasst du ihn mehr als die anderen?, dachte die Königin. *Sie haben sich doch alle gleich schuldig gemacht.*

Die anderen Magister waren nur kaltschnäuzige Dreckskerle gewesen. Colivar hatte ihr dagegen Liebe vorgegaukelt, und das war viel schlimmer. Ja, sie hasste sie alle, und mit der Zeit würden sie alle dafür büßen müssen, dass sie sie im Stich gelassen hatten, aber Colivar hatte sie hundert Mal schwerer gekränkt als alle anderen. Und dementsprechend würde auch die Strafe ausfallen.

»Was ist mit Lazaroth?«, fragte sie.

»Er ist zu unserer Verabredung nicht erschienen, und an der vereinbarten Stelle war auch keine Nachricht hinterlegt. Ich blieb noch einen Tag in der Gegend und benahm mich ziemlich auffällig, um ihm Gelegenheit zu geben, auf andere Weise Verbindung aufzunehmen, wenn er dort wäre. Nichts.« Er hielt inne. »Wenn er Wort gehalten hat und in Tefilat geblieben ist … diese Katastrophe hätte kein Mensch überleben können, Hoheit.«

»Nun«, murmelte sie, »wenigstens war es ein schneller Tod.

Wenn er wie geplant nach Jezalya gekommen wäre …« Ein makabres Lachen. »Es wäre ziemlich unerfreulich gewesen.«

Nyuku war überrascht. »Ich dachte, er wäre Euer Verbündeter?«

Ja. Das dachte Lazaroth auch.

Dieser weibliche Magister war unglaublich töricht gewesen! Sie hatte gedacht, bloß weil sie als Frau zur Welt gekommen war, gingen ihre und Sidereas Interessen von Natur aus in die gleiche Richtung. Immerhin, so hatte sie erklärt, unterscheide sich ihr Fall von dem der anderen Magister. *Die* hätten Siderea wie eine billige Hure behandelt und sich aus dem Staub gemacht, als sie ihre Hilfe am dringendsten gebraucht hätte. Lazaroth könne verstehen, warum Siderea sie dafür hasste. Nur eine Frau könne ihre Entrüstung wirklich nachempfinden.

Aber die anderen Magister sahen keine Möglichkeit, mich zu retten, überlegte Siderea. *Ich hasse sie, weil sie nicht einmal einen Versuch unternahmen – und weil sie mir in meinen letzten Tagen ihren Beistand verweigerten –, aber nur deshalb. Lazaroth wusste dagegen ganz genau, dass ich auch selbst zum Magister werden konnte, und sie wusste auch, wie das zu erreichen gewesen wäre. Dennoch entschied sie sich dafür, mich sterben zu lassen. Ich war nicht ihr Geliebter, also ging ich sie nichts an.*

Ich hoffe, sie hatte einen qualvollen Tod.

»Lazaroth war nützlich«, sagte sie knapp. »Und ich hätte ihn beziehungsweise sie so lange in meiner Nähe behalten, wie das der Fall war.«

Nyuku verzog den Mund zu einem Lächeln. Er hatte den Magister offensichtlich als Rivalen gesehen und hörte nun gern, wie er so gnadenlos abgewertet wurde. »Und wie geht es jetzt weiter, Hoheit? Was verlangt Ihr von mir?«

Die Botschaft, die sich in seinen Worten verbarg, entging ihr nicht. Sie überlegte kurz, ob sie ihn fortschicken sollte, wenn nicht als Strafe für sein Versagen, so doch einfach, um ihn auf seinen Platz zu verweisen. Eine Demütigung konnte sehr wirkungsvoll sein, wenn Ikati-Instinkte im Spiel waren. Aber auch er war nützlich. Vielleicht nützlicher, wenn er in freudiger Erwartung an ihrer Seite blieb, als wenn er fern von ihr seinen gekränkten Stolz pflegte.

»Ihr sagtet, Colivar müsse zu mir kommen. Er könne gar nicht anders, als zu mir zu kommen. Ist das noch immer der Fall?«

»Solange er lebt«, beteuerte Nyuku.

Sie wollte ihn nach den Gründen fragen, wusste aber, dass er nicht antworten würde. Später. »Dann werden wir hier auf ihn warten.«

Er holte tief Luft. »*Wir*, Hoheit?«

Ein schwaches Lächeln. »Ihr helft mir doch sicherlich, ihn in die Falle zu locken, Nyuku? Ich schätze Eure Unterstützung wirklich sehr.«

Die Gefühle, die sich nun in seinem Gesicht spiegelten, waren unverwechselbar: Überraschung. Erleichterung. Und natürlich Misstrauen. Er hatte Colivar nicht mitgebracht. Warum wollte sie ihn dennoch weiterhin an ihrer Seite haben?

Weil ich dich auf diese Weise kontrollieren kann, dachte sie. *Und wenn meine Königin ihren Flug ankündigt, muss ich dich unter Kontrolle haben, damit wir, falls und wenn du dich zum Herrn über die Seelenfresser aufschwingst, beide wissen, wer wirklich das Zepter in der Hand hält.*

»Natürlich«, sagte er. Und neigte den Kopf zu einer steifen Huldigung. »Was immer ich für Euch tun kann, Ihr braucht es nur zu sagen.«

Deine Geheimnisse willst du mir allerdings nicht verraten, Nyuku, nicht wahr? Aber auch das wirst du tun, wenn die Zeit reif ist.

Irgendwann werde ich alles erfahren.

Die Abrechnung

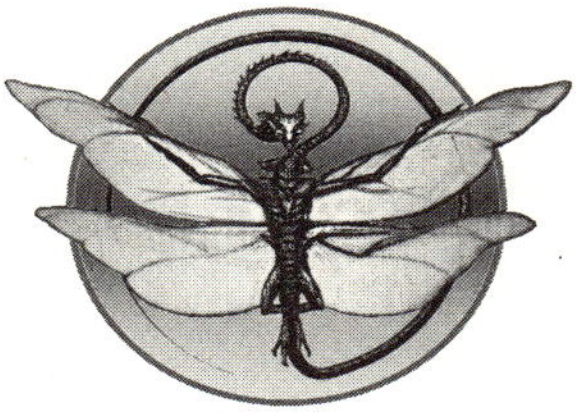

Kapitel 28

»Willkommen in Coldorra«, sagte Colivar.

Die Ebene, die sich vor ihnen ausbreitete, hatte keinerlei landschaftliche Reize. Sie war flach – einfach nur flach –, so weit das Auge reichte; Kamala konnte zumindest so gut wie keine Höhenunterschiede erkennen. Am Horizont waren im Norden wie im Süden einige Hügel zu erahnen, aber sie lagen im Dunst und waren so verschwommen, dass sie auch eine Wunschvorstellung sein konnten. Die Ebene selbst schien tot bis auf ein paar vereinzelte Grasbüschel, die halbwegs grün gewesen sein mochten, bevor irgendetwas sie bis auf die Wurzeln abgefressen hatte.

»Hier wurde in früheren Zeiten so viel Blut vergossen, dass das Gras eigentlich leuchtend rot sein müsste«, bemerkte Colivar. »Allerdings war das zum größten Teil vor meiner Zeit.«

»Sieht nicht so aus wie ein Land, um das es sich zu kämpfen lohnt.«

»Dantons Vormarsch nach Süden kam hier zum Stillstand. Dies ist der einzige Ort, an dem seine Pläne jemals scheiterten, Coldorras Symbolwert ist also beträchtlich. Es gab eine Zeit, da kämpften er und Anchasa so oft um dieses Stück Land, dass sich die Bewohner jeden Morgen beim Aufstehen angeblich erst erkundigen mussten, wer gerade ihr König war. Die meisten zogen mit der Zeit weg. Ich hätte das auch getan. Jetzt ist Danton nicht mehr, und ich bin neugierig, ob jemand zurückkehrt.«

»Steht das Gebiet inzwischen unter Salvators Kontrolle?«

Colivar nickte. »Noch hat es ihm Farah nicht streitig gemacht.

Ich nehme an, er wird es eines Tages tun. Aber zuerst muss er herausfinden, wie ihm Sula dabei behilflich sein kann. Die Abschnitte des Magistergesetzes, in denen festgeschrieben ist, inwieweit wir uns an den Kriegen der Morati beteiligen dürfen, sind für einen Königlichen Magister ein wahres Labyrinth, und jeder legt sie ein wenig anders aus.«

Kamala bemerkte, dass sich seine Miene ein wenig verfinsterte, wenn er von seinem früheren Schüler sprach. »Sula wird kommen?«

»Ich denke schon. Es wäre ungewöhnlich, wenn er fernbliebe.«

»Machst du dir Sorgen, was ihn und Siderea angeht? Könnte es sein, dass er immer noch in ihren Diensten steht?«

Colivar zuckte steif die Achseln. »Siderea hat mit viel List versucht, über ihn an mich heranzukommen. Es ist ihr nicht geglückt. Seit er weiß, was sie im Schilde führt, ist er kein so leichtes Opfer mehr. Sie wird zu anderen Strategien greifen müssen.«

»Du bist ganz sicher, dass er dich nicht absichtlich verraten hat?« Sie fragte es leise.

Colivar setzte zu einer Antwort an – und zögerte. »Nein«, gestand er. »Nein, sicher bin ich nicht. Aber das war zu erwarten. Wir sind, wie wir sind.«

Im Zentrum der großen Ebene standen Zelte. Große und kleine, einfache und prächtige Zelte: eine richtige Stadt aus Stoff. Die Zelte im Norden waren sehr viel pompöser, und in der Mitte erhob sich ein großer Pavillon mit Spitzdach von der Größe eines stattlichen Herrenhauses. Die goldenen Fialen auf den Zeltstangen waren als doppelköpfige Habichte gestaltet, die lange Seidenwimpel in den Klauen hielten. Die Zelte im Süden waren von einfacherer Form, breit und niedrig im Stil der Wüste, mit Quastenschnüren versehen, um zur Belüftung die Wände hochzubinden. Zu beiden Seiten des Feldes erstreckten sich in einigem Abstand in schnurgeraden Reihen, so weit das Auge reichte, die schlichten zweckmäßigen Zelte für die Soldaten. Salvator und Farah hatten vereinbart, dass jede Seite sich auf tausend Mann beschränken sollte, aber jeder hatte mindestens noch einmal so viele Diener und Begleiter mitgebracht, unter denen sich ebenfalls verkleidete Soldaten befinden mochten, sodass ein riesiges Feldlager entstanden war.

Die Götter mögen verhüten, dass ein König jemals auf Reisen geht, ohne dass ihm ein Heer von Bediensteten hinterherläuft, dachte Kamala.

Das Treffen war ein einziges Pulverfass. Ein falsches Wort, und die beiden Männer, für die das ganze Spektakel aufgeführt wurde, befänden sich unversehens im offenen Krieg.

»Komm«, mahnte Colivar. »Es fängt bald an.«

Aber nicht ohne uns, dachte sie. Eine berauschende Vorstellung. Tausende von Männern und Frauen waren zu diesem Treffen gekommen, und sie und Colivar gehörten zu den wichtigsten Persönlichkeiten. Zwar würden sie heute wahrscheinlich noch nicht gebraucht – man hatte sie gebeten, den Verhandlungen als Zeugen beizuwohnen, damit sie gegebenenfalls später Ratschläge erteilen konnten –, doch wenn alles gut lief, konnte Kamala bei den kommenden Ereignissen eine viel größere Rolle zufallen. Vielleicht sogar in der Öffentlichkeit.

Ich gehöre jetzt ganz offiziell dazu, dachte sie. Und wusste nicht recht, ob sie sich darüber freuen oder erschrecken sollte.

Colivar hatte zwei Pferde beschworen, damit sie sich dem Lager auf Morati-Art nähern konnten. Das war eine der Bedingungen, auf denen Salvator bestanden hatte. Auf dieser Ebene sollte es keine Zauberei geben, solange das Treffen zwischen den beiden Königen andauerte.

Hieß das etwa, dass auch Salvator zu Pferde gekommen war, dass er Hunderte von Meilen wie ein gewöhnlicher Moratus zurückgelegt hatte? Wohl kaum. Vermutlich gab es hundert Büßer-Hexen und -Hexer, die mit Freuden den letzten Tropfen ihrer Lebensenergie für ihn opferten. Jeder einzelne von ihnen hätte seine Beförderung übernehmen können. Wenn solche Hexen und Hexer im Dienste ihres Glaubens starben, fuhren sie offenbar schnurstracks gen Himmel auf.

Wie praktisch für die Könige, denen sie untertan sind, dachte Kamala spöttisch.

Sie drückte ihrem Pferd die Fersen in die Flanken und ritt neben Colivar über die weite Ebene auf die Mitte des Lagers zu.

Tief durchatmen, Salvator.

Es war nicht leicht, sich gegen das rege Treiben im Lager abzuschotten, aber er musste es tun, um sich geistig auf das Treffen vorzubereiten. Er schloss die Augen und bemühte sich, alle Gedanken nach innen zu richten. Ein Absatz aus dem Buch der Meditationen diente ihm als Fokus.

Lausche der leisen Stimme deiner Seele,
denn der Geist des Menschen kennt seinen Schöpfer.
Die Wahrheit komme aus deinem Inneren.

»Alle sind bereit, Majestät.«

Ein letzter tiefer Atemzug, dann nickte er. Über ihm knatterten zwei Fahnen im Wind: auf der einen prangte das Wappen des Hauses Aurelius, auf der anderen das Wappen des Hauses Farah. Gleich hoch, gleich groß, bewegten sie sich in vollkommener Harmonie. Hoffentlich war das ein gutes Omen.

Farah wartete auf ihn. Er war ein stämmiger Mann mit dunkler Haut und schwarzen, durchdringenden Augen, die Salvator an seinen Vater erinnerten. Die schlichten Stammesgewänder und der schwere Goldschmuck wollten nicht so recht zusammenpassen. Aus dem Gold der Ringe an seinen Händen hätte man eine neue Krone für Salvator gießen können. Obwohl er so viele Widersprüche in sich vereinte, war er zweifellos ein Gegner, mit dem man rechnen musste.

Man sah dem Anchasaner an, dass er am Sinn dieses Ereignisses erhebliche Zweifel hatte, dennoch nickte er Salvator wenn nicht herzlich, so doch respektvoll zu. Das genügte. Seit sich die Führer der beiden verfeindeten Nationen zum letzten Mal zu einem persönlichen Treffen bereitgefunden hatten, waren Jahrzehnte vergangen, und jener Versuch hatte in einer Katastrophe geendet. Angesichts dieser Last der Geschichte war heute jede positive Geste von Bedeutung.

Sie wurden von einem Herold ausgerufen und betraten den großen Pavillon Seite an Seite. Farahs Name wurde als erster genannt, weil er zusätzlich die Ehre hatte, den Gastgeber für die gesamte Zusammenkunft zu spielen. So hatten es die Diplomaten beider Seiten nach vielem Hin und Her vereinbart, um auszuschließen, dass am Ende dieses Tages ein Monarch behaupten konnte, bevorzugt worden zu sein. Das Protokoll war eine regelrechte Gratwanderung, gespickt mit so vielen Feinheiten, dass Salvator davon ganz schwindlig wurde.

Im Inneren des großen Zeltes war es schattig und kühl; Salvators Augen mussten sich erst an das Halbdunkel gewöhnen. Der Raum war wie eine Empfangshalle gestaltet, man hatte sogar Buntglasfenster in die Stoffwände eingefügt. Doch das waren Nebensächlichkeiten. Von Bedeutung war hier nur eines, nämlich der schwere Tisch genau in der Mitte, mit den beiden genau gleichen kostbaren Thronsesseln an den Kopfenden. Dahinter hatten sich acht Personen aufgestellt und warteten in ehrfürchtigem Schweigen auf die beiden Könige. Favias, Ramirus, Colivar, Kamala … Die Leute, die Farah mitgebracht hatte, waren Salvator unbekannt, aber der Mann, der dem Sessel des Anchasaners am nächsten stand, trug die unnatürlich schwarze Robe eines Zauberers, es handelte sich also wohl um Sula, den neuen Königlichen Magister.

Die Stühle für die Könige waren von uniformierten Gardisten flankiert, das verstand sich von selbst. Eine symbolische Maßnahme. Wenn einer der anwesenden Magister Farah – oder Salvator – töten wollte, wäre er dazu imstande, bevor die Gardisten auch nur einen Finger rühren könnten. Aber sie würden sich natürlich hüten. Ihr weltfremdes Magistergesetz stand dagegen.

Salvator überfielen jähe Schuldgefühle, denn er wusste, dass Sula ihn nur deshalb nicht töten durfte, weil seine Mutter einen Kontrakt mit Ramirus geschlossen hatte. Er hatte diesem Kontrakt zwar nicht zugestimmt, aber er profitierte davon.

Vergib mir, mein Schöpfer, dass ich aus der Verderbnis anderer Nutzen ziehe.

Die beiden Könige nahmen feierlich ihre Plätze ein. Das übrige Gefolge reihte sich zu beiden Seiten des Tisches auf, wie es das Protokoll vorsah, Salvators Leute auf der einen, die von Farah auf der anderen Seite. Colivar und Kamala hatte man der ersten Gruppe zugeordnet, sie galten als Berater von Ramirus, der seinerseits Ratgeber für Salvators Mutter war ... damit waren sie mit Salvator allenfalls indirekt verbunden und schuldeten ihm auch keine besondere Loyalität. Gwynofar hatte ihren Sohn trotz seiner Bedenken überredet, sie mitkommen zu lassen; Salvator wusste noch nicht, ob die Entscheidung gut war.

Als alle an ihrem Platz waren, wandte sich Salvator an seinen königlichen Gast. »König Farah. Mit Eurer Anwesenheit erweist Ihr meinem Haus eine hohe Ehre.«

Farah ließ eine kleine Pause eintreten, bevor er das Wort ergriff. Möglicherweise beherrschte er die Sprache des Nordens nicht oder zumindest nicht fließend; in diesem Fall wurde er offensichtlich mittels eines Zaubers unterstützt. Das war unter Monarchen so üblich. Nicht üblich war es, dass der Zauber von einer Hexe und nicht vom Königlichen Magister kam. Doch dem Tempo seiner Ansprache nach zu urteilen war genau dies bei Farah der Fall. Ein Magister hätte ihm während des Sprechens das nötige Wissen ins Gehirn eingeben und seine Gedanken in die gewünschte Sprache übersetzen können, sobald er sie zu äußern wünschte. Wenn ein solcher Zauber gut ausgeführt war, war er praktisch nicht zu bemerken. Allerdings war er sehr komplex, und eine einfache Hexe oder ein Hexer konnte es sich nicht leisten, Energie in dieser Größenordnung zu vergeuden. Farahs Hexer hatte sich vermutlich mit einem externen Zauber beholfen, vielleicht mit magischen Einflüsterungen, die sich der König erst anhören musste, um sie dann zu wiederholen. Die kurze Pause vor jeder Aussage fiel jedenfalls deutlich auf.

Er respektiert meine Bitte, auf Zauberei zu verzichten, dachte Salvator, *obwohl mir das womöglich gar nicht aufgefallen wäre.*

Eine erfreuliche Geste.

»Eure Einladung ist ebenfalls eine hohe Ehre für mich«, antwortete Farah mit feierlichem Ernst. »Es ist lange her, seit das Großkönigtum den Wunsch bekundete, mit meinem Volk zu *sprechen*. Ich bin neugierig, den Grund dafür zu erfahren.«

Salvator lehnte sich zurück und bemühte sich, entspannter auszusehen, als er sich fühlte. Von diesem Treffen hing so viel ab, dass er seine Nervosität verbergen musste. »Unsere Länder liegen seit sehr langer Zeit im Krieg, König Farah. Manchmal offen, manchmal verdeckt, aber doch ohne Unterbrechung seit Jahrzehnten. Das entzieht beiden Nationen Energien, die sie auf andere Dinge verwenden könnten. Auf Dinge, die langfristig vielleicht von größerer Bedeutung sind als die Frage, wem welches Stück Land an unserer gemeinsamen Grenze gehört oder wer welchen Hafen am Tränenmeer kontrolliert.«

Farah kniff bei der Erwähnung einer gemeinsamen Grenze kurz die Augen zusammen; die unausgesprochene Botschaft war klar: *Du hast leicht reden, nachdem dir Coldorra gehört.* Doch sein Ton blieb zuvorkommend. »Seid Ihr denn an einem wie auch immer gearteten Friedensvertrag zwischen Anchasa und dem Großkönigtum interessiert? Es wäre ein spannendes Experiment. Ich kann nicht einschätzen, wie groß angesichts unserer gemeinsamen Geschichte die Erfolgsaussichten wären. Natürlich müsste an einem solchen Vertrag wahrscheinlich über Jahre gefeilt werden, denn es würde wohl schon Jahre dauern, bis sich unsere Vertreter allein über die Präambel einigen könnten. Wir hätten also viel Zeit, uns darüber Gedanken zu machen.«

Salvator gestattete sich ein schwaches Lächeln. »Auch ein Jahr beginnt mit einem einzigen Tag, Majestät.«

»Das ist richtig«, stimmte Farah zu. »Und deshalb höre ich mir Euren Vorschlag gerne an.« Trotz seines lässigen Tonfalls war sein Blick wach und scharf, was Salvator nicht entging. Kalter Stahl in einem Samthandschuh. »Und was sollen wir heute erörtern? Die Bedingungen für einen möglichen Friedensvertrag? Euer Bote deutete an, die Angelegenheit sei dringend. Ein Frieden ist zwar zugegebenermaßen wünschenswert, hat aber wohl kaum so große Eile. Schließlich befinden wir uns derzeit nicht im Krieg.«

Salvator schwieg zunächst. Studierte sein Gegenüber. Er wusste, welches Risiko er einging, wenn er sein Anliegen sofort vorbrachte. Normalerweise brauchten solche Verhandlungen Monate, um in Gang zu kommen. Die Vertreter beider Seiten tanzten um Randthemen herum und tasteten sich nur langsam an die wirklich wichtigen Fragen heran. Man wollte sich vergewissern, dass alle diplomatischen Rädchen geschmiert waren, bevor der Karren ins Rollen kam. Aber Salvator hatte keine Monate mehr. Er hatte nicht einmal Wochen.

»Was wisst Ihr über die Seelenfresser?«, fragte er und beugte sich dabei nach vorne über den Tisch.

Farah zuckte nicht mit der Wimper. »So viel wie jeder andere, würde ich sagen. Sie haben unsere Zivilisation schon einmal zerstört. Nun hat es den Anschein, als kehrten sie zurück. Niemand weiß, wie sie zu bekämpfen sind, man weiß ja nicht einmal, wo sie sich aufhalten.« Er hielt inne. »Ich habe gehört, Ihr verfolgt sie. Ist das wahr?«

Salvator nickte.

»Nun, wenn Ihr in militärischen Dingen bloß halb so fähig seid wie Euer Vater, kann ich die armen Kreaturen nur bedauern. Steckt das etwa hinter all dem Gerede über Frieden? Geht es Euch darum, an Eurer Südgrenze Ruhe zu haben, während Ihr diesen Kreaturen nachjagt? Immerhin wird neben allen anderen Reichen der Menschen auch Anchasa letztlich von Euren Bemühungen profitieren.« Leiser Spott funkelte in seinen Augen. »Ich könnte mir vorstellen, ein solches Unternehmen zu unterstützen.«

Salvator nickte ernst. »Euer freundliches Hilfsangebot wird dankend angenommen. Was den Friedensvertrag angeht ... so leid es mir tut, er ist nicht mein einziges Anliegen.«

Farah zog eine Augenbraue hoch.

»Was wisst Ihr von Jezalya?«, fragte Salvator.

Farah kniff misstrauisch die Augen zusammen. »Ich kenne den Namen. Eine Handelsstadt in der südlichen Region. Älter als der Sand, nach allem, was ich höre. Was habt Ihr damit zu tun?«

»Ist sie Euch untertan?«

»Nein. Sie liegt weiter südlich, im Herzen der großen Wüste. Anchasa hat einmal Ansprüche auf einen Teil dieser Region erhoben, aber die dortigen Nomadenstämme machten mehr Ärger, als die Sache wert war.« Er beugte sich ebenfalls über den Tisch; sein Blick war eine einzige Herausforderung. »Was habt Ihr mit Jezalya zu schaffen, Aurelius?«

Salvator holte tief Luft. »Ich glaube, dass Siderea Aminestas sich dort versteckt.«

Sula schien angesichts dieser Aussage sichtlich erschrocken, und das war auf jeden Fall bemerkenswert. Farah murmelte währenddessen etwas in seiner Muttersprache und warf einem seiner

Morati-Begleiter einen Blick zu. Ebenfalls bemerkenswert. Man hatte Salvator zuvor berichtet, dass Farah über die Seelenfresser Bescheid wisse und dass ihm auch Sidereas Verbindung zu ihnen durchaus bekannt sei, aber da dieses Wissen durch viele Hände, darunter die von mehreren Magistern gegangen war, bis es zu ihm gelangte, hatte sich der Großkönig nur zögernd darauf verlassen. Nun bestätigte sich immerhin, dass Farah über die Lage sehr viel besser im Bilde war, als er bisher hatte erkennen lassen.

Von Jezalya wusste Farah jedoch nichts. Niemand wusste von Jezalya außer den vier Personen, die an Salvators Seite des Tisches saßen, und Gwynofar. Bis zu diesem Moment.

»Wie habt Ihr das erfahren?«, fragte Farah.

Salvator nickte überlegen. »Sie wurde dort von Personen gesichtet, die die Fähigkeit besitzen, Dinge über große Entfernungen zu erkennen.«

Farah runzelte die Stirn. »Das ist verdammt vage, Aurelius.«

»Offenbar kann sie sich für alle mit Ausnahme der fähigsten Beobachter unsichtbar machen. Und selbst wer sie entdeckt, kann sie nicht gut erkennen. Daher ist das alles, was wir haben.«

Farah ließ sich schwer nach hinten fallen. Man sah ihm deutlich an, wie wenig ihm diese Auskunft behagte. »Ist Euch eigentlich klar, was das bedeutet? Eine der gefährlichsten Kreaturen in allen Reichen der Menschen hat sich unmittelbar südlich meiner Grenze eingenistet. Und Ihr wollt Jagd auf sie machen. Soll das so aussehen, dass Ihr Männer hinunterschickt? Damit säße ich zwischen Euren Soldaten im Süden und Euren Soldaten im Norden, nicht wahr? Ganz zu schweigen davon, dass alle Eure Leute mitten durch mein Reich marschieren müssten, um ans Ziel zu gelangen.« Er schnaubte. »Der Plan wäre eines Danton Aurelius würdig. Habt Ihr ernsthaft erwartet, dass ich ihm zustimmen würde?«

»Es ist nicht nötig, durch Anchasa zu marschieren«, erwiderte Salvator ruhig. »Wir können direkt nach Jezalya reisen.«

Farah zog eine Augenbraue hoch. »Spricht so ein Mann, dem sein Gott jegliche Geschäfte mit Magistern verbietet? Beförderungszauber sind kostspielig. Viele Hexen und Hexer müssten sterben, um Euch diesen Dienst zu erweisen.«

»Vielleicht müssen viele sterben«, sagte Salvator und nickte bedächtig. »Aber im Dienste Gottes, nicht um meinetwillen.« Er faltete die Hände vor sich auf dem Tisch. »Unser Feind kann fliegen, König Farah, von seinen Hexenkräften ganz zu schweigen. Er würde alle Truppen, die auf herkömmliche Weise anrückten, lange vor ihrer Ankunft entdecken ... Siderea würde die Flucht ergreifen, und wir müssten abermals die ganze Welt nach ihr absuchen. Wahrscheinlich können wir sie nicht überraschen, dennoch sollten wir alles dazu tun, was in unserer Macht steht. Selbst wenn das ein größeres Opfer erfordert, als man es Hexen und Hexern unter normalen Umständen abverlangen würde.«

Farah lehnte sich noch weiter zurück und sah Salvator eine Weile schweigend an. Sein Blick war berechnend. »Ich kann mich bei alledem nicht einfach auf Euer Wort verlassen. Ich brauche eine Bestätigung durch meine eigenen Leute.«

»Natürlich.«

»Angenommen, Ihr sagt die Wahrheit. Was genau wollt Ihr von mir? Männer? Vorräte? Es muss etwas ganz Besonderes sein, sonst hättet Ihr mich nicht hierher gebeten.«

»Zunächst brauche ich das Gleiche wie Ihr: Auskünfte. Magister und Hexen können sie uns nicht beschaffen, weil Siderea ihre Zauber womöglich aufspüren würde. Sie darf nicht erfahren, dass wir wissen, wo sie sich aufhält. Also brauchen wir Morati, die sich in diesem Teil der Welt auskennen, die Sprache sprechen und sich als Einheimische ausgeben können. Männer, die kein Aufsehen erregen, wenn sie Jezalya besuchen und sich dort umsehen. Solche Kundschafter könnt Ihr stellen, König Farah.« Er breitete die Arme weit aus. »Ich kann es nicht.«

Farah überlegte kurz, dann nickte er ernst. »Jawohl, das wäre möglich. Die nötigen Vorbereitungen würden selbst mit Zauberei ein paar Tage in Anspruch nehmen. Und man müsste auch Reisezeiten mit einrechnen, denn der Kundschafter müsste auf normalen Wegen nach Jezalya gelangen. Wir bekämen die Ergebnisse vielleicht nicht so schnell, wie es Euch lieb wäre.«

Salvators Lippen wurden schmal. »Zeit ist in diesem Fall ein kostbares Gut.«

»Dessen bin ich mir bewusst«, versicherte ihm Farah.

»Wir brauchen außerdem einen metaphysischen Anker für Jezalya, damit unsere Hexen einen festen Fokus haben, wenn es darum geht, uns dorthin zu befördern.«

Farahs Augen wurden schmal. »Ich gebe Euch keine Anker für irgendwelche Orte in der Nähe meines Gebiets, bevor ich mich vergewissert habe, dass die Lage so ist, wie Ihr sagt. Und falls ich mich danach bereit erkläre, erwarte ich gewisse Sicherheiten; ich will nicht, dass Eure Heerscharen nach Abschluss dieses Unternehmens hinterrücks über mich herfallen.«

Es zuckte um Salvators Mundwinkel. »Einverstanden.«

»Ich werde die Spione beschaffen, die wir brauchen. Währenddessen bereitet Ihr einen Entwurf Eures angekündigten Friedensvertrages vor, damit ich ihn mir ansehen kann. Keine vagen Versprechungen und keine ergebnisoffenen Klauseln, sonst werfe ich das Ding ins Feuer, und Ihr könnt mit Euren Leuten zu Fuß nach Jezalya gehen.« Er schnaubte. »Ich kann mich noch gut an Dantons Verträge erinnern.«

»Ich bin nicht mein Vater«, erwiderte Salvator ruhig.

»Nein, das seid Ihr nicht.« Farah nickte. »Und ich versichere Euch, wenn Ihr es wärt, würde ich mich zu nichts von alledem bereit erklären, Seelenfresser hin oder her.«

Farah erhob sich. Salvator folgte seinem Beispiel. Die anderen standen respektvoll auf, einige schneller, die anderen langsamer.

»Ich nehme an, wir lassen das Lager bestehen?«, fragte Farah. »Für unser nächstes Treffen?« Ein spöttisches Lächeln kräuselte seine Lippen. »Unsere Leute können sich ja in guter Nachbarschaft üben, bis wir zurückkehren.«

Salvator nickte. »Das war auch meine Vorstellung.«

»Nun denn.« Farah atmete geräuschvoll aus. »Das war auf jeden Fall eine interessante Begegnung, um es vorsichtig auszudrücken. Künftige Geschichtsschreiber werden sicherlich ganze Bände damit füllen, sie zu analysieren. Immer vorausgesetzt, von der menschlichen Zivilisation bleibt so viel übrig, dass es künftige Geschichtsschreiber gibt.«

»Das ist unser Ziel«, sagt Salvator ernst.

»Und auch das meine«, beteuerte Farah. »Doch wie man es am

besten erreicht … warten wir ab, was meine Kundschafter berichten, bevor wir uns damit befassen, einverstanden?«

Salvator ging ans andere Tischende und reichte dem König des Südens die Hand. Farah starrte sie lange mit merkwürdigem Gesichtsausdruck an. Als wäre die Hand eine fremde Kreatur, deren Gewohnheiten er nicht kannte und die ihn anpissen könnte, wenn er sie falsch behandelte. Doch als er sie endlich nahm, war sein Griff so fest und sicher wie der von Salvator.

»Nein«, wiederholte er. »Ihr seid nicht wie Euer Vater. Und das finde ich sehr … erfrischend.«

Kapitel 29

»Die Handelsdelegation ist hier, Hoheit.«

Nasaan nickte. »Schickt sie herein.«

Es war selbst für Jezalya ein heißer Tag, und eigentlich hatte er wenig Lust auf Verwaltungsaufgaben. Aber der Handel war das Herzblut seiner neuen Stadt, und diese Männer hielten den Kreislauf in Gang. So griff er nach dem Becher mit zerkleinertem Eis, das seine *Djira* für ihn beschworen hatte – es war schon halb geschmolzen –, hielt ihn sich an den Hals, während er wartete, und genoss die Kälte des Glases auf der Haut.

Die Kaufmannsfamilien, die Jezalyas Geschäftsleben bestimmten, verhielten sich nicht offen feindselig zueinander, aber sie waren erbitterte Konkurrenten, und außerhalb der Stadt hatten sie zumeist nicht mehr gemeinsam als die Frage »Wer kommt zuerst durchs Tor?«. Innerhalb Jezalyas war das jedoch anders. Alle mächtigen Familien der Region hatten ihre Vertreter in der Stadt, und sie hatten keine Hemmungen, Nasaan ihren Rat anzubieten. Nachdem letztlich alle das gleiche Ziel verfolgten wie er selbst – Jezalyas Einfluss und Wohlstand zu mehren –, war er für solche Gespräche bisher offen gewesen, vorausgesetzt, seine Autorität wurde gebührend anerkannt.

Doch bei den früheren Treffen hatten sie einen Vertreter gewählt, der für alle Familien sprach; sie waren noch nie so wie jetzt als Gruppe zu ihm gekommen.

Als sie eintraten, sah er, dass sie zu sechst waren und jeder zu einer anderen Familie gehörte. Das überraschte ihn nicht. Die meisten Handelskarawanen, die durch Jezalya kamen, wurden von ausgedehnten Familienverbänden kontrolliert, und die Sippenführer wählten sich ihre Frauen gewöhnlich aus der eigenen Verwandtschaft, um die Erbschaftsrechte im Griff zu behalten. Das führte dazu, dass an typischen Merkmalen zu erkennen war, wer zu den einflussreicheren Kaufmannsfamilien gehörte. Nasaan hatte inzwischen oft genug mit diesen Leuten zu tun gehabt, um zu sehen, dass die sechs vor ihm die sogenannten »Großen Familien« vertraten, riesige Stammesnetzwerke, deren Älteste im Grunde den gesamten Handel innerhalb Jezalyas in Händen hielten. Dass jede dieser Sippen einen Blutsverwandten zu dem Treffen entsandt hatte, anstatt sich mit einem gemeinsamen Vertreter zu begnügen, war kein gutes Zeichen.

»Wir danken Euch, dass Ihr uns Audienz gewährt, Hoheit.« Der Sprecher war ein Mann, den Nasaan sogar recht gut kannte. Hatal et Saroch war in den Tagen vor der Eroberung einer seiner Geheimagenten in der Stadt gewesen und hatte ihm geholfen, die nötigen Gerüchte in Umlauf zu setzen, um Dervastis Ansehen zu untergraben. Inzwischen hielten sie in der Öffentlichkeit Abstand voneinander, sodass kaum jemand von der Verbindung wusste, hin und wieder ließ ihm Saroch jedoch eine wichtige Information zukommen, und hin und wieder gab Nasaan seiner Familie ein besonderes Zeichen seiner königlichen Gunst. Loyale Mittelsmänner hatte man nie genug.

»Die Herren über den Handel sind uns stets willkommen«, antwortete Nasaan. »Allerdings kommen sie nicht immer so zahlreich zu uns.«

Die Männer sahen sich an. Man konnte unschwer erkennen, dass ihnen nicht wohl war in ihrer Haut. Da Nasaan bekanntlich nichts davon hielt, bei schlechten Nachrichten den Boten zu bestrafen, machte ihn das noch misstrauischer.

»Die Großen Familien haben eine Nachricht erhalten, die für den Fürsten von Jezalya von Bedeutung sein könnte.« Bei den letzten Worten faltete Saroch die Hände vor dem Körper – das vereinbarte Zeichen, dass Nasaan größere Unannehmlichkeiten bevorstanden. *Als ob ich mir das nicht schon selbst zusammengereimt hätte,* dachte er spöttisch. »Und jede Familie hielt es für besser, zu diesem Treffen einen eigenen Vertreter zu entsenden.«

Als Zeugen, dachte Nasaan düster. *Die einzige Rolle, die keine der Familien einem Außenseiter überlassen würde.* Er lehnte sich zurück, kniff die Augen zusammen und legte seine schwieligen Kriegerfinger aneinander. »Heraus damit. Wie lautet die Nachricht?«

»Aus Bandezek werden böse Dinge gemeldet«, antwortete Saroch. »Gerüchte über den Schwarzen Schlaf machen die Runde. Allerdings wurden noch keine tatsächlichen Fälle festgestellt.«

Bandezek lag zwei Tagesritte von seiner eigenen Stadt entfernt, eine Oase, die er bereits in seine Expansionspläne einbezogen hatte ... Die Stadt war bei Weitem nicht so groß oder so reich wie Jezalya – das waren nur wenige Städte –, angesichts der riesigen Wüste ringsum aber doch ein lohnendes Ziel. Wenn in Bandezek tatsächlich diese schreckliche Seuche wütete, wäre das in vieler Hinsicht eine Katastrophe, nicht zuletzt deshalb, weil nach Überzeugung vieler Wüstenvölker der beste Schutz vor dem Schwarzen Schlaf darin bestand, alles und jedes zu verbrennen, was angesteckt worden sein könnte. Worunter man gewöhnlich *alles in weitem Umkreis* verstand.

»Ihr sagt, es gibt keine bestätigten Fälle«, wiederholte Nasaan. »Also bloß ein Gerücht?«

»Bislang«, antwortete Saroch.

Das war nicht unbedingt beruhigend. Städte waren schon aus geringerem Anlass dem Erdboden gleichgemacht worden.

Saroch warf einen Blick auf seine Begleiter, dann wandte er sich wieder an Nasaan. »Außerdem grassiert unter den Nomaden eine unbekannte Krankheit. Sie verursacht eine tödliche Schwäche, ähnlich wie der Blutschweiß, jedoch ohne alle anderen Erscheinungen dieser Erkrankung. Mehrere Familien aus der Gegend sollen bereits verschwunden sein, wobei das bei Nomaden natürlich schwer festzustellen ist. Wenn es allerdings wahr ist ... dann könnten sie an der Krankheit gestorben oder aus Angst vor Ansteckung getötet worden sein. In beiden Fällen kein gutes Zeichen.«

Wahrhaftig nicht. Nasaan schwieg, um das Gehörte zu verarbeiten und die Folgen zu bedenken. Diese Heimsuchungen entsprangen womöglich alle der gleichen Quelle ... die sich zudem ungemütlich nahe vor seiner Haustür befand. Das war nun wirklich ein schwarzer Gedanke, und er achtete darauf, mit keinem Blick zu verraten, in welche Richtung seine Überlegungen gingen. Keiner dieser Männer durfte erraten, woher das Unheil kam.

»Das findet alles jenseits meiner Grenzen statt, nicht wahr? Keiner von meinen Leuten wurde bisher von der Krankheit befallen?«

Sarochs Augen verengten sich ein wenig. »Wollt Ihr damit sagen, es geschähe außerhalb Eures Einflussbereichs? Nicht im Gebiet der Stämme, die Jezalya den Treueeid geleistet haben? Das ist richtig.« Seine Stimme war scharf geworden. »Keiner von Euren Lehensleuten ist betroffen.«

»Daran sieht man zumindest ganz deutlich, dass ich meine Untertanen zu schützen weiß.«

Einer der anderen Kaufleute zog scharf die Luft ein. Nasaan sah ihn an. Ein hochgewachsener, dünner Mann mit schmalem Gesicht. Nasaan hatte ihn noch nie gesehen.

»Ich bitte um Vergebung«, sagte der Mann, als er sah, dass die Augen des Fürsten auf ihm ruhten, »aber genau darum geht es.«

»Und wer seid Ihr?«

Der Kaufmann erstarrte. »Duat et-Ahal, Hoheit.«

»Nun, Duat et-Ahal, dann sagt, was Ihr zu sagen habt. Wie man sieht, sind meine Hexen und Hexer mächtig genug, um die Krankheit in Schach zu halten. Wer sich unter meinen Schutz begeben will, braucht es nur zu sagen. Jezalya ist also sicher, und seine Bewohner sind in der Stadt gut aufgehoben. Was habt Ihr daran auszusetzen?«

»Hoheit, Jezalya mag sicher sein, aber seine Größe besteht in seinen Verbindungen zu anderen Städten. Ohne die Handelskarawanen, die die Schätze der Welt bis vor ihre Tore bringen, würde es verkümmern und schließlich sterben. Und wenn die Führer dieser Karawanen hören, dass in der Gegend eine schreckliche Seuche wütet, vor der sie erst geschützt sind, wenn sie Eure Tore erreichen, werden sie mit ihren Waren anderswohin ziehen.«

»Das wäre sehr töricht«, gab Nasaan zu bedenken. »Auf hundert Meilen im Umkreis gibt es keine anderen großen Handelswege. Der Schaden für die Großen Familien wäre beträchtlich.«

Die Kaufleute sahen sich an. Endlich fasste sich einer ein Herz. »Hoheit, die Ältesten meiner Familie überlegen bereits, ob wir nicht unsere althergebrachten Routen aufgeben sollen, auch wenn wir dadurch zunächst mit Verlusten rechnen müssen. Was hat der Verkäufer davon, wenn er zwar einen Käufer für seine Waren findet, aber stirbt, bevor das Geschäft abgeschlossen werden kann?«

»Deshalb sind wir heute zu Euch gekommen«, fuhr Saroch fort. »Wir wollten Euch von unseren Plänen in Kenntnis setzen, damit Ihr Zeit hättet, Euch der Sache anzunehmen.«

Nasaan zog eine Augenbraue hoch. »Und was soll ich Eurer Meinung nach tun?«

Daraufhin trat Schweigen ein. Es wurde nicht einfach nur still, man hatte vielmehr ganz deutlich das Gefühl, dass bestimmte Dinge bewusst nicht ausgesprochen wurden.

»Ihr könnt über Hexen und Hexer verfügen«, sagte Saroch endlich. »Und Ihr kennt sicherlich noch andere Mittel und Wege. Wenn Eure Leute stark genug sind, um eine Stadt wie Jezalya zu schützen, dann können sie gewiss noch mehr. Lasst sie nach dem Herd der Seuche suchen, auch wenn er außerhalb Eurer Mauern liegt, und beseitigt ihn. Davon profitieren zwar einige Leute, die Euch noch keinen Treueeid geleistet haben, doch Ihr erweist Euch zusätzlich als großherziger Fürst, der die Treue der Menschen auch weiterhin verdient.« Er hielt inne. »Das braucht Jezalya, Hoheit.«

»Und wir brauchen es auch«, fügte et-Ahal hinzu.

Aha, dachte Nasaan, *aber so einfach ist die Sache nicht. Mit einem Hexer, der einen Heilzauber wirkt, ist es nicht getan.*

»Von welchem Zeitraum sprechen wir denn?«, fragte er.

»Falls der Schwarze Schlaf in Bandezek auftritt, kommt der Karawanenverkehr in dieser Region augenblicklich zum Erliegen. Darin sind sich alle Großen Familien einig. Ansonsten …« Saroch sah die anderen Kaufleute an und wartete, bis jeder mit einem winzigen Zeichen seine Zustimmung kundgetan hatte. »Ansonsten hängt es davon ab, wie viel Zeit sich die Familien damit lassen, die Angelegenheit zu erörtern. Und das hängt wiederum davon ab, wie fest wir als Eure Fürsprecher aufrichtig an eine Besserung der Lage glauben.«

Nasaan nickte knapp. »Verstehe.« Er nahm zu einem Besucher nach dem anderen Blickkontakt auf und bemühte sich, mehr Zuversicht zu verbreiten, als er tatsächlich empfand. »Dann hoffe ich, dass Eure Beratungen sich eine Weile hinziehen. Inzwischen werde ich mir zusammen mit meinen Hexern und Hexen überlegen, was wir unternehmen können.«

Saroch neigte den Kopf. »Ich danke Euch, Hoheit.«

Nasaan stand auf. Es war nicht leicht, sich gelassen und selbstbewusst zu geben, wenn man innerlich von widerstreitenden Gefühlen zerrissen wurde; er fragte sich, ob ihm diese Heuchelei jemals in Fleisch und Blut übergehen würde. »Ich bin Euch alle dankbar für Euer Kommen. Dankbar für Euren Rat. Dieses Entgegenkommen der Großen Familien wird nicht vergessen werden.«

Einer nach dem anderen verneigte sich respektvoll und verabschiedete sich mit angemessenen Worten von seinem Fürsten. Aber Nasaan hörte ihnen nicht mehr richtig zu. Er war mit seinen Gedanken bereits anderswo.

Als sie endgültig fort waren – als sich nicht nur die Türen hinter ihnen geschlossen hatten, sondern auch ihre Schritte verklungen waren –, schlüpfte hinter einem holzgeschnitzten Paravent eine Gestalt hervor.

»Du hast es gehört«, sagte Nasaan ruhig.

»Ich habe es gehört«, bestätigte Siderea.

»Gehe ich recht in der Annahme, dass du nicht nur *Jezalya schützt*, sondern noch mehr mit der Sache zu tun hast?«

Für einen Moment wurde es still.

»Hat sich dein Herrschaftsgebiet nicht verdoppelt, seit du den Thron erobert hast?«, fragte sie dann. »Kommen die Stämme nicht zu dir und bitten dich um deinen Schutz?«

»Das war nicht meine Frage.«

»Ganz recht, mein Fürst.« Ihre Stimme war wie flüssiges Silber, doch diesmal verfehlte sie ihre Wirkung. »Willst du die Antwort wirklich hören?«

Er schloss die Augen und sprach erst, als er sicher war, dass seine Stimme nicht schwanken würde. »Die Dinge, die dieser Stadt einst nützlich waren, bringen sie nun in Gefahr.«

»Bist du dir da so sicher?«

Er sah sie aufgebracht an. »Ich glaube mich zu erinnern, dass ich hier die Herrschaft ausübe!«

Sie spreizte die Hände. An jedem Finger blitzten kostbare Ringe. »Es wurden Ereignisse in Gang gesetzt. Daran lässt sich so spät im Spiel nicht mehr so leicht etwas ändern.«

»Dann wird es eben schwierig«, fuhr er sie an. Er hatte plötzlich die Geduld verloren. »Oder willst du mir sagen, du wärst damit überfordert?«

In ihren Augen blitzte etwas auf, das weder Schmeichelei noch Verführung war; er fand es seltsam erfrischend. »Ich will lediglich sagen, dass es nicht so einfach ist, wie eine Handvoll kranker Bauern zu heilen. Es gibt Gründe für das, was draußen in der Wüste vorgeht, ich kann es nicht so einfach ungeschehen machen.«

»Dann musst du eben etwas verändern!«, befahl er. Mit einem Schlag wallte der Zorn in ihm auf und ergoss sich mit betäubender Wucht über sie. »Lass die Seuche an einem anderen Ort zuschlagen! Oder gib ihr andere Opfer! Draußen in der Wüste leben Hunderte von Nomaden, die außer Geiern und Kamelen nie jemand zu Gesicht bekommt. Wenn *sie* erkranken, kümmert das niemanden. Wer soll schon merken, wenn morgen ein ganzes Lager verschwindet? Was immer du also vor meiner Stadt treibst – und du hast recht, ich will es wirklich nicht wissen –, geh damit zu ihnen. Oder anderswohin.« Er schlug mit der Faust neben sich auf einen Tisch. »*Hier will ich es jedenfalls nicht haben!*«

Er wandte sich ab und atmete tief durch, um sich zu beruhigen. Irgendwo erkannte er sogar, dass er sich unvernünftig benahm. Diese *Djira* hatte ihm geholfen, den Thron zu erringen. Sie hatte mehrere Stämme auf seine Seite gezogen, die leidenschaftlich auf ihre Unabhängigkeit bedacht waren, und andere entmutigt, die sich sonst gegen ihn gestellt hätten. Es war der Gipfel der Heuchelei, jetzt die Methoden zu verdammen, die er zuvor so freudig mit Beifall bedacht hatte.

Aber die Umstände ändern sich, dachte er. *Und die Methoden müssen sich anpassen. So lautet das Gesetz des Krieges.*

»Ich werde mein Möglichstes tun«, versprach sie.

Die Spannung in seinen Schultern löste sich ein wenig. Er hatte sich von Anfang an gefragt, was wohl geschehen würde, wenn er und sie nicht mehr die gleichen Ziele verfolgten. Ob sie sich dann seiner Autorität unterwerfen würde. Nun sah es ganz danach aus.

Zumindest bis auf Weiteres.

»Kümmere dich um Bandezek«, befahl er. »Schütze seine Bewohner, wie du die meinen schützen würdest. Wenn die Stadt in Flammen aufgeht, kommt das Jezalya teuer zu stehen.«

»Ich lasse nicht zu, dass sie in Flammen aufgeht«, versicherte sie ihm.

Als sie vor gar nicht so langer Zeit darüber verhandelt hatte, wie sich ihr Verhältnis gestalten sollte, hatte sie ihm zugesagt, ihn an dem Tag zu verlassen, an dem er ihren Rat nicht länger schätze. Aber sie hatte nicht versprochen, auch Jezalya zu verlassen. Vermutlich würde sie Nasaans Stadt ebenso attackieren wie jetzt die Nomaden, um ihn zu bestrafen. Die *Djira* waren nicht dafür bekannt, dass sie Kränkungen verziehen.

Er hatte genug erreicht, sagte er sich. Es *musste* genügen. Zumindest fürs Erste.

Also ging er, ohne sich noch einmal nach ihr umzusehen.

Im Haus der Götter hingen zwei Dutzend riesige Öllampen von der Decke. Die Flammen zauberten tanzende Lichtfünkchen auf die glatten Flächen aus Metall, Edelstein und poliertem Stein und ließen die Statuen beinahe lebendig wirken. An einem solchen Ort glaubte man leicht an Geister und daran, dass den Göttern viel daran gelegen war, die Stadt zu beschützen, die ihnen Obdach gab.

Die Statue des Kriegsgottes stand ganz hinten. Nasaan spürte Alwats Macht, als er darauf zuging. Dies war sein Schutzpatron, er hatte ihm die Eroberungsträume geschickt, als er noch ein einfacher Krieger gewesen war. Alwat hatte ihn gelehrt, nach Macht zu streben. Alwat hatte ihn nach Jezalya geführt. Alwat hatte ihn gedrängt, sich selbst zum Herrscher aufzuschwingen.

Alwat hatte auch seinem Handel mit der *Djira* beigewohnt.

Er hörte, wie sich von hinten Schritte näherten, drehte sich aber nicht um. »Heraus damit«, sagte er. »Ihr braucht mich nicht zu schonen.«

Saroch trat neben ihn. »Es wird gemunkelt, Eure Fürstin sei ein Dämon. Und nicht bloß ein kleiner Sandgeist, den Ihr in Eure Dienste gezwungen habt. Sondern noch unheimlicher als ein *Djir* – ein Wesen mit eigenem Willen. Die Leute tuscheln, dass die Krankheit vor den Stadtmauern auf sie zurückgeht. Dass sie den Stämmen die Seuche nur schickt, um ihre persönlichen Pläne zu fördern. Dass ihr Jezalya gleichgültig ist.« Er legte eine Pause ein. »Und Ihr ebenfalls.«

Zorn und Enttäuschung wallten in Nasaan auf, und da es in diesem Raum nichts gab, was er zerschlagen konnte, ohne den Zorn irgendeines Gottes zu erregen, spürte er plötzlich den dringenden Wunsch, seine Wut an Saroch auszulassen. Als wäre der Händler schuld daran, dass er sich in diese schlimme Lage gebracht hatte.

Er schluckte den Zorn mühsam hinunter. »Nichts von alledem ist wahr«, knurrte er.

»Mit Verlaub, Hoheit ... darauf kommt es nicht an. Der Klatsch hat seine eigenen Gesetze.«

Richtig, dachte Nasaan finster. Er selbst hatte vor der Eroberung Jezalyas Gerüchte verbreiten lassen, die mitgeholfen hatten, den damaligen Fürsten vom Thron zu stürzen. *Und in den Händen von Feinden kann der Klatsch zur gefährlichen Waffe werden.*

Mit einem frustrierten Schnauben schaute er abermals zu Alwat auf. Die Augen des Gottes glänzten im Lampenschein, als wären sie lebendig, und beobachteten ihn. War das der Lohn dafür, dass Nasaan sich von einem Kriegsgott hatte leiten lassen? Rein strategisch betrachtet hatte seine *Djira* schließlich alles richtig gemacht. Die Menschen fürchteten ihn. Sein Heer wurde immer größer. Bald würde er seine Soldaten in die Wüste hinausschicken können, um sein Reich zu vergrößern. Um all das hatte er zu Alwat gebetet, all das hatte ihm die *Djira* versprochen.

Man konnte von einem Kriegsgott nicht erwarten, dass er sich einen Rattenfurz um den Handel scherte. Oder um den Klatsch in der Stadt.

Dennoch kann beides ebenso mächtig sein wie das Schwert, dachte er nüchtern. *Und beides kann ein Reich zu Fall bringen.*

»Es tut mir leid«, murmelte Saroch.

»Nicht nötig. Ich bezahle Euch dafür, dass Ihr mir die Wahrheit berichtet.«

»Es gibt auch Gerüchte über finstere Kreaturen, die außer Sichtweite der Wachen die Stadt umkreisen. Ich bin nicht sicher, ob es tatsächlich jemanden gibt, der sie mit eigenen Augen gesehen hat, aber die Nomaden sind überzeugt, dass sie hier sind. Angeblich bringen sie die Krankheit mit.«

Nasaan schnürte es die Brust zusammen. »Geflügelte Kreaturen?«

»Ja.«

Er erinnerte sich an das Ungeheuer, das er in der Nacht vor der Eroberung auf dem Schlachtfeld gesehen hatte. Schwarze Schwingen, riesengroß und keinesfalls ein natürliches Lebewesen. Gab es da draußen noch mehr von dieser Sorte? Und wenn ja, in welchem Verhältnis standen sie zu seiner *Djira*? Waren sie ihre Verbündeten? Ihre Diener? Oder etwas noch Schlimmeres? Mit einem Mal wurde ihm schmerzlich bewusst, wie sehr ihn die ganze Sache überforderte. Er hätte die Hilfe eines Priesters gebraucht, um Ordnung in das Durcheinander zu bringen. Aber es gab keinen Priester, dem er solche Dinge anvertraut hätte.

»Erzählen die Kaufleute von diesen Kreaturen?«

»Noch nicht. Nur die Nomaden.« Saroch zögerte. »Doch das wird sich ändern, wenn es noch lange so weitergeht. Und falls die Stämme in Panik geraten … *wenn* sie in Panik geraten …« Er ließ den Satz in vielsagendem Schweigen enden.

Dann bricht das Chaos aus, dachte Nasaan. *Und es kann durchaus sein, dass die Götter den stürzen, der es bis vor ihre Tür getragen hat.*

Er bemühte sich, den Sturm in seinem Inneren mit einem tiefen Atemzug zu beruhigen. Oder zumindest den Anschein zu erwecken, als hätte er ihn beruhigt. Dann nickte er steif. »Ich verstehe, Saroch. Vielen Dank. Ich schätze Euren Rat wie eh und je.«

Er nahm eine kleine Börse von seinem Gürtel und reichte sie dem Händler. Der schaute nicht hinein, wog sie aber kurz in der Hand und war offenbar mit dem Ergebnis zufrieden. »Es ist mir eine Ehre, einem so großzügigen Fürsten zu dienen«, sagte er und senkte respektvoll den Kopf.

Dann wandte er sich dem Eingang zu. Nasaan hörte, wie sich seine Schritte entfernten, und sagte: »Saroch.«

Die Schritte hielten inne.

»Die Seuche wird Bandezek verschonen.«

Eine Pause. »Das werden unsere Familien gerne hören, Hoheit.«

Die Schritte überquerten die Schwelle, und Nasaan blieb mit seinen Göttern allein zurück.

Kapitel 30

Die Karte bestand aus acht Teilen, und jeder Teil war mehrfach gefaltet. Selbst wenn man Steine auf die Ecken legte, war es nicht leicht, sie alle flach zu halten. Wie wenig Zauberei wäre nötig gewesen, um sie zu glätten? Oder die Teile zu einem Ganzen zu verbinden? Colivar mochte Salvator wegen seiner störrischen Weigerung, Zauberei zu akzeptieren, einst verachtet haben, doch seit der Geist eines Seelenfressers von innen an seiner eigenen Seele scharrte, sah er den Glauben der Büßer in einem etwas anderen Licht.

Gwynofar war mit einem von Farahs Marschällen, einem dunkelhäutigen jungen Mann, der ihnen als Kaht vorgestellt wurde, zu dem Treffen gekommen. Auch eine junge Frau namens Sina war anwesend, der man die Aufgabe übertragen hatte, die Seher mit den Hexern und Hexen der Büßer zu einer schlagkräftigen Truppe zu vereinigen. Alle sahen schweigend zu, wie Farah seine Papiere auslegte und versuchte, aus den hastig hingekritzelten Bildern sinnvolle Erkenntnisse zu gewinnen.

»Die Stadt ist für nördliche Verhältnisse klein«, erklärte Farah. »Das östliche Viertel wird vom Haus der Götter beherrscht – hier.« Er zeigte auf die Zeichnung eines runden Kuppelbaus. »Der Palast befindet sich im Zentrum – hier. Die Stadt ist von einer Mauer umgeben, außen massiver Stein, im Kern ausgeglühte Erde. Jeder Hexer und jede Hexe, die nach Jezalya kommen, wird gebeten, diese Mauer mit einem Zauber zu verstärken. Das geht seit zwanzig oder dreißig Generationen so, und deshalb glauben die Bewohner, dass schon die Götter selbst zuschlagen müssten, um ihnen Schaden zuzufügen. Womit sie wahrscheinlich recht haben.«

»Und unter der Erde?«, fragte Favias.

»Ist sie ebenfalls befestigt, wie mein Kundschafter berichtet. Allem Anschein nach sind alle natürlichen Zugänge geschützt.« Farah verschränkte die Arme vor der Brust. »Der Fürst ist derzeit ein Stammeskrieger namens Nasaan, der die Stadt vor einigen Monaten mit Gewalt eroberte. Er befehligte ein für diese Region recht großes Heer – nahezu tausend Mann –, setzte jedoch auch im Inneren der Stadt massiv Spione ein, um die Verteidigung zu unterwandern. Die Einheimischen behaupten im Scherz, jeder dritte Bewohner stehe in seinem Dienst. Es wäre also auch riskant, eigene Spione einschleusen zu wollen.

Er hat eine Fürstin an seiner Seite, vermutlich eine Hexe. Kaum jemand bekommt sie zu Gesicht.« Er sah Salvator an. »Es geht das Gerücht, sie sei kein Mensch, sondern ein Dämon. Außerdem munkelt man, dass Nasaan ihr hörig sei. Beides gefällt der Bevölkerung nicht.«

»Siderea Aminestas«, murmelte Salvator.

Sehr wahrscheinlich, dachte Colivar. Es fiel ihm schwer, den Namen nicht mit seiner einstigen Geliebten zu verbinden, sondern mit einer Feindin, die ihn beinahe getötet hätte. Die beiden Bilder waren in seinen Gedanken so eng miteinander verwoben, dass er sie nicht sauber zu trennen vermochte.

»Könnte er ihr tatsächlich hörig sein?«, fragte Gwynofar. »Vielleicht kontrolliert sie ihn mit Magie?«

»Seinen freien Willen hat er sicher noch«, bemerkte Colivar spöttisch. »Sie liebt es, sich die Männer mit ihren Verführungskünsten gefügig zu machen. Wenn sie sich nicht wehren könnten, hätte sie keinen Spaß daran.«

»Eine Schwäche«, murmelte Salvator. Offenbar ein weiterer Punkt auf einer Liste, die er im Geiste zusammenstellte. »Ist die Stadt diesem Nasaan treu ergeben? Wissen wir etwas darüber?«

Farah schüttelte den Kopf. »Mein Kundschafter meinte, den Bürgern sei es ziemlich einerlei, wer über sie herrsche … die Sache mit der nichtmenschlichen Hexe fänden sie allerdings beunruhigend. Sie wurden in der Vergangenheit mehrfach gewaltsam erobert, und die meisten ziehen einfach den Kopf ein und warten, bis der Sturm vorüber ist. Nasaan hat angeboten, bei einer Kapitulation die Stadt zu verschonen, und die Mehrheit der Bewohner war damit einverstanden.« Er hielt inne. »Bei seinen Kriegern liegt die Sache anders. Die Wüstenstämme sind grausam und blutdürstig, und es gilt als hohe Ehre, im Kampf zu sterben. Sollte es zur Schlacht kommen, so müsste man die Gegner bis auf den letzten Mann töten, bevor ihr Widerstand gebrochen wäre ... und vielleicht nicht einmal dann.

Um die Stadt zieht sich ein Streifen Niemandsland, und jenseits davon beginnt die Große Wüste. Sie wird von Nomaden bevölkert, die immer dorthin ziehen – und sich um die Stellen streiten –, wo ihre Tiere etwas zu fressen finden. Alle Stämme in der Nähe der Stadt haben Nasaan den Treueeid geleistet. Die Stämme weiter draußen ...« Er zögerte. »Mein Kundschafter hat seltsame Gerüchte gehört. Dort scheint eine zehrende Seuche zu grassieren. Es wurde berichtet, dass man die Götter sogar mit Menschenopfern zum Eingreifen zu bewegen suchte.«

Das ist der Einfluss eines Seelenfressers, dachte Colivar. *Vielleicht auch von mehreren.* Der Gedanke weckte Erinnerungen aus so ferner Vergangenheit, dass sie zu einem fremden Leben zu gehören schienen. Bilder huschten vor seinen Augen vorbei: ganze Städte, denen man den Geist ausgesogen hatte; Männer und Frauen, die nicht mehr die Kraft hatten, sich selbst zu ernähren; verlassene Kinder, deren Eltern nicht mehr fähig gewesen waren, ihnen menschliche Zuneigung zu geben. »Wo soll diese Krankheit wüten?«

Farah zeichnete einen großen Kreis auf die Karte. Im Osten ging er durch einen schmalen Streifen von vollkommen parallel angeordneten Bergketten. Es sah aus, als hätte ein großes Tier mit seinen Klauen die Erde aufgerissen.

»Dort sind sie«, flüsterte Colivar. »Die Seelenfresser.«

Ramirus sah ihn an. »Wie viele sind es nach deiner Schätzung?«

Colivar kniff die Augen zusammen und rechnete. »Wenn es zu Anfang etwa dreihundert waren ... abzüglich denen, die zum

Schutz der Königin im Norden zurückgelassen und von ihr getötet wurden … wahrscheinlich nur eine symbolische Truppe, da sie eindeutig vorhatten, ihren Schwerpunkt nach Süden zu verlegen …« Er hielt inne. »Wir sollten uns auf zwei Dutzend einstellen. Mindestens.«

Sula pfiff leise. »Das sind aber eine ganze Menge Seelenfresser.«

»Ich glaube nicht, dass wir für so viele genügend Waffen haben«, sorgte sich Favias.

»Man kann sie auch mit Stahl bekämpfen«, versicherte ihm Colivar. »Nur nicht so wirkungsvoll.«

Ramirus strich sich nachdenklich den Bart. »Wenn ich recht verstanden habe, geht es vor allem darum, sie auf den Boden zu locken.«

»Bei so vielen Seelenfressern«, konterte Colivar trocken, »geht es vor allem darum zu verhindern, dass sich alle Soldaten in den Sand werfen und darum betteln, verzehrt zu werden. Alles andere ist erst in zweiter Linie wichtig.«

»Ich kann mich daran erinnern«, sagte Kamala leise. »In Dantons Palast, als …« Sie warf einen Blick auf Salvator. »… als Andovan starb. Ich kann mich erinnern … dass ich gefressen werden *wollte.*«

»Und dieser Seelenfresser war im Grunde nur eine tollwütige Bestie«, gab Colivar zu bedenken. »Die Ungeheuer hier sind nicht nur selbst bei Verstand, sie können auch auf eine höhere Intelligenz zurückgreifen und sich von ihren menschlichen Verbündeten sagen lassen, wann und wie sie ihre Macht am besten einsetzen.« Er sah Favias an. »Dieselben Verbündeten könnten sie sogar davon abhalten, auf Euren Ruf so zu reagieren wie wilde Seelenfresser. Diese Möglichkeit müssen wir berücksichtigen.«

»Die Königin, gegen die ich kämpfte, war auch mit einem Menschen verbunden«, wandte Gwynofar ein. »Und doch ist sie meinem Ruf gefolgt.«

»Sie war mit einem Kind verbunden, das keine Ahnung von Kriegführung hatte. Und das wahrscheinlich insgesamt zu schwach war, um sie beeinflussen zu können.« Er schüttelte den Kopf. »Das wird hier anders sein.«

Einige der Reiter, mit denen sie zu tun bekommen würden, hatten womöglich noch den Großen Krieg miterlebt. Diese Männer waren bereits mächtige Hexer gewesen, bevor die Seelenfresser auf der Bildfläche erschienen waren. Aber um ihre Gefährlichkeit eindringlich genug zu verdeutlichen, hätte Colivar verraten müssen, woher er sein Wissen bezog, und deshalb schwieg er.

Eventuell kannte er sogar einige von ihnen. Der Gedanke war nicht neu, aber er wurde erst jetzt so richtig greifbar. Wenn er an dieser Schlacht teilnahm, könnte er möglicherweise Männern gegenüberstehen, mit denen er einst zusammengelebt, gekämpft … und eine Welt verraten hatte. Und dann war da auch noch Nyuku. Der Name allein weckte glühenden Hass. Er hatte gedacht, die vielen Jahrhunderte, die sie getrennt voneinander verbracht hatten, könnten diesen Hass gedämpft haben, aber das schien nicht der Fall zu sein.

Salvator sah Farah an. »Was ist mit den Ankern? Hat sich Euer Mann darum gekümmert?«

»Jawohl.« Farah nickte. »Er hat sie hier, hier und hier gesetzt.« Bei diesen Worten zeigte er auf der Karte auf mehrere Punkte gleich jenseits des Niemandslandes. »Und er sagt, er hat auch einen hinter dem Haus der Götter vergraben, falls jemand dort landen muss. Immer vorausgesetzt, dass Ihr den Zorn der Götter nicht fürchtet«, fügte er ironisch hinzu.

»Sehr gut.« Salvator blickte auf die Karte nieder. Colivar glaubte förmlich zu hören, wie er mit Hochdruck daran arbeitete, aus dem, was er soeben erfahren hatte, eine schlüssige Strategie zu entwickeln. »Wir haben ein und nur ein wichtiges Ziel. Wenn die junge Seelenfresser-Königin getötet wird, bleibt uns genügend Zeit, um die restlichen Vertreter der Gattung zu verfolgen und zu vernichten. Wenn sie aber entkommt, setzt sie vielleicht neue Königinnen in die Welt, bevor man sie daran hindern kann. Falls das geschieht, sind die Seelenfresser praktisch nicht mehr auszurotten. Das sollte man bei allen Planungen im Hinterkopf haben.«

»Gibt es irgendeinen Unterschied zwischen ihr und den Männchen, der uns zum Vorteil gereichen könnte?«, fragte Gwynofar.

Colivar fiel auf, dass Kamala zögerte. Er nickte ihr aufmunternd zu, doch sie hatte sichtlich Bedenken, in dieser Runde solche Auskünfte zu geben. Als jemand, der selbst sein Wissen über diese Kreaturen jahrhundertelang geheim gehalten hatte – und in den letzten Monaten auf Zehenspitzen um das Thema herumgeschlichen war –, hatte er dafür Verständnis.

Ganz zu schweigen davon, dass sie sich auch selbst verraten würde, wenn sie die Fähigkeit der Königin offenbarte. Aber das werden die anderen nicht begreifen.

»Sie kann sich durch Irreführung tarnen«, sagte Gwynofar endlich, »und zwar sehr viel wirkungsvoller als die anderen. Niemand kann sie sehen, wenn sie nicht gesehen werden will. Und wahrscheinlich kann man ihr auch mit Zauberei nichts anhaben, solange ihre Abwehr steht.« Sie warf einen Blick auf Salvator. »Das Gleiche gilt für Hexerei.«

»Also müssen wir sie aus der Stadt locken«, folgerte Salvator.

»Siderea ist nicht dumm«, stellte Colivar klar. »Sobald sie eine Verfolgung wittert, wird sie aus Jezalya fliehen und die Ikati-Königin mitnehmen.«

Salvator nickte. »Dann müssen wir als Erstes dafür sorgen, dass sie das nicht kann.«

Sina meldete sich. »Es müsste möglich sein, einen Zauber aufzurichten, der jede Beförderung verhindert. Aber wenn wir nicht genau wissen, wo sie sich befindet, wäre der Energieaufwand ...«

»Ihr müsstet ganz Jezalya abdecken«, sagte Ramirus. »Und da man das Lager nicht unmittelbar neben der Stadtmauer aufschlagen kann, müsste man noch eine Menge zusätzliches Gelände mit einbeziehen.«

Favias zeigte auf die Stellen, wo nach Farahs Angaben Anker gesetzt worden waren. »Nehmen wir an, alle Hexen und Hexer landen gleichzeitig an diesen Punkten, könnten sie dann von dort aus ausschwärmen, Sina?«

»Sechs rings um die Stadt verteilte Fokuspunkte müssten genügen, um ein stabiles Einschlussfeld zu errichten«, antwortete sie. »Damit würde zwar nicht jegliche Hexerei verhindert, aber wir könnten jeden Versuch einer magischen Beförderung unterbinden.«

»Siderea könnte also weder mit noch ohne ihre Ikata entkommen.«

»Sechs Fokuspunkte für unsere Hexen und Hexer sind auch sechs Schwachpunkte, an denen ein Feind angreifen kann«, gab Farah zu bedenken. »Wer einen Hexer tötet, unterbricht den Kreis. Ihr seid umgeben von Stämmen, die Nasaan und möglicherweise auch Siderea untertan sind. Zu einfach.«

»Unsere Seher können ihre Energie zu einer gemeinsamen Beschwörung zusammenschließen«, erklärte ihm Favias. »Einen von ihnen zu entfernen könnte die Beschwörung schwächen, aber sie würde nirgendwo völlig zusammenbrechen.«

»Doch die Schwachstelle könnte Siderea den Durchbruch gestatten«, gab Salvator zu bedenken. »Jeder, der an der Beschwörung beteiligt ist, braucht daher militärische und metaphysische Deckung.«

»Habt Ihr dafür genügend Hexen und Hexer?«, fragte Farah mit hochgezogener Augenbraue.

Salvator blickte zu ihm auf. Ein schwaches Lächeln umspielte seine Lippen. »Gott sorgt für seine Gläubigen, König Farah.«

»Wir haben es immer noch mit zwei Dutzend Seelenfressern zu tun«, erinnerte Favias. »Sie werden uns sehen, sobald wir ankommen, und wenn sie über menschliche Intelligenz verfügen, werden sie sich zusammenreimen, was wir im Schilde führen. Jeder Einzelne könnte eine Hexe und ihre Beschützer vernichten, ohne beim Fliegen aus dem Takt zu kommen. Wir müssen uns also zuerst mit ihnen befassen, sonst ist alles andere sinnlos.«

»Aber wenn wir zuerst mit ihnen kämpfen, wird Siderea wissen, dass Gefahr im Verzug ist, und wahrscheinlich fliehen. Mit ihrer Königin.« Salvator rieb sich die Stirn, doch seine Kopfschmerzen ließen nicht nach. »Welche Waffen können gegen diese Kreaturen noch eingesetzt werden? Außer den naheliegenden?«

»Hexerei erfordert – genau wie Zauberei –, dass man seine geballte Aufmerksamkeit auf das Ziel richtet«, sagte Ramirus. »Und ob das zuverlässig verfügbar ist, wissen wir nicht.«

»Ich habe gegen einen Seelenfresser gekämpft«, erinnerte ihn

Kamala. »Vor Dantons Palast. Damals ist es mir gelungen, ihn ins Visier zu nehmen und ihn mit … Hexerei anzugreifen.«

Colivar schüttelte den Kopf. »Dieses Ungeheuer war durch den Tod seines menschlichen Konjunkten geistig verwirrt. Es konnte kaum klar denken, geschweige denn sich wirksam verteidigen.«

Salvator schaute jäh auf. »Reagieren sie alle so, wenn ihre menschlichen Partner getötet werden?«

Colivar ließ sich mit der Antwort Zeit und überlegte, was er sagen und was er verschweigen sollte … und welche Erinnerungen seine Worte wachrufen könnten. Dann erklärte er sehr leise: »Soviel ich weiß, kommt es darauf an, wie lange die Bindung bestanden hat. Wenn der Zusammenschluss noch frisch ist, wird der menschliche Geist beim Tod des Seelenfressers einfach in seinen früheren Zustand zurückversetzt. Ein bestürzendes Erlebnis, gewiss, aber man wird nicht zwangsläufig handlungsunfähig. Doch je länger eine Bindung andauert, desto mehr wächst die wechselseitige Abhängigkeit der beiden Bewusstseine. Wenn man unvermittelt die Hälfte seiner Seele verliert und jede andere Existenzform vergessen hat, kann das ein vernichtender Schlag sein. Für einen Seelenfresser kommt noch der plötzliche Verlust der höheren Intelligenz hinzu … und in manchen Fällen hat sie allein die tierischen Instinkte in Schach gehalten.« Er sah Salvator an. »Wenn Ihr die menschlichen Partner tötet, könnten die Ikati aufeinander losgehen. Oder sie könnten sich auf Jezalya stürzen. Oder auf Euch. Niemand kann vorhersagen, was geschehen wird.«

»Und wie erledigen wir die Partner?«, fragte Favias. »Diese Strategie erscheint mir doch am aussichtsreichsten zu sein.«

Colivar schüttelte den Kopf. »Seelenfresser entfernen sich niemals weit von ihren menschlichen Konjunkten. Ihr könnt keine der beiden Gruppen angreifen, ohne dass die andere Seite die Verteidigung aufnimmt.«

»Was ist mit Siderea selbst?«, fragte Salvator nachdenklich. »Würde sie durch den Tod ihres Seelenfressers um den Verstand gebracht?«

Colivar zögerte. »Die Bindung besteht noch nicht lange, sie

sollte also die Trennung einigermaßen leicht überwinden können. Bei ihrer Königin liegen die Dinge möglicherweise anders. Je nachdem, wie jung sie ist und wann Siderea sich an sie gebunden hat ... womöglich musste die Kreatur nie selbst denken oder höchstens in ganz primitiven Kategorien. In diesem Fall ...«

»... wäre sie vielleicht völlig hilflos«, vollendete Salvator.

Colivar nickte. »Genau.«

»Wenn wir also Siderea töten, könnte die Königin leichte Beute sein.«

»Das ist nur Spekulation«, warnte Colivar.

»Dessen bin ich mir bewusst.«

Salvator verschränkte die Arme und schaute auf die Karte nieder. »Dreh- und Angelpunkt sind demnach die Seelenfresser, nicht wahr? Wenn sie nicht mit im Bild sind, fügt sich alles ordentlich zusammen. Nehmen wir sie dagegen mit herein, dann wissen wir nicht, wo wir anfangen sollen.« Er schüttelte unschlüssig den Kopf. »Es muss doch einen Weg geben.«

»Majestät«, meldete sich Favias, »ich würde mich gerne mit meinen Archivaren darüber beraten. Mithilfe der neuen Erkenntnisse könnten sie eine andere Strategie für den Kampf gegen die Ungeheuer entwickeln. Wenn wir sie schon nicht sofort töten können, lassen sie sich vielleicht lähmen.«

Salvator überlegte, schließlich nickte er. »Einverstanden. Wir können wohl alle etwas Muße vertragen, um das Wissen zu verarbeiten. Vertagen wir die Sitzung bis morgen früh, dann könnt Ihr uns Bericht erstatten.« Er sah Farah an. »Ich bin Euch unendlich dankbar, Ihr habt sehr viel für dieses Unternehmen getan. Wenn wir Erfolg haben, geht ein großer Teil davon auf Eure Bemühungen zurück.«

»Majestät schmeicheln mir.«

»Habt Ihr die Anker bei Euch?«

Farah griff in einen kleinen Beutel, der an seinem Gürtel hing, und zog vier dünne Knochen heraus. Jeder war am Ende abgebrochen und trug ein Symbol von der Karte. »Der andere Teil ist am Zielort vergraben, an einer der Stellen, die ich Euch gezeigt habe. Magister Sula meinte, organisches Material lasse sich am besten verfolgen, deshalb haben wir das verwendet.«

»Das habe ich auch gehört.« Salvator nickte und streckte die Hand nach den Knochen aus.

Doch Farah gab sie ihm nicht sofort. Stattdessen drehte er sie hin und her, als würde er sie studieren, und strich mit einem vergoldeten Fingernagel sachte darüber. »Sie haben einen Preis, König Salvator.«

Colivar sah, wie der Großkönig zurückzuckte. »Was ist das für ein Preis?«

»Er bemisst sich an den Hunderten von Menschenleben, die mit diesen Ankern gerettet werden können. Letztlich geht es vielleicht um ganze Nationen. Es steht doch tatsächlich so viel auf dem Spiel?«

Salvator kniff verärgert die Augen zusammen. »Die Seelenfresser stehen vor Eurer Tür, Farah. Wenn sie jetzt nicht vernichtet werden, ist Euer Reich das erste, das fällt.«

Farah lachte leise in sich hinein. »Davor habe ich keine Angst, König Salvator. Wenn ich sehe, mit welchem Einsatz Ihr und Euer Gefolge Euch dieser Aufgabe widmet, bin ich sehr zuversichtlich, dass Ihr letztlich den Sieg davontragen werdet. Die Frage ist also lediglich ... wie viele Hexenkräfte Ihr bis dahin verschleudern müsst. Denn der Aufwand an Hexerei lässt sich, wie Ihr ja wisst, in Verluste an Menschenleben umrechnen.« Er schloss die Finger über den Knochen; sein Blick wurde hart und kalt. »Ohne diese Anker müsstet Ihr quer durch mein Reich marschieren, um nach Jezalya zu gelangen. Einen anderen Weg gibt es nicht. Dachtet Ihr wirklich, dafür entstünden keine Kosten? Und selbst wenn es Euch gelänge, eigene Anker einzurichten ... was ist dann mit der Rückreise nach Ende der Schlacht? Wollt Ihr Euren Hexern dafür noch mehr von ihrer Lebensenergie abfordern?« Er schüttelte den Kopf. »Nein. Nicht Ihr, König Salvator. *Büßer*könig Salvator. Ihr wollt, dass Eure Leute auf normalem Wege nach Hause zurückkehren. Das heißt, sie müssen Anchasa durchqueren.« Er nickte in Richtung der Anker in seiner Hand. »Ich finde die Investition für so viele Menschenleben angemessen.«

»Was ist Euer Preis?«, fragte Salvator heiser.

Farah breitete die Arme weit aus. »Ich will nur zurück, was mir von Rechts wegen gehört, aber meinem Volk vor Jahren genommen wurde.« Er nickte zur Zeltklappe hin und deutete auf die riesige Ebene dahinter. »Coldorra.«

Salvator zischte leise. Colivar sah, wie Ramirus zusammenzuckte. »Kommt nicht infrage«, sagte der Großkönig kalt.

Farahs Miene verfinsterte sich. »Überlegt Euch Eure Antwort gut, Salvator. Die Zeit für Euren Feldzug wird knapp. Habt Ihr das nicht selbst gesagt? Wie viele Hexen und Hexer müsstet Ihr opfern, um auf anderen Wegen rechtzeitig an Euer Ziel zu gelangen? Ich finde, unter diesen Umständen mache ich Euch ein gutes Angebot.«

Colivar sah, wie sich Salvators Lippen zu einer schmalen, harten Linie spannten, und musste ein Lächeln unterdrücken. *Ach, Farah, und ich dachte schon, du wärst weich geworden. Freut mich, dass du doch noch eine Karte im Ärmel hattest.* Natürlich würde der Großkönig nachgeben müssen. Seine Religion ließ ihm keine andere Wahl. Farah hingegen hätte ohne Zögern hundert Hexen und Hexer sterben lassen, um seinen Krieg zu gewinnen.

»Die Antwort lautet ›Nein‹«, bekräftigte Salvator.

Gwynofar sah ihn verdutzt an. Sogar Ramirus zog scharf die Luft ein.

Farahs Augen wurden schmal. »Seid Ihr ganz sicher, König Salvator? So viele Menschenleben gegen ein kleines Stück Land?« Ein kaltes Lächeln huschte über sein Gesicht. »Von einem Büßerkönig hätte ich bessere Wertmaßstäbe erwartet.«

»Die Antwort lautet ›Nein‹«, wiederholte Salvator ungerührt. »Und dabei bleibt es. Ich lasse mich nicht dazu erpressen, mein Reich zu verkleinern.« Er hob zum Abschied die Hand. »Mir scheint, wir sind hier fertig, König Farah. Ich danke Euch für Eure Hilfe. Alles Weitere übernehme ich.«

Er wandte sich ab.

»Salvator.«

Er blieb stehen, kehrte Farah aber weiterhin den Rücken zu.

»Eure Leute kommen aus dem Norden. Die meisten sogar aus dem hohen Norden. Meint Ihr wirklich, Ihr könntet sie so einfach – in voller Rüstung – in die Wüste und in einen Krieg schicken, als wärt Ihr noch in Eurem Großkönigreich?« Farah schüttelte verächtlich den Kopf. »Sie werden keinen einzigen Tag durchhalten, manche nicht mal ein paar Stunden. Ich habe fremdländische Heere erlebt, die durch die Wüstenhitze um die Hälfte dezimiert wurden, bevor die Kämpfe überhaupt begonnen hatten.«

Nun drehte Salvator sich langsam wieder um. »Was schlagt Ihr also vor?«

»Sie brauchen Zeit, um sich an das Klima zu gewöhnen. Einen sicheren Ort, wenn sie zum ersten Mal ins Schwitzen kommen. Sie müssen lernen, wie man sich in der Wüste verhält. Was ist, wenn alle Eure Hexen und Hexer fallen? Dann haben die Überlebenden einen langen Fußmarsch nach Hause vor sich.« Er hielt inne. Als Salvator immer noch nicht antwortete, fügte er hinzu: »Ihr solltet einen Führer haben, der sich mit den Wüstenbewohnern verständigen kann. Einen geländekundigen Mann, der die Verhandlungen führt, wenn Ihr auf feindliche Stämme stoßen solltet.«

»Heißt das, Ihr würdet uns das alles zur Verfügung stellen?«, fragte Salvator ruhig.

Farah warf einen Blick auf Kaht, der kaum merklich den Blick senkte. Weiter ließ sich ein Nicken nicht mehr reduzieren.

»Bringt Eure Leute an meine Südgrenze«, sagte Farah, »und ich sorge für Unterkünfte und Verpflegung. Nehmt Euch fünf Tage Zeit – drei für hartes Exerzieren und zwei Ruhetage vor der Begegnung mit dem Feind –, und Eure Chancen werden sich verbessern, das garantiere ich.« Er hielt kurz inne. »Die Wüstengötter sind grausam, Salvator. Wer sie unterschätzt, ist ein Narr.«

»Ihr habt von Exerzieren gesprochen. Und von einem Führer.«

Wieder wandte sich Farah an Kaht, und der nickte auch diesmal. »Marschall Kaht wird die Ausbildung Eurer Männer übernehmen. Ich besorge den Führer«, versprach der König.

»Und wir bekommen freies Geleit durch Euer Reich auf dem Hin- wie auf dem Rückweg?«

»Selbstredend.«

Salvator dachte lange nach. Endlich nickte er kurz und ging um den Tisch herum auf Farah zu. Als er auf Armeslänge herangekommen war, hielt er kurz inne, dann streckte er den Arm aus und drehte die Handfläche nach oben. »Ihr schickt Eure Soldaten nicht nach Coldorra. Ich werde Beobachter einsetzen, um mich davon zu überzeugen. Solltet Ihr gegen diese Bedingung verstoßen, ist auch der Rest der Vereinbarung null und nichtig, und Coldorra fällt an mich zurück.« Sein Blick war fest und kalt. »Zwischen uns herrscht jetzt Frieden, es besteht also keine Notwendigkeit mehr, Soldaten an der Grenze zu postieren.«

Farahs Nüstern blähten sich, und er schien eine scharfe Erwiderung auf der Zunge zu haben. Doch dann lachte er leise und ließ die Knochenstücke nacheinander auf Salvators Handfläche fallen. »Ihr müsst einen Händler in Eurer Ahnenreihe haben, Aurelius.«

»Und Ihr einen Teufel in der Euren.« Salvator schmunzelte. Die Spannung im Pavillon war deutlich gesunken. Er betrachtete die Knochenstücke kurz und steckte sie dann in sein Wams. »Ich werde dafür sorgen, dass Eure Forderungen verbrieft und gesiegelt werden, bevor wir dieses Lager verlassen. Wie lange wird es dauern, bis Euer Ausbildungslager für uns bereit ist?«

Wieder warf Farah einen Blick auf Kaht.

Der Marschall überlegte kurz. »Fünf Tage, um alle Vorräte anzuliefern und die nötigen Vorkehrungen zu treffen, wenn außer mir und ein paar handverlesenen Beamten niemand eingeweiht und das Gelände durch Hexen und Hexer vor neugierigen Blicken geschützt wird. Ich könnte es in drei Tagen schaffen, wenn wir das Risiko eingingen, ein paar Leute mehr ins Vertrauen zu ziehen, aber davon würde ich abraten.«

Salvator nickte. »Einverstanden, fünf Tage. Lasst mir die Bestätigung und einen geeigneten Anker zukommen, wenn meine Leute anreisen können.« Er wandte sich an Farah. »Ihr wolltet mir erlauben, mit einem Heer durch Euer Land zu marschieren. Würdet Ihr mir auch zugestehen, ein Scheinheer loszuschicken? Um die Sache überzeugender zu machen, würden wir es mit Hexerei so weit tarnen, dass Siderea es nur mit Mühe aufspüren könnte. Wenn sie glaubt, ein Heer entdeckt zu haben, das heimlich in Richtung Süden unterwegs ist, um sie zu überrumpeln, sieht sie vielleicht an anderer Stelle nicht so genau hin.«

Ein leises Schmunzeln stahl sich in Farahs Gesicht. »Ich werde ein paar Schlüsselpersonen wissen lassen, dass an dieser Strecke Dinge vorgehen, denen man nicht zu viel Aufmerksamkeit schenken sollte.«

»Ausgezeichnet.« Salvator seufzte tief auf. »Alles andere muss wohl warten, bis der Bericht der Archivare vorliegt. Ich würde daher vorschlagen, für heute Schluss zu machen und von den Schreibern die Verträge aufsetzen zu lassen.«

»Ein fruchtbarer Nachmittag.« Farah nickte kaum merklich mit dem Kopf. »Dann bis morgen, König Salvator.«

Er verließ den Pavillon, und Kaht und Sula folgten ihm schweigend. Sobald sie draußen waren, stieß Favias hörbar den Atem aus. »Das war verdammt gewagt. Wenn er Euch wirklich hätte gehen lassen ...«

»Er hätte mich nicht gehen lassen«, gab Salvator ungerührt zurück. »Als er mit diesem Kaht an der Seite das Zelt betrat, wusste ich sofort, dass er mit mir feilschen wollte, und ich konnte mir auch recht gut vorstellen, um welchen Einsatz.«

»Coldorra ist ein stolzer Preis«, sagte Colivar leise. »Hattet Ihr auch diese Forderung vorhergesehen?«

Salvator zuckte die Achseln. »Coldorra ist nicht mehr als ein Stück Land. Ich bin nicht wie mein Vater, der seine Größe nach Morgen bemaß. Wir jagen ein Wild, das sich auf der anderen Seite eines feindlichen Reiches aufhält, und da ist guter Rat teuer. Die Abtretung von Land ist noch die annehmbarste Lösung.« Ein Lächeln umspielte seine Lippen. »Was glaubt Ihr, warum ich unser Treffen hier angesetzt hatte? Ich wollte sicherstellen, dass seine Gedanken vor allem um Coldorra kreisten.«

»Siderea wird herausfinden, wo Eure Leute sind«, warnte Colivar. »Was immer Ihr tut, wie viele Hexen und Zauberer Ihr auch zur Tarnung einsetzt, so viel geballte Macht hinterlässt ihre Spuren. Sie braucht nicht einmal nach den Männern zu suchen, sondern nur nach den Zaubern, die sie unsichtbar machen. Eine Hexe ihres Formats weiß, wie sie das anzustellen hat.«

»Ganz recht. Deshalb plane ich zwei Ablenkungsmanöver. Das erste hat lediglich den Zweck, das zweite überzeugend aussehen zu lassen. Wir schicken unsere Leute mithilfe von Hexen und Hexern direkt nach Jezalya, während gleichzeitig in Farahs Reich unübersehbare Vorbereitungen für ihren Empfang getroffen werden. Wenn Siderea da draußen tatsächlich einen Hauch von Magie auffängt und der Sache nachgeht, wird sie feststellen, dass wir von allen Beteiligten in fünf Tagen in Farahs Lager erwartet werden.«

»Dann wollt Ihr vermutlich in fünf Tagen in Jezalya sein?«, fragte Ramirus. »Denn danach wird Farah merken, dass etwas faul ist ... und alle seine Männer ebenfalls.«

Salvator nickte. »Wir brechen gleich von hier auf, sobald Farah abgereist ist. Unser Lager ist viel aufwendiger als das seine, deshalb dauert der Abbau natürlich länger. Ein harmloser Grund, um zurückzubleiben. Wenn seine letzten Kundschafter die Gegend verlassen, fangen unsere Hexen und Hexer bereits an, die Portale nach Jezalya zu errichten. Wenn alles gut geht, sind wir schon fort, bevor Farah zu Hause seine ersten Befehle erteilen kann.«

Colivar zog eine Augenbraue hoch. *Deine Büßerhexen sind also bereits hier im Lager und deine Heiligen Hüter ebenfalls. Vielleicht als Soldaten verkleidet? Und die enorme Größe deines Feldlagers lieferte dir einen Vorwand, Vorräte in rauen Mengen heranschaffen zu lassen, ohne dass jemand Fragen stellte. Sehr gerissen.*

Ramirus räusperte sich. »Da ist noch etwas, Majestät. Ich bitte vielmals um Vergebung, ich weiß, wie wichtig Euer Glaube für Euch ist ... aber wir brauchen einen Magister in Anchasa. Daran führt einfach kein Weg vorbei.«

Salvators Miene verdüsterte sich. »Warum?«

»Siderea weiß, dass eine Magistertruppe Jagd auf sie macht. Wenn Eure Ablenkung nicht den leisesten Hauch von Zauberei an sich hat, wird sie das Spiel durchschauen und weiterhin anderswo nach ihren Feinden suchen.«

Salvator schwieg einen Moment und überdachte mit zusammengekniffenen Augen die philosophischen Verästelungen, die sich aus diesem Ansinnen ergaben. Früher einmal hätte Colivar seine Antwort erraten können, doch in letzter Zeit erwies sich der junge König als recht unberechenbar. Und unerwartet interessant.

»Ich glaube nicht, dass Gott etwas dagegen hätte, wenn ein

Magister ein leeres Gebiet bewacht«, sagte Salvator endlich. »Wisst Ihr jemanden, der sich dorthin begeben könnte?«

Ramirus wandte sich an Colivar. »Ich schlage Sula vor.«

Colivar sah den Ausdruck in seinen Augen und nickte. »Einverstanden.«

Geschickter Zug, Ramirus. Ich traue ihm auch nicht.

»Nun müssen wir sie nur noch überrumpeln«, sagte Salvator, »und uns mit zwei Dutzend Seelenfressern herumschlagen.« Er seufzte tief auf. »Einen Vorteil könnte deren Anwesenheit haben. Vielleicht hat Siderea keine anderen Vorkehrungen zu ihrem Schutz getroffen, weil sie davon ausgeht, dass die Ungeheuer jede Hexe, jeden Magister und jedes Heer von Sterblichen ausschalten können. Die Kehrseite der Medaille ...« Er schüttelte sichtlich entnervt den Kopf. »Nun ja, wir haben es mit zwei Dutzend Seelenfressern zu tun. Und wenn wir uns die nicht vom Hals schaffen können, ist alles andere nur leeres Gerede. Sie sind der Schlüssel zu unseren Plänen.«

Gwynofar meldete sich. »Sollen wir nicht abwarten, was die Archivare morgen zu sagen haben?« Sie warf einen Blick auf Favias. »Vielleicht haben sie Vorschläge. Für heute haben wir, denke ich, getan, was wir können.«

»Jawohl.« Wieder seufzte Salvator. »Das kann man so sagen.«

Er reichte seiner Mutter den Arm, um sie hinauszugeleiten. Sie nahm ihn, und er nickte seinen Gästen zum Abschied höflich zu. Sogar den Magistern, wie Colivar nicht entging.

Von Tag zu Tag unberechenbarer.

Und interessanter.

Kapitel 31

Kamala fand Colivar weit vom Hauptlager entfernt, wo er den aufgehenden Mond betrachtete. Sie stellte sich schweigend neben ihn und sah zu, wie die volle Scheibe sich über den Horizont schob, während der dämmrige Himmel sich langsam schwarz färbte.

»Damals hatten sie noch keine menschliche Intelligenz«, sagte Colivar endlich. »Sie konnten sich noch nicht in großer Zahl zusammenrotten. Sie fürchteten das Feuer. Und obwohl das alles zu unseren Gunsten sprach, konnten wir sie nur mit knapper Not besiegen. Tausende von Hexen und Hexern fanden dabei den Tod. *Tausende.* So viele können wir heute gar nicht mehr aufbieten. Wie sollen wir das schaffen?«

»Wir haben Magister«, erinnerte ihn Kamala. »Wenn man Salvator zur Vernunft bringen kann …«

Colivar schüttelte den Kopf. »Auf die Magister kann man nicht bauen. Was ist, wenn der Ikati-Teil in der Seele eines Zauberers in Gegenwart der Seelenfresser stärker wird? Was ist, wenn dieser Teil die Kontrolle übernimmt? Es ist bereits ein Risiko, wenn nur Ramirus und ich dabei sind. Mit jedem weiteren Magister wird es umso wahrscheinlicher, dass etwas Schlimmes passiert. Angenommen, wir würden am Ende wie die Seelenfresser aufeinander losgehen? Nach einem solchen Kampf wäre von der Wüste nichts mehr übrig.«

Ja, dachte Kamala, *und du bist am anfälligsten von allen. Das macht dich besonders gefährlich.* »Erzähle mir etwas mehr über diese Kreaturen, Colivar.«

Er sah sie an. »Du hast zugehört, als ich mit den anderen Magistern gesprochen habe. Was willst du noch wissen?«

»Erzähle mir vom Paarungsflug.«

»Wozu? Sidereas Königin ist noch zu jung dafür. Auch wenn sie sehr schnell heranreift – für ihren ersten Flug wird sie noch nicht so bald groß und stark genug sein. Solange wir rasch handeln, sollte alles gut werden.«

»Tu mir den Gefallen«, bat sie leise.

Er schloss die Augen und seufzte. Zunächst stand er einfach nur reglos da, als hätte sein Geist den Körper verlassen. Dann begann er sehr leise zu sprechen: »Es beginnt mit einem Ruf. Die Königin steigt zum Himmel auf und tut ihre Bereitschaft kund; der Schrei ist meilenweit zu hören. Er hat eine gewisse Ähnlichkeit mit dem Laut, den die Heiligen Hüter nachahmen, aber es ist kein Aufruf zum Kampf. Außerdem entlässt sie einen Geruch in die Luft, er hat Ähnlichkeit mit ihrem Körpergeruch, nur ist er zehn Mal stärker; von Seelenfressern kann er noch aus hundert Meilen Entfernung wahrgenommen werden. Der Duft löst eine instinktive Reaktion aus. Er ist unwiderstehlich. Wo immer die männlichen Seelenfresser gerade sind, was immer sie tun, sie werden alles fallen lassen und zu ihr eilen. Sie sind mit allen Fasern ihres Seins auf diesen Paarungsruf geprägt, und nicht einmal die menschliche Intelligenz kann seine Wirkung aufheben.

So werden alle gleichzeitig an ein und denselben Ort gelockt. Als die Art noch wild war, kamen schon dabei viele ums Leben. Viel Blut wurde vergossen, bevor der Flug überhaupt begann. Inzwischen ertragen die Seelenfresser ihre Artgenossen etwas besser – und diese Toleranz könnte sich seit meiner letzten Begegnung mit ihnen noch gesteigert haben. Dennoch ist es eine gefährliche Phase. Blutdurst und Geschlechtstrieb liegen bei dieser Art so nahe beieinander, dass es mehr als den menschlichen Willen bräuchte, um sie zu trennen.«

»Sind ihre menschlichen Partner die ganze Zeit bei ihnen?«

»Bei allen Göttern, nein! Dieses Chaos ist für Wesen mit Stacheln und Klauen bedrohlich genug; ein Mensch könnte darin keine fünf Minuten überleben. Nein, die Menschen suchen sich im Allgemeinen einen sicheren Ort, vorzugsweise weit voneinander entfernt, und warten ab, bis alles vorüber ist. Für ihre Beziehungen untereinander sind diese Energien eher schädlich. Sie fallen oft in eine Art von Trance und öffnen sich mit allen Sinnen dem Flug ihres Seelenfressers. Dabei sollte man keine Rivalen in der Nähe haben.« Er legte eine Pause ein. »Man könnte es vielleicht mit der Furcht eines Magisters vor seinen Konkurrenten vergleichen, wenn er in die Translatio fällt.

Wenn sich schließlich genügend Männchen versammelt haben, schwingt sich die Königin in die Lüfte, und die Männchen verfolgen sie. Sie ist leichter und schneller, solange sie also frei über den Himmel fliegt, ist sie nicht einzuholen. An sich sollte der Stärkste und Potenteste unter den Bewerbern die Horde anführen und schließlich mit dem Paarungsrecht belohnt werden. Aber es kommt vor, dass die Männchen im Flug versuchen, nacheinander zu schlagen, um sich nach vorne zu drängen, und manchmal bricht ein regelrechter Kampf aus. Eine Königin kann solche Rangeleien sogar fördern, indem sie so im Zickzack fliegt, dass sich die Pfade ihrer Bewerber kreuzen.« Er zuckte steif die Achseln. »Wie gesagt ... Blutgier und Geschlechtstrieb.

Dank ihrer Fähigkeit, die Aufmerksamkeit der Männchen von sich abzulenken, kann sie sich allen unerwünschten Bewerbern entziehen, die ihr zu nahe kommen. Sie kann sich in diesem Stadium zwar nicht so leicht unsichtbar machen – die Aufmerksamkeit der Männchen ruht so fest auf ihr, dass das nicht möglich ist –, aber sie kann für Verwirrung sorgen, und das Ergebnis ist in etwa das gleiche.«

»Was geschieht, wenn sie das tut?«

Er sah sie an. »Was wird wohl geschehen, wenn die Energien, die auf die Verfolgung einer Partnerin gerichtet waren, plötzlich ins Leere gehen?« Er schloss die Augen, ein Zittern durchlief seinen Körper. »Ich habe erlebt, dass die Schneefelder nach einem solchen Flug blutrot waren. Und einmal haben wir fast ein Drittel der Kolonie verloren.«

»Hört sich so an, als könnte man sich auf diese Weise ein paar Seelenfresser vom Halse schaffen. Ganz zu schweigen davon, dass man sie von Jezalya weglocken würde, solange dort gekämpft wird.«

»Das wohl schon«, stimmte er zu. »Aber wie ich bereits sagte, ist Sidereas Königin noch jung. Niemand könnte sie dazu bringen, sich paarungsbereit zu erklären, und schon gar nicht, tatsächlich zu fliegen.«

»Ich habe nicht von einer Seelenfresser-Königin gesprochen«, flüsterte Kamala.

Er verstand nicht sofort, was sie damit sagen wollte, doch dann riss er erschrocken die Augen auf. »Ich kann mir nicht vorstellen, dass das ein ernst gemeinter Vorschlag sein soll.«

»Wieso denn nicht? Du hast gesagt, ich hätte die Essenz einer Seelenfresser-Königin in mir. Ich weiß bereits, dass ich auf ihre Fähigkeit zugreifen und mich unsichtbar machen kann. Warum sollte es nicht auch möglich sein, ihre Gestalt zu kopieren? Dann könnte ich die Männchen selbst zum Paarungsflug rufen und sie damit vom Schlachtfeld fernhalten. Hoffentlich so lange, bis Salvators Leute ihre Aufgabe erfüllt haben.« Als er nicht antwortete, drängte sie: »Wäre das keine Lösung?«

»Kamala.« Seine Stimme klang sehr ruhig. »Wir reden hier nicht von einer einfachen Transformation. Für einen Teil deiner Seele ist die Seelenfresser-Gestalt natürlich und der menschliche Körper fremd. Bisher ist dieser Teil tief in deinem Inneren vergraben und manifestiert allenfalls als metaphysisches Echo, aber niemand kann garantieren, dass es dabei bleibt. Was geschieht, wenn du ihm die Freiheit gibst, nach der er sich sehnt, und den Körper, den er haben möchte? Bist du so sicher, dass du die Verwandlung hinterher auch wieder rückgängig machen kannst?«

»Colivar.« Sie streckte die Hand aus und strich ihm über die Wange. Sie spürte die Spannung unter seinen Fingerspitzen. Jeder Muskel wurde eisern beherrscht, damit ihr seine Miene ja nicht zu viel verriet. »Ich verstehe, warum du so besorgt bist, aber vergiss nicht … ich bin ein Mensch. Ich war immer ein Mensch. Wenn diese … diese Seelenfresser-Essenz ein Eigenleben entwickeln sollte, werde ich mich dagegen wehren wie gegen jede andere Form von Besessenheit. Zweifelst du daran, dass ich ein solches Kräftemessen durchstehen könnte?«

Anstelle einer Antwort fasste er nach ihrer Hand und zog sie von seiner Wange weg. Sie glaubte, ein kurzes Zögern zu spüren, bevor er sie losließ, konnte aber nicht sicher sein. »Wenn wir dein schrankenloses Selbstvertrauen zunächst beiseitelassen, gibt es ganz praktische Einwände. Erinnere dich, wie es war, als du zum ersten Mal deine Gestalt verändert hast. Weißt du noch, wie du herumgestolpert bist, als du zum ersten Mal auf vier Beinen laufen musstest? Oder wie dich der Wind durchschüttelte, wenn du mit Flügeln unterwegs warst, bis du gelernt hattest, dich von ihm tragen zu lassen? Jeder Körper weiß instinktiv, wie er sich zu bewegen hat, aber das heißt nicht, dass uns dieser Instinkt sofort zur Verfügung steht. Das braucht Zeit und Übung. Je mehr sich der Körper von unserem eigenen unterscheidet, desto schwerer fällt die Anpassung, und desto länger dauert sie.«

Colivar machte eine kurze Pause und fuhr dann fort: »Die Seelenfresser sind anders als alle Kreaturen, die du bisher kopiert hast. Ihr Flug hat nichts mit dem Flug von Vögeln oder Fledermäusen gemeinsam; dass du in solchen Körpern zurechtgekommen bist, wird dir also nicht helfen. Die schwachen Luft- und Wärmeströmungen, von denen ein Vogel sich tragen lässt, sind für einen Ikata ohne Bedeutung; seine Schwingen können Strömungen erzeugen, die vom Wind unabhängig, aber so stark sind, dass sie diesen schweren Körper auch ohne Vorwärtsbewegung in der Luft halten können. Andere Muskeln, andere Dynamik.« Er schüttelte den Kopf. »Du hättest keine Zeit zum Üben. Dein Leben hinge davon ab, dass du dich von Anfang an perfekt bewegst, und das kannst du nicht, ohne vorher zu wissen, wie ein Ikati-Körper funktioniert.«

»Nein«, sagte sie leise. Ein Flüstern. »Dieses Wissen müsste ich mir von jemandem holen, der es bereits einmal besessen hat.«

Wieder verstand er sie nicht gleich. Und dann fuhr er zurück, als hätte sie ihn geschlagen, und alle Farbe wich aus seinem Gesicht. »Das kannst du nicht von mir verlangen …«

»Wer sonst könnte mir geben, was ich brauche, Colivar?« Als er nicht antwortete, drängte sie: »Wer sonst hätte den Duft einer paarungsbereiten Königin gewittert – wer sonst hätte die Aufforderung zum Flug vernommen, wie sie ein Seelenfresser erschallen lässt – wer sonst hätte den Schlag der mächtigen Schwingen gespürt, die Bewegung der Muskeln, die sie steuern? Oder schätze ich eure Bindung falsch ein? Hast du dies alles zusammen mit deinem Konjunkten nicht erlebt?«

»Du kannst nicht einschätzen, wie gefährlich es ist«, zischte er. Und wandte sich ab.

»Ich brauche nur deine Erinnerungen«, sagte sie. »Nichts sonst. Du bräuchtest dich nicht in einen Ikata zu verwandeln. Du bräuchtest auch niemanden in dein Gehirn zu lassen. Deine Erinnerungen mögen schrecklich sein – sie mögen Instinkte wecken, vor denen du dich fürchtest –, aber im Grund sind und bleiben sie doch nur: Erinnerungen.«

»Sie sind eben *nicht* schrecklich«, flüsterte er. »Das ist es ja.«

»Willst du behaupten, du hättest nie von jener Zeit geträumt? Du hättest dich nie im Schlaf diesen Erinnerungen überlassen und für eine Stunde geglaubt, wieder dort zu sein? Nein? Und bist du danach nicht jedes Mal aufgewacht? Erschüttert vielleicht, aber immer noch menschlich?« Sie wartete. »Du wirst den Geistern deiner Vergangenheit nicht entrinnen, solange noch ein Seelenfresser sein Unwesen treibt, Colivar. Und mein Vorschlag könnte die einzige Möglichkeit sein, sie loszuwerden.« Als er immer noch schwieg, drängte sie: »Hast du eine bessere Idee?«

Lange starrte er in die Ferne. »Nein«, sagte er endlich. »Nein, die habe ich nicht.«

Langsam drehte er sich zu ihr um. »Einmal«, sagte er. »Ich tue das nur ein einziges Mal. Wenn dir das nicht genügt, musst du dir dein Wissen aus einer anderen Quelle beschaffen. Oder dir einen anderen Plan ausdenken.«

Sie nickte feierlich. »Einverstanden.«

Er legte seine Hand an ihre Wange; für seine Zauberei hätte er den Kontakt nicht gebraucht, aber sie vermutete, dass er ihm als Fokus diente.

»Du wirst mich einlassen müssen«, flüsterte er. »Tut mir leid.«

Sie nickte, schloss die Augen, um nicht abgelenkt zu werden, und bemühte sich, ihre Abwehr so weit herunterzufahren, dass er eine direkte Verbindung zu ihrem Bewusstsein aufbauen konnte. Es fiel ihr schwerer als bei Ramirus. Damals war sie schwach und verletzt gewesen und hatte sich gefügt, um überleben zu können.

Jetzt war sie stark, und ihre Überlebensinstinkte rebellierten schon bei dem bloßen Gedanken, einen anderen Magister in ihren Geist zu lassen. Auch wenn es Colivar war.

Aber wenn sie imstande sein wollte, die Seelenfresser von Jezalya wegzulocken, musste sie es tun. Also kniff sie die Augen fest zu, lenkte ihre Aufmerksamkeit nach innen und schälte all die magischen Barrieren ab, die sie gewöhnlich vor ihresgleichen schützten. Sie spürte, wie seine Zauberei in ihre Seele eindrang und sich dort einnistete, und beherrschte sich mit zusammengebissenen Zähnen, um keinen Widerstand zu leisten.

Und schon strömten die Erinnerungen ein.

Er taucht in die Wolken ein, und sie schneiden ihm wie mit eisigen Messern in die Haut …

Auf allen Seiten schreien seine Rivalen ihre Herausforderung zum Paarungskampf in den Wind …

Zähne bohren sich durch seinen Schwanz. Er schüttelt sie ab. Sein eigener Schwanz peitscht durch die Luft, die scharfen Platten treffen den Übeltäter. Sein Schlangenkörper windet sich und gleicht den Stoß mit tänzerischer Geschmeidigkeit aus. Die Schwingen verändern den Winkel. Der Flug wird ruhiger.

Er lässt seinerseits einen Schrei voller Zorn, Wollust und Blutdurst erschallen, schaut aber nicht zurück. Er hat keinen sicheren Vorsprung, ein Augenblick der Unaufmerksamkeit, und die anderen könnten ihn eingeholt haben. Er muss voraus bleiben. Er hat keine Wahl. Er muss schneller und kraftvoller und höher fliegen als alle anderen, auch wenn es ihn das letzte Quäntchen seiner Kraft kostet. Auch wenn er dabei umkommt. Er kann nicht anders.

Es ist hart, in diesem matten Sonnenlicht zu fliegen! Den kalten Muskeln fällt es schwer, die großen Schwingen zu bewegen; die Flügelschläge sollten fließend sein und keine Schmerzen bereiten, doch sie sind eine Qual. Die unteren Schwingen erzeugen mit hektischem Flattern rotierende Luftwirbel, die ihn tragen. Die oberen Schwingen strecken sich in den eisigen Himmel und haben Mühe, den Flug stabil zu halten. Der Duft der Königin umgibt ihn, hüllt ihn ein, treibt ihn zur Raserei. Ihr Schrei lässt die Luft erzittern und bringt sein Blut in Wallung. Wie soll man da vernünftig denken? In seinen Adern tobt ein Hunger, wie er ihn so heftig noch nie gespürt hat, und wenn er diesen Hunger nicht stillen kann, dann muss er sterben …

Der Strom der Erinnerungen riss so jäh ab, dass Kamala die Luft wegblieb. Ihr Bewusstsein konnte sich nicht gleich auf den Realitätswechsel einstellen, und sie taumelte. Starke Hände packten sie an den Armen und hielten sie aufrecht. Sie zitterte, überwältigt von dem Gefühl, wieder ein Mensch zu sein. Es kam ihr bereits fremd vor.

Erschüttert schaute sie Colivar in die Augen. So dunkel, so gehetzt! So viel Schmerz in ihren Tiefen. Und Begehren. So viel Begehren. Der Wahnsinn des Ikata war von ihm gewichen, aber sie spürte den menschlichen Hunger, der an seine Stelle getreten war. Eine ganze Weile starrten sie einander nur an, spürten ohne Worte, wie nahe sie sich waren, und waren doch nicht willens, wieder auf Abstand zu gehen.

»Auf die Schmerzen war ich nicht gefasst«, flüsterte sie.

»Sie brauchen die Sonne auf ihren Schwingen. Wir haben sie in ein Land gesperrt, wo es zu wenig Sonne gab. Diejenigen, die dort geboren wurden, kennen nichts anderes.«

Der Mond ging auf. Er spiegelte sich in seinen Augen.

»Hast du nun, was du brauchst?«, fragte er. *Denn ich kann nicht noch einmal dorthin zurück,* fügte seine Miene unmissverständlich hinzu.

Sie nickte. In Wahrheit war es weniger, als sie sich erhofft hatte. Aber es würde genügen müssen. Sie würde damit auskommen. Sie würde die Erinnerung im Geiste immer und immer wieder abspielen, bis sie den Körper des Ikata so gut kannte wie ihren eigenen. Bis ihr die Flugbewegungen so vertraut wären wie das Atmen – und ihr der Duft und der Schrei einer fliegenden Königin zur zweiten Natur würden.

»Ja«, flüsterte sie. Streckte die Hand aus und strich eine pechschwarze Locke zurück, die ihm in die Stirn gefallen war. Seine Wange war warm, und sie glaubte ein leises Zittern zu spüren, als ihre Finger sie streiften. Dieser Hunger. So eisern unterdrückt.

Wie mochte es ihm wohl in den ersten Tagen der Verbannung ergangen sein, als ihn nur noch ein schwaches Echo an sein Menschsein erinnerte? Wie bewahrte sich ein Mensch den Verstand, wenn seine Seele und sein Körper nicht mehr im Einklang waren?

Wir sind die Früchte deines Wahnsinns, dachte sie.

Er reagierte nicht gleich. Dann fasste er nach ihrer Hand und schob sie weg. Sein Herz schlug so hart, dass sie das Pulsieren in seiner Handfläche spürte, doch in seinen Augen stand nichts als Traurigkeit. Er ließ die Hand an ihre Seite sinken, gab sie frei und wich dann ein klein wenig zurück, um ihr nicht mehr so nahe zu sein. Ein einziger Zoll. Tausend Meilen.

»Warum?«, fragte sie.

Wie ein Schatten huschte der Schmerz durch seine Augen.

»Weil ich nicht sicher bin, welcher Teil von mir dich begehrt«, sagte er. »Oder wieso.«

Bevor sie darauf antworten konnte, verwandelte er sich. Schwarze Schwingen flatterten vor ihr in der Luft – eine einzelne Feder streifte ihre Wange, dann stieg er auf – und war fort.

Sie sah ihm nach, als er über die Ebene flog. Seine Schwingen hoben und senkten sich in gleichmäßigem Rhythmus, die Strömungen des Abendwinds trugen ihn davon, bis er nicht mehr zu sehen war.

Kapitel 32

Sina fand Meister Favias und den Großkönig in einem kleinen Zelt am Rand von Salvators Feldlager, wo sie Kriegsrat hielten. Bevor sie eintrat, blieb sie kurz stehen, schloss die Augen und bemühte sich, ihr flatterndes Herz unter Kontrolle zu bringen. Erst als sie sich ruhig genug fühlte, um das zu tun, wozu sie gekommen war, ging sie weiter und begrüßte die Wachen vor dem Zelt.

Niemand brachte einem König gern schlechte Nachrichten.

Von Süden war zu hören, wie Farahs Lager abgebaut wurde. Die Anchasaner arbeiteten schnell, bei ihnen saß jeder Handgriff. Bald würden sie alle fort sein und nichts zurücklassen als zertrampelte Grasbüschel und eine Reihe von Erdhügeln, wo die Latrinen gewesen waren. Salvators Männer schienen sich schwerer zu tun und waren weit im Rückstand. Bei so vielen prächtigen und aufwendig zu errichtenden Zelten, wie sie der Großkönig mitgebracht hatte, würden einige von seinen Leuten wahrscheinlich noch lange, nachdem Farahs Männer abgezogen waren, vor Ort sein.

In ein oder zwei Tagen – sobald von Farahs Leuten niemand mehr da war – würden sie sich alle nach Jezalya aufmachen. Der Gedanke lag Sina wie ein Stein im Magen. Weil sie versagt hatte, würde ein wichtiger Baustein des ganzen Plans fehlen.

Das musste sie Salvator nun beibringen. Ihr war ganz übel vor Angst.

Die beiden Männer sahen auf, als sie eintrat, und schienen aufrichtig erfreut, sie zu sehen. Seltsamerweise machte das ihre

Aufgabe noch schwieriger. Zwischen ihnen stand ein Feldtisch mit Papieren, die sie wohl durchgesehen hatten. Sina wollte gar nicht wissen, worum es gegangen war.

»Majestät.« Sie verbeugte sich respektvoll. »Meister Favias.«

Dann holte sie tief Atem und stieß hervor: »Ich bringe Nachricht von den Hexen und Hexern.«

»Sehr schön.« Der Großkönig schob die Papiere von sich und griff nach einem Metallbecher, der daneben gestanden hatte. »Lasst hören.«

Sina hatte den Großkönig von jeher als einschüchternd empfunden. Man hatte ihr die Führung der Hexen und Hexer übertragen, weil sie von allen Sehern die größte Erfahrung besaß, aber das Leben in Keirdwyn hatte sie weder auf die unstete Welt vorbereitet, in die sie hineingestoßen worden war, noch auf den kampferprobten Priesterkönig, der darüber herrschte. Die drei tiefen Klauenspuren in seinem Gesicht machten ihn selbst dann noch furchterregend, wenn er lächelte – was er nicht oft tat –, und sosehr sie seinen festen Glauben bewunderte, machte seine Kompromisslosigkeit sie doch unsicher. Sie war nicht gewöhnt, mit Fanatikern umzugehen. Oder ihnen schlechte Nachrichten zu überbringen.

»Majestät«, begann sie, »es ist uns nicht gelungen, die Hexen und Hexer der Büßer unseren rituellen Banngesang zu lehren. Es hat den Anschein …« Sie hielt inne. Ob man ihr die Nervosität wohl ansah? »Es hat den Anschein, als wären sie unfähig, ihn zu erlernen.«

Ihre Erklärung wurde mit Schweigen aufgenommen. Das war noch schlimmer, als sie erwartet hatte.

Salvator wandte sich an Favias. »Wie wichtig ist dieses Ritual?«

»Sehr wichtig.« Favias' Miene war ernst. »Das ist eine sehr schlechte Nachricht.«

Salvator sah abermals Sina an. »Die meisten Hexen und Hexer hierzulande kennen das Verfahren nicht und scheinen doch gut zurechtzukommen. Auch die Hexen und Hexer im Großen Krieg kannten es nicht und haben die Seelenfresser wirksam bekämpft. Ich verstehe, dass es unser Arsenal gut ergänzen würde, aber inwiefern ist es ein Schlüsselelement?«

Sina warf einen Blick zu Favias, um zu sehen, ob er ihr die Last der Erklärung abnehmen würde, doch er nickte ihr lediglich aufmunternd zu. So wandte sie sich mit einem resignierten Seufzer wieder an den Großkönig. »Der Banngesang gestattet es einer größeren Zahl von Hexen und Hexern, ihre Kräfte zu bündeln, sodass ihre gesamte Energie in einen einzigen Zauber einfließen kann. Wir verwenden ihn hauptsächlich, um die Kosten der Hexerei unter uns aufzuteilen, aber er hat auch andere Vorteile, die wir hier zum Tragen bringen wollten ...« Wie viel wusste er bereits, wie viel musste sie noch erklären? Keiner der Männer gab ihr irgendeinen Hinweis. »Angenommen, ein Dutzend Hexen und Hexer wollten eine Barriere um Jezalya errichten, dann müsste normalerweise jeder von ihnen einen Teil dieser Barriere beschwören, und danach würde man alle Segmente zusammenfügen. Dieses Verfahren hat eine Schwäche: Würde eine Hexe getötet, dann bräche ihr Abschnitt zusammen. Wenn dagegen dieselben Hexen und Hexer ihre Kräfte bündelten, wie es die Seher tun, dann wäre die gesamte Barriere ein einziger Zauber, der jedem von ihnen gleich viel Kraft entzöge. In diesem Fall würde der Tod einer Hexe den Zauber in seiner Gesamtheit schwächen, er könnte nicht an einer einzelnen Stelle vollkommen versagen. Und die Barriere wäre auch in ihrer Gesamtheit stärker ... doch das ist nicht das Wichtigste daran.« Sie schüttelte den Kopf. »Ohne den Banngesang sind wir sehr angreifbar, Majestät. Ein einziger gut gezielter Pfeil könnte eine große Bresche in die Abschirmung schlagen. Man könnte durch mehr Masse einen Ausgleich schaffen, mehrere Barrieren errichten ...« Sie verstummte, denn den Rest konnten sich die beiden sicher selbst denken. *Zeitverlust. Höherer Bedarf an Hexen und Hexern. Mehr Lebensenergie geopfert.*

Salvator nickte grimmig; seine Miene verriet, dass er allmählich die Tragweite des Problems erfasste. »Ihr sagt, die Büßerhexen können dieses Verfahren nicht lernen?«

Sie senkte den Kopf. »Es sieht so aus, Majestät.«

»Warum nicht?«, wollte er wissen.

Sie schüttelte den Kopf. »Keiner von uns hat so etwas je erlebt. Wir hatten vorhergesehen, dass die beiden Gruppen metaphysisch unverträglich sein könnten, da sie ihre Inspiration aus so unterschiedlichen Systemen beziehen, aber das hätte dann zu zwei einheitlichen Kollektiven anstelle von einem führen müssen ... nicht zu einer beliebigen Anzahl von Menschen, die überhaupt nicht miteinander in Verbindung treten können.«

»Sind in Eurem Ritual auch Gebete enthalten? Oder irgendwelche religiösen Bezüge? Die Vielgötterei der meisten *Lyr* ist unserem Glauben ein Gräuel. Wenn auf solche Überzeugungen verwiesen wird, könnte das die spirituelle Hingabe der Büßer beeinträchtigen.«

Sina schüttelte den Kopf. »Die Metaphern in den Beschwörungsformeln sprechen von Einigkeit und gemeinsamen Zielen. Nichts, was irgendeinen Gott kränken könnte.« *Nicht einmal deinen notorisch unduldsamen Schöpfer,* dachte sie bei sich. »Auch wir haben uns diese Frage gestellt. Deshalb hat eine von Euren Büßerhexen unsere Beschwörungsformeln in die Sprache Eures Glaubens übersetzt und die Verherrlichung Eures Gottes mit aufgenommen, um das Ritual ganz auf die Büßer abzustimmen. Dann haben sie es unter sich versucht, ohne dass einer von uns im Kreis gesessen hätte. Aber auch das war erfolglos.« Sie zögerte. »Ich habe gehört, dass mehrere von Euren Leuten dem Schöpfer Sühneangebote gemacht haben, was immer das bedeutet. Für den Fall, dass sie durch ihre Sündhaftigkeit ihren Gott verärgert hätten und er deshalb nicht zuließe, dass sie das Ritual meisterten. Doch auch das war wirkungslos. Die Büßer haben irgendetwas an sich, was es ihnen unmöglich macht, diese Technik zu erlernen, und wir haben keine Ahnung, was es sein könnte. Es tut mir leid, Majestät.«

Salvator sah sie schweigend an. Sein Blick war vernichtend. »Haben wir genügend Seher, um die Barriere ohne Unterstützung durch die Büßer zu errichten?«, wandte er sich abermals an Favias.

»Nur knapp«, antwortete der Heilige Hüter. »Wir hatten darauf gebaut, dass sich unsere und Eure Leute zusammenschließen würden. Ohne sie wird die Konstruktion sehr viel schwächer sein.«

»Aber wir können die Barriere hochziehen. Das ist das Wichtigste, nicht wahr?« Wieder sah er die Seherin an. »Versucht es weiter«, befahl er. »Ihr dürft nicht aufgeben, bis wir tatsächlich nach Jezalya aufbrechen. Und wenn Euch irgendetwas einfällt, was die Schwierigkeiten erklären könnte, dann kommt zu mir. Falls es mit dem Büßerglauben zu tun hat, könnte ich vielleicht behilflich sein, eine Lösung zu finden. Bis dahin ...« Seine Lippen wurden schmal. »Die Zeit ist kostbar. Wenn sich unsere Leute am fünften Tag nicht in Farahs Trainingslager einfinden, werden alle wissen, was wirklich vorgeht.« Er schüttelte heftig den Kopf. »Wir können nicht länger warten. Wir rücken wie geplant im Morgengrauen ab. Tut, was Ihr könnt, um bis dahin ans Ziel zu kommen.«

Was ist, wenn der Büßerglaube deine Hexen und Hexer schwächt?, dachte sie. *Was ist, wenn ihre Seelen – oder ihre magischen Kräfte – nicht stark genug sind, um den Anforderungen zu genügen?*

Aber so etwas würde sie dem Großkönig nie ins Gesicht sagen. Nicht einmal im Traum.

»Ja, Majestät.« Sie neigte respektvoll den Kopf. »Ich werde mir alle Mühe geben.«

Wenn der Morgen graute, würde sie ihm wahrscheinlich gestehen müssen, dass sie endgültig gescheitert war.

»Die Königin sagte, Ihr wolltet mich sprechen.«

Salvator legte seine Feder aus der Hand und schickte mit einer Handbewegung die Diener fort. »Das ist richtig. Ich dachte, bevor wir Coldorra verlassen, sollten wir noch etwas klären.« Als der letzte Diener den Pavillon verlassen hatte, wurde seine Miene ernst. »Es geht darum, ob in Jezalya Zauberei eingesetzt wird.«

Ramirus verzog keine Miene, aber Salvator sah, wie sich an seinem Unterkiefer ein Muskel spannte. »Mit Verlaub, Majestät, ich habe mit der Königinmutter einen Vertrag geschlossen und muss sie beschützen. Wenn dazu Zauberei erforderlich ist, werde ich sie anwenden. Einen Magisterkontrakt kann auch ein Großkönig nicht außer Kraft setzen.«

Salvator hob beschwichtigend die Hand. »Magister Ramirus, ich darf doch bitten.« Als er sah, dass der andere zuhörte, ließ er die Hand wieder sinken. »Es kommt selten vor, dass ein Magister auf einen Gegner trifft, der stark genug ist, um ihn zu töten. Diese Seelenfresser sind solche Gegner und Siderea möglicherweise auch. Dennoch habt Ihr und Colivar uns Eure Unterstützung angeboten, und vielleicht müsst Ihr schon bald Euer Leben einsetzen, um unser Unternehmen zum Erfolg zu führen. *Er* tut das schon jetzt. Kein Mensch begibt sich leichtfertig in eine solche Gefahr, und bei jemandem, der sich den Tod bis in alle Ewigkeit vom Leibe halten kann, wenn er sich in Acht nimmt ... ist es besonders bemerkenswert.

Es wäre undankbar – und unvernünftig –, darauf zu bestehen, dass Ihr mit hinter dem Rücken gefesselten Händen in diesen Kampf geht. Nicht wahr?«

Ramirus' Miene drückte Misstrauen aus. »Ich möchte mir kein Urteil über Euren Charakter anmaßen, Majestät.«

»Nein.« Salvator schmunzelte. »Jedenfalls nicht in meiner Gegenwart.« Er schüttelte den Kopf. »Versteht mich recht, ich erwarte durchaus, dass Ihr die Überzeugungen der Büßer achtet und Eure Macht nicht an mir oder meinen Hexen und Hexern ausübt. Ein ehrenvoller Tod ist in unseren Augen der Verderbnis vorzuziehen. Und da sich die Gabe der *Lyr* anscheinend nicht mit Zauberei verträgt, solltet Ihr auch davon Abstand nehmen, Eure Künste an ihnen zu versuchen, um ihre Kräfte nicht zu gefährden. Eine rein praktische Frage. Davon abgesehen ...« Er hielt inne, dann fuhr er leise fort: »... werde ich Euch keinerlei Beschränkungen auflegen. Weder Euch noch Colivar. Ihr könnt Euch also auf die Sache konzentrieren, ohne Euch Gedanken über meine Empfindlichkeiten zu machen.«

Ramirus starrte ihn fassungslos an. Salvator konnte sich nicht erinnern, den Magister jemals überrascht gesehen zu haben, und spürte eine ungewöhnliche Genugtuung. »Majestät, ich weiß nicht, was ich sagen soll.«

»Es gibt nichts zu sagen, Ramirus.« Salvator griff nach seiner Feder und richtete den Blick auf sein Schriftstück, um dem Magister nicht länger in die Augen sehen zu müssen: »Schickt bitte die Diener wieder herein, wenn Ihr geht. Und gebt Colivar Bescheid.«

Als Ramirus draußen war, legte er die Feder abermals ab und

seufzte. *Wenn die Schlacht im Gange ist, wirst du ohnehin tun, was dir beliebt, und Colivar ebenfalls. Glaubt ihr, das wüsste ich nicht? Auf diese Weise werdet ihr mein Verbot möglicherweise achten, wo ihr könnt, anstatt es von vornherein in den Wind zu schlagen.*

Wenn er sich das oft genug wiederholte, würde er es vielleicht sogar glauben.

Gwynofar fand Salvator am Rand des Feldes. Seit Farahs Leute endlich abgezogen waren, durfte er sich sogar mehr als zehn Schritte entfernen, ohne dass seine Leibwächter protestierten, aber sie beobachteten ihn weiterhin, wenn auch aus respektvoller Entfernung. Sie hatte plötzlich Mitleid mit ihm, denn sie wusste ja, wie sehr er es schätzte, in Ruhe und Einsamkeit meditieren zu können. Aber bis sie wieder zu Hause waren, würden sie nicht ungestörter sein als jetzt.

»Salvator«, sagte sie leise.

Er drehte sich zu ihr um.

»Ich habe das von den Hexen und Hexern gehört«, sagte sie.

Er seufzte und schloss kurz die Augen. »Warum sollte ihre Liebe zu Gott sie unfähig machen zu lernen?«, flüsterte er. »Ist es meine Schuld? Habe ich den Schöpfer irgendwie gekränkt? Will Er mich damit bestrafen, dass Er mich mit lahmen Truppen in die Schlacht schickt?«

»Das würde Er einem so treuen Diener doch niemals antun.«

»Ich habe gelobt, Seinem Willen zu gehorchen, und ich habe versagt. Immer wieder habe ich aus politischen Erwägungen oder auch nur, um anderen zu gefallen, Sein Gesetz gebrochen.« *Zu Letzteren gehörst auch du,* mahnte sein Blick. »Inzwischen sitze ich mit Magistern an einem Tisch, als wären es Morati-Marschälle, und höre mir an, wie sie in diesen Krieg eingreifen wollen. Alle Buße der Welt genügt nicht, um diesen Flecken von meiner Seele zu entfernen«, schloss er verbittert.

»Salvator. Du bist König. Ein Büßerkönig. Wenn dein Gott jemanden wie dich in dieser Welt zulässt, dann muss Er auch berücksichtigen, dass ein König um gewisse Zugeständnisse nicht herumkommt.«

Er seufzte tief. »Ich habe Ramirus gesagt, ich würde ihm nicht verbieten, Zauberei einzusetzen.«

»Auch das habe ich gehört«, sagte sie leise.

»Hatte ich denn eine andere Wahl? Wenn er sein Leben bedroht glaubt, wird er sich meinetwegen nicht zurückhalten. Ich kann also den Fanatiker spielen und vor dieser Tatsache die Augen verschließen. Das heißt, ich kann darauf bestehen, dass er zu meinen und nicht zu seinen Bedingungen in die Schlacht zieht, und dann zusehen, wie er sich bedenkenlos über meinen Befehl hinwegsetzt ... oder ich kann einen Scheinkompromiss eingehen und hoffen, dass die wenigen Bedingungen, von denen ich nicht abgehe – und auf die es wirklich ankommt – respektiert werden.«

Sie legte ihm sanft eine Hand auf den Arm. »Es war eine kluge Entscheidung, mein Sohn.«

»Warum versagen dann die Büßerhexen?«, wollte er wissen. »Was ist, wenn Er diesen Krieg gar nicht will, Mutter? Wenn Er die Seelenfresser zurückgeholt hat, um die Menschheit für ihre Sünden zu bestrafen, und wenn es nicht Sein Wille ist, dass wir sie vernichten, bevor sie ihr Werk vollendet haben? Könnte Er uns in diesem Fall nicht eine letzte Warnung gesandt haben? Eine letzte Aufforderung, uns aus freien Stücken zurückzuziehen, bevor Er die Sache selbst in die Hand nimmt?«

»Die Führer deiner Kirche haben diesen Feldzug genehmigt«, erinnerte sie ihn. »Wenn dein Gott ihn nicht wollte, glaubst du, dann hätte Er ihnen nicht schon vorher ein Zeichen gegeben?«

»Vielleicht hat Er das ja getan? Vielleicht ist es ihnen nur entgangen. Hat nicht das gesamte Erste Königtum den Willen des Schöpfers missverstanden? Die Seelenfresser wurden als Warnung geschickt, und niemand hat es erkannt. Also wurde damals die Welt zerstört. Wenn die Führer meiner Kirche den gleichen Fehler begehen, muss man dann nicht annehmen, dass sie die gleiche Strafe treffen könnte?«

»Würde dein Gott wegen einiger weniger eine ganze Welt zerstören?«

»Mein Gott ist der Schöpfer, von dem alles Leben ausgeht. Er hat diese Welt aus Seiner göttlichen Liebe heraus erschaffen und der Menschheit alles gewährt, was sie braucht, um zu gedeihen.

Mein Gott ist aber auch der Zerstörer, der die Aufgabe hat, die Welt von Sünde zu reinigen. Wenn die seelische Verderbnis der Menschheit so groß wird, dass mit Gebeten und Bußakten nichts mehr auszurichten ist, dann ist es Seine Pflicht, einzuschreiten und reinen Tisch zu machen, damit der Mensch neu beginnen kann. Wie Er es schon einmal getan hat.«

Gwynofar seufzte. *Dein Gott verlangt eine Vollkommenheit, die einfach nicht in der Natur des Menschen liegt,* dachte sie. Aber sie drückte leicht seinen Arm und sagte so sanft und tröstlich, wie sie nur konnte: »Ich verstehe nichts von solchen Dingen, mein Sohn. Ich weiß nicht mehr, als dass wir morgen bei Tagesanbruch nach Jezalya aufbrechen und dass du vorher deine Nachtruhe brauchst. So oder so, wir können nicht mehr zurück. Du solltest dich nicht mit Zweifeln quälen, die keinen praktischen Nutzen haben können.« Sie hielt inne. »Lass dir von einer der Hexen beim Einschlafen helfen, wenn es nötig ist.« Als er nicht antwortete, stieß sie ihn sachte mit dem Finger an. »Versprich es mir.«

Er zwang sich zu einem schwachen Lächeln. »Ich verspreche es, Mutter.«

Sie zog ihn zu sich herab und küsste ihn zärtlich auf die Stirn. Dann ließ sie ihn allein. Auf dem Weg zurück zum Lager flüsterte sie ein Gebet an ihre eigenen Götter. Nicht an einen bestimmten … einfach nur an jeden, der es zu hören gewillt war.

Helft mir, flehte sie. *Ich weiß, dass er unrecht hat. Er muss unrecht haben. Gebt mir die Werkzeuge, die ich brauche, um ihm den Beweis zu liefern, damit er gewappnet mit der Zuversicht seines Glaubens und nicht von Zweifeln geschwächt in die Schlacht ziehen kann.*

Schwarz und stumm steht der Thron der Tränen vor Gwynofar, seine Schwingen wollen sie umschließen. Die Erinnerung an ihre erste Begegnung mit dem magischen Artefakt lässt sie erzittern und weckt die Trauer um das Kind, das sie an jenem Tag verlor. Unwillkürlich legt sie eine Hand auf ihren Leib.

Das uralte Wissen der Lyr *ist an diesen Thron gebunden. Immer noch zieren Spuren ihres Blutes den grotesken Stuhl. Vergeu-*

det, alles vergeudet, solange das größte Opfer nicht gebracht worden war. Wäre sie diesen Weg auch gegangen, wenn sie gewusst hätte, was er ihr abverlangen würde? Oder wäre sie ihrem Mutterinstinkt gefolgt und hätte sich vom Thron ferngehalten, um ihr ungeborenes Kind um jeden Preis zu schützen? Auch wenn dafür die anderen im Turm hätten sterben müssen? Die Frage verfolgt sie unablässig seit jenem schrecklichen Tag.

Wie barmherzig waren die Götter, die ihr diese Entscheidung abgenommen hatten.

Immer noch zitternd lässt sie sich auf dem Thron nieder und legt die Arme auf die reich geschnitzten Lehnen. Ihre Finger schließen sich wie von selbst um die Enden, schmiegen sich zwischen die polierten Klauen, streifen mit den Spitzen die Kristalle darunter. Ein wenig eingetrocknetes Blut blättert ab und fällt zu Boden.

Zeigt mir den Weg, *fleht sie zu ihren Göttern.* Zeigt mir, wozu ich hier bin.

Und die Götter antworten.

Diesmal ist sie auf die Wirkung des Thrones gefasst, doch die rohe Macht durchströmt sie mit einer Wildheit, die ihr den Atem raubt. Glühende Ekstase, Schmerz, Angst, Verzweiflung und Sehnsucht: ein reißender Strom lebendiger Energien. Er bricht aus ihr heraus und erfasst auch alle anderen Lyr*, verbindet sie mit ihnen, verbindet sie alle miteinander, nicht nur auf einer persönlichen Ebene, sondern durch alle vorhandenen sozialen Gefüge. Mann und Frau, Familie und Familie, Geschlecht und Geschlecht … ein brennendes Netz entsteht um sie herum, mit einem grellen Lichtpunkt an jedem Kreuzungspunkt. Manche Punkte leuchten heller, und manche Verbindungslinien sind stärker, aber der Zweck des Ganzen ist klar: Es ist eine Karte der* Lyr*, eine Darstellung ihrer metaphysischen Verbindungen. Das Gesamtmuster entspricht den Facetten des schwarzen Kristalls, als wäre der Stein ein Versuch, die Essenz dieser Vision in Materie einzufangen.*

Dann entdeckt sie etwas zwischen den Kraftlinien. Sie beschirmt ihre Augen, die von dem grellen übernatürlichen Schauspiel geblendet sind, und sieht genauer hin. Nur mit Mühe kann sie einen matten Lichtpunkt unterscheiden, der im Glanz des Lyr-

Netzes beinahe verschwindet. Sie sucht die Karte ab und findet noch einen. Und noch einen. Die Punkte sind überall, sie füllen die Dunkelheit zwischen den leuchtenden Maschen. Wenn die hellen Lichtpunkte die Lyr *darstellen, sollen diese Flecken dann für jene Menschen stehen, die keine* Lyr *sind? Welch trauriger Anblick! Vereinzelte Bruchstücke der Menschheit, ohne Verbindung zueinander, ohne Existenz außerhalb der eigenen Identität. Die Maschen des* Lyr-*Netzes streifen sie, heften sich aber nicht an; inmitten all der summenden Energie des ganzen Netzes bleiben sie matt, isoliert, für immer getrennt von der Macht, die der Thron geweckt hat …*

Gwynofar riss die Augen auf. Einen Moment lang lag sie mit wild pochendem Herzen auf ihrem Bett und wartete, bis ihr Bewusstsein sich voll ins Wachen zurückgekämpft hatte. Dann rief sie mit heiserer Stimme nach ihrer Zofe.

Das Mädchen erschien wenig später. Man sah ihr an, dass sie tief und fest geschlafen hatte. »Majestät? Ist alles in Ordnung?«

»Geh und hole Sina«, flüsterte Gwynofar. »Sofort.« Sie setzte sich auf und griff nach ihrem Morgenmantel. »Sag ihr, ich wüsste jetzt, was zu tun ist.«

Kapitel 33

Der Sturm über dem Tränenmeer kam ohne Vorwarnung. Eben war der Himmel noch hell und klar gewesen – ein herrlicher Sommertag –, und gleich darauf rasten schwarze Unwetterwolken heran, bäumten sich auf wie wilde Pferde, verdeckten die Sonne, warfen Schatten auf die Strände der Freien Lande und verwandelten das Meer in schwarze Tinte. Unter den Wolken kämpften die Seeleute in zunehmend unruhiger See darum, einen – irgendeinen – sicheren Hafen zu erreichen, bevor der Sturm noch schlimmer wurde. Aber schon jetzt fiel das Navigieren schwer. Der Wind sprang immer wieder um, in einem bizarren, unnatürlichen Rhythmus, der den Seeleuten doppelt Angst machte. Es war, als hätte die Natur selbst den Verstand verloren und alle Regeln vergessen, denen Stürme gewöhnlich folgten.

Als die Sonne unterging, war nahezu der gesamte Himmel schwarz, und Regenbänder peitschten zischend über Meer und Land. Auch der schmale orangerote Lichtstreifen, der sich durch den Sturm zwängte, wurde vom Regen erfasst, sodass es aussah, als regnete flüssiges Feuer auf die Erde herab.

Dann setzten die Blitze ein. Ein greller Lichtspeer nach dem anderen raste, begleitet von ohrenbetäubenden Donnerschlägen, über den Himmel. Die meisten Blitze schlugen nicht in die Erde ein, sondern flogen von Wolke zu Wolke, als würden sich mächtige Sturmgötter duellieren. Die Blitze kamen so häufig und waren so hell, dass der ganze Himmel in ihrem Licht zu pulsieren schien, und der Donner war so laut, dass den Seeleuten die Ohren dröhnten.

An den Küsten der Freien Lande, in den Häfen Anchasas und auf den Schiffen, die darum kämpften, in dieser wahnsinnig gewordenen Welt nicht unterzugehen, wurden verzweifelte Gebete zum Himmel geschickt. Denn ein solcher Sturm war gewiss nicht natürlichen Ursprungs, und folglich war er auch nicht ohne göttliches Eingreifen zu beenden. Doch dann fiel den Seeleuten noch im Gebet auf, dass die Wellen nicht so hoch waren, wie sie bei dieser Windstärke hätten sein müssen. Es war, als würden sie von einer höheren Macht künstlich niedrig gehalten, damit ihre Schiffe nicht kenterten, während über ihnen der Himmel tobte.

Endlich beruhigte sich das schrecklich anzusehende Spektakel. Die Blitze wurden seltener und die Wolken dünner. Als sie sich endlich lichteten, sah man, dass im Laufe des Sturms die Nacht hereingebrochen war. Nun leuchtete eine einzelne Mondsichel vom Himmel wie ein Hoffnungsstrahl. Nur zaghaft schoben die Männer und Frauen, die am Meer lebten, ihre Fensterläden auf, sie konnten noch nicht glauben, dass der unheimliche Sturm tatsächlich vorüber war. Viele ließen die Kerze vor dem Familienaltar zur Sicherheit bis zum Morgen brennen.

Die Magister, die das Unwetter sahen, beteten nicht. Sie beobachteten es mit stillem Interesse, aber nicht mit großem Staunen, denn sie ahnten, woher es kam. Sie kannten die Namen der Magister nicht, die es beschworen hatten, sie wussten nicht einmal, wie viele es waren – fest stand nur, dass mehrere Zauberer sich daran beteiligt hatten –, aber sie wussten, was sein Zweck gewesen war. Wetterzauber waren eine der kostspieligsten und schwierigsten Künste auf ihrer Liste, und niemand machte sich ohne triftigen Grund an ein solches Werk. In irgendeinem Teil der Welt hatte man einem oder mehreren Konjunkten bewusst das letzte Seelenfeuer entzogen. Und anderswo hatte man sich die gleiche Anzahl von neuen, frischen, vitalen Konjunkten genommen. Nur eines wussten die Beobachter nicht – und das machte sie neugierig. Was mochte das für ein monumentales Unternehmen sein, für das gleich mehrere von ihnen auf dem Höhepunkt ihrer Kräfte sein mussten?

Am Morgen war das Meer wieder ruhig.

Kapitel 34

Die Hexen und Hexer versammelten sich am frühen Morgen. Es war kühl, denn die Sonne ging gerade erst auf. Das schmale Lichtband am östlichen Horizont spendete noch nicht genügend Helligkeit, deshalb hatte man Fackeln angezündet. Ihr flackerndes Licht fiel auf etwa hundert erwartungsvolle Gesichter.

Büßergesichter.

»Alle sind hier«, sagte Salvator.

Gwynofar nickte. Sie spürte den seltsamen Glauben dieser Menschen trotz der morgendlichen Kühle wie Wärme auf ihrem Gesicht. Es mochte nicht der Glaube an ihre eigenen Götter sein, aber er strahlte doch eine starke, heilige Energie aus. Sie stand ganz still da, ließ sich davon umfangen und zog Kraft daraus. Salvator wartete geduldig neben ihr, um den feierlichen Augenblick nicht zu stören.

Endlich nickte sie. Er reichte ihr seinen Arm, und gemeinsam bestiegen sie das Podest. Ein Meer von Gesichtern schaute zu ihnen auf, und Gwynofar schien es, als sei die Menschheit in all ihren Erscheinungsformen hier vertreten. *So muss es während des Großen Krieges gewesen sein,* dachte sie. Jenes Heer war aus den letzten Überlebenden der damaligen Zeit zusammengestellt worden, sie hatten sich eingefunden, um in einem letzten, verzweifelten Versuch zur Rettung ihrer Welt all ihre Kräfte zu bündeln. Diesmal sollte der Schlag schon im Voraus geführt werden, aber mit ebenso weltweiter Beteiligung.

Als sie sah, dass alle Augen auf ihr ruhten, holte sie tief Luft und bemühte sich, ihr flatterndes Herz zu beruhigen. Alle Wege, die sie bisher gegangen waren, hatten an diesen einen Ort, zu diesem einen Augenblick geführt. Es war unmöglich, hier zu stehen, ohne das Gewicht des Schicksals auf den Schultern zu spüren.

Mit uns beginnt oder endet das Schicksal der Menschheit.

Sie löste den gepolsterten Lederbeutel von ihrem Gürtel und holte seinen kostbaren Inhalt heraus. Dann hielt sie den Gegenstand in die Höhe und drehte ihn hin und her, damit sich das Licht der Fackeln in den schwarzen Facetten spiegelte. Sie glaubte zu spüren, wie die Energien im Inneren des alten Kristalls vibrierten.

»Dies ist das Blut der alten Märtyrer«, verkündete sie, »bewahrt über viele Generationen durch die Protektoren, konserviert mit Hexenkunst bis zu dem Tag, an dem wir es brauchten. Es ist die Lebensessenz all jener Männer und Frauen, die sich versammelten, um zu kämpfen, als jegliche Hoffnung verloren schien, und die zuletzt ihr Leben hingaben, um eine Welt zu retten. Jeder von ihnen spendete einen einzigen Tropfen seiner Lebenssubstanz, in dem auch eine Spur seines Charakters enthalten war. Mut. Glaube. Opferbereitschaft. Alles verschmolzen zu dem, was ihr hier seht, auf dass es uns unversehrt überliefert werden könne und uns in unserer dunkelsten Stunde Kraft verleihe.« Noch einmal drehte sie die Kugel und ließ die Facetten aufleuchten.

»Das ist euer Erbe. Euer Geburtsrecht. Das Vermächtnis vieler mutiger Männer und Frauen an ihre geistigen Erben.« Wieder nahm sie einen tiefen Atemzug. »Gibt es ein kostbareres Geschenk als die Essenz des eigenen Lebens? Ist es nicht der Gipfel an Weisheit, Prüfungen vorherzusehen, die noch in der Zukunft liegen, und die Instrumente bereitzustellen, mit denen die Kinder und Kindeskinder sie bestehen können?« Sie hielt die Kugel noch höher, damit alle sie deutlich sehen konnten. »Diese Männer und Frauen, eure Vorfahren im Geiste, teilten ihr kostbarstes Wissen in tausend Stücke auf und verstreuten es so über die ganze Erde, nicht etwa, um es unauffindbar zu machen, sondern damit machthungrige Tyrannen es übersähen. In weiser Voraussicht bauten sie ihre Erkenntnisse in Lieder ein – in Gebete – in Prophezeiungen –, damit selbst dann noch etwas erhalten bliebe, wenn alle Bücher der Welt verbrannt würden. Und sie vertrauten darauf, dass ihre Nachkommen nach diesen Bruchstücken suchen und lernen würden, sie wieder zusammenzusetzen, falls – *wenn* – die Finsternis zurückkehrte.

Und wir haben es getan.«

Sie ließ die Kugel sinken. »Noch heute sollt ihr verbunden werden mit diesen Männern und Frauen, im Körper wie im Geiste, sodass sie auch ihr letztes und kostbarstes Geschenk mit euch teilen können.«

Sina hatte ruhig in den Schatten neben dem Podest gewartet. Nun nickte ihr Gwynofar zu, und so trat sie vor und reichte ihr einen großen Silberkelch. Gwynofar nahm ihn mit der freien Hand, stellte ihn vor sich hin und hielt die schwarze Kugel genau darüber.

»Verwandle dies in seine ursprüngliche Form zurück«, befahl sie.

Sina schloss kurz die Augen. Gwynofar sah, wie sich ihre Lippen bewegten. Sie sprach eine Beschwörungsformel, die ihr helfen würde, ihre Macht zu bündeln. Als sie die Augen wieder öffnete, ging ein seltsames Licht von ihr aus. *Kein physisches, sondern ein mystisches Licht*, dachte Gwynofar.

Sina streckte die Hand aus und berührte die Kugel. Energie strömte durch Gwynofars Arm, und der Kristall in ihrer Hand löste sich auf. Schwarz wurde zu Rot; Stein wurde flüssig; Glätte wurde zu Wärme. Sie hob die Hand und ließ den scharlachroten Saft zwischen den Fingern hindurch in den Kelch tropfen. Dort mischte er sich mit dem Wein, den Salvator bereits eingegossen hatte, und mit den letzten Tropfen war der Kelch gefüllt bis zum Rand.

Sie nahm ihn in beide Hände, trat zurück und nickte Salvator zu. Er nahm ihren Platz ein.

Der junge König trug die Rüstung eines Kriegers und darüber die Stola des Priesters. In der Hand hielt er ein ledergebundenes Buch. »Mitbrüder im Büßerglauben«. Seine Stimme drang mühelos bis zu den hintersten Reihen. »Durch Erlass des Rates der Primi wurde ich für die Dauer dieses Feldzugs in den Rang eines Priesters zurückversetzt, um euch das Sakrament unseres Glaubens spenden zu können.«

Er schlug das Buch auf, blätterte bis zu einem goldenen Lesezeichen und begann mit klarer, kräftiger Stimme zu rezitieren:

Herr und Gott, Schöpfer der Welt,
Herr und Gott, Zerstörer der Welt,
Herr und Gott, Quell aller Weisheit,
Herr und Gott, Richter aller Menschen,
Höre unser Gebet:

In Reue und Demut wenden wir uns an Dich, unseren ewigen Richter, und bitten Dich um Deinen Segen für unsere Mission. Nicht für uns streben wir nach Ruhm, nur Deine Herrlichkeit wollen wir mehren. Gewähre uns heute Deine göttliche Gnade und vergib uns unsere vielen Sünden, auf dass wir reinen Herzens und frei von der Last unserer früheren Schuld in die Schlacht ziehen können. Nimm alle Todesfurcht von uns, denn das Leben ist das letzte Geschenk des Menschen an Dich, und das Opfer ist größer als jedes Gebet.

Siehe, wer in Deinem Dienste stirbt, ist zweifach gesegnet, denn sein Glaube wurde in die Waagschale gelegt, und sein Opfer wird die Seelen seiner Mitmenschen erlösen.

Darum weihen wir uns mit Leib und Seele am heutigen Tag Deinem Dienst, vertrauen auf Deine Gnade und Deine Weisheit und erflehen Deinen Segen für die kommende Schlacht, auf dass wir in Deinem Namen kämpfen dürfen.

Damit schlug er das Buch zu. Ein Diener stieg auf das Podest und reichte ihm einen zweiten Kelch, der am oberen Rand mit den Symbolen seiner Kirche verziert war. Dann wartete er.

Sina führte eine der Büßerhexen auf das Podest. Die Frau wirkte etwas unschlüssig und sah Salvator hilfesuchend an; er nickte ihr huldvoll zu, und das schien sie zu beruhigen. Sie verneigte sich respektvoll vor Gwynofar, nahm den Kelch von ihr entgegen und trank einen kleinen Schluck. Äußerlich war keine

Veränderung zu erkennen, aber Gwynofar stellte sich vor, wie die Essenz der alten *Lyr*-Krieger durch ihre Adern strömte und die spirituelle Symphonie ihrer Seele um einen einzigen entscheidenden Ton ergänzte.

Nun trat Sina vor und fasste die Frau an der Hand. Zunächst standen die beiden nur reglos und mit geschlossenen Augen da, und Gwynofar hörte, wie sie etwas murmelten. Dann keuchte die Hexe auf und wich zurück. Zitternd starrte sie Sina an, fassungsloses Staunen sprach aus ihren Zügen.

Sina wandte sich an Gwynofar. Ihr Gesicht glühte. »Es wirkt, Majestät.«

Die übrigen Hexen und Hexer folgten, einige zögernd, andere voller Ungeduld, manche deutlich eingeschüchtert von dem Geschehen. Jeder nahm den Kelch aus Gwynofars Händen und trank einen einzigen Tropfen von seinem Inhalt. Danach traten sie vor Salvator hin und knieten nieder oder blieben stehen, je nachdem, wie es in ihrer Heimat der Brauch war. Und er strich ihnen geweihtes Öl auf die Stirn und murmelte Gebete in einer uralten Sprache, die Gwynofar nicht kannte.

Als alle Hexen die zweifache Kommunion erhalten hatten, ließ Gwynofar den Blick über die Schar wandern und spürte eine tiefe Befriedigung. Sie schloss kurz die Augen und malte sich aus, den Geist ihres Sohnes unter ihnen zu sehen. Sein Gesicht wirkte heiter und zufrieden, und zum ersten Mal seit Alkal wurde der Druck auf ihrem Herzen ein klein wenig geringer. Als sie die Augen wieder öffnete, war er verschwunden.

Sie übergaben die Kelche an die Diener, und Salvator nahm seine Priesterstola ab und gab sie ihnen ebenfalls mit. Dann schaute er, nun wieder in der königlichen Rüstung, über die Menge. Viele Zuschauer, die abseits gestanden hatten, strömten herbei, als sie sahen, dass das Ritual zu Ende war, und Heilige Hüter und Büßer stellten sich ganz unbefangen nebeneinander. Zu Hunderten standen sie da. Ihre Energie war mit Händen zu greifen, sie wärmte das Blut und stärkte den Geist.

Salvator hob die Hände und gebot Schweigen, und als Stille einkehrte, deutete er nach Süden auf das offene Gelände. »Es ist so weit. Sobald die Sonne aufgeht, sollen sich alle Gruppen bereithalten. Sobald die Portale stehen, rückt die erste Gruppe ab. Wir haben nur ein paar Stunden gutes Kampfwetter vor uns, und ich möchte in dieser Zeit so viel wie möglich erreichen. Und denkt daran, das oberste Ziel ist, die Seelenfresser-Königin zur Strecke zu bringen. Alles andere ist zweitrangig.« Er legte eine Pause ein. »Möge Gott euch alle beschützen.«

Oder die Götter, dachte Gwynofar.

Die Männer und Frauen liefen zu den Sammelpunkten. Salvator gewahrte Colivar und Kamala und winkte sie zu sich. Gwynofar fiel auf, dass Colivar seine schwarze Robe gegen unauffälligere Kleidung eingetauscht hatte; von fern würde ihn nun jeder für einen gewöhnlichen Handwerker halten. Kamala trug wieder einmal Männerkleidung, die sie offenbar bevorzugte, aber in gedämpften Brauntönen.

Salvator stieg vom Podest und ging auf sie zu. Mit einem Mal streckte er die Hand aus und klopfte zuerst Colivar und dann Kamala auf die Schulter. »Ich möchte Euch sagen, dass ich Euch beide für Euren Mut bewundere. Ohne Eure Hilfe wäre dies alles nicht möglich gewesen.«

Sie konnten nicht überraschter sein als Gwynofar selbst.

Die Magister begaben sich eilends auf ihre Posten. Gwynofar sah zu ihrem Sohn auf. Im Licht des frühen Morgens wirkte sein Profil wie ein Scherenschnitt, die Habichtszüge der Aurelius traten noch deutlicher hervor als sonst. Das Bild weckte Erinnerungen an Danton, und sie wusste, dass ihr Gemahl, wäre er hier, mit Anerkennung sähe, wie sich sein Sohn zum Führer entwickelt hatte.

Voller Stolz flüsterte sie ein Dankgebet, anschließend bat sie die Götter des Nordens, über Salvator zu wachen und ihn zu beschützen. Nur für den Fall, dass sein eigener Gott damit überfordert wäre.

Kapitel 35

Kamala war auf alles gefasst, als sie durch das Portal trat. Sie hatte die Anker zwar selbst untersucht und keine Heimtücke festgestellt – ganz sicher keinen Schwindel durch Farahs Leute –, aber wer sagte denn, dass Sidereas Helfer nicht herausgefunden hatten, was vorging, um dann ihrerseits eine Falle aufzustellen? Außerdem könnte eine Hexe von Sidereas Format – oder war sie inzwischen gar zur Zauberin geworden? – natürlich mit geringer Mühe die Erinnerungen eines Kundschafters so verändern, dass er falsche Berichte abgab, ohne es selbst zu wissen, oder beim Inspizieren offensichtliche Dinge übersah.

Doch als sie aus dem Portal trat, wartete kein feindliches Heer auf sie, und auch für eine magische Falle gab es keinerlei Anzeichen. Sie beschwor rasch ihre Macht und umhüllte sich und ihre unmittelbare Umgebung mit der Gabe der Ikati-Königin, sodass sie weder von menschlichen Augen noch mit übernatürlichen Kräften aufgespürt werden konnte. Als das Portal zum ersten Mal auftauchte, hatte es diesen Schutz allerdings noch nicht gegeben, und wer oder was immer an diesem Ort wachte, konnte sie bemerkt haben. Daher verdoppelte sie ihre Vorsicht und erforschte Land und Himmel mit ihren physischen Augen und ihrem Zweiten Gesicht nach allem, was darauf hinweisen mochte, dass jemand sich für ihre Ankunft interessiert hatte.

Offenbar war das nicht der Fall.

Das Land um Jezalya war flach und öde, im Osten erhoben sich etliche schroffe schwarze Felsen – waren das die Berge auf der

Karte? –, ansonsten gab es nicht viel zu sehen. Die Sonne war hier noch nicht aufgegangen, und über der Landschaft lag ein grauer Dunst, sodass man in der Dämmerung kaum Einzelheiten erkennen konnte. Aber es war ja auch kaum etwas vorhanden. Die leere Ebene war von einer Kargheit, neben der das Ödland um Tefilat geradezu üppig wirkte, und Kamala stand fröstelnd in der kühlen Morgenluft und fragte sich, warum jemand, der bei klarem Verstand war, freiwillig an einem solchen Ort wohnte.

Als sie sich endlich zu ihrer Zufriedenheit überzeugt hatte, dass ihre Ankunft unbemerkt geblieben war, schickte sie Colivar eine magische Botschaft und teilte ihm mit, alles sei in Ordnung. Einen Augenblick später erschien ein zweites Portal, deutlich größer als das ihre, und setzte Salvators Leute ab. Jeder Neuankömmling trat rasch beiseite, um dem nächsten Platz zu machen. Ganz zuletzt kam der Großkönig selbst. Er nickte beifällig, als er die Markierungen sah, die Kamala angebracht hatte, um die Grenze ihres Schutzzaubers zu kennzeichnen. Solange alle in diesem Bereich blieben, waren sie von außen nicht wahrzunehmen.

Jedenfalls hofften sie das. Kamala wusste selbst nicht genau, wie weit ihre Ikati-Kräfte reichten, Gewissheit gab es also nicht.

Ob ihr Salvator wohl verboten hätte, ihre Macht einzusetzen, wenn er gewusst hätte, dass sie ein Magister war? Sie war als Einzige in dieser Gruppe – womöglich als einziger Mensch überhaupt – imstande, sie alle so völlig unsichtbar zu machen, dass nicht einmal Siderea sie mit ihrer Macht aufspüren konnte. Ohne Kamalas Zauberkräfte hätte man die Invasoren erst unmittelbar vor dem Angriff auf dieser Ebene absetzen können, sie hätten keine Chance gehabt, sich ihre Umgebung anzusehen oder ein Basislager zu errichten, bevor sie auf den Feind trafen. Hätten diese Vorteile in seinen Augen den Einsatz von Zauberei gerechtfertigt? Oder hätten selbst sie nicht genügt? Sie war ein geborener Überlebenskünstler, und ihr war unbegreiflich, wie man ein nützliches Werkzeug einfach wegwerfen konnte, nur weil es von der falschen Person bereitgestellt worden war.

Sie hörte, wie Salvator und Favias dem kleinen Trupp aus Soldaten und Hexen, die mit ihnen eingetroffen waren, ihre Anweisungen gaben. Die Vorräte wurden ausgepackt, und die damit beauftragten Soldaten begannen, über der Ankunftsstelle ein Zeltdach zu errichten. Man hatte diese erste Gruppe so klein wie möglich gehalten, um die magischen Grenzen nicht zu überschreiten, dennoch befanden sich mit einem Mal eine Menge Leute in der Wüste. Salvator und Favias waren mitgekommen, um die Oberaufsicht zu führen, Sina war für die Hexen und Hexer zuständig, Gwynofar sollte die besonderen Fähigkeiten der *Lyr* unterstützen, und Ramirus musste Gwynofar schützen. Verschiedene Grüppchen aus Hexen und Hexern und Soldaten hielten sich bereit, sich rings um die Stadt zu postieren, sobald der entsprechende Befehl erging. Die Hexen und Hexer hatten Seidentücher und kleine Schmuckstücke aus dem Kästchen bei sich, das Colivar einst Kamala gegeben hatte, wertvolle Dinge aus dem Besitz der Hexenkönigin, die vermutlich immer noch mit ihrer Resonanz behaftet waren. Wenn sie diese Gegenstände als Anker benützten, müssten sie ihre Hexenkräfte direkt auf Siderea selbst richten können, anstatt Zeit und Energie auf allgemeine Beschwörungen zu vergeuden. Selbst Ramirus hatte sich ein leuchtend rosarotes Tuch in den Gürtel gesteckt, dessen perlenbesetzte Enden bei jeder Bewegung klirrten. Wäre der Zweck nicht so todernst gewesen, der krasse Widerspruch hätte zum Lachen gereizt.

Colivar stand in einiger Entfernung von den anderen und starrte ins Halbdunkel. Kamala wusste nicht, wie sie ihn erreichen konnte und ob sie es überhaupt versuchen sollte. Er musste Angst haben – welcher Mann würde sich nicht vor der Rolle fürchten, die er in diesem Feldzug spielen sollte? –, aber wenn er diese Angst nicht einmal sich selbst eingestehen wollte, wie sollte ihm dann ein Außenstehender helfen, damit umzugehen?

Sie trat dennoch zu ihm und schaute eine Weile ebenfalls schweigend in die Dämmerung hinein. Im Zentrum der großen Ebene wurde allmählich ein verschwommenes graues Gebilde erkennbar. Colivar drehte eines der Knochenstücke in seiner Hand hin und her, während er es anstarrte, und fuhr mit den Fingern unbewusst die Symbole in der Oberfläche nach. Kamala wusste, dass die andere Hälfte dieses Ankers vor dem Haus der Götter vergraben war, Genaueres hatte man ihnen allerdings nicht gesagt. Wer immer damit ein Portal ins Innere von Jezalya öffnen wollte, musste blind reisen.

»Es muss noch eine andere Möglichkeit geben«, sagte sie endlich. Sie sprach leise, damit niemand sonst sie hörte.

»Die Hexen und Hexer brauchen Zeit, um ihre Positionen einzunehmen und ihr Ritual zu vollziehen, bevor sie die Barriere errichten können. Doch sobald sie deine Schutzzone verlassen, kann Siderea sie entdecken. Jemand muss sie also ablenken, zumindest in den ersten paar Minuten, sonst klappt unser Plan nicht. Das werden wir mit meiner Anwesenheit in der Stadt erreichen.«

Darauf erwiderte sie nichts. Sie hatten diesen Punkt in Coldorra ausführlich besprochen, und niemand hatte eine bessere Idee gehabt. Nun lösten sich alle Träume, dass sie in letzter Minute noch eine Alternative fänden, zusammen mit der nächtlichen Dunkelheit in nichts auf.

»Siderea wollte mich in Tefilat nicht töten«, erinnerte er sie. »Sie wollte mich nur gefangen nehmen. Man kann sich also vorstellen, dass sie mich auch jetzt nicht sofort töten wird, selbst wenn es ihr gelingen sollte, mich in ihre Gewalt zu bekommen.«

»Und wenn sie geplant hätte, dich zu foltern?«

Sie sah, wie sich seine Kiefermuskeln spannten. »Nun, dann wäre sie damit doch auch abgelenkt, nicht wahr?«

Kamala wollte etwas erwidern, aber er drehte sich um und legte ihr einen Finger auf die Lippen. »Pst. Schluss jetzt.« Er zog einen Silberring vom Finger und legte ihn in ihre Hand. Der Ring sah genauso aus wie jener, den er in Tefilat verloren hatte; sie spürte ein kurzes Kribbeln, als ihr Lazaroths Gift wieder einfiel. »Ich kann dir keine Botschaft schicken, ohne dass sie es entdeckt. Du musst also *damit* alles in Erfahrung bringen, was nötig ist. Wenn ich ums Leben komme, setzt du die Operation sofort in Gang. Dann ist Siderea hoffentlich so mit meinem Tod beschäftigt, dass ihr die Zeit bekommt, die ihr braucht.« Er faltete ihre Finger über dem Ring. »Die anderen werden warten, bis du das Zeichen gibst. Das habe ich mit Salvator vereinbart. Du bist diejenige, die ihnen sagen muss, wann es losgeht.«

»Gut.« Sie schloss die Hand fest um den Ring. »Aber du musst mir versprechen, wohlbehalten zurückzukehren.«

Sie glaubte, eine bodenlose Traurigkeit in seinen Augen zu sehen.

»Ich habe das Unheil angerichtet«, flüsterte er. »Vor einer Ewigkeit. In einem anderen Leben. Jetzt muss ich mithelfen, die Welt wieder davon zu befreien.«

Er trat zurück und warf einen fragenden Blick auf Salvator. Der Großkönig nickte. Colivar schloss kurz die Augen und konzentrierte sich. Unmittelbar vor ihm begann die Luft zu flimmern, und ein Portal von der Größe und Breite eines Mannes entstand. Ohne sich noch einmal umzusehen, trat er hinein. Die Luft kräuselte sich wie Wasser und beruhigte sich erst wieder, als das Portal verschwand. Das Knochenstückchen fiel hinter ihm in den Sand. Kamala ging hin, hob es auf und verstaute es sorgfältig in ihrem Wams.

Sie wusste, dass Colivar nur wenig Aussicht hatte, lebend zurückzukehren. Auch ihm selbst war das sicherlich klar. Bei einem Moratus hätte sie angenommen, er habe sich mit dem Tod abgefunden. Aber für einen Magister war eine solche Einstellung nicht möglich. Also wollte er sich nicht einfach nur opfern, sondern hatte vielschichtigere Motive. Vielleicht ein verzweifelter Wunsch nach Freiheit. Die Hoffnung, die Schatten der Vergangenheit abzuwerfen, die ihn so viele Jahrhunderte lang verfolgt hatten, dass er nicht mehr wusste, wie es war, ohne sie zu leben. Das seltenste und kostbarste Ziel, das ein Mensch anstreben konnte: die Gelegenheit, von vorne anzufangen.

Dafür könnte jeder Mensch sein Leben riskieren. Sogar ein Magister.

Hätte sie an einen Gott geglaubt, dem das Wohl von Magistern am Herzen lag, dann hätte sie vielleicht für Colivar gebetet. So konnte sie nicht mehr tun, als seinen Ring auf ihren rechten Daumen zu schieben – den einzigen Finger, auf den er passte – und abzuwarten.

Siderea träumte, die Götter zürnten ihr. Sie hatte diesen Traum nicht zum ersten Mal, aber gewöhnlich belastete er sie nicht weiter. Wenn es in Jezalya tatsächlich Gottheiten gab, die etwas gegen ihre Anwesenheit einzuwenden hatten, dann hatten sie sich bisher als zu machtlos oder einfach als zu gleichgültig erwiesen, um etwas dagegen zu unternehmen. Daraus zog sie den Schluss, dass ihre Albträume nicht mehr als Albträume waren und keine größere Bedeutung hatten.

Doch der heutige Traum war anders.

Sie erwachte mit einer Angst, die zugleich unerklärlich und nicht abzuschütteln war. Als wüsste sie, dass etwas in ihrer unmittelbaren Umgebung irgendwie *falsch* war, ohne es festmachen zu können. Sie blieb ganz still auf ihrem Bett liegen und versuchte, das Gefühl einzukreisen, um zu ergründen, woher es kam. In ihrem Schlafgemach selbst und in den angrenzenden Räumen schien alles in Ordnung zu sein, in der näheren Umgebung des Palastes ebenfalls. Sie nahm Verbindung zu ihrer Konjunkta auf, um zu sehen, ob womöglich deren Aufregung in ihr Bewusstsein gedrungen war, aber die Ikati-Königin schlief noch; Siderea spürte sie nur als dumpfen, warmen Druck in ihrem Geist.

So weit schien alles gut zu sein.

Und doch auch wieder nicht.

Siderea beschwor ihre Macht, schickte ihre Sinne bis nach Jezalya aus und suchte nach Unregelmäßigkeiten, die ihre Unruhe vielleicht hätten erklären können. In den meisten Teilen der Stadt herrschte Ruhe. Jemand hatte eine ansässige Hexe beauftragt, die Ratten vom Fleischmarkt fernzuhalten, und eine zweite belegte gerade den Wagen eines Händlers mit einem Reisezauber, der jeden Dieb veranlassen würde, sich ein anderes Opfer zu suchen. Bis auf diese wenigen Funken von Hexerei schien an dem Morgen nichts vorgefallen zu sein.

Doch das stimmte nicht. Sie spürte es.

Siderea schloss die Augen und rief den nächsten Vogel zu sich. Wenig später landete eine Taube an ihrem Fenster. An ihren bläulich schillernden Flügeln erkannte die Hexenkönigin, dass sie zu denen gehörte, die ihr ein beflissener Händler zum Geschenk gemacht hatte. Sie ließ sie in ihrem Garten frei fliegen, da sie wusste, dass es in der heißen, trockenen Stadt so gut wie keinen Ort gab, an den sie hätten fliehen können.

Behutsam drang sie in den Geist des Tierchens ein. Das wurde mit der Zeit immer schwieriger; durch ihre Bindung an ein großes Raubtier scheuten die pflanzenfressenden Vögel zunehmend vor ihrer Essenz zurück. Aber sie hatte viel Erfahrung, und so war sie wenig später im Bewusstsein des Vogels und konnte seine Bewegungen steuern und mit seinen Augen sehen. Wenn der Vogel dabei panisch mit den Flügeln schlug, konnte das ihre Konzentration nicht stören.

Sie flog aus dem Fenster und kreiste über der Stadt. Das erste Licht des Morgens kroch über den Himmel, was bedeutete, dass die Bewohner allmählich erwachten. Sie ignorierte all jene, die ihren gewohnten Tätigkeiten nachgingen, und suchte nur nach ungewöhnlichen Aktivitäten, fand aber nichts. Für die Bürger von Jezalya war dies ein Morgen wie jeder andere.

Als sie sicher war, dass im Rest der Stadt alles seinen gewohnten Gang ging, begab sie sich zum Haus der Götter. Die Restenergie, die sich dort wie eine Patina angesetzt hatte, machte es ihr schwer, irgendwelche Muster zu erkennen. An den uralten Wänden hafteten Spuren von Gebeten und Überreste zahlloser Rituale, die zum Teil auch magisch gewesen waren. Viele der Götterstatuen hatte man aus diesem oder jenem Grund mit Zaubern umgeben, und dort brodelte ein wahrer Hexenkessel von fremden Energien. Ein kleinerer Bannspruch fiele in einer solchen Umgebung kaum auf und wäre aus der Ferne nicht wahrzunehmen.

Doch als sie sich dem alten Tempel weiter näherte, wurde ihr klar, dass ihre Unruhe tatsächlich hier ihren Ursprung hatte. Sie fürchtete schon, die Quelle befände sich im Inneren des Hauses – *konnte sie die Götter tatsächlich erzürnt haben?*, fragte sie sich –, doch als sie den Vorplatz umrundete, entdeckte sie unweit davon einen Nachhall, als wäre dort soeben ein mächtiges Ritual zelebriert worden. Das Echo kam aus einem kleinen Wäldchen am Rand des Gebetsrondells, der einzigen Stelle weit und breit, wo ein Mensch sich – oder seine Magie – verbergen konnte. Zunächst umkreiste sie das Gebiet vorsichtig und suchte herauszufinden, ob der Übeltäter noch anwesend war, aber das Wäldchen war anscheinend leer. Also platzierte sie ihren Vogelkörper auf dem obersten Ast eines Baumes, klappte die Flügel ein und sammelte sich für die Aufgabe, die nun vor ihr lag. Dann griff sie in ihre Seele, formte ihre Macht zu einem Suchzauber und schickte ihn über das ganze Gebiet. Solange sie sich im Körper eines anderen Wesens befand, konnte sie keine individuellen Spuren der Person aufnehmen, die hier gewesen war; sie brauchte so viel Konzentration, um diesen Körper zu kontrollieren, dass sie nur eingeschränkt auf Feinheiten achten konnte. Anders verhielt es sich mit dem Zauber, der hier gewirkt worden war. Wenn man mit Magie ein Loch in die Wirklichkeit riss, ließ sich das nicht so leicht verbergen, und die metaphysische Narbe, die zurückblieb, wenn sich das Loch wieder schloss, war für eine geschulte Hexe nicht zu übersehen. Sie konnte nicht sagen, wer das Loch gemacht oder welche Art von Macht derjenige dafür verwendet hatte, aber der Zweck war klar.

Hier war ein Portal beschworen worden.

Sie zog sich aus der Taube zurück und hörte das Tierchen überrascht glucksen, als es seinen Körper so plötzlich wiederbekam. Siderea blieb weiter auf ihrem Bett liegen und befasste sich mit den Folgen und Auswirkungen des eben Erlebten. Sie hatte überall in der Stadt Abwehrzauber installiert, die sie vor fremder Magie warnen sollten, lediglich in der unmittelbaren Umgebung des Hauses der Götter hatte sie darauf verzichtet. Dort wäre ein solcher Zauber wertlos gewesen, denn die Priester und Pilger, die an diesem Ort ihre Rituale verrichteten, hätten den Alarm zehn Mal am Tag ausgelöst. Die Beschwörung eines Portals gleich neben dem Haus der Götter hätte also keinen metaphysischen Aufruhr verursacht und sie folglich auch nicht aus dem Schlaf reißen dürfen. Es musste einen anderen Grund geben. Hatte jemand versucht, ihre persönliche Abwehr zu durchdringen? Derjenige vielleicht, der durch das Portal gekommen war?

Keine voreiligen Schlüsse, ermahnte sie sich. So manche mächtige Hexe hatte die Missdeutung einer solchen Situation mit dem Leben bezahlt; sie hatte nicht vor, sich zu ihnen zu gesellen.

Sie schickte einen Funken Macht aus, um eine der Palasthexen, eine junge Frau namens Hameh, zu wecken. Als diese eintraf, hatte Siderea sich einen seidenen Morgenmantel übergeworfen und mit einem Hauch von Magie ihr vom Schlaf zerzaustes Haar geglättet. Im Palast durfte man sie nur in bester Verfassung sehen, das war Teil ihrer geheimnisvollen Ausstrahlung. Die junge Frau, die ihrem Ruf gefolgt war und sich noch den Schlaf aus den Augen rieb, war in deutlich schlechterem Zustand.

»Hoheit.« Die Hexe legte die Hände an die Stirn und verneigte sich tief, wie es im Süden der Brauch war. »Wie kann ich Euch dienen?«

»Vor dem Haus der Götter wurde ein Portal benützt. Ich muss wissen, ob einer unserer eigenen Leute damit zu tun hatte. Und die Erkundigungen sollten diskret durchgeführt werden, Hameh. Kannst du das für mich erledigen?«

Die junge Frau verneigte sich abermals. »Natürlich, Hoheit. Falls es allerdings wirklich geheim bleiben soll, müsst Ihr Euch ein wenig gedulden. Wenn ich die Hexen der Stadt aufwecke und ihnen Fragen stelle, werden sie sofort merken, dass etwas nicht stimmt.«

»Schon gut.« Siderea war nicht glücklich über die Verzögerung, aber sie konnte der Sache auf anderen Wegen nachgehen, während sie darauf wartete, dass Jezalyas Hexen erwachten.

Nachdem die Hexe gegangen war, rief Siderea ihre Diener und ließ sich ankleiden. Nicht weil sie Hilfe brauchte oder auch nur wünschte, sondern weil dies ein fester Bestandteil des höfischen Protokolls war und sie sich verdächtig gemacht hätte, wenn sie davon abgewichen wäre.

In der Ferne erwachte die Ikati-Königin und äußerte ihr Erstaunen über die Aufregung ihrer Konjunkta. *Sind wir in Gefahr?*, sendete sie.

Siderea zögerte. *Ich weiß es noch nicht.*

Es bestand immer noch die Möglichkeit, dass das Portal ohne Bedeutung war. Vielleicht hatte jemand Jezalya schnell verlassen müssen und eine Hexe für die Beförderung bezahlt. Oder jemand, der die Stadt besuchen wollte, hatte sich den langen Marsch durch die Wüste erspart.

Aber ein magischer Transport war so kostspielig, dass er niemals leichtfertig in Anspruch genommen wurde. Und ein ehrlicher Reisender hätte keinen Grund gehabt, ausgerechnet von dem einen Ort aufzubrechen, wo die vorhandenen Energien einen solchen Zauber verbergen würden. Ganz zu schweigen davon, dass sie von einem harmlosen Portal nicht aus tiefem Schlaf geweckt worden wäre, auch wenn es so viele Abwehrzauber ausgelöst hätte.

Noch weiter in der Ferne stieg endlich der oberste Rand der Sonne über den Horizont.

Nasaan erwachte, als die Tür seines Schlafgemachs knarrte, und als sie vollends geöffnet war, hatte er bereits eine Waffe in der Hand. Die Reflexe des Kriegers. Sein Besucher war sichtlich erschrocken und zögerte auf der Schwelle. Im schwachen Licht der Morgendämmerung sah er, dass es eine der Palasthexen war, eine junge Frau namens Hameh. Normalerweise hätte er auf dieses heimliche Eindringen mit Verärgerung reagiert, aber dieser jungen Frau hatte er einen besonders vertraulichen Auftrag gegeben. Wenn sie zu so früher Stunde zu ihm kam und nicht einmal an die Tür klopfte, um die Diener nicht zu wecken, musste sie wichtige Neuigkeiten haben.

Er legte sein Schwert in das Versteck neben seinem Bett zurück – auch das hatte er sich auf dem Schlachtfeld angewöhnt – und winkte ihr, zu ihm zu kommen. »Was gibt es?«, fragte er so leise, dass ihn außerhalb des Zimmers niemand hören konnte.

Sie verneigte sich hastig. »Ihr wolltet benachrichtigt werden, wenn Ihre Hoheit sich ungewöhnlich verhielte.«

»Richtig.« *Ungewöhnlich* war natürlich ein subjektiver Begriff, und er hatte bereits tausend unbrauchbare Berichte von Agenten bekommen, die glaubten, ihm einen Gefallen zu erweisen. Aber er hatte jedes Mal bezahlt. Lieber zu viele Informationen als zu wenige. »Was ist geschehen?«

»Sie behauptete, vor dem Haus der Götter sei ein Portal beschworen worden. Sie weiß noch nicht, wer dahintersteckt. Ich soll ihr helfen, es herauszufinden.«

Natürlich. Die Hexen der Stadt trauten Nasaans Fürstin nicht, deshalb konnte die *Djira* sie nicht persönlich befragen. »Sie hält das nicht für normal? Das Werk einer Hexe aus der Stadt, die … einfach tut, was Hexen so tun?«

»Sie ist noch nicht sicher, Hoheit. Wir sollen das als Erstes überprüfen. Aber ich nehme an, sie würde uns keinen geheimen Auftrag erteilen, wenn sie es nicht für ziemlich wahrscheinlich hielte, dass mehr daran ist.«

Ein Portal.

Mit einem leisen Fluch schwang er die Beine über die Bettkante. Ein Portal – das konnte ein schlechtes Zeichen sein. Womöglich befand sich jemand in seiner Stadt, der hier nichts zu suchen hatte. Oder jemand, der normalerweise hier lebte, war heimlich anderswohin gereist. Beides konnte unangenehme Folgen für ihn haben. Er selbst hatte die Eroberung Jezalyas damit vorbereitet, dass er Agenten hinter die Stadtmauern brachte, und jeder Feind, der diesen Namen verdiente, würde genauso vorgehen. Ein solcher Feind wüsste natürlich auch, dass ein Portalzauber besonders auffällige Magie war und von seinen Hexen und Hexern entdeckt werden konnte. Wenn jemand jetzt ein solches Portal beschwor, ließ das den Schluss zu, dass Zeit für ihn wichtiger war, als unbemerkt zu bleiben.

Auch das war kein gutes Zeichen.

»Schick den Stämmen in den Außengebieten Nachricht«, befahl er. »Sie sollen ihr Stammesgebiet von Kundschaftern absuchen lassen und mir jede Auffälligkeit sofort melden. Wenn auch nur eine Eidechse in die falsche Richtung blinzelt, möchte ich es wissen. Und die Männer sollen sich bewaffnen und für einen Kampf bereitmachen; es könnte Ärger geben.«

»Jawohl, Hoheit.« Ihre Augen waren groß geworden, und er sah die Sorge darin. Nasaan verlangte von seinen Hexen und Hexern nur selten, dass sie ihre Lebensenergie für Botendienste opferten. Wenn er es jetzt tat, dann nur, weil er glaubte, für einen reitenden Boten nicht genügend Zeit zu haben. Oder weil er fürchtete, dass ein gewöhnlicher Bote in eine Falle geraten könnte. »Soll ich danach die Anweisungen Ihrer Hoheit befolgen?«

»Gewiss. Aber was immer du herausfindest, möchte ich als Erster erfahren.«

Nasaan wusste, dass seine *Djira* ganz allein eine Invasionsarmee aufhalten konnte. Aber das würde sie nur tun, wenn es in ihre persönlichen Pläne passte. Und er war nicht sicher, inwieweit die noch mit seinen eigenen Plänen im Einklang standen.

Kein Mensch sollte sich auf die Hilfe eines Dämons verlassen, dachte er.

Sobald Hameh gegangen war, rief er in barschem Ton nach seinem Leibwächter. Der Mann hatte die Hand an der Waffe, als er eintrat, und suchte zunächst überall nach einer Gefahr. Nasaans Tonfall hatte ihm offenbar den Eindruck vermittelt, dass im Schlafgemach irgendeine Bedrohung lauere.

Niemand würde gleich zu Beginn ein Portal beschwören, um Agenten einzuschleusen, dachte Nasaan. *Wenn da ein großer Plan in die Tat umgesetzt wird, befindet er sich wahrscheinlich bereits in der Endphase.*

»Bring mir meine Rüstung«, befahl er. »Und meine Leibgarde soll ebenfalls die Rüstung anlegen und sich marschfertig machen. Aber sie sollen sich möglichst diskret verhalten; ich will nicht, dass in der Stadt Panik ausbricht. Wenn jemand fragt, rücken wir zu einem Manöver aus.«

Sollte er mehr Angst haben? War es falsch, dass ihn schon bei dem Gedanken an einen Kampf ein Glücksgefühl durchströmte, das genauso intensiv war wie in dem Moment, in dem man sich in eine Frau ergoss?

Bevor dieser Tag zu Ende ist, werde ich jemanden töten, dachte er voller Genugtuung.

Das Portal hatte Colivar in einem kleinen Wäldchen am Rand eines Platzes abgesetzt. So dämmrig, wie es hier war, hielt er es für unwahrscheinlich, dass jemand seine Ankunft beobachtet hatte; aber er beschwor ein wenig Magie, um ganz sicherzugehen. Es schien unnötig. In der Ferne hörte er die ersten Leute herumlaufen, doch in der Nähe regte sich noch nichts. Dieser Teil der Stadt war so gut wie verlassen.

Er bedankte sich im Stillen bei Farahs Kundschafter für seine Vorarbeit, hüllte sich in einen dichten Schutzzauber und schlüpfte zwischen den Bäumen hervor.

Ganz in der Nähe erhob sich inmitten eines großen Platzes ein rundes Gebäude mit einer Kuppel aus blankem Gold. Das musste das Haus der Götter sein, in dem die Götterstatuen der Stadt untergebracht waren. An der Tür standen zwei Priester bereit, um Besucher zu empfangen, aber sie schienen noch nicht richtig wach zu sein, und ein kleiner magischer Schubs genügte, um sie wieder in Tiefschlaf zu versetzen.

Ein paar Schritte daneben schlüpfte er in den Schatten zwischen zwei dicht beieinanderstehenden Gebäuden. Hier war er weit genug von der Portalstelle entfernt, und so formte er mit ein wenig Athra einen Suchzauber für Siderea und schickte ihn durch die Stadt. Ob er sie tatsächlich ausfindig machte oder nicht, spielte keine Rolle. Er wusste noch von früher, dass sie eine starke metaphysische Abwehr hatte und nicht überhören würde, wenn der Zauber leise anklopfte. Bald würde sie wissen, dass sich in Jezalya ein Magister befand. Und Colivar hatte genügend kleine Spuren gelegt, um sie erraten zu lassen, welcher Magister es war.

Diesen Teil seines Plans hatte er Kamala verschwiegen. Sie hätte ihn mit Recht für verrückt erklärt. Ramirus hätte ihm womöglich gar verboten, ihn auszuführen, was – solange ihn Colivar nicht erfolgreich im Zweikampf besiegte – sein gutes Recht war.

Aber jeder andere Weg wäre noch aberwitziger gewesen.

Colivar erinnerte sich nach wie vor an die Falle, die Siderea in Tefilat für ihn aufgebaut hatte. Er erinnerte sich nicht bloß im Geiste daran, auch sein Körper hatte sie nicht vergessen; die Schmerzen waren ihm tief ins Fleisch gebrannt. Wenn ihre Abwehr in Jezalya ähnlich aufgebaut war, könnte er nicht unbemerkt an sie herankommen. Und obwohl er bereit war, Gefangenschaft und sogar Folter auf sich zu nehmen, um Salvator zu unterstützen, wäre nichts gewonnen, wenn er festgehalten und von einem Zauber ohne Sinn und Verstand gequält würde, während Siderea ungestört ihre Ziele verfolgen konnte – und womöglich nicht einmal wusste, dass er da war. Wenn Siderea durch Colivars Anwesenheit in Jezalya abgelenkt werden sollte, dann musste er sie irgendwie auf sich aufmerksam machen. Und er musste *wissen*, dass sie auf ihn aufmerksam geworden war, damit die nächste Stufe des Plans in Kraft treten konnte.

Und wie erreichte man das besser, als wenn man dafür sorgte, dass sie ihn aufsuchte?

Ein kleiner blauer Vogel, der sich mit seiner leuchtenden Farbe scharf von den gedämpften Sandtönen der umliegenden Gebäude abhob, tauchte plötzlich auf. Er umkreiste zwei Mal den Platz, dann stieß er über die Stelle herab, wo das Portal erschienen war. Colivar hielt den Atem an und musste sich aufs Äußerste beherrschen, um nicht mittels seiner Zauberei zu erkunden, was das für ein Tierchen war und was es vorhatte. Wenn es Siderea als Medium diente, konnte es gefährlich sein, mit Magie eine direkte Verbindung herzustellen, sagte er sich.

Der bunte Vogel umkreiste die Stelle noch einmal, dann machte er kehrt und flog zurück ins Zentrum von Jezalya. Wenig später erschienen zwei Hexen und gingen geradewegs auf seinen Ankunftsort zu. Ohne Zweifel waren sie von Siderea geschickt, um noch mehr in Erfahrung zu bringen. In Vogelgestalt wäre es ihr schwergefallen, seine Spuren eindeutig zuzuordnen, aber die beiden Hexen sollten dazu ohne Weiteres imstande sein. Seine Zauberei hatte eine unübersehbare Fährte hinterlassen, selbst eine ungeübte Hexe würde die kalte Essenz sofort erkennen. Die beiden würden feststellen – und es Siderea berichten –, dass ein Magister nach Jezalya gekommen war. Und wenn sie gut geschult waren, würden sie ihr auch sagen können, um wen es sich handelte.

So weit, so gut.

»Ihr wolltet mich sprechen, Hoheit?« Nyuku war sichtlich erfreut, dass ihn Siderea zu sich bestellt hatte, doch als er ihre ernste Miene sah, wurde er vorsichtiger.

Das ist auch gut so, dachte sie. Die Zeit für Spielchen war vorbei.

Sie machte keine großen Worte, denn damit hätte sie die Wirkung nur abgeschwächt: »Colivar ist in Jezalya.«

Er richtete sich hoch auf. Seine Nüstern blähten sich. In den Tiefen seiner Augen regten sich Gefühle, die aller Wahrscheinlichkeit nach nicht menschlich waren. »Seid Ihr sicher?«

»Vor dem Haus der Götter finden sich Reste von echter Magie.

Welcher andere Zauberer hätte eine Veranlassung, nach Jezalya zu kommen? Und er hat auf dem Boden Spuren hinterlassen. Er hat sich bemüht, sie zu tarnen und schwer erkennbar zu machen, aber ich verstehe mich ebenso gut auf das Aufspüren wie er auf das Verstecken.« Als Nyuku schwieg, fügte sie hinzu: »Ihr scheint nicht überrascht.«

»Ich sagte Euch doch, er würde zu Euch kommen. Und ich sagte es schon, bevor Ihr ihn nach Tefilat locken wolltet. Jetzt hat er zwei Gründe.«

»Ja.« Sie kniff drohend die Augen zusammen. »Das sagtet Ihr tatsächlich.« Ihre Stimme wurde entwaffnend weich; wer sie gut kannte, hätte das als Warnung verstanden. »Ihr habt mir viel über ihn erzählt, aber Ihr habt immer in Rätseln gesprochen. Ihr habt genügend Andeutungen gemacht, um ein Orakel sein Leben lang zu beschäftigen. Und jetzt ist der Augenblick da, an dem dieses Spiel zu Ende geht. In der nächsten Runde bin ich diejenige, die die Regeln vorgibt.« Ihre Miene verfinsterte sich. »*Warum* musste er zu mir kommen? Woher wusstet Ihr, dass das geschehen würde?«

Er setzte zum Sprechen an, machte aber den Mund wieder zu, ohne etwas zu sagen.

»Ein feindlicher Magister ist in meiner Stadt«, fuhr Siderea schroff fort. »Er ist nicht wegen der landschaftlichen Schönheiten gekommen. Ihr werdet mir auf der Stelle sagen, was ich wissen muss, um mich mit ihm auseinanderzusetzen, oder ich versichere Euch, dass alle Götter Jezalyas nicht fähig sein werden, Euch beim Flug meiner Königin den Sieg zu garantieren.«

In seinen Augen flackerte ein düsteres, kaltes Licht. Seine Worte klirrten wie Eis. »Das habt nicht Ihr zu entscheiden.«

»Nein? Bisher mögen sich alle Königinnen dem stärksten Bewerber ergeben haben, aber das heißt nicht, dass das auch für meine Königin gilt. Oder dass der Wettbewerb nicht auch auf andere Weise entschieden werden kann.« Ihre Miene verfinsterte sich noch weiter. »Ich bin keines von Euren hilflosen kleinen Mädchen, Nyuku, die immer nur der elfte Flügel ihres Seelenfressers waren, zu unwissend, um zu hinterfragen, wie das Spiel läuft. Ich durchschaue auch, was meine Berater an eigenen Interessen verfolgen, wenn sie sich aussuchen, in welche Teile sie mich einweihen.« Sie sah ihm an, dass sie richtig geraten hatte; man hatte ihr den Flug der Königin falsch dargestellt oder ihr zumindest gewisse Dinge vorenthalten. Eine finstere Genugtuung erfüllte ihr Herz, und sie sendete ihrer Ikata: *Siehst du? Es ist, wie ich sagte.* »Stellt mich nicht auf die Probe, Nyuku. Das Ergebnis würde Euch nicht gefallen.«

Wäre sie ein Mann gewesen – oder eine Frau, auf deren Gunst er nicht angewiesen war –, Nyuku hätte ihr vielleicht eine sarkastische Antwort gegeben. Aber er brauchte sie noch, und so atmete er tief ein, um sich zu beruhigen, und fragte: »Was wollt Ihr wissen?«

»Warum will Colivar zu mir kommen? Was treibt ihn an?«

»Das Gleiche, was uns alle antreibt, Hoheit.«

»*Uns* ... meint Ihr damit die Reiter? Warum? Er ist doch keiner von Euch? Oder doch?«

Ein leises Lächeln trat in sein Gesicht, als habe ihn die Frage erheitert. »Er war einmal mit einem Ikata verbunden wie wir anderen auch. Wie wir alle teilte er seine Begierden. Und er fühlt sich aus den gleichen Gründen wie wir zur letzten noch lebenden Königin hingezogen, auch wenn er sicherlich für sich selbst andere Erklärungen für sein Verhalten findet. Menschliche Gründe. Aber das sind nur Vorwände. Was ihn treibt, ist der Funke der Ikati ... und vielleicht der Wunsch, sich zurückzuholen, was er einst verloren hat.«

Sie zog zischend den Atem ein. »Seid Ihr da ganz sicher?«

»Absolut.«

»Und Euer persönliches Verhältnis zu ihm?«

Der Hass, der kurz in seinen Augen aufflackerte, war beredter als alle Worte. »Wir haben ... noch eine Rechnung offen.«

Mehr brauchte er nicht zu sagen. Sie hatte genügend Männer in der Brunft erlebt, um sich vorstellen zu können, um was für eine Rechnung es sich handelte.

Lass sie um uns kämpfen, flüsterte die junge Ikata in ihrem Kopf. *Sie wollen nichts anderes. Ihr Blut verlangt danach.*

Offenbar verlangte auch Sidereas Blut danach, denn bei dem Gedanken an einen solchen Kampf lief eine warme Welle durch ihren Unterleib. »Nun gut«, sagte sie. »Ihr bekommt Gelegenheit, Eure … *Rechnung* … zu begleichen, bevor ich ihn mir vornehme.«

Nyuku runzelte die Stirn. »Ich soll also sein Leben noch einmal verschonen? Mit Verlaub … haben wir das nicht bereits hinter uns?«

Insgeheim bezweifelte Siderea, dass Nyuku es mit Colivar aufnehmen konnte. Der Reiter mochte das Feuer der Ikati-Leidenschaft in den Adern haben, aber ihres Wissens hatte er nie eine magische Ausbildung genossen. Alles Athra der Welt nützte wenig, wenn man es nicht richtig zu kanalisieren wusste.

Allerdings war sie im Moment mit Nyuku unzufrieden. Er hatte in Tefilat versagt. Und während seine männliche Arroganz für eine Seelenfresser-Königin anziehend sein mochte, ging sie ihr als Mensch allmählich auf die Nerven.

Wenn er Colivar tötet, dann habe ich mein Ziel erreicht. Gelingt es ihm nicht, dann ist er tot, und ein anderer nimmt seinen Platz ein. Mit beidem kann ich leben …

»Nun gut«, sagte sie. »Ich will Euch keine Einschränkungen auferlegen. Wenn Ihr ihn töten könnt, dann tut es. Wenn nicht, kümmere ich mich selbst um ihn. In beiden Fällen«, versprach sie feierlich, »wird dies Colivars letzte Schlacht.«

Wie gut ihr diese Worte in den Ohren klangen. Und wie liebenswürdig von Colivar, in ihre Stadt zu kommen und ihr Gelegenheit zu geben, sie auszusprechen.

Zum ersten Mal an diesem Morgen lächelte Siderea.

Auf dem Kriegsschauplatz hatte sich etwas verändert; Ramirus konnte es spüren. Nichts so Konkretes wie ein Zauber, auf den er hätte zeigen, oder eine einzelne Erscheinung, die er hätte benennen können. Eher eine Bewegung im Potenzial. Eine subtile Veränderung der Wahrscheinlichkeit. Dinge wurden in Gang gesetzt, die an sich wenig Bedeutung hatten, aber im weiteren Verlauf bedeutsame Ereignisse auslösen konnten. Mit seiner divinatorischen Magie konnte er das größere Muster erkennen, seinen Ursprung jedoch nicht festmachen.

Gehörte das zu Colivars Plan?

Noch hatte es keinen Sinn, die anderen zu warnen. Salvator würde nichts auf Erkenntnisse geben, die durch Zauberei gewonnen worden waren. Favias und Sina bräuchten greifbare Fakten, bevor sie handeln konnten, und die hatte er nicht zu bieten. Gwynofar wiederum ... sie verstand nicht, wie sehr ihn das Magistergesetz in seinem Handeln beschnitt. Sie wusste nicht, dass die Zauberer früher einmal ganz unbekümmert und nur zu ihrem Vergnügen ganze Armeen abgeschlachtet hatten und dass das Gesetz unter anderem deshalb aufgestellt worden war, um solche Auswüchse zu verhindern. Ein Magister mochte den Verlauf eines Krieges beeinflussen, indem er seine Feldherren beriet, einer Seite einen leichten Vorteil verschaffte oder vielleicht das Gelände manipulierte, auf dem eine Schlacht stattfand. Aber er durfte nicht mit eigenen Händen ein Morati-Heer vernichten, auch wenn ihm der Ausgang noch so wichtig war. Ramirus konnte und wollte Gwynofar beschützen, doch darüber hinaus konnte er sie nur begrenzt unterstützen.

Einmal hatte er das Magistergesetz bereits gebrochen – Kamalas wegen. Jetzt spürte er, wie die tierischen Instinkte seit Jahrhunderten zum ersten Mal wieder an sein Bewusstsein klopften. Er erinnerte sich an die Anfangszeiten, als er noch kein vollwertiger Mensch gewesen war. Und er erinnerte sich, wie hart er um seine Menschlichkeit gerungen hatte, nachdem sie ihm von der Ersten Translatio geraubt worden war.

Lieber wollte er tatenlos zusehen, wie tausend menschliche Heere zugrunde gingen, als in diesen Zustand zurückzufallen.

Das hieß jedoch nicht, dass er keine Vorsichtsmaßnahmen treffen konnte. Und so schloss er die Augen und schickte seine magischen Sinne hinaus in die Wüste. Über Meilen von Sand, Gestrüpp und Felsen, die vom Wind glatt geschliffen worden waren. Er leitete so viel Athra in dieses Unterfangen, dass sein schlafender Konjunkt wahrscheinlich Todesträume hatte. Er kostete den Wind und verfolgte die Wanderungen der Sanddünen. Er sog die Feuchtigkeit der Luft über den Oasen ein, den Atem wilder Kamele, die Strömungen, die die Adler mit ihren Schwingen erzeugten, wenn sie in den Morgenhimmel aufstiegen. Er maß das Vorrücken des Sonnenlichts über der öden Landschaft und nippte an der sengenden Hitzewelle, die sich gleich dahinter auftürmte. Er prüfte die Spuren menschlicher Gefühle, die am Sand hafteten: Leidenschaft und Angst, Zorn und Hoffnung.

Wenn man die Umgebung so genau kannte, konnte man sich notfalls sogar die Natur selbst gefügig machen. Er hoffte, nicht so weit gehen zu müssen, aber ein Krieg steckte stets voller Überraschungen, und je mehr Waffen man in seinem Arsenal hatte, desto eher hatte man die richtige zur Verfügung, wenn der Ernstfall eintrat.

Hoffentlich weißt du, was du tust, Colivar.

Der Palast war weiß, rein weiß, und die Kuppel in der Mitte so hoch, dass die Strahlen der aufgehenden Sonne darauf tanzten und sie aufleuchten ließen, bevor sie die übrige Stadt erreichten. Die Säulen bestanden aus weißem Marmor mit schmalen Farbstreifen, die sich wie die zarten blauen Adern unter der Haut einer Frau dicht unter der Oberfläche dahinschlängelten. Ein solcher Stein war überall kostbar, und hier, Hunderte, wenn nicht Tausende von Meilen vom nächsten Marmorsteinbruch entfernt, verdoppelte sich sein Wert.

Natürlich hatte man ihn genau deshalb verwendet.

Colivar betrachtete das Gebäude eine ganze Weile und ordnete seine Gedanken. Ringsum erwachte die Stadt zum Leben, und die Palastwache beobachtete jeden, der dem Palast zu nahe kam, mit Misstrauen. Hatte Siderea den Gardisten gesagt, dass er kommen würde? Hatte *sie* den Rufzauber beschworen, der immer noch am Rand seines Bewusstseins kribbelte? Der Zauber war so schwach, dass man ihm leicht widerstehen konnte, und griff seine Abwehr nicht allzu entschlossen an. Es war eher eine Einladung denn ein Befehl. Wenn er sicher sein könnte, dass er von ihr persönlich kam, würde ihm das schon genügen; wenn sie ihm so viel Aufmerksamkeit widmete, dass sie ihn mit einem Zauber ausfindig zu machen suchte, wären die taktischen Bedürfnisse von Salvators Leuten erfüllt. Doch dieser Zauber war so schwach und diffus, dass Colivar keinerlei Signatur erkennen konnte: ein magisches Flüstern nur, so substanzlos, dass die anhaftende Spur nicht zu bestimmen war.

Er strich mit der Hand über seine kamelfarbene Reisekleidung und verwandelte sie in eine tiefschwarze Robe. Wenn er durch den Haupteingang kommen wollte, brauchte er sich nicht zu tarnen. Dann ließ er seine magische Hülle fallen, sodass die Morati nicht mehr gezwungen waren, ihre Augen von ihm abzuwenden. Die Wachen waren überrascht, als er so plötzlich vor ihnen stand, und zogen ihre Waffen. Doch dann musterten sie ihn etwas genauer und steckten sie wieder ein.

Er stieg die breite Treppe so selbstverständlich hinauf, als handle es sich lediglich um einen Höflichkeitsbesuch. Doch in seinem Kopf arbeitete es fieberhaft: Macht beschwören, Zauber entwerfen, so viel wie möglich über den Palast und seine Bewohner in Erfahrung bringen. Das Gebäude war offenbar neu und wies nicht die Restenergien von Hexerei auf, wie sie nach einer langen Geschichte von Verteidigungszaubern zurückzubleiben pflegten. Aber es trug eindeutig Sidereas Zeichen, und ihre Macht war nicht zu unterschätzen. Schon gar nicht, seit ihr im Grunde unbegrenzte Mengen von Athra zur Verfügung standen.

Als Colivar oben angekommen war, schnippte einer der Gardisten mit den Fingern. Eine junge Frau trat aus dem Schatten der Tür, nickte ihm zu und forderte ihn mit einer Geste auf, ihr zu folgen. Der Bereich, den sie jetzt betraten, strahlte eine subtile Macht aus, die er jedoch nicht genauer bestimmen konnte, ohne stehen zu bleiben und sich darauf zu konzentrieren. Hoffentlich war es nicht wieder eine Falle wie beim letzten Mal.

Er atmete tief ein und wiederholte für sich alles, was er auch Kamala gesagt hatte: *Siderea will mich nicht töten. Wir brauchen sie nur abzulenken. Sorge dafür, dass die Schlacht weitergeht, falls ich doch sterbe.* Bei der ungeheuerlichen Unterstellung, er könnte sterben, schlug der Ikati-Geist in seiner Seele jäh mit den Flügeln und wütete gegen die Vorstellung, vor dem Tod zu kapitulieren. Er hatte diesen Geist seit Jahrhunderten nicht so stark gespürt und suchte ihn eilends wieder zu unterdrücken, um klar denken zu können. Er durfte jetzt nicht die Kontrolle verlieren!

Aber du wirst gleich einer Ikati-Königin gegenüberstehen, dachte er. *Wirst du auch in ihrer Gegenwart verleugnen können, was du wirklich bist?*

Die Dienerin führte ihn in einen leeren Raum und bedeutete ihm zu warten. Es war ein großer Saal, und nur wenige Möbel standen darin: ein paar Bänke, ein schmaler Tisch an einer Wand und mehrere Holzständer mit Waffen. Die hätte er sich gern genauer angesehen, doch wusste er aus Erfahrung, dass es nicht immer ratsam war, in Sidereas Zuhause irgendetwas anzufassen. So trat er nur nahe heran und sah, dass es sich um zahlreiche Schwerter unterschiedlicher Machart und eine Reihe von anderen Blankwaffen handelte. Die sechs Speere in einem der Ständer hatten Bronzespitzen, in die Götterbilder eingeritzt waren, und sie hatten allem Anschein nach schon mehrfach mit Blut Bekanntschaft gemacht. Das waren alles keine Übungswaffen. Er fragte sich, ob sie immer hier gelagert wurden oder ob man sie seinetwegen hergebracht hatte; es reizte ihn, die Spuren im Boden zu lesen, um zu sehen, wie lange sich die Ständer schon in diesem Raum befanden. Aber eine solche Falle hatte ihm Siderea beim letzten Mal gestellt. Er würde nicht so töricht sein, noch einmal darauf hereinzufallen.

»Wie schön, dass du uns besuchen kommst«, sagte eine Männerstimme hinter ihm.

Auf Kannoket.

Er fuhr herum, sein Athra wallte auf. Die Stimme war ihm nicht unbekannt, doch als er ihren Besitzer so plötzlich vor sich sah, war der Schock so groß, dass er ihm den Atem raubte.

Nyuku.

Er war viel sauberer, als Colivar ihn in Erinnerung hatte, ansonsten hatte er sich kaum verändert. Die scharfen Kannoket-Züge im wettergegerbten Gesicht, die harten Falten um die Augen, die gegen die Kälte zu schmalen Schlitzen zusammengekniffen wurden, Augen so dunkel, dass Pupille und Iris nicht voneinander zu unterscheiden waren, schwarz wie der Nachthimmel über der Arktis. Und natürlich die Rüstung. Schichten von Seelenfresser-Haut zu eng anliegenden Kleidungsstücken modelliert, auf denen kobaltblaue Glanzlichter schillerten wie die Regenbogenfarben auf einer Ölpfütze. Um den Hals trug er eine Kette aus polierten Spänen, die aus den Schwanzplatten von Seelenfressern geschnitten und auf eine Schnur aus Seehunddarm aufgezogen worden waren. Trophäen von besiegten Rivalen vielleicht? Da jeder Span nicht nur das Bild eines toten Seelenfressers heraufbeschwor, sondern auch an einen wahnsinnig gewordenen Konjunkten erinnerte, war diese Kette ein wahrhaft makabres Schmuckstück.

Seit Colivar erfahren hatte, dass Nyuku noch am Leben war, hatte er sich auf diesen Augenblick vorbereitet. Aber es hatte nicht ausgereicht! Nichts hätte dafür ausgereicht. Aus dem schwarzen Abgrund seiner Seele schossen Erinnerungen empor, keine zusammenhängenden Bilder, sondern Wellen wilder Emotion, Szenen aus einem vergessenen Leben – einem Leben, das er mit aller Kraft zu vergessen versucht hatte ...

Du schreist, schreist deinen Zorn hinein in die stürmische Dämmerung
Schwingen schlagen hektisch in der klirrenden Kälte
Hass liegt wie Eis auf der Zunge
Aus Stolz wird Kraft, aus Wut wird Energie, wo ist das Sonnenlicht?
Klauen zerreißen Eisluft und Fleisch
Heißes Blut schäumt wie Meeresgischt
Hass, Hass, Hass fliegt im Wind, zerfrisst das Denken
Wahnsinn
Schreie Schmerz Wahnsinn Angst Hunger
Du bittest die Götter, ein Ende zu machen
Du bittest die Götter, dich auszulöschen
Dies, dies ist der Preis für den Verrat an der Menschheit ...

»Die Welt der Menschen hat dich nicht gut behandelt«, stellte Nyuku fest. »Du stinkst nach Schwäche.«

Colivar kämpfte mit zusammengebissenen Zähnen gegen die Flut der Erinnerungen an. Die Wunden in seiner Seele pochten gnadenlos. »Und du stinkst nach Anmaßung wie eh und je.«

Nyuku lachte leise. »Ist es *anmaßend*, den Sturz eines Rivalen zu feiern? Wenn ja, dann bekenne ich mich schuldig. Aber du ... einen solchen Verlust zu überleben: keine geringe Leistung.« Die schwarzen Augen glitzerten kalt, Grausamkeit lauerte in ihren Tiefen. »Sag mir, wie fühlt es sich an, wenn ein Konjunkt getötet wird, während man auf ihm reitet? Wenn einem die halbe Seele weggerissen wird und man nichts dagegen tun kann? Diese Ohnmacht ist wohl mit nichts zu vergleichen.«

Plötzlich brach die Trauer um seinen Ikata so heftig über Colivar herein, als sei jener schreckliche Moment, der seine menschliche Identität in blutige Fetzen gerissen hatte, eben erst gewesen. Er wollte schreien wie ein verwundetes Tier, schreien wie einst in der Arktis: blinde Qual, abgrundtiefe Verzweiflung. Doch er ballte zitternd die Fäuste und rang innerlich um einen Rest von Fassung, während er nach außen hin so tat, als verliere er die Beherrschung. Er kniff kurz die Augen zusammen, als hätten ihn Nyukus Worte tief getroffen, gleichzeitig beschwor er die nötige Macht, um festzustellen, ob in seiner Umgebung irgendwelche Zauber wirksam waren. Das war nicht weiter schwierig, denn der ganze Raum war mit Magie gesättigt. Wände, Boden und Decke waren so mit Abwehrzaubern gesichert, dass Zauberei ihnen nichts anhaben konnte, und offenbar war auch die Luft im Raum mit Magie angereichert. Dies würde erklären, warum alle Läden fest geschlossen waren; frische Luft von draußen hätte die Wirkung beeinträchtigt. Colivar nahm sich nicht die Zeit, um die Waffen genauer zu inspizieren, aber er musste wohl davon ausgehen, dass auch sie von Magie durchdrungen waren. Vielleicht würden sie sogar auf Colivars Berührung ansprechen wie die Falle in Tefilat.

»Tu mir das nicht an«, flüsterte er und tränkte seine Stimme mit Schmerz, in der Hoffnung, Nyuku würde seine Demütigung so sehr genießen, dass er sich noch einen Augenblick zurückhielt und ihm ein paar kostbare Sekunden gewährte, um sich ein Bild von der Lage zu machen.

Mit Zauberei brauche ich es in diesem Raum gar nicht erst zu versuchen, dachte er verzweifelt. Und auch gegen Nyuku konnte er seine Kräfte nicht direkt einsetzen, ohne eine fatale Verbindung zum Ikata des Mannes zu riskieren. Nein, erkannte er mit sinkendem Mut, das Einzige, was er in diesem Raum verzaubern konnte, war sein eigener Körper, und die einzig sichere Waffe war sein eigener Verstand. Der war allerdings nicht zu verachten. Nyuku war im Grunde seines Herzens ein unwissender Barbar, der durch Kräfte, die sein Begriffsvermögen überstiegen, zur Macht gelangt war. Er mochte gelernt haben, die Rolle des kultivierten Adeligen zu spielen, aber er besaß nicht einmal so viel Bildung wie ein Bauer, um diese Rolle auch auszufüllen. Colivar dagegen war schon lange vor seiner ersten Begegnung mit den Ikati ein Hexer und Heiler gewesen und dadurch mit der Funktionsweise des menschlichen Körpers vertraut.

Dies war der einzige Vorteil, den er möglicherweise hatte.

Er würde sich damit begnügen müssen.

Langsam blickte er zu Nyuku auf. Er brauchte keine Zauberei, um die geballte Energie tief im Inneren des Mannes zu spüren oder den Zorn seines Ikata aus seinen Augen lodern zu sehen. Zwar mochte er Colivar vor Jahren die Führung über die Kolonie abgenommen haben, doch dass der Magister überlebt hatte, empfand er offensichtlich als persönliche Kränkung. Von ihm war keine Schonung zu erwarten.

»Erinnerst du dich noch an jenen Tag?« Nyuku säuselte so verführerisch wie ein Liebhaber eine bittere Kränkung nach der anderen. »Ich habe nämlich nichts vergessen. Ich kann das Blut deines Konjunkten noch schmecken. Ich habe seine Schreie in den Ohren und sehe ihn im Todeskampf um sich schlagen. Und dich sehe ich im Schnee liegen, hilflos wie ein Kind …« Seine Absicht war eindeutig. Er wollte den Ikati-Teil von Colivars Seele so wütend machen, dass der menschliche Teil kapitulieren musste. Und er war auf dem besten Weg dazu.

Colivar schlang die Arme um sich und bemühte sich, seine Konzentration aufrechtzuerhalten; womöglich blieben ihm bloß noch wenige Sekunden bei klarem Verstand, und die musste er ausnützen. Zauberkräfte rasten, von Verzweiflung getrieben, mit unnatürlicher Schnelligkeit durch seinen Körper. Muskeln dehnten sich. Knochen wurden dicker. Die Zusammensetzung seines Blutes veränderte sich. Organ für Organ, Körperflüssigkeit um Körperflüssigkeit wurde umgewandelt – nicht in einer sinnvollen Ordnung wie unter normalen Umständen, sondern in einem chaotischen Sturm der Mutation, der jede lebende Zelle gequält aufschreien ließ.

Und Nyuku lächelte. Überheblich und egoistisch, wie er war,

sah er lediglich Colivars Leiden und hielt kurz inne, um die Qualen seines Rivalen zu genießen.

Das war ein Fehler.

Sein letzter Fehler.

Denn sobald die Transformation abgeschlossen war, brach Colivars Selbstbeherrschung zusammen. Das Tier schoss brüllend vor Rachedurst aus den Tiefen seiner Seele empor. Und er sah nur noch rot …

Kamala wurde gepackt und festgehalten. Unter ihren Knien bewegte sich der Sand. Ihr Kopf fühlte sich an, als stünde er in Flammen.

»Geht es denn wieder?«, fragte Ramirus. »Was ist geschehen?«

Sie begriff nicht sofort, wer mit ihr redete, und sie wusste auch nicht gleich, wo sie war. Sie hatte sich so ausschließlich auf Colivar konzentriert, dass sie ihre Umgebung nicht mehr wahrgenommen hatte. Und dann war der Sturm gekommen. Blinzelnd sah sie zu Ramirus auf. Sie wusste nicht, wie sie ihm antworten sollte. Dann bemerkte sie Salvator, der neben ihm stand. Ebenso besorgt, wenn auch wohl aus anderen Gründen.

»Ist es so weit?«, fragte der Großkönig.

War es so weit?

Sie hatte Colivars Ring als Anker benützt und damit schwache Spuren seiner Gemütsverfassung verfolgen können. Daher wusste sie, dass er gefasst, aber besorgt gewesen war, als er in Jezalya eintraf. Danach hatte sie die feinen Schattierungen der Angst gekostet, die an den Rändern seines Bewusstseins leckte, als er die Bedrohungen in seinem Umfeld vernünftig und beherrscht analysierte. Und mit einem Mal war die Stimmung umgeschlagen. Ein Sturm von heftigen Gefühlen – Wut und Hass, Enttäuschung und Schmerz – war über sie hereingebrochen … und alles war auseinandergeflogen. Nun schien über Colivars Ring ein roter Nebel zu hängen. War das eine metaphorische Vision oder eine reale Erscheinung?

Der Aufruhr in Colivars Seele allein hatte für ihre Mission noch nichts zu bedeuten. Selbst wenn sämtliche Heerscharen Jezalyas mit gezückten Schwertern auf ihn zugestürmt wären, hätte das nicht unmittelbar mit Siderea zu tun haben müssen. Was zählte, war einzig und allein der Moment, in dem *sie* ihre Aufmerksamkeit auf ihn richtete und deshalb auf nichts anderes mehr achtete. Wie sollte Kamala an diesen diffusen Zeichen erkennen, wann das geschah? Vielleicht war Colivar bereits mit Siderea zusammengetroffen, und das hatte seinen Gefühlssturm ausgelöst. Vielleicht aber auch nicht. Kamala konnte keine Zauberei einsetzen, um mehr zu erfahren, ohne Gefahr zu laufen, dass Siderea auf sie aufmerksam wurde. Und Colivar konnte aus dem gleichen Grund nicht direkt mit ihr in Verbindung treten. Wie in aller Welt sollte sie herausfinden, was gerade mit ihm geschah?

Plötzlich war sie wütend auf Colivar, aber das Gefühl hatte mehr mit Frustration und Angst als mit echtem Zorn zu tun. Zur *Hölle* mit ihm! Wieso hatte er sie in diese Lage gebracht! Wenn er aus der ganzen Sache lebend herauskäme, würde sie ihm den Hals umdrehen.

Ist es so weit, dass die Hexen und Hexer aufbrechen können? Salvators Fragen kamen wie aus weiter Ferne. *Ist Siderea anderweitig beschäftigt?*

Ich weiß es nicht, wollte sie sagen. *Ich weiß nicht einmal, wie ich das feststellen soll.*

Aber so konnte man kein Heer führen. Ein Anführer musste Sicherheit oder zumindest den Anschein von Sicherheit vermitteln.

»Nein«, sagte sie leise. Und spürte, wie ihre Worte den Wüstensand in Schwingungen versetzten. »Noch nicht.«

Innerlich verfluchte sie Colivar – bangte um ihn – und wartete.

Nasaan schnallte sich soeben sein Schwert um, als ein Diener hereingelaufen kam. Der Fürst hatte seine Rüstung keine Minute zu früh angelegt.

»Im Ostflügel, Hoheit.« Der Diener atmete schwer, allerdings wohl mehr vor Erregung als vor Anstrengung. »Dort findet ein Kampf statt, Nyuku und ein Fremder sin…«

Mit einem leisen Fluch war Nasaan bereits auf dem Weg, bevor der Satz zu Ende gesprochen war.

Dieser Nyuku war einer von den Speichelleckern der Fürstin, und Nasaan verabscheute ihn mehr als die anderen. Wenn es nach ihm ginge, würde er den Mann nicht einmal seinen Nachttopf leeren lassen. Er konnte nicht erklären, warum er so empfand, denn Nyuku hatte ihn – jedenfalls seines Wissens – nie mit Worten oder mit seinem Verhalten beleidigt, und er hielt sich im Allgemeinen an das Protokoll im fürstlichen Palast. Er übertrieb es manchmal eher mit der Höflichkeit, so als amüsiere er sich innerlich über das ganze Zeremoniell. Doch sobald er einen Raum betrat, sträubten sich Nasaans Nackenhaare, und seine Muskeln spannten sich wie sonst nur bei einem Kampf. Der Mann war eine einzige Herausforderung, und das war umso irritierender, als er sich nie offen als Feind zu erkennen gab. Er brachte Nasaans Blut auf unbegreifliche Weise in Wallung.

Die *Djira* bestand darauf, dass dieser unangenehme Zeitgenosse nach Belieben in Nasaans Palast aus und ein gehen durfte, und das war einer der wenigen Streitpunkte zwischen ihnen. Nasaans Hexen hatten ihm berichtet, dass Nyukus Aura nicht zur Gänze menschlich sei – was immer das bedeutete –, und Nasaan hatte nur mit *einem* übernatürlichen Wesen einen Vertrag geschlossen, er fühlte sich nicht verpflichtet, noch ein zweites in seinem Haus zu dulden. So hatte er Nyuku zähneknirschend ein Besuchsrecht eingeräumt, aber der Mann hatte ganz sicher nicht das Recht, gegen irgendjemanden in diesen Mauern die Hand zu erheben. Nasaan hoffte bereits, der andere hätte sich endlich einen größeren Fehler zuschulden kommen lassen und ihm damit einen Vorwand geliefert, ihn ein für allemal aus dem Haus zu weisen. Ob das der Fürstin nun passte oder nicht!

Als er den Raum erreichte, wo die Auseinandersetzung stattfand, standen mehrere Palastgardisten vor der Tür, wagten aber nicht, ohne Befehl von ihm einzutreten. Von drinnen war Kampflärm zu hören, es klang allerdings nicht so, als würden Metallwaffen verwendet. Nasaan war nicht sicher, ob das ein gutes oder ein schlechtes Zeichen war.

»Ihre Hoheit sagte, wir sollten draußen bleibe…«, begann ein Diener.

Nasaan wartete auch das Ende dieses Satzes nicht ab, sondern zog sein Schwert und zwängte sich durch die halb offene Tür. Er sah, dass man die üblichen Einrichtungsgegenstände entfernt und an einer Wand Ständer aus der Waffenkammer aufgestellt hatte. Die Fensterläden waren fest geschlossen, sodass nur wenig Tageslicht einfiel, und die wenigen Lampen in den vier Ecken konnten die Schatten kaum vertreiben. Es fand tatsächlich ein Kampf statt, Nyuku und ein hochgewachsener Mann mit schwarzem Haar waren die Gegner, und obwohl keine Waffen im Spiel waren, handelte es sich nicht um ein einfaches Handgemenge. Die Hiebe und Tritte kamen schneller, als menschliche Gliedmaßen sie ausführen konnten, und sie wurden von Flammenstößen begleitet, die rasch wieder gelöscht wurden. Schatten und Rauch erfüllten die Luft zwischen den beiden Kampfhähnen. Blut spritzte auf, wurde zu einer roten Nebelwolke und verschwand. Unter Schlägen, die so hart waren, dass der ganze Raum zu erbeben schien, hörte Nasaan immer wieder Knochen brechen, doch das Opfer warf lediglich einen Blick auf den verletzten Körperteil und ging sofort von Neuem zum Angriff über.

So kämpfen Dämonen, dachte Nasaan düster.

Siderea stand in einer Ecke und sah zu. Ihre Augen glänzten feucht, die Lippen waren leicht geöffnet, in ihren Zügen mischten sich sinnliche Erregung und Bestürzung. Als sie ihn erblickte, winkte sie ihn zu sich und legte ihm die Hand auf den freien Arm. »Sie können uns weder sehen noch hören«, sagte sie leise, und er hatte keinen Grund, ihr nicht zu glauben. Ihr Puls ging hart und schnell wie auf dem Höhepunkt der Lust, und ihre Haut verströmte einen Duft, der eher in ein Schlafgemach denn in eine Waffenkammer gehörte. Das machte ihn misstrauischer als der Kampf selbst, und er wich zurück, um aus ihrem Dunstkreis zu kommen.

»Worum geht es denn?«, wollte er wissen.

»Worum es immer geht«, lautete die Antwort. Nasaan sah, dass Nyuku seinen Gegner wie einen gewöhnlichen Menschen in den Todesgriff nahm, doch der schwarzhaarige Fremde veränderte seine Gestalt und entschlüpfte Nyukus Händen wie eine Schlange. Dabei ließ er eine blaue Flammenwand zurück, die überall da, wo sich die beiden berührt hatten, an Nyuku haftete, aber rasch gelöscht wurde. Alles lief so rasend schnell ab, dass Nasaan kaum folgen konnte, er hatte jedoch den Eindruck, dass sehr viel mehr vor sich ging, als man mit menschlichem Auge erkennen konnte.

»Um Macht«, fuhr sie fort. »Um Wollust. Um Überlegenheit.« Sie hielt inne, ihre Lippen kräuselten sich zu einem Lächeln, das an der Oberfläche herzlich, darunter aber so unheimlich war, dass ihn fröstelte. »Und um eine Frau.«

Ihm fiel ein, wann er dieses Lächeln zum letzten Mal gesehen hatte. Es war auf einem Schlachtfeld gewesen, sie hatte in einem Kreis von Toten gestanden, und um sie herum hatte es Blut geregnet. Er hatte sich vor ihren Fähigkeiten gefürchtet und zugleich nach dem gelechzt, was sie ihm zu bieten hatte. An beidem hatte sich nichts geändert.

An jenem Abend hatte sie bloß zu ihrem Vergnügen mit ganzen Heeren gespielt. Heute waren es nur zwei Männer, aber sie wurde unverkennbar von der gleichen Gier getrieben wie seinerzeit auf dem Schlachtfeld. Und zum ersten Mal, seit er sie kannte, trat diese Gier offen zutage. Er las die Wahrheit in ihrem kalten Raubtierlächeln; er roch sie auf ihrer Haut. Und während vor ihr zwei Männer alles versuchten, um sich gegenseitig in Stücke zu reißen, begriff er zum ersten Mal, worauf diese Gier gerichtet war.

Vielleicht hatte er es schon immer gewusst. Vielleicht hatte er es sich nur nicht eingestehen wollen.

Sie sollen für mich sterben, forderte ihr Gesichtsausdruck.

Schnelligkeit und Kraft. Darauf kam es an. So viel Schnelligkeit und Kraft, dass Nyuku gezwungen wäre, mit gleicher Münze zurückzuzahlen. Darin lag seine einzige Hoffnung.

Angst und Verzweiflung rauschten durch Colivars Adern, aber er klammerte sich an diesen Gedanken. Mit einem Zauberer zu kämpfen war aussichtslos, das wusste er. Er hatte die Zeiten noch erlebt, als die Magister sich gegenseitig töten durften, und wusste, wie er vorzugehen hatte. Überraschung. Heimtücke. Nichts anderes wäre erfolgreich. Wenn man es mit einem Gegner zu tun hatte, der jede Wunde mit einem einzigen Gedanken heilen und sich vor jedem Angriff schützen konnte, den er kommen sah, gab es nur einen einzigen Weg zum Sieg: Man durfte ihm keine Vorwarnung geben und ihm keine Zeit zur Heilung lassen. Und da ein erfahrener Magister feindliche Absichten erspüren konnte, durfte man seine Aktionen nicht einmal im Voraus planen. Wie oft kamen alle diese Elemente zusammen?

Den Kampf nicht zu führen – nun, das kam auch nicht infrage. Das Tier in ihm hatte die Oberhand gewonnen, und sein Zorn war nicht mehr zu bändigen. Erinnerungen an frühere Schmerzen und Demütigungen stiegen auf und weckten einen überwältigenden Rachedurst, der alle anderen Gedanken einfach hinwegfegte. All sein Sinnen und Trachten war allein auf eines gerichtet: den Mann zu schlagen, der ihn vor so vielen Jahren besiegt und in die Arme des Wahnsinns getrieben hatte.

In diesem Raum konnten sie ihre Zauberei nur eingeschränkt zum Einsatz bringen, sodass sie gezwungen waren, wie die Morati zu kämpfen – Kraft gegen Kraft, Schnelligkeit gegen Schnelligkeit, ein primitives körperliches Kräftemessen. Ihre Magie brachte die Luft zum Flimmern, aber die zwei waren einander so ebenbürtig, dass sie nichts ausrichten konnte. Wenn Flammen an Colivar emporzüngelten, löschte er sie, bevor sie seine Kleider in Brand setzen konnten; wenn giftiger Rauch in Nyukus Lungen drang, genügte dem Kannoket ein Gedanke, um ihn zu entschärfen. Da keiner von ihnen die Luft verwandeln oder fremde Elemente in den Raum holen konnte, war es nahezu unmöglich, Kräfte zu beschwören, die wirklichen Schaden anrichten konnten; selbst ein Feuerball musste mangels geeigneten Treibstoffs innerhalb von Sekunden in sich zusammenfallen. Verfügbar war jedoch der eigene Körper, und Colivar erkannte rasch, welche Möglichkeiten sich dadurch eröffneten. Der Schweiß auf seiner Haut ließ sich in einen ätzenden Nebel verwandeln. Sein eigener Atem wurde mühelos zu toxischem Rauch. Doch die Beschwörung solcher Effekte war mit einem beträchtlichen Risiko verbunden, und Colivar wusste, dass er mit Vorsicht zu Werke gehen musste, um sich nicht selbst zu vergiften.

Außerdem gab es die Waffen.

Colivar wagte nicht, sie anzufassen, aus Angst, in eine Falle zu tappen, Nyuku hatte dagegen keine solchen Bedenken. Mit einer ungestümen Geste ließ er alle Schwerter aus ihrem Ständer schweben und auf Colivar zurasen. Der Magister verdichtete die natürlichen Fette auf seiner Haut zu einem undurchdringlichen Schutzschild – keinen Augenblick zu früh, denn in dem Sekundenbruchteil, in dem er abgelenkt war, verwandelte Nyuku seine Finger in Ikati-Klauen und schlug damit nach seiner Kehle. Was für ein unfähiger Narr! Wie konnte er einen körperlichen Angriff führen, wenn Colivar sich dagegen eben erst geschützt hatte! Einige Schwerter trafen Colivar von der Seite, konnten jedoch seine Haut nicht durchdringen; und Nyukus bläulich schwarze Klauen glitten an seinem Körper ab, als wäre er aus Stein.

Aus dem Augenwinkel sah Colivar, dass die Schwerter, die ihn verfehlt hatten, ihren Flug fortsetzten, bis sie gegen die Wand prallten ... mit Ausnahme einer Dreiergruppe, die mitten im Flug angehalten wurde, als hätte ein geisterhafter Riese sie aufgefangen, um dann klirrend zu Boden zu fallen. Aha. Offenbar hatten sie unsichtbare Zuschauer, die nicht aufgespießt werden wollten.

Er wusste nicht, wie lange der Kampf bereits dauerte, doch bald fielen schmale Sonnenstreifen durch die Ritzen in den Läden, und die Luft im Raum erwärmte sich. Gut. Bei voller Tageshitze wäre Nyuku im Nachteil und würde eher Fehler machen. Colivar sah schon jetzt, dass sein Gegner müde wurde, und ein oder zwei Mal schien er sogar zu stolpern. War er nur erschöpft, oder steckte mehr dahinter? Dass Nyuku seine Kräfte künstlich verstärkte und seine Bewegungen beschleunigte, um Colivar gewachsen zu sein, war nicht zu übersehen, und genau das hatte Colivar beabsichtigt. Wenn solche Transformationen nicht richtig bemessen wurden, konnten sie den Körper zerstören, anstatt ihn zu schützen. Die dünnen, porösen Knochen und die schwachen Bänder und Sehnen eines gewöhnlichen Menschen konnten den veränderten Muskeln nur unzureichend Halt geben, und durch die übermäßige Anstrengung wurden unentwegt riesige Mengen von Ermüdungsgiften im Körper abgelagert. Colivar hatte das alles berücksichtigt. Nyuku auch? Wenn der Körper des Kannoket von innen heraus versagte, müsste sich der Kannoket für einen kostbaren Moment damit befassen, ihm neue Kräfte zufließen zu lassen, während Colivar sich weiterhin voll auf seine Zauberei konzentrieren konnte. Es wäre nur ein winziger Vorteil, aber in einem Kampf wie diesem konnte schon ein Sekundenbruchteil über Leben und Tod entscheiden.

Die beiden rangen verbissen miteinander. Colivar ließ sich Klauen wachsen, als der andere seine Gestalt veränderte, um sich zu befreien. Damit zwang er den Kannoket zu einer übermenschlichen Anstrengung … und spürte den Bruch. Der Knochen wurde nicht einfach durch einen stumpfen Schlag zertrümmert, sondern splitterte von innen heraus, weil die Belastungsgrenze überschritten war. Nyuku knurrte überrascht, und Colivar spürte, wie er seine Aufmerksamkeit von ihm abzog und sie darauf richtete, die körperliche Wunde zu schließen.

Da war der kostbare Moment. Colivar hob seinen Gegner hoch und schleuderte ihn mit aller Kraft mit dem Kopf voraus auf die Steinmauer zu. Er rechnete nicht damit, dass ihm der Aufprall gleich den Schädel brechen würde – obwohl es schön gewesen wäre –, aber Nyuku musste seinen Fokus so schnell von der inneren Heilung auf die äußere Verteidigung verlagern, dass er nicht auch noch auf seine Umgebung achten konnte. Wann würde er bemerken, dass er genau über den Speeren auf die Wand treffen würde? Er konnte seinen Kopf retten oder den Sturz abfangen, beides zugleich konnte er nicht.

Eine Sekunde der Verwirrung. Mehr brauchte Colivar nicht; eine zusätzliche Sekunde, um die Waffe seiner Wahl so zu beschwören, wie sie sein musste. Das war es! Sobald er Nyuku losließ, verwandelte er den Schweiß an einer Hand in eine zähe, undurchdringliche Schicht, die sich an die Finger schmiegte wie ein Handschuh. Dann legte er die Handfläche an die Stirn, sammelte dort ein paar Tropfen Schweiß und transformierte auch sie. Dabei zitterte er ein wenig, denn diese Waffe war tödlich. Aber eine zweite Chance würde er vielleicht nicht mehr bekommen.

Nyuku drehte sich in der Luft und setzte in dem Moment, in dem er gegen die Wand prallte, Zauberei ein, um die Speere unter sich zerfließen zu lassen. Darauf hatte Colivar nur gewartet. Er schnellte auf Nyuku zu und berührte ihn an einer Stelle, wo er nicht gepanzert war, kurz so, dass die Handfläche mit der tödlichen Substanz fest auf die bloße Haut des Kannoket gedrückt wurde. Der Reiter erschauerte, und sein Körper krachte in die Waffen, bevor sie vollends stumpf geworden waren. Die meisten Spitzen glitten an seiner Ikati-Rüstung ab, aber eine befand sich genau unter ihm, sie drang durch, und Colivar hörte ihn wimmern – nicht vor Schmerz, sondern aus Angst vor dem, was sonst noch mit ihm geschah.

Der Kannoket fiel zu Boden und blieb liegen. Sein Körper zuckte noch ein paar Mal, doch man sah deutlich, dass er ihn nicht mehr unter Kontrolle hatte. Offenbar gehorchte ihm auch sein Geist nicht mehr. Colivar stand da und wartete auf eine Bewegung, die ihm sagte, dass sein Plan misslungen war. Doch endlich gab es keinen Zweifel mehr. Nyuku hatte das Bewusstsein verloren. Der Kampf war zu Ende.

Die Bestie in Colivar kreischte, er solle seinem Gegner die Kehle aufreißen und sein Blut trinken, um seine Rache zu krönen, aber er schüttelte den Kopf und widmete sich wieder seiner Magie. Schmerzen durchzuckten, noch verschärft durch die körperliche Erschöpfung, seine veränderten Muskeln, als er die Substanz auf seiner Handfläche vorsichtig auflöste und sich davon überzeugte, dass auch kein Krümelchen davon zurückblieb. Das Gift, mit dem Lazaroth Kamala kampfunfähig gemacht hatte, war viel zu unberechenbar, um gefahrlos damit hantieren zu können. Den Göttern sei Dank, dass er so vorausschauend gewesen war, die Spuren auf dem Ring zu studieren, den er sich aus Tefilat zurückgeholt hatte.

Er entfernte auch die Schutzschicht, mit der er seine Hand umgeben hatte, dann wandte er sich seinem Publikum zu. Er wusste genau, wer der Zuschauer sein musste, dennoch war er erschüttert, als er sie erblickte.

Siderea Aminestas!

Sie trug ein kostbares Gewand aus violetter Seide, auf ihren dichten schwarzen Locken ruhte eine Krone, und zwischen ihren vollen Brüsten rieselte eine Kette aus Goldtropfen wie Regenwasser herab. Ihr Duft war eine Mischung aus menschlicher Erregung und dem süßlich-würzigen Geruch einer Seelenfresser-Königin; er erschauerte, als er ihm in die Nase stieg und abermals Erinnerungen weckte. Nyuku konnte ihm nichts mehr anhaben, aber sein Körper war eine Trophäe. Ein Geschenk, das er ihr darbringen konnte. Solche Geschenke hatte es schon früher gegeben, zum Beispiel tote Krieger in bläulich schwarzen Panzerungen, die er verschiedenen Königinnen zu Füßen gelegt hatte. Er kämpfte gegen die Flut der Erinnerungen an, die ihn zu überschwemmen drohte, aber der Kampf mit Nyuku hatte die Tür zu seiner Vergangenheit geöffnet, und nun ließ sie sich nicht wieder schließen. Er war Paarungspartner einer Königin gewesen. Nyuku hatte ihn um dieses Vorrecht gebracht. Jetzt würde er sich holen, was ihm zustand.

Neben Siderea stand ein Mann. Colivar dachte schon, er müsse auch mit ihm kämpfen. Zwar war der Mann bewaffnet und begegnete Colivar mit deutlichem Misstrauen, aber ihm fehlte Nyukus Ausstrahlung. Dieser Mann hatte nie die Freuden des Fluges genossen oder vor den Begierden eines Ikata kapituliert. Er war in dieser Geschichte so unwichtig wie ein Schoßhündchen.

Colivar musste diese Begierde stillen. Das uralte Ritual musste endlich vollzogen werden. Langsam, mit schmerzenden Muskeln ließ er sich auf ein Knie nieder und senkte den Kopf. Er hörte, wie Siderea scharf den Atem einzog, und glaubte, das Echo ihres Herzschlags in seiner eigenen Brust zu spüren.

»Ich habe für dich getötet«, flüsterte er.

Ein Flug über den eisigen Himmel, trunken vom Duft der Königin … das Blut des Feindes im Mund … hier, hier ist meine Gabe, sie beweist meine Stärke, meinen Wert … ich habe für dich getötet, meine Königin.

Kamalas Augen flogen auf. Sie wusste nicht gleich, wo sie war. Die Bilder von Colivar waren so stark gewesen, dass es ihr schwerfiel, ihre Aufmerksamkeit auf andere Dinge zu richten.

Dann begriff sie, was vorging.

Sie wandte sich an Salvator. »Er ist bei ihr.« Sie spürte es auf den Lippen, dass sie die Wahrheit sprach. »Los!«

Der Großkönig gab den Anführern der Hexen und Hexer ein Zeichen, sie nahmen ihre Positionen ein und konzentrierten sich. In einer Reihe erschienen sechs Portale. Die Trupps, die fast eine

Stunde lang geduldig gewartet hatten, gingen lautlos und rasch darauf zu und traten hinein.

Zwei Hexen sollten so schnell wie möglich an jedem Zielpunkt eine traditionelle Barriere errichten. Zwei weitere sollten den Banngesang anstimmen, eine langwierigere Prozedur; sobald die Verbindung zuverlässig stand, würden sie eine dauerhaftere Konstruktion erschaffen. Während sie damit beschäftigt waren, sollten andere Hexen und Hexer sie vor übernatürlichen Angriffen schützen. Soldaten sollten auf herkömmliche Attacken achten. Und wenn alles an Ort und Stelle und die Barriere endgültig geschlossen war, sodass Siderea ihrer Seelenfresser-Königin nicht mehr helfen konnte, sich aus der Falle zu befreien, würden die Trupps der zweiten Gruppe durch die Portale gehen, um alle anderen zu schützen.

Dann käme Kamalas große Stunde.

Das Herz klopfte ihr bis zum Hals, aber sie bemühte sich, nicht an Colivar zu denken. Er hatte seine Aufgabe erfüllt, nun war die Reihe an ihr. Sie musste sich auf ihre eigene Rolle in diesem Feldzug konzentrieren und durfte sich nicht von Sorgen um ihn ablenken lassen.

Doch etwas in der letzten Bilderserie hatte sie beunruhigt. Nicht so sehr die überwältigende Präsenz eines Ikata – obwohl die wahrhaft niederschmetternd war –, sondern etwas, das fehlte. Es hatte in dieser Vision kein menschliches Element gegeben. In *ihm* war nichts Menschliches mehr gewesen. Wenn es den Göttern gefiel, war das nicht mehr als eine Besonderheit des Zaubers, mit dem sie die Verbindung zu ihm herstellte und der sein Denken auf die elementarsten Grundzüge reduzierte. Wenn es den Göttern gefiel, hatte er sein menschliches Ich nicht völlig aufgegeben.

Denn wenn er das tat, war sie nicht sicher, ob er jemals den Weg zurückfände.

Sie schlang die Arme um sich und schaute – mehr mit ihrem Zweiten Gesicht als mittels Zauberei – hinaus in die Wüste. Auf der Linie eines riesigen Kreises mit Jezalya im Mittelpunkt flammten Lichtfünkchen auf, als die Hexen nacheinander ihren Platz einnahmen und ihre Zauber wirkten. Über verschiedenen Bereichen der Landschaft bildeten sich flimmernde Wände aus

Hexerei, die im Sonnenschein wie riesige Glasflächen glänzten. Die Abschnitte waren nicht völlig gleich, sondern unterschieden sich in Tiefe und Leuchtkraft, und wo sie aneinanderstießen, flirrte und kräuselte sich die Energie wie die Luft über sonnenheißem Sand. So wurde langsam Stück für Stück eine Energiekuppel über Jezalya errichtet, und vermutlich entstand unter dem Sand ein Gegenstück dazu, sodass die Stadt von oben wie von unten wie in einer Kugel vollkommen eingeschlossen war. Es war eine beeindruckende, aber nicht sehr stabile Konstruktion, da sie aus zu vielen verschiedenen Bewusstseinen gespeist wurde; mit ihrem Zweiten Gesicht konnte Kamala zitternde Energieströme ausmachen, die in unregelmäßigen Abständen die Kuppel durchliefen. Wo die verschiedenen Beschwörungen sich berührten, prallten sie aufeinander und entließen Hexenkräfte in dünnen Fontänen in die Luft.

Sie befragte rasch Colivars Ring, um sich zu vergewissern, dass sich Siderea nach wie vor innerhalb der Stadtmauern befand. Seiner Gemütsverfassung nach war das der Fall. Sie nickte Ramirus und Salvator zur Bestätigung zu. So weit, so gut.

Nun begann der Banngesang zu wirken, und Kamala konnte sehen, wie sich die Barriere veränderte. Die Energieschwankungen an der Oberfläche wurden schwächer und hörten ganz auf; die Bruchlinien zwischen den einzelnen Abschnitten verblassten und verschwanden; bald verströmte die gesamte Kuppel ein weiches, gedämpftes Licht, das an keiner Stelle heller oder matter war. Anstelle von unkontrollierten Wirbeln und Strömungen und von Kollisionen an unterschiedlichen Kontaktstellen sah sie nun ein einziges, gleichförmiges Ganzes vor sich, klar und ohne Makel wie ein Kristall. Das Bauwerk schien nicht nur vom Aussehen her verbessert, sondern auch von der Substanz her stärker geworden zu sein. In einer solchen Konstruktion konnte man durchaus eine mächtige Hexe … oder gar einen Magister gefangen halten.

Und das war zum Teil Gwynofars Werk. Kamala hatte die besondere Beziehung der Königinmutter zu den *Lyr*, die es ihr gestattete, sie alle untereinander zu verbinden, nie so recht verstanden, doch nun war diese deutlich sichtbar. Gwynofar war von dem gleichen geheimnisvollen Licht umgeben, das die Kristallkuppel ausstrahlte; die gleiche ausgewogene Energie, die der Kuppel ihre Kraft verlieh, schwang auch in ihrer Aura mit. Niemand mit übernatürlichem Sehvermögen konnte verkennen, dass sie von zentraler Bedeutung für dieses Unternehmen, wenn nicht gar der metaphysische Schlussstein für das ganze Projekt war. Die leuchtende Hexenkuppel war wie eine natürliche Erweiterung ihrer Persönlichkeit.

Dann spürte Kamala Ramirus' Blick und begriff, dass der Augenblick gekommen war.

Sie hob die Arme und rief die Macht zu sich. Das Athra rauschte in ihre Seele, wurde ihrem namenlosen Konjunkten so schnell entzogen, dass es noch einen Hauch von Lebenswärme in sich hatte, als sie es formte. Mit dem Bild einer Seelenfresser-Königin vor Augen überließ sie sich der Transformation. Dies war nicht einfach eine Verwandlung in die Gestalt eines ihr bekannten Tieres, nein, bei diesem Gestaltwandel musste sie ihren neuen Körper bewusst erschaffen – Schuppe für Schuppe, Zelle für Zelle, Colivars Erinnerung an die Königin immer fest im Blick. Und mittendrin glaubte sie zu spüren, wie sich die Ikati-Essenz in ihr regte, sich – frohlockend im Angesicht der neuen Horizonte – ausbreitete, und sie überließ sich auch ihr. Wenn sie die anderen erfolgreich zum Flug aufrufen und auch danach bei sich behalten wollte, musste sie jede Faser des Ikati-Instinkts in ihrer Seele aktivieren.

Was auf diesen Flug folgte oder wie eine menschliche Seele durch ein solches Abenteuer verändert werden mochte, kümmerte sie nicht. Colivar war bereit gewesen, sich seinen persönlichen Dämonen auszuliefern, um dieses Unternehmen zum Erfolg zu führen, nun schuldete sie ihm ebenso viel Mut.

Als die letzte glänzende Schuppe an ihrem Platz war und das letzte Stückchen bunt schillernder Membran sich straff über die insektenartig geäderten Flügel spannte, schwang sie sich in die Lüfte. Der Boden entfernte sich, die Sonne brannte auf ihre Flügelmembranen nieder, und sie spürte, wie ihr neue Kräfte zuströmten, wie sich ihr Blut erwärmte und ihr Herz kräftiger schlug.

Unter sich sah sie immer noch, wenn auch nur schwach, das

Leuchten der magischen Kuppel; offenbar waren Seelenfresser imstande, metaphysische Energien wahrzunehmen.

Dann stieg ein geflügelter Schatten aus den nahen Bergen auf, und sie wusste, dass einer der Seelenfresser sie entdeckt hatte. Es war so weit.

Sie füllte die unendlich großen Lungen durch einen enormen Atemzug mit Luft und schickte einen Schrei über die Wüste, wie sie ihn von der Königin in Colivars Erinnerung gehört hatte. Einen einzelnen, langgezogenen, klagenden Laut, der mit dem Wind an- und abschwoll. Unten auf dem Boden hoben die Menschen die Köpfe, und sie war sicher, dass auch alle Bewohner Jezalyas sie beobachteten. Siderea eingeschlossen.

Sie hatte keine Ahnung, wie ihr neuer Körper seinen Paarungsduft verströmen sollte, also schuf sie den Duft einfach selbst durch Zauberei und ließ ihn vom Wind nach Osten tragen. Bald würde er in alle Ritzen und Spalten des Felsmassivs geblasen werden, in dem sich Menschen und Seelenfresser versteckten. Dann umgab sie sich mit der Tarnung der Ikati-Königin – was ihr in dieser Gestalt viel leichter fiel als in ihrer menschlichen – und wartete auf die Seelenfresser.

Und einer nach dem anderen erschien. Sie stiegen aus den Schluchten und Höhlen, in denen sie gekauert hatten, und spreizten ihre prächtigen Schwingen in der Morgensonne wie frisch geschlüpfte Schmetterlinge. Immer wenn zwei sich zu nahe kamen, schnappten sie nacheinander, und mehrmals floss Blut, bevor sich die Gegner wieder trennten. Ein oder zwei Mal hörte sie den scharfen Schrei, mit dem Rhys den Seelenfresser vor Dantons Palast vom Himmel gerufen hatte. Es war der Kampfruf eines Männchens, die Aufforderung an die anderen, sich mit ihm zu messen. Da sie die Königin nicht sehen konnten, die sie gerufen hatte, attackierten sie sich gegenseitig. Wenn Kamala nicht eingriff, würden sie sich am Ende noch töten. Aber das wäre nicht in ihrem Sinne. Sie wollte sie so schnell wie möglich von Jezalya weglocken.

Insgesamt waren es nur knapp zwei Dutzend; im Norden mussten wohl mehr umgekommen sein, als Colivar gedacht hatte. Einige schienen die Soldaten auf dem Boden zwar zu bemerken, aber das Paarungsritual nahm sie offenbar so gefangen, dass sie durch nichts abzulenken waren. Die menschlichen Konjunkten bekamen vielleicht mit, was vorging, mitzureden hatten sie dabei sicherlich nichts; diese Kreaturen wurden nur von blinden tierischen Instinkten geleitet. Zum ersten Mal seit ihrem Eintreffen in Jezalya bekam es Kamala wirklich mit der Angst zu tun. Bis jetzt war ihr das ganze Unternehmen unwirklich vorgekommen – sogar die Transformation und der Flug waren wie ein Traum gewesen –, doch nun holten sie die Schreie der Männchen aus diesem Traum und schleuderten sie in eine unheimliche Wirklichkeit. Es gab kein Zurück mehr, und wenn sie ihr Spiel nicht gut spielte, konnte das viele Menschen das Leben kosten.

Auch sie selbst.

Konzentriere dich, befahl sie sich. Ihre erste Aufgabe war, die Seelenfresser von Salvators Leuten wegzulocken, damit diese nicht gestört würden. *Einen nach dem anderen.*

Sie gab ihre magische Tarnung auf und erlaubte den Seelenfressern, sie zu sehen.

Die reagierten sofort. Wie ein Blitz raste die Nachricht durch die Luft, und selbst die Seelenfresser, die nicht in ihre Richtung geschaut hatten, spürten plötzlich Kamalas Anwesenheit und machten im Flug kehrt.

Sobald Kamala sah, dass ihre Widersacher auf sie zusteuerten, schwenkte sie nach Westen ab und bewegte ihre Schwingen so kraftvoll und schnell, wie sie nur konnte. In dieser Hinsicht war sie im Vorteil. Ihr Körper war leichter als der ihrer Verfolger, zum Teil deshalb, weil ihm die speziellen Kampfwerkzeuge der Männchen fehlten. Über ihren glatten Körper konnte der Wind ungehindert strömen, ohne von Dornen oder Rückenstacheln aufgehalten zu werden. Kein Männchen konnte sie einholen, wenn sie es nicht wollte.

Sie flog über eine leere Wüstenfläche, so schnell ihre breiten Schwingen sie tragen konnten. Die Männchen folgten. Mehrmals hörte sie wütendes Kreischen hinter sich, und einmal glaubte sie, einen zerfledderten schwarzen Schatten abstürzen zu sehen. Eine echte Königin hätte sich wahrscheinlich im Flug umschauen können, ohne aus dem Rhythmus zu kommen, wenn sie ihren langen

Schlangenhals nach hinten drehte, aber so sicher fühlte sich Kamala in diesem Körper noch nicht. Sie hielt den Blick entschlossen nach vorne gerichtet und verstärkte lediglich mittels Zauberei ihr Gehör, um sofort zu merken, wenn ihr ein Männchen zu nahe kam. Alles hing davon ab, dass sie sich ihren Verfolgern wenigstens so lange entziehen konnte, bis Salvators Leute Gelegenheit bekamen, die echte Königin auszuschalten.

Aber sie hatte nicht vergessen, was ihr Colivar über den Flug seiner Königin erzählt hatte, und als sie endlich eine Stelle erreichte, wo sie nach allen Seiten nur noch leeren Himmel und sonnenheißen Sand sah, änderte sie ihren Kurs und flog eine weite Kurve nach Süden. Die Seelenfresser, die dicht hinter ihr waren, folgten ihr blind, sie hatten nur Augen für das Wild, das zum Greifen nahe schien. Die Gruppe, die weiter zurücklag und einen besseren Überblick hatte, bog dagegen schräg ab, um sie abzufangen. Das Herz klopfte ihr bis zum Hals. Sie machte die Kurve enger, um die Verfolger in ihrer Strategie zu bestärken … und steuerte geradewegs auf einen Punkt zu, an dem es nach ihrer Schätzung zu einer heftigen Kollision der beiden Gruppen kommen konnte. Die Seelenfresser, die ihr auf den Fersen waren, schrien ihren Kampfruf hinaus, als sie sahen, dass sie auf ihre Rivalen zusteuerte, und versuchten noch verzweifelter, sie einzuholen. Sie spürte den Sturm, den sie dabei entfachten, an ihren hinteren Schwingen.

Und dann, genau in dem Moment, als es unvermeidlich schien, dass die beiden Seelenfresser-Gruppen sie in die Zange nehmen würden, verschwand sie. Sie beschwor die Ikati-Gabe, entzog sich ihren Blicken, legte die Schwingen fest an und ließ sich aus ihrem sorgfältig kontrollierten Flug so plötzlich absacken, dass ihr vor Schreck fast das Herz stehen geblieben wäre. Selbst wenn die Seelenfresser ihre Tarnung hätten durchdringen können – auf dieses Manöver wären sie nicht vorbereitet gewesen.

Gleich darauf prallten die beiden Gruppen aufeinander und ließen ihrer Wut und ihrer Enttäuschung freien Lauf. Blut spritzte über den Morgenhimmel. Ein paar Einzelgänger lösten sich aus dem Getümmel, zogen weite Kreise und suchten den Himmel nach ihrer verschwundenen Beute ab, aber sie suchten alle in der üblichen Höhe für Ikati-Flüge, und kein einziger schaute nach unten, wo sie nur wenige Meter über dem Sand dahinschwebte.

Sie spürte eine seltsame Genugtuung, als sie den Kopf in den Nacken legte und das Chaos beobachtete. Eine Genugtuung, die nicht völlig menschlich war. Ja, sie hatte ihr wichtigstes Ziel erreicht, sie hatte die Seelenfresser von Salvators Truppen weggelockt und sie abgelenkt. Es war ihr sogar gelungen, die Ungeheuer gegeneinander aufzuhetzen. Vielleicht kämen dabei einige um, und viele würden geschwächt. Aber das war es nicht allein. Die wilden Kämpfe am Himmel berührten eine Saite in den Tiefen ihrer Seele und erfüllten sie mit einer so tiefen Befriedigung, wie sie sie noch nie erlebt hatte. So war es richtig. So sollte es sein.

Allmählich kam wieder eine gewisse Ordnung in das Chaos, und obwohl einige Ikati immer noch von dem Wunsch besessen waren, ihre Rivalen in Stücke zu reißen, suchten nun die meisten den Himmel nach ihr ab. Sie überlegte noch, mit welchem Flugmanöver sie beim nächsten Mal ein möglichst blutiges Gemetzel anrichten könnte, als ihr auffiel, dass ein paar Ikati die Kollision unversehrt überstanden hatten. Es kam also nicht auf die Größe oder die Kraft an und schon gar nicht auf blinde Angriffslust. Die intelligenteren Ikati hatten es besser verstanden, ihren Flug zu analysieren und daraus einen Vorteil zu ziehen; und die mit der besseren Selbstbeherrschung hatten sich nicht in den Hexenkessel der Gewalt hineinziehen lassen und waren unverletzt geblieben. Bei einem einfachen Flug mochte rohe Kraft mehr zählen als Intelligenz, doch wenn die Manöver komplexer wurden, wurden andere Eigenschaften belohnt.

Kein Wunder, dass die Spezies so stark geworden war.

Sie prägte sich das nächste Flugmanöver fest ein, hob den Zauber auf, der sie vor ihren Verfolgern verborgen hatte, und stieg wieder nach oben. Ringsum fielen Blutstropfen vom Himmel, landeten auf dem Boden und wirbelten winzige Staubwölkchen auf. Roter Regen in der Wüste.

Nun macht schon, Leute. Zeigt mir, wie schlau ihr seid.

Das ist genau der richtige Moment, dachte Siderea.

Nyuku lag zusammengesunken vor dem Waffenständer, gründlich gedemütigt, aber noch nicht tot. *Die gebührende Strafe für sein Versagen in Tefilat,* ging es ihr durch den Sinn. Den Magister, den sie mehr als alle anderen hasste, hatte der Ikati-Instinkt in die Knie gezwungen, nun war er ihr hilflos ausgeliefert. Und Nasaan wusste nun, wie mächtig sie war, denn er hatte mit angesehen, wie sich zwei der mächtigsten Männer der Welt wie Hunde im Ring um ihre Gunst balgten. Die einzig mögliche Steigerung wäre gewesen, jetzt einen Mann in sich zu haben, der ihr siedendes Blut zum Höhepunkt brachte … aber das würde noch kommen.

Sie schaute in stiller Genugtuung auf Colivar hinab und schwelgte in ihrem Triumph. Dann wandte sie sich an Nasaan, der bisher geschwiegen hatte. »Fürst Nasaan.« Sie neigte huldreich den Kopf. »Gestattet mir, Euch Colivar vorzustellen. Einst Königlicher Magister von Anchasa, heute …« Sie zuckte die Achseln. »Ohne feste Anstellung. Er wollte Jezalya einen Besuch abstatten, ohne sich ordentlich anzumelden. Ich habe ihn in den Palast gerufen, um mir dafür eine Erklärung geben zu lassen.«

»Das sehe ich«, sagte Nasaan leise. Seine Miene war undurchdringlich. Sie ahnte, dass ihm die Situation nicht gefiel – welchem Fürsten hätte sie schon gefallen? –, aber er äußerte sich nicht weiter. Sie kannte ihn inzwischen lange genug, um zu wissen, wie töricht es gewesen wäre, ihn deshalb für gleichgültig zu halten.

Sie wandte sich wieder Colivar zu, und ihre Augen wurden schmal. »Du hast einen meiner Diener getötet«, hielt sie ihm vor. »Und obendrein meinen Saal verwüstet. Hast du gedacht, dass ich darüber erfreut wäre?«

Sie hatte zumindest ein trotziges Aufbegehren erwartet, aber er schien keinen Funken Energie mehr in sich zu haben. Und das lag nicht allein an seiner physischen Erschöpfung. Sein Gesicht wirkte gequält, seine Augen waren Tore in eine schreckliche innere Leere. Was immer in der Vergangenheit zwischen ihm und den Seelenfressern vorgefallen war, hatte tiefe Narben auf seiner Seele hinterlassen. Und sie rieb nun Salz in diese Wunden.

Ich danke dir für diese Waffe, Nyuku. Am Ende warst du doch noch zu etwas zu gebrauchen.

»Dein Diener hat mich zum Zweikampf gefordert«, antwortete Colivar tonlos. »Wenn du die Ikati kennst, dann weißt du, dass ich darauf eingehen musste.« Jetzt leuchtete doch ein mattes Trotzfünkchen in seinen Augen auf. »Oder dachtest du, ich würde ihn einfach gewinnen lassen?«

Sie wollte antworten, als sich die Königin in ihr regte. Sie zeigte ihr die Szene und spürte, wie sich der Seelenfresser aus ihrem Bewusstsein die nötigen Einzelheiten holte, um zu verstehen, was vorging. Endlich entstand eine stumme Frage in ihrem Geist. *Ist das der, den du am meisten hasst?*

Ja.

Warum?

Die anderen Magister haben mir nur ihre Hilfe verweigert. Der hier wollte sich unter dem Deckmantel des Mitgefühls an meinem Tod weiden.

Sie spürte, wie die Ikata durch ihre Augen auf Colivar hinabschaute. Auch er schien ihre Präsenz zu spüren, denn seine Augen weiteten sich überrascht. Seine Nüstern blähten sich, und Siderea begriff, dass er die Luft prüfte, dem Duft der Ikati-Königin nachspürte, der an ihrer Haut haftete. Als er ihn entdeckt hatte, sah sie Angst in seinen Augen aufflackern … und Begehren.

Jetzt gehört er dir, dachte die Ikata.

Ja.

»Das ist keine Entschuldigung, Colivar.« Sie verschränkte streng die Arme vor der Brust. »Ich finde, du schuldest mir Wiedergutmachung.«

Die Unruhe, die plötzlich in ihrem Gehirn aufflammte, kam nicht von innen, sondern von außen. Sie spürte Verwirrung im Geist ihrer Königin und einen Schatten von Furcht. Sie hob die Hand, um Colivar zum Schweigen zu bringen, doch bevor sie ihre Sinne nach innen richten konnte, gellte ein grässlicher Schrei über den Himmel und explodierte gleichzeitig in ihrem Kopf. In einem Winkel ihres Denkens wusste sie, was es war – was es sein musste –, dennoch konnte sie die Wahrheit nicht akzeptieren. Nicht *ihre* Königin hatte diesen Schrei ausgestoßen. Wo kam er also her?

Sie spürte, wie die Angst ihrer Konjunkta stärker wurde, und wusste, dass es ihr gelingen musste, sie zu dämpfen, wenn sie nicht davon überschwemmt werden wollte.

Ganz ruhig, sendete sie. *Ich komme zu dir.*

Sie warf einen Blick auf Colivar – der sich nicht geregt hatte – und dann auf Nasaan. »Kümmere dich um die beiden«, befahl sie dem Fürsten. Wie er die Anweisung verstand, war fraglich, aber sie hatte keine Zeit für lange Erklärungen. Sie beschwor ihre Macht und schuf ein Portal, um zu ihrer Königin in die Berge zu gelangen und sie zu beschwichtigen …

Aber nichts geschah.

Sie war fassungslos. Ein neuer Versuch.

Nichts geschah.

Jetzt strömte die Panik der Ikata in ihr Gehirn, und sie konnte keinen klaren Gedanken mehr fassen. *Es kann keine zweite Königin sein! Es gibt keine zweite Königin!* Siderea rannte ans Fenster, stieß die schweren Läden auf und ließ Luft von draußen in den Raum. Vielleicht hatten sich die Zauber, mit denen sie den Raum gesichert hatte, gegen sie gewendet und blockierten nun auch ihre Macht. Die Außenluft trug einen Duft in den Raum, bei dem sich ihr alle Körperhaare aufstellten. Abermals versuchte sie, ein Portal zu beschwören … und abermals scheiterte sie.

Sie fuhr zu Colivar herum. Er hatte sich aufgerappelt und wirkte deutlich beherrschter. »Was hast du getan?«, fragte sie, und als er nicht antwortete, wiederholte sie mit steigender Wut: »*WAS HAST DU GETAN!!!*«

»Ich habe ein paar Freunde eingeladen«, antwortete er ruhig. Sein Mund verzog sich zu einem schiefen Lächeln. »Du hast hoffentlich nichts dagegen.«

Sie schlug blind um sich, formte den Zorn ihrer Ikata und ihren eigenen zu einer Feuerwand, die durch nichts aufzuhalten war. Ihre Macht traf ihn mit solcher Wucht, dass sie seine Knochen brechen hörte, und schleuderte ihn der Länge nach durch den Raum und gegen eine Steinmauer. Sie holte tief Luft, um sich zu beruhigen, und schickte ihre übernatürlichen Sinne in die Wüste hinaus, um zu sehen, was dort vor sich ging.

Sie sah Hexen und Hexer.

Heerscharen.

Einen unbekannten Magister.

Salvator!

Sie wollte auch auf sie einschlagen, konnte ihnen aber offenbar nichts anhaben, also griff sie weiter aus und sah sich in den Lagern der Stämme um, die Nasaan den Treueeid geschworen hatten. Deren Kundschafter mussten die Fremden bereits entdeckt haben, denn die Krieger waren gewappnet und machten sich abmarschbereit. Sie übermittelte den dortigen Hexen und Hexern die Angaben, die sie brauchten, um die Eindringlinge zu finden, und einen einfachen Befehl: *Tötet sie alle.* Dann richtete sie ihre Aufmerksamkeit wieder auf die Invasionstruppen und machte sich daran, ihre Schutzzauber zu umgehen, um sie alle wie Insekten zerdrücken zu können.

»Nicht schlecht für eine Sklavin.«

Die Worte störten ihre Konzentration. Ihr Bewusstsein kehrte in den Raum zurück. Colivar stand wieder aufrecht da; alle Verletzungen, die sie ihm beigebracht hatte, waren geheilt.

»Wenn man bedenkt, wie du angefangen hast«, fuhr er fort, »hätte ich nie gedacht, dass du es so weit bringst. Ich bin aufrichtig beeindruckt.«

Zunächst verschlug es ihr die Sprache. Sie ging unwillkürlich ein paar Schritte auf ihn zu, dann hielt sie inne. »Was weißt du von meinen Anfängen?«, flüsterte sie.

»Nicht viel«, räumte er ein. »Die Nachforschungen waren schwierig. Du hast deine Spuren gründlich verwischt. Aber ich fand Berichte über eine Elanti-Sklavin, die sich über mehrere Besitzer nach Norden hochgearbeitet hatte. Etwa um die gleiche Zeit tauchtest du in Sankara auf.« Er warf einen Blick auf Nasaan. »Die Elanti waren besondere Sklaven, die eigens für Liebesdienste gezüchtet und ausgebildet wurden. In manchen Gegenden sehr begehrt. Die betreffende Sklavin war angeblich besonders erfahren.«

»Das geht ihn doch nichts an!«, rief sie. Jetzt zitterte sie aus einem anderen Grund vor Zorn. »Seltsam ist bei dieser Sklavin«, fuhr Colivar fort, »dass alle ihre Besitzer auf rätselhafte Weise zu Tode kamen. Natürlich wurden immer Gründe angegeben – einer hatte einen Unfall, ein zweiter eine Lungenkrankheit, ein dritter fiel auf Reisen unter die Räuber –, und die Sklavin ging jedes Mal in den Besitz eines noch reicheren Mannes über. Wahrscheinlich hatte sie einfach nur Glück.«

»Das interessiert doch heute niemanden mehr«, zischte sie. Und bewegte ihre Finger, als hätte sie Klauen anstelle von Fingernägeln.

»Irgendeiner war so vernarrt in sie, dass er ihr die Freiheit schenkte und sie in die Freien Lande brachte. Er hatte vor, sie zu seiner Gemahlin zu machen ... doch welch ein Jammer: Auch er musste sterben. An einem Sommerfieber, wie man hörte.« Er schüttelte den Kopf. »Die Spur der Sklavin verliert sich etwa zu der Zeit, als du nach Sankara kamst. Könnte da womöglich eine Verbindung bestehen?«

Sie war so wütend, dass sie nicht sprechen konnte. Ihre Ikata verstand nicht, was geschehen war, aber sie hatte keine Zeit, es ihr zu erklären. Sie wandte sich nach innen, zog abermals ihre Macht an sich ...

... und hörte die Klinge erst in dem Moment durch die Luft zischen, als sie auch schon ihren Hals traf ...

... und es dunkel wurde.

Die beiden Männer standen schweigend da und musterten Sidereas kopflosen Körper. Endlich bückte sich Nasaan, wischte sein Schwert an ihrem Gewand ab und steckte es rasch in die Scheide zurück. Dann sah er Colivar an. »Wenn ich gewusst hätte, dass sie sterblich ist, hätte ich das schon längst getan.« Nach einer kurzen Pause fügte er hinzu: »Danke.«

Vor dem Fenster verklangen die Schreie der Seelenfresser in der Ferne. Kamala hatte sie fortgelockt. Colivar hatte nicht mitbekommen, wann der Lärm begonnen hatte. Das raffinierte Katz-und-Maus-Spiel mit Siderea hatte seine ganze Aufmerksamkeit in Anspruch genommen. Doch der letzte Zug hatte sich ausgezahlt. Er wusste nicht, was sie vorgehabt hatte, aber die jähe Erkenntnis, dass ihre Geschichte in ihrer ganzen mörderischen Pracht bekannt war, hatte sie aus ihrer Konzentration gerissen. Jedenfalls so lange, dass Salvators Leute ihren Plan ausführen konnten. Und so lange – und damit hatte er nicht gerechnet –, dass Nasaan sie töten konnte.

Törichtes Weib. Ich habe deine Geheimnisse schon vor Jahren aufgedeckt. Hast du vergessen, dass einen Magister nichts mehr reizen kann als ein Geheimnis?

Colivar sah sich um. Der Raum war über und über mit Blut bespritzt. Dann entdeckte er Nyuku, der zusammengesunken vor dem Waffenständer lag. Er war noch nicht tot, obwohl Siderea das angenommen hatte. Erneut wallte der Hass in ihm auf, begleitet von dem primitiven Wunsch, seinem Gegner die Kehle durchzubeißen. Aber seine Rechnung mit Nyuku war noch immer nicht beglichen.

Er sah Nasaan an. »Tötet ihn nicht. *Noch* nicht.«

Der Fürst zog fragend eine Augenbraue hoch, dann nickte er.

Colivar sprang auf das Fenstersims. Vor dem Palast hatte sich, angezogen vom Lärm des Kampfes, eine Menschenmenge versammelt, doch die Leute blieben in sicherem Abstand. Jedenfalls glaubten sie das. Er hielt auf der breiten Steinplatte kurz inne, schaute hinab und stellte sich vor, welchen Anblick er wohl bot in seiner blutbespritzten Kleidung und mit dem offenen schwarzen Haar, das im Wind flatterte. Der Gedanke bereitete ihm ein diebisches Vergnügen.

Willst du das wirklich tun?, fragte er sich. Er schloss kurz die Augen, ein Schauer überlief ihn, und er war sich seiner Sache ganz und gar nicht sicher. Dies könnte die größte Dummheit seines ganzen Lebens werden. Nur ein Irrer würde einen solchen Plan in Erwägung ziehen.

Er schaute zurück, sah Nyuku auf dem Boden liegen und dachte an die Nacht, als der Mann seinen Ikata getötet hatte. Er sah sich wieder mit weit ausgebreiteten Armen auf den Heiligen Zorn zugehen, als wollte er ihn umarmen, spürte, wie ihm die Tränen auf den Wangen gefroren, hörte die Stimmen der ermordeten Hexen und Hexer in seinem Kopf lärmen, hörte sich selbst um den Tod flehen … und seine letzten Zweifel verschwanden. Sie ertranken in einem Rachedurst, der primitiver und übermächtiger war, als menschliche Zweifel es jemals sein konnten.

Die Götter haben dir dieses Geschenk gemacht, sagte er sich. *Du kannst die Gelegenheit nicht ungenutzt verstreichen lassen.*

Er nahm all seinen Mut zusammen und trat vom Fenstersims ins Leere. Einige Zuschauer keuchten erschrocken auf, aber er verwandelte sich, bevor er auf dem Boden aufschlug. Es war keine schwierige Transformation; seine Seele erinnerte sich an die Gestalt, als wäre er in ihr geboren worden. Er brauchte lediglich all die Teile seines Bewusstseins auszuschalten, die menschlich waren, und sich von den uralten Erinnerungen ganz und gar in Besitz nehmen zu lassen. Alles aufzugeben, wozu er in den letzten Jahrhunderten geworden war, und in den einen Zustand zurückzukehren, den er am meisten fürchtete – und ersehnte.

Die wenigen Stadtbewohner, die nicht schon angesichts der Verwandlung schreiend davongelaufen waren, sahen nun einen gewaltigen Seelenfresser über ihrer Stadt aufsteigen. Er flog einen großen Kreis über der Wüstenebene und strebte dann nach Westen, der Duftfährte seiner Brüder nach. Schon bald war er nicht mehr zu erkennen.

Die Kampfrufe von annähernd zwei Dutzend Seelenfressern waren so durchdringend schrill, dass den Menschen die Ohren schmerzten. Die Tiere schienen die Menschen unter sich nicht wahrzunehmen, gelegentlich ließ sich einer sogar so weit hinabfallen, dass er mit seinen Schwingen den Sand zu ihren Füßen aufwirbelte. Ramirus sah einige der Hexen und Hexer zusammenzucken, wenn ihnen die Bestien so nahe kamen, während die Heiligen Hüter kaum erwarten konnten, ihre Aufgabe hier zu erfüllen, und Salvator und Favias immer wieder mit hoffnungsvollen Blicken um die Erlaubnis zum Angriff baten. Aber niemand würde zum Sturm auf die Ikati aufrufen, bevor Kamala nicht versucht hatte, sie von Jezalya wegzulocken; ein verletzter Seelenfresser könnte auf seinen Angreifer aufmerksam werden und womöglich zurückbleiben.

Alle sahen erleichtert, dass die Seelenfresser Kamala tatsächlich folgten, als sie endlich wieder auftauchte. Sie führte die wilde Jagd nach Westen; die Lust- und Wutschreie entfernten sich und wurden immer leiser, bis sie schließlich vollends verklangen.

Nach den grässlichen Misstönen war die Stille eine wahre Wohltat.

Ramirus hatte mit Sidereas Seidentuch als Fokus einen eigenen Zauber zur Unterstützung der Hexen und Hexer gewirkt. Der hing jetzt wie ein dünner Nebel über der Barriere und sollte jeden Bann aufspüren, den Siderea etwa in die Wüste hinausschickte. Nun kam von diesem magischen Konstrukt eine Reaktion. Offenbar waren viele Zauber auf einmal abgesetzt worden und durchstießen nun gleichzeitig die Hexenbarriere und sein eigenes Werk. Der Nebelschleier kräuselte sich wie Wasser, in das man eine Handvoll Kieselsteine geworfen hatte, und als sich die Oberfläche wieder beruhigte, hatte er bereits festgestellt, um welche Zauber es sich handelte und was sie bewirken sollten.

Er wandte sich mit finsterer Miene an Salvator. »Alle Stämme wurden in Alarmbereitschaft versetzt. Man hat ihnen befohlen, sich sofort nach Jezalya in Marsch zu setzen und auf ihrem Weg alles zu töten, was nicht dorthin gehört. Kurzum, uns.«

Favias fluchte leise. »Wie weit sind sie entfernt?«

Ramirus schüttelte den Kopf. »Das weiß ich noch nicht. Ich hatte den Eindruck, sie rechnen damit, schon sehr bald hier sein zu können; solange also unsere Kundschafter nicht Entwarnung geben, sollten wir auf das Schlimmste gefasst sein.«

»Sie werden von allen Seiten kommen«, murmelte Salvator.

Diese Entwicklung war nicht unerwartet. Tatsächlich hatten sie nur deshalb so viele Fußsoldaten mitgebracht, um für einen solchen Angriff gewappnet zu sein. Das hieß allerdings nicht, dass ein Überfall durch Stammeskrieger ihren Leuten nicht gefährlich werden konnte, und es hieß erst recht nicht, dass dadurch nicht die Teile des Unternehmens erschwert würden, die noch bevorstanden.

Wir müssen die Seelenfresser-Königin schnell finden, dachte Ramirus. *Sonst war alle Mühe umsonst.*

Salvator setzte zum Sprechen an … und machte den Mund wieder zu. Über Jezalya war ein schwarzer Schatten erschienen, und die jähe Erkenntnis, was das für ein Schatten sein musste, drängte alles andere in den Hintergrund.

Die Königin stieg auf.

Ramirus hörte, wie sich die Heiligen Hüter bereit machten, die Bogenschützen setzten ihre Pfeile auf, und mehrere Hexen und Hexer schickten sich an, sie mit Magie zu beschleunigen. Aber etwas stimmte nicht. Der Magister erkannte nicht sofort, was es war, doch dann rief er mit allem, was seine Stimme hergab: »*Halt!*« Salvator hatte offenbar doch ein gewisses Vertrauen zu ihm, denn er hob die Hand und hielt die Schützen zurück. Sina schloss die Augen und gab die Botschaft wohl an alle Seher an den Knotenpunkten weiter. Bisher war kein einziger Pfeil abgeschossen worden.

»Das ist kein Weibchen«, sagte Ramirus.

Es war auch kein echter Seelenfresser. Der Körper sah überzeugend aus, doch die Aura ließ jene unheimliche Macht vermissen, die das Kennzeichen der gesamten Spezies war. Und die Heiligen Hüter hatten keine Mühe, ihn anzuvisieren, was bei einem echten Ikata nicht der Fall gewesen wäre.

Die Bestie flog ziemlich tief an der Hexenbarriere entlang. Ramirus hielt den Atem an und hoffte, keinen Fehler begangen zu haben. Dann zog der Seelenfresser über die königliche Gruppe hin, und in diesem Augenblick wirbelte ein Windstoß zu Ramirus' Füßen so viel Sand auf, dass alle geblendet waren. Doch seine magischen Sinne arbeiteten noch, und er konnte die Macht erkennen, die den Wind beschworen, und die metaphysische Signatur des Mannes, der sie ausgeschickt hatte.

Der Seelenfresser war Colivar!

Ramirus war hin- und hergerissen zwischen Ärger über dieses tollkühne Husarenstück und Angst um den Mann. Hatte er in Jezalya etwas entdeckt, was ein solches Risiko rechtfertigte? Oder hatte er einfach den Verstand verloren? Ramirus dachte zurück an den Colivar, den er in den Tagen vor dem Magistergesetz gekannt hatte. Damals war er im Verhalten und im Temperament einem wilden Tier so ähnlich gewesen, dass es auch anderen aufgefallen war. Inzwischen kannte er den Grund dafür und wusste, dass Colivar auf keinen Fall diese Gestalt annehmen sollte, denn sie würde seine Ikati-Seite zum Vorschein bringen. Wenn nun der Ikata in ihm nach seiner Befreiung nicht mehr in die Fesseln der menschlichen Existenz zurückkehren wollte?

Als die große Bestie sich von Jezalya abwandte und nach Westen strebte, schaute Ramirus auf die Stelle, wo Colivars Wind in den Boden gefahren war. Dort war eine Karte in den Sand gezeichnet. In der Mitte war Jezalya zu sehen, zu beiden Seiten die Berge. Um die Stadt zog sich ein großer Kreis, der zweifellos die Hexenbarriere darstellen sollte. Jenseits davon befanden sich ein Dutzend rätselhafter Zeichen, jedes bestand aus winzigen Abdrücken wie von einer Fingerspitze, die zu Rechtecken angeordnet waren. Sie stellten Truppenverbände dar, erkannte Ramirus. Ungemütlich nahe. Wahrscheinlich würde es bald zum Kampf kommen – und nicht bloß an einer Stelle. Dann sah er sich die Berge genauer an und entdeckte dort ähnliche Abdrücke, nur waren es dort einzelne Punkte, und sie bildeten kein erkennbares Muster.

Unter der Karte befanden sich zwei Hieroglyphen. Sie stammten aus der Schriftsprache einer Kultur, die vor so langer Zeit ausgestorben war, dass sie kaum noch jemand zu lesen verstand. Ramirus konnte es. Colivar auch.

»Was bedeutet das?«, fragte Salvator.

»Das erste Zeichen stellt eine mächtige Frau dar. Das zweite steht für den Tod.« Er sah den Großkönig an. »Ich schließe daraus, dass Siderea Aminestas nicht mehr am Leben ist.«

»Wenn das stimmt, ist es eine gute Nachricht, aber wer hat sie uns geschickt?«

Ramirus holte tief Luft. »Ich glaube, es war Colivar, Majestät.«

Es gereichte Salvator zur Ehre, dass er sich seine Überraschung kaum anmerken ließ. Vielleicht war er auch gar nicht überrascht. Vielleicht war er durch seinen Glauben darauf vorbereitet, dass sich ein Magister in einen Seelenfresser verwandeln konnte. Waren sie in seinen Augen nicht beide dem gleichen Sumpf der Verderbnis entstiegen?

Favias schaute von der Karte auf. »Wenn Siderea vor Kurzem ums Leben gekommen ist, müsste ihre Ikata dann nicht gerade den Verstand verlieren?«

»Theoretisch ja.« Ramirus nickte.

Sie hatten alle gehofft, dass Sidereas Seelenfresser sofort nach ihrem Tod in Erscheinung treten würde. Kreischend vor Wut und Schmerz wie ihr Artgenosse vor Dantons Palast. Die Schlussfolgerung lag nahe. Sie hatten sich darauf eingestellt.

Aber nicht auf diese Stille. Die war ihnen unheimlich.

Die Königin ist noch jung, überlegte Ramirus. *Colivar hat angenommen, sie wäre auf die Verbindung zu Siderea angewiesen, weil sie aus der Zeit vorher so gut wie keine eigene Lebenserfahrung besitzt. Aber was ist, wenn ihre Jugend sie vielmehr anpassungsfähiger macht? Menschen lernen in der Kindheit manche Dinge, die sie sich in späteren Jahren nur noch mit großer Mühe aneignen können.*

»Wir müssen sie finden«, sagte Salvator. »Und wenn es uns nicht gelingt ...« Er verstummte und biss sich auf die Unterlippe. Gwynofar war bereit und willens, diese Seelenfresser-Königin ebenso anzulocken wie damals in den Spinas-Bergen, aber diese Lösung war Salvator zuwider, er zog sie nur als letztes Mittel in Betracht.

Wenn sich die Königin nicht zeigt, werden wir allerdings bald zu diesem Mittel greifen müssen.

»Was ist das?«, fragte Favias und deutete auf die vereinzelten Flecken in den Bergen.

»Wahrscheinlich die Verstecke der Reiter«, vermutete Salvator. »Wenn das zutrifft, müssen wir Soldaten hinschicken, um sie unschädlich zu machen. Wenn Colivar recht hatte, können sie derzeit keinen Widerstand leisten. Nehmt auch Hexen und Hexer mit, um die aufzuspüren, die nicht auf der Karte verzeichnet sind. Keiner darf uns entgehen.«

Ramirus schaute nach Westen und dachte an den Schwarm von rasenden Seelenfressern, der Kamala verfolgt hatte. Wenn man deren Konjunkten töten könnte, sodass die Seelenfresser ihre menschliche Intelligenz verlören, wäre sie in weitaus geringerer Gefahr. Aber wäre das gut oder eher schlecht?

»Wenn die Stämme schon so nahe sind ...«, begann Favias.

»Die Krieger kann ich fernhalten«, erklärte Ramirus. »Kümmert Ihr Euch um die Reiter und konzentriert Euch darauf, die Königin zu finden.«

Salvator richtete den Blick auf ihn. In seinen Augen stand eine

Frage. Ramirus wich nicht aus, antwortete aber auch nicht. Nach kurzer Zeit nickte der König schroff und wandte sich ab.

Du bist lernfähig, Großkönig.

Die Krieger des Tukrit-Stamms donnerten über den Sand, als ihr Anführer plötzlich durchparierte und den anderen bedeutete, ebenfalls anzuhalten. Die kompakten, muskulösen Pferde waren auf Wendigkeit gezüchtet, dennoch hatten sie Mühe, so rasch in Reih und Glied zum Stehen zu kommen; der Sand, den ihre Hufe aufwühlten, wurde vom Wind hochgewirbelt und hing als kratziger Schleier in der Luft. Der Mann, der den Halt befohlen hatte, spähte in die Ferne.

Sie hörten ihn leise fluchen, eine lange Reihe von bildhaften Verwünschungen, die unreine tierische Teile mit den Geschlechtsgewohnheiten von Feinden in Zusammenhang brachten. Sogar die Pferde wussten, dass das nichts Gutes bedeutete, und einige scharrten nervös mit den Hufen.

Endlich sagte er schlicht: »Sand«, und alle verstanden.

Noch war sie in der Ferne kaum sichtbar und wurde vom Licht der aufgehenden Sonne verdeckt, aber die Krieger mit den schärfsten Augen konnten sie mit Mühe erkennen: eine dünne graue Wolke im Osten, die Land und Himmel verband und sich von einer Seite zur anderen erstreckte, so weit das Auge reichte. Sie kam schnell näher, und das war kein gutes Zeichen. Es war sogar ein denkbar schlechtes Zeichen, kaum besser, als wenn sich die Erde aufgetan und sie alle in die Tiefe gerissen hätte. Ein Schicksal, das einige der Krieger vielleicht sogar vorgezogen hätten.

Befehle waren nicht erforderlich, denn es gab nur eines zu tun. Die Männer saßen ab und zwangen ihre Pferde so zu Boden, dass die Flanken gen Osten gerichtet waren. Die Tiere spürten, was kam, und zerrten nervös an den Zügeln, leisteten aber keinen ernsthaften Widerstand; bei diesem Manöver drängte die Zeit, für Kompromisse war kein Platz, und das schienen sie im Innersten zu begreifen.

Der Sturm bewegte sich schnell, ein Dämon aus Sand und Wind, der sich immer höher auftürmte, je näher er kam. Hätte einer dieser Männer jemals das Meer gesehen, so hätte er die

Sandwolke vielleicht mit einer riesigen Welle verglichen, die gleich über ihre Köpfe hereinbrechen würde. Aber die Stammeskrieger kannten nichts als Sand und Hitze. Und sie wussten, dass man gegen einen solchen Sturm weder ankämpfen noch vor ihm weglaufen konnte, man konnte sich nur verkriechen, so gut es eben ging, bis dieser Wüstendämon vorbeigezogen war.

Als die ersten mit Sand beladenen Böen eintrafen, kauerten die Männer hinter ihren Pferden und hatten die weiten Wüstengewänder über die Köpfe der Tiere und über sich selbst gezogen, um sich so weit wie möglich zu schützen. Doch der Wind peitschte mit der Wucht eines Taifuns daher und presste den Sand noch in die kleinste Öffnung; selbst mit dem Stoff vor dem Mund konnte man nicht atmen, ohne dass etwas davon in die Lungen gelangte. Wer genügend Luft bekam, murmelte leise Gebete und beschwor die Götter, den Sturm zu vertreiben. Doch kaum einer erwartete, dass seine Bitte erhört würde. Wenn ein solcher Sturm genau dann über sie hereinbrach, während sie auf Jezalya zuritten, war das ein deutliches Zeichen. Die Götter der Stadt waren ihrer Mission nicht hold. Nur ein schwachsinniges Kind konnte diese Botschaft missverstehen.

Aber mit dieser Einsicht waren die Götter offenbar noch nicht zufrieden, denn der Sanddämon, der so ungeheuer schnell auf sie zugerast war, hielt nun über ihren zusammengekauerten Gestalten an und zog nicht mehr weiter. Und einige glaubten, im Heulen des Windes Gelächter zu hören.

Der Geruch der Ikati-Rivalität hing schwer in der Luft und lieferte Colivar eine deutliche Fährte. Die Ausdünstungen von rund zwei Dutzend Männchen hatten sich über eine halbe Meile verbreitet, und er konnte mit seinen Ikati-Sinnen jeden einzelnen Duft so deutlich unterscheiden, als wäre es der Name eines Menschen. Manche erschienen ihm vage vertraut, obwohl die Erinnerung nicht stark genug war, um die Besitzer zu identifizieren. Aber es war durchaus möglich, dass er mit einigen der Ikati, die er jetzt verfolgte, bereits früher geflogen war – und gekämpft hatte. Der Gedanke erregte und verunsicherte ihn zugleich.

Über allem schwebte der satte süßliche Moschusduft einer Königin im Paarungsflug. Er weckte Erinnerungen, denen er sich eigentlich nicht überlassen wollte, die sich jedoch nicht mehr zurückdrängen ließen. Als er diese Gestalt annahm, hatte er die Schleusen geöffnet und den Schlüssel weggeworfen.

Es ist den Preis wert, sagte er sich hartnäckig immer wieder. Die Worte waren während des Flugs zu einem Mantra geworden, einer geistigen Droge, um den menschlichen Teil seiner Seele auszuschalten. Die Urtriebe, die sich jetzt in ihm regten, drohten sein menschliches Bewusstsein zu überschwemmen, doch er wehrte sich nicht. Er ließ sie in sich ansteigen, über sich zusammenschlagen, ihn an den Rand des Wahnsinns treiben, weil er wusste, dass es einen Trieb gab, der befriedigt werden musste – auf dessen Befriedigung er jahrhundertelang gewartet hatte –, und dass das auf keine andere Weise geschehen konnte.

Heute musste er zum Ikata werden.

Das Sonnenlicht tanzte über seine Schwingen und erzeugte ein so intensives Wohlbehagen, dass es beinahe Schmerzen verursachte. Darauf war er nicht gefasst. Er hatte die ganze Zeit gewusst, dass die Seelenfresser im Sonnenlicht aufblühten, aber er hatte sein Wissen aus dürren menschlichen Worten bezogen, nicht aus persönlicher Erfahrung. Sein eigener Ikata war so lange im Norden gefangen gewesen, dass er vergessen hatte, wie sich die Wärme der tropischen Sonne auf seinen Schwingen anfühlte. Selbst auf dem Höhepunkt des arktischen Sommers, wenn die Sonne niemals unterging, lauerte am Rand des Ikati-Bewusstseins die Angst vor der arktischen Nacht und trübte diese Sonne mit einem Schleier der Angst.

Aber jetzt! Das Sonnenlicht brannte auf die bunten Segmente von Colivars Schwingen und verlieh ihm Kraft; es wärmte sein Blut und stärkte seinen Herzschlag – und es schärfte seine Sinne, sodass ihn jeder Windhauch erzittern ließ, der über seine Haut strich. Ein Flug im Sonnenschein weckte die Lebensgeister und erzeugte Glücksgefühle, die ein Mensch niemals empfinden konnte. Wären seine Facettenaugen zu Tränen fähig gewesen, er hätte aus reiner Freude geweint. Welche menschliche Leidenschaft konnte sich damit auch nur ansatzweise messen?

Wie töricht von ihm und den anderen, die ganze Welt nach

den Ikati abzusuchen! Natürlich würden die Wesen letztlich an einen Ort wie diesen kommen, um sich von der herrlichen Sonne bescheinen zu lassen! Warum hatte Colivar das nicht schon von Anfang an erkannt?

Noch im Flug veränderte er nun seinen Ikati-Körper, veränderte ihn etwa auf die gleiche Weise wie kurz vor dem Kampf mit Nyuku. Wenn Kamala die Männchen geradewegs von Jezalya wegführte, musste er jeden Zaubertrick einsetzen, den er kannte, um sie einzuholen. Hatte sie allerdings das Flugverhalten einer echten Königin übernommen, dann hatte sie aus den Erinnerungen, die er ihr in Coldorra zugänglich gemacht hatte, genügend Erkenntnisse gezogen, um zu begreifen, wie komplex ein Paarungsflug sein konnte. Und dann war die ganze Kolonie womöglich in eine ganz andere Richtung unterwegs oder hatte zumindest einige Zeit damit verloren, sich in verschlungenen Bahnen über den Himmel zu bewegen, bevor sie weiterzog.

Verschlungene Bahnen …

Erinnerungen aus ferner Vergangenheit schwappten über ihn hinweg, Bilder von vergessenen Flügen umdrängten ihn wie die Geister verlassener Geliebter. Die letzte Königin, die er gekannt hatte, war eine Meisterin des Tanzes gewesen und hatte ihre Freier auf einen vielfach gewundenen Pfad geführt, der Schönheit und Tod in sich vereinte. Wie sollte Colivar einem gewöhnlichen Menschen die ungeheure Erregung eines solchen Fluges begreiflich machen, eine Erregung, die so weit über einfache Begriffe wie *Begehren* oder *Blutgier* hinausging, dass man sie mit Worten nicht beschreiben konnte? Die menschliche Sprache konnte dieser überirdischen Intimität unmöglich gerecht werden.

Er hörte ein Raunen im Wind, leise Paarungsrufe aus weiter Ferne. Sein Herz schlug schneller, und Feuer schoss durch seine Adern. Dies war nicht bloß Energie aus dem Verlangen geboren, sondern ein stärkerer Antrieb. Verlangen war vergänglich. Endlich. Der Hunger, den er nun spürte, war viel mehr als das. Er hatte seit Jahrhunderten an seinem Herzen genagt, ohne jede Aussicht auf ein Nachlassen oder auf Befriedigung. Bis jetzt.

Bald sah er vor sich schwarze Schatten über den Himmel schweben. Viele der Männchen schienen in Zweikämpfe verwickelt; Kamala hatte offenbar herausgefunden, wie man sie aufeinander hetzen konnte. Dass ihr das allein mit dem Erinnerungsfetzen gelungen war, erfüllte ihn mit Bewunderung. Wie passend, dass eine solche Frau diejenige sein sollte, die die Seelenfresser-Kolonie in den Untergang trieb!

Sie selbst sah er nirgendwo, doch das belastete ihn im Moment nicht. Nicht nach ihr war er auf der Suche.

Mit wild klopfendem Herzen hielt er ein kleines Stück vor dem Gedränge an und versuchte, die Züge einzelner Ikati auszumachen. Würde er diejenigen, mit denen er im Norden zusammen gewesen war, nach so vielen Jahren überhaupt noch erkennen? Der Wind mischte alle Gerüche zu einem aufreizenden Gebräu aus Begehren und Hass, auf das sein Körper reagierte, sosehr er sich auch bemühte, seine Konzentration aufrechtzuerhalten.

Plötzlich löste sich eines der größten Männchen aus dem Schwarm. Breite Brust, die Stacheln eine halbe Spanne länger als bei den Artgenossen, die Flanken mit einem Netz von gezackten Narben aus früheren Paarungskämpfen überzogen. Colivar sah, wie es sich nach der Königin umschaute und, als es sie nicht fand, eine Herausforderung zum Paarungskampf so voller Überheblichkeit und Zorn hinausschrie, dass der ganze Himmel erzitterte.

Colivar erinnerte sich an diesen Schrei.

Sein Körper erinnerte sich.

Er antwortete.

Der Seelenfresser fuhr zu ihm herum. Erkannte er diesen Körper? Colivar hatte sein Bestes versucht, um das Aussehen seines einstigen Konjunkten zu kopieren. War ihm der Kampfruf vertraut? Zum letzten Mal hatte ihn dieser Ikata über den Eisfeldern im hohen Norden vernommen, so nahe am Heiligen Zorn, dass die Geisterschreie von dort ins Bewusstsein drangen.

In stillem Einvernehmen flogen sie höher und suchten sich eine Stelle so weit vom allgemeinen Tohuwabohu entfernt, dass man sie nicht stören würde. Die Luft wurde von Minute zu Minute dünner und kälter, und beide Schwingenpaare mussten sich doppelt so schnell bewegen, um die Höhe zu halten, doch das gehörte dazu. Ein schwächerer Ikata wäre an diesem Punkt in Panik geraten, weil er kurzatmig wurde und seine Wendigkeit eingeschränkt war, und hätte sich zurückfallen lassen. Diese beiden wichen und wankten nicht. Sie gehörten zu den stärksten Vertretern ihrer Art und hatten den Wunsch, ihren Kampf an einem Ort auszutragen, an den ihnen niemand folgen konnte.

Als sie endlich eine Höhe erreicht hatten, die ihnen zusagte, wandten sie sich einander zu und begannen sich zu umkreisen. Colivars Flügel versteiften sich. Auch sein Rivale spreizte die Schwingen; die bunt schillernden Membranen spannten sich zu beiden Seiten seines Halses und brachten den Schlangenkopf erschreckend zur Geltung. Angesichts dieser Drohgebärde stieg Colivar das Blut zu Kopf, und ein Hunger stieg in ihm auf, der seine menschliche Seele zu sprengen drohte. Aber er öffnete sich ihm bereitwillig, denn in diesem glorreichen Augenblick gab es kein Zurück mehr.

Die beiden großen Schlangenkörper begannen einen kunstvollen Todestanz, jeder lauerte auf eine Schwäche des Gegners, um sie sich zunutze zu machen. Die Schwänze mit den messerscharfen Schuppen an den Spitzen schlugen nach den empfindlichen Schwingen; Klauen wurden gezückt, sobald sich die beiden Körper durch eine jähe Wendung kurz nahe kamen ... aber nicht nahe genug. Solche Manöver erforderten absolute Konzentration, und Colivar spürte, wie sich der Rest der Welt von ihm entfernte. Er ließ sie ziehen. Diesen Kampf konnte man nur gewinnen, wenn man ganz darin aufging, und wenn er sich dazu von seinem Menschsein verabschieden musste, dann mochte es so sein.

Es war den Preis wert.

Der andere Ikata griff unvermittelt an, sein Schwanz peitschte mit solcher Geschwindigkeit seitwärts durch die Luft, dass er kaum zu sehen war. Colivar legte die Schwingen an und ließ sich von der Schwerkraft außer Reichweite tragen, dann fing er den Wind wieder ein, schoss nach oben und schnappte, kurz bevor er den Endpunkt erreichte, nach dem Schlangenschwanz. Er schlug seine Zähne in die dicken Muskeln und spürte, wie sie sich verkrampften und wie ihm das Blut seines Feindes in den Mund spritzte. Aber der andere konnte sich befreien, bevor Colivars Kiefer sich vollends schlossen, und ging rasch auf Abstand. Doch er hatte

Schaden genommen. Mehrere tiefe Furchen zogen sich über seinen Schwanz, und bei jeder Bewegung sprühten Blutstropfen in den Wind. Die Verletzungen waren nicht tödlich, dachte Colivar, aber sie konnten seine Beweglichkeit einschränken.

Das befürchtete offenbar auch der Ikata, denn er wendete und raste geradewegs auf ihn zu. Colivar wollte sich beiseitedrehen, um den gefährlichen Zähnen auszuweichen, doch dabei verschätzte er sich und kam den Klauen zu nahe. Seine Flügel konnte er im letzten Moment wegziehen, aber zwei Klauen rissen ihm die Flanke auf, bevor er abschwenken konnte.

Nun schoss sein eigener Schwanz nach oben und legte sich um den Schwanz seines Gegners. Das Manöver war besser für die Paarung als für den Kampf geeignet, und der andere war nicht darauf gefasst. Colivar nahm den fremden Schwanz in einen Würgegriff und brachte den Ikata damit aus dem Gleichgewicht. Der war zunächst vollauf damit beschäftigt, sich in der Luft zu halten, und diese Zeit nützte Colivar zum Angriff. Er bekam einen der unteren Flügel mit den Zähnen zu fassen, zerfetzte die Membran, riss ein Stück von der Länge seines Beins heraus und ließ es davonflattern. Damit fehlte dem Ikata auf einer Seite die Hälfte seines Auftriebs. Er kämpfte um sein Leben, aber da Colivar mit seinem ganzen Gewicht an seinem Schwanz hing, konnte er die Balance nicht finden, die er zum Fliegen brauchte. Und Colivar, der seine Schwingen für den Angriff schräg nach oben gestellt hatte, konnte nicht beide Körper in der Luft halten.

In dieser lebensgefährlichen Umklammerung stürzten sie auf die Erde zu. Ein kühler Wind pfiff Colivar um die Ohren, er drehte sich herum, so weit er konnte, um seinem Gegner den Todesstoß zu versetzen, bevor sie beide zerschmettert würden. Der Ikata scharrte an seinen Flanken, um ihn zum Loslassen zu bewegen, doch Colivar ließ sich nicht beirren. Wunden hatten in diesem Stadium keine Bedeutung mehr. Schmerz war ohne Belang. Selbst sein eigener Tod war ihm gleichgültig, solange er den anderen vorher vernichten konnte.

Dann glitten seine Klauen zwischen die Schwingen des Ikata, und er schlug mit aller Kraft zu und zerfleischte alles, was er an Muskeln, Knochen und Membran erreichen konnte. Der Seelenfresser heulte auf vor Schmerz und begann wild zu zappeln, um sich aus Colivars tödlicher Umarmung zu lösen. Und nun gab ihn Colivar frei. Er löste seinen Schwanz und schnellte sich, ein letztes Mal den Klauen der großen Bestie ausweichend, von ihr weg, bis er genügend Abstand hatte, um die Schwingen so weit auszubreiten, dass er seinen eigenen Sturz abfangen konnte.

Und dann war es vorüber.

Colivar sah schwer atmend und mit blutigen Flanken zu, wie sein Gegner zur Erde hinabtrudelte. Der mächtige Körper wurde immer schneller, er war rettungslos verloren. Die löchrigen Schwingen bewegten sich hektisch auf und ab, aber der Wind zerfetzte die zarten Membranen nur noch mehr; als der Ikata den Boden erreichte, war außer den gebrochenen Speichen kaum noch etwas übrig, und auch die glaubte Colivar abknicken zu hören. Unter der Wucht des Aufpralls stiegen Sandfontänen auf, und ein einzelnes glänzendes Membranstück schwebte vom Himmel und landete neben dem reglosen, zerschmetterten Körper.

Colivar wartete noch eine Weile, ob der Ikata sich bewegte, und als das nicht geschah, stieß er einen Triumphschrei aus, der sicherlich bis zum Tränenmeer zu hören war. Die Qual der vielen verlorenen Jahrhunderte schwang in diesem Schrei mit, und selbst die Ikati, die sich unter ihm bekriegten, hielten inne, schauten auf und fragten sich, wer aus ihren Reihen wohl diesen grauenvollen Laut hervorgebracht haben mochte.

Dann trat Stille ein.

Colivar schaute mit ungewohnter Demut auf Nyukus Seelenfresser hinab, denn er wusste genau, was dieser Tod für den Kannoket bedeuten würde. Nur wenn man den Wahnsinn selbst erlebt hatte, konnte man das ganze Ausmaß des Grauens ermessen. Aber er spürte kein Mitleid. Keine Spur von Mitleid. So war es eben bei ihresgleichen. Nyuku hatte gespielt und verloren.

Endlich sind wir quitt, dachte er voller Genugtuung.

Er wandte sich um und wollte einen letzten Blick auf den Seelenfresser werfen ... doch dann zögerte er. Der Wind trug ihm von allen Seiten Herausforderungen und Triumphschreie zu, die in seiner Seele und in seinem Körper ihren Widerhall fanden. Eine innere Stimme wollte, dass er zum Lager der Menschen zurückkehrte, aber der Grund dafür war ihm entfallen. Warum sollte er diesen Ort verlassen? Er hatte sich unter den Seelenfressern bewährt. Sie würden ihn als ihren Führer anerkennen. Kam es nicht allein darauf an?

Mit einem letzten verwirrten Blick zum östlichen Horizont spreizte er seine Schwingen, um den Wind einzufangen, und strebte zurück zu seinen Artgenossen.

Der Heilige Hüter, der durch das Portal trat, war über und über mit Blut bespritzt, und sobald Salvator seiner ansichtig wurde, winkte er einen Heiler heran. Doch das Blut war offenbar nicht sein eigenes, und er legte die kurze Strecke von der Ankunftsstelle zum Basislager mit so festem Schritt zurück, dass er nicht schwer verletzt sein konnte. Das sagte natürlich noch nichts über die Schlacht aus, die eben stattgefunden hatte; der Trupp, den Salvator in die Berge geschickt hatte, um die Reiter der Seelenfresser aufzustöbern, hatte auch eine Anzahl von Sehern dabei, die in der Heilkunst so weit bewandert waren, dass sie alle Arten von Verletzungen versorgen konnten.

Seit sich die Sonne über den Horizont geschoben hatte, stieg die Temperatur stetig an, und allmählich wurde die Hitze zur Belastung. Als der Heilige Hüter die Gruppe um den König erreichte, glänzte sein Gesicht, und der Kragen seiner Tunika war von einer Mischung aus Schweiß und Blut durchtränkt. Er verneigte sich knapp vor Favias und wandte sich dann an den Großkönig. »Majestät. Ich wurde entsandt, um Euch zu melden, dass die Reiter zum größten Teil besiegt sind.«

Salvator zog fragend eine Augenbraue hoch. »Zum größten Teil?«

»Wir haben insgesamt einundzwanzig gefunden und ins Jenseits befördert. Die meisten befanden sich, wie Magister Colivar es beschrieben hatte, in tiefer Trance. Nur wenige erwachten weit genug aus ihrer Verzückung, um sich zu verteidigen, und sie verfügten wohl nicht über besondere Kräfte. Wir dagegen hatten die Seher auf unserer Seite, und so hatten wir leichtes Spiel.« Er sprach forsch und sachlich, aber der Abscheu in seiner Stimme war nicht zu überhören. Die Heiligen Hüter waren zum Kampf gegen Seelenfresser ausgebildet worden, nicht zum Töten von Menschen. Doch da sich ein Mann mit *Lyr*-Blut in den Adern der Bannkraft eines Seelenfressers noch am ehesten zu entziehen vermochte, hatte man die Leitung dieses Einsatzes den Heiligen Hütern übertragen, während Salvators blutgierigere Krieger zurückgeblieben waren, um das Lager zu bewachen. Im Krieg musste man praktisch denken. »Ein paar von unseren Leuten wurden verletzt, aber die Heiler haben sie versorgt. Es gab keine Verluste.«

»Einundzwanzig ...« Salvators Mund war hart und schmal wie ein Strich. »Die Übrigen sind entkommen?«

Der Hüter schüttelte den Kopf. »Sie waren nirgendwo zu finden. Wir dachten, sie hätten sich anderswo versteckt. Vielleicht in den nördlichen Bergen.«

Einundzwanzig Reiter waren tot. Das war doch ein gutes Ergebnis, oder etwa nicht? Es bedeutete, dass einundzwanzig Seelenfresser in Kamalas Gefolge auf einen Schlag ihre höhere Intelligenz verloren hatten und unter Umständen durch den Schock wahnsinnig würden. Colivar hatte gemeint, wenn das geschähe, würden sie womöglich aufeinander losgehen. Wollte Gott, es wäre so.

Es war eine beachtliche Leistung, auch wenn das Wild, auf das sie es eigentlich abgesehen hatten, noch nicht entdeckt worden war.

»Und die Königin?«, fragte Gwynofar drängend und sprach damit aus, was Salvator dachte. »Was ist mit ihr?«

Der Heilige Hüter fuhr sich mit der Hand durch das schweißnasse Haar; man sah ihm deutlich an, dass er diesen Teil seines Berichts lieber für sich behalten hätte. »Ich bedauere, Majestät, aber von ihr haben wir keine Spur gefunden. Das soll nicht heißen, dass sie nicht irgendwo da draußen wäre. Keine der Höhlen, die wir untersucht haben, wies Spuren einer weiblichen Präsenz auf, allerdings können unsere Seher auch nur vermuten, wie solche Spuren aussähen. Niemand hat in diesen Dingen praktische Erfahrung. Und da die Königin noch nicht geschlechtsreif ist, kann es sein, dass ihre metaphysische Resonanz noch nicht einmal weiblich geprägt ist. Das sagen mir jedenfalls die Seher. Für Magie bin ich nicht zuständig.« Er stieß einen tiefen Seufzer aus;

man sah ihm an, dass er sich für diesen Misserfolg schämte. »Es tut mir leid, Majestät, ich wünschte, ich hätte bessere Nachrichten für Euch.«

»Einundzwanzig Reiter sind tot«, sagte Salvator grimmig. »Jeder einzelne war eine große Gefahr und musste beseitigt werden. Gut gemacht.«

Der Hüter neigte das Haupt. »Ich danke Euch, Majestät.«

Salvator gelang es, mit fester Stimme zu sagen, was zu sagen war, aber in seinem Inneren schwelte die Enttäuschung. Sie waren mit einem und nur mit einem einzigen Ziel hierhergekommen: die Seelenfresser-Königin zu finden und zu vernichten. Nun sah es so aus, als sollten sie alle anderen Ziele ihrer Mission erreichen, aber dieses eine nicht. Siderea war tot, die meisten Verbündeten der Seelenfresser waren tot, die Ikati selbst waren bloß noch Tiere ohne Verstand … doch das bedeutete alles nichts, wenn die Königin überlebte. Nichts! In ein paar Monaten würde sie geschlechtsreif werden und ihre ersten Eier legen, und wenig später würde eine ganze Horde neuer Seelenfresser ausschlüpfen – darunter auch neue Königinnen – und die Spezies würde wieder Fuß fassen. Das Zweite Finstere Zeitalter würde von Neuem anbrechen.

Sie mussten der Sache hier und jetzt ein Ende machen. Das war die einzige Lösung.

Hinter ihm fragte Favias Ramirus: »Was ist mit den Stammeskriegern? Habt Ihr sie ausgeschaltet?«

Der Schatten eines kalten Lächelns huschte über die Züge des Magisters. »Sie sind … beschäftigt.«

Salvator knirschte mit den Zähnen. *Du hast ihm erlaubt, dafür zu sorgen. Seine Sünde wird über dich kommen.* »Wenn ich Euch fragte, was Ihr mit ihnen angestellt habt, Ramirus, müsste ich das bedauern?«

»Ich habe lediglich eine Illusion geschaffen, Majestät, um sie zu überzeugen, dass dies nicht der richtige Zeitpunkt ist, um Krieg zu führen.«

»So viele? Und alle zugleich?«

»Es gibt etwas, das sie alle fürchten, und deshalb war das Verfahren recht einfach. Ich brauchte lediglich diese Angst zu wecken. Und da es eine Angst ist, die Eure Leute nicht kennen, brauchte ich meine Bemühungen nicht einmal in eine bestimmte Richtung zu lenken, ich brauchte nur Jezalya auszusparen.«

Es zuckte um Salvators Mund. »Das klingt geradezu … barmherzig.«

Wieder dieses kalte Lächeln. »Nein, Majestät. Nur zweckmäßig.«

Der Großkönig wandte sich abermals an den Heiligen Hüter. »Ihr könnt Euch stärken, während wir Kriegsrat halten.« Er deutete auf eine nahegelegene Düne, wo an der windgeschützten Seite Proviant und Wasser gelagert waren. Nicht in solchen Mengen, dass Salvators Leute für längere Zeit davon hätten leben können, aber ausreichend, um eine Durststrecke zu überbrücken, falls alle ihre Hexen und Hexer im Kampf getötet werden sollten und sie auf die Einrichtung einer neuen Nachschublinie warten müssten. Man hatte ein zweites Zeltdach aufgespannt, um die Vorräte kühl zu halten, doch das war ziemlich wirkungslos. Vor der Mittagshitze gab es kein Entrinnen.

Als der Heilige Hüter außer Hörweite war, wandte sich Salvator wieder den anderen zu. »Ich sollte mich ihnen anschließen«, sagte er leise.

Favias zog zischend den Atem ein. »Majestät?«

»Die Königin hat die Fähigkeit, sich unsichtbar zu machen. Sie könnten direkt vor ihrem Versteck stehen und sie doch nicht sehen. Ich aber vielleicht schon.«

Ramirus holte tief Luft. »Majestät, ob Ihr gegen den Einfluss der Ikati gefeit seid, ist im Moment nur eine Theorie. Eine gute Theorie vielleicht, die sicherlich einiges an Wahrheit enthält, aber genauere Kenntnisse haben wir darüber nicht. Dagegen ist es sehr wahrscheinlich, dass die Seelenfresser, wenn sie sich von Kamala entfernen, geradewegs dahin zurückkehren, wo ihre Höhlen und ihre Reiter zuletzt gesehen wurden. Wir können auf keinen Fall riskieren, dass Ihr Euch dann mit einer so kleinen Streitmacht dort aufhaltet.«

Salvators Augen wurden schmal. »Verlangt Ihr, dass meine Leute ein Risiko eingehen, zu dem ich selbst nicht bereit bin?«

Ramirus verzog keine Miene. »Eine Frage der Zweckmäßigkeit, Majestät. Nicht mehr. Alle anderen sind bei diesem Unternehmen entbehrlich, Ihr nicht.«

»Was schlagt Ihr also vor?«, fragte der Großkönig. Das eiskalt Vernunftbetonte dieser Argumentation irritierte ihn. »Außer hier zu stehen und die Hände zu ringen, weil wir unsere Beute verloren haben?« Er sah, dass Gwynofar zum Sprechen ansetzte, und gebot ihr mit erhobener Hand Schweigen. »Oder meine Mutter als Köder auszulegen?«

Über diese Taktik hatte er am Abend zuvor mit ihr gestritten. *Ich habe die Königin in den Spinas-Bergen vom Himmel gelockt,* hatte ihn Gwynofar erinnert. *Das kann ich auch in Jezalya tun.*

Das geschah ohne mein Einverständnis, hatte er zurückgegeben. *Ich hätte es verboten.*

Aber es hatte Erfolg, nicht wahr?

Dein Leben ist zu kostbar, um es bei einem derart leichtsinnigen Manöver aufs Spiel zu setzen.

Und wenn es keine andere Möglichkeit gibt, mein Sohn? Wenn alle anderen Mittel versagen und wir die Königin sonst einfach nicht finden können? Wirst du es dann immer noch verbieten? Als er nicht antwortete, hatte sie gedrängt: *Du sagst, du bist bereit, für diese Sache zu sterben: Ist mein Einsatz weniger wert als der deine?*

Er hatte die Zähne zusammengebissen und gemurmelt: *Nun denn, als letztes Mittel werde ich es in Erwägung ziehen. Aber nur als allerletztes Mittel. Wenn sämtliche anderen Möglichkeiten ausgeschöpft sind. Keine Sekunde früher.*

Und an diesem Punkt waren sie noch nicht angelangt, beteuerte er sich. Noch nicht.

»Ich kann mir zwei Möglichkeiten vorstellen«, sagte Favias. »Erstens, sie ist aus der Gegend geflüchtet, sobald sie das Unheil kommen sah oder unmittelbar nach Sidereas Tod. In diesem Fall ist sie inzwischen unerreichbar, wenn wir nichts unternehmen, um sie zurückzurufen. Zweitens, sie versteckt sich irgendwo in der Nähe. Vielleicht haben Anblick und Geruch eines zweiten Weibchens sie so sehr erschreckt, dass sie erst wieder zum Vorschein kommt, wenn sich dieser Geruch verflüchtigt hat.«

»Den Geruch können wir vertreiben«, erbot sich Sina.

Salvator nickte. »Tut das.«

Sie entfernte sich.

Ramirus sagte leise: »Es gibt eine dritte Möglichkeit. Dass sie nämlich noch hier ist und bei klarem Verstand und dass sie genau weiß, was vorgeht. Vielleicht hat sie den Feldzug sogar beobachtet, wenn auch aus sicherer Entfernung.«

»Das klingt ja so, als wäre sie immer noch hochintelligent«, protestierte Favias. »Aber ihre menschliche Partnerin ist tot, und Colivar meinte, sie wäre sogar noch leichter zu erschüttern als die anderen, weil sie die Bindung mit Siderea geschlossen hat, bevor ihr eigenes Bewusstsein voll entwickelt war. Dadurch würde sie von ihrer Partnerin noch abhängiger als die anderen Seelenfresser und noch instabiler nach deren Tod.«

»Ich habe den größten Respekt vor Colivars Allwissenheit«, gab Ramirus spöttisch zurück, »aber wir sollten nicht vergessen, dass das reine Spekulation war. Angenommen, er hätte sich geirrt? Angenommen, die Erziehung von frühester Kindheit an durch ein Bewusstsein wie das von Siderea hätte die geistige Entwicklung des Seelenfressers gefördert? Sodass selbst nach dem Tod des menschlichen Partners das Echo einer höheren Intelligenz zurückbliebe? Was dann?«

In diesem Fall, dachte Salvator, *könnte man sie nicht einmal ködern. Sie würde die Falle erkennen und sich von uns fernhalten.*

Bevor seine Enttäuschung so übermächtig werden konnte, dass er die Beherrschung verlor, entfernte er sich ein paar Schritte, um ein wenig für sich zu sein. Das Gefühl, alles sei vergebens gewesen, drohte ihn zu erdrücken. *Noch nie hat jemand bei einem Feldzug so viel erreicht,* dachte er bitter, *und konnte so wenig damit anfangen.* Hätte er auf ein Möbelstück einschlagen oder wenigstens gegen einen größeren Stein treten können, dann hätte er seinem Ärger Luft gemacht. Aber weit und breit gab es nichts als Sand, und in den Sand zu treten hätte ihm keine Genugtuung verschafft.

Er überlegte, ob er Gwynofar nach ihrer Meinung zu alledem fragen sollte, aber was sie dachte, spielte doch letztlich gar keine Rolle, nicht wahr? Wichtiger war, den Himmel im Westen zu beobachten, ob sich dort etwas tat. Zum Beispiel könnte Kamala zurückkehren. Oder Colivar. Oder die anderen Seelenfresser. Vielleicht brach auch der Zauber zusammen, mit dem Ramirus die Stammeskrieger fernhielt, dann sollte er in dieser Richtung nach feindlichen Soldaten Ausschau halten ...

Er schüttelte den Kopf. Ihm war bewusst, dass etwas nicht stimmte, aber er war nicht sicher, was es war. Als er sich wieder umdrehte, sah er, dass auch alle anderen in die gleiche Richtung schauten, wie er es eben getan hatte, als fesselte im Westen des Lagers irgendetwas ihre Aufmerksamkeit. Doch so angestrengt er auch in die Ferne spähte, er konnte nichts erkennen. Wieder wollte er Gwynofar danach fragen, und wieder fiel ihm ein, dass sie nichts Wichtiges beizutragen hatte. Er sollte sich lieber auf die Dinge konzentrieren, auf die es wirklich ankam.

Hatte sie nicht noch vor einer Minute bei den anderen gestanden?

Er musste seine ganze Willenskraft aufbieten, um sich umzudrehen. Sein Geist mochte beschlossen haben, nach Gwynofar zu suchen, doch sein Körper war damit keineswegs einverstanden. Der Widerspruch war ihm so weit bewusst, dass er seinen Bemühungen neue Kraft verlieh, obwohl zugleich eine Angst ganz anderer Art in seiner Seele Wurzeln schlug.

Sie hatte das Basislager verlassen und stand allein im Freien auf der weiten Ebene. Sie hatte sich einen Speer mitgenommen – wer auch nur einen Schritt aus dem geschützten Bereich tun wollte, musste eine Waffe zur Hand haben –, aber sie hielt ihn waagerecht und hatte ihn nur lose umfasst. So war er nutzlos. Offenbar betrachtete sie etwas am Himmel. Nein. Sie betrachtete nichts. Ihr Blick war nach oben gerichtet, doch er spürte, dass sie nichts sah.

Auch er schaute nun nach oben. Ein schwarzer Schatten, der eben noch nicht da gewesen war, kam nun ins Bild, und ein abscheulich süßlicher Duft stieg ihm in die Nase. Noch bevor er Einzelheiten erkennen konnte, wusste er, was er da sah. Es konnte nichts anderes sein.

Ein Seelenfresser!

Er stieß aus dem wolkenlosen, sonnigen Himmel herab, die Füße mit den langen Klauen ausgestreckt wie ein Habicht auf der Jagd nach einer Feldmaus. Obwohl Gwynofar das Gesicht zu ihm emporwandte, spürte Salvator mit erschreckender Gewissheit, dass sie ihn gar nicht sah – jedenfalls nicht bewusst wahrnahm – und dass sie nicht fähig war, etwas zu ihrer Rettung zu unternehmen.

Er rannte über den Sand und wollte ihren Namen rufen, aber nur ein unartikulierter Verzweiflungsschrei kam über seine Lippen. Er schnappte sich im Laufen einen Speer, obwohl er bereits wusste, dass es zu spät war. Das Ding war zu nahe – es fiel zu schnell herab –, und Gwynofar war zu weit weg. Zum ersten Mal in seinem Leben wünschte er, ein Hexer zu sein und seine eigene Lebensenergie opfern zu können, um seine Geschwindigkeit zu steigern. Aber er konnte nur beten, und so betete er.

Lass dies mein Opfer sein, nicht das ihre!

Auf den letzten Schritten verdeckten bunt schillernde Schwingen den Himmel und verwandelten ihn und den Sand in ein wildes Farbenchaos. Salvator erreichte Gwynofar genau in dem Moment, als sich die Klauen um ihren Kopf schließen wollten, und riss sie mit sich zu Boden, während er zugleich versuchte, seinen Speer in eine Verteidigungsposition zu bringen. Sie war schlaff wie eine Stoffpuppe und leistete keinen Widerstand. Er glaubte, einen Luftzug am Rücken zu spüren, als sich die mächtigen Klauen wenige Zoll über ihm schlossen. Die Ikati-Königin schrie ihren Zorn so laut hinaus, dass ihm die Ohren dröhnten. Konnten die anderen das auch hören? Oder standen sie noch unter dem Bann dieser Kreatur und waren ebenso blind, wie er es vor Sekunden noch gewesen war?

Er wälzte sich auf den Rücken und stieß den Speer mit beiden Händen nach oben. Wo sich sein Ziel gerade befand, war ihm gleichgültig, er wollte sich lediglich etwas mehr Bewegungsfreiheit verschaffen. Der riesige Körper schien mit seiner Masse die Sonne auszulöschen, und der süßliche Moschusduft reizte seine Lungen wie giftiger Rauch. Würgend kämpfte er sich zum Stehen hoch, blieb jedoch so nahe bei seiner Mutter, dass er sie auch weiterhin beschützen konnte.

Wo waren die anderen? Warum kamen sie ihm nicht zu Hilfe? Selbst wenn sie das Ungeheuer nicht sehen konnten, mussten sie doch merken, dass er mit *etwas* kämpfte, und könnten vielleicht mit ihren Pfeilen auf die Stelle zielen, wo sich dieses Etwas befand. Doch als er den Speer mit beiden Händen packte und sich vornahm, ihn der Königin in den Leib zu stoßen, sobald sie in Reichweite kam, wurde ihm zu seiner tiefen Verzweiflung klar, dass die Macht der Königin auf andere Weise wirkte. Sein Gefolge konnte ihm nicht helfen, weil alle auf andere Dinge achteten: auf anrückende Stammeskrieger; auf die Rückkehr der männlichen Seelenfresser; vielleicht sogar auf einen nahenden Sandsturm. Jeder, der im Bann der Königin stand, konnte einen eigenen Grund nennen, warum er nicht in diese Richtung schaute, ohne überhaupt zu merken, dass er es nicht tat.

Salvator war allein auf sich gestellt.

Wenige Meter über ihm bewegte der Seelenfresser seine mächtigen Schwingen und wirbelte rundum den Sand auf. Der Luftzug wehte Salvator das Haar ins Gesicht, als er mit dem langen Speer antäuschte, um die Königin auf Abstand zu halten, und sich zugleich in fieberhafter Eile die wichtigsten anatomischen Besonderheiten der Seelenfresser in Erinnerung rief, um eine verwundbare Stelle zu finden. Der Körper dieses Seelenfressers war länger und dünner als auf den Diagrammen, die ihm Favias gezeigt hatte, und einige Hinweise auf die größeren Organe fehlten. Dabei wusste er, dass er wahrscheinlich nicht mehr als einen Stoß anbringen konnte. Dieser musste also sitzen!

Plötzlich stieß der große dreieckige Kopf mit gefletschten Zähnen auf ihn herab. Er hielt den Speer schräg nach oben, sodass ihn das Ungeheuer nicht erreichen konnte, ohne sich aufzuspießen. Enttäuscht wich es zurück, und die großen Kiefer schlossen sich mehrere Fuß vor seinem Kopf. Die Königin war ihm jetzt so nahe, dass er ihren Atem auf seiner Zunge spürte, diese ekelhafte Süße mit dem Nachgeschmack von Verwesung. In den großen schwarzen Augen sah er sein eigenes schweißüberströmtes Gesicht in tausend gleich geformten Facetten gespiegelt, und jäh erkannte er, dass er sie blenden konnte, bevor sie zurückwich. Er musste nur schnell genug sein. Mit einem leisen Gebet winkelte er den Speer an …

… und erhielt unversehens einen heftigen Schlag in die Seite. Er flog durch die Luft und schlug mit solcher Wucht auf dem Boden auf, dass ihm die Luft wegblieb. Die ganze Welt färbte sich rot, Sand und Blut füllten seinen Mund, und als er beides aushusten wollte, fuhr ihm ein schmerzhafter Stich durch die Brust. In seinem Kopf hörte er Favias' dröhnende Stimme, die ihn zur Vorsicht mahnte. *Sie kämpfen mit dem Schwanz. Unterschätzt die Reichweite nicht.*

Er blinzelte den Schmerz weg und stemmte sich mühsam auf einen Ellbogen, um wieder auf die Beine zu kommen. Auf einer Seite seines Harnisches war eine Delle, der Schlag war so heftig gewesen, dass er den Stahl eingedrückt hatte; hätten sie nicht auf Sand gekämpft, er wäre wohl nicht mehr am Leben. Bei jedem Atemzug durchzuckten ihn stechende Schmerzen; sicherlich waren eine oder mehrere Rippen gebrochen. Aber so durfte es nicht enden. Sie hatten so viel auf sich genommen, um bis hierher zu kommen. Er durfte dieser Kreatur den Sieg nicht gönnen!

Sein Blick klärte sich allmählich, sodass er seinen Speer neben sich auf dem Boden liegen sah. Er streckte den Arm aus, um danach zu greifen. Doch plötzlich legten sich von hinten messerscharfe Klauen um ihn, umschlossen ihn so unerbittlich wie ein Schraubstock und rissen ihn mit einem Ruck in die Höhe. Der Schmerz war so heftig, dass er nun selber wie geblendet war; als er wieder sehen konnte, war der Boden weit unter ihm, und er war so benommen, dass er weder die Stadt noch das Lager daneben finden konnte.

Die Klauen des Seelenfressers lagen wie Eisenbänder um seine Brust; wenn Salvator nicht einen Harnisch aus massivem Stahl getragen hätte, sie hätten ihn zu Tode gequetscht. So hörte er nur den Stahl bedrohlich ächzen, wenn der Druck noch weiter erhöht wurde, um ihm den Rest zu geben. Und zu seinem Entsetzen spürte er, wie der Harnisch allmählich nachgab und schließlich vor dem tödlichen Griff kapitulierte. An einer Seite seines Brustkorbs knickten die Knochen ab, die Schmerzen bohrten sich wie Speere durch seine Seite und raubten ihm fast das Bewusstsein.

Ich will so nicht sterben!, wütete er. Jeder Atemzug war mühsam erkämpft. Schatten legten sich über sein Blickfeld. Schwarze Flecken tanzten ihm vor den Augen, immer mehr Blut sickerte in seine Lungen. Jeder Atemzug war eine Qual. *Ich will nicht sterben wie ein hilfloses Opfer!*

Die einzige Waffe, die er bei sich hatte, war ein Kurzschwert mit einer Schneide aus Seelenfresser-Schuppen. Doch selbst wenn es ihm gelänge, es aus der Scheide zu ziehen, wäre es nicht lang genug, um eine verwundbare Stelle zu treffen. Dennoch schloss er die Hand um den Griff, und seine Nägel gruben sich in die Lederwicklung, während immer neue Schmerzwellen seinen Körper durchliefen. *Du wirst nicht ohnmächtig,* befahl er sich. *Du gibst nicht auf. Du kämpfst so lange weiter, bis Gott selbst die Seele aus deinem Körper holt und dem Seelenfresser nur eine leere Hülle zurücklässt …*

Er begann zu phantasieren, ringsum blitzten zusammenhanglose Bilder auf und erloschen wieder. Zeichnungen aus einer von Favias' anatomischen Karten flogen vorbei, die verwundbaren Stellen der Seelenfresser waren mit roter Tinte gekennzeichnet und sorgfältig beschriftet. *Sieh her,* flüsterte Favias' Stimme in seinem Ohr. *Die Schlagader, die im Innern des Beins verläuft. Am Gelenk ist sie ungeschützt. Wenn du sie aufschlitzt, ist das für einen Seelenfresser so tödlich wie für einen Menschen ein Schnitt in die Oberschenkelarterie.*

Er wollte sich im Griff der Ikata drehen, um nach der Stelle zu suchen, doch die Klauen schlossen sich prompt noch fester um seine Brust, pressten ihm die letzte Luft aus den Lungen und erzeugten neue Wogen des Schmerzes. Sein Herz schaffte es kaum noch, genügend Blut durch seine verengten Adern zu pumpen, um ihn am Leben zu erhalten. *Gepriesener Zerstörer,* flehte er verzweifelt. *Ich bitte Dich, gib mir die Kraft, diese eine Aufgabe zu vollenden, bevor ich sterbe. Lass mich das Instrument sein, mit dem Du diese Seuche von der Erde tilgst.*

Er biss die Zähne zusammen und schaffte es, den Kopf gerade so weit zu drehen, dass er das Gelenk sehen konnte, von dem Favias gesprochen hatte. Er sah, dass da, wo das Bein der Kreatur am Körper ansetzte, die Haut sehr dünn war, und glaubte zu hören, wie das Blut dicht unter der Oberfläche pulsierte. Seine Schmerzen verloren jede Bedeutung. Bald würde er im Angesicht des Schöpfers stehen, und das war alles, was zählte.

Wenn man sich völlig aufgab, fand man so etwas wie Frieden. Die Schmerzen entfernten sich; sie wurden nicht schwächer, aber sie schienen nicht mehr zu ihm zu gehören. Messerscharfe Knochensplitter bohrten sich in seine inneren Organe, als er sein Schwert aus der Scheide zog. Er schloss die Hand fest um den Griff, damit ihm der Wind die Waffe nicht entreißen konnte. Um ihn herum herrschte tiefe Dunkelheit, nur in der Mitte erhellte ein Lichtpunkt das verletzliche Gelenk. Er hob sein Schwert, so weit er konnte, und streckte sich, um die kritische Stelle zu erreichen. Irgendwo schrie ein Fremder vor Schmerz, wurde von Hustenkrämpfen geschüttelt, spuckte Blut und wand sich in schier unerträglichen Qualen.

Führe mich, mein Schöpfer, um Deiner geliebten Menschheit willen.

Er nahm einen möglichst tiefen Atemzug und stieß das Schwert mit aller Kraft nach oben. Die Ikata riss überrascht das Bein zurück; und durch die heftige Bewegung verlor Salvator für einen Moment das Bewusstsein. Als er wieder zu sich kam, war seine Hand leer. Er glaubte schon, er hätte das Schwert fallen lassen, und die Verzweiflung brach mit betäubender Wucht über ihn herein. Doch dann sah er es im Bein der Kreatur stecken, der Griff hing zu ihm herab. Die Wunde war tief, dennoch sickerte nur ein dünner Blutfaden heraus. Er hatte die Schlagader verfehlt.

Nun war kein tiefer Atemzug mehr möglich, er hing kraftlos in den Klauen der Bestie und betete um einen letzten Funken Kraft, um zu tun, was getan werden musste. Dann biss er die Zähne zusammen, drängte den Schmerz zurück, hob zitternd den Arm und bekam den Schwertgriff zu fassen. Die Kobaltklinge fraß sich tiefer in das Fleisch des Seelenfressers, mehr Blut floss aus der Wunde, aber es war immer noch nicht genug. Die Ikata heulte vor Schmerz und wollte Salvator abschütteln, doch bevor er den Halt verlor, konnte er das Schwert noch hart nach links reißen – und eine Fontäne aus heißem Blut war der Lohn. Er hatte endlich die Arterienwand durchstoßen.

Die Ikati-Königin ließ ihn los.

Er stürzte in die Tiefe.

Die Luft rauschte an ihm vorbei, aber er konnte seine Lungen nicht füllen; der verbeulte Stahlharnisch drückte seinen Brustkorb so fest zusammen, dass er nicht atmen konnte. Doch das machte nichts mehr. Seine Zeit auf Erden war abgelaufen. Er brauchte nicht mehr zu atmen.

Ich danke Dir, mein Schöpfer, dass Du mein Opfer angenommen hast und nicht das meiner Mutter. Möge mein Tod alle Missetaten sühnen, die unsere Gruppe bei diesem Unternehmen begangen hat.

Der Schöpfer hörte das Gebet offenbar mit Wohlgefallen, denn in Seiner unendlichen Güte ließ er den Großkönig unmittelbar, bevor er auf dem Boden aufschlug, in eine sanfte Ohnmacht sinken.

Die Königin beobachtete das Geschehen.

Colivar entdeckte sie in der Ferne, sie war so weit vor ihm, dass sie bisweilen nur noch ein Punkt am Horizont war. Anfangs hielt er sie für einen Geier auf der Suche nach Aas und beachtete sie kaum. Doch dann sah er aus irgendeinem Grund genauer hin und erkannte, dass die Silhouette nicht die eines Vogels war und dass kein Geier so reglos in der Luft stehen konnte. Ein Schauer lief ihm über den Rücken, als er plötzlich begriff, was er da sah … und wer das sein musste.

Keiner der anderen Ikati schien sie wahrzunehmen. War das ihre Absicht? Wie gut konnte Kamala inzwischen mit der besonderen Gabe der Königin umgehen? Colivar erinnerte sich an frühere Paarungsflüge, die er durch die Augen seines eigenen Ikata mitverfolgt hatte – erinnerte sich, wie sie beide in wilder Leidenschaft mit den Flügeln geschlagen hatten, wenn eine Königin unversehens verschwand, wie alles rationale Denken von einer Woge tierischer Enttäuschung aus ihrem gemeinsamen Bewusstsein fortgeschwemmt worden war. War es ein Wunder, wenn die Männchen aufeinander losgingen? So viel Energie brauchte ein Ventil, sonst würde sie ihre Quelle verbrennen.

War es nicht eine Einladung, wenn sie sich ihm und nur ihm allein zeigte? Schon bei dem Gedanken daran schoss ihm das Blut mit solcher Wucht in die Flügel, dass er an nichts anderes mehr denken konnte; die schillernden Membranen zuckten erwartungsvoll, konnten es kaum erwarten, den Abstand zwischen ihnen zu überwinden. Als er sich in ihre Richtung wandte, wollten ihm mehrere Männchen den Weg versperren, er wich ihnen jedoch lieber aus, als es auf eine Konfrontation ankommen zu lassen. Er wollte die geflügelte Gestalt in der Ferne auf keinen Fall aus den Augen verlieren, denn womöglich würde sie sich sonst in Rauch auflösen. Ein paar andere Seelenfresser folgten seinem Blick nach Westen, wollten sehen, worauf er mit solcher Entschlossenheit zusteuerte, konnten aber offenbar nichts Bemerkenswertes entdecken. Nur leeren Himmel, sengende Sonne und Sand, der so heiß war, dass die Luft darüber flimmerte wie ein Zauberportal.

Sie zeigte sich nur ihm allein.

Die Lust am Fliegen war so stark, dass es ihm schwerfiel, sich auf etwas anderes zu konzentrieren. Er war sich jedes einzelnen Muskels voll bewusst, und jeder Flügelschlag, jedes Zusammenziehen und wieder Entspannen schickte Wellen des Wohlbehagens durch seinen ganzen Körper. Ringsum flimmerte die Luft in allen Regenbogenfarben, und der Sonnenschein auf seinem Rücken fühlte sich an wie ein zärtliches Streicheln. Nie hatte sein Ikata solche Gefühle mit ihm geteilt! Waren sie für diese Spezies alltäglich, und die Bindung zwischen Ikati und Menschen war einfach nicht stark genug, um sie zu übermitteln? Oder konnte sie nur ein Mischwesen wie er selbst erleben? Und wenn dem so war, empfand Kamala dann in diesem Moment das Gleiche wie er? War auch für sie die Luft so mit Energie aufgeladen, dass schon die kleinste Bewegung ihr Blut zum Sieden brachte?

Nun war er ihr bereits so nahe, dass er sie deutlich sehen konnte. Das Sonnenlicht funkelte auf ihren Schuppen, sie schwebte auf der Stelle, ihr Schlangenschwanz rollte sich verführerisch ein und aus. Nur noch ein kleines Stück, und er könnte seinen Schwanz um den ihren schlingen, die glatte Oberfläche an seiner rauen Haut spüren, ihren und seinen Körper in die richtige Stellung zueinander bringen. Die Aussicht brachte ihn fast um den Verstand. Er spürte, wie seine Schwingen den Rhythmus veränderten und sich immer mehr dem ihren anpassten, je näher er kam, und wusste, dass sie auf dem Höhepunkt der Lust im Gleichklang sein und ihre oberen und unteren Flügel genau im Takt bewegen würden. Eine Ekstase, wie sie kein Mensch begreifen konnte.

Doch bevor er vollends bei ihr war, machte sie kehrt und flog von ihm weg.

Zunächst war er überrascht, dann folgte er ihr rasch. Sie war schnell, sehr schnell, aber auch sein veränderter Körper war auf Geschwindigkeit ausgelegt, und die Turbulenzen auf ihrer Flugbahn schürten das Feuer in seinem Blut. Doch jedes Mal, wenn er sie fassen wollte, schoss sie wieder davon und ließ ihn enttäuscht und zitternd zurück. Einmal kam er so nahe heran, dass er sie hätte in den Schwanz beißen können – doch sie schnellte sich jäh in den Wind und entfernte sich so weit, dass er fürchtete, sie ganz zu verlieren.

Unter ihnen gingen die weiten Sandflächen in eine schwarze Felsebene über, die kreuz und quer von sandgefüllten Spalten und Rissen durchzogen war. Sie flog eine Wendung, bis sie genau darüber war, dann ließ sie sich so weit absacken, dass sie mit den Klauen fast den Boden streifte. Er wusste nicht, was sie vorhatte, blieb ihr aber weiter auf den Fersen. Sie folgte einer bestimmten Spalte – ließ sich unversehens hineinfallen und war verschwunden.

Colivar war so verdutzt, dass er über das Ziel hinausschoss und einen Bogen beschreiben musste, um wieder zurückzukommen. Die Spalte erschien ihm viel zu schmal für einen Seelenfresser; beim Einflug würde er sich an den Felswänden zu beiden Seiten die Schwingen abbrechen. Wie war sie denn hineingelangt? Und warum? Er hielt über der Mitte der Spalte an. Da unten war kein Seelenfresser.

Nur eine Frau.

Sie hatte sich in ihre menschliche Gestalt zurückverwandelt. Nun stand sie da und schaute zu ihm empor. Er begriff zunächst nicht, was geschehen war, dann traf ihn die Wahrheit wie ein Schlag.

Die Seelenfresser-Königin war nicht mehr da!

Er war außer sich vor Enttäuschung, schrie seinen Zorn in den

Himmel. Seine Schwingen schlugen klatschend gegen die Felsen zu beiden Seiten der schmalen Schlucht; eine der dünnsten Streben brach, aber er spürte den Schmerz nicht einmal. Fort! Sie war fort! Das Begehren loderte in seinem Bauch wie ein Feuer, das nicht zu löschen war, doch das Wesen, das er begehrte, hatte nicht mehr die gleiche Gestalt wie er. Keine Flügel, mit denen es gegen seine Schwingen schlagen, keinen Schwanz, den es gegen seinen Bauch drücken konnte.

»Colivar!«

Fremde Laute. Erst mit Verzögerung begriff er. Menschensprache. Ein Name.

Sein Name.

Sein verletzter Flügel schmerzte. Er schwebte wieder über der Spalte. Schaute abermals zu ihr hinab.

Sie war nackt, und ihr Körper war von einer dünnen glänzenden Schweißschicht bedeckt. Die hohen, vollen Brüste glühten in der Hitze menschlicher Erregung, und der Duft, der von ihrer Haut aufstieg, weckte eine schwache Erinnerung an ein Verlangen, das frei war von Raserei oder Blutgier. Gefangen zwischen dem Begehren zweier Spezies, war er mit einem Mal wie gelähmt, zu keiner sinnvollen Reaktion fähig. In einem Winkel seines Bewusstseins wusste er, dass er für diese Situation den falschen Körper hatte, dass er sich verwandeln musste, aber er hatte vergessen, wie das ging. Sie kam über den sandigen Boden der Spalte langsam auf ihn zu. Seine Schwingen trommelten hilflos gegen den Fels, konnten ihn jedoch nicht näher zu ihr tragen. »Sei wieder ein Mensch, Colivar.« Ihr Duft stieg ihm in die Nase, vereinzelte menschliche Erinnerungen wurden geweckt. Liebe mit Morati-Frauen. Genussvoll und bedächtig. Schweißnasse Haut, von der tropischen Sonne erwärmt, unter seiner Zunge.

»Komm zu mir zurück«, flüsterte sie. Und breitete einladend die Arme aus.

Er beschwor seine Macht, ohne es zu wissen, und formte sie ohne gezielte Absicht. Die Transformation war unkontrolliert, Schmerzen durchrasten seine Gliedmaßen, als sie so ruckartig, wie ein Vogel aus dem Ei schlüpft, in ihre alte Gestalt zurückkehrten. Doch mit einem Mal waren die Schwingen verschwunden, und er fiel vor ihr in den Sand. Der Aufprall war so hart, dass er nach Luft rang. Zwei Beine. Zwei Arme. Nicht mehr. Das war doch hoffentlich richtig so?

Er schaute auf. Nahe, sie war so nahe und so wirklich. So menschlich. Er streckte die Arme nach ihr aus, und sie wich nicht zurück. Ihre Haut war wie Seide unter seinen Fingerspitzen, so unfassbar weich. Er stand auf und strich dabei mit beiden Händen über ihren Körper, folgte der Wölbung ihrer Schenkel, ihrer Hüften, glitt weiter und umfasste ihre vollen Brüste. Seltsam, wie fremd sich dieser Körper anfühlte, der ihn doch so sehr erregte. Die Haut so glatt. So dünn. Wo waren die Schuppen? Wo die Schwingen? Er vermisste so vieles!

Sie rückte näher an ihn heran, schmiegte sich mit dem ganzen Körper an ihn, hob ihm die Lippen entgegen. Bilder der Lust jagten durch seinen Kopf, Menschen und Ikati wild durcheinander, er hatte Mühe, sich in ihre Welt zurückzukämpfen. Dann fanden ihre Hände das Zentrum seines Begehrens, und sie streichelte ihn und zeigte ihm den Weg. Zusammen ließen sie sich in den Sand sinken, ihre Beine öffneten sich für ihn, und schließlich war da nur noch die Hitze: diese wundervolle menschliche Hitze und ein Rhythmus, der mit Fliegen nichts zu tun hatte. Ihr lustvoller Aufschrei war ein rein menschlicher Laut, und auf dem Höhepunkt seiner Leidenschaft war die Hitze so stark, dass sie alle Zeit bis auf diesen Moment verschlang und alle Instinkte und Empfindungen vertrieb, die nicht in völligem Einklang mit seinem jetzigen Ich waren.

Die Erinnerung an Schwingen erlosch in seinem Geist.

Die Erinnerung an Eis erlosch in seiner Seele.

Und als alles vorüber war, lag er neben ihr im Sand und weinte.

Kapitel 36

Ein Meer aus schwarzer Tinte, zähflüssig und unendlich tief. Salvator schwamm langsam, jeder Zug erforderte eine gewaltige Anstrengung. Er wusste, dass es irgendwo eine Oberfläche gab, doch wie sie zu erreichen wäre, wusste er nicht. Stimmen raunten im Dunkeln, schwarze Schallwellen ohne erkennbare Identität.

Wacht er jetzt auf?

Ich denke schon.

Ruft Gwynofar.

Dann teilte sich die Oberfläche des schwarzen Ozeans endlich doch. Stattdessen brach nun ein weißes Meer über seine Augen herein und blendete ihn. Weiße Wände. Weiße Leinenvorhänge. Weißes Bett. Die Helligkeit drohte ihm die Augen zu verbrennen, er musste die Lider zusammenkneifen, doch auch damit konnte er nicht alles Licht fernhalten. Er ertrank förmlich darin.

»Salvator?«

Er folgte der vertrauten Stimme wie einer Rettungsleine und kämpfte sich abermals nach oben. Endlich gelang es ihm, die Augen wieder zu öffnen und in den grellen Schein zu blinzeln. Drei Gestalten konnte er an seinem Bett unterscheiden: eine kleine blonde Frau, die neben ihm saß, einen Mann in mittleren Jahren mit verwitterten Zügen und einen hochgewachsenen Mann mit weißem Bart und einer langen Robe so schwarz wie das Tintenmeer, dem Salvator soeben entronnen war.

Er öffnete den Mund und versuchte zu sprechen, aber kein Laut kam heraus. Sein Körper hatte vergessen, wie man sprach.

Erst nach einer bewussten Anstrengung konnte er hervorstoßen: »Ist sie tot?« Die einzige Frage, auf die es ankam.

Die drei sahen sich an. »Er meint die Seelenfresser-Königin«, sagte Ramirus. »Ja, sie ist tot. Ihr habt sie getötet.«

Salvator schloss kurz die Augen. Er schwamm in einem Ozean körperlicher und geistiger Erschöpfung. Aber er hatte keine Schmerzen. »Bin ich tot?«, flüsterte er.

Ramirus gluckste leise. »Würde denn Euer Glaube zulassen, dass ich mich im gleichen Jenseits aufhalte wie Ihr?«

Salvator musste unwillkürlich lächeln, obwohl sein Gesicht dabei schmerzte. »Wie lange?«

»Drei Tage«, antwortete Gwynofar. »Die Hexen und Hexer wollten dich schlafen lassen, bis alles verheilt war. Sie sagten, es gebe so viel zu reparieren ...« Sie brach ab, doch er hörte die unausgesprochenen Worte. *Sie waren nicht sicher, ob du es schaffen würdest.* »Dem Hof wurde mitgeteilt, dir ginge es gut und du wärst mit den politischen Folgen der Schlacht beschäftigt. Valemar hat alles im Griff. Wie ich höre, wirst du in Büßerkreisen allmählich zur Legende. Und bald auch außerhalb davon, nehme ich an.« Sie lächelte. Der Druck der jüngsten Ereignisse zeigte sich in ihrem Gesicht in Form einer ganzen Schar von frischen Falten. »Ich war mir nicht sicher, ob du dich darüber freuen würdest.«

»Solange jeder weiß, dass Gott das Verdienst für unseren Sieg gebührt und ich nur sein bescheidenes Werkzeug war.« Er sah sich um. »Wo bin ich?«

»In Fürst Nasaans Palast in Jezalya. Er bestand darauf, dich von seinen eigenen Hexen und Hexern betreuen zu lassen. Er glaubt, du hättest seine Stadt von Dämonen befreit, und möchte dir persönlich dafür danken, sobald du ihn empfangen kannst.« Sie zögerte. »Er meinte, der Büßergott müsse nach allem, was er hier bewirkt habe, sehr mächtig sein, und Jezalya werde ihn entsprechend ehren. Deshalb wird er dir anbieten, sein Bildnis im Haus der Götter aufzustellen. Offenbar werden dort die hiesigen Götterstatuen verehrt.« Bevor er antworten konnte, griff sie nach seiner Hand und drückte sie. »Sei nicht zu hart mit ihm, Salvator. In seinen Augen ist das eine große Ehre.«

Salvator sagte nichts darauf, sondern schloss nur wieder die Augen. In diesem Raum war es zu warm. Er spürte, wie ihm die Wüstenhitze unter die Haut kroch.

»Ich will wissen, was geschehen ist«, flüsterte er.

Ramirus übernahm die Antwort. »Bis zu Eurem Angriff konnte außer Euch niemand die Königin sehen. Auch danach sahen sie nur wenige, aber einige von den Heiligen Hütern konnten sie anvisieren und machten ihre Waffen bereit. Sie hatte Euch offenbar mit in die Lüfte genommen, um Euch als Schutzschild zu verwenden, damit die Hüter nicht auf sie schossen.«

Salvator schlug die Augen wieder auf und sah Ramirus an. »Wenn es ihr nur um einen menschlichen Körper gegangen wäre, hätte sie auch meine Mutter nehmen können. Ich stand weiter entfernt. Warum ausgerechnet mich?«

Diesmal ergriff Favias das Wort. »Wir glauben, dass sie uns schon einige Zeit beobachtet und Euch als Anführer ausgemacht haben könnte. Deshalb wart Ihr als Schutzschild von größerem Wert.«

Salvator blinzelte. »Ist Euch klar, was Ihr da andeutet?«

Ramirus nickte ernst. »Wir glauben, dass der Angriff auf Ihre Majestät kein Zufall war. Dafür hatte die Ikata den Zeitpunkt zu sorgfältig gewählt; sie hat gewartet, bis alle anderen so weit abgelenkt waren, dass wir Gwynofars Abwesenheit nicht bemerken würden. Sie hat nicht aus Wut gehandelt, sondern intelligent und berechnend Jagd auf uns gemacht, Salvator. Und zwar mit Erfolg. Ohne Eure einmalige Fähigkeit, ihrer Macht zu widerstehen, wäre Eure Mutter jetzt tot, und die Ikati-Königin wäre irgendwo weit weg und baute an einem Nest für ihr erstes Gelege.«

»Aber wieso meine Mutter?«, fragte Salvator. »Sie ist doch nicht als Anführerin aufgetreten. Und sie hatte das Ungeheuer nicht zu sich gerufen.« Er hielt inne und sah seine Mutter scharf an. »Du *hast* sie doch nicht gerufen, nicht wahr?«

Gwynofar lächelte milde und schüttelte den Kopf. »Du hattest es mir doch verboten, weißt du nicht mehr?«

»Kamala sagte, sie hätte mit ihrem Zweiten Gesicht die Verbindung zwischen Gwynofar und den Sehern erkannt«, erklärte Ramirus. »Die Königin könnte über eine ähnliche Fähigkeit verfügt haben. Wenn das stimmt, dann glaubte sie vielleicht, Eure Mutter sei verantwortlich für den Bann, der Siderea fesselte. Womöglich sogar für ihren Tod.« Er zuckte die Achseln. »Die Wahrheit lässt sich im Nachhinein nicht mehr feststellen. Aber ich glaube, wir sollten froh sein, dass gerade diese Seelenfresserin sich niemals fortpflanzen wird.«

Salvator lehnte sich zurück und schloss die Augen. Er hatte zu lange gesprochen, seine Kräfte waren erschöpft. »Gibt es denn nun mehr Sicherheit in der Welt?«, murmelte er matt.

Wieder gluckste Ramirus. »Die Welt ist geprägt von Chaos und Krieg, Blutvergießen, Verrat und jeder nur denkbaren Form menschlichen Leids. So war es immer, so wird es immer sein. Aber Euch verdanken wir, dass es bald keine Seelenfresser mehr geben wird, und das ist eine deutliche Verbesserung.«

Salvator spürte, wie ihm Gwynofar das schweißnasse Haar aus der Stirn strich. »Du musst dich ausruhen, mein Sohn. Nasaan wird mit dir sprechen wollen, sobald du dich stark genug fühlst.«

Er nickte. Als sie sich niederbeugte und ihn auf die Stirn küsste, war der Schlaf bereits im Begriff, sich seines Bewusstseins zu bemächtigen. Er hörte noch, wie sie sich entfernte; zwei Paar schwere Schritte folgten ihr zur Tür. Den einen Schritt hatte er noch aus seiner Kindheit im Ohr, und so entging ihm nicht, dass sein Besitzer als Einziger im Raum zurückblieb.

»Ramirus.«

Die Schritte verstummten. Salvator gelang es mit Mühe, seine bleischweren Lider zu heben und den Magister anzusehen.

»Wer hat mich gerettet?«, fragte er.

Eine weiße Augenbraue wölbte sich spöttisch nach oben. »Majestät?«

»Diesen Sturz hätte kein Mensch überleben können. Auch wenn er hinterher von allen Hexen und Hexern der Welt wieder zusammengeflickt worden wäre. Also muss jemand eingegriffen haben, bevor ich auf dem Boden aufschlug. Richtig? Dieser Jemand hatte die Königin die ganze Zeit über beobachtet – vielleicht war er ihrer Duftspur gefolgt oder dem Blut, das ich vergossen hatte –, um in meiner Nähe zu sein und notfalls handeln zu können.« Er hielt inne. »Wer hat mich gerettet, Ramirus?«

Die Miene des Magisters verriet nichts. »Die Hexen und Hexer haben darum gebeten, Euch diese Frage nicht zu beantworten. Sie wollen nicht, dass einer von ihnen besonders hervorgehoben wird, da sie das ganze Unternehmen als Gemeinschaftswerk betrachten.«

Salvator sagte nichts, ließ aber Ramirus nicht aus den Augen.

Endlich kniff der ein wenig die Augen zusammen. »Ihr sagtet, Ihr wolltet lieber sterben, als mit Zauberei am Leben erhalten zu werden«, erinnerte er ihn. »Ich habe Euch beim Wort genommen.« Er lachte leise. »Ich hoffe, Ihr könnt jetzt ruhig schlafen, Majestät?«

»Ja«, flüsterte Salvator und schloss abermals die Augen. »Ich danke Euch.«

Er hörte noch, wie Ramirus' Schritte den Raum verließen, dann glitt er hinab in die stillen Tiefen, wo die Seelen Heilung finden, und überließ sich dem Schlaf …

Epilog

»Sie sind alle versammelt«, sagte Ramirus.

Kamala nickte und nahm sich einen Moment Zeit, um sich zu fassen. Ihren Herzschlag hatte sie fast unter Kontrolle gebracht. Endlich fragte sie: »Wie viele?«

»Knapp drei Dutzend. Das sind nicht alle, aber ich denke, von den Wichtigen sind die meisten hier.« Er hielt inne. »Ich muss schon sagen, ich kann mich nicht erinnern, jemals so viele Magister zusammen in einem Raum gesehen zu haben. Die Energien in der Luft sind … interessant.«

Sie zog fragend eine Augenbraue hoch. »Und wie war das, als das Magistergesetz aufgestellt wurde?«

Er lachte leise. »Damals gab es auf der ganzen Welt noch nicht so viele Magister. Unter anderem deshalb, weil wir uns andauernd gegenseitig umgebracht haben.« Seine Miene verdüsterte sich wieder. »Du verstehst, was hier auf dem Spiel steht?«

»Ja.« Es war nur ein Flüstern.

»Das Magistergesetz kann man nicht einfach beiseiteschieben, selbst wenn wir das wollten. Die wenigen von uns, die dein Geheimnis kennen, haben es schon sehr großzügig ausgelegt, aber wenn so viele Magister offen seine Grundsätze verleugnen würden … es würde zerbrechen, Kamala. Und dann wären wir nicht besser als die Kreaturen, gegen die wir eben gekämpft haben. Das Gesetz ist das Einzige, was uns schützt.«

»Verstehe«, sagte sie ernst.

»Ich habe mitgeholfen, sie alle hierherzuholen, weil auch ich der Meinung bin, dass für deinen Fall eine Lösung gefunden werden muss. Mein Name genießt unter Zauberern so viel Respekt, dass auf meine Bitte hin viele gekommen sind, die keinem anderen Ruf gefolgt wären. Aber du musst eines verstehen, Kamala. Meine Schuld an dich habe ich in Tefilat abgegolten. Zu weiterer Unterstützung bin ich nicht verpflichtet. Von jetzt an bist du auf dich allein gestellt.«

Sie nickte. »Auch das ist mir klar. Und ich danke dir für deine Hilfe bei den Vorbereitungen.«

Er zog die schwere Tür auf und verließ den Raum, ließ sie aber für sie angelehnt. Kamala musste sich erst überwinden, bevor sie durch diese Tür ging. Von diesem einen Treffen hing so viel ab! Aber sie wollte nicht länger vor diesen Männern fliehen. Entweder ließen sie sich von ihr überzeugen, oder das Spiel wäre hier und jetzt zu Ende.

Endlich zog sie die Tür ganz auf und betrat einen großen Saal. Er hatte einst zu einem Palast gehört, der schon seit Jahrhunderten verfallen war, doch die Mauerreste waren von einer Erhabenheit, die geradezu übernatürlich anmutete, und das Alter hatte ihnen eine Patina verliehen, die dem Wesen ihrer Gäste entgegenkam. Sie hatte einige der Mauern verstärkt und etliche Dinge wiederhergestellt, die dem Zahn der Zeit zum Opfer gefallen waren – wie etwa die eisenbeschlagene Tür –, doch sonst hatte sie alles genau so belassen, wie sie es vorgefunden hatte. Die Geister der Ersten Könige schienen um die zerstörten Wände zu schweben und an die potenzielle Größe der Menschheit wie an ihre Sterblichkeit zu erinnern.

Drei Dutzend Magister wandten sich ihr zu, als sie den Raum betrat, und die leisen Gespräche verstummten. Ihren überraschten Blicken entnahm sie, dass Colivar und Ramirus ihnen nicht gesagt hatten, warum man sie zusammengerufen hatte. Jedenfalls hatten sie nicht erwartet, einer Frau gegenüberzustehen. *Das fängt ja gut an,* dachte sie ironisch.

Sie bestieg eine niedrige Steinplattform an der Stirnseite des Raumes. Dort stand sie etwas erhöht und konnte alle Magister auf einmal sehen, sogar die in den hintersten Reihen. Es waren so viele! In diesem Raum war genügend Macht versammelt, um die gesamte menschliche Zivilisation in Schutt und Asche zu legen, wenn diese Magister es wollten.

Und wie sie es in den Finsteren Zeiten getan hatten, bevor das Magistergesetz in Kraft getreten war.

Selbst Aethanus war gekommen. Sein besorgter Gesichtsausdruck versetzte ihr einen Stich ins Herz. Und Colivar stand irgendwo in der Mitte. Er hatte für die Anwesenheit all jener Magister gesorgt, die einst Sidereas Liebhaber gewesen waren, ohne dass er sie gefragt hätte, warum ihr das so wichtig war. Offenbar hatte er seine Freude an dem Geheimnis. Ganz hinten erkannte Kamala auch die beiden Magister aus Gansang, aber die meisten anderen hatte sie noch nie gesehen. Ob wohl auch Frauen darunter waren?, ging es ihr plötzlich durch den Kopf. Wenn Lazaroth sich so lange als Mann ausgegeben hatte, konnten das doch sicherlich auch andere getan haben. Die Vorstellung, jemand von all den Männern, die sie jetzt anstarrten, könnte sein Leben als Frau begonnen und seine geschlechtliche Identität gegen die Mitgliedschaft in der elitären Bruderschaft der Zauberer eingetauscht haben, verunsicherte sie zutiefst. Ein solcher Magister verabscheute sie womöglich ebenso sehr, wie Lazaroth es getan hatte, weil er ihr verübelte, dass sie ganz offen dieselbe Identität zur Schau trug, die er hatte aufgeben müssen.

Sie wartete, bis alle Blicke auf ihr ruhten, dann neigte sie ganz leicht den Kopf, wie sie es bei Ramirus gesehen hatte. Eine Geste des Respekts unter Gleichgestellten ohne eine Spur von Unterwürfigkeit. So begrüßten sich Zauberer untereinander.

»Magister«, begann sie. Spürte die Blicke und wusste, dass auch die Zauberei auf sie gerichtet war. Sie hüllte sich fest in ihre Abwehr und hoffte, dass sich ihre eigene Macht einer solchen Prüfung gewachsen zeigte. »Ich danke euch für euer Kommen. Ich bin überzeugt, ihr werdet feststellen, dass der Anlass für dieses Treffen die Reise wert war.«

Ein wenig bedauerte sie es, diese Phase ihres Lebens zu beenden. So anstrengend es gewesen war, ihr wahres Wesen verbergen zu müssen, so hatte sie es doch genossen, sich unerkannt zwischen diesen Männern zu bewegen, und das Katz-und-Maus-Spiel mit einigen von ihnen hatte ihr großen Spaß gemacht. Ihren

Geist und ihre Zauberkräfte mit Magistern zu messen, die es zur Kunstform erhoben hatten, fremde Geheimnisse auszuspähen, war eine Herausforderung ohnegleichen gewesen. Wenn man bedachte, dass Männer wie Ramirus Jahrhunderte darauf verwendet hatten, ihren Spürsinn zu schärfen, hatte sie sich nicht schlecht gehalten.

Nun ging dieses Spiel zu Ende, und ein neues würde an seine Stelle treten. Allein die Götter wussten, wie es aussehen würde.

Sie richtete sich zu ihrer vollen Größe auf und sprach, stolz, elegant und nur mit einem Hauch von Trotz die Worte, die diesen Abschnitt ihres Lebens für immer beenden würden.

»Mein Name ist Kamala«, erklärte sie. »Ich bin ein Magister.«

Nur wenige zeigten sich von dieser Aussage überrascht, aber damit hatte sie gerechnet. Jede Verrückte konnte so etwas behaupten, und bloße Worte würden nicht genügen, um diesen Männern zu beweisen, dass sie die Wahrheit sprach oder zumindest verdiente, dass man ihr zuhörte. Einige Magister sahen zu Ramirus oder Colivar hinüber, um deren Reaktion einzuschätzen, die meisten wirkten lediglich skeptisch.

Die Augen fest auf ihr Publikum gerichtet, im Gesicht ein hintergründiges Lächeln, ließ sie die Hände langsam über ihren Körper gleiten. Glättete den Stoff über ihren Brüsten, um die Taille, über den wohlgerundeten Hüften, zog ihre Augen auf all die Eigenschaften, die sie so unübersehbar zur Frau machten. Dabei verwandelte sie das Gewebe unter ihren Fingerspitzen und ersetzte den natürlichen Farbton durch die Farbe, die ausschließlich durch Magie zu erzeugen war: das traditionelle Magisterschwarz. Und obwohl sie bisher große Sorgfalt darauf verwendet hatte, sich gegen ihre Zauberkräfte abzuschirmen, ließ sie diesen einen Transformationszauber ungeschützt, damit sie ihn in aller Ruhe studieren konnten.

Hexerei war warme Magie, in der das Leben pulsierte. Zauberei war kalt und tot, verschlungenes und wieder ausgewürgtes Athra; Aas-Magie. Der Unterschied zwischen beiden war nicht auf den ersten Blick zu erkennen, da sie die gleiche Wirkung hatten, aber kein erfahrener Zauberer, der sich die Mühe machte, genauer hinzusehen, konnte die eine jemals mit der anderen verwechseln.

Die Blicke waren schärfer geworden, Fäden der Macht leckten prüfend an ihrer Zauberei. Es war, als betasteten die Hände von drei Dutzend Fremden gleichzeitig ihren Körper, und die Erinnerung an frühere Übergriffe machte es ihr schwer, einfach still zu halten und es zu ertragen. Doch sie wusste, dass das unumgänglich war, sie musste belegen, dass sie die Wahrheit sprach, und einen anderen Beweis würden diese Männer nicht gelten lassen.

Als sie fand, dass alle ausreichend Zeit gehabt hatten, sich von ihrem wahren Wesen zu überzeugen, schloss sie ihre magische Abschirmung wieder. Sie wagte es nicht, den Magistern direkt in die Augen zu sehen, aus Angst, was sie dort fände, könnte ihre Entschlossenheit erschüttern. Mit ihren nächsten Worten würde sie einen Weg einschlagen, auf dem es kein Zurück mehr gab. Sie stand am Rand eines Abgrunds und musste allen Mut zusammennehmen, um den Sprung zu wagen. Unter sich sah sie nur Dunkelheit.

Jetzt, dachte sie. *Los!*

»Vor einigen Monaten wurde in Gansang ein Magister getötet, der sich ›der Rabe‹ nannte. Ich bin für seinen Tod verantwortlich.« Sie spürte, wie der Schock die Menge durchlief, und wartete, bis er sich etwas gelegt hatte, bevor sie fortfuhr: »Es geschah nicht mit Absicht, doch das Magistergesetz kümmert sich nicht um Motive. Ich habe die Ereignisse in Gang gesetzt, durch die der ›Rabe‹ letztlich sein Leben verlor; folglich bin ich nach unserem Gesetz diejenige, die ihn getötet hat.«

Nun endlich sah sie ihr Publikum an. Magister hatten viel Übung darin, ihre Gefühle voreinander zu verbergen, aber einige von ihnen waren von ihren Worten so tief erschüttert, dass etwas von ihren wahren Empfindungen zum Vorschein kam. Ramirus wirkte jedenfalls überrascht; was immer er erwartet hatte, ein öffentliches Geständnis jedenfalls nicht. Colivars Blick war so durchdringend, als wollte er sehen, was sich hinter ihrer trotzigen Haltung verbarg. Und Aethanus … ihn kannte sie gut genug, um die Botschaft in seinen Augen zu entschlüsseln: *Hoffentlich weißt du, was du da tust.* Die aufrichtige Besorgnis in seinen Zügen schnürte ihr die Kehle zu.

»Das Magistergesetz verbietet, dass ein Zauberer einen anderen tötet«, fuhr sie fort. »Ob die Tötung beabsichtigt ist oder nicht, spielt für unser Rechtssystem keine Rolle. Das kommt daher, dass das Gesetz nur ein einziges Ziel hat: unsere dunkleren Triebe in Schach zu halten, damit wir nicht als blutgierige Bestien leben müssen. Der Ikati-Teil in unserer Seele wird alles Übrige verschlingen, wenn wir ihm nicht Einhalt gebieten; die beiden Teile müssen im Gleichgewicht gehalten werden, sonst hören wir auf, Menschen zu sein.

Das Magistergesetz wurde geschaffen, um dieses Gleichgewicht zu gewährleisten. Daher ist es unantastbar. Es ist das Fundament, auf dem unsere geistige Gesundheit ruht.«

Sie legte eine Pause ein. »Aber es ist nicht vollständig.«

Leises Getuschel drang an ihr Ohr, es klang erregt, doch sie sprach weiter, ohne darauf zu achten. »Aus welcher Absicht heraus wurde das Gesetz ursprünglich geschaffen?«, wollte sie wissen. »Wir wollten unsere Ikati-Instinkte nicht unterdrücken, sondern sie in die richtigen Bahnen lenken. Das Konkurrenzdenken und die Blutgier der männlichen Ikati sollten in eine ›zivilisiertere‹ Form gebracht, aber nicht geächtet werden. Aus der Herrschsucht des Seelenfressers wurde eine dezente Rivalität, die mit einem Minimum an Blutvergießen über Jahrhunderte ausgelebt werden konnte. Revierkämpfe sollten nicht mehr mit Zähnen und Klauen ausgefochten werden, sondern politisch und psychologisch ... aber man wollte sie nicht abschaffen. Nur ein Gesetz, das unsere dunkleren Triebe akzeptierte – und sie *einbezog* – konnte jemals hoffen, die beiden Seiten unseres Geisteslebens ins Gleichgewicht zu bringen.

Doch was waren das für Instinkte?«, fragte sie. »Hat das Magistergesetz das Triebleben der Ikati in vollem Umfang berücksichtigt? Oder betraf es nur die eine Hälfte dieser blutgierigen Spezies – und deshalb auch nur die eine Hälfte *unserer* Spezies?«

Sie verstummte. Siedend heiß rauschte ihr das Blut durch die Adern, sie war wie betrunken von einer Mischung aus Angst und Euphorie. »Ich bin ein Magister wie ihr. Aber ich bin auch anders, denn meine Seele enthält die Essenz einer Seelenfresser-Königin.

Die Väter des Magistergesetzes hatten das bei ihren Plänen nicht berücksichtigt, denn niemand wusste, dass es ein Wesen wie mich geben könnte. Doch ich versichere euch, ich mag zwar derzeit die einzige Frau sein, die den Titel eines Magisters für sich beansprucht, aber andere werden folgen. Und wenn das Magistergesetz für *alle* Magister gelten soll, wie es die Absicht seiner Väter einst war, dann muss es ergänzt werden, damit auch wir daran teilhaben.

Dazu hat man euch heute hier zusammengerufen«, fuhr sie fort. »Um diese Ergänzung zu beschließen.«

Sie war versucht, die Augen zu schließen. Sich auf die Gefühle zu konzentrieren, die jetzt sicherlich überall im Saal hinter der Maske unerschütterlicher Gelassenheit brodelten.

»Der ›Rabe‹ hat mir Gewalt angetan«, verkündete sie. Blanker Hass sprach jetzt aus ihrer Stimme und eine messerscharfe Entrüstung, deren Ursprung nicht rein menschlich war. Sie spürte, wie ihr Ikati-Zorn das Tier weckte, das in allen Seelen schlummerte, wie Gleich zu Gleich sprach und die Gerechtigkeit des freien Himmels forderte. »Wären wir Ikati gewesen, ich hätte ihn mit meinen Klauen und meinen Zähnen in Stücke gerissen und den Männchen meiner Spezies zur Warnung die blutigen Fetzen vorgeworfen. Das ist das Recht einer Königin. Es ist *mein* Recht. Und dieses Recht fehlt in unserem Gesetz.« Sie hielt inne. »Solange es nicht aufgenommen wird, ist das Magistergesetz unvollständig und kann nicht als Rechtsgrundlage zur Beurteilung meines Verhaltens herangezogen werden.«

Wie dachten sie darüber? Die Ikati-Energie im Raum machte es ihr schwer, sich auf dezentere menschliche Gefühlsäußerungen zu konzentrieren. Gleichviel. Sie war am Ende angelangt. Sie hatte gesagt, wozu sie hierhergekommen war, sie hatte den Zauber gewirkt, den sie hatte wirken wollen, und wenn das nicht genügte … dann wäre das Spiel an diesem Punkt zu Ende. Eine zweite Chance würde es nicht geben.

Manchmal verlangte das Leben, dass man alles in die Waagschale warf.

»Ich lege die Entscheidung in eure Hände«, sagte sie ruhig. Dann trat sie von der Bühne ab und überließ, ohne sich noch einmal umzusehen, die Männer in den schwarzen Roben ihren Beratungen.

Sie befand sich in tiefer Meditation, als jemand leicht mit der Faust an die Tür klopfte. Sie blickte hinab auf die Reste ihrer letzten Beschwörung – möglicherweise der wichtigsten in ihrem Leben – und rief, ohne sich umzudrehen: »Herein.«

Sie hörte, wie sich die Tür knarrend öffnete und wieder geschlossen wurde.

»Es ist vorüber«, sagte Colivar.

Der Tag war längst zu Ende gegangen, und die Kerzen, die sie auf der Anrichte beschworen hatte, waren inzwischen zur Hälfte abgebrannt. Sie schloss kurz die Augen, um ihr Licht nicht mehr sehen zu müssen. »Und?«

Sie hörte, wie er hinter sie trat. »Das Magistergesetz soll ergänzt werden. Allerdings wird es eine Weile dauern, bis es so weit ist. Es ist schließlich nicht damit getan, dass man dem Vertrag noch eine Klausel anfügt.« Er hielt inne. »Es wurde entschieden, dass ein Urteil zum Tod des ›Raben‹ nach dem Magistergesetz in seiner derzeitigen Form nicht möglich ist. Du hast also nichts mehr zu befürchten, meine Liebe.«

Eine Woge der Erleichterung schwappte über sie hinweg. Ihr wurde fast schwindlig. »Ich danke dir«, flüsterte sie.

»Ich glaube, Ramirus war über den Spruch etwas erstaunt. Aber er hat ihm nicht unbedingt missfallen.«

»Und du?«, fragte sie. »Warst du nicht überrascht?«

Er lachte leise. »Nicht mehr, als mir klar wurde, dass die meisten der Magister, die sich zu deinen Gunsten äußerten, Sidereas ehemalige Geliebte waren. Dieselben, die ich in deinem Auftrag auf der ganzen Welt hatte zusammensuchen müssen.« Er hielt inne. »Wie die Entscheidung ausfallen würde, stand nie wirklich in Zweifel, nicht wahr?«

»Zweifel gibt es immer«, flüsterte sie.

Er trat neben sie. Auf dem Tisch vor ihnen stand ein Kästchen aus Ebenholz mit gewölbtem Deckel. Colivar öffnete es. Es enthielt nur eine dünne Schicht aus federleichter Asche, die bei jeder Bewegung aufgewirbelt wurde. Er betrachtete sie eine Weile, dann machte er den Deckel wieder zu. »Ich muss gestehen, als ich dir das erste Mal von Sidereas Pfändern erzählte, dachte ich mir gleich, dass du sie als Druckmittel verwenden würdest. Aber deine Lösung war sehr viel unterhaltsamer.«

Sie schmunzelte. »Du sagtest ja selbst, dass sie wenig Macht enthielten. Sicher nicht genug, um das Urteil eines Magisters zu beeinflussen. Aber wenn man sie alle für einen einzigen Zauber benützt, braucht man nicht mehr herauszufinden, welches Pfand zu welchem Mann gehört.«

»Deine Argumentation in Bezug auf das Magistergesetz war übrigens gar nicht schlecht. Vielleicht hätte sie auch für sich allein Erfolg gehabt.«

»Vielleicht.« Ein schwaches Lächeln huschte über ihr Gesicht. »Wir werden es nie erfahren, nicht wahr?«

»Glaubst du wirklich, dass noch mehr Frauen zu uns stoßen werden? Dass du in unserem Kreis mehr bist als nur eine Laune der Natur?«

Er wusste also nicht, was es mit Lazaroth auf sich hatte. Nun, von ihr würde er es auch nicht erfahren. Falls sich in den Reihen der Magister tatsächlich noch mehr Frauen verbargen, stand es ihr nicht zu, sie zu enttarnen. Jede von ihnen musste selbst entscheiden, was für ein Leben sie führen wollte. Schließlich hatten sich Alternativen eröffnet. Einige mochten wie Lazaroth so viel Zeit und Energie auf ihre Maskerade verwendet haben, dass es ihnen schwerfiele, sich davon zu trennen. Alte Gewohnheiten – und alte Ängste – waren zäh.

Sie fragte sich, ob die heute anwesenden Frauen – immer vorausgesetzt, es gab sie – für oder gegen ihre Hinrichtung gestimmt hatten. Auch das würde sie nie erfahren.

»Es wird andere weibliche Magister geben«, sagte sie leise. »Verlass dich darauf.«

Colivar fasste mit der Hand in ihr Haar und wickelte sich eine Locke um den Finger. Sie war nicht gewöhnt, so selbstverständlich berührt zu werden, fand es aber erstaunlich angenehm. »Und was hat *dieser* weibliche Magister nun vor?«, fragte er. »Eine Stellung als Königlicher Magister vielleicht? Mancher Monarch würde sich sicherlich über einen Zauberer freuen, der nicht nur auf dem Schlachtfeld zu gebrauchen, sondern auch eine Augenweide ist.«

»Ich hatte überlegt, mich auf die Jagd nach Seelenfressern zu machen«, sagte sie.

Ein seltsamer Ausdruck trat in seine Augen. Aber er schwieg.

»Ob wahnsinnig oder nicht«, fuhr sie fort, »die Überlebenden sind immer noch gefährlich. Und wenn sie sich in alle vier Himmelsrichtungen zerstreuen, wird es noch viel schwieriger, sie aufzuspüren. Favias versprach, dass die Heiligen Hüter sie erledigen würden, bevor es dazu käme, und er hat mich um Hilfe gebeten. Ich kann die Ungeheuer besser anlocken als jeder Hüter.« Sie zuckte die Achseln. »Ich finde, das wäre ein sinnvolles Bündnis.«

»Du würdest das Risiko eingehen, diese Gestalt noch einmal anzunehmen?«, fragte er leise.

»Ich glaube, das wird nicht nötig sein. Nachdem die meisten menschlichen Konjunkten tot sind, werden die Wesen nur noch von blinden Trieben gesteuert. Leicht zu manipulieren. Einige haben ihre Partner vielleicht noch, aber mit denen können wir auf andere Weise fertigwerden.« Sie legte den Kopf schief. »Und du, Colivar? Was hast du für Pläne?«

Er antwortete nicht gleich. Seine Finger spielten noch ein wenig mit ihrem Haar, dann ließ er die Hand sinken. »Einige von uns wollen nach Alkal«, sagte er. »Wir werden einen Durchgang durch den Heiligen Zorn schaffen und dann nach Norden ziehen, um nach den Ikati zu suchen, die nicht an der Invasion teilgenommen hatten.«

Sie zog scharf die Luft ein. »Solche Ikati hätten noch ihre Konjunkten. Und sie können Hexerei einsetzen.«

Ein spöttisches Lächeln huschte über sein Gesicht. »Deshalb will ich auch nicht allein dorthin.« Seine schwarzen Augen glänzten im Kerzenschein. »Wenn erst die gesamte Spezies beseitigt ist, findet sich vielleicht Zeit für ... andere Dinge.«

Aus diesen Worten sprach ein so starkes Gefühl, dass ihr der Atem stockte. Sie setzte zum Sprechen an, brachte aber kein Wort über die Lippen. Dann klopfte jemand an die Tür, und die Stimmung verflog. Sie sah Colivar an, eine stumme Frage stand in ihren Augen.

»Ich fürchte, das war noch nicht dein letzter Spießrutenlauf«, bedauerte er. »Alle Magister wollen dich näher kennenlernen.«

»Aha«, sagte sie leise. »*Diese* Aussicht erschreckt mich mehr als die Seelenfresser.«

Er lachte leise und reichte ihr seinen Arm. »Magister Kamala?«

Sie wies ihn nicht ab, sondern legte ihre Hand auf die seine. Genoss seine Wärme unter ihren Fingerspitzen. Genoss ihren Sieg. Genoss das Leben.

Und freute sich auf das neue Spiel, das nun begann.

Danksagungen

Aus literarischer Sicht gilt mein Dank Cordwainer Smith für seine fesselnde Geschichte »The Game of Rat and Dragon« (dt.: *Das Spiel Ratte und Drache*) und Anne McCaffrey für ihre Pern-Romane, die beide mein Interesse an der Verbindung von menschlichem und tierischem Bewusstsein weckten. Zwar taucht das Thema auch in unzähligen anderen Büchern auf, doch die Art und Weise, wie diese beiden Schriftsteller damit umgehen, warf bei mir Fragen auf, die im Lauf der Jahre ein Eigenleben entwickelten und schließlich zu Geburtshelfern für diese Serie wurden. Natürlich erzählen beide Autoren von freundschaftlichen Beziehungen, im ersten Fall zu Hauskatzen und im zweiten zu einer genetisch veränderten und zur Interaktion mit dem Menschen befähigten Spezies. Mir mit meiner sehr viel schwärzeren Seele spukte dagegen im Kopf herum, wie eine solche Beziehung wohl aussähe, wenn die betreffende Spezies nicht von vornherein mit dem Menschen psychisch kompatibel wäre, sondern wenn es sich um ein durch und durch wildes Geschöpf handelte, mit dem wir nichts gemeinsam hätten. Und so begann die kreative Reise, die in diesem Buch ihren Höhepunkt erreicht.

Für ihre produktive Unterstützung habe ich Betsy Wollheim und Russ Galen zu danken, die mir halfen, aus der Idee eine wirklich gute Geschichte zu entwickeln. Kein Schriftsteller könnte sich einen besseren Lektor oder Agenten wünschen.

Dank auch an meine Testleser, die nicht müde wurden, auf die ewige Frage des Schriftstellers: »He, was hältst du davon?«

eine Antwort zu finden. Gemeint sind Carl Cipra, Zsusy Sanford, David Walddon, Steve Rappaport, Paul Hoeffer und Jennifer Eastman.

Im Bereich Recherche danke ich Christian Cameron, Jon Herrmann, Aleksandra Kleczar, Dr. Julian Redditt und Markus Ofner für hilfreiche Informationen, wie man sie aus Büchern einfach nicht bekommt.

Dem Künstler John Palencar sei für die wunderschönen Titelbilder gedankt. Ich kann nur sagen: toll. In vollem Ernst. Toll.

Noch einmal möchte ich hier Kim Dobson erwähnen, denn erst durch ihre Hilfe bei den Teilen I und II der Trilogie wurde Band III so richtig zum Leuchten gebracht.

Und zum Schluss – aber definitiv nicht zuletzt – geht mein ganz besonderer Dank an die Menschen, die dazu beitrugen, dass mich dieses Buch in der Phase des Schreibens nicht um den Verstand brachte. Ich habe in den letzten zwei Jahren in meinem Leben vor so mancher Hürde gestanden, und die folgenden Menschen halfen mir, diese zu überspringen und mich wieder vor den Bildschirm zu setzen: James und Jenny Wood, Carmen C. Clarke, Jen Kuiper, David Williams, Anthony C., Jed Stancato, Cathy Wallin, Kristi Kelly, Hugh Montgomerie, Melissa Hendrix, Amanda Spikol, Chazz Mahan und Tonya Druin. Ihr wart alle phantastisch. Vielen Dank, dass ihr da wart, als ich euch brauchte, und dass ihr mir geholfen habt, die Bodenhaftung nicht zu verlieren – soweit das bei mir überhaupt möglich ist.

Der Heilige Zorn
Skandir
Zitadelle
Keirdwyn
Alkal
Soladin
Sommerpalast
Das Großkönigreich
Königspass
Das Hochland
Corialanus
Die Freien Lande
Wächterberge
Sankara
Das Tränenmeer
Isthmus von Tathys
Anchasa